사랑
없는
세계

이 도서의 국립중앙도서관 출판예정도서목록(CIP)은 서지정보유통지원시스템 홈페이지(http://seoji.nl.go.kr)와 국가자료공동목록시스템(http://www.nl.go.kr/kolisnet)에서 이용하실 수 있습니다. (CIP제어번호: CIP2019052536)

사랑
없는
세계

미우라 시온
장편소설

서혜영 옮김

은행나무

차 례

| 일러두기 |

본문의 주는 모두 옮긴이의 것으로, 괄호 안에 글씨 크기를 줄여 표기했습니다.

1

양식당 '엔푸쿠테이'는 도쿄도 분쿄구(區) 혼고의 높은 지대에 자리 잡고 있다. 국립 T대학의 아카몬 앞을 지나는 혼고 대로 바로 건너편 쪽 길가의 좁은 길에서 조금 들어간 곳에 있다.

식당의 위치가 그러니만큼 엔푸쿠테이의 손님 중에는 T대 학생이나 교직원이 많다. 물론 주변에 이러저러한 회사도 많이 있어서 점심때가 되면 허기져서 찾아온 온갖 나이대의 사람들로 북적인다. 붐빈다고는 하지만 탁자가 여덟 개뿐인 작은 식당이다. 점심시간이면 자리가 금방 꽉 차서 식당 앞에 미꾸라지 길이 정도의 줄이 생기곤 한다.

엔푸쿠테이의 입주 종업원인 후지마루 요타는 '조금만 더 홍보하면 미꾸라지를 기다란 장어로 만들 수도 있을 텐데'라고 생각하고 있다. 생각만 한 게 아니라 엔푸쿠테이의 주인 쓰부라야 쇼이치에게 몇 번이나 그렇게 하자고 했다. 하지만 쓰부라야는 아예 상대도 해주지 않았다.

"멍청한 놈! 아직 실력도 신통치 않은 주제에 장삿속이나 밝히고 말이야. 됐으니까 넌 냉큼 양파나 다져."

"그래도 대장, 지난번에도 독립 잡지가 취재하겠다는 걸 거절했잖아요. 그건 잘못한 거라고 생각해요. 야네센(분쿄구의 야나카, 네즈, 센다기 지역을 한꺼번에 일컫는 말)이라고, T대 동쪽 지역 말이에요. 거기가 패션 거리가 돼서 남녀노소 할 것 없이 사람들이 우글우글 몰려들고 있다잖아요."

"우글우글 몰려든다고."

"어쨌든 그 사람들이 T대 캠퍼스를 지나서 이쪽으로 와줄지도 몰라요. 무너져 내리는 엔푸쿠테이를 다시 세울 기회예요, 대장!"

"멍청한 놈! 우리는 무너져 내리고 있지 않아! 오히려 바빠서 요통이 올 지경이야. 다시 세우긴 뭘 다시 세워!"

후지마루는 건물의 물리적인 '다시 세우기'를 제안한 것인데, 쓰부라야는 식당의 경제적인 '다시 세우기'라고 받아들이고 후지마루의 제안을 기각했다. 둘은 늘 이런 식으로 의사소통에 문제가 있지만, 둘 다 둘째가라면 서러워할 마이 웨이이기 때문인지 자신들 사이에 문제가 있다는 생각은 전혀 하지 않는다. 덕분에 어찌 됐든 사제 관계는 잘 풀려나가고 있다.

이번에도 두 사람의 대화는 서로 요점이 어긋난 채로 끝나고, 후지마루는 '그런가. 매출을 늘려서 다시 세우는 게 좋을 것 같은데' 하고 아쉬운 마음으로 고개를 젓는다.

엔푸쿠테이는 오래된 건물에 들어서 있다. 상자 모양의 2층짜리 건물인데, 담쟁이덩굴로 덮인 외벽에는 실제로 금이 조금 가 있다.

식당 2층에서 기거하는 후지마루는 무심코 방바닥에 떨어뜨린 유리컵이 단지 떨어지는 힘 때문이라고만은 생각할 수 없는 기세로 방구석까지 굴러가는 것을 목격했다. 심령현상이 아니라면 건물이 기울어 있다는 얘기다.

"도대체 말이야, 생각이 없어" 하고 쓰부라야는 말한다. "여기는 주택가라고. 손님이 많이 와서 줄이 길어지면 이웃에 민폐가 되는 거야. 분수에 맞는 장사를 해야 한다고."

이야기는 여기까지, 하더니 쓰부라야는 읽고 있던 신문을 접고는 주방으로 들어가버렸다. 후지마루는 한숨을 푹 내쉬고 탁자 위를 다시 행주로 닦기 시작했다. 점심 손님이 물러가고 드디어 느지막한 휴식 시간이 시작된 참이다.

엔푸쿠테이는 저녁 5시부터 영업을 재개하기 때문에 그다지 여유롭게 쉴 시간은 없다. 식당 안을 가볍게 청소하고 쓰부라야가 만들어주는 점심 끼니를 잽싸게 입에 그러넣으면 바로 저녁 시간 영업을 준비해야 한다.

후지마루는 빨간 깅엄체크 무늬의 비닐 식탁보를 정성껏 닦는다. 바닥에 쓰레기가 떨어져 있지 않는지, 의자의 앉는 부분은 더러워져 있지 않은지, 탁자마다 놓아둔 작은 꽃병의 꽃은 시들지 않았는지, 꼼꼼하게 확인한다.

식당 주인인 쓰부라야는 고집스러우면서도 동시에 적당주의라는 난해한 성격의 소유자이지만, 단, 요리에 대한 자세와 솜씨는 확실하고 옷도 늘 청결하게 입는다. 그런 만큼 종업원인 후지마루에 대한 요구도 엄격해서, 청소를 대충 하기라도 하면 "멍청한 놈"이라는 말의 폭풍이 휘몰아칠 것이 분명하다. 하지만 후지마루도 쓰부라야가 만들어내는 음식의 맛이 매력적이라 생각하고 엔푸쿠테이에서의 생활도 마음에 들기 때문에, 쓰부라야가 하명하는 청결의 분부를 정확히 이행하기 위해 식당 안의 아주 미세한 먼지도 놓치지 않으려고 눈에 힘을 준다.

대장도 말이지, 여자에 약한 것만 빼면 더할 나위 없는 사람인데.

후지마루는 탁자마다 놓여 있는 노란 마거리트를 바라본다. 식당의 꽃은 사흘에 한 번, 혼고 대로변의 꽃집 여주인이 가져와준다. 무엇을 숨기랴, 그녀가 쓰부라야의 그녀다. 쓰부라야는 열 살이나 연하인 여성과 사랑하는 사이가 되어, 지금은 꽃집 2층에서 동거 중이다. 열 살 아래라고는 하지만, 쓰부라야가 일흔 살 정도이므로 꽃집 여주인도 환갑 전후다. 쓰부라야를 따라서 후지마루도 그녀를 '하나 씨'라고 부르고 있지만, 본명인지 아닌지는 모른다. 꽃집의 하나 씨라니(일본어에서 '하나'는 꽃이라는 뜻이다), 좀 심하잖아, 라고 후지마루는 생각한다.

하나 씨는 남편이 죽은 후 혼자서 꽃집을 꾸려나가는 '당찬 여성' 스타일의 밝은 여성이다. 아들은 진즉에 다 커서 오사카에 살고 있다고 했다. 상대인 쓰부라야는 엔푸쿠테이의 2대째 주인으로 젊었을 때부터 요리 외길. 지나치게 외길 인생이었던 것이 안 좋았는지, 기분파인 부분이 화를 미쳤는지, 부인과 딸 둘은 먼 옛날에 나가버렸다고 한다.

"당시에는 식당에 오면 공기가 살벌했어. 손님의 소화에 안 좋다면서, 탁자마다 위장약이 상비되어 있을 정도였으니까."

이건 단골손님 남자1의 증언이다.

"그래, 그랬지. 그런 살벌한 공기의 영향 때문인지 카레도 엄청 맵게 나왔었지."

단골손님 남자2도 고개를 끄덕인다.

그것은 분명 과장된 이야기일 테지만, 어쨌든 옥신각신한 끝에 이혼하게 되었고 쓰부라야는 이후 40여 년 동안 어슬렁어슬렁 독신 생활을 구가하고 있었던 것이다. 그동안 울린 여자의 수를 이루 헤아릴 수 없다는 건 본인의 입으로 하는 얘기고, 단골손님의 증언을 종합해보면 "쇼짱은 쉬는 날이면 슬롯머신 정도밖에 할 일이 없었다"라는 게 중론이다.

그러던 중 하나 씨와 눈이 맞아서, 쓰부라야는 깨끗이 슬롯머신을 접고 엔푸쿠테이에서 도보 5분 거리에 있는 꽃집 2층으로 신속하게 이사해버렸다. 그것 역시 엔푸쿠테이의 붕괴 위기를 짐작했기 때문이 아닌가 하고 후지마루는 나름대로 추측하고 있다. 그러니 독립 잡지의 취재든 뭐든 응해서 빨리 다시 건물을 세워주면 좋겠다는 게 그의 바람이다. 그건 그렇다 치고, 쓰부라야는 어울리지도 않게 식당 안을 꽃으로 장식하기 시작하질 않나, 휴일에는 하나 씨와 함께 하코네의 온천에 놀러 가지를 않나 하는데, 낌새를 보니 아마도 하나 씨에게 쥐여지내는 게 아닌가 싶다.

쓰부라야가 꽃집으로 주거를 옮기는 바람에 엔푸쿠테이의 2층이 비었다. 후지마루가 엔푸쿠테이에 취직할 수 있었던 것은 그 덕이라고도 할 수 있다. 그 과정은 다음과 같다.

후지마루는 도쿄의 다치카와 출신이다. 고등학교를 졸업하고 오차노미즈의 조리전문학교에 들어갔다. 대학까지 다니면서 공부할 생각은 없었고, 하지만 요리는 어렸을 때부터 좋아했고 잘했기 때문에 '그럼 조리사 면허를 따서 요리사가 되자' 하고 단순하게 생각했다.

회사원인 부모는 "그렇구나. 기술을 하나 갖는 건 좋은 거지" "일류 요리사는 부엌칼 하나만 있으면 전 세계 어디에서라도 살아갈 수 있다고 하니 말이야"라며 후지마루의 진로 선택에 찬성해줬다. 네 살 아래의 동생은 한창 사춘기라서 지장보살처럼 말이 없었지만, 그래도 "형이 한 밥은 맛있어"라고 나직이 한마디 한 것으로 보아, 아마도 응원의 마음을 표현한 것이리라.

후지마루는 열심히 조리전문학교에 다녔다. 영양학 수업을 들을 때는 잠의 유혹에 정신이 혼미해질 지경이었지만, 오직 정신력 하나로 버티며 노트 필기를 계속했다. 실습 쪽은 솜씨 좋게 채소를 다듬고 화려하게 생선을 손질하는 등 물 만난 고기가 따로 없었다. 차차 복잡한 요리도 할 수 있게 되어, 학교를 다니는 한편 학교에서 소개받은 음식점에서 아르바이트도 하게 됐다. 일식집에서 접시 닦이를 하면서 국물 내는 법을 배우거나, 이탈리아 식당에서 홀의 탁자를 오가며 종류마다 다 다른 토마토의 맛을 익히기도 했다.

아르바이트비가 나오면 마음에 드는 식당을 찾아 돌아다녔다. 다치카와에서 태어나고 자라난 후지마루에게 오차노미즈 주변은 거의 대부분 낯선 지역이었지만, 그래도 '식(食)'에 대한 집념에 상응하는 후각을 가동시켜서 '이거다' 하는 식당을 몇 곳쯤 발견했다.

그중에서 후지마루의 혀와 마음을 가장 확실하게 사로잡은 곳이 혼고에 있는 이 엔푸쿠테이였다.

양식당이라고 간판을 내걸고는 있지만, 엔푸쿠테이의 메뉴는 혼돈 그 자체였다. 햄버그, 비프스테이크, 오므라이스, 치킨가스, 나폴리탄(양파, 피망, 햄 등을 넣고 토마토케첩으로 볶은 일본풍 파스타)이라는 양식의 기본 요리는 그렇다 치고, 무슨 연유에선지 메뉴에 라멘이나 팔보채도 올라와 있었다. 생선조림 정식도 인기가 있어서 가을에는 꽁치 정식도 추가된다. 말하자면 일식·양식·중식을 두루 갖춘 '동네 식당'이라고나 할까. 아마도 손님의 요청에 대응하는 사이에 종잡을 수 없는 라인업이 만들어진 모양이었다.

음식 만드는 일에서부터 탁자 치우기까지, 얼굴은 고집스러워 보이고 몸은 홀쭉한 식당 주인이 모두 혼자서 해내고 있자면, 점심때 같은 경우는 사정을 아는 단골손님이 직접 컵에 물을 따르거나 처음 온 손님에게 물수건을 나눠주기도 한다. 늘 반짝반짝 닦여 있는 바닥은 조청빛이고 길에 면한 나무틀로 된 창문에서는 부드러운 빛이 들어온다. 문에는 놋쇠 종이 달려 있어서 손님이 들어오고 나갈 때마다 달강달강하고 손님의 출입을 알린다.

저녁 시간이 되면 활기가 넘치는 점심때와는 분위기가 싹 달라져서, 이웃의 노부부가 와서 이마를 맞대듯이 하고 서로의 요리를 나눠 먹기도 한다. 살짝 멋을 부린 가족 동반 손님이 찾아와 즐거운 시간을 보내기도 하고, 홀로 앉아 한 손에 맥주를 쥔 채 묵묵히 책을 읽으면서 저녁 식사를 하는 사람도 있다.

그런 분위기가 다 마음에 들었다. 몇 번쯤 엔푸쿠테이에 들러본 후, 후지마루는 이 식당에서 일하고 싶다고 생각했다. 무엇보다도 맛이 훌륭했다. 신기한 기예를 뽐내지는 않았지만, 정성껏 만든 마음이 전달된다. 강요하지 않는, 깊이가 있고 매일 먹어도 질리지 않을 맛이다. 허름한 외관과 식당 주인의 무뚝뚝함에도 불구하고 맛은 기대 이상이었다. 가격도 적당했다. 요리사로서의 기개와 실력이 느껴지는 식당이라고 후지마루는 결론지었다.

마치 갑자기 음식 평론가라도 된 양 속으로 고개를 끄덕이던 후지마루는 전문학교 졸업을 앞두고 이력서를 가지고 엔푸쿠테이로 갔다. 식당 주인의 이름이 쓰부라야 쇼이치라는 것을 그때 처음으로 알았는데, 쓰부라야 씨는 퉁명스럽게 "지금은 사람을 모집하지 않아"라고 말했다. 어떻게 안 되겠냐고 매달려봤지만 "훠이, 훠이" 하고 마구 손을 흔들며 읽고 있던 신문을 마치 벽을 둘러치듯이 얼굴 앞에 펼쳤다.

취업 도전에 실패한 후지마루는 터덜터덜 가게를 나왔다. 반드시 엔푸쿠테이에서 일해야 한다고 굳게 마음을 먹고 있었던 터라 결과에 몹시 낙담했지만, 그렇다고 무직으로 남아 있을 수는 없었다. 학교 졸업 후 강사의 소개장을 받아 아카사카의 이탈리아 식당에 취직하여 2년쯤을 수련했다.

엔푸쿠테이에 대한 미련을 놓을 수 없었던 후지마루는 어느 겨울날 다시 이력서를 가지고 식당을 방문했다.

"어, 좋아" 하고 쓰부라야는 말했다. "언제부터 일할 수 있지?"

모처럼 써 온 이력서에는 눈길도 주지 않았다. 예상치 못한 전개를 맞이하여 후지마루는 "어, 네?" 하고 얼빠진 대답밖에 할 수 없었다. 게다가 쓰부라야는 친절하게도 2층에서 살아도 좋다고까지 하지 않는가.

후지마루는 이탈리아 식당에 취직한 후 나카노의 낡은 연립 아파트에서 혼자 살고 있었는데, 아직 젊은 요리사라 급여가 그리 넉넉지 않았다. 그렇다고 다치카와에 있는 부모님 집에 들어가 살면서 직장을 다니는 것은 쉬운 일이 아니었다. 음식점은 문을 닫은 후에도 정리를 해야 하고 아침 일찍부터 준비 작업을 해야 할 때도 있기 때문이었다. 그래서 집세가 늘 부담이던 터였다.

때맞춰 이 얼마나 안성맞춤인 제안인가. 후지마루는 이탈리아 식당에 퇴직을 신청하고, 한 달 후에는 오랫동안 바라 마지않던 엔푸쿠테이에 취직하여 입주 종업원이 되었다.

이후 반년 동안 후지마루는 쓰부라야의 엄격한 지도 아래, 엔푸쿠테이의 맛을 체득해보자는 일념으로 충실한 나날을 보내고 있다.

단골손님으로부터 얻어들은 정보와 쓰부라야의 언동으로부터 추측건대, 후지마루가 두 번째로 "일하게 해주세요"라며 찾아갔을 때 쓰부라야는 꽃집 2층에서 하나 씨와 동거하고 싶다는 생각을 하고 있었던 게 틀림없다. 그러나 엔푸쿠테이는 셔터도 없는, 영업장과 주거 일체형의 건물이다. 아무리 건물이 오래되고 낡아서 물리적으로 기울어질 정도까지 되었다고는 하나, 빈집 털이가 들어올지도 모른다. 밤에 비워두는 것은 위험하다.

그래서 쓰부라야는 "사람을 쓰면 귀찮기만 해"라고 하던 종래의 방침을 깨끗이 뒤집어, 어슬렁어슬렁 찾아온 후지마루를 포획한 것이었다. 요리사라기보다 경비원으로 채용한 셈이다. 말이 나온 김에 덧붙이자면, 쓰부라야는 후지마루가 처음 찾아와서 취직하고 싶다고 했던 때의 일도 전혀 기억하고 있지 않았다.

애초에 요리 솜씨를 확인하지도 않고 "어, 좋아"라니, 이상하다고 생각했다. 후지마루는 분개했다. 사람을 호신용 야구방망이 취급을 하다니. 그래도 대장답구나, 라고도 생각한다. 쓰부라야는 적당주의인 거다. 설령 후지마루가 요리를 전혀 못 한다 하더라도 "원래 나 혼자서도 다 만들어왔으니까 아무 문제 없어"라고 했을 것이다. 후지마루는 취업 과정에서 자신의 요리 솜씨는 변수에 들지도 못했다는 것을 알았을 때 자존심이 팍 상했지만 '과연 대장, 멋져!' 하는 존경의 마음도 갖게 되었다.

어서 빨리 한 사람 몫을 해내는 일꾼으로 인정받기 위해, 주방에서 일할 때에는 쓰부라야에게 딱 붙어서 손의 움직임을 관찰한다. 데미글라스 소스를 냄비에서 섞는 일이나 햄버그를 만들 때 불을 조절하는 데에도 심오한 기술과 비결이 숨어 있다. 그것들을 전부 눈으로 훔쳐내고 싶다. 쓰부라야는 그런 후지마루에게 "넌 왜 만날 내 뒤에 유령처럼 서서 넘겨다보냐, 큰 덩치를 해가지고 그러고 있으면 내가 답답하잖아!" 하고 호통을 친다.

후지마루가 사는 엔푸쿠테이의 2층은 다다미 여섯 장과 네 장 반짜리 방이 세로로 나란히 붙어 있고 작은 부엌과 목욕탕과 화장실도 딸려 있다. 후지마루는 좁은 길에 면한 다다미 여섯 장짜리 방에 이불을 깔고 기거하며, 다다미 네 장 반짜리 방에 앉은뱅이 밥상을 놓고 밥을 먹거나 텔레비전을 본다. 점심과 저녁은 식당에서 밥이 나오므로 아침밥과 휴일 동안의 식사만 해 먹으면 된다.

식당에서 먹는 밥은 쓰부라야가 만들어줄 때도 있고 후지마루에게 만들라고 시킬 때도 있다. 냄비에 어정쩡하게 남은 카레나 스튜를 먹어치우는 날도 있다. 쓰부라야가 만들어주는 밥을 먹는 것도 자신이 밥을 하는 것도 모두 수련 과정이라고 생각하여 후지마루는 그때마다 진지하게 임한다.

햄 커틀릿을 튀길 때나 나폴리탄의 면 삶는 것 하나만 봐도, 당연한 일이지만 후지마루는 아직 많이 부족하다. "대장이 튀긴 것같이 바삭하고 촉촉하게 튀겨지면 좋겠는데" "나폴리탄에 알덴테(파스타 면을 씹을 때 단단한 느낌이 나도록 알맞게 익힌 정도)라는 개념은 없는 것 같아. 그런데도 퍼지지도 않고 지나치게 딱딱하지도 않은, 이 절묘하게 삶아내는 기법은 도대체 따라 할 수가 없네……" 등등 시행착오를 반복하고 있다.

열의를 인정받은 걸까, 최근에는 채소 썰기 등 재료 다듬기뿐만 아니라 소스 만드는 것을 돕는 일이나 생선조림의 불 당번 등도 하게 해주었다. "아니야! 이 멍청한 놈아!" 하고 구박당하는 것은 여전하지만 후지마루는 주눅 들지 않는다.

요리를 좋아하기 때문이다. 식재료를 앞에 두고 '이것과 이것을 조합해보면 어떨까' 하고 생각하면 마음이 들뜬다. 쓰부라야의 요리를 먹은 사람들의 얼굴에 웃음이 퍼지는 것을 보면 기분이 좋다. 자신도 재료 다듬기나 손님 접대에 조금은 공헌할 수 있었다고 생각하면 더욱 그렇다.

채소를 부지런히 썰다가, 가끔 후지마루는 신기한 기분이 든다. 미로같이 복잡하게 둘러쳐진 양배추의 엽맥(葉脈). 비쳐 보일 것 같은 하얀 색깔을 한 무의 단면과 그 하얀색 단면 위에 정밀하게 그려져 있는 무늬. 육수나 기름을 최대한 빨아들이는 가지의 스펀지 같은 느낌과, 눈에 보이시 않는 원에 테두리를 두르듯 둥그렇게 늘어선 작은 씨앗들.

자른 채소를 불빛에 비춰보면서 굉장하구나, 하고 빠져드는 때가 있다. 이것저것 다 누군가가 설계도에 기초하여 만든 것같이 아름답고 정묘하다. 채소만이 아니라 생선 내장의 배치, 뼈의 형태, 눈알이나 비늘의 질감도.

그때마다 후지마루는 생명체를 먹는 거구나, 하고 느낀다. 이렇게 아름다운 구조와 몸을 가진 채소, 생선, 고기 같은 것을 먹으면서 우리는 살고 있구나, 하고 생각하면 어쩐지 무서운 느낌도 든다.

후지마루는 말로는 잘 표현할 수 없었지만, 결국 요리란 건 생과 사를 잇는 멋진 행위라고 생각한다.

후지마루는 요리 일변도인 스승 쓰부라야를 본받아 완전히 요리 바보가 되어서 휴일에도 식당을 찾아 돌아다니거나 자기 방에서 음식 만들기에 열중한다. 이성 교제 면에서는 어떤가 하면, 이게 쓰부라야와 달리 완전 꽝이다.

"후지마루도 가끔은 데이트하면 좋을 텐데. 누구 없어?"라고 옆 건물의 세탁소 아주머니도 걱정을 해줄 정도다. 후지마루로서는 일이 재미있고 특별히 관심 가는 사람이 있는 것도 아닌 지금 상태에 대해 불만이 없다.

단골손님 아저씨는 "이 식당은 정말 이름이 잘못됐어. 자네 대장도 어쩌다가 간신히 하나 씨하고 사귈 수 있게 된 거야. 대장이 말은 화려하게 하지만 실제로는 여자한테 별 인기가 없었어" 하고 말했다.

"시끄럽군. 얼른 먹고 잽싸게 집에 가." 쓰부라야가 주방에서 얼굴을 내밀었다.

밤 영업 시간대에는 손님이 적어 한산한데도 내쫓으려고 한다. 홀에 나와서 서빙을 하고 있던 후지마루는 단골손님 아저씨의 요청을 받고 유리컵에 화이트와인을 새로 따라서 탁자로 가져갔다. 아저씨는 전갱이 튀김을 안주로 삼아 찔끔찔끔 와인을 마시는 것을 좋아한다.

그 모습을 지켜보면서 후지마루는 아저씨에게 물었다.

"식당 이름이 잘못됐다니, 무슨 뜻인가요?"

"이름은 엔푸쿠테이라고 되어 있지만, 엔푸쿠카(일본어로 염복가라는 뜻으로, 여자가 잘 따르는 복이 많은 사람을 말한다)는 없잖아. 후지마루도 젊은데 연애하는 걸 못 보겠고."

엔푸쿠카란 게 뭐지? 후지마루의 머리 위에 큰 의문부호가 떠오른 것이 보였는지, 아저씨는 "여자한테 인기가 많다, 그런 뜻이야" 하고 가르쳐줬다.

"아아."

후지마루는 수긍이 간다는 듯이 끄덕인다. 확실히 나는 여자한테 인기가 있었던 적이 없다. 대장도 여자에게 인기가 있다고는 할 수 없지. 하나 씨로 하여금 매달리게 하는 게 아니라 하나 씨가 하는 말에 매달리는 걸 보면. 그래도 좋아하는 걸 보니까 괜찮은 것 같긴 하지만.

쓰부라야가 또다시 주방에서 얼굴을 내밀고 "어이, 와인은 두 잔으로 끝내. 마나님한테 이를 거야" 하고 아저씨에게 경고했다.

"그리고 우리 가게 이름은 '엔푸쿠테이(円服亭)'야. 엔을 먹는다, 즉 돈을 마구마구 벌어들이게 해주세요, 라는 뜻이야."

"어, 그건 좀." 처음으로 식당 이름의 유래를 들은 후지마루는 놀라서 말했다.

"너무 욕심스럽게 들려요……."

"남의 아버지의 작명 센스에 시비 거는 거 아냐."

엔푸쿠테이 2대째 주인인 쓰부라야는 그렇게 말하고 다시 주방으로 물러났다.

"여기요" 하고 홀 한쪽 구석에서 손님이 불렀다.

"네, 지금 갑니다."

후지마루는 단골손님 아저씨 옆을 떠났다. 후지마루를 부른 것은 다섯 명의 단체 손님이었다. 두 사람이 앉는 탁자 세 개를 이어 붙여서 앉은 손님들인데 이미 대충 식사를 마친 참이다. 계산을 해달라는 건 줄 알았더니 아직 이야기가 한창인 듯, 모두 맥주를 한 잔씩 더 주문했다.

계산서에 주문을 기입하고 맥주 디스펜서에서 유리잔에 맥주를 따랐다. 좋아, 예쁜 거품이 생겼다. 후지마루는 다섯 개의 유리잔을 쟁반 위에 올려놓고 조심조심 탁자로 날랐다. 안경을 낀 여성이 "고마워요" 하고 한 사람 한 사람에게 유리잔을 건네주었다.

이 다섯 명도 이따금 엔푸쿠테이에 오는 사람들이다. 그러나 어떤 관계인지, 어떤 직업인지, 아직 잘 모르겠다. 다섯 명은 남성이 세 명, 여성이 두 명이다. 남성 한 명은 사십대 중반 정도일 것이다. 항상 양복을 입고 있는데 넥타이는 하고 있지 않다. 장례식에 갔다 오는 길인지, 조용함을 넘어서 조금 음울한 분위기를 풍기는 인물이다. 마치 일을 끝내고 돌아가는 살인 청부업자 같다고나 할까.

나머지 네 명은 이십대 중반에서 삼십대 초반 사이 정도로, 모두들 홀렁홀렁한 차림이다. 티셔츠에 청바지, 발에는 비치 샌들이나 버켄스탁 샌들을 신고 있다. 그러나 예를 들어 바다에 몰려 나가 깍깍하고 소리를 지르는 유형인가 하면, 그렇지도 않아 보인다. 한여름인데도 볕에 탄 사람이 한 명도 없다. 더구나 요즈음 보기 드물게도 네 명 중 누구 하나 머리를 염색한 사람이 없다. 어느 쪽인가 하면 견실하고 성실해 보이는 사람들이었다.

후지마루는 그들을 식당에서 처음 몇 번쯤 봤을 때는 T대의 교수님과 학생인가 하고 생각했다. 하지만 지금은 여름방학이 한창인 때다. 최근에는 학생들의 모습을 별로 못 본다. 덕분에 점심시간도 덜 혼잡스럽다.

그런데 그들은 지금도 종종 식당에 온다. 다섯 명이 함께 올 때도 있고 조합을 바꿔서 둘이나 셋이 올 때도 있고, 누군가 한 사람이 혼자 훌쩍 올 때도 있다. 그렇다면 근처 회사 사람들인가 했지만, 뭐랄까, 회사원의 냄새가 나지 않는다. 다섯 명은 항상 후지마루가 이해할 수 없는 화제로 흥겹게 이야기를 나누곤 했는데, 그것이 후지마루의 눈에는 무척 즐거워 보였다.

후지마루는 회사라는 곳을 다녀본 적은 없지만, 만약 저 사람들이 영업실적이나 거래처에 관한 이야기를 하고 있는 것이라면 그렇게 늘 즐거워 보일 리는 없다고 추측한다. 영업실적이나 거래처에 대한 이야기를 하고 있는 건 아닌 게 분명하다. 그럼 무슨 이야기를 하고 있는 거냐고 묻는다면, 후지마루는 난처해진다. 말하는 소리는 귀에 들리며, 게다가 분명 일본어로 말하고 있는데, 그 말소리의 의미를 전혀 알아먹을 수가 없었기 때문이다.

각자 새로운 맥주잔을 나눠 들고 대화를 재개한 그들은 지금도 "옥신(식물 생장 호르몬)의 하류에……"라든가, "MYB(DNA의 유전 정보가 옮겨지는 과정을 촉진 또는 억제하는 전사조절인자)이……"라는 말을 하고 있다.

옥신? 옥시젠 디스트로이어(영화 〈고질라〉에 등장하는 가공의 병기)라면 뭔지 아는데, 하고 후지마루는 고개를 갸웃한다.

후지마루는 지난번 쉬는 날, 오래간만에 영화관에 가서 신작 〈고질라〉를 봤다. 워낙 재미있게 본 터라 스마트폰으로 인터넷에 올라와 있는 옛날 〈고질라〉까지도 찾아서 봤다. 작은 화면을 통해서 본 것이지만 옛날 것도 역시 재미있었다. 쓰부라야에게 "대장, 혹시 쓰부라야 감독의 친척이세요?"라고 물었더니 "친척 아니야, 아쉽게도"라는 대답이 돌아와 조금 실망했다.

여하튼 다섯 손님의 정체는 아직 밝혀지지 않은 상태다. 그들은 9시 반쯤에 돌아갔다. 10시까지 버틴 단골손님 아저씨는 쓰부라야의 눈을 피해 세 잔째 화이트와인을 배 속에 흘려 넣고 흐뭇해했다.

식당 문을 닫은 후에는 쓰부라야와 둘이서 한 시간쯤 걸려 식당을 치우고 다음 날을 위한 준비 작업을 한다. 그것이 끝나면 쓰부라야는 꽃집 하나 씨의 곁으로 돌아가고, 후지마루는 주방 옆에 있는 계단을 통해 2층으로 올라간다.

여름이라서 2층 다다미 여섯 장짜리 방의 창문은 열어놓은 채로

다. 방충망까지 열어젖히고 밖으로 얼굴을 내밀자, 맞은편 집 현관 앞에 있는 무궁화나무 한 그루가 하얀 꽃을 가득 달고 있는 것이 내려다보인다. 혼고 대로에서 차가 달리는 소리도 들려온다.

후지마루는 샤워를 하고 미리 만들어서 냉장고에 넣어둔 보리차를 마셨다. 오늘 하루도 열심히 일했다고 자평하며, 다다미 여섯 장짜리 방에 이불을 깔고 타월 이불을 배에 올리고 드러눕는다.

알람을 해놔야지, 하고 스마트폰을 손에 들고 보니 친구에게서 온라인(LINE)이나 문자는 하나도 없었다. 어쩌면 난 외롭게 사는 건가, 하는 생각이 문득 들었지만 덮쳐오는 졸음을 이길 수 없었다.

전등에서 길게 늘어진 줄을 잡아당겨 방의 불을 껐다. 스마트폰은 늘 그렇듯 7시에 울리게 맞춰놓았다. 무더운 공기를 밀어내려는 듯이 매미가 필사적으로 울고 있다. 초록이 많은 T대의 캠퍼스에서 껍질을 벗고 나온 매미일지도 모른다. '그래서 옥신이 뭘까?' 하는 것이 그날 밤 후지마루의 머리에 남은 마지막 기억이었다.

며칠 후, 쓰부라야가 묘하게 들떠 있는 것을 보고 왜 저럴까 하고 있었는데, 이웃의 자전거 가게 아저씨가 반들거리는 자전거 한 대를 납품하러 온 것이었다. 직접 타고 온 것은 애교라고 해야 할까.

엔푸쿠테이 앞에 세워진 하늘색 자전거를 바라보던 후지마루는 깜짝 놀랐다. 뒷바퀴 위에 세로로 긴 은색 상자가 장착되어 있었기 때문이다. 라면집 배달 오토바이 같다. 그러나 문제는 이것이 오토바이가 아니라 자전거라는 것이다.

"어, 배달도 시작하나요?" 후지마루가 쓰부라야에게 물었다. "이 근처는 언덕도 제법 있고 해서, 자전거는 위험할 텐데요."

"하지만 넌 오토바이 면허가 없잖아?"라고 쓰부라야가 말하고, 옆에 서 있던 자전거 가게 아저씨도 웃는 얼굴로 응응 고개를 끄덕였다.

"네? 제가 배달하는 거예요?"

"멍청한 놈, 당연하지! 난 허리가 아파서 배달까지 하면 죽어."

사전에 의논을 해줬으면 좋았을걸 하고 후지마루는 생각했지만, 쓰부라야에게 그런 말을 해봤자 소용없다는 것을 아는 터라 "뭐 됐어" 하고 포기했다. 쓰부라야가 적당주의인 것은 확실하지만 후지마루도 느긋하기로는 지지 않는다.

쓰부라야에 의하면 쓰부라야의 아버지가 엔푸쿠테이의 주인이었을 때는 가족이 모두 나서서 식당을 꾸려나갔기 때문에 일손이 충분해서 배달도 했었다고 한다. 배달 담당은 뒤를 이을 아들이었던 쓰부라야가 주로 맡았고, 따뜻한 상태로 배달되는 양식은 이웃 주민이나 T대학의 교직원들에게 크게 인기였다고. 덧붙여 얘기하면 당시 쓰부라야는 배달할 때 오토바이를 사용했다고 한다. 대장, 자기는 편하게 오토바이로 배달했으면서, 하며 후지마루는 속으로 툴툴거렸다.

쓰부라야는 자전거 가게 아저씨에게 값을 지불하고 곧바로 벽보를 만들기 시작했다.

"지금은 반찬 가게나 편의점도 많으니까 수요가 얼마나 있을지 알수 없지만, 뭐, 모처럼 젊은 노동력이 생겼으니까 사업을 조금 확대해보는 것도 나쁘지 않겠지."

그렇게 말하면서 검정 매직펜으로 '배달 시작합니다(※야간 영업

시간에만) 전화주세요'라고 크게 쓴다. 후지마루는 건네받은 종이를 계산대 뒤 벽에 압핀으로 꽂았다.

효과는 일찌감치 그날 중으로 나타났다.

점심때에 그 검은 양복을 입은 음울해 보이는 남자가 또 혼자 와서 느릿느릿한 말투로 카레라이스를 시켰다. 체격은 홀쭉한데 곱빼기를 시킨다. 그러고는 밥알 하나 남기지 않고 다 먹어치우더니, 식후에 나오는 커피를 영국 귀족이 홍차를 마실 때처럼 우아하게 홀짝이는 것이다.

후지마루는 서빙과 음식 만들기에 쫓기는 틈틈이 남자의 모습을 관찰했다. 점심시간이 막바지에 이르면 식당은 시간에 쫓기는 손님들의 초조한 표정으로 인해 자칫하면 살기를 띠게 될 판인데, 남자의 주위에는 정적만이 감도는 게 어쩐지 식물 같아 보인다.

물론 대량의 카레라이스를 먹는 식물은 없다. 새로 온 손님이 식당 문 앞에서 기다리고 있는 것이 보여서, 후지마루는 할 수 없이 남자의 자리에 가서 다 먹은 접시를 치웠다. 남자는 그제야 겨우 식당이 혼잡하다는 것을 알아차린 모양이다. 꿈에서 깬 듯이 흠칫하며 커피를 서둘러 다 마시고 자리에서 일어섰다.

후지마루는 들고 있던 쟁반을 주방 카운터에 두고 남자에게서 돈을 받기 위해 계산대로 갔다.

계산대 앞에 선 남자는 후지마루보다 조금 키가 작았다. 머리는 이마를 드러내는 형태로 정확하게 빗질을 했고, 가는 은테 안경을 쓰고 있다. '성실'을 그림으로 그려놓은 것 같은 차림새였다. 그러나 살인 청부업자 같은 평소의 검은 양복 차림도 그렇고, 짧게 가지런히 자른 손톱에 웬지 아주 조금 흙이 묻어 있는 것도 그렇고, 아무래도 앞뒤가 안 맞는 인상이다.

설마 누군가를 죽인 다음 땅에다 파묻고 온 것은 아니겠지, 하고 후지마루는 눈앞의 남자를 점점 더 예리하게 관찰한다. 남자는 담담히 여름 양복의 가슴 주머니에서 귀퉁이가 드러난 채로 꽂혀 있던 천 엔 지폐를 한 장 꺼냈다. 지폐는 조금 구겨져 있었다. 신경질적인 인상인데 지갑은 사용하지 않는구나. 후지마루가 거스름돈을 내밀자, 남자는 그것을 받으면서 "배달도 해주나요?" 하고 말했다. 몇 번이나 얼굴을 마주했지만 남자가 후지마루에게 말을 건넨 것은 그게 처음이었다. 남자의 시선은 후지마루의 등 뒤 벽보로 쏠려 있었다.

"네, 따르릉이라서 그렇게 멀리는 갈 수 없지만요."

"괜찮아요, 바로 건너편이에요."

남자는 온몸의 주머니를 뒤져서 바지 왼쪽 뒷주머니에서 명함을 한 장 꺼냈다. "배달을 부탁할 일이 있을지도 몰라요. 그때는 이쪽으로 배달해주세요."

남자는 그렇게 말하며 명함을 건넸다. 귀퉁이가 조금 접혀 있었다. 명함 지갑도 사용하지 않는구나, 하고 후지마루는 생각했다.

후지마루가 받은 명함에는 이렇게 쓰여 있었다.

T대학 대학원 이학계 연구과 생물과학 전공 (자연과학부 B호관 361호)
교수 마쓰다 겐자부로

사십대 중반으로 보이는데 T대 교수구나. 잘은 모르지만 그건 꽹

장한 일이겠지.

후지마루가 명함을 손에 들고 이런 생각을 하고 있는 사이에 마쓰다 겐자부로라는 남자는 가볍게 인사를 하고 식당을 나갔다. 후지마루는 뒤늦게 "감사합니다" 하고 검은 양복의 등을 향해 말했다.

살인 청부업자가 아니었구나. 그럼 그렇지. 마쓰다를 배웅하고 밖에서 대기하고 있던 손님을 자리로 안내하면서 후지마루는 실망과 안도가 뒤섞인 기분이 되었다. 마쓰다의 정체는 판명됐다. 하지만 명함에 쓰인 생물과학이 뭐 하는 학문인지, 확연하게 와닿지 않는다. 생물이라고 했으니까 동물에 대한 연구를 하고 있는 걸까. 우에노 동물원도 가까이에 있으니 판다의 생태라든가……? 아, 판다에게 경의를 표하는 마음에서 마쓰다 교수는 항상 검은 양복과 흰 셔츠를 착용하고 있는 걸지도 몰라. 후지마루는 혼자 고개를 끄덕인다.

어쨌든 마쓰다가 T대 교수님이고, 그렇다면 마쓰다와 함께 종종 엔푸쿠테이에 오는 젊은이들은 T대 학생들이겠구나, 하고 후지마루는 생각했다. 후지마루는 마쓰다의 명함을 잘 간수해놔야겠다고 생각했다.

다음 날 12시가 채 되기도 전에, 엔푸쿠테이로 한 중년 여성이 전화를 걸어왔다.

"배달 좀 부탁드리려고요."

배달 제1호다. 수화기를 쥔 후지마루는 자못 흥분된 목소리로 "네!"라고 대답했다.

"주문하실 메뉴와 주소를 알려주세요."

"나폴리탄 셋과 오므라이스 둘이에요. 저는 T대 마쓰다 연구실의 비서로 있는 나카오카라고 합니다. T대 자연과학부 B호관 361호로 배달해주실 수 있나요?"

마쓰다 연구실! 명함을 두고 간 마쓰다가 곧바로 식사를 배달해달라고 한 것이다. 그건 그렇다 치고 대학에도 비서란 게 있구나. 비서는 사장실에만 있는 거라고 생각했었다. 후지마루는 계산서에 주문 요리를 기록하고 "네, 30분 이내에 배달할 수 있을 겁니다. 네, 네, 주문 감사드립니다" 하고 전화를 끊었다. 주방의 쓰부라야에게 주문받은 내용을 전하고, 점심 식사를 하기 위해 온 손님들을 접대하는 한편, 준비해뒀던 돈주머니에 배달 나가서 사용할 거스름돈을 넣는다.

계산대의 벽보에는 배달은 '야간 영업시간에만'이라고 쓰여 있었지만, 마쓰다는 거기까지 자세히는 안 봤던 모양이다. 후지마루는 첫 배달 주문을 받고 마음이 들떠 있었고, 게다가 쓰부라야 자신도 배달은 야간 영업시간에만, 이라고 본인이 벽보에 썼다는 사실을 깨끗이 잊고 있었다. 결과적으로 엔푸쿠테이는 차차 영업시간 중 언제라도 배달을 해주는 식당이 되어갔다.

여하튼 나폴리탄과 오므라이스가 완성되었다. 후지마루는 접시 하나하나에 빈틈없이 랩을 씌우고, 보온이 잘되는 큼지막한 보온병에 서비스로 제공할 콩소메 수프를 담았다. 연구실에 식기가 없을 경우를 대비하여 포크, 숟가락과 함께 수프용 컵도 다섯 개 준비했다.

그것들 모두를 하늘색 자전거에 달려 있는 은색 상자에 싣는다. 계산대에 넣어뒀던 명함을 확인차 다시 들여다보고 '자연과학부 B호관 361호'라고 머리에 주입시켰다. T대는 엔푸쿠테이와 이웃해 있었지만 후지마루는 그곳 건물 내부까지 들어가본 적은 없었다. 일 때문이라는 명목 아래 미지의 세계에 당당히 침투할 수 있다고 생각하니 어쩐지 가슴이 두근거린다.

쓰부라야도 요리하던 손을 멈추고 식당 밖으로 나왔다.

"T대는 넓어. 헤매다가 미아가 되지 않도록 조심해."

"네."

"한눈팔지 말고, 바로 돌아와야 해."

"걱정 마세요. 대장, 햄버그 타겠어요."

"조금 타도 인체에는 영향 없어."

식당 평판에는 영향 있습니다, 하고 후지마루는 속으로 한마디 하고 자전거에 엉덩이를 올려놓았다.

"그럼, 다녀오겠습니다."

"조심해. 요리 쏟으면 오늘 밥은 없는 줄 알아."

후지마루는 손을 한 번 흔들고 페달에 올려놓은 발에 힘을 줬다. 배달용 상자가 예상보다 무거워서 자전거가 휘청거린다. 그러나 속도를 올리기 시작하자 하늘색 자전거는 안정감을 되찾고 앞으로 나아갔다. 왼쪽 손목에 늘어뜨린 돈주머니와 등 뒤에 매달린 배달용 은색 상자가 좌우로 유유히 흔들린다.

매미가 울고 있다. 엔푸쿠테이가 위치한 좁은 길에서 혼고 대로로 나온 순간 여름의 강한 햇살이 그대로 온몸에 내리쬐었다. 햇살을 물리치기라도 하듯이 페달을 밟는다. 관자놀이에 땀이 배어 나온다. 팔을 스치는 바람이 상쾌하다.

혼고 대로를 건너 순식간에 T대의 아카몬 앞에 도착했다. 후지마루는 자전거에서 내려 아카몬을 올려다봤다. 이름 그대로 빨갛게 칠해져 있다. 시대극에나 나올 것 같은 웅장한 지붕이 달린 문이다. 아니, 문이라기보다 건축물이라고 하는 편이 어울린다. 어쨌든 문의 좌우 너비가 엔푸쿠테이가 세 채는 들어갈 만큼 넓다. T대 혼고 캠퍼스는 에도시대(1603-1867, 도쿠가와 가문이 정권을 쥐고 있던 시대)에 가가번(에도시대에 가가, 노토, 엣추 세 지역의 대부분을 영지로 삼았던 통치 기구)의 지위가 높은 무사가 거처한 곳이었다고 한다. 아카몬은 당시의 자취를 보여주는 건축물이라고 전에 쓰부라야에게서 들었다.

아침 일찍 잠이 깨버렸을 때, 후지마루는 몇 번쯤인가 T대 교내를 산책한 적이 있다. 그때는 사람의 기척은 거의 없고 촉촉이 젖은 신록의 냄새가 콧속을 간질이고, 밝아오는 하늘에 새 우는 소리만이 들렸다. 그러나 지금은 수많은 사람들이 아카몬의 안팎을 오가고 있다. T대 학생들이나 교직원인 듯한 사람들, 그리고 일을 보러 온 업자인 듯한 사람들도 보인다. 그 사이로 관광객이지 싶은 한 무리의 사람들이 아카몬을 뒤로하고 사진을 찍고 있다.

후지마루는 왠지 모르게 주눅이 들었다. '내가 T대 학생으로 보일까. 어림없지. 앞치마 차림에 배달 통이 매달려 있는 자전거에' 하고 생각하면서, 경비원의 눈을 피하듯이 하며 아카몬을 지나갔다. 하늘색 자전거도 불안한 듯이 덜컹덜컹 소리를 내며 바퀴를 굴린다.

교내로 들어서자 바로 간판 모양의 안내도가 서 있었다. 건물을 나타내는 네모 표시가 무수하다고 할 만큼 촘촘히 그려져 있다. 안내도에 의하면 찾아가야 할 자연과학부 B호관은 아카몬 바로 가까이, 혼고 대로변에 있는 것 같다. 잘됐다, 요리가 식기 전에 배달할 수 있다.

후지마루는 자전거를 끌면서 교내를 걷기 시작했다. 그다지 높지도 않은 담장을 사이에 두고 교통량이 많은 혼고 대로가 있는데도, 나무들이 소리를 흡수하는 건지 대학 안은 어딘지 모르게 조용한 분위기다.

얼마 안 있어 자연과학부 B호관이 눈에 보이기 시작했다.

그것은 무척 오래된 건물이었다. 오래됐을 뿐 아니라 터무니없이 중후하고 우아하다. 전면에 연갈색 벽돌이 둘러쳐진 3층 건물은 마치 땅속에서부터 자라난 것같이 듬직하게 대지 위에 뿌리를 내리고 서 있다. 건물의 일부에 4층이 있는지, 정면에서 보면 철(凸) 자형이다. 그래도 무기질적인 인상은 없다. 돌출된 파사드에는 거대한 아치 세 개가 옆으로 나란히 서 있었다. 그 안쪽에 출입구가 있는 모양이다. 파사드의 아치에 호응이라도 하듯이 외벽 벽돌도 늘어선 창문들을 따라 창 가장자리에 테를 두르는 형태로 잔물결처럼 호를 그리고 있다.

직선과 곡선이 절묘하게 결합되어 만들어내는 조형미에 후지마루는 감탄했다. 이런 건물이 지금까지도 사용되고 있구나. 굉장해. 무슨 기념관 같다. 건물 자체를 보존해서 전시해도 이상하지 않을 수준이다. 안으로 들어가면 공손하게 줄이 둘러쳐져 있고 '신을 벗고 들어가시오'라든가 '만지지 마세요' 같은 문구가 쓰여 있을 것 같다.

파사드에 이르는 몇 단으로 된 계단 아래 자전거를 세우고 잠시 상황을 살폈다. 후지마루의 눈앞에서 몇 명의 남녀가 건물을 드나들었다. 신을 신고 들어가도 되는 것 같았고, 안내 데스크 같은 것도 보이지 않았다. 너 나 할 것 없이 참으로 부담 없이 드나드는 풍경이다.

내가 들어가도 누가 제지할 것 같지는 않구나, 하고 판단한 후지마루는 자전거에서 은색 상자를 떼어냈다. 왼손에 상자를 들고 계단을 올라가 파사드의 아치를 지나갔다.

그러자 쌍여닫이문이 나왔다. 짙은 황갈색의 커다란 나무 문이었고 허리높이 위로는 유리가 끼워져 있었다. 일단 유리 너머로 내부를 들여다봤다. 좌우로 계단이 있는 현관홀이 보인다. 천장은 높고 바닥에는 대리석이 깔려 있다. 마치 연기에 그을리기라도 한 것처럼 검게 세월의 때가 앉아 있는 로쿠메이칸(국빈이나 외국 외교관을 접대하기 위해 지어진 메이지 시대 건물) 같은 느낌이다. 흘러간 세월의 깊은 맛이 스며 있는 느낌.

그을린 것 같다고는 하나, 어쨌든 로쿠메이칸 같은 건축물이 학교 건물이라니 굉장하다. 내가 다닌 고등학교는 단지 회색 상자였는데.

또다시 감탄하면서 후지마루는 놋쇠 문손잡이에 손을 댔다. 열리지 않는다. 밀어도 잡아당겨도 문은 조금도 움직여주지 않았다.

어, 왜? 열쇠로 여는 것처럼은 보이지 않았는데, 다들 어떻게 드나들었지? 후지마루는 조금 초조해져서 도움을 청하기 위해 주위를 둘러봤다. 하필이면 주변에 사람의 모습이 보이지 않았다. 그런 데다가 문 유리에는 '관계자 외 출입 금지'라고 작은 벽보가 붙어 있지 않는가. 벽보 또한 오래된 것이었는데, 붓글씨로 쓴 데다가 종이도 누렇게 변색되어 있었다.

설마 비밀번호를 입력한다든가, 지문 인식이라든가, 그런 방법인가? 후지마루는 손잡이나 문 옆의 벽을 확인했지만 어디를 봐도 그런 최첨단 보안시스템이 설치되어 있는 것 같지 않았다. 이러는 사이에도 은색 상자 안에서 요리는 식어가고 있을 것이다. 후지마루는 혼신의 힘으로 문손잡이를 잘가닥잘가닥 밀고 당기고 돌렸다.

그러자 유리 너머로 사람 그림자가 하나 나타나더니 안쪽에서부터 가볍게 문을 열어주는 게 아닌가. 온몸의 체중을 문에 싣고 있던 후지마루는 헛발질을 하듯이 현관홀로 쏠려 들어갔다가 간신히 자세를 바로잡고는, 고맙다는 인사를 하기 위해 얼굴을 들어 눈앞에 있는 인물을 바라봤다.

문을 연 사람은 자그마한 체구의 여자였다. 후지마루보다 한두 살 위, 이십대 중반 정도일 것이다. 윤기 나는 검은 머리를 하나로 묶고 안경을 끼고 있다. 티셔츠에 청바지, 거기에 고무 슬리퍼를 신은 가벼운 차림이다.

후지마루는 그 여성을 본 기억이 있었다. 마쓰다 교수와 함께 엔푸쿠테이에 오는 사람들 중 한 명이다. 맥주를 받아 나눠주거나 동료의 주문을 모으는 등 티 내지 않고 상대를 배려하는 모습이 인상적이었던.

여성 쪽도 후지마루의 얼굴과 왼손에 들고 있는 은색 상자를 보고 "엔푸쿠테이 분이세요?"라고 말했다. "방을 모를 것 같아서 마중 나왔어요. 마침 잘됐네요."

"어, 비서 나카오카 씨……."

그렇게 말하던 후지마루는 바로 '아니구나' 하고 생각했다. 주문 전화를 걸어온 것은 좀 더 나이 든 여성의 목소리였다. 지금 눈앞에 있는 여성은 풍경 소리처럼 맑고 시원한 목소리의 소유자였다.

"아뇨, 나카오카 씨는 도시락을 싸 오세요. 저는 마쓰다 연구실의 모토무라라고 합니다."

자, 이쪽이에요, 하고 모토무라는 현관홀 오른쪽에 있는 계단을 오르기 시작했다. 후지마루가 뒤를 따랐다. 계단에는 나무가 깔려 있었고 목재 난간은 완만한 곡선을 그리며 올라갔다. 사람들의 손길이 많이 닿아서인지 모퉁이가 둥그렇게 닳아서 반짝반짝 불상 같은 광택을 내고 있다.

층계참에는 천장까지 올라가는 높은 전시용 유리 케이스가 설치되어 있다. 안에는 수수께끼의 물체가 들어 있었다. 거대한 야자나무 잎 같았는데, 새카맣다. '뭐지, 이거?' 하고 고개를 갸우뚱하면서 그곳을 지나간 후지마루는 3층 홀에 도착해서야 겨우 '고래수염이었을지도' 하고 생각한다.

3층 복도도 나무를 깔았고 회칠을 한 천장은 아치형 들보로 지탱되고 있었다. 복도 양쪽에는 사무용 선반이나 실험 기구로 보이는 금속제 상자가 촘촘히 진열되어 있었다. 그 사이사이에 나무로 된 문이 여럿 있다. 문손잡이는 역시 놋쇠다. 연구실이나 실험실로 통하는 문 같았는데, 안에 사람이 있는지를 알려주는 코르크 보드가 걸려 있거나 '입실 시에는 신발을 갈아 신어주세요'라는 경고문이 붙어 있었다. 해파리 포스터인가, 아니면 열대어일까, 알 수 없는 사진이 붙어 있는 문도 있었다.

후지마루는 모든 것이 신기해서 두리번거리며 복도를 걸어가다가, 앞서가는 모토무라의 발뒤꿈치에 문득 시선이 갔다. 후지마루의 뒤꿈치에 비하면 도저히 같은 부위라고는 생각할 수 없을 정도로 작고, 희미하게 주홍빛이 비치면서 매끈하다. 음, 예쁜 뒤꿈치구나 하고 정신없이 바라보다가 정신을 차려야겠다는 생각에 서둘러 입을 열었다.

"입구 문에 보안이 걸려 있었나요?"

"아뇨." 모토무라는 돌아보지도 않고 대답했다. "그래도 뭐, 일종의 보안이라고 할 수도 있겠네요."

모토무라는 3층 모퉁이에 있는 방 앞에서 발을 멈추고 "봐요, 여기도" 하고 손잡이에 손을 댔다. '마쓰다 연구실'이라고 팻말이 붙어 있는 문이었다.

"문째로 조금 들어 올리듯이 여는 것이 요령이에요. 오래돼서 전체적으로 여닫이가 나빠진 거예요."

처음으로 웃음을 지어 보인 모토무라에게 마음을 빼앗긴 사이에 문이 열렸다. 실내가 시야에 들어오자 후지마루의 입에서 저절로 "우아" 하고 탄성의 소리가 나왔다.

방 안은 초록으로 가득했다. 바닥 여기저기에 화분이 놓여 있고 화분마다 잎이 한껏 우거져 있었다. 후지마루가 이름을 알고 있는 식물은 하나도 없었다. 토란 잎같이 거대한 것, 난초의 일종인가 싶은 것, 들국화같이 수수한 것 등 여러 가지 화분이 있었는데, 모두 다 이름을 알 수 없는 것들뿐이었다. 조릿대가 보이지 않는다는 건 판다 연구를 하지 않는다는 의미인가, 하고 후지마루는 생각했다.

정면으로 마주 보이는 벽에는 창문이 있고 그 창가에도 작은 화분이 줄지어 있다. 다만 바로 앞에 놓인 칸막이 때문에 창문 왼쪽이 반 정도는 가려져서 보이지 않았다. 칸막이 뒤에는 쌓여 있었지 싶은 책이나 잡지가 바닥에 무너져 내려 있다.

전체적으로 어수선하긴 하지만 빛과 초록으로 넘치는 따뜻한 분위기의 방이다.

문에서 봤을 때 오른쪽 벽 쪽에는 작은 싱크대와 책상이 두 개. 왼쪽 벽 쪽에는 책상이 세 개. 어느 책상에나 컴퓨터가 놓여 있고 세 명의 젊은이가 작업을 하고 있었다. 책상 높이보다 더 위쪽 벽면은 천장까지 붙박이 책장으로 되어 있어서, 외국 서적도 포함하여 책이 가득 꽂혀 있었다.

방 중앙에는 큰 책상이 있었다. 모토무라는 "저기에다 놔주세요"라며 큰 책상을 가리키고, "엔푸쿠테이에서 와주셨어요"라고 실내에 대고 말했다.

컴퓨터를 향해 앉아 있던 젊은이들이 자리에서 일어나 후지마루에게 와서 요리와 식기를 받아 들고 큰 책상에 놓는 것을 도와주었다. 삼십대 전후인 듯한 남자는 가와이, 이십대 후반인 듯한 여자는 이와마, 모토무라와 동년배인 듯한 남자는 가토라고 자기를 소개했다.

가와이는 연구원, 이와마는 포닥(포스트 닥터의 줄임말로, 박사 후 연수 과정을 말한다)이고, 가토는 대학원생이라고 했는데, 후지마루는 그 각각이 뭐가 다른지 알 수 없었다. "엔푸쿠테이의 후지마루입니다"라고 후지마루도 인사를 했다. 알 수 없는 것을 들자면, 배달을 나왔을 경우에는 식사 시중을 어디까지 해주어야 하는지도 알 수 없었기 때문에, 일단 가져온 컵에 수프를 나눠 떴다.

상차림이 완료되었다. "아, 맞다, 계산을" 하고 마쓰다 연구실의 젊

36

은이 넷은 각자 지갑을 꺼내기 시작한다. 연구원 가와이가 가방에 손을 집어넣고 지갑을 찾으면서 "마쓰다 교수님" 하고 칸막이를 향해 불렀다.

"점심 왔어요, 마쓰다 교수님."

칸막이 뒤에서 바스락바스락 사람이 움직이는 기척이 나더니 무너진 책들을 좌우로 헤치듯이 하며 연구실의 수장 마쓰다 겐자부로가 모습을 나타냈다. 마쓰다는 평소처럼 쿨한 표정으로 "고마워요" 하고 후지마루에게 말하고는, 젊은이들이 지갑을 여는 것을 제지하고 자신이 돈을 모두 지불했다. 돈주머니에서 꺼낸 거스름돈을 후지마루가 건네자, 마쓰다는 바지 주머니에 돈을 아무렇게나 집어넣으면서 자리에 앉았다. 뒤통수의 머리카락이 성대하게 뻗어 있었다.

"교수님, 주무셨군요."

이와마가 가차 없이 지적한다.

"안 잤어요. 이런저런 생각을 하고 있었어요."

"어째서 바로 들통날 그런 거짓말을 하세요."

"이 방 창가는 해가 잘 드는걸요."

이와마와 모토무라는 서로 웃고 있다. 후지마루는 텅 빈 은색 상자를 손에 들고, "저" 하고 아까부터 궁금했던 사항에 대해 물었다.

"여기 계신 분들은 무슨 연구를 하는 건가요?"

지금 막 오므라이스와 나폴리탄을 먹기 시작하려는 참이었던 연구실의 사람들은 서로 얼굴을 마주 봤다. 드디어 모두의 시선이 집중된 마쓰다가 대표로 대답했다.

"식물학입니다."

엔푸쿠테이로 돌아온 후지마루를 보고 쓰부라야는 "뭐야, 어째 용궁에라도 갔다 온 것 같은 얼굴이구나"라고 말했다. 후지마루는 "네" 하고 대답하고, 점심때라서 붐비는 식당 안에서 서빙을 시작했다.

저녁 영업시간까지 식당 문을 닫아두고 있는 시간에 식기를 회수하러 T대에 갔다. 모토무라에게서 배운 대로 입구 문을 조금 들어 올리듯이 하여 문손잡이를 돌린다.

냉방이 되고 있지는 않은 것 같은데, 자연과학부 B호관 안은 서늘하고 조용했다. 마쓰다 연구실의 문은 닫혀 있었고 실내에는 사람의 기척이 없었다. 누군가가 샌들을 신고 걷는 소리가 멀리서 울릴 뿐이다.

식기는 깨끗이 씻긴 상태로 문 옆 복도에 포개져 놓여 있었다. 후지마루는 식기를 은색 상자에 넣고 몇 번이나 뒤돌아보면서 연구실을 떠났다.

엔푸쿠테이로 돌아온 후지마루를 보고 쓰부라야는 "뭐야, 용궁 선녀한테 차이기라도 한 것 같은 얼굴을 하고"라고 말했다. 후지마루는 "네" 하고 대답하고 감자 껍질을 맹렬히 벗겼다. 모토무라의 발뒤꿈치는 이 감자보다 더 작고 동그스름했었지, 하고 생각했다. 초록에 묻혀 있는 연구실과, 거기에 모여 있는 사람들의 얼굴을 떠올렸다.

왜 이렇게 마음이 끌리는지 알 수 없었다. 그들이 연구하고 있는 식물학이란 게 무엇인지도 알고 싶어졌다.

엔푸쿠테이에서 시작한 배달 서비스는 꽤 인기가 있었다. 이웃의 노부부나 점심 미팅을 하고 싶은 회사, 아기가 있어서 외식을 하려

해도 준비가 큰일이라고 하는 가족 등, 폭넓은 층으로부터 주문이 들어왔다. 후지마루는 하늘색 자전거를 타고 혼고 일대를 동분서주했다. 그러면서 서빙도 하고 조리도 하고 청소도 하다 보니, 밤에는 이부자리에 드러눕는 순간 곯아떨어졌다.

쓰부라야는 어느 날 밤, 휴대전화를 식당에 두고 나왔다는 것을 깨닫고 한밤중에 꽃집에서 식당으로 되돌아왔었다고 하는데, 다음 날 아침 심각한 표정으로 후지마루에게 이렇게 말했다.

"2층에서 네가 곰이라도 키우나 했어."

후지마루가 코를 그렇게 골았다는 이야기다. 그건 안 좋은데. 코에 붙이는 코골이 방지용 밴드를 살까 하고 후지마루는 대책을 검토하다가, '아니, 혼자 사는데 그런 게 왜 필요해' 하고 바로 대책 검토를 취소했다. 지금으로서는 함께 잠을 잘 상대도 없는데 이런 검토를 하다니. 내가 성(性)에 눈뜬 것일까, 하고 이번에는 자신의 마음속을 들여다본다. 그러나 슬프게도 베개에 머리를 대고 3초도 지나지 않는 사이에 잠에 빠져버리므로, 결론이 나올 틈이 없다.

마쓰다 연구실에서도 열흘에 한 번 정도는 배달 주문을 한다. 가끔 더치페이할 때도 있지만 대개는 마쓰다가 돈을 다 낸다.

"교수님이 배려를 해주시는 거예요. 저희는 연구에 꼬박 붙어 있어야 해서 아르바이트도 못 하니까요." 모토무라는 후지마루에게 살짝 말했다.

몇 번쯤 연구실에 드나드는 사이에 후지마루는 조금씩 모토무라 일행과 허물없이 지내는 사이가 되었다. 연구실 사람들은 토요일에도 나와서 밤이 깊을 때까지 실험을 하거나 논문을 읽고 쓰는 것 같

있다. 거의 대학교 교내에서 살고 있는 것과 다름없었다.

모토무라 일행이 그렇게까지 전념하고 있는 연구가 어떤 건지, 후지마루는 아직 모른다. 하지만 자신과 같은 젊은 세대의 사람들이 열심히 학문에 매달리고 있다고 생각하면, '나도 열심히 해야지' 하고 페달을 밟는 발, 부엌칼을 쥐는 손에 자연스레 힘이 들어간다.

9월 중순으로 접어들자 여름방학이 끝난 학생들이 대학으로 돌아왔다. 그즈음에는 후지마루도 학부생과 대학원생의 차이를 파악하고 있었다. 4년제 대학을 졸업하고 더욱 전문적으로 연구하고 싶은 사람이 진학하는 것이 대학원. T대의 자연과학부에서는 학부 4년간은 시야를 넓게 가질 수 있도록 비교적 자유롭게 다양한 강의를 선택해서 공부할 수 있게 되어 있는 것 같았다.

그 때문인지 마쓰다 연구실에는 학부생이 없다. 모토무라와 가토는 대학원생이다. 대학원에도 석사과정과 박사과정이 있어서, 석사는 기본적으로 2년, 그다음에 진학하는 박사는 기본적으로 3년으로, 각각 논문을 써야만 하는 모양이었다.

후지마루로서는 '우아, 그렇게 몇 년이나 걸려서 공부를 하는구나' 하고 놀랄 뿐이지만, 더욱 놀라 자빠질 일은 연구자는 박사논문을 쓰고 박사학위를 받고 나서야 드디어 실전에 들어가게 된다는 사실이다. 그리하여 대학이나 기업의 연구시설에 적을 두고 연구나 실험을 하면서 날을 지새우게 된다는 것이니, 이 사람들은 그야말로 굳건한 탐구심의 소유자들이구나, 하고 후지마루는 생각했다.

덧붙여 말하자면, 포닥인 이와마는 박사학위 취득을 끝낸 연구자로서 마쓰다 연구실에 적을 두고 있는 상태이며, 연구원 가와이도 물론 박사학위를 취득했고, 자신의 연구를 함과 동시에 대학에서 학부생을 상대로 강의도 맡아 한다고 한다.

후지마루도 일생을 걸고라도 쓰부라야 같은 요리사가 되고 싶어서 수련 중인 몸이지만, 당사자인 쓰부라야는 어떤가 하면, 변함없이 꽃집 하나 씨에게 쥐여지내며 정기 휴일에는 온천이니 가부키 구경이니 하며 놀러 다니는 데 전념하고 있다. 식당에서도 허구한 날 단골손님과 시시한 얘기나 나누면서 시시덕거리며 시간을 보낸다. 스토이시즘의 관점에서 볼 때 마쓰다 연구실의 사람들과는 천양지차가 있는 것 같다고 평가를 내리고, 그런즉 학문을 연구하는 것은 참으로 힘든 길이구나, 하고 후지마루는 문외한이면서도 전율을 금치 못하는 것이다.

2학기 수업이 시작된 덕분에 인구밀도가 올라가서인지 T대 교내는 갑자기 활기에 넘치는 분위기다. 그에 반비례해서 매미 소리는 서서히 그 두께를 잃어간다.

그날도 늦더위 속에서 하늘색 자전거를 타고 자연과학부 B호관으로 식기를 회수하러 갔다. 이제는 아주 익숙해졌다는 듯이 복도에 놓여 있는 식기를 은색 상자에 척척 넣는다. 그때 마침 마쓰다 연구실의 옆방 문에서 모토무라가 나왔다.

"후지마루 씨, 잘 먹었습니다."

"늘 고맙습니다. 저, 식기는 씻어주시지 않아도 괜찮은데요."

"도리어 폐가 됐나요?"

"아뇨, 도움은 되지만요."

후지마루는 서둘러 손을 흔든다. 모토무라는 오늘도 티셔츠에 청바지. 꾸밈없는 모습이다. 티셔츠에는 입술을 확대한 것 같은 묘한 흑백사진이 떡하니 인쇄되어 있다.

"그거, 무슨 무늬죠?"

"기공(氣孔)이에요."

"네?"

"잎사귀 표면에 나 있는 구멍이에요. 그걸 현미경 사진으로 찍은 거예요. 예뻐서 인쇄해봤어요."

모토무라는 뺨을 발갛게 물들이며 왠지 자랑스럽다는 표정을 짓는다.

"네, 네……."

그러고 보니 생물 교과서에도 기공 사진이 실려 있었던 것 같다. 그게 예쁘다고? 왠지 기괴한 것 같은데…… 하고 후지마루는 생각했지만, 물론 말을 덧붙이는 건 자제했다.

그동안에는 식기를 회수할 때 연구실 주변에서 사람을 볼 수 없을 때가 많았다. 이왕 이렇게 얼굴을 마주했으니, 모토무라와 조금 더 이야기를 나누고 싶다. 후지마루는 시선을 내려 고무 슬리퍼를 신은 모토무라의 얇은 조개껍데기 같은 발톱을 보면서 화제를 찾았다. 하지만 아무튼 상대는 기공 무늬 티셔츠를 입은 여자다. 찾을 것도 없이 이 화제는 '식물'밖에 없을 것이다. 그러잖아도 식물에 대해서는 알고 싶은 게 많았던 참이다. 후지마루는 얼굴을 들고 말했다.

"연구실 분들은 식물을 연구하고 있다고 했지요. 저도 채소를 좋아해요. 주방에서 채소를 손질하고 있을 때, 넋을 잃고 그 단면을 바라보고 있다가 대장한테 야단을 맞곤 해요."

"네. 식물은 정말로 신기하고 아름다워요." 모토무라는 웃는 얼굴이 됐다.

"식물학이라고 하면, 채소의 품종개량 같은 걸 하는 건가요?"

"그런 실용적인 연구는 농학부에서 하는 경우가 많아요. 여기는 자연과학부라서 기초연구를 하고 있어요."

"기초연구……."

"네. 식물의 세포나 유전자를 조사하는데, 예를 들어 광합성이 어떤 메커니즘으로 진행되는지 등을 연구해요."

세포…… 유전자…… 조금도 '기초'가 아니야! 후지마루는 속으로 외쳤다.

"마쓰다 교수님의 연구실에서는 주로 잎사귀에 대한 연구를 하고 있어요." 모토무라는 설명을 계속했다.

"잎사귀 채소가 아니라, 잎사귀……."

그것을 조사해서 어떻게 한다는 거지?라는 의문이 얼굴에 보였는지, 모토무라는 조금 난감해하는 표정이 되었다.

"나무를 보거나 풀을 보면 '잎사귀는 왜 이런 모양으로, 이렇게 나는 걸까' 하고 저는 생각하는데요, 후지마루 씨는 아닌가요?"

아닌데요, 하고 대답하려다 후지마루는 생각을 고쳐먹었다. 나무나 풀에 잎사귀가 있는 건 당연하니까 새삼 잎사귀에 대해 생각해본 적도 없었지만, 말을 듣고 보니 신기하다. 왜 단풍나무는 단풍잎 모양, 파슬리는 파슬리 잎 모양을 하고 있는 걸까.

식물은 '나는 단풍나무지! 그러니까 손바닥 같은 잎을 달고, 가을이 되면 색깔을 바꿀 거야!' 같은 생각을 하는 건가? 게다가 단풍이라고 해도 종류에 따라 형상이 미묘하게 다 다를 거라는 생각이 든다. 어쩌면 한 그루의 단풍나무에서도 다른 대다수의 잎하고는 다른 모양의 잎이 달리는 일도 있을지 모른다. 모양은 같다고 해도, 잎의 크기에 차이가 있는 경우도 있다.

잎의 모양이나 크기는 도대체 어떤 메커니즘으로 정해지는 걸까. 확실히 후지마루는 아무것도 모른다. 모른다는 사실도 모른 채 가로수나 T대 교내의 나무들을 생각 없이 바라보고 있었을 뿐이다.

스마트폰이나 텔레비전이나 비행기의 구조도 물론 잘 모른다. 모르는 채로 '편리하구나' 하고 이용하고 있으며, 그러나 기계의 구조 같은 건 어려울 테니까 아마추어가 몰라도 어쩔 수 없어, 하고 반쯤 될 대로 되라는 태도로 일관해왔다. 그런데 같은 생명체이며 매우 가까운 존재인 식물의 잎사귀에 대해서조차 나는 아무것도 모르고 있는 것이다! 후지마루는 충격과 감동을 느꼈다. '나는 얼마나 멍하니 살고 있는 걸까' 하는 충격과, '그렇다 쳐도 잎사귀 구조에 흥미를 갖는 사람이 있다니……. 보통은 '아, 잎사귀네'라고 생각하는 데서 끝나잖아' 하는 감동이다.

"앞으로는 잎사귀에 대해 생각해보도록 하겠습니다."

후지마루는 대답했다. 앞으로구나, 라고 생각하며 실망할까 싶었으나, 모토무라가 "네, 꼭이에요" 하고 웃는 얼굴로 말해주는 것을 듣고 기뻤다.

"하지만 잎사귀의 모양이나 돋아나는 방법을 어떤 식으로 조사하나요? 많이 채취해서 비교하는 건가요?"

"아뇨, 저는 잎사귀를 현미경으로 보면서 세포의 개수를 세요."

"어…… 오로지 세포의 개수를?"

"네."

모토무라는 생글생글 웃는다. 후지마루는 현기증이 났다. 잎사귀에 대해 생각하는 것은 나한테는 무리일지도 몰라, 하고 서둘러 노선변경을 고려한다.

"시간이 있으시다면 잠깐 보고 가시겠어요?"

후지마루의 현기증을 눈치 못 챘는지 모토무라가 가볍게 권한다. 후지마루는 머릿속에서 호기심과 쓰부라야의 점심을 저울질했다. '대장, 죄송합니다!' 하고 마음속으로 사과하면서, "마침 휴식 시간이라서 시간은 괜찮습니다"라며 들고 있던 은색 가방을 복도 구석에 내려놓았다.

"하지만 괜찮나요? 전 외부인인데 기밀정보라든가…… 아니, 기밀정보가 있어도 저야 그게 뭔지 알 수 없겠지만요."

"화학이나 약학 분야에서는 연구가 특허 같은 것과 연결되기 쉬워서 정보 취급에 민감한 모양이에요." 모토무라는 몸을 돌려 조금 전에 자신이 나온 문에 손을 댔다. "하지만 식물학의 세계는 그런 점에서는 느긋해요. 뭐니 뭐니 해도 돈이 되기 어려운 연구니까요."

모토무라가 문을 열었다. 마쓰다 연구실의 옆방은 실험실로 되어 있었다. 넓이는 연구실의 두 배 정도로, 벽면 선반에는 실험에 사용하는 도구나 기계가 진열돼 있었다. 중앙에는 고등학교의 과학 실험실에 있었던 것 같은 대형 실험 책상이 몇 개쯤 놓여 있었는데, 어느 책상이나 다 깨끗하게 정돈되어 있다.

"저는 애기장대라는 식물의 잎을 연구 대상으로 하고 있어요."

모토무라는 잰걸음으로 걸으며 실험 책상 한 귀퉁이를 가리켰다.

"애기장대?"

방 여기저기에 놓인 낯선 기계를 관찰하면서, 후지마루도 뒤를 따랐다.

"길에 나 있어도 눈여겨보지 않을 것 같은 수수한 풀이에요. 하지만 '모델 생물'이라고 해서, 식물학에서는 아주 메이저급이에요. 성장이 빨라서 씨앗을 빨리 얻을 수 있고, 게놈이 모두 해독되어 있고, '이 유전자를 만지면 이런 변이주(변이가 일어난 개체)가 생긴다'라는 것도 알려져 있어서 실험 대상으로 하기가 좋아요."

게놈…… 변이주……. 후지마루는 벌써 몇 번쯤 의식이 아득해져 가는 것을 느꼈지만, 일단 정신을 차리고 실험 책상 앞에 선 모토무라의 손의 움직임을 주시했다.

책상에는 직사각형의 슬라이드글라스나 정사각형의 얇은 커버글라스가 든 상자가 놓여 있었다. 이것은 후지마루도 예전에 실험에서 사용해본 적이 있는 것들이다.

초등학생 때 현미경을 들여다보며 관찰하는 수업이 있었다. 학교 연못에서 떠 온 물을 스포이트를 이용하여 한 방울만 슬라이드글라스에 떨어뜨리고 커버글라스를 덮었다. 물벼룩이나 반달말을 볼 수 있을까 하고 잔뜩 기대했었는데, 후지마루의 반은 몇 번을 시도해도 쓰레기 같은 검은 조각밖에 볼 수 없었다. 하는 수 없이 공책에다가 쓰레기 비슷한 물체를 꼼지락꼼지락 그려서 '관찰 결과'라고 제출했었다.

그러나 지금 모토무라가 손끝으로 잡고 있는 것은 후지마루가 처음 보는 물체다. 투명한 플라스틱제로 전체 길이는 3㎝ 정도. 대략 원뿔 모양을 하고 있다. 원 부분이 뚜껑으로 되어 있는 것을 보니 뭔가를 담는 용기라는 것을 알 수 있다. 볼펜 그립에서 끝을 3㎝ 정도 잘라내고 뚜껑을 붙인 것 같은 형태라고 할 수 있을 것이다.

"그게 뭡니까?"

"에펜 튜브예요."

모토무라는 그 작은 용기를 흔들어 보였다. 안에는 무색투명의 액체와 정체를 알 수 없는 엷은 무언가가 들어 있었다. 새끼발톱 정도 크기인데 녹색을 띠고 있었다.

"혹시 안에 들어 있는 건 잎사귀입니까?"

"네. 애기장대의 잎이에요. FAA라는 고정액에 담겨 있는 거예요."

잎사귀는 딴 순간부터 건조와 단백질 분해가 시작된다. 그렇게 되는 것을 막고 싱싱한 상태로 세포를 관찰하기 위해서는 고정액에 담가놓을 필요가 있다고 했다.

에펜 튜브라고 하는 용기를 건네받은 후지마루는 모토무라의 허락을 얻어 뚜껑을 열어봤다. 내부를 채운 고정액에서는 쿡 하고 코를 찌르는 냄새가 났다. 접착제 같기도, 시너 같기도 한 이 냄새. 어디선가 맡아본 적이 있어, 하고 후지마루는 잠시 기억을 더듬다가, '그래' 하고 짚이는 것이 있었다.

비눗방울보다 단단한 투명한 방울이 만들어지는 장난감. 어린 시절, 구멍가게에서 사서 가지고 놀았었다. 그림물감 튜브 같은 것에 투명한 젤 상태의 물질이 들어 있고, 그것을 짧은 빨대 끝에 묻힌다. 빨대를 훅 불면 젤 상태의 물질이 동그랗게 부푼다. 한동안 쪼그라

드는 일 없이 커다란 공처럼 퐁퐁 하고 손바닥 위에서 튕겨 올리며 놀 수 있다. FAA의 냄새는 그 젤 상태의 물질에서 나던 냄새와 똑같았다.

향수에 젖은 후지마루는 에펜 튜브를 가까이 대고 콧구멍을 벌렁거리며 냄새를 빨아들였다. 그러는 사이에 모토무라는 실험 책상 서랍에서 필통을 꺼냈다. 당연히 필기도구가 들어 있을 거라고 생각했는데 필통의 내용물은 끝이 가늘고 뾰족한 몇 개의 핀셋이었다.

모토무라는 후지마루에게서 에펜 튜브를 받아 들고 핀셋으로 잎사귀를 집어 올렸다.

"잎자루 부분을 잘 집는 것이 요령이에요. 잎사귀 부분을 핀셋으로 잘못 집으면 그것만으로도 세포가 망가져버리니까요."

잎자루라는 건 잎사귀와 줄기를 이어주는 자루인 모양이었다. 잎 자체가 새끼발톱 사이즈라서 거기서 찔끔 튀어나온 자루도 매우 작고 가늘다. 길이 2, 3㎜ 정도나 될까.

모토무라는 핀셋을 다루는 데 능숙했다. 고정액에서 끌어 올린 애기장대의 잎을 슬라이드글라스에 올린다. 이번에는 필통 안에서 면도날을 꺼내 잎 상부에 세 군데의 칼집을 넣었다.

"왜 자르는 건가요?"

"잎사귀가 둥그렇게 말리지 않게 하려고요. 후지마루 씨도 해볼래요?"

"아, 그럼 해볼게요."

요리사의 솜씨를 보여줄 시점이다. 후지마루는 긴장하며 모토무라가 내민 새 에펜 튜브에서 핀셋으로 잎사귀를 꺼냈다. 모토무라가 조금 전 작업한 잎 옆에 또 한 장의 잎을 놓고 면도날로 칼집을 넣는다. 그러나 상대는 미니 사이즈다. 왼손에 든 핀셋으로 잎자루를 누르고 오른손의 면도날로 잎이 찢어지지 않도록 칼집을 넣는 것은 꽁치의 잔가시를 제거하는 것보다도 더 어려운 일이었다.

잎사귀와의 격투를 간신히 끝낸 후지마루는 성취감에 차서 얼굴을 들었다. 후지마루의 손을 주시하고 있던 모토무라는 "음, 잘하시네요" 하고 웃으면서 끄덕였다. 어떻게든 요리사로서의 면목은 섰다.

"다음으로 포수클로랄(물과 클로랄을 화합해 만든 무색투명한 결정으로, 최면·진정제로 쓰인다)을 잎사귀에 떨어뜨려요. 정확히 말하면, 포수클로랄과 물과 글리세린을 섞은 액체예요."

"어, 그러니까……."

후지마루의 의문을 앞질러서 모토무라가 덧붙였다.

"글리세린은 액체에 걸쭉함을 주기 위한 거예요. 포수클로랄은 잎사귀를 투명하게 해요. 투명하게 하면 현미경으로 볼 때 세포가 잘 보이거든요. 애기장대의 잎사귀는 작고 얇아서 액을 떨어뜨린 순간에 투명하게 변하기 시작해요. 20분에서 30분 정도 놔두면 완전히 투명해져요."

간결하면서도 알기 쉬운 설명에 후지마루는 그저 감탄했다. 생물 선생님 같다. 아니, 전문가니까 당연히 생물 선생님이라고 해야 하나.

모토무라는 실험 책상 옆에 매달려 있던 회색 공구를 손에 들었다. SF 영화에 나오는 피스톨 같은 모양이다.

"피펫맨이에요."

"어, 피펫?"

공구가 아니었다. 그런데 그 이름이 어째 괴수와 싸우는 전사의 이름 같다. 피펫맨, 왠지 그 울림이 막강한 영웅은 아닌 것 같다고 후지마루는 생각했다.

그렇기는 하나, 후지마루가 알고 있는 피펫은 유리로 되어 있고 엉덩이 부분에 고무 골무같이 생긴 것이 달려 있는 도구였다. 고무를 꾹꾹 눌러서 액체를 빨아올리게 되어 있는. 그런데 지금 모토무라가 손에 들고 있는 것은 좀 더 기계 같고, 살인 빔이라도 나올 것 같은 기운을 풍긴다.

"보통 피펫은 양을 눈대중으로 맞춰야 되는데, 피펫맨은 정확하게 마이크로 단위까지 자동으로 액체의 양을 조절할 수가 있어요."

모토무라는 피펫맨으로 포수클로랄 용액을 빨아올려, 슬라이드글라스에 나란히 놓여 있는 두 장의 잎에 떨어뜨렸다.

"자, 커버글라스를 덮어주세요. 공기가 들어가지 않게……."

모토무라의 말을 듣고 후지마루는 서둘러 핀셋으로 커버글라스를 집었다. 얇은 유리가 깨지지 않도록 조심하면서 잎사귀를 살짝 덮는다. 다행히 포수클로랄을 떨어뜨린 잎사귀는 기포가 생기는 일 없이 슬라이드글라스와 커버글라스 사이로 딱 맞춰져 들어갔다.

"정말로 잘하시네요, 후지마루 씨."

모토무라에게 이 애기장대 잎은 소중한 실험 재료일 것이다. 그런데도 아마추어인 후지마루가 준비 작업에 참여할 수 있도록 해준다. 작업하는 방법이나 도구에 대한 설명도 꼼꼼하게 해준다. 모토무라가 혼자서 작업하는 편이 당연히 더 빠를 것이고 완성도도 높을 것이다. 아무런 득이 되지 않는데도 이렇게 친절하게 가르쳐주고, 더구나 칭찬까지 해주다니. 이 얼마나 좋은 사람인가. 후지마루는 남몰래 감동했다.

그러나 평소 쓰부라야에게 스파르타 교육을 받고 있는 몸이라서, 후지마루는 '칭찬해서 키운다'는 방침에 익숙하지 않다.

"그런가요. 요리랑 좀 비슷하니까요. 썰거나, 늘어놓거나, 섞거나, 정확하게 분량을 재거나." 후지마루는 속으론 기뻤지만 왠지 무뚝뚝한 대답이 나오고 말았다.

"그럴지도요. 하지만 저는 요리를 잘 못해요. 조금도 발전이 없어요."

"계속 하다 보면 잘하게 되지 않을까요."

"혼자 산 지 벌써 3년째예요……."

"……."

손재주가 좋은 것과 요리 센스는 다른 건가. 계속해서 이어 말하려다 말이 막힌 후지마루는, 방금 작업을 마친 슬라이드글라스에 무심코 시선을 떨어뜨렸다가 "우아" 하고 놀라서 소리쳤다.

"벌써 투명해지기 시작해요!"

커버글라스 아래 나란히 놓인 두 개의 애기장대 잎사귀. 얼굴을 가까이 대고 자세히 보니, 칼집을 낸 부근부터 조금씩 조금씩 투명해지고 있었다.

"네. 하지만 이 상태에서는 아직 녹색이 강하게 남아 있어서 현미경으로 세포를 보기 힘들어요."

모토무라는 텅 빈 에펜 튜브 뚜껑에 붙여놓은 스티커를 슬라이드글라스에 옮겨 붙였다. 잎사귀를 채취한 날짜 등이 쓰여 있는 것 같다. 스티커를 다 붙인 모토무라는 선반에서 다른 슬라이드글라스를 가지고 왔다.

"여기 이건 포수클로랄을 떨어뜨려서 하룻밤 놔둔 잎사귀예요."

"오오."

새로이 실험 책상에 놓인 슬라이드글라스에는 완전히 투명해진 세 장의 애기장대 잎사귀가 커버글라스에 덮여서 나란히 놓여 있었다. 잘 보지 않으면 거기에 잎사귀가 있다는 걸 알아차릴 수 없을 정도로 깨끗하게 색이 빠졌다.

"요리 프로그램 같지요. '이쪽이 냉장고에서 30분 재운 겁니다.'"

"정말이네요."

후지마루와 모토무라는 마주 보고 웃었다.

실험 책상 한쪽 구석에는 현미경이 한 대 놓여 있었다. 대학에서 사용하는 현미경은 틀림없이 거대하고 고성능일 거야, 라고 후지마루는 생각했는데, 겉보기에는 고등학교 실험실에 있었던 현미경과 그다지 다르지 않은 것 같다.

모토무라는 그 현미경에 슬라이드글라스를 올려놓고 초점거리 조절나사를 돌려 초점을 맞췄다.

"성능이 더 좋고 사진도 찍을 수 있는 현미경은 지하 현미경실에 있는데요, 그쪽은 예약제예요. 지금 시간은 다 차 있으니까, 이 현미경으로 애기장대 잎을 봐주세요."

모토무라가 몸을 비켜 현미경 앞을 후지마루에게 비워줬다. 후지마루는 주춤주춤 현미경에 양 눈을 갖다 댔다.

"우아."

렌즈 너머로 보이는 것은 투명한 조각 퍼즐같이 잎 세포가 늘어서 있는 모습이었다. 구골나무 잎을 서로 세심하게 맞춰서 깔아놓은 것처럼, 하나하나의 세포가 톱날처럼 삐죽삐죽한 모양을 하고 있다.

"잎 표면의 세포예요. 가시가 보이나요?" 하고 옆에 선 모토무라가 물었다.

"오, 보여요, 보여요!"

주의해서 관찰하면 세포 여기저기에 분명히 작은 가시가 튀어나와 있는 게 보인다. 세 갈래로 나뉜 가시다.

"안테나 같네. 외계인의 머리에 나 있는 것 같아요."

"후후. 이건 야생형 애기장대예요. 옆에 있는 것은 변이가 된 애기장대인데요, 가시에 주목해서 봐보세요."

모토무라가 슬라이드글라스를 옆으로 약간 옮겨놓았다. 후지마루의 시야 안으로 조금 전보다 더 많은 가시가 달려들었다. 게다가 그가시들은 네 갈래 이상으로 나뉘어 있다.

"같은 애기장대라도 어떤 변이종이냐에 따라 잎사귀의 모양이나 가시의 밀도가 전혀 달라요. 예쁘죠?"

예쁜 건지 어떤 건지 후지마루는 아직 판단할 수 없었지만, 왜 그런 차이가 생기는지를 모토무라가 실험이나 관찰을 통해 알고 싶어한다는 건 알 수 있었다.

후지마루는 현미경에 눈을 붙인 채 손으로 더듬어 슬라이드글라스를 밀어서 야생 애기장대와 변이 애기장대를 견주어봤다. 투명한 세포에서 투명한 안테나를 쑥 내밀고 있다. 세 갈래족(族) 외계인과 네 갈래족 외계인.

"표면의 다음 층을 봐볼까요."

모토무라가 조절나사를 조정했다. 후지마루의 눈동자 속으로 색깔이 없는 세포가 만화경같이 움직이는 모습이 들어온다. 초점이 맞는 심도가 변하면서 잎사귀 내부로 깊숙이 들어간다.

"우아아."

표층 바로 아래에는 또 다른 세계가 펼쳐져 있었다. 둥근 세포가 꽉 들어차 북적거리고 있다. 투명한 연어알이 빽빽이 채워져 있는 것 같다. 확실히 좀 예쁘긴 하다고 후지마루는 생각했다.

"제가 지금 세포의 수를 세고 있는 것은, 이 층에 있는 세포들이에요." 하고 모토무라는 말했다. "더 아래층에는 윤곽이 흐물흐물한 세포가 빈틈이 많은 해면(海綿)같이 성기게 늘어서 있어요. 그 아래가 잎의 뒷면이고, 앞면과 비슷한 퍼즐 모양의 세포가 늘어서 있답니다."

애기장대 잎은 작은 데다가 얇다. 키친타월보다도 더 얇을 거라고, 조금 전 잎에 메스를 댔을 때의 감촉으로부터 후지마루는 추측한다. 하지만 그 내부는 4층 구조로 되어 있고, 층에 따라서 세포의 모양도 다르다. 애기장대는 맛있는 밀푀유를 만드는 파티시에만큼이나 굉장하다. 후지마루는 감탄의 한숨을 내쉬면서 현미경에서 얼굴을 들었다.

실험실의 창문은 기재나 선반으로 반쯤 가려져 있어서 낮에도 형광등이 켜져 있다. 그 희뿌연 불빛 아래로 실험 책상에 놓인 핀셋, 선반에 진열된 정체불명의 약품병, 현미경 옆에 서 있는 모토무라의 모습이 후지마루의 눈에 들어온다. 현미경에 눈을 가져다 대기 전에 보았던 그 풍경과 동일하다.

그러나 그로부터 겨우 5분이 지났을 뿐인 지금, 모든 것이 달라 보인다. 마치 아른거리는 꿈속에 있는 것 같다. 눈에 보이는 세계가 다가 아니다. 눈에 보이지는 않지만 작은 잎사귀 안에 초롱초롱 펼쳐져 있는 세포의 우주. 후지마루가 지금까지 요리해온 채소와 고기, 생선 속에도 같은 세계가 펼쳐져 있다.

"내 몸을 현미경으로 보면 어디나 모두 세포가 가득 늘어서 있다는 거네요."

"그래요."

기분 나쁜 것 같기도 하고, 고귀한 것 같기도 한 느낌이 든다. 식물도, 동물도, 채소도, 인간도, 모두 알알이 가득 찬 세포를 필사적으로 일하게 해서 살아가고 있다는 점에서는 아무런 차이가 없는 거구나 하고 생각하니, 왠지 가엾다는 생각도 든다.

"모토무라 씨는 정말 매일 현미경을 들여다보나요?"

"네."

"눈이 피곤하지 않아요?"

"피곤해요. 그래도 질리지 않아요." 하고 모토무라는 대답했다. "어떤 이유로 인해 잎사귀의 세포 수가 적어졌을 때에는 세포 하나하나의 크기가 원래보다 커지거든요. 잎사귀의 크기를 다른 잎사귀와 같은 크기로 유지하기 위해서일지도 몰라요. 제가 멋대로 그렇게 추측하고 있는 것이긴 하지만요."

"애기장대의 잎이 '어? 난 세포 수가 좀 적은가. 그럼 세포를 크게 하자'라고 판단한다는 겁니까?"

"몰라요. 어떤 메커니즘이 작용해서 세포의 수나 크기가 결정되는지, 그것을 조사하기 위해서 잎사귀의 세포 수를 매일 세고 있어요."

실제로 애기장대의 세포를 보고 나니 후지마루도 어렴풋이 모토무라의 마음을 이해할 수 있을 것 같았다. 당장 생활이 편리해지는 연구는 아닐지도 모르지만, 정말로 수수께끼를 풀고 싶어진다.

오후 휴식 시간이 얼마 안 남았기 때문에, 후지마루는 엔푸쿠테이로 돌아가야 했다. 모토무라에게 인사를 하고 복도에 놔두었던 배달용 은색 상자를 손에 들었다.

모토무라는 마쓰다 연구실 앞에서 후지마루를 배웅해줬다.

"괜찮으시면 다음번에는 지하 현미경실을 보여드릴게요. 그쪽 현미경으로 보면 애기장대의 잎이 좀 더 예쁘게 보일 테니까요."

그렇게 말하며 모토무라는 후지마루에게 가볍게 손을 흔들었다. 후지마루는 꾸벅 머리를 숙이고 복도를 걷기 시작한다. 계단을 내려가기 전에 돌아보니 모토무라의 모습은 이미 사라지고 없고, 가까운 방에서 무슨 기계가 작동하는 소리가 들릴 뿐이었다.

아름답게 짝지은 투명한 세포. 애기장대를 너무도 좋아하는 사람. 후지마루는 자신의 얼굴에 웃음이 번져 있다는 사실을 알지 못한 채 자연과학부 B호관을 나왔다.

엔푸쿠테이에서는 쓰부라야가 화를 내며 기다리고 있었다.

"어디를 멋대로 싸다닌 거냐, 넌."

"죄송합니다."

"너 줄 밥은 없어. 비프스튜 남은 거, 내가 억지로 세 그릇을 다 먹었으니까."

"어어. 억지로 드실 거면 제 건 남겨놓고 드시지 그랬어요."

"이 멍청한 놈아! 나를 칼로리 과다 섭취로 만들어놓고 말하는 본새 좀 봐라. 연락이 없으니까 어디서 점심을 먹고 오나 했지."

살찌면 허리에 나쁜데, 하고 투덜거리면서 쓰부라야는 주먹밥을 세 개 만들어줬다. 접시에는 단무지도 세 조각 곁들여져 있었다.

"야호. 고맙습니다, 대장!"

늦은 점심을 먹을 수 있게 된 후지마루는 주먹밥을 덥석 문다. 소금이 알맞게 쳐져 있는 데다가 주먹밥마다 내용물이 다르게 들어 있다. 하나는 연어를 이긴 것, 또 하나는 매실장아찌, 또 다른 하나는 다시마. 이러쿵저러쿵하지만, 대장은 부지런할 뿐 아니라 정이 많은 사람이라고 후지마루는 생각한다. 하나 씨도 대장의 저런 마음씨에 끌렸던 거겠지.

후지마루는 겨우 5분 만에 주먹밥 세 개를 다 먹어치우고 서둘러 일을 시작했다. 비프스튜가 들어 있던 냄비와 텅 빈 밥솥을 씻는다. 저녁 영업에 쓸 밥을 안치고 채소를 잘게 썬다.

비프스튜는 푹 끓여 최소한 하룻밤을 놔둬 맛이 어우러지게 한 다음에 손님에게 내놓는다. 오늘 밤 사용할 것은 이미 준비되어 있고, 지금은 내일 이후에 쓸 것을 준비해두어야 한다. 후지마루는 잘게 썬 양파와 소량의 당근을 버터로 볶은 다음, 쓰부라야가 썰어서 밑간을 해놓은 소고기와 함께 냄비에 넣었다. 그리고 쓰부라야의 감독 아래 레드와인으로 푹 끓인다.

밥솥이 김을 내기 시작한다. 이제는 식당 안을 청소할 차례다. 쓰부라야는 홀의 의자에 앉아서 잠시 쉬는 중이다. 신문을 읽으면서 바닥을 걸레질하는 후지마루를 위해 다리를 들었다 내렸다 한다.

"있잖아요, 대장."

"엉?"

"저, 아까 T대에서 현미경을 들여다보게 해줘서 봤어요. 애기장대란 식물의 잎사귀 세포였는데 정말 아름다웠어요."

"흠." 쓰부라야는 신문에 눈길을 떨군 채 고개를 갸웃한다. "나나쿠사가유(봄의 일곱 가지 푸성귀를 넣어서 쑨 죽)에 넣는 냉이의 일종인가?"

"글쎄요. 냉이란 게 어떤 거죠?"

"몰라? 흔히 말하는 일종의 펜펜구사(냉이의 꼬투리가 샤미센을 타는 도구와 닮았다고 하여 샤미센을 탈 때 나는 소리인 '펜펜'을 따서 붙여진 별명)야."

"그래요? 저는 애기장대의 잎사귀밖에 안 봐서 잘 모르겠지만, 펜펜 소리는 안 났는데." 후지마루는 대걸레로 바닥을 문지른다. "어쨌든 아름다웠어요. 세포가."

"흠." 쓰부라야는 신문을 접고 탁자에 팔꿈치를 괴었다. "누가 보게 해줬어?"

"마쓰다 연구실의 대학원생이에요."

"여자야?"

후지마루는 대걸레로 박박 마루를 문질렀다. "네, 뭐."

"예뻐?"

후지마루는 모토무라가 입고 있던 기공 무늬 티셔츠와 현미경을 들여다보던 모토무라의 긴 속눈썹을 떠올렸다.

"예쁘지 않은 건 아니지만, 아니, 그런데, 세포 관찰하는데 예쁘냐 아니냐가 뭔 상관이에요?"

대걸레가 바닥을 다 마모시킬 기세로 초고속으로 앞뒤로 움직인다.

"어이, 후지마루. 잠깐 여기 앉아봐라."

쓰부라야가 한숨을 내쉬고 맞은편 의자를 가리킨다. 후지마루는 대걸레를 탁자에 기대어 세워놓고서 쓰부라야와 마주 보는 자리에 얌전히 앉았다.

"알겠지만, 마쓰다 연구실은 엔푸쿠테이의 단골이야. 공사혼동(公私混同)은 안 돼."

"송아지 곤도라뇨(한자에 익숙하지 않은 후지마루가 공사혼동이라는 사자성어를 몰라서 공사(公私)와 혼동(混同) 각각을 발음이 같은 가장 간단한 한자어인 송아지(子牛)와 곤도(近藤)로 알아들은 것)?"

"공사혼동, 공과 사를 혼동하지 말라고. 한자 몰라? 주문을 받는 입장에서, 연구실 사람들을 방해하면 안 된다는 거야."

"네."

"나도 멋으로 오랫동안 아카몬 앞에서 장사하고 있는 게 아니야. T대에서 공부하는 사람들을 많이 봐왔어. 요령만 좋아서 눈이 맞아 시시덕거리며 시간을 보내는 잡것들도 일부 있지만, 그런 것들은 내버려두면 돼. 그렇게 노닥거리다가 평생을 끝내라고 해."

"대, 대장."

독설에 깜짝 놀란 후지마루는 저도 모르게 문 쪽을 살펴봤다. 누가 듣기라도 하면 식당 평판에 문제가 생길 수 있다.

쓰부리야는 그런 후지마루를 개의치 않고 목에 힘을 주며 말을 계속했다.

"하지만 말이지, 대부분의 사람들은 성실하게 연구를 하고 있어. 그리고 연구의 길이란 엄중하다는 걸, 곁에서 보는 나조차도 느낄 수 있었어. 여자에게는 더욱 그래."

"무슨 말인가요?"

"송별회야" 하고 쓰부라야는 팔짱을 낀다. "여기 엔푸쿠테이에서는 지금까지 수도 없을 정도로 여성 연구자의 송별회가 열렸어. 결혼이나 출산이나 남편의 전근 등으로 연구를 중단해야 했던 사람들을 많이 봐왔다는 얘기야."

그러니까 말이지, 하고 쓰부라야는 팔짱을 낀 채 몸을 앞으로 내밀었다. 노려보는 것 같은 시선이 야쿠자의 그것처럼 박력이 넘쳐서 후지마루는 그만 몸을 뒤로 30도 젖혔다.

"괜히 마음 들떠서 연구를 방해하지 말라는 거야. 알았니?"

"네."

쓰부라야는 고개를 떨군 후지마루의 어깨를 툭 치고 일어섰다.

"어느 세계에나 눈이 맞아 노닥거리는 놈들은 반드시 있어. 하지만 말이지, 넌 그렇게 되면 안 돼. 요리의 길도, 그 뭐라는 냉이 연구의 길과 마찬가지로 엄중한 거야. 곁눈질할 틈은 없어."

"네."

후지마루는 비프스튜가 어떻게 됐는지 보러 주방으로 들어가는 쓰부라야가 시야에서 사라질 때까지 그의 등에서 시선을 뗄 수 없었다.

그날 밤 후지마루는 엔푸쿠테이 2층의 자기 방에서 필사적으로 잠과 싸우며 이부자리에 책상다리를 하고 앉아 양손의 손톱을 노려보았다.

왜 손끝에만 이런 딱딱한 것이 나는 걸까. 일부러 '손톱아, 나서 자라라' 하고 바라는 것도 아닌데. 애기장대가 뭔가의 메커니즘으로 잎사귀의 세포 수나 크기를 조정하듯이, 후지마루의 세포도 알 수 없는 메커니즘을 갖고 있어서 일정한 위치에 자동적으로 손톱이 나오게 하는 거겠지.

그동안 생각해보지 못했던 신기한 일이다. 후지마루는 네 살 아래 남동생이 아기였을 때를 기억해냈다. 포동포동한 손가락 끝에 작은 손톱이, 있어야 할 자리에 앙증맞게 나 있었다. 그것이 귀엽고 사랑스러워서, 이따금 배에 힘을 주면서 자는 남동생의 손을 후지마루는 질리지도 않고 쥐고 있곤 했다.

완전히 잊고 있었네. 후지마루는 빙긋 웃었다.

모토무라 씨의 팀이 연구하고 있는 것은 결국은 생물이 어떻게 태어나고, 어떻게 살고, 왜 죽는가 하는 것에 대한 것일지도 모른다. 나를 포함하여 많은 사람들이 한 번은 품었을 의문. 하지만 나를 포함하여 많은 사람들이 '그런 건 생각해봤자 소용없어' 하고 내던져버렸던 의문. 모토무라 씨의 팀은 그것을 내던지지 않고 계속해서 끈질기게 생각하고 있는 것이다.

후지마루는 불을 끄고 이부자리에 드러누워 타월 이불을 어깨까지 끌어 올렸다. 창문에서는 매미를 대신해서 귀뚜라미 우는 소리가 들려왔다.

소용없는 일이라고 말한다면 요리도 마찬가지아, 하고 후시마루는 멍하니 생각한다. 배를 채우는 것은 한때의 일. 맛있고 영양 밸런스가 잡힌 요리를 아무리 먹어도 결국 언젠가는 죽으니까. 아니, 그렇게 말한다면 어떤 행위도 다 무의미하다. 나도, 대장도, 혼고 대로를 걷는 모든 사람들도, 언젠가는 죽는다. 좋은 일을 해도, 나쁜 일을 해도, 언젠가는 모두 과거가 된다.

태어나서 죽을 때까지의 한정된 시간 속에서 돈을 벌고 싶다든가 남을 돕고 싶다든가 하는 거라면, 아직 상상의 범위 안이다. 하지만 '진리 탐구'를 선택하고 지향하는 사람이 있다는 건 놀라운 일이다. 소득도, 의미니 무의미니 하는 것도 뛰어넘어, 그저 '알고 싶다'는 열정 하나에 자극을 받아 움직이는 사람이 있다는 건 굉장한 일이다, 하고 후지마루는 생각했다.

"방해하면 안 돼"라고 쓰부라야는 말했다. 맞는 말이다. 내일부터는 배달만 싹 하고, 식기만 싹 회수하자. 후지마루는 자신에게 맹세하고 스마트폰 알람을 맞춰놓았다.

잠에 빠지기 직전에 생각한 건, '모토무라 씨, 그렇게 현미경을 잘 다루는 사람이 요리는 잘 못하는구나……'라는 거였다.

밤하늘은 구름에 덮여 달도 별도 없다. 후지마루가 히죽거리며 자고 있다는 사실을 목격한 사람은 아무도 없었다.

후지마루는 아직 엄청나게 젊기 때문에, 아침이 되면 쓰부라야의 충고도, 전날 밤에 한 맹세도 완전히 날아가고 없다. 마쓰다 연구실에서 배달 주문이 들어오기만을 매일같이 손꼽아 기다린다.

현미경으로 본 아름다운 세포가 망막에 어른거렸고, 모토무라를 보고 싶은 마음은 아무리 해도 지울 수 없었다.

손꼽아 기다리던 전화가 드디어 오고, 후지마루는 고분고분한 얼굴로 쓰부라야에게서 받아 든 요리에 랩을 씌웠다. 은색 상자에 주문품을 담고, "잘 알지?" 하고 다짐하는 쓰부라야의 말에 역시 고분고분한 얼굴로 고개를 끄덕여 보인다.

그러고 나서 하늘색 자전거에 올라타서는 온 힘을 다해 내달린다.

숨을 헐떡이며 마쓰다 연구실의 문을 열자, 안에는 모토무라와 연구원 가와이가 있었다. 열흘 만에 만나는 모토무라는 칠부 셔츠를 입고 있었다. 셔츠의 가슴 부분에는 바구니에 담긴 송이버섯 사진이 인쇄되어 있다.

일단 가와이가 밥값을 대신 지불한다고 하여 후지마루는 받아 든 지폐를 돈주머니에 넣고 거스름돈을 건넸다. 그러는 사이에도 모토무라의 셔츠에서 시선을 떼지 못했다. 송이버섯 무늬의 옷 같은 걸 입고 다녀도 괜찮을까. 아니, 뭐가, 왜 잘못이냐고 설명하라고 해도 답하기 곤란하지만, 그래도 역시 좀 그렇지 않나.

모토무라는 많이 해본 일이라는 듯이 은색 상자를 열고 연구실의 큰 책상에 요리를 차려놓고 있다가, 후지마루의 시선을 깨닫고는 "멋대로 음식을 놔서 죄송해요"라고 말했다.

"아니, 그게 아닙니다." 후지마루는 조금 망설인 끝에 물었다. "그 옷도 직접 인쇄한 건가요?"

대형 보온병에서 자기 몫의 수프를 컵에 뜨고 있던 가와이가 "풋" 하고 웃음을 터뜨렸다. 가와이도 모토무라의 셔츠가 신경 쓰였던 것이다.

후지마루와 모토무라의 시선을 받은 가와이는 "미안"이라고 하면서 책상에 앉는다. "나는 먼저 먹을 테니까, 계속하세요."

바로 옆에서 오므라이스를 먹기 시작한 가와이를 아랑곳하지 않고 후지마루와 모토무라는 대화를 재개했다.

"이건 근처 가게에서 샀어요"라고 모토무라는 말했다. "버섯이 맛있는 계절이 되었으니 딱 좋을 것 같아서요."

어떤 가게지? 하고 후지마루는 생각했다. 기공 무늬 옷에 이어 송이버섯 무늬 옷을 입는 여자. 별난 센스다. 나는 정말로 이 사람을 보고 싶었던 걸까, 하고 후지마루는 자신의 마음을 미심쩍어했다.

"표고버섯이라든가 잎새버섯이라든가, 더 무난한 무늬는 없었나요?"

가와이가 "컥" 하고 사레가 들렸다가 다시 두 사람의 시선을 받고, "아니, 아무것도 아니야"라며 수프를 먹었다.

"송이버섯뿐이었어요."

모토무라가 후지마루 쪽으로 얼굴을 되돌린다.

"게다가 후지마루 씨에게 맞을 것 같은 사이즈도 없었던 것 같아요. 여자 옷밖에 팔지 않는 가게라서."

"괜찮아요, 좀 물어본 것뿐입니다."

미안해하는 듯한 모토무라의 표정을 보고, 후지마루는 자신의 때묻은 마음을 부끄러워했다. "식물 연구를 하고 있으면, 버섯 무늬에도 마음이 쓰이나요?"

"아, 버섯은 식물이 아니에요. 유전자 레벨로 말하자면 동물 쪽에 가까운 존재라서."

"그래요? 슈퍼에 가면 채소 매장에 있는데" 하고 후지마루가 놀라서 말하자, "이제 와서 정육점에 놓는다고 해도 이상해 보이긴 하겠지만요"라며 모토무라는 웃었다. 별난 옷을 입고 있지만 그런 건 아무래도 상관없어, 하고 후지마루는 생각을 고쳐먹었다.

모토무라와 조금 더 이야기하고 싶은 마음은 굴뚝같았지만, 너무 오래 있는 것도 신경이 쓰인다.

"그럼, 나중에 식기 가지러 다시 오겠습니다."

후지마루는 은색 상자를 손에 들고 연구실을 나오려 했다.

"아, 맞다, 후지마루 씨" 하고 모토무라가 부른다. "식기 가지러 오셨을 때, 온 김에 재배실을 보고 가시지 않을래요? 마침 싹이 난 애기장대가 있어요."

"네, 보고 싶습니다!"

대답하는 후지마루의 목소리가 뒤집혔다.

연구실 문을 닫을 때 웃음을 참고 있는 가와이와 눈이 마주쳤다. "파이팅"이라고 말하고 싶어 하는 표정이었다.

점심 식사 손님으로 붐비는 엔푸쿠테이로 돌아온 후지마루는 고분고분한 표정을 유지하는 데에 유념하면서 쓰부라야에게 점심밥은 필요 없다는 뜻을 정중히 전했다.

"어, 안 먹어?" 쓰부라야는 프라이팬을 흔들어 나폴리탄을 만들면서 말했다. "그럼, 어디서 뭘 먹을 건데?"

"편의점에서 적당히 샌드위치라도 먹으려고요."

"샌드위치라면 우리 식당에서 먹으면 되잖아."

네뉴에 없는 요리를 수문받아도 쓰부라야는 있는 식재료로 어떻게든 모양이 나게 만든다. 주먹밥이든 샌드위치든, 편의점에서 팔고 있을 법한 것은 대개 엔푸쿠테이에서 먹을 수 있다. 하지만 이번만큼은 요리사로서의 쓰부라야의 재능이 원망스럽다.

후지마루는 쓰부라야에게서 나폴리탄 접시를 받아 들고 손님이 기다리는 탁자로 날랐다. 그런 김에 혼잡한 식당 안을 한 바퀴 돌며 식탁 위에 놓여 있는 유리잔의 물이 줄어 있는 곳은 없는지 확인한다.

주방으로 돌아온 후지마루는 "날씨도 좋고, 산책하면서 밖에서 먹으려고요"라고, 홀을 돌며 물이 줄어든 유리잔에 물을 따르면서 생각한 변명을 늘어놓았다.

"아하." 쓰부라야는 방금 만든 따끈따끈한 햄버그에 숟가락으로 데미글라스 소스를 얹었다. "그럼, 이거군."

소스는 햄버그 위에서 아담한 하트 모양을 그리고 있었다.

"잠깐, 무슨 그런!"

얼굴이 빨개진 후지마루는 쓰부라야에게서 숟가락을 빼앗아 들고 소스를 그 위에 덧뿌렸다. 하트가 뭉개지면서 평범한 데미글라스 소스로 돌아왔다.

햄버그 접시를 손님 자리로 나르고 쓰부라야의 곁으로 돌아온 후지마루는 이미 체념하고 있었다.

"……그래요, T대에 다녀오려고요."

"처음부터 솔직하게 말했으면 좋았지." 쓰부라야는 한숨을 쉬고 프라이팬에서 접시로 오므라이스를 툭 하고 옮겼다. "내가 한 말, 기억하고 있지?"

"네."

"그렇담 다행이고……."

쓰부라야의 얼굴에는 다행은 무슨, 이라고 쓰여 있었다.

기억하고 있다. 괜히 들떠서 연구에 전념하는 사람들을 방해하면 안 된다고 쓰부라야는 말했었다.

그래도, 하고 후지마루는 생각한다. 이번에는 모토무라 씨 쪽에서 애기장대를 보러 오라고 불러준 거니, 내가 연구실에 가는 걸 굳이 방해하는 행위라고 볼 수는 없지 않을까. 들뜬 기분이 1㎜도 없다고 한다면 거짓말이겠지만, 애기장대를 보고 싶어 하는 내 마음도 거짓 은 아니다.

그렇다면 결론적으로, 내 마음에 뒤가 켕길 부분은 (1㎜ 정도밖 에) 없다!

후지마루는 서둘러서 점심 영업시간 정리 작업을 마치고, "어디서 든 밥은 꼭 먹어라" 하는 쓰부라야의 잔소리로 배웅을 받으며 오늘 하루 두 번째로 T대로 향했다. 물론 하늘색 자전거도 오늘 하루 두 번째로 페달이 부서져라 밟았다.

모토무라는 식기를 씻어놓고 자연과학부 B호관의 연구실에서 후 지마루를 기다리고 있었다.

"재배실은 지하 현미경실의 맨 안쪽에도 있지만, 마침 싹이 나온 애기장대가 2층 쪽 재배실에 있어요" 하고 모토무라는 말했다.

모토무라는 계단을 한 단씩 건너뛰며 내려간다. 후지마루에게 애 기장대를 보여주고 싶어서라기보다는 자신이 애기장대를 보고 싶이시 그린다는 게 절절히 전해져온다. 설마, 얼마나 애기장대를 좋아하는 걸까. 후지마루는 쓴웃음을 지으며 식기를 담은 은색 상자를 들고 뒤를 쫓았다.

이제 슬슬 10월로 넘어갈 참인데 모토무라는 변함없이 고무 슬리퍼를 신고 있다. 춥지 않나 하고 생각했지만, 여름과 마찬가지로 작은 발뒤꿈치에는 희미하게 주홍빛이 비치고 있었다.

모토무라는 후지마루를 마쓰다 연구실 바로 아래에 위치한 방으로 데리고 갔다. 모토무라가 문째로 들어 올리듯이 하면서 놋쇠 문 손잡이를 돌린다. 후지마루는 은색 상자를 복도 구석에 놓고 실내를 들여다봤다.

연구실과 마찬가지로 세로로 긴 방이었다. 맨 안쪽 창은 암막으로 완전히 막혀 있었다. 좌우의 벽을 따라서 후지마루의 키 높이보다도 높은 유리 케이스가 빈틈없이 늘어서 있다. 선반이 달린 공중전화 부스 같다고나 할까, 콜라 같은 음료를 넣어두는 술집의 유리문 냉장고 같다고나 할까, 그런 느낌을 주는 유리문이 달린 케이스다. 방 중앙에는 작업대 대신 사용하는 것으로 보이는 긴 책상이 하나 놓여 있다.

암막으로 덮인 실내를 밝히는 것은 늘어선 케이스 내부에 달린 형광등뿐이었다. 케이스가 여덟 대 정도 있으므로 그 불빛들만으로도 실내는 충분히 밝다.

"챔버예요."

모토무라는 출입구에서 유리 케이스를 가리켰다.

"우리말로 표현하자면 식물생장상이지요. 설정한 대로 온도와 습도를 유지하고, 타이머로 조명의 세기도 바꿔줄 수 있게 되어 있어요. 관찰이나 실험에 사용하는 식물은 챔버 안에서 엄중하게 관리받으며 자라는 거예요."

유리 상자 안에서 인공의 낮과 밤을 보내는 식물이라고? 후지마루는 좀 더 자세히 보고 싶어서 모토무라와 함께 방 안으로 발을 내디뎠다.

순간 찰박 하는 소리가 나서 뭘까 하고 바닥을 내려다보니 물이 고여 있다.

"앗!" 하고 모토무라가 외쳤다. "물이 새고 있어."

왼쪽 벽가에 있는 한 대의 챔버. 그 발치에 설치된 배수 호스가 힘없이 바닥에 늘어져 있었다.

"마쓰다 교수님의 챔버야……."

모토무라는 신음하듯 말하고 배수 호스 끝을 양동이에 집어넣는다. 그러고는 긴 책상 위에 있던 걸레로 바닥의 물을 닦기 시작했다. 후지마루도 걸레를 손에 들고 모토무라를 돕는다.

"죄송해요. 교수님이 엄벙덤벙하는 데가 있어요."

"의외네요. 겉모습은 신경질적인 살인 청부업자 같은데."

네? 하고 모토무라는 눈을 깜박이더니 "맞아요" 하고 웃었다.

"하지만 겉모습만 그런 거예요. 실제로는 매일같이 서류나 자료를 찾느라 언제나 책상 위를 휘저어요. 이렇게 물이 샌 것도 식물을 돌보다가 뭔가 생각나서 호스를 양동이에 제대로 넣지도 않고 어디론가 가버려서 그런 걸 거예요."

쿨한 것 같은데 의외로 비어 있는 구석이 있구나, 하고 생각하니 후지마루는 마쓰다에게 왠지 친근감이 느껴졌다.

바닥을 다 닦고 나서 걸레를 소형 빨래 건조대에 널었다. 후지마루는 마쓰다의 것이라고 하는 챔버를 들여다봤다. 내부는 3단 정도로 나뉘어 있고, 어느 선반에나 무성한 잎을 단 식물이 공간을 꽉 채우고 있었다.

부채에 갈라진 틈이 생긴 것 같은 모양의 잎사귀도 있고, 연녹색의 둥근 잎도 있다. 작은 야자열매 같은 덩어리에서는 초록 싹이 마치 드릴처럼 튀어나와 있다. 연구실에 있던 식물과 마찬가지로, 한 번도 본 적 없는 식물들이다. 어느 것이나 다 작은 화분이나 물을 채운 트레이에서 자라고 있는데도 아주 싱싱하다.

"정말 빽빽하게 자라고 있네요."

"교수님은 '초록 손가락'을 갖고 있어요."

"손가락이 초록색이에요?"

후지마루는 기억을 더듬어보았다. 마쓰다의 손가락은 흙으로 더러워져 있었던 적은 있지만 그렇다고 초록색은 아니었다. 정말로 손가락이 초록색으로 변한다면 바로 피부과에 가야 하지 않을까.

"아니, 비유로 하는 말이에요." 모토무라는 진지한 표정을 지으며 설명했다. "식물을 키우는 데에 능숙한 사람을 '초록 손가락을 갖고 있다'고 말하기도 해요. 일본의 기후에는 맞지 않는다고들 하는 식물이라도 교수님이 돌보면 건강하게 자라서 계속 늘어나요."

"호, 뭔가 비결이 있는 걸까요?"

"식물이 무엇을 요구하고 있는지를 아주 잘 감지하는 거지요. 특별한 센스가 있는 거예요."

"모토무라 씨는요?"

"저는 전혀. 그나마 애기장대는 키우기 쉬우니까 다행이지만, 집에서는 선인장조차 말라 죽인 일이 있을 정도예요."

그렇게 봐서 그런지 그 말을 한 모토무라가 어깨를 축 늘어뜨린 것 같아서 후지마루는 얼른 말을 보탰다.

"식물이 너무 잘 자라는 것도 불편해요. 잡초도 같이 왕창 자랄 거 아니에요?"

"하기는 교수님의 여름휴가는 거의 정원의 잡초 뽑기로 끝난다고 했어요."

"그렇다니까요."

모토무라의 얼굴에 웃음이 퍼지는 것을 보고 후지마루는 기뻤다.

"선인장 이야기가 나와서 말인데, 대학원생 가토 씨가 선인장 가시에 대해 연구하고 있어요."

"선인장의 가시……."

이 또한 독특한 연구 대상이군, 하고 후지마루는 생각했다.

"네. 선인장에는 잎이 없는 것처럼 보이지만 잎사귀가 변해서 가시가 된 거예요. 참고로 장미 가시는 줄기에서 튀어나와 있는데, 무엇이 변해서 생긴 건지는 여러 설이 있어서 알 수 없어요."

"오."

가깝게 느껴졌던 식물이 또다시 갑자기 수수께끼의 존재가 되어버린 것 같다는 생각이 들자, 후지마루는 무심코 자신의 손을 확인했다. 다행이다, 내 손톱이 모르는 사이에 뾰족해졌으면 어떡하나 했다.

"가토 씨도 마쓰다 교수님과 마찬가지로 '초록 손가락'을 가지고 있어요. 온실에서 선인장이나 다육식물을 많이 키우고 있어요."

"온실까지 있나요?"

"네, B호관 근처에. 가토 씨한테 부탁하면 안을 보여줄 거예요."

쓰부라야가 사귀고 있는 꽃집 하나 씨의 가게에서도 최근에는 다육식물을 심은 작은 화분을 팔고 있다. 색깔이나 모양, 질감이 다종다양하며 그냥 놔둬도 튼튼하게 잘 자라고, 게다가 인테리어 소품 대신으로 사용할 수도 있어서 인기라고 한다.

후지마루는 애기장대의 세포를 보고 나서는 '식물도 살아 있는 생물인데 인테리어 취급을 해도 되나?' 하는 생각이 들었다. 그러나 그것은 후지마루가 인테리어 전반에 흥미가 없기 때문일지도 몰랐다. 지금 자신의 방에 있는 가구라고는 쓰부라야에게서 넘겨받은 것뿐이다. 커튼은 햇빛에 바랬고, 밥상은 흔들거려서 광고 전단을 접어 밥상 다리와 방바닥 사이에 끼워놨으며, 냉장고 문에는 미적 감각이라고는 손톱만큼도 느낄 수 없는 마그넷이 몇 개나 달라붙어 있다. 그것마저도 플라스틱 커버가 떨어져 나가서, 마그넷이라기보다 그야말로 그냥 자석이 되어버린 물건이다.

그런 후지마루인 만큼 '식물을 인테리어 취급하다니 온당치 않다'라고 느끼는 것이지만, 인테리어에 제대로 신경을 쓰는 사람은 당연히 방에 둔 식물에 대해서도 관심을 기울이고 정성을 들여 키울 것이다. 인테리어관의 차이다. 후지마루로서도 살풍경한 자기 방을 어떻게 좀 해보고 싶은 마음이 없지는 않기에, '다음엔 가토 씨에게 부탁해서 온실의 다육식물을 보여달라고 하자' 하고 마음속의 수첩에 기록해두었다.

"이쪽이 제 챔버예요."

모토무라는 오른쪽 벽가에 놓인 챔버 쪽으로 후지마루를 안내했다.

모토무라의 챔버는 5단으로 나뉘어 있었다. 각각의 선반에는 요리할 때 사용하는 알루미늄 배트 같은 것들이 놓여 있다. 트레이라고 했다. 트레이에는 가로세로 2㎝의 스펀지 같은 입방체가 정연하게 늘어서 있었다.

"록울(암석을 녹인 뒤 빠르게 식혀 섬유화한 물질로, 보온, 절연 재료 등으로 쓰임)이라고 해서 흙 대신으로 사용하는 건데, 그 위에 애기장대의 씨앗을 뿌려서 키우는 거예요."

모토무라는 챔버의 문을 열고 트레이 두 개를 꺼내서 책상 위에 올려놓았다. 후지마루는 긴 책상에 놓인 트레이 두 개를 이리저리 비교해본다.

한쪽 트레이에는 성장해서 꽃을 단 애기장대가 죽 늘어서 있었다. 키는 3㎝ 정도. 줄기가 무척 가늘고 잎이 찔끔찔끔 나 있다. 가지가 갈라진 줄기 끝부분에 5㎜ 정도의 작은 꽃이 뭉쳐서 달려 있다. 꽃잎은 하얗고 동그랗고, 쌀알 같다.

그야말로 수수한 모습이라 '잡초'라고밖에 달리 형용할 길 없는 식물이었지만, 가련하고 청초하다고 말할 수도 있을 것 같았다. 처음으로 애기장대의 전모를 본 후지마루는 감격해서 '그래, 꽃이 하야니까 '하얀 개 냉이'라고 하는가 보구나'(애기장대의 일본명은 '시로이누나즈나'로, '시로이누'는 하얀 개, '나즈나'는 냉이라는 뜻을 가지고 있음) 하고 납득했다.

　다른 한쪽 트레이에는 이제 막 잎이 나온 애기장대가 줄지어 있었다. 타원형 모양을 한 초록 잎이 록울에서 당차게 얼굴을 내밀고 있다. 쓰고 남은 두부 용기를 이용하여 창틀 위에서 쪽파나 무순 같은 걸 키우는 것과 비슷하다는 생각이 들었다. 어쩐지 친근한 마음이 솟으면서 귀여운 식물이구나 하고 후지마루는 생각했다. 하지만 쑥스러워서 소리 내어 말하지는 못했다.

　"야생 애기장대는 가장자리가 매끄러운 데 비해 변이된 애기장대는 삐죽삐죽하거나, 잎사귀 자체가 가늘고 길거나, 거꾸로 원에 가까운 모양을 하고 있어요."

　록울에는 각각 작은 팻말이 꽂혀 있었다. 야생 애기장대나 변이 애기장대 중 어느 쪽을 키우고 있는지 식별하기 위해서일 것이다. 모토무라가 잎의 모양이 다르다는 것을 가르쳐주자, 후지마루는 트레이에 얼굴을 더 가까이 가져갔다.

　"오, 정말이다. 잎사귀가 방금 나온 건데도 모양이 많이 다르네요."

　"유전자의 아주 작은 차이로 모양이 달라져요. 하지만 어느 것이 뛰어나고 어느 것이 열등하다고 할 수 있는 것은 아니에요. 모두 애기장대고, 다 챔버 안에서 잘 살아가려고 해요."

　"우리랑 같군요……."

　후지마루는 중얼거렸다. 얼굴 생김새나 체형이나 피부색은 사람마다 다르다. 하지만 그런 건 사소한 일이다. 주어진 환경 속에서 어떻게든 더 잘 살아보기 위해 하루하루 분투하고 있다는 점에서는 모두 같다.

"식물을 의인화하는 건 연구하는 자세로서는 좋지 않은 거지만요" 라고 말하며 모토무라는 살짝 웃었다. "잎사귀를 채취하든 인공적으로 교배하든, 결국은 실험에 사용하기 위해서인데요, 그래도 역시 건강하게 자라줬으면 하는 마음이에요."

모토무라의 입에서 나온 '교배'라는 말에, 후지마루의 심장이 갑자기 벌렁벌렁 뛰기 시작했다. 좁은 재배실에 단둘이 있다는 상황이 의식되자, 후지마루는 '이성(理性)'이란 문자를 머릿속에 떠올리고 가공의 연필로 필사적으로 이성, 이성, 이성을 찾아라, 하고 덧칠하며 쓴다. 그러나 안타깝게도 이성에도 '성(性)' 자가 들어 있다. 후지마루는 참아내지 못하고 "교배를 하나요?"라고 물었다. 목소리가 뒤집어지지 않은 것에 안도하고, 손에 난 땀을 남몰래 바지 엉덩이에 문질러 닦는다.

"하지요. 꽃봉오리가 생긴 단계에서 핀셋으로 꽃잎을 살짝 벌려서 수술의 꽃밥을 떼어버리고 암술만 남겨둬요. 꽃밥은 꽃가루를 만드는 부분이에요. 그렇게 해두면 멋대로 수분(受粉)하는 것을 막을 수 있어요. 꽃이 피면 수분시키고 싶은 수술의 꽃밥을 따 와서 암술 위에 올려놔요."

애기장대의 꽃은 그 자체만 해도 작다. 그 꽃봉오리라면 크기가 깨알 정도일 것이다.

"손재주가 엄청 좋으시군요" 하고 후지마루는 새삼 감탄했다. 나도 교배되고 싶다고 생각했다.

모토무라는 후지마루가 옆에서 불온한 생각을 품고 있는 것을 알아차리지 못한 모양인지, 애기장대의 잎을 사랑스러운 듯이 손끝으로 쓰다듬었나. 챔버가 비춰주는 태양을 닮은 빛. 모토무라의 뺨이 그리는 매끄러운 곡선과, 후지마루가 옆에 있다는 사실을 잊은 것처럼 전념하여 애기장대를 바라보는 짙은 시선.

"좋아합니다."

후지마루는 말했다. 모토무라가 놀라서 얼굴을 든 것과, '아차, 소리를 내버렸어' 하고 후지마루가 생각한 것과, 재배실 문이 열린 것은 동시였다.

후지마루와 모토무라는 반사적으로 출입문을 돌아봤다. 문손잡이에 손을 댄 채 굳어버린 자세로, 마쓰다가 서 있었다.

마쓰다는 실내의 두 사람을 번갈아 바라보다가, 비어 있는 쪽 손으로 안경을 밀어 올리고 나서 "실례"라고 말했다. 문이 닫히고 마쓰다의 모습이 사라졌다.

뭐야, 뭐야, 왜 중요한 때에 마쓰다 교수님이 온 거야, 더구나 알아서 물러가다니, 뭔가 더 묘해져버렸잖아. 이 어색함을 어떡해야 하지? 그냥 모른 척하고 들어오는 게 더 좋았다고!

당황스러움과 부끄러움 속에서 후지마루의 머릿속에 소용돌이치는 생각과 느낌을 굳이 언어로 표현하자면 그랬다는 것이다.

"저……" 하고 작은 목소리가 났다. 후지마루는 어색한 얼굴로 모토무라에게 몸을 돌렸다. 모토무라는 고개를 숙이고 있었다. 뺨에는 발뒤꿈치와 마찬가지로 주홍빛이 서려 있었지만, 표정은 굳어 있는 것 같았다.

후지마루는 노도와 같이 말을 뿜어냈다. 이렇다 할 마음의 준비도 없이 돌발적으로 고백해버린 것에 대해, 모토무라를 놀라게 해버린 것에 대해, 자신도 놀랐기 때문이다.

"느닷없이 죄송합니다. 하지만 그, 그만…… 아니, 제가 모토무라 씨를 좋아한다고 생각하는 건, '그만' 같은 건 아니고요, 지금 할 말이 아니었다고 할까, 그러니까 저, 대답은 언제라도 좋고요, 너무 심각하게 생각하지 않아주셨으면, 저는 정말 언제라도 좋고요, 어떤 대답이라도 그, 네……."

마지막은 횡설수설, 스스로도 무슨 말을 하고 있는지 알 수 없어져서 "그럼" 하고 억지로 일단락 짓고, 후지마루는 어색하게 모토무라에게서 등을 돌렸다. 그리고 어색한 발걸음으로 출입구까지 몇 걸음 걸어서 재배실을 나왔다.

조금은 기대했는데, 문을 나설 때까지 모토무라 쪽에서 부르는 목소리가 들려오지 않았다. 문을 닫기 직전에 잠깐 뒤돌아보니, 모토무라는 챔버의 불빛을 받으며 고개를 숙인 상태로 석상처럼 꼼짝 않고 서 있었다.

복도로 나온 후지마루는 크게 숨을 내뱉었다. 인기척이 느껴져서 시선을 옮긴다. 복도를 사이에 둔 건너편 벽에 기댄 채 마쓰다가 팔짱을 끼고 서 있었다.

"어어!" 후지마루가 뛰어올랐다. "아니, 어떻게 아직 여기에?"

마쓰다는 "쉿" 하며 벽에 기댔던 몸을 세우고 후지마루를 재촉하여 복도를 걷기 시작했다. 달리 선택지도 없어서, 후지마루는 식기가 든 은색 상자를 들고 어쩔 수 없이 뒤를 따른다.

"혹시 모토무라 씨가 비명이라도 지르면 들어가야 한다고 생각한 거예요."

"저를 무슨 야수라고 생각하십니까? 그런 짓 안 해요."

"미안합니다."

"뭐랄까, 어, 혹시 교수님, 모토무라 씨와 사귀시나요?"

"저를 어떤 인간이라고 생각하는 겁니까? 제자한테 손을 대거나 하지 않습니다."

"죄송합니다."

후지마루는 살인 청부업자에게 잡혀 부두로 끌려가는 것 같은 기분으로 마쓰다 옆에 나란히 섰다. "재배실에 무슨 볼일이 있으셨던 게 아닌가요?"

"챔버 호스를 어떻게 했는지 확인할 작정이었어요."

"그거라면 바닥을 닦아뒀어요."

"그럴 거라고 생각했습니다. 고맙습니다."

마쓰다는 계단 쪽으로 향했다. 호스 확인과 후지마루 감시라는 볼일이 끝났으니까 3층 연구실로 돌아가려는 모양이다. 왠지 독특한 템포의 사람이라고 후지마루는 생각했지만, 점심 휴식 시간도 얼마 남지 않았으니 계단으로 향하는 것을 싫다고 할 수는 없다. 얌전히 마쓰다를 따랐다.

2층 계단에서 헤어질 때, "건투를 빌겠습니다만" 하고 마쓰다가 말했다. "어떤 결과가 나오든 식물에 흥미가 있다면 또 오세요. 학문의 문은 모든 사람에게 열려 있습니다."

후지마루는 1층으로 계단을 내려가면서 '학문을 할 자신은 없지만……' 하고 생각했다. 그래도 자연과학부 B호관에 또 출입할 수 있다면 기쁘겠다. 모토무라의 대답이 어떤 것이라 하더라도.

결국 후지마루는 점심을 못 먹었지만, 그 사실에 생각이 미친 건 밤 영업시간이 끝나갈 무렵이 다 되어서였다.

홀에서 빈 접시를 겹쳐 들고 주방으로 돌아오니 현기증이 났다. 보통 때라면 쟁반에 가득 찬 맥주잔 열 개를 올리고 날라도 무겁다는 생각이 요만큼도 들지 않는데. 내가 왜 이러나, 하고 생각하고 있는데 "너, 밥 안 먹은 거 아니냐?" 하고 쓰부라야가 날카롭게 지적했다. "얼굴이 파래졌어."

초록 손가락이 아닌 파란 얼굴. 그거 큰일이다, 하고 마치 남의 일 생각하듯 하고 있는 후지마루를 옆에 두고 쓰부라야는 남은 양배추와 갈아놓은 돼지고기를 썰어 재빨리 볶음밥을 만들어줬다.

공복과 고백이라는 중대사가 심신 양면에 영향을 미쳐서 빈혈을 일으키기 직전이었으리라. 후지마루는 천성적으로 튼튼해서 감기조차 거의 걸리지 않는 체질이다. 그래서 상태가 안 좋은 걸 깨닫지도 못하고 '어라, 이상하네'라는 생각만 하고 있었다.

밤도 깊어 식당 안에 남아 있는 손님은 단골손님인 전갱이 튀김 아저씨와 잠자기 전 술을 걸치러 온 세탁소 아줌마뿐이었다. 후지마루는 쓰부라야가 재촉하는 대로 구석의 손님 자리에 앉아서 볶음밥을 먹었다. 첫 숟가락을 입에 넣으면서 배가 고팠다는 사실을 드디어 실감하고, 그다음은 달려들어 순식간에 다 비웠다. 온몸이 따뜻해지고 얼굴에 혈색이 돌아오는 것을 스스로도 느낄 수 있었다.

"비타민도 먹어" 하는 쓰부라야의 말에 오렌지주스를 마신다. 전갱이 튀김 아저씨와 세탁소 아줌마가 각자 앉아 있던 자리에서 일어나 후지마루가 있는 탁자로 이동해왔다. 아저씨는 후지마루의 맞은편에, 아줌마는 와인 잔을 손에 들고 후지마루 옆에 재빠르게 자리를 잡았다. 식당 밖의 불을 끈 쓰부라야는 아저씨 옆에 앉았다.

"잠깐, 이 집결은 뭐지요?"

후지마루는 거북한 마음으로 오렌지주스가 든 컵을 흔들었다.

"그거군" 하고 쓰부라야가 말했다. "후지마루 너, 후라마루가 되어버렸구나."

"후라마루라니요?"

"차였냐는 거야(후라마루는 '차이다'라는 뜻을 가진 '후라레루'의 '후라'와 '후지마루'의 '마루'를 합한 조어)."

세탁소 아줌마가 의자째로 이동해 거리를 좁혀오며 해석을 해줬다. 목소리는 진지하지만, 눈이 호기심으로 빛나고 있다.

"낙담하지 마, 후라마루…… 가 아니고, 후지마루."

전갱이 튀김 아저씨도 쓸데없는 격려를 보낸다.

후지마루는 얼굴이 빨개졌다. 어찌나 빨간지 오렌지주스가 그 빛을 받아 토마토주스로 변하는 건 아닌가 싶을 정도였다.

이 단골손님들이 어떻게 내 연애 사정을 알고 있나. 아니, 정보원은 하나밖에 없다.

"대장!" 컵을 두드리듯 탁자에 놓고, 후지마루는 외쳤다. "왜 말한 거예요!"

"미안, 그만."

"그만이 아니에요!"

자신도 '그만' 고백해버리고 말았다는 사실을 잊어버린 채, 후지마루는 쓰부라야를 탓했다. 그런데 쓰부라야는 "어, 정말로 차였구나?" 하면서 무사태평이다. 온몸의 털이 거꾸로 설 것처럼 되었지만, 아저씨와 아줌마가 "자, 자" 하고 달래자 후지마루는 간신히 마음을 진정시켰다.

"아니, 아직인데요…….""

"아직이라니, 무슨 소리야?" 아줌마가 몸을 더 내민다. "고백도 안 한 거야?"

어째서 그런 걸 보고해야 하나, 하고 생각했지만, 아줌마의 눈에서 번쩍 섬광이 뿌려지고 아줌마의 이마가 자신의 이마에 붙어버릴 기세로 다가오자 "했어요" 하고 후지마루는 자백했다. "하지만 대답은 아직이에요."

"초조하게 만들었단 거야?" 아저씨가 유리잔의 화이트와인을 들이켠다. "나쁜 여자군."

"그렇지 않아요!" 후지마루는 저도 모르게 목소리 톤이 올라갔다.

"제가, 대답은 지금이 아니어도 된다고 했어요."

"안 봐도 비디오다. 할 말만 하고 도망쳐 온 거지?" 과연 스승답게 쓰부라야는 후지마루의 행동 특성을 잘 파악하고 있다. "배짱이 없구나, 너."

"쇼이치 씨, 남 말 하시네." 세탁소 아줌마가 후지마루를 대신해서 반격에 나서줬다. "하나 씨한테 고백할 때까지 몇 년 걸렸지?"

"나쁜 여자라고 한 거 미안" 하고 전쟁이 튀김 아저씨도 말했다. "후지마루가 좋아하게 된 걸 보면 나쁜 사람일 리 없지."

"그런데, 어떤 아이야?"

"어떻다니…….' 아줌마의 질문에 후지마루는 우물거린다. "식물을 좋아하고, 별난 티셔츠를 입고……."

하지만 말로 해서는 모토무라가 어떻다고 도저히 설명할 수 있을 것 같지 않았다. 애기장대 잎을 앞에 두고 마주 웃었다는 것. 현미경의 초점거리를 맞춰주던 손가락. 세포의 오묘함을 이야기할 때 안경 너머로 보이던 아름다운 눈. 그것들 모두를 뭉뚱그린 소용돌이 속으로 후지마루의 마음은 끌려 들어갔던 거다. 자신도 모르는 사이에.

빈혈 같은 거네, 후지마루는 생각했다.

입을 다문 후지마루를 내버려두고, 쓰부라야 일행은 후지마루의 '상대'를 놓고 저마다 한마디씩 하기 시작했다.

"의외로 양키(불량 청소년이나 문제아를 뜻하는 일본 속어) 같은 애 아닐까?"

"후지마루의 취향은 청초한 아가씨일 텐데."

"양키를 좋아하는 건 쓰부라야 씨잖아. 하나 씨가 양키였지 않았나? 당시는 양키라는 말 안 썼지만."

"멍청한 놈! 하나 씨는 좀 비뚤어졌었던 것뿐이야."

엔푸쿠테이의 단골손님 중에는 상점가의 사람들을 비롯하여 어린 시절부터 서로 알고 지내온 사람이 많다. 의제는 후지마루의 '상대'에 대한 촌평에서 자꾸만 벗어나 '동창회의 대화'같이 되어가고 있었다. 어느새 쓰부라야가 맥주를 마시고 있다.

지금은 당찬 여성 스타일의 하나 씨가 불량소녀였다니, 후지마루는 한편으로 놀라워하면서도 세탁소 아줌마에게 비켜달라고 하여 탁자에서 탈출, 주방으로 가서 설거지를 했다.

쓰부라야 일행의 연회는 늦은 귀가를 걱정한 하나 씨가 전화를 걸어올 때까지 계속됐다.

"쇼이치 씨, 나 이제 잘 건데, 문 열쇠 갖고 있어요?"

주정뱅이들을 돌보고 식당을 치우는 일에 쫓긴 후지마루는, 날짜가 바뀌고 조금 지난 뒤에야 잠자리에 들 수 있었다. 제법 마음이 풀렸구나 하고 생각했다. 혹은 그것이 쓰부라야 일행의 전략이었을지도 모른다. 아니, 그냥 마시고 싶었던 것뿐일 수도 있고. 파워 넘치는 중장년 남녀의 속내를 후지마루가 알 길은 없다.

그렇긴 하나, 눈을 감아도 좀처럼 잠이 찾아오지 않는다. 석상같이 서 있던 모토무라의 모습이 떠오른다. 후지마루는 이리저리 뒤척이며 "아아" 하고 신음하는 밤을 보냈다.

모토무라가 엔푸쿠테이로 전화를 걸어온 것은 후지마루가 재배실에서 마음을 고백하고 나서 사흘 뒤였다.

사흘을 꼬박 잠 못 이루며 일한다는 건 불가능하다. 마침 엔푸쿠테이가 정기 휴일이었기 때문에 후지마루는 늦게까지 자려고 작정하고 있었다. 그 사흘 동안 '언제 대답을 들을 수 있을까. 잠깐 상태를 보러…… 아니, 아니, 기다린다고 했으니까 묵직하게 있자' 등등의 생각을 하며 기대와 불안 속에서 일하느라 후지마루는 무척 지쳐 있었다.

계단 아래에서 식당 전화가 울리는 소리를 듣고, 후지마루는 단숨에 잠이 달아났다. 끌어안고 있던 베개를 내던지고 필사의 힘을 다해 계단을 뛰어 내려간다. 어쩐지 모토무라 씨라는 예감이 들었기 때문이다.

"감사합니다, 엔푸쿠테이입니다!"

계산대 옆에 놓여 있는 전화를 휙 하고 낚아채어 응답하자, 아니나 다를까 "후지마루 씨, 계신가요?" 하고 모토무라의 목소리가 들려왔다.

"네, 나, 저, 아니 접니다."

상대에게 자신을 어떻게 표현해야 좋을지조차도 확실하지 않게 되어, 묘한 응답을 해버린다.

"모토무라입니다. 저, 지난번엔……."

"네."

후지마루는 다음에 이어질 말을 기다렸지만 수화기의 저편은 한동안 침묵이었다. 조용히 호흡을 하는 소리가 수화기 너머로 전해져온다. 식당 벽에 걸린 시계를 확인한다. 오전 9시가 조금 지난 참이다.

잠시 후 모토무라는 "지난번 일, 대답하고 싶어요"라고 했다. 꺼져들어갈 것 같은 목소리였다.

"제 쪽에서 찾아가야겠지만, 오늘 점심시간에 지하 현미경실 예약이 됐어요. 후지마루 씨 사정은 어떠세요?"

"괜찮습니다. 오늘은 정기 휴일이라서"라고 대답했다.

전화를 끊은 후지마루는 자기 방으로 돌아와 평상시보다 공들여 얼굴을 씻고, 두꺼운 토스트와 계란프라이와 커피를 배 속에 쓸어넣고, 평상시보다 공들여 이를 닦았다. 그러고 나서 가장 색이 덜 빠진 티셔츠와 청바지로 갈아입었다. 그래도 아직 10시가 안 되어서 창가에 앉아 밖을 바라봤다.

건너편 집의 무궁화꽃은 계절이 가을로 바뀐 지금도 아직 가지에 달려 있었다. 하지만 어쩐지 얇은 꽃잎이 힘이 더 없어진 것 같고 길에 떨어져 있는 것도 있었다. 길가 도랑의 뚜껑에 달라붙어 갈색으로 변한 꽃잎을 보면서, 후지마루는 한동안 멍하니 그렇게 앉아 있었다. 말로 표현할 길 없는, 조각난 구름 같은 상념이 뇌리를 스쳤다 사라져갔다.

그러고 나서도 가지 않는 시간을 흘려보내기 위해 식당 앞을 쓸고 식당 문 유리를 닦았다. 빗자루로 쓰는 김에 떨어진 무궁화 꽃잎들도 치웠다. 말끔해진 길가 도랑의 뚜껑을 멍하니 내려다보고 있다가 정신을 차리고 보니 또 머릿속에서 조각난 상념의 구름을 날리고 있었다.

약속한 시간이 드디어 다가와, 후지마루는 T대로 향했다. 처음에는 평소와 같이 하늘색 자전거로 갈 작정이었는데, 문득 생각을 고쳐먹고 걸어가기로 했다.

빈손으로 혼고 대로를 건너 아카몬을 지난다. 처음 배달하러 왔을 때에는 앞치마를 하고 배달용 상자가 매달린 자전거를 끌고 있는 자신의 모습에 왠지 주눅이 들었었다. 지금은 일 때문이라는 명분도 없이 모토무라를 방문하는 자신이 굉장히 무방비한 존재가 된 것 같아서 두려웠다.

자연과학부 B호관의 현관홀에 서 있는 모토무라를 봤을 때, 후지마루는 '아아' 하고 생각했다. 뭐가 어떻게 '아아'인지 모르겠지만, 그렇게 생각했다. 모토무라는 오늘은 무지 티셔츠를 입고 있었다. 후지마루의 자전거와 같은 색깔, B호관의 하늘에 펼쳐져 있는 것과 같은 색깔이다.

"안녕하세요" 하고 둘은 동시에 어색하게 인사했다.

"쉬는 날인데, 죄송해요."

"아뇨, 어차피 한가하니까요."

후지마루의 말투가 퉁명스럽게 들렸는지, 모토무라는 표정 선택을 어떻게 해야 할지 몰라 하며 고개를 숙인다. 후지마루는 당황해서 "현미경을 보여주신다고 했지요"라고 모토무라의 마음이 편해질 만한 화제로 말을 돌린다. 모토무라는 고개를 끄덕이고 오른쪽으로 돌았다.

현관홀 한쪽 구석에 지하로 이어지는 좁은 계단이 있었다. 모토무라는 그 계단을 내려갔다.

후지마루는 지금까지 연구실로 가는 것에만 정신을 빼앗겨서, 홀에 그런 계단이 있다는 사실을 알아차리지 못했다. 늘 다니던 위층으로 가는 계단은 나무판자를 댄 훌륭한 것이었지만, 이쪽은 계단이나 벽면에 콘크리트가 그대로 드러나 있다. 더구나 벽 군데군데에 설치된 형광등은 수명이 다 되어선지 빛이 약하다. 한 계단 내려갈 때마다 기온이 조금씩 내려가는 것 같은 느낌도 든다.

어두컴컴한 계단이 끝나자 거기서부터 좁고 긴 통로가 곧장 이어졌다. 사무용 선반이나 배전반 같은 네모난 상자가 벽을 따라 놓여 있고, 천장에는 배관이 여러 줄 내달리고 있다.

통로 또한 어두컴컴하다. 지하공간에서 쿵쿵 하고 땅울림 같은 낮은 소리가 희미하게 울린다. 후지마루는 잠시 발을 멈추고 주위를 돌아봤다. 벽도 천장도 핵 대피소라도 되는 양 두꺼운 콘크리트로 튼튼하게 만들어져 있었고, 거기서 비쳐 나오는 빛깔에는 오랜 세월이 묻어나고 있었다. 자연과학부 B호관은 보통의 현대적인 빌딩과는 달리 외관부터 우아함과 중후함을 더불어 갖추고 있는데, 내부의 만듦새도 그에 어울리게 묵직한 것 같다.

"이 건물은 언제쯤 지어진 겁니까?"

"지은 지 80년이 넘었다고 해요. 관동대지진 직후에 설계되어서 내진, 내화에 굉장히 힘을 쏟았다나 봐요. 몇 년 전에 장애인들도 쉽게 다닐 수 있도록 하자는 취지에서 B호관에 엘리베이터를 설치했는데, 그때 벽이 너무 단단해서 공사하시는 분들이 구멍을 뚫느라 크게 고생하셨던 모양이에요."

그렇겠지, 하고 후지마루는 생각했다. 아마추어의 눈으로 봐도, B호관은 오랜 세월을 견딜 수 있게 지어졌다는 것을 알 수 있었다. 서서히 약해져가는 것이 아니라, 풍상을 겪으며 닦여져갈수록 더 깊은 정취가 나도록 공들여 만든 건물이다.

자연과학부 B호관의 80년 이상 된 역사는 곧 여기서 배우고 연구한 사람들의 역사다. 그것은 분명 이 장중한 정취를 풍기는 B호관과 함께 이후로도 쭉 계속될 것이다. 덧쌓여가는 시간과 학문의 두께에, 후지마루는 정신이 아득해지는 것 같은 느낌이 들었다.

그러나 시간과 사람들의 마음이 퇴적되어 있는 곳이기에, B호관, 특히 그 지하공간에는 일종의 독특한 분위기가 서려 있는 것도 사실이다. 게다가 어두컴컴하기도 하니 솔직히 말해 당장이라도 뭐가 **나올 것 같다.**

"저, 대대로 전해 내려오는 괴담 같은 건 없나요?"

등줄기가 서늘해지는 것을 느끼며 후지마루가 물었다. 그러고는 통로를 걷기 시삭한 모토무라를 허둥지둥 쫓았다.

"분명, 귀신이 나와도 이상하지 않을 분위기지요." 모토무라는 웃음기가 밴 목소리로 말한다. "하지만, B호관에서 **봤다**는 이야기는 들은 적 없어요."

그렇구나, 다들 연구에 정신이 없어서 유령이 나와도 모르는구나, 하고 후지마루는 납득한다. 아무도 알아주지 않는 것을 보고 허무하게 흩어져버리는 하얀 그림자를 떠올리니 왠지 안쓰러운 마음까지 들었다.

10미터쯤 더 걸어갔을 때 모토무라가 통로 왼쪽에 있던 철제문을 열었다. 방화문 같은, 무거워 보이는 회색 문이었다.

"여기서 슬리퍼로 갈아 신으세요. 밖의 흙이나 먼지가 안으로 들어가지 않게 해야 하거든요."

문을 여니 가장 먼저 신발장이 설치되어 있는 게 보였다. 병원 대기실의 신발장처럼 슬리퍼와 사람들이 벗어놓은 신발이 나란히 들어 있다. 후지마루는 모토무라가 말한 대로 스니커즈를 벗고 슬리퍼로 갈아 신었다. 모토무라는 고무 슬리퍼를 벗고 신발장에서 딸기 무늬 슬리퍼를 꺼냈다. 모토무라 전용 슬리퍼인 모양이다. 진기한 무늬가 아닌 것을 보고 후지마루는 조금 안심했다.

철제문 뒤로 더욱더 미로 같은 지하공간이 이어지고 있었다.

통로는 갈수록 좁아지고 천장을 기는 배관은 더욱 굵어졌다. 천장은 여기저기 낮아져 있어서, 후지마루는 배관에 머리를 부딪치지 않게 몸을 굽히고 걸어야 했다. 모퉁이를 몇 개나 돌아가야 했고 가끔 두세 단쯤 턱이 진 곳을 올라가거나 내려가거나 했다. 콘크리트 바닥면에서 두 사람이 신고 있는 슬리퍼가 탁탁 하고 소리를 냈다.

통로 벽을 따라 드문드문 철제문이 달려 있었다. 팻말에 '보일러실'이라고 쓰여 있는 문, '위험! 관계자 외 출입 금지'라고 스티커가 붙어 있는 문 등 다양한 문이 있었지만 모토무라는 그런 문들을 모두 지나쳤고, 드디어 좁은 통로는 막다른 곳에 다다랐다.

거기에는 지상층에서 본 것과 같은 나무 문이 하나 서 있었다. 놋쇠 문손잡이가 달려 있다. 그것을 보니, 콘크리트와 쇠로 된 무기질적인 지하공간을 걸어온 후지마루는 깊은 숲속에서 과자로 만든 집을 찾은 것처럼 반가웠다.

모토무라가 문을 들어 올리듯이 하면서 문손잡이를 돌린다.

"현미경실이에요."

살풍경한 작은 방이었다. 벽가에 회색 사무용 책상 두 개가 나란히 놓여 있다. 그 위에 실험실에 있는 것보다 두 단계 정도는 더 커 보이는 현미경이 두 대 놓여 있었다. 현미경 옆에는 각각 데스크톱 컴퓨터가 설치돼 있다.

"사진을 찍어 보존할 수 있게 현미경과 PC를 연결해놨어요."

모토무라는 전등을 켜지 않고 현미경실로 들어갔다. 어떻게 그것이 가능했냐 하면, 현미경실 안쪽에 또 다른 방이 있는 건지, 그쪽에서 형광등 불빛이 새어 나오고 있었기 때문이다. 현미경실과 그 방 사이의 문은 떼어져 있어서 마치 벽에 직사각형의 구멍이 뚫린 것처럼 보였다.

"저쪽은 뭡니까?" 하고 연결된 방으로 통하는 출입구를 보면서 후지마루가 물었다.

"재배실이에요. 2층 재배실만으로는 챔버가 다 들어가지 않아서 이쪽에서도 애기장대를 키우고 있어요."

그러고 보니 지하에도 재배실이 있다고 했었지, 하고 후지마루는 기억해낸다. 해가 전혀 들지 않는 지하에서 식물이 꿈틀꿈틀 자라는 모습을 상상하니 어쩐지 기괴한 기분이 들었다. 내가 애기장대라면 지하의 챔버 안이 아니라 바깥의 길가에 피어나고 싶을 거라고 생각한다.

배기가스를 들이마셔야 하고 춥기도 덥기도 하고 벌레에게 먹히기도 하겠지만, 그런 위험이 있다고 해도 산들산들 부는 바람을 잎으로 느끼고 싶다. 맑은 날엔 햇볕을 쬐고 비 오는 날엔 비를 맞고 싶다. 하지만 그렇게 생각하는 것은 후지마루가 지금 자유로이 돌아다닐 수 있는 환경에서 살고 있기 때문일 뿐, 챔버밖에 모르는 지하실의 애기장대에게는 이곳이 천국일지도 모른다.

후지마루도 우주로 나가거나 심해로 내려가지 못한다. 갈 수 있다한들 거기서 사는 것은 불가능하다. 그렇게 생각하자, 자신이 느끼고 있는 자유 또한 '울타리 속의 자유'에 지나지 않는다고 후지마루는 생각했다. 빛과 물만 적절히 주어지면 지하의 챔버 안에서도 살아갈 수 있는 애기장대가 훨씬 더 씩씩하고 자유로운 존재라고 할 수도 있을 것 같았다.

후지마루는 지하 재배실도 보고 싶었지만, 모토무라는 현미경이 놓여 있는 사무용 책상 쪽으로 갔다. 재배실이 있는 출입구 쪽으로 발걸음을 옮기려던 후지마루도 얌전히 물러나 모토무라의 곁으로 다가갔다.

모토무라는 바퀴가 달린 의자에 앉으면서 후지마루에게도 앉으라고 했다. 후지마루는 다른 의자에 걸터앉았다.

문득 보니, 사무용 책상의 서랍이 모두 빠져 있었다. 서류 같은 것을 넣는 서랍을 없애버리면 책상 아래 빈 공간에 무릎을 넣을 수 있어서 앉은 상태로 작업하기에 좋기 때문인 것 같았다. 게다가 의자에 앉은 채로 책상에 나란히 놓인 현미경과 PC 사이를 오가는 것도 편안하게 할 수 있었다.

음, 머리를 잘 썼구나. 그런데 빼낸 서랍은 어떻게 했을까 하고 후지마루는 방을 둘러본다. 현미경실의 어두컴컴한 한쪽 구석에 텅 빈 서랍이 아무렇게나 쌓여 있는 게 눈에 들어왔다. 식물을 공부하는 사람들도 인테리어에는 그다지 흥미가 없는 모양이군, 하는 생각이 들자 후지마루는 모토무라 일행에게 더 친근한 느낌이 들었다.

모토무라는 스탠드의 스위치를 켜고 책상 위에 놓여 있던 슬라이드글라스를 불빛 아래로 끌어당겼다.

"애기장대의 아주 어린 잎사귀예요."

후지마루는 상반신을 조금 기울여 슬라이드글라스로 얼굴을 가까이 가져갔다. 자세히 보니 커버글라스 아래에 직경 2㎜ 정도의 투명한 둥근 물체가 있었다.

"굉장히 작네요."

"얼굴을 방금 내민 잎을 땄거든요. 색소를 빼놓은 거예요."

모토무라는 옆에 있는 현미경에 슬라이드글라스를 끼워 넣었다.

"보세요."

모토무라가 보라고 하자, 후지마루는 의자째 데굴데굴 위치를 이동하여 현미경을 들여다봤다.

눈 아래로 투명한 생선알 같은 것이 알알이 가득 펼쳐져 있었다. 전에 3층 실험실에서 현미경을 들여다봤을 때에도 이것과 비슷한 것을 봤다. 잎의 내부에 있는 세포의 층. 모토무라가 매일매일 수를 세고 있는 그 세포다.

"보이나요?"

지금 슬라이드글라스에 놓여 있는 잎은 지난번에 본 잎사귀보다도 훨씬 더 작은 것이다. 그런데도 역시 둥근 세포가 질서 정연하게 빽빽이 차 있다. 뭔가 당차구나 하고 생각하면서, 후지마루는 모토무라의 질문에 잠자코 고개를 끄덕였다.

"그럼, 슬라이드글라스에 비추는 빛을 백색에서 파란색으로 바꿀게요."

모토무라가 현미경 스위치를 찰칵 전환했다. 순간, 후지마루의 눈에 비치는 세계의 모습이 확 바뀌었다.

그곳에 펼쳐진 것은 은하였다. 어둠 속에 무수한 은색 알갱이가 흩어져 있다.

후지마루는 숨소리도 내지 않은 채 현미경이 비춰내는 하늘 가득한 별을 뚫어져라 바라봤다. 집중하느라 접안렌즈에 너무나 눈을 가까이 댄 탓에 렌즈 가장자리 부분이 피부를 파고들어 아플 정도였다.

겨우 렌즈로부터 얼굴을 든 후지마루는 한 손으로 눈을 비비고, 다른 한 손으로 현미경을 가리키면서 "어떻게……"라고 했다. "어떻게 별이 보이는 거지? 이거, 천체망원경도 되는 현미경인가요?"

모토무라는 조용히 고개를 흔들었다.

"후지마루 씨가 본 것은 조금 전과 같은 애기장대의 잎사귀예요. DNA를 복제하고 있는 세포가 별처럼 빛나고 있는 거예요."

"저 반짝반짝하는 알갱이 하나하나가, 세포……?" 후지마루는 혼란스러웠다. "왜 세포가 빛을 내는 거죠?"

"DNA의 염기에 상응하는 것에 형광색소를 입히고, 세포에 집어넣었기 때문이에요. 이건 아직 어린잎이라서 DNA를 활발하게 복제하고 있기 때문에, 여기저기서 세포 속의 핵이 빛나는 거예요."

"DNA를 복제하면 어떻게 되나요?"

"잎이 살아 있는 상태에서는 핵이 분열해서 세포가 늘어나요."

"네……."

메커니즘에 대해 자세히 알 수는 없었지만, 세포의 상태를 더 쉽게 관찰할 수 있도록 하기 위해, DNA가 복제되는 동안에 세포가 빛을 내도록 장치를 해놓았다는 것은 이해할 수 있었다. 빛나는 무수한 별들은 모두, 모토무라가 잎을 따는 순간까지, 성장하려고 활동하고 있던 세포들의 묘표(墓標)와 같다는 것도.

후지마루는 한 번 더 현미경을 들여다봤다. 생명 활동의 증거를 빛으로 발하고 있는 죽은 세포들의 무리. 작은 잎 안에 존재하는, 아름답고 쓸쓸한 은하.

"후지마루 씨" 하고 부르는 소리에, 후지마루는 모토무라에게 몸을 돌렸다. 모토무라도 후지마루를 똑바로 보고 있었다.

"저는 후지마루 씨의 마음에 응할 수 없어요."

알고 있었다. 왠지 모르게 예감이 들었다. 이 은하를 봤을 때부터. 아니, 오늘 아침, 전화가 울렸을 때부터일지도 모른다.

모토무라는 후지마루가 결코 가 닿을 수 없는 세계 안에 있다.

그래도 후지마루는 물고 늘어졌다. 이러는 자신의 꼴이 우습다고 생각하면서도 묻지 않을 수 없었다. 좋아하게 된 사람이니까. 좋아해 줬으면 하고 바라는 사람이니까.

"기다려도 안 되나요?"

모토무라의 입술이 희미하게 떨렸다. 울음이 나오는 것을 참고 있는 것 같았다.

"……네." 모토무라는 시선을 피하지 않고 말했다. "그건 후지마루 씨라서 안 된다는 얘기가 아니에요."

현미경실에 침묵이 내렸다. 연결된 방 쪽에서 쿨렁쿨렁하는 탁한 소리가 났다. 챔버가 내부에 고인 물을 배출하고 있는 모양이다. 어색한 이 순간에도 애기장대의 세포는 DNA를 바쁘게 복제하고 있을 것이다.

음, 하고 후지마루는 생각했다. 나서서 안 되는 게 아니라는 말은 어떤 뜻일까. 필사적으로 머리를 회전시키며 "사귀는 사람이 있다든가……" 하고 말을 꺼내는데, "없어요"라고 즉시 대답이 돌아왔다.

"음……." 후지마루의 머리가 점점 더 복잡해졌다. "그렇다면 더욱 배려해주지 않아도 돼. '너한테 흥미 없으니까 안 만날 거야'라고, 딱 잘라 말해주는 편이……."

현시점에서 가슴이 매우 아픈 만큼, 가능하다면 좀 더 부드러운 표현으로 말해주길 바라지만, 어쨌든 분명하게 마지막 선고를 해주는 편이 낫다.

"별로 말하고 싶지 않았지만, 그렇다면 진짜 이유를 말할게요."

모토무라가 등을 폈기 때문에, 후지마루도 따라서 긴장하여 몸이 굳었다.

"네."

"저는 어떤 사람하고도 사귈 생각이 없어요."

후지마루는 어안이 벙벙해져서, 다음 순간 "왜!"라고 저도 모르게 소리를 질렀다.

"아니, 죄송합니다, 큰 소리를 내서. 안 사귀다니, 왜죠?"

신앙상의 제약이 있다든가, 건강상의 이유가 있다든가, 그런 것일까? 설령 그렇다 하더라도 예기치 못하게 사랑에 빠지는 일은 얼마든지 있을 수 있다. 아무리 사귈 생각이 없다고 마음을 먹었다 해도, 연애라는 것이 의지의 힘만으로 하고 안 하고 할 수 있는 일일까.

그런 의심이 머릿속에서 뭉게뭉게 솟아서 후지마루는 또 물었다.

"저를 선택해달라는 게 아니라, 물론 선택받으면 기쁘겠지만, 그건 뭐 놔두고, 어째서 사귈 생각이 없다고 단언하는 거지요? 앞으로 굉장히 잘생겼는데 성격도 좋고 돈도 다 쓰지 못할 만큼 부자인 남자가 고백할지도 모른다고요."

"빛나는 별을 보셨잖아요."

모토무라는 현미경 쪽으로 시선을 보냈다.

"네."

"우리의 몸 안에서도, 세포는 활동하고 있어요. 그럼 왜 저는 인간이나 그 밖의 동물이 아니라 식물을 연구 대상으로 선택했나."

모토무라의 눈이 다시 정면으로 후지마루를 쳐다봤다. 새카만 눈에 빨려 들어갈 것 같다. 후지마루는 거의 호흡을 멈추다시피 하고 모토무라가 하는 말에 귀를 기울였다.

"식물에는 뇌도 신경도 없어요. 그러니 사고도 감정도 없어요. 인간이 말하는 '사랑'이라는 개념이 없는 거예요. 그런데도 왕성하게 번식하고 다양한 형태를 취하며 환경에 적응해서 지구 여기저기에서 살고 있어요. 신기하다고 생각하지 않나요?"

모토무라가 너무나도 담담하게 들려주는 말을 들으며, 후지마루는 식물이 아니라 오히려 인간 쪽이 더 신기한 거 아닌가 하는 생각이 드는 것이었다. 사랑이라고 하는 애매모호한 뭔가를 내세우지 않으면 번식할 수 없는 인간이 더 기묘하고 기분 나쁜 생물이 아닌가, 하고.

"그래서 저는 식물을 선택했어요. 사랑 없는 세계를 사는 식물 연구에 모든 것을 바치겠다고 마음을 먹었어요. 누구하고든 만나서 사귀는 일은 할 수 없고, 안 할 거예요."

아아. 후지마루는 크게 숨을 내뱉었다. 모토무라 씨는 식물이라는 은하의 소용돌이에 빠져든 사람이다. 글쎄, 봐봐, 모토무라 씨의 눈. 파란 빛에 비친 잎사귀의 세포 그 자체가 아닌가. 우주처럼 칠흑 같은 눈. 하지만 자세히 보면 그 안에 반짝이는 빛이 깃들어 있다. 분열하고 증식하는 에너지. 연애도 사랑도 아닌 것에 자극을 받으면서 죽을 때까지 긴긴 시간을 달려 나간다.

"잘 알았습니다." 후지마루는 일어섰다. "더 이상 모토무라 씨를 난처하게 하는 말은 하지 않겠습니다."

대장의 충고가 옳았다. 좋아한다는 말을 해서 모토무라 씨를 번잡스럽게 만들어 연구를 방해해서는 안 되는 일이었다.

후지마루는 문 쪽으로 총총히 걸어가서 현미경실 문을 연다.

"저, 후지마루 씨……."

모토무라는 사과해야 할지 아닐지 망설이는 기색이다. 후지마루는 정신력을 최대한 동원하여 웃는 얼굴을 만들어 보이면서 실내를 돌아봤다.

"그래도 또 오는 건 괜찮지요? 배달 온 김에 잠깐 재배실이나 온실 같은 데를 들여다보게 해주세요. 식물 연구에 흥미가 있는 엔푸쿠테이의 종업원으로서."

"네, 그건 물론."

"고맙습니다."

"현관홀까지 배웅할게요."

모토무라가 의자에서 일어서려고 하자 후지마루는 "괜찮아요. 괜찮아"하고 말렸다.

"혼자서 갈 수 있습니다. 그럼."

현미경실을 나와 팔을 뒤로 돌려 나무 문을 닫았다. 모토무라가 쫓아오면 불편할 것 같아서 좁은 통로를 서둘러 걸어 나아갔다. 그런데 세 걸음도 채 못 가서 낮은 천장을 기어가는 배관에 머리를 부딪쳤다.

"아야……."

이마를 문지르며 아픔을 견디면서, 후지마루는 미궁 같은 통로를 걸어갔다. 몇 번이나 길을 잃고 나서는 자연과학부 B호관 지하에서 아무도 모르게 미라가 될 운명인가 하는 절망적인 기분에 빠졌다. 눈물이 배어 나와 앞이 흐려진 것도 길을 못 찾아 헤맨 원인 중 하나였다. 내 눈에서 눈물이 나온 건 부딪친 이마가 아프고 출구가 어딘지 알 수 없어 불안하기 때문이야, 라고 애써 생각했다.

간신히 중후한 철제문에 다다른 후지마루는 슬리퍼를 벗고 거기에 벗어두었던 스니커즈로 갈아 신었다. 모토무라의 고무 슬리퍼 쪽으로 시선이 가지 않도록 최대한 애쓰면서.

곧장 뻗은 통로를 나아가 현관홀에 이르는 어두컴컴한 계단을 올라갔다.

지하에 있는 동안에 시간이 꽤 지난 것 같았지만, 자연과학부 B호관 밖으로 나오자 오후의 하늘은 여전히 밝은 물색이었다. 모토무라가 입고 있던 티셔츠와 같은 색.

실수로라도 눈에서 눈물이 새어 나오지 않게, 후지마루는 되도록 눈을 깜박이지 않도록 신경 쓰면서 T대 교내를 걸었다. 한 걸음 한 걸음 내디딜 때마다 구름 위에 발을 딛기라도 하는 것처럼 발밑이 꺼지는 것 같다.

이렇게 될 것 같은 기분이 들었기 때문에 자전거를 놔두고 왔던 거다. 수많은 사람이 오가는 교내에서 눈앞이 흐려진 채 자전거를 타는 건 현명한 일이 아니니까.

아카몬을 지날 때, 후지마루는 '아아' 하고 생각했다. "나, 실연당했어" 하고 외치고 싶은 것 같은, 아스팔트 도로에 소리 없이 가라앉고 싶은 것 같은 그런 기분에 내몰려, 후지마루는 횡단보도의 신호가 초록으로 바뀜과 동시에 맹렬하게 달려 나가기 시작했다.

그 기세로 엔푸쿠테이의 문을 열쇠로 열고, 주방 냉장고에서 되는대로 우유 팩을 꺼내 컵에 따르지도 않은 채 꿀꺽꿀꺽 마셨다. 하필이면 이런 날이 왜 정기 휴일인가. "야이, 후라마루!" 하고 쓰부라야나 단골손님에게 놀림을 당하며 끝장을 보는 게 더 나을 텐데.

팩에 반쯤 남아 있던 우유를 단숨에 다 비우고, 후지마루는 마음을 진정시켰다. 2층의 자기 방으로 올라가 깔아놓은 채로 있는 이부자리에 엎드린 자세로 쓰러졌다.

어쩔 수 없다. 나는 마음이 가는데 상대가 받아들여주지 않는 일은 흔히 일어나는 일이다. 지금까지도 몇 번이나 있었고 앞으로도 몇 번이나 더 있을 것이다. 그래도 분명 나는 질리지 않고 다시, 모토무라 씨가 아닌 다른 누군가를 사랑할 거다. '이 사람이 좋아' 하고 생각하고, 어쩌면 상대도 나를 좋아하게 되어 결혼해서 아이가 생기게 될 수도 있다. 상대가 다르니까 예전의 연애와 완전히 같은 기분이 되지는 않겠지만, 같은 열량으로 얼마든지 다시 시작할 수 있다. 그런 거야, 연애란.

그래도 지금은 슬프다. 마쓰다 연구실에 요리를 배달하러 가도 한동안은 이제 아무렇지도 않다는 시늉을 해야 한다. 좋아한다고 느낀 마음을 없었던 일로 해야 한다. 그것이 괴롭다. 가슴인지 배인지, 그 언저리의 뼈인지 살인지가 자꾸만 떨어져 나갈 듯이 아프다.

후지마루는 베개를 안고 몸을 둥글게 말고 눈을 감았다.

아니, 난 아무래도 좋아. 언젠가 다시 연애를 시작할 거라는 걸 나 자신이 잘 알고 있으니까. 아픔이 누그러들 때까지 잠깐 동안 참으면 되는 거야.

하지만 모토무라 씨는 어떻게 할까. 죽을 때까지 계속 혼자서 현미경을 들여다보고 애기장대의 세포 수를 세는 일을 계속할 것인가.

그렇다면 좀 쓸쓸할 것 같다.

후라마루가 되어버린 경험은 지금까지도 여러 번 있었지만, 대부분은 "사귀는 사람이 있어요"라든가 "후지마루 씨하고는 친구로 지내고 싶어요"라든가, 그런 유의 것이었다. '사랑 없는 세계의 연구에 모든 것을 바치고 싶어서'라는 이유는 처음이다. '참신하달까, 괴짜 같다고 해야 할까, 모토무라 씨답구나' 하고 생각한다. "이런 이유로 차였어"라고 친구에게 실연의 아픔을 털어놓는다 한들, 아무에게서도 이해와 공감을 얻을 수 있을 것 같지 않다는 사실이 후지마루로서도 답답할 뿐이다.

아니, 바로 그런 이유 때문에 모토무라 씨를 좋아하게 된 건지도 모른다. 후지마루는 그렇게 생각한다. 모토무라 씨가 "모든 것을 바치겠다"고까지 말하는 식물 연구에 대해 후지마루 또한 신기하고 수수께끼 같다는 생각이 들고 있으니까. 식물의 무엇이 그토록 모토무라 씨를 사로잡고 있는지 점점 더 알고 싶어진다.

괜히 눈앞에서 얼쩡거리면서 모토무라를 난처하게 할 생각은 없다. 후지마루 자신도 이뤄지지 않은 연심은 차라리 빨리 묻어버리고 싶다. 그런 후지마루인만큼 마쓰다 연구실로 가는 배달은 적당한 이유를 대서 거절해야 하는 게 당연한 일인지도 모른다. 하지만 '알고 싶다'는 마음이 눌러도 눌러도 계속 가슴속에서 솟아오른다.

어차피 일 때문에 가는 건데 뭐, 하고 생각한 후지마루는, 앞으로도 계속 자연과학부 B호관에 가서, 모토무라 씨가 애기장대 세포를 현미경으로 들여다보듯이 나도 남몰래 연구실 사람들을 관찰하자, 하고 마음을 정했다.

후지마루는 그렇게 결심했다. 마쓰다 연구실 사람들은 도대체 왜 식물 연구에 그토록 열중하는 걸까. 그것을 전혀 모르는 상태에서는 설령 솟아올랐던 연심을 묻어버린다 하더라도 사라지지 못하는 좀비 연심이 되어 거리를 헤맬 것 같다.

눈꺼풀 속에 은색 별들이 떠오른다. 어둠 속에서 뿜어져 나오는 은은한 빛. 얼마나 아름다운가. 아름답다는 것과 쓸쓸하다는 건, 왜 이렇게 닮았을까.

후지마루는 눈을 감은 채 그저 은하를 응시하고 있었다.

2

모토무라 사에는 5초쯤 망설였다.

현미경실에서 나간 후지마루 요타를 쫓아가는 게 좋은가, 그냥 있는 게 좋은가.

진지하게 마음을 고백했는데 거절해버린 거니까, 지금은 가만히 있어야 한다. 그 정도 상식은 물론 모토무라도 모르지 않는다.

하지만 현미경실은 다른 데도 아니고 T대 자연과학부 B호관의 지하에 있다. 어두컴컴하고 복잡하게 얽혀 있는 좁은 통로. 불규칙하게 배치된, 어느 것이나 비슷해 보이는 철제문. 이곳은 미궁이다. 모토무라도 처음에는 몇 번이나 길을 잃고 미아가 됐었다. 현미경실을 찾아가다가 길을 잃어 때마침 지나가던 다른 연구실의 대학원생에게 반쯤 울며 도움을 청해서 간신히 찾아간 적이 있을 정도다.

오늘 처음으로 이 미궁에 발을 들여놓은 후지마루가 혼자서 출구까지 제대로 당도할 수 있을 것인가, 몹시 불안하다.

아무래도 쫓아가서 현관까지 안내하는 편이 좋겠다.

모토무라는 사무용 의자에서 일어섰다.

"다 봤어" 하는 소리가 났다. 깜짝 놀라 돌아보니 현미경실과 연결되어 있는 재배실 입구에 마쓰다 연구실의 포닥, 이와마 하루카가 서 있었다.

"정확히 말하면, '다 들었어'지만 말이야." 이와마는 웃으면서 현미경실에 있는 모토무라 쪽으로 다가왔다. "여기서 고백에 대한 대답을 할 때는 저 안에 사람이 있는지 없는지 확인하고 나서 해."

이와마는 모토무라에게 연구실에서 의지가 되는 언니 같은 존재다. 쇼트커트에 날씬하고 키가 큰 이와마는 시원시원한 성격이면서도 필요할 때는 세심하게 신경을 써준다. 모토무라와 마찬가지로 애기장대를 연구 대상으로 하고 있어서, 서로 늘 정보도 교환하고 토론도 하는 사이다.

참고로 이와마는 기공 연구가 전문이다. 그래서 모토무라는 특제 기공 티셔츠를 이와마에게도 줬다. 이와마는 무척 기뻐했는데, 그러면서도 밖에서는 입을 용기가 없어서 잠옷으로 활용 중이라고 했다. 정말 잘 어울릴 것 같아서 학교에도 입고 와주면 좋겠는데, 하고 모토무라는 생각하고 있다.

"어, 어!" 이와마의 갑작스러운 출현에 모토무라는 어쩔 줄 몰라 했다. "혹시 이와마 선배, 계속 재배실에 있었어요?"

"있었어요."

이와마가 어이없다는 듯이 한숨을 쉰다.

"글쎄, 몰래 자리를 피하고 싶어도 현미경실을 가로지르는 것 말고는 방법이 없는걸. '난처하네' 하고 생각하는 사이에, 당신들 대화는 점점 더 심각해져가고 말이지. 달리 어쩔 수가 없어서 부디 재배실 쪽으로만 오지 말아라, 하고 빌면서 애기장대와 함께 숨죽이고 있었다고."

"죄송해요."

"그 사람, 엔푸쿠테이의 그 직원이지? 마음이 맞는 것 같아 보였는데, 거절해도 괜찮아?"

"……네."

고개를 끄덕이는 모토무라를 보고, 이와마는 한 번 더 작게 한숨을 쉬었다.

"바보네. 모토무라 씨는 머리는 좋은데, 바보 같아."

그 점이 귀엽긴 하지만, 하고 이와마는 웃은 다음, 모토무라와 후지마루 사이에서 오갔던 대화 같은 건 없었던 것처럼 "연구실로 돌아갈까" 하고 말했다.

T대 자연과학부 안에서도 생물과학 전공은 여성의 비중이 높은 편이다. 하지만 이과 분야 전체로 보면 학부생이나 대학원생은 역시 아직 남성이 많다. 연구하는 데 성별은 전혀 문제가 안 되지만, 이럴 때에 마음 맞는 여성이 같은 연구실에 있다는 사실이 모토무라에게는 든든하게 느껴졌다.

이와마와 함께 현미경실을 빠져나왔다.

지하통로 어딘가에서 후지마루가 녹초가 되어 있는 건 아닐까 하고, 모토무라는 티 나지 않게 이리저리 눈을 돌리며 살폈다. 다행히도 후지마루의 모습은 보이지 않았다. 신발장에서 신발이 없어진 걸 보면, 무사히 지상에 도착한 거라고 생각하고 싶었다.

연구실이 있는 3층까지 올라가자, 마쓰다 겐자부로가 복도를 걸어가고 있었다. 도대체 검은 양복을 몇 벌이나 갖고 있는 걸까 하고, 모토무라는 오늘도 또 신기해했다. 이와마는 "아, 교수님" 하고 종종걸음으로 마쓰다에게 다가간다.

"지하 챔버, 역시 좀 배수가 잘 안 되는 것 같아요. 그, 맨 앞의 거요."

"그렇군요. 하긴 제법 오래 사용했으니까요. 나카오카 씨한테 말해서, 수리 기사더러 보러 와달라고 하지요."

모토무라는 복도에 서서 이야기하는 이와마와 마쓰다의 옆을 빠져나가 연구실로 들어갔다.

모토무라의 책상은 문과 가장 가까운 곳에 자리 잡고 있다. 의자에 앉아 노트북 키보드에 가볍게 손을 대어 잠자기 모드를 해제했다. 바탕화면은 애기장대 세포의 현미경 사진이다. 질서 정연하게 늘어선 둥근 알. 애기장대는 세포까지도 사랑스럽다. 컴퓨터를 켤 때마다 그만 바탕화면에 빠져든다.

"어떻게 별이 보이는 거지?" 하고 묻던 후지마루의 얼굴이 떠올랐다. 천체망원경도 되는 현미경. 그런 편리한 물건이 있다면 좋겠는데. 모토무라는 후지마루의 말을 떠올리며 웃음 짓는다.

하지만 실제로는 망원경과 현미경의 좋은 점만을 취할 수는 없다. 먼 곳을 보는 기능을 원하면 세포를 보는 것은 포기해야 하고, 미세한 것을 보는 기능을 원한다면 멀리 있는 별을 보는 것은 포기해야 한다.

웃음은 한순간에 사라지고 모토무라는 마우스를 움직여 논문 데이터베이스에 접속한다. 표시되는 영문을 죽 훑어보면서 식물학에 관한 최신 정보를 띄엄띄엄 골라 읽어간다.

후지마루는 이미 뇌리에서 사라지고 없었다.

모토무라는 학부 4년간을 T대가 아니라 가나가와현에 캠퍼스가 있는 사립대학에 다녔다. 이과의 모든 학부와 문과의 일부 학부가 들어와 있는 광대한 캠퍼스에서, 모토무라는 대장균을 연구하는 세미나에 소속되어 있었다. 학부생 때부터 현미경으로 오밀조밀한 작은 것들을 관찰하는 것을 좋아했던 거다.

애기장대와 마찬가지로 대장균도 '모델 생물'로서, 분자생물학의 세계에서는 메이저급인 존재다. 태어나서 죽을 때까지의 주기가 짧아서 세대교체를 해가는 모습을 지속적으로 관찰하기에 좋다.

더구나 애기장대와 달리 단세포생물이라서 한천배지(우무에 육즙 등을 섞어 만든 세균 배양기)에서 의외로 쉽게 클론(유전적으로 동일하게 복제된 세포군 또는 개체군)을 증가시킬 수 있다. 샬레 가득 대장균이 뭉게뭉게 콜로니(미생물이 고형 배지에서 증식해 생긴 집단)를 만들어내는 것을 볼 때면 상상을 초월하는 그 생명력에 종종 압도당하곤 했다.

단세포생물이라 하더라도 세포임에는 틀림없다. DNA가 복제되는 방식은 인간을 비롯한 다세포생물의 메커니즘과 다를 바가 없다. 그러므로 대장균 연구를 통해서도 보편적인 생명 활동을 해명할 수 있다. 모토무라는 대장균을 관찰하는 일에서 즐거움과 보람을 느끼고, 이대로 대학원에 진학해서 좀 더 깊은 연구를 하면 좋겠다고 생각했다.

하지만 대장균을 계속 연구 대상으로 하는 게 좋을지에 대해 조금 망설여지는 면도 있었다.

모토무라는 어릴 때부터 식물을 좋아했다. 개나 고양이나 토끼는 사랑스럽지만 여기저기 막 돌아다닌다. 멍하니 있을 때가 많은 아이였던 모토무라에게 그들의 움직임은 너무 빨랐다. 품에 안고 있어도 바로 몸을 비틀어 어디론가 빠져나가 도망가고, 쫓아가려고 해도 모토무라는 운동신경이 둔하여 그들을 따라갈 수 없었다.

그런 점에서 식물은 안심이 되었다. 풀도 꽃도 나무도 도망가지 않는다. 원하는 만큼 얼마든지 바라보거나 냄새를 맡거나 만질 수 있다. 멍하니 있는 모토무라의 곁에서 같이 가만히 있어준다.

모토무라는 초등학생 때부터 방의 창가에 화분을 여럿 키우고 있었다. 안타깝게도 식물을 재배하는 센스는 별로 없어서, 물을 너무 많이 주거나 분갈이 시기를 제대로 못 맞추거나 하여 늘 말라 죽었지만, 모토무라 나름으로는 필사적으로 애정을 다해 보살폈다.

꽃을 피우고 잎을 무성하게 달고 있는 식물을 보면 '이 정도의 속도감이 나한테는 딱 좋아' 하고 새삼 생각하곤 했다. 일기를 쓰는 대신 늘어선 화분을 향해 말을 걸고 나서 잠자리에 드는 것이 일과가 됐다.

그러다 보니 식물에는 마음이 갔지만, 대장균에는 그렇지가 않았다. 물론 한천배지에서도 몽글몽글 늘어가는 대장균을 보면 '아아, 살아 있구나. 힘내' 하는 생각이 절로 난다. 하지만 한순간에 대장균이 너무 많이 늘어나서 애를 먹거나 폐기 처리할 수밖에 없을 때가 있다.

으악, 뭘 하는 거야, 살려줘. 죽임을 당하는 무수한 대장균의 비명. 그러나 모토무라는 '그래도 뭐, 대장균이잖아' 하고 마음속 어딘가에서 생각하고 있다. 그리고 그런 자신이 무서워졌다.

좀 더 사랑을 느낄 수 있는 것을 연구 대상으로 하지 않으면 윤리고 뭐고 없는 매드 사이언티스트가 되어버리지 않을까 하는 생각이 들었다. 그렇다고 해서 생쥐나 쥐 같은 실험동물을 해부하는 건 무리다. 재빠른 동물이어서만이 아니라, 털이 나 있고 따뜻하고, 너무 사랑스러운 동물이라서 못 한다.

역시 식물이 좋다. 사랑스럽다는 생각이 들면서도 몸에 털 같은 것은 나 있지 않다. 아니, 엄밀히 말하면 잎사귀에 가는 털이 난 식물도 있지만, 토끼나 봉제 인형처럼 몽실몽실한 털을 달고 있는 것하고는 전혀 다르다. 식물이라면 괜찮다.

지금 생각하면 지나친 생각이었다. 매드 사이언티스트는 거의 없다. 연구자는 생물을 대상으로 실험하거나 관찰할 때에는 모두 절도와 냉정함과 경의를 가지고 한다. 대상이 대장균이든 생쥐든 쥐든 식물이든 다르지 않다. 생명의 신비를 풀기 위해 생명을 빼앗는 행위를 하고 있는 것이 얼마나 엄중한 일인지 모르는 사람은 없다. 그 무게를 받아내고 있기에 진지하게 연구를 할 수 있는 것이다.

대학교 4학년이 된 모토무라는 대장균이 아니라 오랫동안 좋아했던 식물을 통해 생명에 대한 연구를 계속하고 싶다는 생각을 누를 수 없게 되었다. 그게 다 대장균 덕분에 연구의 즐거움과 깊은 맛을 알 수 있게 되었기 때문이다. 고마워, 대장균!

모토무라는 당시 부모님과 함께 지바현 가시와시(市) 자택에 살고 있었다. 편도 두 시간이나 걸려 통학을 해야 했지만, 순조로이 최종 학년까지 도달했다. 모토무라가 "대학원에 가고 싶다"라고 말을 꺼냈을 때 부모님은 곤혹스러워했다. 대학원까지 가면 오히려 취직이 어려워진다는 이야기를 부모님도 어디서 듣고 있었기 때문이다. 특히 어머니는 "그렇게까지 본격적으로 공부하지 않아도……"라고 했다.

"글쎄, 대학원에 가는 건 연구자가 되는 거잖니? 그럼 결혼은 어떻게 하려고?"

결혼. 그 말을 들을 때 그것을 한자로 '結婚'이라고 쓴다는 사실조차 바로 떠오르지 않을 만큼, 모토무라는 결혼에 관심이 없었다. 하지만 어머니가 무엇을 걱정하고 있는지는 알았다.

대학원에 갔다고 해서 연구자로서 성공할 수 있다는 보장은 없다. 대학원에 진학한 사람 중 대학에 남아서 교수 자리에 앉는 사람은 겨우 한 줌이다. 아무런 보증도 없는 불안정한 길을 선택하느니 학부를 졸업해서 취직하고 적당한 시기에 결혼해서 가정을 갖는, 소위 '순조로운' 노선을 택하는 편이 좋지 않겠니. 어머니는 그렇게 말하고 싶은 거다.

결혼은 아무래도 상관없지만, 모토무라에게도 망설임이나 초조함이 없었던 것은 아니다. 다니던 사립대는 학문 간의 울타리가 낮아 문과·이과를 불문하고 학생끼리의 교류가 왕성했다. 모토무라의 친구들 중에 문과생은 거의 100퍼센트 구직활동을 시작하고 있었다. 이과생인 같은 세미나 친구들 중에도 대학원에 진학하는 사람보다 취직하는 사람이 많았다.

언제까지나 부모에게 의존하여 지낼 수는 없다. 역시 구직활동을 하는 편이 더 나은 길일까. 생각해보니 대학원에 가는 것도 구직활동을 하는 것도, 그 어느 쪽에 대해서도 자신은 준비가 되어 있지 않다는 생각이 들었다. 고민을 너무 늦게 시작한 건가.

신입생을 맞이하여 활기가 넘쳐나는 캠퍼스를 모토무라는 우울하게 걸었다. 인공적으로 구획된 부지 안에서 한결 돋보이는 커다란 느티나무가 가지 끝에 잎을 틔울 준비를 하고 있는 게 눈에 들어왔다. 이제 조금만 지나면 연한 녹색의 부드러운 새싹들이 일제히 모습을 드러낼 것이다.

느티나무는 하늘에 금이라도 긋듯이 가는 가지를 여기저기로 복잡하게 뻗어내고 있었다. 순간, 모토무라의 마음 밑바닥에서부터 충동이 솟아올랐다.

왜 느티나무는 이런 모양으로 가지를 뻗는 거지? 왜 식물에 따라서 잎의 모양이 달라야 하는 거지? 왜 잎이 나뭇가지에서 나오는 방식도 다 다른 거지? 알고 싶다, 알고 싶다. 식물은, 그리고 우리는 도대체 어떤 메커니즘으로 자신의 모양을 정하는 걸까. 어떤 방식으로 생명 활동을 하는 걸까?

그 순간 모토무라는 마음을 정했다. 대학원에 가자. 식물에 대한 연구를 하자. 알고 싶어서 견딜 수 없으니까. 나에게 지금 가장 중요한 것은 취직이나 결혼이나 안정된 장래가 아니다. 실험을 위해서 손과 머리를 움직이고 현미경을 들여다보며 살아 있는 생명체와 마주하는 것이 지금 내가 하고 싶은 것이다. 이 세계를, 생명을 지배하는, 아직껏 밝혀지지 않은 신기한 법칙에 조금이라도 다가가보는 것이 지금 내가 하고 싶은 것이다.

문제는 다니고 있던 사립대에는 식물학을 전문으로 하는 교수님이 없다는 것이었다.

곁에서 보면 멍하니 있다고밖에 생각되지 않는 모토무라지만, 한번 마음을 결정하면 의외로 재빠르게 행동에 나설 때도 있다. 모토무라는 부모에게 맹렬하고도 간곡하게 부탁하여 대학원에 가도 좋다는 허락을 받았다. 동시에 식물학을 전공할 수 있는 대학원이 어디 있는지도 맹렬히 조사하여 T대의 마쓰다 연구실을 찾아냈다. 잎이 어떤 메커니즘으로 형성되는지 세포나 유전자 단계에서 연구하는 연구실이었다. 교수인 마쓰다 겐자부로를 비롯하여 연구실의 멤버가 발표한 논문을 이것저것 읽어본 모토무라는 "여기다" 하는 직감이 왔다. 목표는 정해졌다.

모토무라의 맹렬함은 멈춤 없이 계속됐다. T대 대학원을 위한 입시 공부를 시작함과 동시에, 연구실 홈페이지에 기재되어 있던 마쓰다의 메일 주소로 연락을 넣었다. 연구실 방문을 허락해 달라는 메일이었다. 대학원 수험생은 대부분 사전에 들어가고 싶은 연구실을 방문하여 교수와 면담을 하게 되어 있다. 막상 대학원에 들어가긴 했는데 연구실 분위기에 익숙해지지 못하거나, 생각했던 연구를 할 수 없게 되면 큰일이기 때문이다.

마쓰다로부터 바로 "언제라도 좋습니다"라고 답장이 왔다. 방문할 일시를 정하는 메시지가 오갔고, 골든 위크(일본에서 4월 말~5월 초에 연휴가 있는 주)가 끝나자마자 모토무라는 T대 자연과학부 B호관 앞에 서 있었다.

자연과학부 B호관을 처음 보았을 때 모토무라는 마치 거대한 고

목을 보고 있다는 느낌이 들었다. 땅에 뿌리를 박고 있는 것같이 당당해 보였고, 온기마저 느껴졌다.

모토무라는 다시 한번 마음을 다잡고 건물 내부 계단을 올라가 마쓰다 연구실을 찾아냈다. 나무 문을 노크하자, "들어오세요" 하고 남성의 목소리가 들렸다. 그런데 문손잡이를 돌려도 문이 열리지 않는다. 문을 밀고 당기기를 거듭하면서 분투하고 있자, 인기척이 다가오더니 안쪽에서 문을 열어줬다.

"조금 들어 올리듯이 여는 것이 요령이에요" 하고 열린 문 맞은편에 선 남자가 말했다. 조금 전에 "들어오세요"라고 한 것과 같은 목소리였다. 이 사람이 마쓰다 교수님인가. 인터넷에서 사진은 봤지만, 실물이 사진보다 더 젊다는 느낌이 든다. 마쓰다는 검은 양복에 하얀 셔츠를 입고 있었다. 어쩐지 저승사자 같은 분위기라고 모토무라는 생각했지만, 은테 안경 안에 있는 눈빛이 온화한 것을 보고 조금 긴장이 풀렸다.

모토무라가 이름을 말하자, 마쓰다는 "마쓰다입니다" 하고 말하며 안으로 들어오라고 했다. 초록이 넘치는 가운데, 먼지까지 조금 날리고 있는 어수선한 공간이었다. 그 점이 오히려 모토무라에게 편안하게 다가왔다.

연구실 멤버들은 모두 나가고 없는 것 같았고, 마쓰다가 직접 두 사람 몫의 커피를 타 왔다. 모토무라와 마쓰다는 방 중앙에 놓인 큰 책상의 모퉁이를 사이에 두고 앉아 커피를 마시면서 이야기를 나눴다. 먼저 마쓰다가 지금 연구실에서 하고 있는 실험의 내용과 앞으로 어떤 과제를 중심에 두고 갈 예정인지 등에 대해 이야기했다. 마쓰다의 말을 이어받아 모토무라가 자신의 대학에서 어떤 연구를 했었는지, 대학원에서 어떤 연구를 해보고 싶은지에 대해 말했다. 마쓰다는 모토무라가 이야기하는 도중 두세 가지 질문을 끼워 넣었지만, 대체로 조용히 귀를 기울여 듣는 편이었다.

둘 다 말수가 많은 스타일이 아니라서 필요한 정보를 다 주고받자 실내에 침묵이 찾아왔다. 어색하지는 않았지만, 모토무라는 마쓰다의 시간을 너무 많이 빼앗아서는 안 된다고 생각하여, 잔을 비우고 자리에서 일어섰다.

"잘 마셨습니다. 시간을 내주셔서 정말 감사합니다."

"모토무라 씨가 흥미를 갖고 있는 분야와 우리 연구실은 서로 잘 맞을 거라는 생각이 듭니다."

잔을 치우려는 모토무라를 제지하고 마쓰다가 일어나 빈 커피 잔을 연구실에 있는 싱크대로 가져갔다. "시험 잘 보세요."

그때 이십대 후반쯤 되는 남자가 들어왔다. 나중에 연구원이 될 가와이였다. 가와이는 당시 포닥으로 마쓰다 연구실에 있었다.

"아아, 가와이 선생" 하고 마쓰다가 불렀다. "대학원 진학을 희망하는 모토무라 씨예요. 실험실을 좀 보여주지 않을래요?"

가와이는 모토무라에게 실험실만이 아니라 재배실까지 두루 보여줬다. 건물도 설비도 오래되었지만, 시약이나 기자재가 풍부하여 어떤 실험에도 대응할 수 있을 것 같아 보였다. 식물을 연구하는 데에는 최적의 환경이라고 모토무라는 생각했다. 무엇보다도 연구실 분위기가 좋고 마쓰다나 가와이도 마음이 따뜻한 사람인 것 같았다. 모토무라는 'T대 대학원에 가자' 하고 마음속으로 굳게 다짐했다.

그렇다고 하더라도 모처럼 시전 답사를 온 거니까, 더 확실히 알아봐야지.

"마쓰다 교수님은 어떤 분이세요?"라고, 모토무라는 용기를 내서 가와이에게 물었다. 가와이와 함께 챔버에서 재배실 바닥으로 넘쳐흐른 물을 걸레로 닦고 있을 때였다.

"연구에 열심이고 학부생이나 대학원생을 지도할 때에도 굉장히 세심하게 해주세요"라고 가와이는 대답하고 조금 웃었다. "다만 정리 정돈 능력은 현저하게 떨어져요. 이 물이 샌 것도 마쓰다 교수님이 양동이의 물을 제대로 버리지 않은 것이 원인이죠."

모토무라의 예상 이상으로 마쓰다는 정리 정돈을 잘 못했다. 연구실 칸막이 건너편 마쓰다의 자리는 늘 책과 서류가 어지러이 쌓여 있다. 마쓰다는 늘 그 책과 서류의 산을 뒤지며 뭔가를 찾고 있다. 그 사실을 모토무라가 안 것은 다음 해 봄이었다. 모토무라는 열심히 공부하여 드디어 T대에 합격했다.

동시에 생애 첫 홀로 살기도 시작했다. 대학원에 가면 실험이나 논문이나 연구 발표에 쫓기는 나날이 계속된다. 부모님 집에서 통학할 시간적 여유는 도저히 없을 것 같았다.

모토무라는 대학원에 다니면서 학자금 대출을 받고 있지만, 그것은 언젠가 돌려줘야 한다. 실질적으로는 모토무라의 빚이다. 대학원에는 급여가 지급되고 연구비를 받을 수 있는 '특별 연구원'이라는 제도도 있지만 박사과정까지 올라가지 않으면 신청 자격이 없고, 신청할 수 있게 되었다고 해도 경쟁률이 높아서 좀처럼 통과하지 못한다. 아르바이트를 할 여유도 없고 하여, 결국 학비와 집세, 생활비의 대부분을 부모님에게 기대게 되었다.

학자금 대출은 물론이고 부모님이 내준 돈도 언젠가는 갚아야 한다고 생각하고 있다. 하지만 대학원을 나와 과연 안정된 직업을 가질 수 있을까 하는 점에 대해서는 자신 있게 말할 수 없다는 게 모토무라로서는 괴로운 일이다. 세상사, 늘 돈이 문제다. 모토무라의 부모님은 정년까지는 아직 여유가 있기 때문에 어떻게든 학비를 변통해주고 있지만, 그럴 형편이 안 되는 가정도 많을 것이다. 많은 사람들이 학문을 익히고 싶지만 이러저러한 사정으로 대학이나 대학원에 진학하는 것을 포기한다.

모토무라는 마쓰다 연구실에서 실험에 전념했다. 조금이라도 식비를 아끼기 위해 익숙하지 않은 밥과 반찬 만들기를 시작했다. 모토무라의 어머니는 한동안은 걱정이 되어서 매일같이 전화를 걸어왔지만, 모토무라가 박사과정으로 올라간 즈음부터 완전히 포기한 모양이다. '결혼'이나 '장래' 같은 단어를 더 이상 입에 담지 않게 됐다.

미안해요, 어머니. 저는 식물과 결혼했어요……! 수분(受粉)으로 어떻게 되는 거라면 손주의 얼굴을 보여드릴 수 있겠지만. 아니, 식물이란 게 결혼 상대치고는 의사소통이 잘되지 않네요. 지금까지도 화분에 심은 식물을 말라 죽게 하고 있고, 애기장대 세포는 기대한 만큼 빛나주지 않고. 아아, 나는 연구자의 재능이 없는지도.

대학 시절의 친구들은 벌써 취직한 지 3년째다. 가끔 만나면 이제는 하는 일에 조금 익숙해졌다든가, 좀처럼 일을 맡겨주지 않아 재미없다든가 등의 이야기를 한다. 모두 빛나 보인다. 그런데 나는 이렇게 애기장대를 수분시키거나 세포의 개수를 세면서 세월을 보내도 괜찮은 걸까 하고 조바심이 난다.

하지만 모토무라는 이제 되돌아갈 수 없다. 실제로는 후회도 하고 있지 않다.

현미경을 들여다보면 거기에 모토무라가 추구하는 세계의 모든 것이 펼쳐져 있다.

모토무라의 하루는 연립주택 창가에 늘어놓은 화분 돌보기에서 시작된다.

그중 가장 고참인 것은 고등학생 때부터 지금까지 10년쯤 키우고 있는 파키라다. 처음에는 화분이 손바닥에 올라가는 크기였는데 홀쭉하게 줄기를 뻗어 지금은 모토무라의 키보다도 크게 자랐다. 다다미에 그 크게 자란 파키라 화분을 놔뒀는데, 초록 잎사귀가 많이 우거진 데다 모토무라의 얼굴보다 큰 잎도 있어서 텔레비전을 볼 때면 화면에 그늘을 만들어 보기 힘들 정도다.

그 밖에도 부모님이 사는 집에서 함께 이사 온 선인장이나 연구실의 가토에게서 받은 다육식물, 그리고 작은 화분 여러 개에 심어놓은 허브 등이 창가에 정렬되어 있다. 모토무라는 어쨌든 식물을 쉽게 죽이는 편이라서 초심자라도 쉽게 키울 수 있는 것만 골라서 키우자고 생각하고 있다.

지금 가장 손이 가는 것은 포인세티아다. 파키라 화분 옆에 놔뒀는데, 잎에 단풍이 들게 하려면 9월 하순부터 한 달이 조금 넘게 단일처리(하루 중 어두운 시간을 길게 함으로써 인공적으로 개화나 결실을 촉진시키는 방법)를 해야 한다. 저녁부터 아침까지 완전히 빛을 차단하는 것이다. 모토무라는 종이를 발라 틈새를 막은 골판지상자를 덮어서 빛을 차단하기로 했는데, 저녁 무렵에 아파트에 돌아올 수 있는 날이 적기도 하고, 들어왔을 때에도 종종 포인세티아에 상자 덮는 걸 잊는다.

그날 아침도 내심 기대를 하면서 상자를 들어 올렸는데 단일처리를 제대로 못해서인지, 슬슬 11월이 되어오는데도 포인세티아의 잎은 초록인 채였다. 이상하다. 작년에 샀을 때는 귀여운 핑크색 잎이었는데.

실망하면서도 흙이 마른 것 같은 화분에 물을 주거나 상한 잎을 따면서 식물과 한바탕 교류의 시간을 갖는다. 물론 말을 걸기도 한다. "날이 추워지기 시작했네"라든가, "비료는 충분하니?"라든가. 그러면서도 이런 모습을 혹시라도 누가 볼까 봐 주위를 살피곤 한다.

모토무라가 사는 연립주택은 다와라마치 역 가까이에 있는, 회반죽을 칠한 오래된 2층 건물이다. 집세가 싼 데다가 T대까지는 전철로 20분도 걸리지 않는다. 갈아타는 것을 생각하면 자전거로 가도 좋지 않을까 싶은 거리다.

모토무라의 부모님은 방범이 좀 더 잘되어 있는 건물을 찾아야 한다고 주장했다. 하지만 모토무라는 2층이라서 괜찮을 거라고 생각했고 친절한 집주인 노부부가 바로 뒤편 단독주택에 살고 있어서 든든하기도 했다. 무엇보다도 해가 잘 들었다. 그것이 모토무라가 여기서 살자고 생각한 주된 이유였다. 창가의 식물이야 햇볕만 잘 들면 행복할 것이고 모토무라도 거의 잠만 자고 나가기 때문에 자취방이 낡아빠졌다는 사실이 특별히 신경 쓰이지 않는다.

연립주택에는 다섯 집이 더 있었다. 사는 사람들끼리의 교류는 거의 없다. 남자 대학생 하나, 바빠 보이는 젊은 샐러리맨, 우에노의 간이식당에서 일한다는 중년 여성 등과 집 앞에서 스쳐 지나갈 때 인사하는 정도가 전부다.

참고로 연립주택의 이름은 '제2스즈키장'이라고 한다. '제1'도 근처에 있었지만 꽤 오래전에 팔아버렸고, 그 자리에는 펜슬 빌딩이 서 있다고 한다.

아침 한때 식물과의 교류를 만끽한 다음, 밥을 먹고 도시락을 싼다. 아침밥의 반찬은 대개 낫토와 계란말이 같은 간단한 것들이다. 도시락도 전날 밤에 먹고 남은 볶음밥이나 냉동식품으로 적당히 채운다. 모토무라는 식물을 키우는 것만이 아니라 집안일하는 데에도 서툴다. 모토무라가 잘하는 것은 오로지 작은 것들이 알알이 박혀 있는 것을 현미경으로 바라보거나 세거나 하는 것뿐이다.

토요일도 보통은 T대에 가기 때문에 청소나 세탁은 일요일에 집중해서 하자고 정해놨다. 일요일에 비가 오면 비참한 상황이 된다. 세탁물이 쌓여서 드디어 방에서 말려야 하는 지경에 처하는데 그럴 때면 설마른 세탁물에서 기분 나쁜 냄새가 나서, 결국 세탁기를 한 번 더 돌리게 되는 일도 있다. 모토무라는 좋은 향이 나는 유연제가 있다는 사실을 모르고 있다. 가게에 가서도 곁눈질하지 않고 오직 세제만을 사서 돌아오기 때문이다. 그때에도 액상세제가 아니라 바슬바슬한 가루세제를 사 온다. 알갱이를 좋아하는 거다. 파키라의 가지에는 젖은 양말을 건다. 그럴 때 파키라는 왠지 슬픈 듯 고개를 숙인다.

세탁을 미처 못 했을 때를 대비하여 모토무라는 반소매나 긴소매의 값싼 티셔츠를 많이 준비해두고 있다. 그것들이 모두 묘한 무늬인 것은 단지 모토무라의 센스가 그렇기 때문이다.

아침 식사를 끝내고 도시락을 천 가방에 넣은 모토무라는 잠옷을 벗었다. 오늘은 왼쪽 가슴에 귤 아플리케(바탕천에 다른 천이나 레이스 등을 오려 붙이는 기법)가 달린 긴소매 티셔츠, 그리고 아래는 늘 입는 청바지다. 얼굴을 씻고 점퍼를 걸치고 '이젠 추우려나' 하는 생각이 들어 비치 샌들이 아니라 스니커즈를 신는다.

우에노히로코지에서 환승할 때, '그러고 보니 화장하는 걸 잊었어' 하고 깨달았으나, 평소 화장 도구를 가지고 다니는 습관이 들어 있지 않으니 어쩔 수 없다. 게다가 연구실에서 마주하는 건 서로 속마음을 다 아는 얼굴들과 애기장대뿐이다. '뭐 상관없겠지' 하고 생각한 순간, 모토무라의 뇌는 자신이 화장하는 걸 잊고 나왔다는 사실 자체를 곧바로 잊어버리고 오늘 하루 할 일의 순서를 구성하는 일로 넘어가버린다.

오전 10시 전에 T대에 도착하여 바로 작업 개시다. 모토무라는 이미 박사과정 1년이라서, 연구 내용과 일정을 자신이 직접 정하고 독립적으로 진행해가야 한다. 메일 답장이나 서류 작성 등 사무적인 일도 해야 하고, 재배실의 애기장대에게 물을 주거니 씨앗을 채취하거나 현미경으로 찍은 사진의 데이터를 정리하는 일도 해야 하고, 논문 읽는 일도 해야 하고, 할 일은 많다. 밤 10시가 지나서야 집에 돌아오는 날이 거의 대부분이다.

또 일주일에 한 번은 연구실 세미나가 열린다. 교수인 마쓰다 겐자부로, 연구원인 가와이, 포닥 이와마, 석사과정 2년의 가토, 그리고 모토무라. 마쓰다 연구실의 모든 멤버가 큰 책상을 사이에 두고 앉아 세미나를 한다.

세미나에서는 돌아가면서 흥미로운 논문을 소개하고 각자의 연구가 어떻게 진행되고 있는지 발표한다. 논문 소개나 연구 발표, 둘 중 하나의 순서가 한 달에 한 번은 돌아오기 때문에 긴장을 늦출 수 없다. 상당수의 논문 잡지를 읽어내야 할 뿐 아니라, 연구에서도 진척이 있어야 하기 때문이다. 몇 개월이 지나도 연구에 진척이 없으면 마쓰다의 미간 주름이 자꾸만 깊어져서, 그 얼굴이 '사자(死者)가 있다 하여 데리러 왔는데 어이없게도 반들반들 팔팔하게 살아 있는 것을 본 저승사자(使者)'같이 변하기 때문이다.

더구나 세미나를 할 때에는 질의응답을 포함하여 모든 내용을 영어로 하게 되어 있기 때문에 뇌가 매우 피곤해진다. 현재 마쓰다 연구실에 있는 멤버는 모두 일본어를 모국어로 하는 사람들뿐이다. 그럼에도 왜 영어로 대화해야 하는가 하고 가토는 늘 투덜댄다. 그러나 자연과학 분야의 공통어는 영어라서 어쩔 수 없다. 논문도 영어로 써야 한다. 영어로 말할 수 없으면 해외의 연구자와 교류도 정보 교환도 못 한다. 영어로 하는 세미나는 영어에 익숙해지게 하려는 마쓰다의 조치였다.

생물학자 — 식물 연구자도 생물학자다 — 는 생명체의 다양성에 주목한다. 한마디로 '식물'이라 해도, 왜 이렇게 다종다양한 형상과 특성을 갖고 있는가. 왜 대장균이 있는가 하면 고양이도 있는가. 감자와 인간은 어째서 같은 생명체인데 형상과 성질이 이렇게까지 다른가.

우연이 겹겹이 쌓여 지금의 지구상에 존재하는 생태계가 만들어졌다. 지구의 역사가 다시 시작된다 하더라도 우연을 똑같이 일으킬 수는 없으므로 진화가 이루어지는 길도 달라질 수밖에 없다. 그러므로 다시 시작한 지구상에 존재할 생명체의 진용은 지금과는 전혀 다른 양상을 띠고 있을 것이다.

확률적으로 보았을 때 재현 불가능하다 할 만큼 절묘한 균형 위에 성립된 생명체의 다양성. 그것에 흥미를 갖고 그 수수께끼를 풀고 싶어서 마쓰다 연구실의 사람들은 관찰과 실험을 계속하고 있다.

그러나 그 대학원생의 일부는 어떤가 하면, 영어 때문에 고전 중이다. 다양성을 사랑하고 존중하는 몸이면서 바로 그 다양성의 상징이라고도 할 수 있는 언어의 벽에 부딪쳐 희롱당하는 아이러니. 일류 연구자로서 해외에서도 발표를 많이 하는 마쓰다나 미국 대학에 유학한 경험이 있는 이와마는 예외다. 모토무라와 가토는 영어 때문에 온갖 고생을 하며, 세미나에서도 늘 "음, 뭐냐, 일본어로 설명해도 됩니까?" 하고 마쓰다에게 허락을 구한다. 그때마다 마쓰다는 '사자(死者)를 데리러 갔더니 어이없게도 술에 취해서 배를 내놓고 신나게 춤추고 있는 꼴을 목격한 저승사자(使者)' 같은 표정이 되어 "그러세요"라고 하는 거였다.

가토가 가장 좋아하는 영화는 쿠엔틴 타란티노의 〈킬 빌〉인 것 같았다. 모토무라는 그 영화를 안 봤는데, 가토에 의하면 루시 리우가 연기하는 여자 야쿠자가 나온다고 했다. 영화 속에서 그녀는 일본어로 더듬거리며 말하다가, 화제가 중요한 부분으로 접어들자 "나의 진지한 기분을 제대로 표현하기 위해 여기서부터는 영어로 이야기하겠습니다"라고 갑자기 영어로 말을 바꾼다. 야쿠자 사회에서 그런 게 통할 것인가 하고 모토무라는 생각하지만, 가토는 "정말 멋지지 않아요?" 하고 눈을 빛냈다.

"나도 앞으로는 '여기서부터는 발표의 중요한 지점이기 때문에 정확을 기하기 위해 일본어로 말하겠습니다'로 밀어붙일까 해요. 그리고 쥘리 드레퓌스(일본어를 잘하는 프랑스 배우로 〈킬 빌〉에도 출연했다)에게 영어로 통역해달라고 할 거예요!"

"그런 선언은 마쓰다 교수님 앞에서 해" 하고 이와마는 어이없어했다. 모토무라는 가토가 무슨 말을 하고 있는지 잘은 몰랐지만, 영어 때문에 애를 먹고 있다는 것은 알고 있었으므로 그의 말에 공감한다.

인터넷상에는 논문의 개요를 영어로 읽어주는 서비스가 있다. 메일을 쓰거나 하면서 라디오를 들을 때처럼 흘려들을 수 있고 연구에 관한 정보도 얻을 수 있어서 애용하고 있다. 영어에 귀를 익숙하게 할 목적도 있고 해서 열심히 듣고 있는데, 여전히 모국어처럼 자유로이 들을 수 있는 수준에는 미치지 못한다. 다만, 바퀴벌레 암컷이 한 번의 교미로 체내에 모을 수 있는 정자의 양을 연구한 논문이 있다는 것을 그것을 듣고 알았다. 그 정자를 써서 이후로는 교미하지 않고도 빠끔빠끔 알을 낳을 수 있다고 한다. 무섭기는 하지만 그만큼 더 찾아서 읽어보고 싶다. 하지만 식물 연구와는 관련이 별로 없을 것 같아서 생각만 하고 있을 뿐이다.

그런저런 일들로 모토무라의 나날은 바쁘다. 연구실 사람들은 요즈음도 기분 전환도 할 겸 저녁을 먹으러 엔푸쿠테이로 가곤 하는데, 모토무라는 거기에 끼는 것을 사양하고 있다. 사정을 알고 있기 때문인지 이와마도 같이 가자고는 말하지 않는다.

다행인 것은 후지마루가 그 후에도 마음에 아무런 앙금도 남지 않았다는 듯 배달을 하러 온다는 거였다. 마쓰다 연구실에서는 변함없이 열흘에 한 번쯤은 점심을 배달시켜 먹는다. 지불은 거의 마쓰다가 해주기 때문에 한 끼분의 식비가 절약되어 모토무라로서는 고맙다. 게다가 집에서 싸 온, 결코 맛있다고는 할 수 없는 도시락의 맛에서 해방될 수 있다는 것이 기쁘다.

모토무라도 목석은 아니므로 후지마루가 얼마나 진지하게 마음을 고백했는지는 알고 있다. 그렇기 때문에 대답을 결정할 때까지 사흘이나 걸렸다. 후지마루 이외의 남성으로부터도 고백을 받아본 적이 있었지만, 그때는 실로 번갯불에 콩 볶아 먹듯 단칼에 교제를 거절했었다.

하지만 모토무라는 후지마루의 고백에 대해서만큼은 조금 망설였다. 후지마루가 식물학을 흥미 있어 하는 데다가, 식물을 보고 나서 보여주는 놀라움과 기쁨에서 진심이 느껴지기 때문이었다. 모토무라는 자신이 소중하다고 느끼고 있는 세계를 대하는 후지마루의 모습을 보며 자기 자신이 존중받은 느낌이 들어 좋았다. 후지마루가 엔푸쿠테이에서 열심히 일하면서 요리에 도전하고 있는 모습도 보기 좋았다. 서로가 열정을 기울이는 세계는 달라도 언제까지나 함께 대화할 수 있을 것 같았다. 이 사람과 함께라면 언제나 즐거운 시간을 보낼 수 있을 것 같다는 생각을 모토무라는 하고 있었다.

하지만 생각은 거기서 더 나아가질 못했다.

즐거운 시간이란 뭘까. 함께 밥을 먹거나 놀이공원에 가거나 하는 걸까. 하지만 나는 밥은 재빨리 혼자서 먹고 남는 시간에 애기장대의 씨앗을 한 알이라도 더 많이 채취하고 싶다. 놀이공원의 놀이 기구에 휘둘리거나 낙하할 틈이 있으면 그 시간에 애기장대의 세포를 현미경으로 조용히 바라보고 싶다.

한 대의 현미경을 둘이서 동시에 들여다볼 수는 없다. 그와 사귄다고 해도 그 사귐의 어디에서 가슴 두근거리는 포인트를 찾아내면 좋을지 알 수 없었다. 뭔가 확실한 느낌이 오질 않았다. 연구 이상으로 가슴 두근거리는 일이 있을 거라는 생각이 도저히 들지 않는다.

후지마루는 다르다. 자신의 일에 전념하면서도 누군가에게 연심을 품는 것이 가능한 사람이다. 곧 가정을 가질 수도 있겠지. 충분히 그럴 자격이 있는 사람이다.

모토무라는 그런 후지마루의 '건전함'이 눈부시게 느껴졌다. 그러나 연구와 교제 중에서 선택을 해야만 할 국면에 섰을 때, 나는 망설이지 않고 연구를 선택할 것이라고 느꼈다. 그래서 사귈 수 없다고 후지마루에게 대답한 것이다.

마음속 깊은 곳에 '후지마루 씨도 나도, 어차피 잘되지 않을 거라는 걸 알고 있는 교제로 시간을 낭비할 필요는 없다'는 생각이 있었던 것은 부정할 수 없다. 그런 생각에 일종의 오만함이 깃들어 있다는 것도 모토무라는 알고 있었다. 후지마루는 분명 "사귀어보지도 않고 어떻게 잘될지 안 될지 알 수 있나요?"라고 말할 것이다.

하지만 잘될지 안 될지 알 수 없는 것에 매달리는 것은 실험 하나

만으로도 충분하다. 그 이외의 것에서까지 심신을 흔들리게 하고 싶지 않았다. 모토무라는 그저 연구를 하고 싶은 거였다. 거기에 자신의 모든 것을 집중하고 싶은 것뿐이었다.

모토무라는 미칠 듯한 열정에 사로잡혀 있었다. 자신이 아무리 오래 살아도 식물의 수수께끼가 모두 밝혀지는 일은 결코 없으리란 걸 알고 있으면서도, 희미하게 빛나는 세포에 계속해서 시선을 빼앗기고야 만다. 이 마음을 아무리 애써 설명한다 한들 후지마루를 완전히 납득시킬 수는 없을 거라고 생각한 모토무라는 그저 교제를 거절할 수밖에 없었다.

배달하러 오는 후지마루는 아무 일 없었던 것처럼 모토무라에게 인사한다. 어느 날엔가는 가토의 안내로 온실을 봤는지, "굉장하네요. 정글 같았어요"라고 모토무라를 포함한 연구실의 사람들과 웃는 얼굴로 이야기를 하고 가기도 했다. 밝고 다정한 사람이다.

하지만 모토무라의 마음을 애기장대 세포만큼 사로잡지는 못한다.

11월에 들어 첫 세미나가 마쓰다 연구실에서 진행됐다. 연구실 멤버가 모두 큰 책상에 둘러앉아 발표자가 나눠준 요약본을 들여다본다. 도표와 사진이 실린 요약본도 물론 모두 영어로 되어 있다.

이번 세미나에서는 모토무라가 논문 소개를 하고 가토가 자신의 연구에 대해 발표한다. 날씨가 좋은 오후라서 연구실 안으로 겨울의 부드럽고 따뜻한 햇살이 비쳐 들어오고 있다. 게다가 점심은 엔푸쿠테이에 배달을 시켜서 저마다 맛있는 오므라이스나 햄버거 세트 등으로 배를 채운 참이었다. 졸기 딱 좋은 조건이다. 덕분에 뇌를 총동

원해야 하는 영어 논문 발표와 영어 질의응답도 평소 이상으로 힘들었다.

그러나 모토무라와 가토 모두 이 세미나를 위해 밤을 새우다시피 해서 준비한 몸이다. 그 수고를 헛되게 할 수는 없다고, 둘은 죽을 힘을 다한다.

모토무라가 소개한 논문은 '애기장대의 뿌리는 빛을 비추어 키우면 땅속 등 어두운 장소에서 자란 것에 비해 뿌리가 더 짧아진다'라는 것이다. 식물의 뿌리는 원래 빛에서 도망치는 방향으로 자라는 성질이 있다. 빛을 향해 자라면 지표를 뚫고 나와버려서 뿌리의 역할을 할 수 없을 터이다. 그러니 일부러 실험을 하지 않더라도 직감적으로 '뭐, 그렇겠지. 뿌리는 빛을 싫어하니까' 하고 알 수 있는 사항이다.

그러나 어떤 메커니즘이 작용하여 뿌리가 빛을 피해 땅속에 계속 머물러 있을 수 있는지에 대해서는 아직 잘 알려진 것이 없다. 잎사귀나 줄기는 빛을 찾고 빛이 비치는 쪽을 향해 더 성장하는데, 뿌리는 어째서 빛에 등을 돌리는가. 그 의문에 다가간 것이 모토무라가 소개한 논문이었다.

논문에 의하면 빛을 비춰서 키운 뿌리에는 플라보놀이라는 물질이 많이 축적되어 있었다. 이 플라보놀이 옥신(식물 생장 호르몬)의 수송을 저해하기 때문에 뿌리에서 분열하는 세포의 크기가 작아진다. 그 때문에 뿌리가 좀처럼 성장하지 못하는 결과가 나온다는 것이었다.

연구실 사람들 사이에서 토론이 활발하게 진행됐다. "원래 논문에 실려 있는 그림으로는 저자가 말하고자 하는 바가 엄밀하게 다 증명되지 못한 게 아닌가?"라든가 "플라보놀과 옥신의 관계가 잎의 세포에서는 어떻게 나타나는지 조사하려면 어떤 실험을 하는 게 가장 좋을까?" 등 저마다의 질문이나 지혜를 내놓는다.

자신이 소개한 논문에 대해 모두가 흥미를 느끼는 것을 보고 모토무라는 마음이 놓였다. 자신은 흥미롭고 중요한 논문이라고 생각해서 소개했는데 "음……?" 하고 반응이 미적지근할 때만큼 서운한 때는 없다. '어라? 내 감성이 이상한 건가? 아니면 워낙에 연구자로서의 재능이 없어서 별거 아닌 걸 별거라고 생각한 건가?' 등등, 원래부터 없던 자신감이 더욱 쪼그라들면서 사고가 악순환의 고리에 빠져버린다.

논문 소개가 성공리에 끝난 덕에 모토무라는 활짝 갠 마음으로 자리에 앉았다. 이어서 가토가 일어나서, '선인장 가시를 더욱 투명하게 하는 방법을 발견한 건'에 대해 발표했다.

잎사귀의 세포를 현미경으로 관찰할 때에는 잎사귀의 두께가 얇기 때문에 약제에 담가 완전히 투명하게 만들어서 관찰하기 쉽게 하는 기법이 확립되어 있다. 그러나 선인장 가시는 원뿔형으로 입체감이 있는 데다가 잎사귀와 달리 두께가 일정하지 않다. 그래서 굵은 부분의 중심까지 깨끗하게 투명하게 만드는 것이 어려웠다. 나아가 애기장대 연구자는 많이 있지만, 선인장 연구자는 세계적으로 봐도 그 수가 적다. 가시를 투명하게 만드는 방법을 놓고 부심하던 가토가 기존에 발표된 논문이나 인터넷상에서 아무리 그 방법을 찾아도 찾아낼 수가 없었다.

그러나 가토는 포기하지 않았다.

"고독이 나를 프레셔할 때도 있던 직업입니다."

가토는 살짝 문법이 이상한 영어로 말했다.

"그러나 나는 결국 발견했습니다. 연구에 연구를 거듭한 덕입니다. 가지고 계신 자료를 봐주십시오."

연구실 사람들은 가토가 준비한 발표문을 봤다. 거기에는 제대로 투명해진 선인장 가시를 찍은 아름다운 현미경 사진과, 완벽한 투명화를 가능하게 하는 약제의 배합 방법이 쓰여 있었다.

"오오……?"

사람들의 반응은 둔했다. 선인장 가시를 투명하게 할 필요에 쫓기는 사람은 가토 이외에 아무도 없었기 때문이다. 모토무라는 투명해진 가시의 현미경 사진을 보고 '신선한 오징어 같아' 하고 감탄했다. 그러나 가토의 고투와 시행착오를 눈앞에 두고 그런 엉뚱한 생각부터 한 것이 미안하게 느껴져서 입을 다물고 있었다.

선인장 가시를 제대로 투명하게 만든 것은 아마 세계에서 처음 이루어낸 위업이겠지만, 그 위업에 어느 정도의 범용성이 있는가에 대해서는 아직 뭐라고 말할 수 있는 상황이 아니었다. 다들 그런 생각을 해서인지 연구실 안에는 곤혹스러운 침묵이 이어졌다.

제자의 의욕을 꺾어서는 안 된다고 생각했는지, 마쓰다가 주고받을 만한 화제를 고안하여 말을 꺼냈다.

"실험실에 있는 일반적인 약제를 이용하여 이렇게까지 투명화 작업을 할 수 있었군요. 특허라도 받나요?"

화학이나 농학, 약학 등 상품화와 밀접하게 관련된 분야에서는 특허 신청이 활발하지만, 기초연구에서는 특허를 그다지 중시하지 않는다. 성과가 상품화로 직결되는 경우가 워낙 드물기도 한 데다가, 성과를 널리 공개하여 다른 사람들의 연구에 도움이 되면 그것으로 좋다는 사고방식이 연구자들 사이에 강하게 남아 있기 때문이다.

마쓰다도 농담하는 기분으로 특허 운운한 건데, "아니요, 하지만 괜찮습니다" 하고 가토는 진지하게 겸손해했다. "선인장 연구의 미래를 위해 가시의 투명화 방법을 여러분께서 잘 '활성'해주신다면 행복한 일이지요."

"'활용'이지."

이와마가 영어의 잘못된 부분을 지적한다.

"그렇습니다. 적극적으로 활용해주시면 행복한 일이지요."

"특허는 어쨌든, 되도록 빨리 논문으로 써서 잡지에 투고하는 게 어때?"라고 가와이가 제안하고, "영어를 엄청 못하는데. 그래도 열심히 해보겠습니다"라고 가토가 쑥스러워하며 대답했다.

마침 시간이 돼서 이번 세미나는 그 부근에서 자연스럽게 끝나게 됐다. 가와이가 연구실에 설치된 싱크대 앞으로 가서 커피를 탔다. 다 같이 커피를 마시면서 이런저런 잡담을 나누며 쉬고 있는데.

그때였다. 마쓰다 연구실의 문이 덜컹 소리를 내며 열렸다. 마쓰다의 동료 교수인 모로오카 고헤이가 문 앞에 서 있었다. 정년까지 앞으로 몇 년 남지 않은, 줄곧 덩이줄기(줄기 끝에 양분을 저장해 덩이 모양을 이룬 땅속줄기. 감자·고구마·토란·참마 등이 이에 해당한다)를 연구해온 교수였다. 덩이줄기를 많이 키워 먹은 사람치고는 몸이 말랐고 부스스한 머리는 온통 백발이다.

마쓰다 연구실 사람들의 시선이 불쑥 나타난 모로오카에게 모였다. 평소에는 조용한 모로오카가 두 다리로 떡 버티고 서 있다. 모로오카의 부릅뜬 눈이 하도 박력이 넘쳐서 한순간 그의 백발이 머리에서 피어오르는 김으로 보였을 정도였다. 그의 발밑에는 엔푸쿠테이의 후지마루가 넘어져 있었다. 연구실 문 앞에서 다 먹은 식기를 가져가기 위해 몸을 웅크리고 있다가, 기세 넘치는 모로오카의 발에 걸어차인 모양이었다.

"왓츠 업(무슨 일이시죠)?"

세미나 때에는 영어로 말하기로 한 것의 연장선상에서, 가토가 연구실 사람들의 심중을 영어로 표현했다.

"영어는 집어치워!"

모로오카가 고함쳤다. 그러고는 그제야 엎드려 있는 후지마루가 눈에 들어왔는지 "미안, 미안" 하고 후지마루를 안아 일으킨다.

"어쨌든 교수님, 안으로 들어오셔서……."

마쓰다는 선배인 모로오카를 위해 비어 있는 의자를 내놓았다. 모로오카는 허리를 손으로 누르고 있는 후지마루를 부축하여 마쓰다 연구실로 들어와서는, 후지마루를 의자에 앉히고 자신은 선 채로 실내에 있는 사람들을 노려본다.

"괜찮아요?"

모토무라가 작은 목소리로 후지마루에게 물었다.

"네, 저 사람이 경량급인 덕에, 다행히." 후지마루는 허리를 문지르는 걸 그만두고 주뼛주뼛 모로오카 쪽을 봤다. "굉장히 화가 난 것 같은데, 교수님입니까?"

"네. 옆 연구실의 모로오카 교수님이에요. 주로 덩이줄기를 연구하고 계세요."

"자연과학부 교수님이니만큼 '어떻게 하면 덩이줄기를 더 많이 수확할 수 있나' 같은 연구를 하는 건 아니겠네요?"

지금까지 보고 들은 것을 통해, 후지마루는 이미 농학부와 자연과학부의 차이를 제대로 파악하고 있는 것 같았다. 그 점에 믿음직스러움을 느끼며, 모토무라는 끄덕였다.

"모로오카 교수님은 덩이줄기 연구를 전문으로 하고 계세요. 감자는 줄기가, 고구마는 뿌리가 변해서 덩이가 생겨요. 교수님은 다양한 덩이줄기를 조사해서 줄기나 뿌리의 변형이 왜 일어나는지 밝혀내는 연구를 하고 계세요."

"호."

옆에서 속삭이는 모토무라와 후지마루를 아랑곳하지 않고, 모로오카는 화가 풀리지 않은 목소리로 말했다.

"마쓰다 교수님, 당신네 연구실은 너무 제멋대로예요."

"죄송합니다."

마쓰다가 얌전하게 머리를 숙이자 "교수님, 사과하는 게 너무 빨라요" 하고 이와마가 작은 소리로 항의를 했다. "저희는 착실하게 연구하고 있잖아요. 어디가 어떻게 제멋대로인지, 모로오카 교수님께 제대로 물어봐주세요."

"뭔가 실례가 되는 일이 있었나요?"

이와마의 재촉을 받고 마쓰다가 모로오카에게 물었다. 모로오카의 얼굴이 노여움으로 붉어졌다. 고상한 백발까지 노여움에 물들어 붉은 빛이 방사되는 게 아닌가 싶을 정도였다.

"온실 말입니다!"

모로오카가 외친다. 가와이는 사태를 파악하고 '아차' 하는 표정이 되었지만, 다른 사람들은 아직 감이 잘 오지 않아 "온실이 어떻다는 거지?" 하고 얼굴을 마주 봤다. 모토무라는 자신의 애기장대는 재배실에서 키우고 있기 때문에 온실에는 거의 발을 들여놓지 않는다. 모토무라는 자신과 마찬가지로 애기장대를 연구하고 있는 이와마를 바라보고 '뭘까요?' '글쎄' 하고 눈빛으로 대화를 했다.

"그 온실은 마쓰다 연구실과 우리 연구실이 사이좋게 나눠서 쓰기로 되어 있는 겁니다." 모로오카는 계속했다. "그런데 현재 상황을 보면 온실이 온통 선인장투성이가 아닙니까!"

여기에 이르러, 가토만 빼고 모두 모로오카가 왜 화가 났는지 그 이유를 알게 되었다. 외부인인 후지마루조차 "그 온실, 원래 선인장 키우는 온실인 줄 알았는데 아니었나 봐요?"라고 모토무라에게 말했다.

"죄송합니다."

이와마를 비롯하여, 마쓰다 연구실 사람들이 새삼 모로오카에게 고개를 숙였다. 덩달아 후지마루도 왠지 고개를 숙이고 만다. 그런데 정작 선인장을 증식시킨 범인인 가토만은 느긋하게 말한다.

"이야, 그 온실, 선인장이랑 다육식물 키우는 데에는 최적인 것 같아서요. 너무 잘 자라서 포기나누기를 때맞춰 하기가 어려울 정도예요. 모로오카 교수님도 혹시 선인장이 필요하시면 말씀하세요. 작은 화분에 키우는 거라면 방에서도 잘 키울 수 있거든요."

가토는 순수하게 호의로 한 말이었지만 눈치 없기로 소문난 모토무라조차 '분위기 좀 파악하라고, 가토!'라고 소리를 지를 뻔했다. 아니나 다를까. 모로오카의 백발이 거꾸로 서서 그야말로 선인장 가시같이 됐다.

"나는 계속 참아왔습니다." 모로오카는 앞니 틈새로 말을 짜냈다. "온실의 선인장이 훌쩍 커서 '여기가 멕시코인가' 하고 착각할 만한 풍경이 되어도, 다육식물 화분이 계속 늘어나서 '나우시카의 실험실 선반같이 됐구나' 하는 생각이 들었을 때에도 가만히 있었습니다."

"와, 이 교수님, 나우시카를 알고 있네요. 사람은 겉보기하고는 다르군요."

후지마루는 감탄한 듯 작은 목소리로 말했다. 모토무라는 행여 모로오카가 그 말을 듣고 거신병(애니메이션 〈바람계곡의 나우시카〉에 나오는 거대 로봇)처럼 길길이 날뛸까 봐 마음이 졸아들어서 "쉿" 하고 후지마루의 입을 막았다.

"최근에는 웬 양치식물까지 무성해지기 시작해서 온실 천장에서 잎이 폭포수처럼 떨어져 내리는 상황이지만, 대학원생이 열심히 연구하며 식물과 마주하는 건 좋은 일이라고 생각해서 조용히 지켜보고만 있었습니다."

온실의 현재 상태와 자신의 심정을 절절히 호소하는 모로오카에게 "아, 양치식물은 제가 취미로 키우고 있는 겁니다"라고 가토가 보고했다. 얼굴에 뭔가 자랑스러워하는 것 같은 표정까지 담고 말한다.

"선인장하고는 또 다른 맛과 깊이가 있어서 완전히 빠져들었어요."

"원산지와 생육조건이 다른 식물을 하나의 온실에서 그만큼 멋지게 키우다니. 훌륭합니다, 기토 군."

모로오카는 터져 나오려는 고함을 꾹꾹 눌러 담듯이 말했지만, 결국 '가토 군'이라고 말하는 지점에 도달하여 눌러두었던 고함을 터뜨리고 말았다.

"하지만 이젠 한계야! 이제 더는 참을 수 없다고!"

드디어 마치 입에서 빔을 쏘아내는 거신병처럼 포효하는 모로오카의 모습에 마쓰다 연구실 사람들과 후지마루는 쪼그라들지 않을 수 없었다. 하지만 가토만은 여전히 '엥? 온실에서 그렇게 식물이 잘 자라는데, 교수님은 왜 화를 내시는 거지?'라고 말하고 싶은 듯, 느긋하게 고개를 갸우뚱한다. 마쓰다도 여유 있는 태도로 "글쎄, 무슨 일인지요" 하고 일부러 얼굴에 웃음을 지으며 대응한다.

"마음이 넓으신 교수님이 그렇게까지 화를 내시다니, 온실에서 도대체 무슨 일이 일어난 건가요?"

마쓰다의 질문에 모로오카는 이번에는 슬픈 표정에 어깨까지 떨구고 "내 타로가, 타로가……" 하고 몸을 떨기 시작했다.

"타로라니, 교수님 뭐 반려동물 같은 거 키워요('타로'는 일본에서 반려동물 이름으로 자주 쓰임)?" 하고 후지마루가 소리 죽여 묻자, "타로감자를 말하는 걸 거예요. 토란의 일종인데 열대 지역에서 많이 먹는 덩이줄기예요"라고 모토무라도 소리를 죽여 대답했다.

모토무라와 후지마루가 주고받는 말은 귀에 안 들어온 듯, 모로오카는 "죽어버렸단 말입니다……!" 하고 애절하기 그지없는 목소리로 말했다.

"계속 늘어나기만 하는 선인장과 다육식물에 밀려서 처량하게도 온실 구석으로 계속 쫓겨나다가, 결국 무성한 양치식물에게 머리를 다 뒤덮여서…… 이건 분명 일조량 부족 탓입니다!"

"그런가? 타로감자는 생명력이 무척 강한 식물인데""교수님이 물 주는 걸 잊었을 가능성도 있지 않을까요?" 등등 의심의 말들이 파도처럼 번져나갔지만, 모로오카가 너무나도 슬픈 표정을 하고 있었기 때문에 그런 술렁임은 이내 잦아들었다.

"죄송합니다."

마쓰다 연구실 일동은, 이번엔 가토까지 포함하여, 일제히 모로오카에게 사과했다. 덩달아서 후지마루도 함께 사과하고 있었다.

"가토 군, 온실을 정리해서 모로오카 연구실을 위한 공간을 만들어놓도록."

마쓰다의 지시를 받고 가토는 "네" 하고 머리를 숙였다. 그러면서 작은 목소리로 옆에 앉은 후지마루에게 "후지마루 씨, 선인장 줄까요?" 하고 물었다.

"진짜요?" 후지마루가 좋아서 사과의 의미로 숙이고 있던 고개를 들었다. "방에 초록 식물이 있으면 좋겠다고 생각하고 있었어요. 고맙습니다" 하고 역시 작은 목소리로 대답한다.

온실의 자리 쟁탈전에서 드디어 광명이 비친다고 생각했는지 모로오카는 만족스러워하는 표정을 지었다. 하지만, 하고 모토무라는 생각한다. 가토의 '초록 손가락'은 상당히 강력하기 때문에 온실을 정리한다고 해도 선인장과 다육식물과 양치식물의 왕국은 결국 다시 부활할 것이다. 그렇지만 물론, 모토무라는 쓸데없는 말은 하지 말자고 생각하여 가만히 있었다.

"그렇다 하더라도, 나의 타로는 돌아오지 않습니다."

모로오카는 최대한 처량한 목소리로 그렇게 말하고는 결단의 순간을 앞둔 사람처럼 고개를 위아래로 흔든다. 그리고 말한다.

"마쓰다 연구실의 여러분에게 반드시 응분의 책임을 묻고 싶습니다."

아니, 이 양반, 이건 또 뭔 말씀이야. 죽어버린 타로감자를 되살릴 수는 없잖아요. 연구실 일동은 곤혹스러운 표정을 지으며 얼굴을 마주 봤다. 연구원인 가와이가 일동을 대표하여 모로오카를 향해 천천히 손을 든다.

"네, 가와이 선생."

"책임을 지게 한다니, 도대체 어떻게요?"

그 말을 기다렸다는 듯이 모로오카는 만면에 웃음을 띠었다.

"고구마 수확을 거들어주면 됩니다."

"네에?"

식물학이 전문이라고 해도, 마쓰다 연구실 사람들이 평소에 상대하는 식물은 거의 대부분 애기장대 같은 것뿐이다. 수확이나 농사일하고는 인연이 멀다.

"고구마 캐기라니, 어린이집 다닐 때 이후로 해본 적이 없어요."

"일할 사람이라면 교수님 연구실에도 대학원생이 있지 않습니까? 저희보다도 오히려 더 대가족일 텐데요."

저항의 분위기가 고조되었다. 현재 진행하고 있는 연구만으로도 정신이 없는데 고구마 캐기라니, 하는 불만의 술렁거림이 퍼져나간다. 그런데 모토무라만큼은 다른 연구실 사람들과는 달리 '고구마 캐기 한번 해보고 싶다'라고 속으로 생각한다. 늘 실내에만 틀어박혀 있다가 밖에 나가서 고구마를 캐면 재미있을 것 같았다. 가끔은 손에 흙을 묻히면서 애기장대 이외의 식물을 접하다 보면, 뭔가 새로운 발견이 있을지도 모르고.

"정말 한심하군. 콩나물처럼 비리비리한 소리나 할 건가!"

불평불만을 늘어놓는 사람들을 향하여 모로오카는 일갈했다.

"아니, 이건 콩나물한테 실례되는 말이니 취소하고. 어쨌든 내일 아침 7시에 Y대 강당 앞에 집합할 것! 알겠지요?"

"어……."

"왜 그런 이른 아침부터?"

"너무 억지예요……."

모로오카의 말에 모두 찡얼거렸지만, "아아, 내 타로야……" 하고 모로오카가 다시 한번 한탄의 소리를 내자, 일부러 그런다는 걸 알면서도 "네, 가겠습니다"라고 대답할 수밖에 없었다.

"잘됐군, 잘됐어. 마쓰다 교수님을 포함해서, 그러니까 여섯 명이지요. 내일 기다리고 있겠습니다."

모로오카는 의기양양해져서 연구실을 나갔다.

"제가 묘하게 식물 키우기를 잘하는 탓입니다. 죄송합니다."

가토가 머리를 숙인다. 사과를 하는 건지 자랑을 하는 건지 알 수 없는 말이었지만, 악의는 없다. 가토는 선인장에 너무 몰두한 때문인지, 선인장이 아니라 사람을 상대할 때는 말을 어떻게 해야 하는지 잘 모르는 것뿐이다.

처음 대학원에 들어왔을 때, 가토는 극도로 낯을 가려서 늘 연구실 구석에서 고개를 숙이고 있었다. 적극적으로 입을 여는 것은 선인장에 대해 말할 때뿐이었다. 들어온 지 2년이 다 되어오는 사이에 조금씩 사람들에게 마음을 열었고, 본인도 필사적으로 노력한 보람이 있어서 이제는 선인장 이외의 화제에도 웃는 얼굴로 끼어들 수 있게 됐다. 그러는 사이 그때까지 마쓰다 연구실에서는 별로 사용하는 일이 없었던 온실도 초록 낙원으로 변해 있었다.

모토무라는 연구실의 유일한 후배인 가토의 열심히 노력하는 모습과 식물에 대한 애정을 잘 봐왔기에 "사과하지 않아도 돼" 하고 고개를 좌우로 흔들었다. "난 실은 고구마 캐는 거 하고 싶은 마음이었으니까. 고구마 캐는 거 재미있을 것 같아."

"그래. 잘할 수 있을지 모르겠지만, 한번 해보자."

가와이도 끄덕인다.

"목장갑이랑 모종삽을 가져가야 되나."

불평을 하던 이와마도 고구마 캐기에 필요한 게 뭔지 궁리하고 있다.

"나는 일찍 일어나는 것에는 자신이 없네⋯⋯." 마쓰다는 안경을 밀어 올리며 양 눈시울을 비볐다. "어쨌든 가토 군은 온실 정리를 시작해주세요. 나도 돕겠습니다. 여러분도 손이 비었을 때에는 같이 정리해주세요."

"저, 죄송합니다." 후지마루가 송구스러워하며 대화에 참여했다. "이제 슬슬 식기를 회수해서 엔푸쿠테이로 돌아가야 하는데요, 좀 걱정되는 게 있어서."

"어, 뭐죠?"

마쓰다가 후지마루에게로 돌아선다.

"덩이줄기 교수님이 아까 '여섯 명'이라고 했거든요. 왠지 저도 인원수에 들어가버린 것 같아서요. 어떻게 하면 좋을까요?"

마쓰다 연구실 사람들은 하늘을 우러러봤다.

다음 날 아침 7시, 마쓰다 연구실 사람들은 Y다 강당 앞에 모였다. 엔푸쿠테이의 후지마루도 왔다.

아무도 후지마루는 그 자리에 우연히 있었을 뿐이라고 모로오카에게 설명하러 갈 배짱이 없었다. 인원수가 준 걸 알면 모로오카는 또다시 역정을 내거나 비탄에 빠진 표정을 지을 것이다.

온실 상황도 녹록지 않았다. 가토를 도우러 온실에 간 마쓰다는 두 시간 만에 연구실로 돌아와 "안 되겠어요"라고 힘없이 말했다. "이삼 일 만에 할 수 있는 일이 아니에요."

결국 모로오카를 더 이상 자극하지 않는 게 좋겠다고 의견이 모아졌고, 모토무라가 총대를 메고 엔푸쿠테이로 전화했다.

저녁 식사 시간이라 식당 안이 손님으로 북적거리고 있다는 것이 수화기 너머로도 전달되었다. 모토무라는 방해가 되지 않게 최대한 빠른 속도로 "모로오카 교수님께 사실을 설명드리기 어려워서요, 혹시 가능하면 고구마 캐기에 참가해주지 않을래요?" 하고 말했다. 후지마루는 상대가 식당의 분주함을 추호도 느끼지 않도록 명랑한 말투로 "잠깐 기다려주세요"라고 말했다. 수화기에서 1분이 채 안 되게 보류음이 흘렀다. 기타지마 사부로의 '축제' 멜로디를 전자음으로 바꾼 것이다. 모처럼 웅장한 후렴 부분이 "삐악삐악, 삐악삐악"으로 되어 있다. 음악을 완전히 망쳐버리는군, 하고 모토무라가 생각하고 있을 때였다.

"여보세요, 모토무라 씨" 하고 후지마루가 전화기 앞으로 돌아왔다. "대장이 좋다고 하니까, 갈 수 있겠네요. 내일 아침에 봐요."

사정이 이렇게 되어서, 사람 좋음을 유감없이 발휘한 후지마루도 이른 아침부터 Y다 강당 앞에 나와 있게 된 것이다. 강당 앞에 모인 사람들은 모두 위아래가 붙어 있는 회색 작업복을 입고 있다는 점도 참고 사항으로 알려두는 바다. 모로오카 연구실의 대학원생이 전날 저녁 마쓰다 연구실로 가져다 놓은 것이었다. 밭일을 할 기회가 많은 모로오카 연구실에는 그런 작업복을 여러 벌 준비해두고 있었던 모양이다.

모토무라는 연립주택이 대학에서 가깝기 때문에 평소보다 조금 일찍 일어나기만 하면 되었으므로 그 시간에 나오는 게 큰 문제는 아니었다. 다만 매일의 일과로 삼고 있는 식물과의 대화 시간이 줄어서 아쉬웠을 뿐이다. 포인세티아는 오늘도 건강한 초록색이었다.

그러나 학교에 오는 데 편도로 한 시간 반이나 걸리는 이와마는 위아래 눈꺼풀이 붙어서 거의 떨어지지 않는 상태였다.

"첫차 다음 전철로 왔어. 덕분에 이 나이에 화장도 못 하고 나왔어. 믿을 수 없어."

우는소리를 하는 이와마에게 가토가 따뜻한 캔 커피를 건넸다. 가와이는 '고구마 수확 방법'을 인터넷에서 찾아봤는지 인쇄한 종이를 주머니에서 꺼내서 읽고 있다.

"'우선은 덩굴을 벤 다음 캐라'라고 쓰여 있지만, 모로오카 교수님의 연구실에서는 덩굴도 소중한 재료잖아? 어떻게 해야 좋을까."

마쓰다는 아까부터 한마디도 입을 열지 않는다. 저혈압이 온 건지 뺨이 창백하고, 왠지 머리를 흔들거리고 있다.

"교수님이 아무래도 선 채로 주무시고 있는 것 같은데, 괜찮을까요?"

모토무라가 옆의 이와마에게 말했다.

"글쎄, 곧 잠에서 깨시지 않을까?"

이와마는 크게 하품을 하면서 대답한다.

"그러고 보니 교수님은 사는 곳이 어딘가요?"

가토의 질문에는, 마쓰다와 가장 오랫동안 알고 지내온 가와이조차 고개를 흔들었다.

"마쓰다 교수님의 사생활은 수수께끼야."

"후지마루 씨가 한번 물어봐줘요."

이와마가 그렇게 말하자 후지마루는 위아래가 붙은 회색 작업복을 입고 불온하게 흔들거리고 있는 마쓰다를 겁먹은 눈으로 살핀다.

"싫어요. 영화를 보면 저런 분위기의 사람이 나와요. '청소부'라고 해서 사체를 흔적도 없이 없애는……."

"와, 듣고 보니 그러네" "그럴듯해" 하며 다 같이 웃고 있는데, 모로오카가 B호관 방향에서 걸어왔다. 역시 위아래가 붙은 회색 작업복 차림에 슈퍼마켓의 쇼핑 바구니 같은 것을 가슴에 안고 있다.

"아아, 여러분. 많이 기다리셨지요."

"안녕하세요!"

모여 있던 사람들이 Y다 강당의 입구를 등지고 선 모로오카에게 인사했다. 마쓰다는 아직 잠이 덜 깨었는지 입가만 우물우물한다.

모토무라와 후지마루가 모로오카가 겹쳐서 안고 있던 바구니들을 받아 들었다. 수확한 고구마를 담는 용도일 것이다. 바구니는 다 해서 일곱 개였다.

"저…… 모로오카 교수님의 대학원생들은요?" 하고 이와마가 조심스럽게 물었다.

"그쪽은 이타바시의 밭으로 가서 수확을 해 오라고 했습니다."

"그럼 저희도 지금부터 이타바시로 이동하는 거군요?"

가와이의 질문에 "아니, 아니" 하고 모로오카가 고개를 흔들었다.

"자네들이 캘 것은, 저기."

모로오카가 가리키는 쪽을 보고 모토무라 일행이 놀라서 외쳤다.

"네에에?"

1925년에 완공된 Y다 강당은 T대의 상징적인 건물이다. 벽면은 빨간 벽돌로 되어 있고, 정면에서 보면 중앙에 사각 탑이 위풍당당하게 솟아 있다. 그러나 뒤쪽에는 반원의 돔이 있어서, 건물 전체를 옆에서 보면 귀부인이 서 있는 모습처럼 보인다. 탑은 등을 펴고 우아하게 서 있는 귀부인의 상반신. 돔 부분은 허리에서부터 크게 부푼 드레스의 스커트다.

그에 비해 Y다 강당의 앞쪽은 평범한 잔디 광장이다. 잔디밭 주위를 빙 둘러 잘 손질된 철쭉이 심어져 있는데, 모로오카가 가리킨 것은 그 철쭉의 안쪽이었다.

"분명……" 가와이가 갈라진 목소리로 말했다. "글쎄, 고구마 잎사귀 같은 것이 있네, 라는 생각은 쭉 했었어요. 하지만 Y다 강당의 정면 잔디밭 안에 고구마밭을 만들었다고요?"

"대학 측의 허가를 받은 겁니까?"

이와마도 수상쩍다는 눈으로 모로오카의 입을 주시한다.

"이곳이 혼고 캠퍼스에서는 볕이 가장 잘 드는 곳이라서."

모로오카는 미묘하게 대답 같지 않은 대답을 하며 표연히 질문을 비켜나갔다.

일동은 휴대한 목장갑을 손에 끼고, 모종삽과 쇼핑 바구니를 하나씩 들고 문제의 철쭉이 심어진 잔디 광장 한쪽 구석을 향해 행진했다. Y다 강당의 출입구에서 가장 먼, 잔디 광장의 모퉁이에 해당하는 곳이다. 잔디 가장자리를 빙 두르듯이 느슨하게 곡선을 그리며 심어져 있는 철쭉의 안쪽 공간에는 고구마가 두 줄로 질서 정연하게 자라고 있었다. 줄의 길이는 5m가 조금 넘은 정도일까.

하트형의 얇은 잎이 지면을 온통 뒤덮고 있는 것을 바라보며 "전혀 몰랐네"라고 가토가 말했다. 가토의 흥미는 온통 선인장과 다육식물을 향하고 있었기 때문에, 눈앞에 고구마 잎이 펼쳐져 있었다 하더라도 그의 뇌가 고구마 잎의 존재를 인식하지 못한 건 이상할 것도 없었다.

그러나 나는 어떤가 하고 모토무라는 생각했다. Y다 강당 앞에 고구마밭이 있다는 사실을 까맣게 모르고 있었다니. 보토부라는 자연과학부 B호관에서 연구를 하다 지치면 기분 전환을 위해 캠퍼스 안을 산책하곤 했다. Y다 강당 앞도 지금까지 수도 없이 가로질러 다녔다. 날씨가 좋은 날에는 잔디 광장에서 도시락을 먹을 때도 있었다.

그런데도 설마 철쭉을 심어놓은 곳에 철쭉 이외의 식물이 심어져 있을 거라고는 생각도 못 하고, 고구마 잎을 앞에 두고 그냥 지나쳤다. 선입견에 사로잡혀서 중요한 사실을 보지 못했다. '저거, 뭔가 좀 이상해'라는 생각을 하지 못했다. 이래 가지고서는, 애기장대의 세포를 현미경으로 아무리 들여다본다 한들 사물의 본질에 다다를 수는 없지 않겠는가.

모토무라는 애기장대를 연구 대상으로 하고 있지만, 그건 애기장대가 많은 식물의 모델 식물이기 때문이다. 애기장대를 관찰, 연구함으로써 가능하다면 모든 식물에 적용할 수 있는, 잎사귀의 메커니즘과 성장의 수수께끼를 해명해보자는 게 모토무라의 바람이었다. 선인장의 가시에 특화하여 연구하는 가토하고는 그 점이 다르다.

가토가 고구마를 알아차리지 못한 것은 어쩔 수 없다고 할 수 있지만, 나는 그러면 안 된다. 좀 더 식물에 대해 민감해져야겠다.

모토무라는 깊이 반성하는 자세로 웅크리고 앉아서 철쭉 안쪽으로 퍼져 있는 고구마 잎을 살펴봤다. 땅 위로 크게 자라 오르지 않고 땅에 가까이 붙은 상태에서 크고 작은 잎이 열심히 태양을 향해 얼굴을 내밀고 있다. 북적거리는 가운데서도 서로에게 방해가 되지 않으려는 것일까, 잎자루의 길이가 다양하다. 긴 잎자루를 무기로 하여 주위의 잎보다 튀어나온 것. 잎자루는 짧지만 다른 잎 사이에서 용케 얼굴을 내밀고 있는 것.

기특하다, 하고 자기도 모르게 의인화하여 감정이입을 하고 만다. 머리가 좋구나, 하고 감탄하기도 한다. 식물에게는 뇌가 없으니 머리도 엉덩이도 없을 테지만, 그래도 잘 조화를 이루며 생존을 위해 궁리한다. 인간보다도 머리가 좋구나, 하고 생각한다.

하지만 식물과 인간 사이를 가로막고 있는 단절도 느낀다. 모토무라는 인간이기 때문에 막연히 인간의 이치나 감정에 빗대어 식물을 해석하고자 하는 버릇에서 벗어날 수 없다. 그렇지만 뇌도 감정도 없는 식물은 모토무라의 그런 생각과는 완전히 무관하게 그저 담담하게 잎을 무성하게 피우고 잎자루의 길이를 상호 조절하며 땅속 깊은 곳으로 뿌리를 뻗는다. 더 많은 빛과 물과 양분을 끌어들여 후손에게 생명을 잇기 위해 그렇게 한다. 말도 표정도 몸짓도 사용하지 않고 그렇게 한다. 인간이 미처 헤아릴 수 없을 만큼 복잡한 메커니즘을 가동시켜서.

그렇게 생각하니 모토무라가 아무리 알아보려고 해도 영원히 알수 없는, 왠지 기분 나쁘고 정체를 알 수 없는 생명체같이 식물이 생각되기 시작했다. 그러나 고구마의 잎사귀는 지금 모토무라가 자신을 보고 '좀 무섭네' 하고 생각하든 말든, 아무 상관 없이 자기 자리를 지킬 것이다. 고구마는 지금부터 캐내어지리라는 것을 추호도 예상하지 못한 채 이 순간에도 활기차게 광합성을 하고 있지 않은가.

후지마루도 모토무라와 조금 거리를 두고 쭈그리고 앉아서 고구마 잎을 살펴보고 있었다. "우아" 하고 후지마루가 작게 소리 지르는 것을 듣고 모토무라는 그쪽으로 얼굴을 돌렸다.

"잎사귀의 선이 고구마 껍질 색을 하고 있어. 굉장해."

후지마루는 혼잣말처럼 그렇게 중얼거리고 잎사귀에 얼굴을 더 바싹 대고 몇 장인가를 열심히 비교하며 살핀다.

모토무라는 손에 쥐고 있던 고구마 잎을 새삼 다시 살폈다. 그러고 보니 하트형 잎에 둘러쳐져 있는 잎맥은 확실히 희미한 연지색이었다. "이런 색의 고구마가 흙 속에서 자라고 있어요"라고 알려주기라도 하는 것같이.

혈관 같은 잎맥을 보고 있자니 조금 전에 느꼈던 왠지 기분 나쁜 느낌이 옅어졌다. 식물은 사람과는 전혀 다른 메커니즘을 갖고 있다. 인간의 '상식'이 통하지 않는 세계를 살고 있다. 하지만 같은 지구상에서 진화해온 생명체이니 당연히 공통점도 많이 있다.

내가 이해할 수 없는 것, 나와는 다른 면이 있는 것과 대면했을 때, 곧바로 '왠지 기분 나빠' '어쩐지 무서워'라고 생각하여 일단 멀리하려고 하는 것은 나의 나쁜 버릇이다. 아니, 아니, 그건 인류 전반에서 관찰되는 나쁜 버릇일지도 모른다. 모토무라는 또다시 반성했다. 그것은 인간에게 감정과 사고가 있기 때문에 생기는 나쁜 버릇이라고 할 수 있을 것이다. 하지만 '왠지 기분 나쁘다' '어쩐지 무섭다'라는 기분을 극복하고 상대를 진정으로 이해하기 위해 필요한 것 또한 감정과 사고일 것이다. 왜 '나'와 '당신'은 다른가에 대해 분석하고 그 차이를 받아들이기 위해서는 이성과 지성이 요구된다. 차이를 서로 인정하기 위해서는 상대를 배려하는 감정이 또한 반드시 필요하다.

나 또한 식물들처럼 뇌도 없고 사랑도 없는 생물이 될 수 있다면, 가장 귀찮은 일이 없어지는 셈이어서 마음이 편할 텐데. 모토무라는 한숨을 쉰다. 사고도 감정도 없을 터인 식물이, 인간보다도 타자를 더 잘 수용하고 더 초연하게 사는 것처럼 보이는 건 참으로 얄궂다.

그렇다 해도, 후지마루 씨는 굉장하다. 이러쿵저러쿵 생각하고 있는 내 곁에서 후지마루 씨는 고구마 잎사귀를 있는 그대로 받아들이고, 고구마 껍질의 색깔이 잎사귀의 색깔에도 반영되어 있다는 것을 발견했다. 어쩌면 이토록 구김살 없고, 그러면서도 이처럼 날카로운 관찰력을 갖고 있을까. 분명 후지마루 씨는 누군가를, 무언가를, '왠지 기분 나빠' 하는 식으로 대하지 않을 거다. 한순간 그렇게 느끼는 일이 있다 하더라도, '아니, 아니, 기다려' 하고 열심히 관찰하여 여러 가지로 생각해서 최종적으로는 상대를 그대로 받아들일 것이다. 너그럽고 다정한 사람이니까.

감탄하는 마음을 담아 후지마루를 보고 있자니, 시선을 느낀 후지마루가 얼굴을 들고 쑥스럽다는 듯이 웃었다. 아이 같은 감상을 들키고 말았다고 생각한 모양이다. 모토무라는 "그렇지 않아요"라고 설명하고 싶었지만, 고백을 거절한 직후에 너무 친근한 태도를 취하는 것도 좀 그렇지, 하는 생각이 들어 결국은 아무 말도 하지 않고 고개를 숙였다.

고구마 수풀을 앞에 두고, 겨우 수마를 떨쳤는지 마쓰다는 모로오카와 이야기를 나누고 있다.

"이것 참, 훌륭하게 잘 자랐네요. 베니하루카(고구마 품종의 하나)인가요?"

"네. 이 한구석만 베니아즈마(고구마 품종의 하나)지요." 모로오카는 수풀 구석을 가리켰다. "요즘 대학생들은 먹을 것에 어려움이 없기 때문인지 이렇게 고구마 잎이 무성한데도 고구마 서리를 안 해요. 식량난 시절에는 생각할 수도 없었던 일이지요."

"모로오카 교수님도 저도, 식량난 시절을 모르는 세대 아닙니까?"

"뭐, 그렇긴 하지만. 나는 고구마 잎을 보면 우선 파보게 되는데. 마쓰다 교수님은 안 그런가요?"

"아뇨. 천만에요. 멋대로 파거나 하진 않아요. 모로오카 교수님이 소중하게 키우고 있는 고구마니까요."

사이가 좋다. 대화를 엿듣던 모토무라는 마쓰다가 Y다 강당 앞의 고구마밭을 잘 알고 있었다는 사실을 알고, '역시 나는 관찰력을 좀 더 갈고 닦아야 돼' 하고 다시 마음속으로 다짐한다.

"자, 자, 여러분. 고구마 캐는 요령을 설명해드리겠습니다."

모로오카가 목소리를 높였다. 모토무라와 후지마루는 일어섰다. 사람들이 반원을 그리듯이 모로오카 앞에 모였다.

"우선, 내가 이것으로 방해가 되는 덩굴을 치우겠습니다."

모로오카는 등으로 손을 돌려 낫을 꺼내 들어 번쩍 쳐들었다. 위아래가 붙은 작업복의 벨트 고리에 낫자루를 꽂아가지고 다니는 모양이다.

"우앗, 다치면 어쩌려고!"

"낫을 뽑아 드는 건 하지 마세요."

"어째서 식물학 교수님들은 모두 시체 처리 전문가 같을까요?"

일동이 술렁인다. 그러나 물론 모로오카는 신경 쓰지 않는다. 드디어 수확 때를 맞이한 고구마를 앞에 두고 한껏 들떠 있는 얼굴이다.

"줄기만 조금 남겨놓도록 할 테니까, 여러분은 그것을 표지로 삼아 모종삽으로 이랑을 파헤치세요. 그때의 핵심은, 줄기 바로 아래는 피해서 파는 겁니다. 고구마를 상하게 하니까요. 알겠습니까? 줄기에서 손바닥 정도 떨어진 곳에서 시작하여 살짝 모종삽으로 퍼내듯이 하는 겁니다."

"네."

"퍼내면서 다른 한쪽 손으로 줄기를 잡아당기면 고구마가 데굴데굴 딸려 나옵니다."

그렇게 쉽게 되는 건가? 모토무라 일행은 의심과 걱정의 눈빛을 주고받았지만, 다시 얌전하게 "네"라고 대답한다.

"바구니가 가득 차면 B호관으로 날라주세요. 파사드 구석에 자리를 깔아놨어요. 거기에 고구마를 늘어놓아서 바람을 맞게 할 겁니다. 표면의 습기를 없애면 보관하기 좋아지니까요."

"두 종류의 고구마가 심어져 있는 거지요? 품종이 뒤죽박죽으로 섞여도 괜찮나요? 뭔가 구분할 방법은……" 하고 모토무라가 물었다.

"굳이 말하자면, 베니하루카 쪽이 껍질 색이 더 선명합니다. 하지만 흙이 묻어 있는 상태이기도 해서 여러분의 눈에는 양쪽 다 같은 고구마로 보이겠지요. 우리 연구실에서 나중에 분리할 테니까 너무 신경 쓰지 않아도 됩니다."

모로오카는 마음이 급한지 답변하면서 고구마밭 안으로 발을 들이밀었다. 이랑과 이랑 사이에 다리를 구부리고 앉더니, 무성한 고구마 잎을 헤치면서 뒤엉킨 덩굴을 맹렬히 베어간다.

"자, 여러분, 캐세요!"

모로오카의 재촉에 모토무라 일행도 밭으로 들어갔다. 마쓰다는 모로오카를 도와, 베어낸 덩굴을 한곳에 모아서 나르기 쉽게 노끈으로 묶었다. 잠이 덜 깬 상황에서도 고구마 캐기에 필요한 물품을 나름대로 준비해 온 모양이었다.

"어느 덩굴 밑에 어떤 고구마가 열렸는지, 표시 같은 건 안 해도 되나요?" 가와이가 걱정스럽게 물었지만, 모로오카는 "안 해도 돼요"라고 말하면서 계속해서 덩굴을 베어내며 쑥쑥 앞으로 나아갔다. "여하튼, 여러분은 고구마를 캐는 겁니다."

모로오카가 베어나간 잎과 덩굴 뒤편으로는 젓가락을 꽂아서 만든 금붕어의 묘비처럼 15㎝ 정도의 줄기가 남아서 올라와 있었다. 봉곳하게 부풀어 오른 이랑으로부터, 일정한 간격을 두고 줄기들이 쑥 올라와 있다.

"시작해볼까요."

이와마가 목장갑을 낀 손을 맞부딪쳤다. 목장갑에 묻어 있던 모래 먼지가 아침 햇살 속에 날아올랐다.

좋은 날씨다. 엷은 물색 하늘 아래, 모토무라 일행은 이랑을 따라 몸을 웅크린 자세로 고구마를 캐나가기 시작했다. 공기가 차지만 작업을 하고 있으면 바로 잊힐 정도의 냉기다. 햇살이 등을 부드럽게 덥힌다. 목장갑 너머로 손에 닿는 흙에서도 어렴풋이 온기가 전해져 오는 것 같다.

수업이 시작될 때까지는 아직 시간이 많이 남아서 교내는 조용하다. 혼고 대로를 오가는 차 소리가 캠퍼스 중앙에 위치한 Y다 강당 앞에까지 희미하게 들려올 정도다. 가끔 학교 건물을 향해 가는 학생들이 잔디 광장을 가로질러 간다. 그중에는 '뭘 하는 걸까' 하고 궁금해하는 시선을 보내는 학생도 있지만, 모토무라 일행이 있다는 사실조차 알아차리지 못하고 지나쳐 가는 학생들도 있다.

나도 저런 애들처럼 고구마를 못 보고 지나쳤었던 거구나. 그렇게 생각하면서, 모토무라는 모종삽을 이랑에 신중하게 꽂아 넣었다. 흙은 예상보다 부드러웠지만, 흙 속의 고구마가 모종삽 끝에 찔릴까 봐 아무래도 걱정이 된다. 남겨진 줄기를 비어 있는 왼손으로 잡고 이리저리 흔들며 당겨 올려보지만, 힘이 부족한 건지 고구마가 고집스러운 건지, 여간해서 모습을 드러내지 않는다.

할 수 없이 줄기 주위의 이랑을 모종삽으로 파서 무너뜨리고 그다음은 손으로 흙을 좌우로 헤치기로 했다. 그러자 나온다, 나온다. 땅속에서 뿌리가 씩씩하게 갈라져 자라, 뿌리 한 줄기마다 크고 작은 예닐곱 개의 고구마가 달려 있는 모습이 드러났다. 베니하루카인지 베니아즈마인지는 알 수 없었지만, 흙이 묻은 상태인데도 연지색 껍질에 윤기가 돌고 있다. 모토무라의 얼굴보다 훨씬 길고, 한 손으로는 도저히 쥘 수 없을 정도로 굵은 것도 있었다.

"우아!"

신이 난 모토무라는 흙 속에 남아 있는 고구마가 없는지 다시 살펴보고 나서 바로 다음 줄기에 매달렸다. 모종삽으로 이랑을 파고 손으로 흙을 좌우로 헤친다. 몇 번 하고 나니 리듬이 생겨서 더 쉽게 캐낼 수 있게 됐다.

후지마루는 모토무라 옆에서 고구마를 파고 있다. 그렇게 하기로 서로 합의한 것도 아닌데, 왜 그런지 서로 줄기 하나를 사이에 둔 거리에서 작업하고 있다. 후지마루는 줄기를 붙잡고 "이야" 하고 단숨에 뽑았는데, 뿌리가 끊겨서 땅속에 남게 된 고구마가 있었는지 결국 이랑을 손으로 파헤쳐 속에 남아 있는 고구마를 찾고 있었다. 그 모습을 보고 있자니 마치 해변에서 필사적으로 모래를 파헤치며 노는 대형견을 보는 것 같다. 왠지 귀엽다.

가토가 맞은편 이랑에서 "으악, 지렁이!" 하고 외쳤다. 가토와 같은 줄에서 고구마를 캐고 있던 이와마가 "왜 지렁이를 나한테 던지는 거야" 하고 후배에게 고함을 치면서, 날아온 지렁이를 잡아 흙 속으로 되돌려준다. 가와이는 한편으로는 동료들이 캐낸 고구마를 모아서 바구니에 담으면서 동시에 능숙한 솜씨로 모종삽을 돌려 고구마를 캔다.

모든 덩굴을 없앤 모로오카와 덩굴을 다 묶은 마쓰다 두 사람은 모토무라 일행이 고구마를 캐기 시작한 방향과 반대쪽의 끝에서부터 이랑을 무너뜨려 오기 시작했다. 두 사람은 캐낸 고구마를 손에 들고 여전히 사이좋게 이야기를 나누고 있다.

그 모습을 곁눈으로 보던 가와이는 "이 고구마밭, 연구랑은 절대로 관계없을걸" 하고 중얼거렸다.

"무슨 말이에요?"

모토무라는 잠시 작업하던 손을 멈추고 맞은편 이랑에 있는 가와이를 본다.

"덩굴이나 줄기에 대한 기록도 하지 않고 수확하다니, 이상해. 아마 실험에 쓸 것은 이타바시의 밭에서 키우고 있을 거야. 그리고 고구마는 뿌리가 변형돼서 달리는 거잖아? 교수님의 연구 주제로 보자면 줄기가 변형돼서 덩이가 생기는 감자를 키우는 게 맞는 거지. 여기 심어진 고구마는 모로오카 연구실에서 먹으려고 심은 거야."

"그렇다면." 이와마도 대화에 참가했다. "어제, 모로오카 교수님이 화를 낸 것도 실은 연극이었던 거야. 일손이 부족하니까 우리를 고구마 수확에 끌어들이려고 한 거였어."

"그렇다면 난 괜히 야단맞은 거잖아요." 가토가 처량한 목소리를 낸다. "아, 하지만, 모로오카 교수님이 정말로 화난 게 아니라면 온실 정리를 안 해도 된다는 건가?"

"아니, 온실은 꼭 치우도록 해."

"그래, 원래 반씩 사용하는 건데 영토를 침범한 건 가토니까."

가와이와 이와마가 나무라자, 가토는 다시 어깨를 늘어뜨리고 고구마 캐기를 계속했다.

T대 대학원의 이학계 연구과 생물과학 전공에는 다 해서 서른 개의 연구실이 있다. 그중에서 마쓰다나 모로오카같이 식물 분야를 연구하는 곳은 다섯 개다.

그렇지만, 어디서부터가 식물이고 어디서부터가 인간을 포함한 동물인지 엄밀히 선을 긋는 것은 어려운 일이다. 유전학에 근거하여 조사한 결과, '움직이지 않으니까 식물이다'라고 생각되어왔던 버섯이 진화의 코스로 볼 때 동물에 가까운 종으로 판명됐듯이, 현재로서 식물 연구는 '생물학' 혹은 '생물과학'이라는 큰 묶음 속에서 보는 경우가 많다.

생물과학 전공에 있는 서른 개의 연구실은 앞서 말한 다섯 개의 식물계 외에 균류나 효모, 어류나 사슴 등 여러 갈래로 나뉘어 있다.

어느 쪽이든, 예를 들어 소립자물리학과 달리, 대규모의 실험 장치나 수많은 인원을 필요로 하지 않는다는 공통점이 있다. 최근에는 생물학에서도 대규모로 비교 게놈 연구를 하는 팀이 늘어나고 있어서, 논문의 앞부분에 공저자의 이름이 수백 명씩 열거되는 케이스가 없는 건 아니다. 하지만 적어도 마쓰다 연구실은 단출한 규모다.

마쓰다 연구실과 모로오카 연구실은 '잎사귀' '덩이줄기' 등 비교적 명확하게 '식물'이라고 분류되는 분야를 연구 대상으로 하고 있는 데다가, 연구실 자체도 바로 이웃해 있어서 평소에도 서로 친하게 지내고 있다.

그러니까 고구마 수확을 돕는 것은 전혀 문제가 안 된다고 모토무라는 생각한다. 모로오카 교수님도 그렇지, 묘한 연극 같은 거 하지 말고 솔직하게 부탁했으면 좋았을 것을. 뭐, 온실을 어떻게 좀 해주기 바란 것도 사실이겠지. 정리된 온실과 고구마 수확 요원을 확보하되, 되도록 모나지 않은 모양새로 하려면 어떻게 해야 좋을까, 하고 생각 끝에 작은 연극을 벌인 게 분명해. 모로오카는 도저히 미워할 수 없는, 매력 넘치는 사람이라고 모토무라는 다시 생각한다.

마쓰다 연구실과 모로오카 연구실은 항상 서로 도우며 지내는 관계라서, 우리가 고구마를 캐는 것은 문제 될 게 없다. 하지만 어쩌다가 말려들어 모로오카 연구실에서 먹기 위해 캐는 고구마를 어쩔 수 없이 함께 캐고 있는 이 상황에 대해 후지마루 씨는 어떻게 생각하고 있을까. 기분 상해하지는 않을까, 하고 모토무라는 옆의 후지마루를 살폈다.

조금 전 나누는 대화를 들었을 텐데도 후지마루는 신경 쓰는 것 같지도 않고, "이야, 이야" 하고 열심히 고구마를 잡아 뽑고 있었다. 아, 후지마루 씨는 정말로 사람이 좋구나, 하고 모토무라는 생각한다. 쓸데없이 마음 졸이는 일은 그만두자.

"도대체가 말이야." 캐낸 고구마를 땅바닥에 늘어놓으며 이와마가 한숨을 쉰다. "이런 이른 아침에 고구마를 캐러 나오라고 한 건, 대학 측에 들키면 야단맞을까 봐 그런 거겠지?"

마침 "이야" 하고 고구마 덩이를 뽑아 올린 후 목장갑의 손등 부분으로 이마의 땀을 닦고 있던 후지마루가 "어, 그래요?" 하고 처음으로 대화에 끼어들었다. "덩이줄기 교수님이 고구마를 키워서 캐는 건 당연한 건데, 왜 야단을 맞아요?"

"연구용이라면 몰라도 먹으려고 키운 것이라면, 글쎄……"라고 가토는 자신 없게 말하고, "더구나 Y다 강당 앞이기도 하고"라고 이와마도 어깨를 움츠렸다. 유학 갔던 미국에서 익힌 제스처다. 그것을 멋있다고 생각한 모토무라는 모종삽을 손에 든 채 남몰래 흉내를 내 봤지만, 굳은 어깨를 풀려는 사람처럼 어색한 동작밖에 안 나오는 것 같아서 혼자서 낙담했다.

다행히도 모토무라가 지금 한 행동에 시선을 준 사람은 아무도 없는 것 같았다.

"Y다 강당 출입구에는 낮에는 경비원이 서 있어." 가와이가 후지마루에게 설명했다. "사람들이 멋대로 들어갈 수 없도록 말이야. 모로오카 교수님은 경비원한테서 말을 듣고 싶지 않아서 이른 아침에 우리를 모이라고 한 거 아닌가 싶어."

"오, 몹시 엄중하군요." 후지마루는 감탄하면서 Y다 강당을 우러러봤다. "확실히 훌륭하고 역사가 느껴지는 건물이야."

"문화재로 등록되어 있을 정도니까. T대 분쟁 때 진공투(전국학생 공동투쟁회의의 약자로, 1960년대 후반에 일본 각지에서 일어난 대학 분쟁의 주체가 된 학생 조직) 학생들이 농성하면서 기동대와 충돌했던 건물이기도 해. 그런 의미에서도 역사적인 건물이라고 할 수 있어."

"아, 전쟁이 있었나요? 이 건물에서?"

"전쟁이 아니라, 학생운동……."

가와이는 보충 해설을 하기라도 할 듯 자세를 잡다가 결국은 입을 다물었다. 후지마루와의 세대 차이를 느꼈기 때문일 수도 있고, '설명하기가 쉽지 않겠어' 하고 포기한 것일 수도 있다. 주고받는 말을 듣고 있던 모토무라는 웃음이 터질 것 같았지만, 그러나 모토무라 자신도 학생운동이 한창이었던 시절의 일에 대해서는 사실 별로 아는 게 없었다.

앞에는 잔디 광장이 깔려 있는, 지금은 완전히 평화로운 공간이 된 Y다 강당. 그러나 그 앞에 모이는 젊은이들의 가슴에 희망과 고민과 정열과 냉소가 깃들어 있는 건, 옛날이나 지금이나 다르지 않을 것이다.

후지마루는 자세한 내막은 몰라도 Y다 강당이 T대의 상징적인 건물이라는 사실은 알게 된 모양이었다.

"그런 건물 앞에 멋대로 고구마를 심다니 정말 야단맞을 일일 수 있겠네요"라고 혼자 끄덕이고 있다. "덩이줄기 교수님도 당시에 기동대와 농성전을 하면서 싸운 거겠지요. 그 기억이 있기 때문에 만일의 경우를 대비해 식량을 비축해두자고, 여기서 고구마를 키우고 있는 건지도 몰라요."

후지마루는 전국시대(1467-1573년에 걸친 일본의 혼란의 시대)의 농성전과 제2차 세계대전과 Y다 강당 사건이 뒤범벅된 듯한, 기묘한 이미지에 기초한 가설을 전개했다. 후지마루 씨 안에서 시공이 꼬이고 있다고 모토무라는 생각했다.

"나를 몇 살이라고 생각하는 건가요?" 하는 소리를 듣고 사람들이 시선을 돌렸다. 모로오카가 맹렬한 기세로 고구마를 캐고 있었다. 맞은편 끝에서 캐기 시작했을 텐데, 무릎걸음으로 이미 모토무라 일행 쪽으로 상당히 다가와 있었다. 대단한 속도다. 마쓰다는 어떤가 보니, 모종삽 사용이 서툰 게 모로오카의 반도 따라오지 못했다.

"T대 분쟁 때, 나는 아직 중학생이었어요. Y다 강당에서 농성할 수 있었을 리 없잖아요."

모로오카는 자신의 손과 모종삽에 시선을 둔 채 말했다.

"그렇구나. 잘 몰라서 죄송합니다."

후지마루는 순순히 사과했다.

"저도 모로오카 교수님은 분명히 기동대에게 돌을 던진 적이 있을 거라고 생각했어요, 후지마루 씨."

가토가 속삭였다.

"자네들 같은 젊은 사람들에게는 1945년 종전이나 1969년 전공투 학생운동이나 똑같이 먼 옛날 일일 테니 그럴 수도 있지."

모로오카의 표정과 음성은 회한과 미소가 뒤엉켜서 마치 DNA의 이중나선 같은 오묘한 분위기를 만들어냈다. "나는 1945년은 경험하지는 않았지만 굉장히 가까운 과거이고, 1969년은 실시간으로 지켜본 기억인데. 시간은 자꾸자꾸 흘러가는구나……."

평소에 고구마를 바라보거나 만지거나 고구마에 대해 생각할 때는 기분이 좋은 모로오카 교수님이, 오늘 고구마를 캐면서 무슨 일인지 마음 약한 감상에 빠졌다! 이건 이상(異常) 사태다, 라고 모토무라 일행은 서로 눈짓을 주고받았다. 모로오카의 기운을 북돋는 의미에서, 뭔가 좋은 화제는 없을까 하고 머릿속을 검색하고자 해도, 다들 애기장대와 선인장으로 머리가 �꽉 차 있는 인간들이다. 모로오카의 흥미를 불러일으킬 만한 주제가 별로 없는데 어떻게 해야 하나.

"그, 그러고 보니 후지마루." 이와마가 화제에 궁한 나머지 후지마루에게 말을 건다. "고구마를 사용한 요리로, 뭐 권할 만한 것 있어요?"

"음, 뭐가 있을까요." 후지마루는 방금 캐낸 고구마를 손에 들고 쾌활한 목소리로 대답했다. "저는 군고구마를 좋아하는데요."

그걸 요리라고 할 수 있으려나, 하고 모토무라는 자신의 요리 솜씨를 논외에 둔 채 마음속에서 냉소를 보냈다.

"된장국에 넣어도 맛있고, 작게 주사위 모양으로 썰어서 채소 튀김 재료와 함께 섞어도 좋아요. 맛탕도 추천할 만하고요. 전자레인지에 돌리고 나서 튀기면 안은 촉촉하고 겉은 바삭하게 되지요. 하지만 제가 지금 가장 먹고 싶은 것은 스위트포테이토인 것 같아요."

"그거, 저도 좋아해요." 가토가 이야기에 끼어들었다. "어렸을 때 가끔 어머니가 간식으로 만들어주셨어요. 그거 저도 만들 수 있을까요?"

"네, 간단해요. 고구마를 삶든가 찌든가 전자레인지에 돌리든가 한 다음, 으깨서 버터와 생크림을 넣고 섞는 거예요. 마가린이나 우유도 좋아요. 설탕은 취향에 따라. 저는 고구마 자체가 제법 달기 때문에 설탕을 안 넣고 만들기도 해요. 그렇게 한 다음 모양을 만들어 오븐이나 토스터로 구워요. 계란 노른자를 발라두면 표면에 빛이 나서 예뻐요."

"호, 자네는 요리가 취미인가?"

모로오카가 묻는다.

"아뇨, 취미가 아니라 직업입니다."

"교수님, 후지마루 군은 대학원생이 아니에요." 가와이가 당황해서 보충했다. "엔푸쿠테이에서 요리와 서빙을 하고 있는 친구입니다."

"어어?" 모로오카는 놀란 모양이었다. "어쩐지 본 적 없는 대학원생이라고 생각했는데, 그런 거였군요. 고구마를 캐게 해서 미안하네."

"아닙니다. 괜찮아요. 재미있습니다."

후지마루는 목장갑 낀 손을 얼굴 앞에서 흔들었다. 모로오카는 모토무라 일행을 빙그르르 둘러봤다.

"자네들도 사람이 나빠. 후지마루 군은 대학원생이 아니라고 왜 말하지 않았나요?"

말할 틈을 주지 않았기 때문입니다…… 라고 일동은 생각했으나, 물론 그렇게 말대답하지 않고 "죄송합니다" 하고 사과했다.

"후지마루 군에게는 사과의 뜻으로 수확한 고구마를 줍시다. 엔푸쿠테이에는 나도 이따금 가는데 거기서 일하는 줄은 전혀 몰랐어요."

"아닙니다, 괜찮습니다." 후지마루가 또 손을 흔들었다. "종업원 얼굴을 기억하기 위해서 음식점에 오는 사람은 없으니까요. 먹는 것에 집중해주신다면 그걸로 좋은 거지요. 게다가 T대 사람인가 싶은 손님은 의외로 빨리 먹거나, 아니면 몇 명이 함께 와서 계속 연구 이야기를 하니까요. 대장도 '방해가 되지 않게 접시를 뺄 타이밍에도 신경을 써야 한다'라고 말하거든요."

"아주 모범적인 식당이군요."

모로오카는 깊이 감동한 듯이 그렇게 말하고, "우리도 연구에만 머리를 쓸 게 아니라, 조금 더 주위에 신경 쓰도록 해야겠군요"라며 고개를 흔드는 거였다. 다시 감상 모드로 돌입해버린 것 같다.

그런 모로오카를 북돋우려 해도, 마쓰다 연구실의 인간들 역시 '연구에만 몰두'한다는 점에서는 다를 게 없는 처지라서 '정말로' 잠자코 고개만 끄덕이고 있을 수밖에 없었다. 일동은 다시 고구마 캐는 일로 돌아가 한동안 그 일에만 전념했다.

모로오카는 천적을 만나 꽁지가 빠지게 도망치는 두더지같이 맹렬하게 흙을 좌우로 가르며 나아가면서 뭔가를 생각하고 있었던 모양이다. 문득 작업하던 손을 멈추고, "앞으로의 시대에는 더한층" 하고 말했다.

"넓은 시야가 요구될 겁니다. 연구에만 몰두할 게 아니라, 어떤 연구를 왜 하고 있는가, 그것에 의해 무엇을 알게 되었고 아직 모르는 것은 무엇인가 등에 대해, 연구자가 아닌 사람들에게도 알기 쉽게 전할 수 있어야 해요. 그렇지 않으면 연구비가 나오지 않는 것도 않는 것이지만, 일반인들과 소통하지 않다 보면 '바로 결과가 나와서 사람들에게 도움이 되는 연구 이외에는 모두 소용없고 무의미하다'라는 나쁜 성과주의, 공리주의가 세상을 뒤덮어버릴 테니까요."

"엔푸쿠테이처럼, 프로로서 요리 솜씨를 잘 발휘할 뿐 아니라 손님들이 기분 좋게 그 요리를 맛볼 수 있게 잘 배려하는 것도 중요하다는 말이지요."

모로오카의 말을 음미하듯이 가와이가 호응했다.

"맞는 말씀입니다."

모로오카는 캐낸 고구마에 묻어 있는 흙을 털어내면서 고구마의 당당한 모습을 사랑스럽다는 듯이 바라봤다.

"우리가 하고 있는 기초연구는 깊은 맛을 담고 있는 식재료와 같아요. 맛있고, 영양 만점이고, 안전한 식재료가 없으면 요리로 만들거나 먹을 수 없는 것과 마찬가지로, 우리의 연구 또한 사람들에게 도움이 되는 다른 연구들의 토대가 되는 거예요. 그러니 시간이 걸리더라도 성실히 연구해서 신뢰할 수 있는 결과를 만들어내야 해요."

"하지만." 가토가 고개를 갸웃하면서 말했다. "밥을 먹을 때 '영양을 섭취해야지'라든가 '산지는 어딜까'라는 생각은 잘 안 하잖아요. 그냥 당장 '배가 고프니까 우선 먹자'라든가 '가끔은 맛있고 예쁘게 차려진 식사를 하고 싶으니까 저 식당으로 가자' 하는 정도지요."

"우리의 연구도 식재료와 마찬가지다, 자양분이 풍부하긴 하지만, 자양분이 눈에 보이냐, 라고 가토 군은 말하고 싶은 거지요? 그건 확실히 그래요"라고 모로오카는 인정했다. 모로오카가 의도했는지 어떤지는 모르겠지만, 마치 아저씨 개그 같은 어조로 그렇게 말했다. 그 점에 대해서 일동은 무시하고 넘어가기로 했다.

"그러나 '배가 고프니까' '맛있고 예쁘니까'라는 기분은 인간의 깊은 곳에 자리한 중요한 욕구입니다. 기초연구도 같은 욕구로부터 출발하는 겁니다. '알고 싶다'는 마음은 공복감과 비슷해요. 아름다운 것을 추구하지 않고는 배길 수 없기 때문에 연구하는 겁니다."

모토무라는 그 말에 깊이 공감했다. 모토무라도 애기장대 세포의 아름다움에 매료되어, 연구를 계속하지 않고는 배길 수 없다.

그런 기분을 다른 사람에게 이해받는 건 어렵지 않을까 하고 생각하고 있었는데, 그걸 인간의 근원적 욕구라고 모로오카가 말하는 걸 들으니 희망이 생기는 것 같았다. 연구를 통해서 누군가의 마음과 연결될 수 있을지도 모른다는 희망.

"알 것 같은 기분입니다." 후지마루가 중얼거리듯이 말했다. "저 같은 경우는 공부에는 취미가 없어서 어떻게 학교를 땡땡이칠까 하는 생각만 늘 하는 쪽이었기 때문에 처음에는 놀랐어요. '이렇게 몇 년이나 대학을 다니고 연구만 하는 사람들이 있구나. 무슨 재미가 있을까' 하고요. 하지만 모토무라 씨와 동료분들의 모습을 보면서 이해가 가기 시작했어요. 생각해보면 저에게도 '신기하다, 알고 싶다'라는 마음이 분명히 있어요. 애기장대나 고구마도 잘 보면 귀엽고 예쁘구나 하고. 그래서 지금은 마쓰다 연구실 분들의 연구를 응원하고 있습니다. 물론 덩이줄기 교수님의 연구도."

"마음이 든든하군요. 후지마루 군의 기대에 답할 수 있게 열심히 해야겠습니다." 모로오카가 웃었다. "하지만 나는 곧 정년이에요. 아직 알고 싶은 게 많은데 한 사람의 인간에게 주어진 시간은 너무나도 짧아요. 여러분 같은 젊은 사람들이 연구에 매진하고 있는 것, 그리고 그것을 응원해주는 것, 그런 것이 나에겐 희망의 빛입니다."

모로오카의 입에서 '희망'이라는 말이 나오는 것을 듣고 모토무라는 뜨끔했다. 마침 희망에 대해 생각하고 있던 자신의 속마음을 들킨 것 같았기 때문이다. 그러면서도 또한 자신의 행동이 누군가에게 희망이 되었다는, 한 번도 생각해본 적 없는 이야기를 들은 게 신선했다. 그래서 모토무라는 용기를 내어 입을 열었다.

"하지만 저는 늘 불안한 마음에 쫓겨요. 애초부터 잘못된 방향으로 실험을 하고 있는 건 아닐까, 과연 나한테 연구자로서의 센스가 있기는 한 걸까, 앞으로도 연구를 계속할 수 있는 여건이 주어질 것인가……."

"그건 나도 그래." 이와마가 또 어깨를 으쓱했다. "다들 마찬가지 아닐까?"

"그런 고민을 하고 있는 것이 젊다는 증거예요."

모로오카는 모토무라 일행을 보고 격려하듯이 웃으며 말했다.

"내 고민이라고 하면 '노후 준비는 이것으로 충분할까'라든가, '고향에 홀로 계시는 어머니도 벌써 구십이 되었으니 슬슬 앞으로 어떻게 하고 싶으신지 여쭤봐야겠구나' 같은 겁니다. 그대들하고는 고민의 질이 전혀 달라요. 그대들의 고민은 장래의 가능성이 열려 있다는 걸 보여주는 징표일 뿐입니다."

마음 약한 감상 모드에 빠져 있는 모로오카의 기운을 북돋아주려고 했던 건데, 거꾸로 모토무라가 격려를 받았다. 모토무라는 '그래, 고민해도 돼' 하고 생각했다. 연륜과 진정성이 느껴지는 모로오카의 말을 듣고, 모닥불을 쬐었을 때처럼 모토무라 가슴에 빛과 온기가 전해져왔다.

다른 사람들도 같은 마음이었던 모양이다. '강제로 고구마 캐기에 동원하긴 했지만, 교수님은 역시 좋은 사람이구나' '부모님을 모시는 거, 미처 생각도 안 해봤어' 등등 모로오카에게 존경의 시선을 보냈다.

한참 뒤처져서 고구마를 캐며 전진해오던 마쓰다가 거리를 좁혀왔다. 모토무라 일행으로부터 세 줄기쯤 떨어진 곳에서 줄기의 밑을 모종삽으로 변함없이 서투르게 이리저리 파고 있다.

"마쓰다 교수님은 무슨 고민 같은 거 없으세요?"

가토가 말을 건넸다.

"고민? 글쎄."

마쓰다는 잠시 생각하는 표정을 짓더니, "현재의 고민은 일이 너무 서툴러서 고구마를 잘 캐지 못한다는 거지요"라고 말했다. 인생의 깊이도 느껴지지 않고 장래의 전망도 담겨 있지 않는 대답에, 일동은 조금 실망했다.

준비한 바구니가 가득 찰 때마다 자연과학부 B호관의 파사드로 날랐다. 작업은 두 시간 정도 만에 모두 끝났다.

Y다 강당의 경비원에게 들켜 야단맞는 일도 없었다. 실은 작업을 하는 사이에 경비원이 강당 입구에 와서 섰지만, '뭘 하는 거지' 하고 모토무라 일행을 미심쩍게 바라보기만 했을 뿐 다가와서 살펴지는 않았다. 연극 동아리의 발성 연습이나 음악 동아리의 악기 연습, 길거리 공연 동아리의 저글링 연습 외에도 의도를 알 수 없는 괴상한 행동을 하는 학생이나 교직원은 많이 있는 법이다. 그러니 고구마 캐기 정도로는 경비원의 마음을 동요시키지 못했을 것이다.

수확한 고구마를 B호관의 파사드까지 나르는 것은 상당한 중노동이었다. 후지마루는 고구마가 산처럼 쌓인 바구니를 혼자서 가볍게 들어 올렸지만, 다른 사람들은 힘쓰는 일을 해보지 않아서 2인 1조로도 비틀거렸다.

각자 두 번씩 왕복해서 겨우 고구마를 다 날랐다. 그사이 후지마루는 활기차게 세 번을 왕복했다. 파사드 가득히 고구마가 빈틈없이 꽉 찬 모습은 장관이었다. 발을 디딜 자리가 없을 정도여서 B호관에 드나드는 사람들의 통행에 방해가 되지 않도록 먼저 바람을 맞힌 고구마부터 모로오카 연구실로 나르기로 했다. 다시 바구니에 고구마를 수북이 담고, 이번에는 엘리베이터를 이용하여 나른다.

파사드로 돌아와 다시 바람을 잘 쐬도록 남은 고구마를 펼쳐놓는다. 모로오카는 연구실에서 가지고 온 큰 비닐봉지에 방금 수확한 고구마를 채웠다.

"이건 후지마루 군에게."

"감사합니다."

후지마루는 봉지를 받아 들고 기뻐하며 봉지 속을 들여다봤다.

"씻지 말고 그대로 1, 2주쯤 묵히세요. 풍미가 좋아져요."

"네. 그럼 전 식당 일이 있어서 먼저 가보겠습니다. 작업복은 빨아서 돌려드릴게요."

"죄송하군요. 언제든 괜찮아요."

후지마루는 사람들의 배웅을 받으며 한 손에 봉지를 들고 아카몬 쪽으로 사라져갔다.

모로오카는 마쓰다 연구실에도 두 바구니 분량의 고구마를 줬다. 모토무라는 공평하게 나눠서 집으로 가지고 온 고구마를 그날 밤 부엌 바닥 구석에 신문지를 깔고 늘어놨다.

먹기에 알맞을 때쯤 되는 날이 몹시 기다려진다. 어두컴컴한 부억에 일곱 개의 고구마가 비로드같이 요염하게 누워 있다. 후지마루 씨가 말한 대로 스위트포테이토를 만들어볼까, 하고 모토무라는 생각했다.

물론 과자를 한 번도 만들어본 적이 없으며, 매일매일 연구와 실험에 쫓기며 보내는 모토무라가 실제로 스위트포테이토 만들기를 시작할 수 있을 리 없다.

고구마를 수확한 지 2주 가까이 지나고, 11월도 하순이 되었다. 모토무라는 요즘 매일 아침 찐 고구마를 먹고 있다. 절묘하게 쫀득쫀득한 것이 무척 달고 맛있다.

그러나 오늘 찐 고구마는 그전의 쫀득쫀득했던 고구마들과는 달리 포슬포슬한 느낌이 확 다가왔다. 그러고 보니 Y다 강당 앞에는 베니하루카와 베니아즈마, 품종이 다른 두 종류의 고구마가 심어져 있었다고 했다.

모토무라는 노트북을 켜고 고구마에 대해 검색해봤다. 품종마다 어떻게 서로 다른 특징들을 갖고 있는지 설명해놓은 사이트를 찾아 읽는다. 쫀득쫀득한 것이 베니하루카이고 포슬포슬한 것이 베니아즈마인 모양이다.

아직 찌지 않은 몇 개의 고구마를 부엌에서 가지고 와서 베니아즈마라고 판명된 오늘의 고구마와 비교해본다. 오늘의 고구마는 이미 열을 가해버렸기도 해서 겉모습으로는 품종의 차이를 구분할 수 없었다. 찌지 않은 고구마 속에 베니아즈마가 섞여 있는지, 베니하루카뿐인지, 혹은 베니아즈마뿐인지, 실제로 먹어보지 않으면 알 수 없는 고구마 러시안룰렛이다. 하지만 양쪽 고구마 모두 충분히 달기 때문에 어느 걸 먹게 돼도 무섭지 않은, 행복한 러시안룰렛이다.

어쨌든 일부러 스위트포테이토로 만들지 않아도 찌는 것만으로 맛있다. 모토무라는 자신의 게으름을 마음속에서 그렇게 합리화한 후, 화분에 물을 주고 집을 나선다. 포인세티아는 아직까지도 잎이 빨갛게 될 조짐이 없다.

매일 아침 고구마를 먹는 덕분에 장은 쾌조이지만, 모토무라의 연구 쪽은 쾌조라고 할 수 없었다.

모토무라는 요즈음 애기장대의 씨앗을 채취하는 데에 힘을 쏟고 있다.

애기장대는 게놈의 해석이 완료되어 모델 식물로서 각 연구 기관에서 관리·활용되고 있기 때문에, 야생식물임에도 'Co1(콜롬비아)' 'Kyo(교토)' 등과 같이 정확히 계통이 세워져 있다.

왜 계통을 확립해뒀는가 하면, 연구자들이 애기장대를 각자 자기 좋을 대로 실험에 사용하면, 여러 나라 사람들이 통역도 없이 각자의 모국어로 떠들어대는 것 같은 사태가 일어나기 때문이다. 내력이 확실한 '콜롬비아'라는 야생 애기장대는 말하자면 연구자 사이의 공통 언어와 같은 거라고 할 수 있다. '콜롬비아'는 애기장대의 기준이 되는 계통으로서 전 세계의 식물 연구에 사용되고 있다.

예를 들어, "콜롬비아에서 잎사귀의 가장자리가 둥그래지는 특징을 갖는 돌연변이 애기장대가 생겼습니다. 조사해보니 이곳 유전자가 파손된 것이 원인이었습니다"라는 논문이 발표됐다고 하자. "정말로 이 논문이 옳은지 시험해봐야겠다"라고 하면, 우선은 컴퓨터로 애기장대의 '유전자 자원 정보 센터'에 접속한다.

연구자가 되기 전의 모토무라는 상상조차 해본 적이 없었지만, 세상에는 글쎄, 초파리니 애기장대니 같은 미미한 생물의 '유전자 자원 정보 센터'가 수다하게 존재한다. 처음 그런 사실을 알게 되었을 때에는 "꼭 SF 같아" 하고 감탄했다.

애기장대의 '유전자 자원 정보 센터'에는 연구자들이 기탁한 무수하다고 해도 좋을 만큼의 변이 애기장대가 모여 있다. 데이터베이스화되어 있기 때문에, 앞서 말한 논문에서 '파손되었다'고 지적되었던 유전자의 번호를 입력한다. 그러면 '우리 정보 센터에 있는 변이 애기장대 중에서 그 번호의 유전자가 파괴된 것은 이것과 이것과 이것이 확인됩니다'라고 정보를 얻을 수 있다. 그걸 주문해서 해당 변이 애기장대를 직접 배달받을 수도 있다.

이렇게 해서 연구실에 변이 애기장대가 도착하면 논문의 주장이 옳은지 마음껏 조사할 수 있는 것이다. 정보 센터에는 '콜롬비아' 계통에서 돌연변이가 된 야생 애기장대만이 아니라, '교토' 계통에서 동일한 유전자가 파손된 결과 돌연변이가 된 야생 애기장대도 있을 수 있다. 이렇게 여러 계통에서 생긴 변이 애기장대를 원하는 만큼 주문해서 비교하며 조사하는 것이 가능하다. 이것도 모두 '콜롬비아'나 '교토'라는, 기준이 되는 야생 애기장대의 계통을 전 세계의 연구실에서 공통으로 사용하고 있기 때문에 가능한 일이다.

물론, 보통의 애기장대와는 다른 형상을 갖는 변이 애기장대가 있을 때, 그것이 어느 유전자가 파괴되어 그렇게 된 건지 아직 밝혀지지 않은 변이 애기장대도 많이 있다. 거꾸로, 목표로 한 유전자를 인공적으로 변이시켜서 '잎사귀의 가장자리가 둥그렇게 되어 있다'라든가 '잎자루가 꼬여 있다' 같은 특징을 갖는 변이 애기장대를 만들어낼 수도 있다.

지금 모토무라가 채취하느라 바쁜 것은 이 변이 애기장대들을 서로 부지런히 교배시킨 성과로 세상에 나온 씨앗들이다. 모토무라 본인은 연애와 동떨어진 나날을 보내고 있지만, 애기장대들은 서로 교배하여 착착 씨앗을 만들어, 생육하고 번성하여 땅을 가득 채우겠다는 기세다.

인위적으로 교배한 애기장대가 외부에 유출되면 큰일이다. 변이 애기장대 중에는 유전자 재조합을 한 것도 있다. 그것이 길가나 들판에서 멋대로 번식하는 일이 벌어지게 되면, 자연계의 균형이 무너질 수도 있다. 따라서 교배 작업은 재배실 안에서만 엄중하게 진행되고, 씨앗이 옷이나 머리에 붙어서 밖으로 나가는 일이 없도록 철저히 관리한다.

교배는 섬세한 작업의 연속이다.

재배실 챔버에서 온도와 빛을 적절하게 관리하면, 애기장대는 한 달 조금 지나서 꽃을 피운다. 그러나 일단 꽃이 피면 애기장대끼리 멋대로 수분을 진행하게 되므로, 모토무라가 원하는 교배를 준비할 기회는 꽃이 피기 직전밖에 없다.

멋대로 진행되는 수분을 막기 위해, 아직 초록빛 상태에 있는 꽃망울을 핀셋으로 살짝 헤집어 수술을 모두 제거한다. 그렇게 조치한 꽃망울이 달린 줄기에는 실을 묶어 표시해둔다. 꽃망울 자체는 2㎜ 정도이고 꽃망울이 달린 줄기도 매우 가늘다. 머리카락에 경문을 쓰는 것 같은 작업이어서 눈이 따끔따끔해지고 어깨가 결려와서 아플 때도 있다. 더구나 꽃망울은 일단 달리기 시작하면 연이어 달리므로 시간과의 싸움의 연속이다.

한숨 돌릴 틈도 없이 꽃이 피기 시작한다. 그러면 이번에는 교배 상대인 야생 애기장대로부터 꽃가루가 꽉 찬 수술의 꽃밥을 핀셋으로 따 와서, 표시한 실이 달린 꽃의 암술에 톡 하고 올린다. 인공수분의 완료다.

모토무라는 이번에 교배를 통해서 사중변이체를 만들어보겠다는 생각이다. 그러나 그 작업을 하려면 정신이 아득해질 정도로 품을 들여야 한다. 정신이 아득해져서는 안 된다. 그래서 모토무라는 심정적으로는 눈을 부릅뜬 상태로 씨앗 채취를 하고 있다.

사중변이체란 무엇인가. 변이체의 교배를 반복하여 변이를 사중(四重)으로 겹친 것을 말한다. 예를 들어 '잎사귀의 가장자리가 까칠까칠한' 변이 애기장대와 '잎사귀의 가장자리가 둥그렇게 된' 변이 애기장대를 교배하면, '잎사귀가 파슬리같이 오글오글한' 애기장대가 느닷없이 생기는 경우가 있다. '변이에 변이를 거듭하면 어떤 효과가 생기나'를 조사하고 싶을 때, 연구자는 교배에 의해 이중변이체나 사중변이체를 만든다.

사중변이체를 만들려면 아래와 같은 절차가 필요하다.

애기장대의 변이체 'a' 'b' 'c' 'd'가 있다고 하자. 'a'와 'b'를 교배시키면, 거기서 태어난 씨앗(자식 세대)은 야생형이 된다. '보통의 야생형보다 더 까칠까칠한 잎'을 갖게 만드는 유전자는 대개 열성이므로 그 씨앗이 발아하여 자라난 애기장대 세대에서는 그 유전자형이 발현하지 않는다. 그 때문에 겉으로 봐서는 통상의 잎사귀 모양을 하고 있다.

거기서 그 자식 세대가 다시 수분하는 것을 기다린다. 그러면 멘델의 '분리의 법칙(순종을 교배한 잡종 제1대에는 우성의 형질만 나타나지만, 잡종 제2대에는 우성과 열성의 형질이 3:1의 비율로 나타난다는 법칙)'에 의해, 그 자식 세대가 수분하여 태어난 씨앗(손자 세대)의 16분의 1이 'ab'라는 이중변이체가 된다.

이번에는 이중변이체 'ab'에 변이체 'c'를 교배시킨다. 그 자식은 또다시 야생형이 되므로, 자식 세대가 수분하는 것을 기다린다. 그러면 거기서 태어난 씨앗(손자 세대)의 64분의 1이 'abc'라는 삼중변이체가 된다.

이제 아셨을 텐데, 삼중변이체 'abc'에 변이체 'd'를 교배시키면, 그 손자 세대의 256분의 1이 사중변이체 'abcd'가 되는 것이다. 모토무라가 눈을 부릅뜨게 되는 것도 어쩔 수 없다. 아무리 애기장대의 성장주기가 빠르다 해도 이런 일을 성실하게 하고 있다가는, 사중변이체를 충분히 얻기 전에 모토무라 쪽이 수명을 다하고 말 것이다.

그래서 모토무라는 시간을 절약하기 위해, 변이체 'a'와 'b'의 교배와 변이체 'c'와 'd'의 교배를 동시에 진행하기로 했다. 거기서 태어난 자식 세대끼리를 교배시키고 이제 겨우 손자 세대가 되는 씨앗을 채취할 국면까지 다다른 것이다. 목적한 대로 사중변이체가 생겨야 하는데, 하고 기도하는 마음이다.

모토무라가 왜 그렇게 정성을 다해 눈을 부릅뜨면서까지 사중변이체를 추구하고 있는가 하면, 낭연히 잎사귀에 대해 알아보기 위해서다.

모토무라는 지금까지 애기장대 잎의 세포의 개수를 세고, 잎의 크기를 측정해왔다. 매일 애기장대의 성장을 지켜보고 현미경을 들여다봐왔으므로, 조금 색다른 형태의 잎사귀나 세포가 있으면 '음?' 하고 반사적으로 눈의 초점이 맞춰지게 됐을 정도다. 망막에 대상물이 비친 순간 뇌가 좀 이상하다는 감을 갖는 것보다도 더 빨리, 자동적으로 초점이 조정되고 줌인이 되는 느낌.

하지만 몇백 번 계측을 해도 애기장대 잎사귀의 크기와 세포의 수는 일정한 범위를 벗어나지 않는다. 보통보다도 잎의 면적이 조금 큰가 싶은 변이 애기장대라고 해도 마찬가지다. 아무리 비료나 물을 많이 줘도, 온도와 빛의 관리를 완벽하게 해도, 애기장대의 잎이 태산목의 잎만큼 거대해지는 일은 없다.

애기장대는 정해진 수의 세포로, 정해진 크기의 잎사귀만 만든다.

양배추는 애기장대와 마찬가지로 십자화과에 속한 식물인데도 애기장대보다 잎이 현저히 크게 자란다. 잎이 크다고 하면 열대식물을 떠올리기 쉽지만, 일본에도 특대 크기의 잎을 단 식물은 존재한다. 예를 들어, 아키타머위라는 이름의 머위는 길게 뻗은 줄기 끝에 우산같이 크고 둥근 잎이 달린다. 어린아이가 들고 있으면 귀여운 코로보쿠루(아이누족 전설에 등장하는 머윗잎 아래 사는 요정)같이 보인다. 마치《걸리버 여행기》의 세계에 들어간 기분을 맛볼 수 있다.

또, 모토무라가 연립주택 방에서 키우고 있는 파키라는 원산지가 중남미인데, 하나의 가지에서 모토무라의 얼굴보다 큰 잎과 모토무라의 손바닥 정도 크기의 잎이 함께 달린다. 애기장대의 잎 중에서 이 정도로 크기 차이가 나는 경우는 볼 수 없다.

나아가 한 가지 더 말하자면, 애기장대나 양배추나 아키타머위나 파키라는 각각의 종류와 환경에 따라서 정해진 수의 세포를 만들고 나면 잎의 성장을 멈춘다. '다다미 천 장 정도나 되는 양배추 잎'을 아무도 본 적이 없는 건 그 때문이다.

그런데, 모노필라이아라는 열대식물은 수명이 다할 때까지 잎의 세포를 늘려갈 수가 있다. 그래서 성장을 멈추는 일 없이 잎사귀가 계속해서 쭉쭉 커가는 거다.

왜 식물의 종류에 따라 잎의 크기와 세포 수에 차이가 나는 걸까. 그리고 열대의 일부 식물은 어째서 하늘 높은 줄 모르고 잎사귀의 세포 수를 계속 늘려갈 수 있을까. 지금으로서는 아직 수수께끼투성이다.

다만 애기장대의 잎을 관찰하면서 모토무라는 하나의 추측을 할 수 있게 됐다.

모델 식물인 애기장대는 전 세계에서 연구되고 있기 때문에, 잎의 형성이나 성장의 메커니즘에 대해 많은 것들이 밝혀져 있다. '잎사귀의 제어 시스템'도 그중 하나다. 특대 잎이나 특소 잎이 생기지 않도록, 애기장대에는 세포의 수와 잎사귀의 크기를 일정한 값으로 조절하는 메커니즘이 있는 것이다.

모노필라이아 같은 열대식물은 그 제어 시스템이 파괴되어 있는 것은 아닐까. 아니, '파괴되어 있다'라는 말은 뭔가 나쁜 이미지를 떠올리게 하는 데다가 정확한 표현도 아니다. '큰 폭으로 변경되어 있다'가 아닐까. 그래서 모노필라이아는 잎의 세포를 계속 늘릴 수 있고, 그래서 잎이 엄청난 크기로 커지는 것은 아닐까. 모토무라는 그렇게 추측했다.

이 추리가 옳은가. 옳다면 어떻게 확인할 수 있을까. 모토무라는 생각에 생각을 거듭하여 증명할 방법을 강구해냈다. '애기장대의 사중변이체를 만들어서 조사해보자'라고.

애기장대에는 '잎사귀의 제어 시스템'이 구비되어 있지만, 물론 그것은 '콕 하고 버튼을 누르면 잎의 세포 수와 크기가 일정한 상태로 정해진다'라는 단순한 메커니즘은 아니다. 애기장대의 작은 몸속에서 다양한 제어 시스템이 복잡하게 얽혀 서로 영향을 주고받으며 정교하게 작용함으로써 세포 수와 잎의 크기가 일정한 상태로 유지되는 것이다.

거기서 모토무라는 제어 시스템 'A'가 파괴된 변이 애기장대 'a'와, 유전자 재조합에 의해 제어 시스템 'B'가 파괴된 변이 애기장대 'b', 그리고 제어 시스템 'C'가 파괴된 변이 애기장대 'c'를 준비했다. 거기에 마지막으로 제어 시스템 'D'가 파괴된 변이 애기장대 'd'를 골랐다.

"'D' 말고도 유력해 보이는 제어 시스템이 있지만, 개인적으로 가장 신경 쓰이는 것은 'D'란 말이야……. 좋아, 여기에선 과감하게 내 직감을 따라가자" 하고 망설인 끝에 한 선택이다. 아이돌 그룹의 멤버를 결정할 때, 주르륵 늘어선 다이아 원석을 앞에 두고 고민하는 프로듀서 같은 심경이었다고나 할까.

제어 시스템의 후보는 여러 가지가 있기 때문에, 유전자 조합도

'a' 'b' 'f' 'w' 등 갖가지로 생각할 수 있지만, 모토무라의 수명은 한정되어 있다. 모든 것을 시도하는 것은 도저히 불가능하므로 우선 'a' 'b' 'c' 'd'로 좁혀서 목적한 바의 유전형 조합을 만들어 각각의 잎이 어떻게 변이되는지를 조사하기로 한 것이다.

이렇게 해서 고른 변이 애기장대 'a' 'b' 'c' 'd'를 교배시켜 사중변이체를 얻을 목적으로, 모토무라는 지금 손자 세대에 해당하는 씨앗을 열심히 채취하고 있는 중이다.

모토무라의 추리가 옳다면, 제어 시스템에 변이가 생긴 애기장대를 교배시키면 모노필라이아와 같게는 안 되더라도 부쩍부쩍 잎이 커지는 애기장대가 생길 것이다. 또, 변이 애기장대 'a' 'b' 'c' 'd'의 교배에 의해 그런 특별한 애기장대가 생긴다고 하면, "특대 잎을 만들 수 있는 식물이 존재하는 것은 그 식물의 '잎사귀의 제어 시스템'이 큰 폭으로 변경되었기 때문이다"라는 가설을 증명하는 게 된다.

애기장대의 잎이 바나나 잎사귀 정도로 자라서 챔버를 뚫고 나와버리면 어떡하지? 모토무라는 "쿡쿡" 하고 웃으며 혼자 몽상한다.

그러나 당연히 현실은 그렇게 잘되지 않는다.

애기장대의 열매는 가늘고 긴 콩깍지 같은 형상을 하고 있고, 씨앗은 그 속에 들어 있다. 모양은 럭비공을 닮았는데 크기는 작은 모래알 정도다. 애기장대는 때가 차면 파종한 순서대로 일제히 열매를 맺는다. 그 많은 애기장대로부터 핀셋으로 작은 씨앗을 채취해서, 잃어버리거나 다른 것에 섞이지 않게 에펜 튜브에 담아야 하는데, 그건 눈을 매우 피곤하게 하고 어깨를 결리게 하는 일이다.

채취해야 하는 씨앗의 수와 그 뒤의 작업을 생각하면, 피곤한 눈과 어깨결림에 너해 현기증까지 덮쳐온다.

모토무라는 사중변이체를 구하기 위해 변이 애기장대를 교배하고 또 교배해왔다. 그러나 변이 애기장대를 두 번에 걸쳐서 교배해도 그중 사중변이체 애기장대는 256분의 1의 확률로밖에 생기지 않는다.

애기장대의 씨앗은 하나의 열매 속에 서른 알 정도 들어 있다. 즉, 열 개의 열매로부터 합계 300알 정도의 씨앗을 채취했을 때 그 속에 사중변이체의 씨앗은 한 개가 있을까 말까 한 비율인 것이다.

나아가 실험과 관찰에 사용할 목적으로 애기장대의 사중변이체를 만드는 건데, 그 사중변이체 애기장대가 한 포기밖에 없어서는 말이 안 된다. 그 한 포기가 죽어버리면 귀찮은 교배 작업을 처음부터 다시 해야만 하므로, 보험을 들어둔다는 의미에서도 적어도 네 포기 정도는 만들어둘 필요가 있다. 그 네 포기를 소중하게 키워서 자가수분시키면, 사중변이체 애기장대를 계속해서 늘릴 수 있다.

모든 것의 시작이 될, 네 알의 씨앗. 그것을 얻기 위해, 모토무라는 40송이의 꽃을 교배시켰다. 40송이의 작은 꽃의 작고 작은 암술에, 이 또한 작고 작은 수술의 꽃밥을 올려놓기를 계속했다. 이것만으로도 힘든 작업이었는데, 차례차례 열매가 열리고 있는 지금, 그동안 교배하는 데에 들인 수고는 서막에 불과한 것이었다는 사실을 모토무라는 알게 되었다.

무려 40개의 열매로부터 모래 한 알갱이 정도 크기의 씨앗을 합계 1200알을 채취해야 한다. 1200알! 확률로 볼 때 그중에 네 알만 있으면 감지덕지인 씨앗을 손에 넣기 위해, 1200알!

훌쩍훌쩍. 모토무라는 재배실에서 혼자서 울었다. 정말로 눈물이 조금 나왔다. 씨앗 채취는 참으로 모래에 파묻힌 다이아몬드를 찾는 것과 다름없는 작업이다.

아니, 다이아몬드라면 그래도 낫다. 모토무라는 생각한다. 모래 속에 있어도 반짝이는 빛을 내어 "여기야" 하고 자신의 존재를 알려주니까. 하지만 사중변이체의 씨앗은 겉보기로는 다른 씨앗과 전혀 다르지 않다. 1200알의 모래 속에서 그냥 네 알의 모래를 찾는 것과 같다. 선문답인가? 뭐지, 이 고행은? 훌쩍훌쩍.

아무리 잎사귀의 수수께끼에 다가가고 싶었다고 해도, 이런 식의 실험방법을 생각해버린 자신이 원망스러웠다. 그런데 여기가 끝이 아니다. 끔찍하게도 이 실험을 완수하기 위해서는 걸어야 할 고난의 여정이 더 남아 있다.

1200알의 씨앗을 무사히 다 채취했다고 해도, 그중 어느 것이 사중변이체의 씨앗인지 어떻게 알아낸단 말인가. 어쨌든 모든 씨앗이 동등하게 모래알 같다. 겉으로 봐서는 판단이 서지 않는다.

당연히 뿌려보는 거다. 1200알의 씨앗을 뿌려서 1200포기의 애기장대를 키우는 거다! 그리고 최종적으로는 DNA 감정을 해서 사중변이체의 애기장대가 어느 것인지 확인하는 거다! 그중에는 잎사귀의 모양으로 "이건 사중변이체가 아니구나"라고 알 수 있는 것도 있을지 모르지만, 지금으로서는 1200포기 분량의 DNA에 대해 조사할 각오를 해야 한다.

울적한 이야기는 그 밖에도 있다. 교배를 통하여 256분의 1의 확률로 사중변이체를 얻을 수 있다는 건, 어디까지나 이론상의 추측일

뿐이다. 1200알의 씨앗을 채취하여 뿌리고 키우고 조사했는데, 실제로는 사중변이체 애기장대가 네 포기는커녕 한 포기도 생기지 않는 사태조차 일어날 수 있다.

아, 싫다, 생각하고 싶지 않아. 그래도 해야 하는걸! 그러니 이 씨앗 중에 사중변이체가 있기를 하늘을 우러러 기도하자!

과학자가 되어 어이없게도 신의 가호를 비는 경지에 도달한 모토무라는, 핀셋을 든 채로 양손을 높이 올리고 재배실 천장을 우러러봤다. 의자에 걸터앉아 있긴 하지만 영화 〈플래툰〉의 포스터 같은 포즈다. 오밀조밀한 씨앗을 계속해서 채취하다 보니 조금 이상해졌다.

천천히 손을 내리고 다시 애기장대를 마주했다. 문득 손끝을 본다. 손톱은 극한까지 짧게 잘랐다.

손톱 사이에 다른 씨앗이 끼어들어 오염(미생물이나 다세포생물 조직 등을 순수배양할 때 다른 미생물이 밖에서 혼입되어 자라는 것)될 우려가 있기 때문이다. 예를 들어 책상 위에 이번 교배 작업하고는 전혀 관계가 없는 다른 변이 애기장대의 씨앗이 떨어져 있다고 하자. 그리고 그것이 우연히 손톱에 끼어 있다가, 교배 결과로 생긴 씨앗과 함께 에펜 튜브 속으로 혼입된다고 하자. 그러면 모든 것이 엉망진창이 된다. '오염'이라는 단어를 떠올린 것만으로도 모토무라의 온몸은 물에 빠졌다가 나온 개처럼 부들부들 떨린다.

오염을 피하기 위해 씨앗을 채취할 때에는 먼저 책상을 꼼꼼히 청소한다. 그래서 마쓰다 연구실의 식구들 중 손톱을 기르는 사람은 아무도 없다.

꾸민 데라곤 없는 손톱은, 자연과학부 B호관 2층의 재배실에 들어앉아 긴 책상 앞에서 오로지 씨앗을 채취하는 일에만 매달리고 있는 자신을 상징하는 것 같다. 모토무라의 입에서는 저도 모르게 한숨이 새어 나왔다.

애기장대는 다음 세대로 생명을 이을 씨앗을 이렇게 많이 내놓고 있는데. 애기장대를 교배시킨 당사자인 나는 어떤가 하면, 예쁘게 네일아트를 하는 건 꿈도 못 꾸고, 오직 무미건조하다고밖에 표현할 길 없는 나날을 보내고 있다. 아니, 잠깐, 내가 언제 네일아트를 하고 싶었다고 이러는 거지? 연구에 몰두하며 보내는 하루하루가 뭐가 어때서? 뭐가 무미건조해? 그래. 씨앗을 채취하느라 너무 집중하다가 머리가 이상해진 거야. 난 괜찮아. 괜히 초조해하는 거야…….

정신을 차리니 모토무라는 "흐흐" 하고 혼자서 소리 내어 웃고 있었다. 음, 난 역시 조금 이상해진 게 분명하다.

애기장대는 성장이 빨라서 발아부터 씨앗 채취까지의 주기가 2개월 정도밖에 안 된다. 시간차를 두고 발아를 시켜도 오늘은 이쪽 애기장대, 내일은 저쪽 애기장대, 하고 씨앗 채취 시기가 쉴 틈 없이 계속해서 찾아온다. 눈이 팽팽 돈다. 어지럽기 그지없다. 게다가 극도로 작은 크기의 씨앗을 상대로 그런 일을 하고 있자면, 눈이 팽팽 돌다 못해 빠질 것같이 되고, 어깨는 바위처럼 딱딱해져서 머리에 피도 잘 돌지 않는다. 그러니 묘한 정신 상태에 빠지는 것도 당연하다.

그리하여 우습지도 않은데 "흐흐" 하고 웃음소리를 재배실에서 울리고 있었더니, "괜찮아?" 하고 누가 말을 걸어왔다. 깜짝 놀라 돌아보니 문이 조금 열려 있고, 틈새로 이와마의 얼굴이 반만 보였다.

"괜찮아요." 모토무라가 당황해서 대답했다. "여기, 사용할 건가요?"

"아니. 점심땐데 연구실에 안 오길래 뭐 하고 있나 보러 온 건 데……."

그렇게 말하면서도 이와마는 재배실 안으로 들어오려고 하지 않는다. 조심조심하는 태도로 문 틈새로 모토무라를 살필 뿐이다.

"지금, 웃고 있었지?"

"웃지 않았어요."

모토무라는 투레질하듯이 고개를 저었다.

"거짓말, 웃고 있었어. 왠지 기분 나쁜 웃음소리가 복도까지 새어 나왔어."

겁먹은 이와마를 안심시키기 위해서, "좀 쉴까" 하고 모토무라는 억지로 밝은 목소리로 말했다. 핀셋을 필통에 넣고 씨앗을 담은 에펜 튜브 뚜껑을 닫는다.

"그래그래, 그게 좋겠어. 가서 점심 먹자." 이와마는 안심한 듯 끄덕이고 문을 크게 열었다. "아침부터 계속 여기 틀어박혀 있었잖아. 배고프지?"

신경 써주는 선배의 존재를 고맙게 생각하면서, 모토무라는 2층 재배실을 나와 이와마와 함께 3층의 마쓰다 연구실로 돌아갔다.

연구실에서는 가와이와 가토가 큰 책상을 향해 앉아서 컵라면을 먹고 있었다. 광고에 나오는, 흡입력을 자랑하는 청소기 같은 기세로 면을 빨아들이고 있다. 더구나 두 개씩 먹을 작정인 듯, 뜨거운 물을 부은 대기 상태의 컵라면이 두 사람 곁에 하나씩 추가로 놓여 있다. 가을도 이미 저물었는데 대단한 식욕이다.

칸막이 안쪽에는 인기척이 없다. 마쓰다는 학생 식당에라도 갔을 것이다. 혹은 모로오카와 함께 도시락을 먹고 있을지도 모른다. 모토무라는 이전에 마쓰다와 모로오카가 Y다 강당 앞 잔디 광장에서 사이좋게 도시락을 펼쳐놓고 있는 모습을 목격한 적이 있다. 말을 걸었더니, "모로오카 교수님의 사모님이 만들어주셨어요"라고, 마쓰다가 신이 나서 말했었다. 다른 사람의 아내가 사랑으로 싸준 도시락의 덕을 덩달아 보는 남자. 수수께끼다. 마쓰다가 기혼자인지 아닌지도, 연구실 사람들은 모른다.

모토무라는 주전자로 물을 다시 끓여 이와마를 위해 커피를, 자신을 위해 녹차를 탔다. 집에서 싸가지고 온 도시락을 큰 책상에 펼치고 "잘 먹겠습니다" 하고 젓가락을 집는다. 이와마도 옆에서 편의점 샌드위치를 먹기 시작한다.

맞은편의 가와이와 가토가 두 번째 컵라면에 달려들었다. 변함없이 "후루룩, 쩝쩝" 하고 격렬하게 면을 흡입하면서 "어때, 상태는?" 하고 가와이가 물어온다. 재주가 좋다.

"아직 반도 채취 못 했어요."

"목표는 1200알이었지?"

가토는 면을 흡입하다가 뜨악한 표정이 됐다.

"모토무라 선배는 세세한 작업을 잘하니까 괜찮지만, 저한테는 무리예요. 그런데, 그렇게까지 해서 찾아낸 사중변이체가 불임이면 어떻게 해요?"

불임이란 식물이 씨앗을 맺지 못하는 것을 말한다. 변이 식물끼리 교배하면 그런 불임의 식물이 생기는 경우가 종종 있다.

그렇다, 불임이라는 가능성도 고려에 넣어야 했다. 모토무라는 '띵'이란 문자가 100개 정도 머리 위로 떨어져 내리는 것 같았다.

"재수 없는 말 하는 거 아니야."

이와마가 가토를 나무란다.

"죄송합니다. 하지만 1200알 중에 사중변이체의 씨앗이 몇 개 있을까 하는 건, 거의 복권에 당첨될 확률 비슷한 거 아닙니까."

"그러니까, 왜 그런 말을 하냐고."

이와마가 화를 냈고, "자, 자" 하고 가와이가 달랜다. 모토무라는 머리 위에 올라앉은 100개 분량의 '띵'이라는 글자의 무게로 인해 바닥으로 가라앉을 것 같은 기분이 되었다. 자랑은 아니지만 모토무라는 복권 운이 나쁘다. 상점가에서 나눠준 복권에서도 참가상인 눈깔사탕 정도밖에 당첨된 일이 없다.

빈말로 "죄송해요"를 연발하던 가토는 모토무라가 풀이 죽어 있는 것을 보고 자신이 정말 '실수했다'는 것을 깨달은 모양이다. 가토는 보충 발언을 노도와 같이 쏟아냈다.

"아니, 재미있는 실험이라고 생각하는 건 정말이에요. 애기장대를 1200포기나 키우는 건 힘든 일일 테니까, 씨앗을 뿌리는 단계가 되면 도와줄게요. 저, 식물 키우는 거 특기 아닙니까."

"나도 도울 테니까 사양 말고 말해."

햄 샌드위치를 깨물면서 이와마도 적극적으로 나서줬다.

"나는 가토하고는 달라서 세세한 작업도 의외로 좋아해." 가와이가 농담조로 말했다. "씨앗 채취도 모토무라 씨 혼자서 해야 한다고 생각하지 마. 실험에서는 속도도 중요하니까."

"고맙습니다."

가토와 이와마, 가와이가 저마다 격려의 말을 해주자 모토무라는 기분이 조금 나아졌다.

모토무라의 오늘 도시락 반찬은 비엔나소시지에 소금, 후추를 뿌려 구운 것과, 계란과 시금치를 소금, 후추로 볶은 것이다. 뿌려봤자 맛에 큰 차이가 없는 데다가 기름지기까지 하지만, 건강을 생각해서 흰밥 위에 뿌려 먹을 깨도 가져왔다.

모토무라는 도시락 주머니를 뒤져서 랩으로 싼 깨를 꺼냈다. 그런데 랩이 묘하게 달라붙어 있어서 깨를 흰밥에 뿌리려다가 반 정도를 큰 책상 위에 쏟고 말았다.

큰 책상 위에 점점이 흩어진 검은 깨를 보고, "오염!" 하고 모토무라는 외쳤다. 모토무라는 필사적이 되어 떨어진 깨를 주워 모은다.

"침착해, 모토무라 씨." 이와마가 말했다. "그건 애기장대 씨앗이 아니라 깨야."

"깨 쪽이 크기가 커서 애기장대 씨하고는 구별이 잘 되니까, 오염이 일어날 리 없어요."

가토도 냉정하게 지적해주었다.

정신이 든 모토무라는 자신이 무서워졌다. 씨앗 채취에 지나치게 열중한 탓에, 검고 작은 알만 보면 즉각적으로 반응하는 기계가 되어버린 것 같다.

"미안해요. 제가 좀 이상해진 것 같아요."

모토무라는 얼굴을 붉히고 도시락을 먹었다. 주워 모은 깨는 어쩔까 망설이다가 그냥 버리기가 아까워서 흰밥에 뿌렸다. 바닥에 떨어진 건 아니니까, 뭐 괜찮겠지 하고 생각했다.

"좀이 아니라, 상당히 이상해요."

가토가 컵라면의 국물을 마신다.

"그래도 그 마음은 이해해" 하고 이와마가 한숨을 쉰다. "식물 연구를 하면서 씨앗 채취를 해본 사람은 거의 다 비슷한 경험을 했을 거야. '으악, 뭐든지 다 씨앗으로 보여! 오염 주의!' 그런 상태가 되어버린다니까."

"점심 다 먹으면 산책이라도 좀 하고 오는 게 좋겠어." 의사(疑似) 오염 소동을 잠자코 지켜보고 있던 가와이가 따뜻한 목소리로 조언을 해주었다. "시간을 내서 기분 전환을 하는 것도 중요해. 그러는 편이 집중력을 되찾을 수 있어서 결국엔 일을 더 효과적으로 할 수 있게 되니까."

자연과학부 B호관을 나온 모토무라는 심호흡을 하고 하늘을 올려다본다. 노란 잎을 단 은행나무의 가지 끄트머리들이 눈에 들어왔다. 그 너머로 엷은 회색 구름이 펼쳐져 있다. 폐 속으로 들어온 공기가 맑고 차갑다.

T대 교내 여기저기에 크게 자라나 있는 은행나무. 그것들은 어느샌가 잎의 색깔을 바꾸어 하늘을 향해 타오르는 황금 불꽃 같은 모습이 되어 있었다. 모토무라는 매일 은행나무 아래를 지나다녔지만 씨앗 채취로 머리가 가득 차 있어서 계절이 바뀌고 있다는 사실도 전혀 알아차리지 못했다.

가와이가 말한 대로였다. 나는 하나의 일에 너무 쉽게 몰두해서 시야가 좁아지는 것이 문제다. 고구마를 캘 때도 '관찰력을 연마해야지' 하고 반성했는데.

좋아, 오늘부터는 제대로 기분 전환을 할 거야. 그렇게 결의한 모토무라는 T대 교내를 산책하기로 하고 빠른 발걸음으로 걷기 시작했다. 카디건 위에 얇은 점퍼를 걸쳤을 뿐이라서 조금 추웠다. 그래도 뭐, 몸을 움직이고 있으면 문제없을 거야. 지금 무엇보다도 중요한 것은 기분 전환이니까. 그렇게 모토무라는 곁눈도 팔지 않고 전진했다.

기분을 전환하는 일조차도 실행해야 하는 과제로 만들어버리는 부분이, 모토무라의 고지식함이랄까 융통성이 없는 면이다. 기분 전환을 결의한 모토무라가 오로지 앞만 보고 전진하는 모습을 목격한 학생들은 '무슨 일이지? 중요한 강의에 지각하게 생겼나?' 하고 생각했다.

물론 모토무라는 지금 자신이 부모의 원수를 갚으러 가는 듯한 표정과 기세를 하고 있다는 사실을 조금도 깨닫지 못하고 있다. 의대 건물 옆을 지나서 모퉁이를 돌아 운동장 옆에 다다를 때까지 모토무라는 그렇게 순조로이 걸음을 옮겼다. 넓은 캠퍼스이므로 운동장에 다다랐을 때에는 뺨이 발개지고 손끝도 따뜻해져 있었다.

모토무라의 오른쪽에 위치하는 운동장에서는 열 명 정도의 학생들이 묵묵히 조깅을 하고 있다. 왼쪽으로 눈을 돌리자, 울창하게 우거진 초록 숲이 보인다. 나쓰메 소세키의 소설로 유명한, 연못을 둘러싼 숲이다.

모토무라는 움푹 팬 땅바닥에 고여 있는 연못을 향하여 가파른 비탈길을 따라 내려갔다. 이 길은 포장되어 있지 않은, 야생동물이 다니는 길 같은 느낌을 준다. 거대한 나무들이 머리 위를 뒤덮어서, 도심 캠퍼스 안인데도 조금은 모험을 하는 듯한 기분을 맛볼 수 있게 해준다.

모토무라는 자신이 운동신경이 별로 발달해 있지 않다는 사실을 잘 알고 있기 때문에, 나무뿌리에 걸려 언덕에서 굴러 넘어지지 않도록 신중하게 한 발 한 발 살피며 나아간다.

연못가에 도착했다. 조경 업자일까, 세 명의 남성이 작업을 하고 있었다. 한 명은 경사면에서 조릿대 수풀을 깎고, 나머지 두 명은 넓적다리까지 물에 잠긴 상태로 연못에 떨어진 대량의 마른 잎을 떠올리고 있었다. 앞치마와 장화가 일체로 되어 있는 것 같은 고무 방수복을 착용하고 한 아름이나 되는 대나무 소쿠리를 가지고 척척 일을 해냈다.

그 큰 연못을 놓고, 자연이 그대로 남아 있는 것 같은 경관을 유지하기 위해 남모르게 손질을 하는 업자의 노력을 생각하니, 모토무라는 또다시 정신이 아득해져왔다.

모래톱에 웅장하고 화려한 그림을 그리면, 이내 파도나 바람이 덮쳐와 지우고 가버린다. 그래서 다시 시작. 현미경으로 세포를 조사하는 일도, 커다란 연못에서 낙엽을 떠내는 일도, 언제 끝날지 알 수 없는 일이다. 한순간, 완료했다고 생각하지만 그것은 환상. 다시 세포를 조사하고 낙엽을 떠내야 하는 상황이 계속해서 찾아온다.

인간사란 게, 명확한 완성이 없다는 점에서는 다 마찬가지구나 하고 모토무라는 생각한다. 예를 들어 누군가를 사랑한다고 할 때, 아무리 사랑하는 마음을 쌓아 올리고 또 올려도 완성되는 일은 없다. 완성은커녕 사랑이 맥없이 무너져 다른 데로 옮겨 갈 때가 언젠가 오는 거겠지. 아마도.

모토무라는 연애 방면의 사랑은 자신의 인생에서 제쳐놓고 있는 몸이라서 뭐라고 아는 척할 처지는 아니지만, 지금까지 보아온 것과 얼핏 들은 말들에 근거하여 볼 때 사랑의 영원성과 견고함을 즉각적으로 믿는 것은 순진하기 이를 데 없는 일이라는 것 정도는 적어도 알고 있다.

일도, 연구도, 사랑도, 그것을 실행하는 사람들도, 지금 이 순간에 모두 사라져버린다면. 모토무라는 불온한 생각을 했다. 남는 것은 도대체 무엇일까.

아마도 식물일 것이다. 인간의 기준으로 보자면, 바라는 것도 없고 사랑도 하지 않는 식물이 오로지 생명력을 세차게 내뿜어 모든 것을 삼켜버릴 것이다.

계속 내리쌓여 결국은 연못을 뒤덮어버리고 말 낙엽. 아스팔트를 뚫고 구불구불 뻗어나가는 무수한 뿌리. 자연과학부 B호관을, Y다 강당을, 뒤덮으며 얽어나가는 굵은 가지들.

그런 상상은 무섭기도 하고 아름답기도 했다. 사람이 없는 대학을, 거리를, 지구의 표면을, 사랑을 모르는 식물이 초록으로 짐렁해산다. 그런 광경을 뇌리에 그리고 거기에 도취된 모토무라는 황홀한 한숨을 내쉰다.

직박구리가 날카롭게 울며 근처 가지에서 날아올랐다. 몽상에서 깨어난 모토무라의 눈앞에서 조경 업자는 아직도 작업을 계속하고 있다. 조릿대를 베는 기계의 모터 소리. 리드미컬하게 소쿠리를 움직이는 손.

설령 끝이 없고 덧없는 행위였다 하더라도, 그러니까 쓸데없다, 라고 말할 수는 없다. 모토무라는 그렇게 고쳐 생각한다. 식물이 우직하게 빛을 추구하며 살고 있는 것을 쓸데없는 일이라고 할 수 없다면, 태어난 이상은 뭔가의 일을, 연구를, 사랑을 하지 않고는 살 수 없는 인간을 향하여 그건 모두 쓸데없는 일이라고 말할 수는 없다.

연구를 해야지. 모토무라는 다시 걷기 시작한다. 왜냐하면 나에게는 그것이 굉장히 즐거운 일이니까. 이상하게 들릴지 모르지만, 현미경으로 세포를 보고 있으면 '오오, 식물도 나도 살아 있구나' 하는 생생한 느낌이 오는걸. 어쩔 수 없어. 하지 않고 있을 수 없으니까 할 수밖에 없는 거야. 애기장대가 씨앗을 잔뜩 달고 나를 기다리고 있어!

이처럼 의인화하는 것도 좋은 버릇은 아니다. 식물에게 '누군가를 기다린다'와 같은 생각은 없을 테니까. 하지만 나는 '(식물이 나를) 기다리고 있는' 것처럼 느끼고 마는 인간이니까 어쩔 수 없어. 어쨌든 씨앗을 채취하자.

모토무라는 연못을 빙 돌아, 연못으로 내려올 때와는 다른 경사면을 택하여 오르기 시작했다. 이쪽 비탈길도 야생동물만 다니는 길 같다. 비탈길을 올라가 도서관 부근으로 나왔을 때에는 조금 숨이 찼다. 아직 이십대인데 심각한 운동 부족이다. 이제부터는 매일매일 산책을 하자.

혼고 대로가 가까워지면서 희미하게 차 소리가 들린다. 모토무라는 호흡을 가다듬으면서 자연과학부 B호관을 목표로 하여 걸어갔다.

걷다가 이 부근에 심어진 은행이 별난 잎사귀를 달고 있다는 사실이 생각났다. 길가를 따라가며 은행나무 아래쪽을 살폈다.

"있어!"

모토무라는 몸을 웅크려 노랗게 되어 땅에 떨어진 은행잎을 주웠다.

보통 은행잎은 부채를 펼친 것 같은 모양을 하고 있는데, 그 잎은 달랐다. 나팔같이 둥글게 되어 있다. 이음새도 없이 완전한 원뿔형인 데다가 색깔도 황금색이다. 그것을 보고 '이건 난쟁이가 떨어뜨린 작은 나팔이고, 가만히 숨을 불어넣으면 정말로 소리가 나는 게 아닐까' 하는 공상에 빠진다.

T대 교내에 많이 있는 은행나무 중에서, 유독 이곳에 심어진 나무에서만 어떤 이유에서인지 일부의 잎이 나팔 모양을 하고 있다. 정확히 조사한 것은 아니지만, 아마 잎의 유전자에 뭔가 변이가 생겨서일 거다.

모토무라에게 나팔 은행잎의 존재를 가르쳐준 것은 마쓰다. 어느 날, 모토무라가 자료 조사를 마치고 도서관에서 나오는데 마쓰다가 땅바닥에 납작 엎드려 있었다. 걸어가던 학생들이 겁먹은 듯이 마쓰다를 피해서 지나가고 있었다. 모토무라도 모르는 척 지나가고 싶었지만, 그건 지도교수에 대해 너무 무례한 일인가 싶어서 용기를 내어 말을 걸었다.

"교수님, 콘택트렌즈라도 떨어뜨리셨나요?"

마쓰다는 모토무라를 올려다보고, "안경을 끼고 있는데요?" 하고 진지한 표정으로 말했다.

"죄송합니다. 그럼 뭘……."

"여기를 봐봐요."

마쓰다는 손짓하며 은행나무의 뿌리 부근으로 시선을 보냈다. 다른 사람들의 시선이 신경 쓰였지만, 모토무라도 마쓰다 옆에 쭈그리고 앉았다.

특별히 진기하지도 않은 은행잎들이 땅바닥을 뒤덮어서 노란 융단을 깐 것처럼 되어 있다. 어디를 보라는 것일까, 하고 모토무라가 곤혹스러워하자, 마쓰다가 융단 속에서 잎 하나를 집어 올렸다.

그것이 나팔 은행잎이었다.

"우아!" 하고 모토무라는 놀라움의 소리를 질렀다.

"수많은 사람들이 오가고 있는데, 아무도 알아차리지 못하네요."

마쓰다는 마술에 성공한 마술사 같은 웃음을 지으면서 모토무라의 손에 나팔 은행잎을 올려놓았다.

"식물에게는 신기한 일이 많다는 사실을."

교수님도 식물에 뒤지지 않게 신기한 존재다, 라고 그때 모토무라는 생각했다.

마쓰다는 인도어(indoor)파로, 학회에 갈 때 외에는 거의 대부분 자연과학부 B호관에 틀어박혀 있다. 그러나 연구자로서의 센스와 발상력은 무진장이라 해도 좋았다. 참신한 실험을 고안해내며, 열정적으로 논문을 발표하고, 연구의 벽에 부딪힌 대학원생에게는 적확한 조언을 해준다. 게다가 이렇게 T대 교내나 출퇴근길에 나 있는 식물 중에서 별난 형상을 한 것을 발견해내는 데에도 특기가 있다.

T대 가까이의 한 가정집 정원에서 독특한 잎을 가진 동백나무를

발견한 일화도 있다. 어느 날 마쓰다는 산울타리 틈새로 물끄러미 정원을 들여다보고 있다가 순찰 중인 경찰관에게 까딱하면 연행될 뻔했다고 한다. 집주인과 경찰관에게 필사적으로 사정을 설명해서 문제의 동백나무를 조사했더니, 에도시대에 귀한 품종으로 대접받았으나 제2차 세계대전 중에 멸종된 것으로 알려진 품종이라는 사실이 판명됐다.

집주인은 깜짝 놀라서 마쓰다에게 고맙다며 동백나무를 맡겨줬다. 마쓰다는 '초록 손가락'의 면모를 유감없이 발휘하여 동백나무의 개체수를 늘려서 집주인에게 돌려줬다. 물론 연구 재료로서 T대의 식물원에도 심었다. 귀중한 품종이 후세에 살아남게 된 거다.

도대체 마쓰다 교수님의 눈과 뇌는 어떻게 되어 있는 걸까. 식물을 위해서만 존재하는 것같이 식물에 대해 날카롭게 반응하는 눈과, 식물만 보면 민첩하고 원활하게 회전하는 뇌다. 모토무라도 그러고 싶지만, 당연히 마쓰다의 경지는 도저히 따라잡을 수 없다.

그런저런 생각을 하면서 주운 나팔 은행잎을 웅크린 채 바라보고 있었더니, "모토무라 씨" 하고 부르는 사람이 있다. 엔푸쿠테이의 후지마루다. 자연과학부 B호관 쪽에서 늘 타는 자전거를 끌고 걸어온다.

"안녕하세요." 모토무라가 일어섰다. "어디 연구실에 배달 가는 건가요?"

"아뇨, 마쓰다 연구실이랑 덩이줄기 교수님의 연구실에 스위트포테이토를 가져다드리고 오는 길입니다."

후지마루는 자전거를 세우고, 뒤에 매달린 은색 상자에서 자그마

한 종이 봉지를 꺼냈다.

"이건 모토무라 씨 거."

모토무라는 나팔 은행잎을 든 채로 봉지를 받아 들었다. 고맙다는 인사를 하고 살짝 열어본다. 스위트포테이토가 다섯 개, 나란히 랩에 싸여 있었다. 반지르르한 금빛 과자가 무척 맛있어 보인다.

"고맙습니다" 하고 모토무라는 한 번 더 말했다. 후지마루는 쑥스러운 듯이 몸의 중심을 오른발에서 왼발로 옮겼다.

"고구마가 먹기에 알맞게 돼서 대량으로 만들었어요. 엔푸쿠테이에서 후식로 내놓았더니 손님들이 좋아하는 것을 보고, 대장이 여러분께도 감사 인사를 드리라고 했어요. 덩이줄기 교수님의 연구실에는 몇 명 있는지 몰라서 밀폐 용기에 가득 채워서 가져갔습니다."

"모로오카 교수님, 기뻐하셨죠?"

"그렇죠. 만든 보람이 있었습니다."

이야기 사이사이에 종종 침묵이 찾아왔다. 후지마루가 몸의 중심을 왼발에서 오른발로 옮겼다.

"저, 마쓰다 연구실에서 물었더니 모토무라 씨는 산책 나갔다고 하더라고요. 그때 마쓰다 교수님이 '산책이라면 도서관 부근에 있겠죠' 하고 가르쳐주셨어요. 그래서 엔푸쿠테이로 돌아가는 길에 이쪽으로 잠깐 들러본 겁니다."

"그랬군요."

"아니, 그, 스토킹 같은 걸 하려던 건 아니고요, 연구실 사람들이 모토무라 씨의 스위트포테이토를 맡아주질 않는 거예요. '직접 주면 되잖아요' 하면서 말이에요. 이와마 씨도 그렇게 말하면서 자기 걸 먼저 덥석 집어 먹기 시작해서."

"죄송해요, 제가 그 자리에 없어서 괜히 수고를 하게 했네요."

"아니, 아니, 조금도 그렇지 않아요. 가는 길이니까요."

후지마루는 고개와 손을 흔드는 데 머물지 않고, 중심을 어디다 둘지 알 수 없어진 듯 발을 이리저리 꼬았다.

"저" 하고 또 후지마루가 말했다. "이런 데 웅크리고 뭘 하고 있었 나요?"

"이걸 찾고 있었어요."

모토무라는 들고 있던 나팔 은행잎을 내밀었다. 후지마루는 "후아" 하고 묘한 소리를 내며 황송해하는 태도로 잎사귀를 받아 들었다.

"뭐지, 이거? 은행잎이네요. 이런 모양은 처음 봐요."

이리저리, 여러 각도에서 둥글게 말린 잎을 살펴본다.

"여기 있는 나무에만 왠지 그런 잎사귀가 달려요."

"호오. 요정이 부는 나팔 같네요."

그렇게 말한 직후, 후지마루는 아차 하는 표정이 되었다. "아, 지금 한 말 취소. 어린애 같은 말을 했어요."

하지만 모토무라는 돌연 가슴이 뜨거워졌다. 굳이 말하자면, 그것 은 '감격'이었다.

"아니요." 모토무라는 고개를 저었다. "아니요, 저도 그 잎을 볼 때 마다 늘 그렇게 생각했어요."

식물의 신기함을 앞에 두고, 모토무라와 후지마루는 비슷한 내용 의 공상을 했다. 신기하구나 하는 기분을 함께 나눌 수 있었던 거다. 모토무라는 후지마루의 입에서 자신이 전에 입에 올렸던 그 말이 똑같이 나오는 것을 듣고 감격했다. 한순간일지 몰라도 무엇인가가 확실히 서로 연결된 느낌이었다. 그 느낌은 기쁨이었다.

모토무라가 현미경을 들여다보다가 독특한 형태의 세포를 발견하고 '어' 하고 생각하는 순간에 느꼈던 그 느낌. 아마 마쓰다가 산울타리 너머로 동백나무를 발견하고 '어' 했던 순간에 느꼈을 그 느낌. 그것은 지금 모토무라가 후지마루와의 사이에서 공감을 확인하고 느끼는 그 느낌과 다르지 않다. 찌릿한 기쁨의 충격이 내달리는 느낌이다.

그것이 있기 때문에, 연구를 그만둘 수 없다.

그것이 있기 때문에, 사람으로 사는 것을 그만둘 수 없다.

"다행입니다." 후지마루는 웃으면서 옆에 선 커다란 은행나무를 올려다봤다. "그냥 봐서는 어느 잎이나 보통의 형태 같은데요."

"나팔형 잎이 달리는 가지는 아마 위쪽에 있을 거예요. 그러니까 잎이 노랗게 되어 떨어질 때까지 그런 잎이 달린다는 것을 아무도 모르는 거예요."

흠흠 하고 후지마루는 고개를 끄덕이고 모토무라에게 돌아섰다.

"연구는 지금 어떻게 되고 있나요?"

"애기장대 씨앗을 채취하고 있어요. 1200알 정도 채취할 예정이에요."

"천이백?"

"그게 끝나면 한 알씩 이쑤시개 끝에 붙여서 심어야 해요."

후지마루는 "네?" 하고 뒷걸음질 쳤지만, 아마도 모토무라의 얼굴에 떠오른 비장한 표정이 눈에 들어온 것이었을 것이다.

후지마루는 "좀 쉬면서 단거라도 먹는 게 좋겠어요" 하고 모토무라에게 말했다. "어려운 건 잘 모르지만, 이야기를 듣는 정도라면 할 수 있어요."

단거라니? 하고 고개를 갸우뚱한 모토무라는 손에 든 종이 봉지에 생각이 미쳤다. 조금 전에 본 반지르르한 스위트포테이토. 그 순간 식욕이 자극되어 간식 휴식을 취하는 데 동의했다.

두 사람은 길가 벤치에 나란히 앉았다. 나팔 은행잎 나무에서 가까운 거리였지만, 후지마루는 고지식하게 자전거를 이동시켜 통행에 방해가 되지 않는 위치에 다시 세웠다.

"은행 냄새가 안 나서 다행이에요" 하고 후지마루가 말했다.

"이 주변에 있는 건 수나무뿐일 거예요. 아카몬부터 이어지는 은행나무 가로수 주변에서는 이웃분들이 아침 일찍 나와서 은행을 줍는 모양이에요."

"그거구나!" 하고 후지마루가 외쳤다.

"글쎄, 우리 식당 단골인 세탁소 아줌마가 요즘 접은 비닐봉지를 손에 들고 제가 식당 앞을 청소하는 시간대에 외출을 하거든요. '어디 가세요?' 하고 물어도 '아니, 잠깐'이라고밖에 말 안 해서, 개도 없는데 왜 비닐봉지를 가지고 다니는 걸까, 이상하다, 하고 생각했어요. 그 아줌마, 은행 열매를 독점할 작정이었던 거네."

후지마루 씨는 이웃 사람하고도 사이가 좋구나, 하고 모토무라는 생각한다. 조금 부러웠다. 모토무라는 연구를 우선하다 보니 회사에 다니는 친구들하고도 좀처럼 못 만나고, 연립주택에도 밤에 돌아가 잠만 잘뿐이라서, 이웃 주민과의 교류도 거의 없다.

모토무라는 무릎에 올려놓은 종이 봉지를 펼쳐서 후지마루에게 내민다.

"저는 됐어요, 맛을 보느라 한가득 먹었으니까."

후지마루가 답하자 모토무라는 사양 않고 랩 안에서 스위트포테이토를 하나 집었다.

후지마루 특제 스위트포테이토는 무척 맛있었다. 입안에서 부드럽게 풀리면서 단맛이 점막에 조심스럽게 스며든다. 버터와 생크림의 배합이 절묘한 때문일까, 충분히 매끄럽고 만족스럽다.

부드러운 맛이야, 라고 모토무라는 생각했지만, 그런 말은 텔레비전의 맛집 소개하는 사람이나 하는 거라고 모토무라는 생각했다. 그래서 소리 내어 말하지는 못하고 그냥 입속에서 우물우물하고 있었더니, "뭐 마실 거 사 올까요?"라고 후지마루가 말한다. 또 후지마루를 신경 쓰게 하고 말았다.

"아니, 괜찮아요. 맛있어요."

모토무라는 두 개째를 꺼내 들고는, 이대로 계속 먹다가는 모두 다 먹어버릴 것 같다는 생각이 들어서 나머지는 다른 한 손으로 다시 쌌다. 후지마루는 갖고 있던 나팔 은행잎을 바라보며 뭔가 생각하고 있는 것 같다.

"1200알이나 되는 씨앗을 모아서 무엇을 조사하나요?"

"자세한 설명은 생략하겠는데요, 잎사귀가 계속해서 커지는 메커니즘을 알 수 있다면 좋겠다고 생각하고 있어요. 잘 풀리면, 애기장대 잎을 거대하게 만들 수 있지 않을까 하고."

"호. 그럼 언젠가, 요정이 아니라 사람이 부는 악기 정도로 큰 나팔형 은행잎도 생길지 모르겠군요."

"어떨까요. 모든 잎사귀를 그렇게 크게 만들어버리면 낙엽의 계절
이 너무 위험해지지 않을까요?"

"그러네요. 간판 같은 잎사귀가 우르르 떨어지면 아무리 가벼운
거라도 무섭지요."

둘은 마주 보고 웃었다.

스위트포테이토 두 개를 다 먹은 모토무라는 "후지마루 씨" 하고
부른다.

"저는 대량의 씨앗을 채취하고 있다 보면 왠지 마음이 심란해질
때가 있어요."

"심란해지다니요?"

"와아 하고 외치고 싶은 것 같은……. 내가 연구에 사용하려는 것
도 모르고 애기장대는 이렇게 많은 씨앗을 달고 있구나, 하면서 왠
지 미안해지기도 하고……."

"그건 지나친 생각 아닌가요?"

후지마루는 손끝으로 들고 있던 나팔 은행잎을 노끈을 꼬듯이 빙
글빙글 회전시켰다.

"우리도 왜 태어났는지 잘 모르는 채 밥을 먹거나 자거나 누군가
가 좋아지거나 하잖아요. 애기장대도 태어났기 때문에 살면서 번식
하는 거겠죠. 채취한 씨앗을 잘 키워서 조사하면, 그것으로 되는 거
아닐까요?"

"그런 걸까요?"

"아마도요. 애기장대는 모토무라 씨의 목적 같은 거 신경 안 써요.

저도 식당 주방에서 생선이나 채소를 볼 때마다 자주 생각해요. '아아, 이 녀석들은 이 녀석들의 세계에서 열심히 살고 있었어. 이제 내가 너희를 맛있는 요리로 만들어서 손님들이 기뻐하게 해줄게' 하고요."

"그렇군요……."

모토무라는 무릎에 놔둔 종이 봉지를 내려다봤다. 그동안은 씨앗 채취를 하느라 계속 신경을 곤두세우고 있었는데 지금은 기분이 스위트포테이토처럼 풀어져 있다. 어딘가 편해진 것을 느낀다.

"그렇긴 해도, 애기장대는 굉장해요."

후지마루는 뒤통수를 긁으며 화제를 조금 바꿨다. 모토무라의 기운을 북돋워주려고 열심히 말한 것이 지금에 와서 부끄러워졌기 때문에 대충 마무리하는 발언을 한 것뿐인데, 모토무라는 그럴 때의 남자의 마음을 잘 모른다. 그래서 "어떤 게 말이에요?" 하고 진지하게 되묻는다.

"아니, 그렇게 작은 식물에서 1200알이나 씨앗을 채취할 수 있다니, 내버려두면 지구의 식물이 전부 애기장대로 덮여버릴 것 같지 않습니까?"

"하나의 열매에서 채취할 수 있는 씨앗은 서른 알 정돈데요."

"그것도 인간이라면 굉장한 다자녀가정인 거지요. 최강의 번식력이에요. 역시 식물의 세계에서도 인기가 있어야 짝을 찾는 건가."

마지막은 투덜거림이 섞여 있었지만, 모토무라는 이미 제대로 듣고 있지 않았다. 후지마루의 말을 가로막듯이 "거기예요!"라고 외쳐서, "네, 어디요?" 하고 후지마루를 당황시킨다.

"후지마루 씨. 제가 전에 '잎사귀의 모양이나 잎사귀가 나는 방식에 흥미를 갖고 연구하고 있다'고 말했었지요."

"네."

"하지만 그런 생각을 하기 시작한 건 대학 때부터고, 식물에 처음 흥미를 품게 된 건 실은 초등학교 때였어요."

"네. 어린 시절부터 식물을 좋아했군요."

"그야 좋아한 건 맞지만…… 저…… 초등학교 때 성교육 시간이 있었지요?"

모토무라가 '성교육'이라고 말하는 부분에서만 목소리를 낮췄기 때문에, 후지마루는 제대로 들어야지 하고 몸을 기울였는데, 그 말을 듣는 순간 얼른 등을 반듯하게 폈다.

"있었지요."

"그때, 꽃의 단면도가 사용되지 않았나요? 암술에 수술의 꽃가루가 붙어서 수분이 이루어진다고."

"그랬었나. 잘 기억나지 않는데요."

"제가 다녔던 초등학교는 그랬어요. '인간도 마찬가지로 여성의 난자에 남성의 정자가 달라붙어서 아기가 생깁니다' 하고 선생님이 설명해줬는데, 저는 전혀 그 뜻을 알 수가 없었어요."

모토무라는 '정자'라는 부분을 말할 때에도, 약간 작은 소리로 발했다. 후지마루는 이번에는 몸을 기울이지 않고 대나무처럼 등을 경직시킨 채 있었다. 무슨 얘기를 하려는 거지? 하고, 후지마루의 온몸에서는 겨울에 적합하지 않은 양의 땀이 분출되고 있었지만, 모토무라는 물론 그런 상황을 조금도 눈치채지 못하고 이야기를 계속했다.

"글쎄, 인간에게는 수술도 암술도 없잖아요."

"아니, 있는 것 같은데요……."

"그런 형상이 아니잖아요. 그러니까 '도대체 어떻게 정자를 난자에 부착시키는 걸까' 하고 계속 의문을 품고 있다가, 1년쯤 지나서 진상을 알았을 때에는 '그래!' 하고 소리쳤어요."

"그, 그래요?"

"후지마루 씨는 그런 의문이 없었나요?"

모토무라는 눈을 반짝이며 옆에 앉은 후지마루를 바라봤으나, "아니, 없는데요"라고 후지마루가 얼굴을 붉히면서 딱 잘라 대답했기 때문에 조금 실망했다. 조금 전의 공감의 느낌을 한 번 더 맛보고 싶어서, 모토무라로서는 애써 마음을 열고 이야기한 것인데 실패였다.

순간, 무슨 이야기를 해버린 걸까 하고 모토무라는 갑자기 견딜 수 없어져서, 사태 수습을 위해 빠른 말투 전법을 구사했다.

"어쨌든 그것이 계기가 돼서 식물에 흥미를 갖게 되었어요. 인간과 비슷한 것 같으면서도 다른, 식물의 번식이나 성장과 삶에."

"음" 하고 후지마루는 신음 소리를 내고 나서 말했다. "저는 어느 쪽인가 하면, 인간의 번식에 흥미를 갖는 쪽이어서. 그리고 대부분의 사람이 그렇지 않나 하는 생각이 드는데요."

"그런 걸까요……."

역시 자신은 이상한 사람인가 하는 생각이 들었다. 동시에 아쉬운 생각도 들었다. "애기장대를 교배시키고 있으면, 인간도 식물 같으면 좋을 것을, 하는 생각이 들 때가 있어요. 암술에 꽃가루가 붙어서 열매를 맺는."

"연애라든가 사랑이라든가 상관없이?"

그런 질문을 받자, 모토무라는 가슴이 뜨끔했다. 상대에 대한 배려 없이 너무 생각 없이 말했나 하고 반성했지만, 후지마루를 보니 예상과는 달리 여전히 호기심 어린 눈으로 모토무라를 보고 있었다.

"식물은 그…… 기분이 좋을까요?" 하고 후지마루는 말했다. "암술에 꽃가루가 붙었을 때라든가."

"신경이 없으니까, 기분 좋다든가 나쁘다든가, 그런 감각 자체가 없지 않을까요?"

"흠."

후지마루는 "날이 차가워졌네요" 하고 벤치에서 일어나 자전거를 끌고 걷기 시작했다. 모토무라도 옆에 나란히 서서 걸었다.

둘은 천천히 걸어서 아카몬 앞까지 왔다.

"이 잎사귀, 제가 가져가도 되나요?"

후지마루는 손가락에 끼우고 있던 나팔 은행잎을 가볍게 흔들었다.

"네, 그러세요."

"모토무라 씨. 저는 역시 인간이어서 잘됐다고 생각해요. 글쎄, 기분 좋잖아요."

후지마루가 색다른 표정을 지으며 웃었기 때문에, 이번에는 모토무라가 아카몬에 지지 않을 정도로 얼굴이 빨개졌다.

"그래도 잎사귀의 비밀은 저도 알고 싶으니까, 연구를 응원할게요."

후지마루는 자전거에 올라앉아 페달에 한쪽 발을 올렸다. "엔푸쿠테이에도, 또 다 같이 먹으러 오세요."

　모토무라는 순식간에 멀어져가는 후지마루의 등을 잠시 바라보고 있었다. 그러고 나서 스위트포테이토의 종이 봉지를 손에 들고, 자연과학부 B호관으로 걷기 시작했다.

　사람은 식물이 될 수 없다. 그러나 사람이기에 식물을 아는 것도, 연구에 열정을 불태우는 것도, 스위트포테이토를 맛보는 것도 할 수 있다.

　아직 열이 가시지 않은 뺨에 겨울바람이 기분 좋게 스쳐 갔다.

3

잇달아 피는 애기장대의 꽃에 쫓겨서 교배와 씨앗 채취를 반복하는 기계가 되었던 모토무라는, 드디어 한 달 정도 만에 1200알의 씨앗을 다 채취할 수 있었다. 그리고 때맞춰 작업을 일시적으로 중단하게 되었다.

12월에 들어서 연구실에 이벤트가 많아졌기 때문이다.

우선 매년 있는 학생 실습이 있었다. T대 자연과학부의 학부생은 4학년이 되면 졸업 연구를 해야 한다. 이것은 문과 분야에서 말하는 졸업논문과 같은 것이다. 다만 다짜고짜 실험연구를 하라고 하면 어떻게 해야 할지 모를 것이다. 그래서 학부 3학년이 되면 학생 실습이라는 걸 하게 되어 있다. 희망하는 연구실에 가서 어떻게 실험을 하면 좋은지, 결과를 어떻게 정리하여 마무리해야 하는지 등을 실제로 배우는 것이다.

학부 3학년을 맞아들이는 연구실 입장에서도 학생 실습은 잘 치러야 할 행사다. 여기서 학생의 마음을 얻을 수 있으면 4학년이 되었을 때에 '졸업 연구는 꼭 이 연구실에서 하고 싶다'고 생각하게 될 것이기 때문이다. 그것은 다시 '대학원에 가고 싶어 하는' 우수한 햇병아리 연구자를 얻을 수 있는 절호의 기회가 된다.

일단 소수 정예를 내세우는 마쓰다 연구실이지만, 연구실 사람들의 본심은 '학부생이나 대학원생이 좀 더 많이 왔으면 좋겠다'는 것이다. 연구실 인원이 늘어나면 그만큼 각자의 특기를 모아서 서로 협력하여 연구를 진행할 수 있다. 예를 들어 세세한 작업을 싫어하지 않는 모토무라가 교배를 담당하고, 세포를 투명화하는 수법에 뛰어난 가토가 그 일을 나눠 하는 것이다. 실험의 모든 과정을 한 사람이 혼자서 다 해내는 것은 힘든 일이다. 그래서 연구실 사람들은 어떻게든 신입이 들어왔으면 하는 것이다.

게다가 인원수가 좀 되어야 연구생활도 재미가 있다. 가장 나이가 어린 가토는 언제나 "후배가 있으면 좋겠어요!" 하고 하소연한다.

"글쎄, 올해 소프트볼 대회에서도 마쓰다·모로오카 합동 팀은 형편없이 졌잖아요."

대학원의 생물과학 전공에서는 친목을 도모하기 위해서 해마다 가을이 되면 '연구실 대항 소프트볼 대회'를 개최한다. 하지만 마쓰다 연구실에는 현재 교수인 마쓰다 겐자부로를 포함하여 다섯 명밖에 없다. 더구나 그중에서 암암리에 전력 외 취급을 받고 있는 사람이 두 사람 있다. 인도어파로 명성을 떨치는 마쓰다와 확고부동한 몸치인 모토무라다.

인원수 면에서도 실력 면에서도 팀의 모양새를 만들 수 없기 때문에, 마쓰다 연구실은 옆방의 모로오카 연구실과 합체하여 소프트볼 대회에 참가한다.

"모로오카 교수님이 뛰시는 거 보면 볼 때마다 놀라워요."

포닥인 이와마가 말한다.

"정말 그래요. 공을 친 다음 순간에는 어느새 진지에 발을 대고 있으니까요."

모로오카의 용맹한 자태를 떠올리며, 모토무라도 새삼 감탄하며 말한다. 참고로 모토무라가 말하는 '진지'란 1루를 말하는 것으로, 모토무라는 스포츠에 관한 한 실전뿐만이 아니라 이론에 있어서도 매우 참담하다 할 수준이다.

커피를 마시면서 참패로 끝난 가을 소프트볼 대회 이야기를 한다. 마쓰다 연구실 사람들은 지금 연구실의 큰 책상에 둘러앉아 오후의 휴식을 취하고 있는 참이다.

"정년이 곧 다가오는 모로오카 교수님을 열심히 뛰게 하다니, 창피하지 않나요?"

가토는 저기압이다. "다음 날, 교수님이 너무 열심히 뛰어서 무릎이 아프다고 하셨어요. 그런데 이와마 선배님이랑 가와이 선생님은 무안타였어요. 그러면서도 외야에서 정신을 딴 데 두고 있다가 공을 놓치고 말이에요. 모토무라 선배는 멍하니 벤치에 앉아 있었고요. 마쓰다 교수님은, 뭐, 경기 도중에 운동장 구석에서 풀을 관찰하기 시작했고요. 이거 너무했던 거 아니에요?"

"미안해, 나름 열심히 응원한 셈이었는데."

"풀이라고 막연한 표현을 쓰는 건 좋지 않습니다. 질경이가 훌륭하게 자라고 있어서 보고 있었던 것뿐이에요."

모토무라와 마쓰다가 조심스럽게 반론하는 데에 비해, 이와마는 "그렇게 말하는 가토 군도 땅볼을 다리 사이로 놓쳤잖아" 하고 노골적으로 반격을 가한다.

"한 번 그런 것뿐이에요. 게다가 전 3타수 2안타라고요."

가토는 의기양양 콧방울을 부풀렸지만, 모토무라는 가토가 한 말을 '산타 수의 안타'라고 듣고, 무슨 소린지 알 수가 없다고 속으로 생각했다.

"어쨌든 저는 모로오카 연구실 사람들에게 얹혀 가야 하는 이 상황에서 벗어나고 싶어요. 내년 소프트볼 대회에서는 우리 마쓰다 연구실이 비원의 1승을 올렸으면 한다고요!"

"그러기 위해서는" 하고 가와이가 비로소 입을 열었다. "내일부터 시작되는 3학년들의 학생 실습을 잘해야 해. 모두 웃는 얼굴로 친절하게 가르쳐줄 것."

"네"라고 대답하면서 모토무라 일행은 마쓰다 쪽을 흘끔 본다. 마쓰다 연구실이 실험도 활발하게 하고 실적도 괜찮게 올리고 있는데 학부생들에게 인기가 없는 이유. 그것은 교수인 마쓰다 때문이 아닐까 하고 모두들 어렴풋이 생각하고 있었기 때문이다.

마쓰다는 연구자로서도 교수로서도 우수하고 인격 면에서도 아무 문제가 없다. 연구실 사람들은 마쓰다의 지도를 받으며 자유롭게 각자의 연구에 집중하고 있으며, 인간관계도 원활함 그 자체라고 할 만큼 분위기가 좋다.

그런데도 학부생들이 마쓰다 연구실을 왠지 모르게 멀리하려는 기색을 보이는 이유는 뭘까. 엄밀히 말하자면 그건 마쓰다의 분위기가 음울하기 때문이 아닐까, 하고 일동은 생각하고 있다는 이야기다.

모토무라는 처음 마쓰다를 만났을 때, '저승사자 같아'라고 생각했다. 엔푸쿠테이의 후지마루는 '살인 청부업자 같다'라고 표현했다. 저승사자나 살인 청부업자에 비유되는 대학 교수. 실제로 마쓰다는 햇볕을 잘 쬐지 않아서 얼굴이 창백한 데다가 상대방을 바라볼 때에는 미간을 잔뜩 찌푸린다. 다음엔 누구를 저승으로 데리고 갈까 하고 궁리하느라 그런 게 아니라, 단지 눈이 나쁘기 때문에 그런 것이긴 하다. 하지만 '어느 연구실에서 졸업 연구를 할까' 하고 희망에 불타던 학부생이 마쓰다의 그런 얼굴을 보고, '불길해…… 가까이하지 않는 게 좋겠어' 하는 마음이 들었다고 하여 그 학부생을 탓할 수 있을까.

"학생 실습에서 좋은 인상을 주면 마쓰다 연구실에서 졸업 연구를 하고 싶어 하는 4학년도 늘어나고, 대학원 진학도 우리 쪽으로 할 학생들이 더 많아질 거야. 그렇게 되면 소프트볼 대회에 마쓰다 연구실 단독으로 팀 등록을 할 수도 있어" 하고 가와이는 계속했다.

모토무라 일행은 고개를 크게 끄덕이고 다시 마쓰다를 바라봤다. 마쓰다는 평소와 다름없는 모습으로 커피를 마시고 있다.

서로서로 시선으로 발언을 양보하다가, 드디어 각오를 했는지 이와미가 "교수님" 하고 불렀다.

"계속 신경이 쓰였는데요, 교수님은 왜 매일 검은 양복을 입고 계세요?"

마쓰다는 커피 잔을 큰 책상에 내려놓고 "상복입니다" 하고 말했다.

"네?" "마쓰다 교수님은 제가 연구실에 왔을 때부터 늘 검은 양복이었는데……" "그렇게 오랫동안 계속 상중에 계시다니, 무슨 일인가요?" "마쓰다 가문이 멸족을 당한 건가" 등등 다들 술렁이며 서로의 귀에 대고 속삭인다.

"아, 농담이에요" 하고 마쓰다는 덧붙인다.

"왜 그런 객쩍은 농담을 하시는 거예요?"

이와마가 항의하자, "자, 자" 하고 가와이가 달랬고, 일동은 다시 마쓰다의 다음 말을 기다렸다.

"옷을 고르는 게 귀찮아서입니다. 검은 양복을 입는다고 정해두면 외출 준비할 시간이나 쇼핑할 때 망설이는 시간을 절약할 수 있고, 그러면 그만큼 연구나 강의 준비에 더 많은 시간을 쓸 수 있으니까요."

"스티브 잡스야……!"

일동은 술렁였다. 식물 연구를 위해 의식주 중에서 '의'와 관련된 기쁨을 포기했다니.

"그럼, 교수님의 옷장에는 검은 양복과 흰 와이셔츠만 주르륵 걸려 있나요?"

가토가 주뼛주뼛하면서 물었다.

"주르륵이라고 할 만큼은 아니지만, 뭐 그렇죠. 여름용, 겨울용 검은 양복이 각각 몇 벌쯤 있고 경조사용 넥타이가 하얀색과 검은색 하나씩……. 와이셔츠는 세탁이 따라잡지 못하게 됐을 때를 대비해서 열 벌 정도 있습니다."

"얼룩말 옷장인가?"

가토가 중얼거리다가 이와마에게 "그 입 좀 다물어" 하고 한 소리

들었다.

　모토무라로서는 믿기 힘든 일이었다. 모토무라도 돈을 아끼지 않고 옷을 사 입는 타입은 아니지만, 그래도 새 옷을 사는 것은 즐거운 일이다. 계절이나 그날 할 실험이 무엇인가에 맞춰서 "오늘은 이 무늬의 티셔츠로 하자" 하고 고르는 것이, 연구에서 연구로 이어지는 단조로운 나날 속에서 그나마 남아 있는 생활의 기쁨이라 해도 좋다.

　귀찮다는 이유로 검은색과 흰색의 옷밖에 사 입지 않고, 모든 것을 연구에 바치고 있는 마쓰다. 장렬하달까, 역시 교수님은 괴짜다, 라고 일동은 재인식했다.

　"혹시 교수님께 색깔 있는 옷이 하나라도 있다면, 내일 학생 실습 때 입고 오셨으면 해요."

　반쯤 체념한 말투로 이와마가 말했다.

　"찾아보지요. 하지만 왜죠?"

　아니, 그…… 하고 일동은 우물거렸다. 순수하게 의아해하는 마쓰다를 향해, 검은 양복 차림을 하고 있으면 저승사자를 보는 것 같은 불길한 느낌이 들기 때문입니다, 라고는 말할 수 없었다.

　"어쨌든 다들 웃는 얼굴로, 친절하게."

　슈퍼마켓의 종업원 수칙을 외우듯이 가와이가 마무리 발언을 했다. 마쓰다를 어찌해보는 건 도저히 불가능하다고 결론 내린 모토무라 일동은 가와이의 구령에 맞추어 더욱더 기운차게 동의의 끄덕임을 표했다.

　마쓰다는 '어라' 하는 표정으로 그런 일동을 바라보았지만, 이내 잔을 집어 들고 다시 평소와 다름없는 모습으로 식은 커피를 마시기 시작했다.

　이렇게 맞이한 학생 실습의 첫날, 마쓰다 연구실 사람들은 일찌감치 '끝났다……' 하고 비통한 심정을 달래야 했다.

　실험실에 등장한 마쓰다가, 위에는 진홍색 천에 형광 핑크로 히비스커스 무늬를 아로새긴 알로하셔츠, 아래는 검은 슬랙스를 입고 있었기 때문이다. 저승사자 느낌은 엷어졌지만, 침울한 표정과 맞물린 그 옷차림이라니. 그건 20년 만에 처음으로 바캉스를 떠나는 살인 청부업자나, 치통으로 고생하는 야쿠자로밖에 보이지 않았다.

　"어디서 샀을까요?"

　"3년 전에 오키나와에서 학회가 있었으니까, 아마 그때겠지."

　가토와 이와마는 작은 소리로 속닥거린다. 가와이는 되도록 마쓰다가 시야에 들어오지 않도록 하면서 잠자코 실험 기구를 한데 모으고 있다. 모토무라는 옆에서 가와이를 도우며 '알로하구나. 멋있네, 나도 갖고 싶어'라고 생각한다.

　물론, 마쓰다를 뺀 연구실 사람들은 그러는 동안에도 웃는 얼굴을 잊지 않는다. 그것이 또 야릇한 인상을 주었는지, 실험실에 모인 학부 3학년생들은 모두 바짝 긴장한 표정이다. 울긋불긋 화려한 셔츠를 입고 미간에 주름을 잡은 교수와, 들러붙은 것 같은 웃음을 짓고 있는 연구실 멤버들이 핀셋이며 면도날을 앞에 놓고 기다리고 있으니, 쪼그라드는 것도 무리는 아니다.

　그렇다고는 하나 막상 실습이 시작되자 학생들은 모두 진지한 표정이 되었다. 흰 가운을 갖춰 입고 살짝 긴장하면서 실험 순서를 서로 확인하는 것이 앳되고 순박하다. 실험이 일상이 된 마쓰다 연구실 사람들은 언제부턴가 꽤나 위험한 약품을 사용할 때가 아니면 흰 가운을 입지 않는다.

T대 자연과학부의 생물학과는 1학년 정원이 스무 명밖에 안 된다. 생물학과 내에서 다시 인류학계와 동식물학계로 나뉘기 때문에 철저한 소수 정예 교육이라고 할 수 있을 것이다.

T대 학생들은 정말로 축복받은 환경에 있구나, 모토무라는 늘 생각한다. 생물학과의 교수는 50명이 넘는다. 모토무라가 학부 때 다녔던 사립대학도 우수한 교수진과 최첨단 기기를 갖추고 있었지만, T대 같은 소수 정예 교육은 바랄 수 없었다.

미래의 연구자를 키우기 위해 T대는 만전의 태세를 갖추고 있는 셈인데, 그만큼 학생에 대한 요구도 높다. 세금으로 운영되는 국립대학에 들어온 이상, 학생은 면학에 힘쓰는 것이 당연하다는 것 같았다. 강의나 실습을 태만히 하면 금방 공부를 따라갈 수 없게 되어 잇달아 낙제점을 받게 되므로 학생들도 필사적이다.

올해 식물 분야의 실습을 선택한 학생은 다 해서 여덟 명. 남녀 비율은 반반이었다. 각자 실험 책상 앞에 자리를 잡았다. 마쓰다와 가와이가 선생님으로서 실험방법을 지도하고, 이와마, 모토무라, 가토는 조교로서 학생들을 돕는다.

마쓰다가 맡은 학생 실습은 나흘간, 오후 시간을 통으로 사용하여 진행됐다. 그동안 모토무라를 비롯한 연구실 식구들은 학생들 옆에 붙어 있어야 했으므로, 각자 하고 있던 연구를 일시 중단해야 했다. 그래도 모토무라는 즐거웠다.

처음에는 면도날이나 피펫맨을 다루는 게 어색했던 학생이 금방 익숙해져서 숙련된 외과의 같은 손재주를 보인다. 구제 불능이라고 할 정도로 서툴다고 느꼈던 학생이 현미경을 사용한 관찰 능력에서만큼은 누구보다도 뛰어나서 가장 일찍 세포의 변이를 찾아낸다. 실험에서 나온 데이터를 분석하고 독해하는 데에 뛰어난 학생도 있다.

그런 모습을 보고 있으면, 사람은 저마다 나름의 장점이 있고 자신에게 맞는 일이 반드시 있는 법이구나 하는 것을 느끼게 되어, 모토무라 자신도 격려를 받는 것 같다. 이런 것 저런 것 다 떠나서 눈을 빛내며 실험에 매달리는 학생들의 모습을 보고 있으면 저도 몰래 마음이 흐뭇해져서 응원하고 싶어진다. 모토무라는 "시약을 바꿔보면 어떨까?" 하고 무심히 힌트를 주거나 원심분리기의 사용법을 가르쳐주면서 실험실에 흩어져 있는 학생들을 도와주었다. 가와이, 이와마, 가토도 열심히 학생들을 이끌었다.

그 덕분이기도 해서, 학생들은 차차 마음을 열었다. 적극적으로 질문을 하거나 휴식 시간에 잡담을 하며 제법 좋은 분위기를 보여준다. 다만 마쓰다에 대해서만큼은 역시 어딘가 멀찍이 거리를 유지하려고 했다. 이와마와 가토의 간절한 청을 받은 마쓰다는 실습 이틀째부터는 알로하셔츠 착용을 그만두고 평소의 검은 양복 모습으로 돌아왔지만, 그것이 더욱더 '정체를 알 수 없는 교수'라는 인상을 준 걸지도 모른다.

학생들이 무서워서 흠칫거린다는 사실에 대해 마쓰다는 전혀 신경 쓰는 것 같지 않았다. 초연히 지도에 임하고 적확하게 조언하고 만에 하나라도 학생이 면도날이나 약품으로 다치는 일은 없는지 주의 깊게 작업을 지켜볼 뿐이었다.

모토무라는 남몰래 한숨을 쉬었다. 마쓰다 교수님은 씹으면 씹을수록 맛이 나는 오징어 같은 사람이니까. 나흘만이 아니라 좀 더 시간을 들여 교수님과 접할 기회가 있다면 학생들도 그가 매력 있는 사람이라는 걸 알게 될 텐데.

학부 3학년생을 위해 마쓰다가 준비한 실험은, '형질전환한 애기장대 잎을 사용하여 세포 분열이나 세포의 크기를 제어하는 유전자의 효과를 조사하고, 각각의 유전자가 어떤 기능을 하는지 탐색한다'라는 것이었다. 이런 내용이라면 약품을 사용하여 잎을 투명화하거나 현미경으로 세포를 보는 것도 할 수 있고, DNA를 해석하는 기계의 사용법도 배울 수 있다. 나아가 실험 기술만이 아니라, 실험 데이터를 해석하고 추리하는 사고의 재미도 맛볼 수 있다. 나흘간의 실험 기간에 하기 딱 좋은, 잘 짜인 실험이었다. '미리 상정되는 답'을 내는 것이 목적이 아니라, 시행착오를 겪으면서 스스로 생각하고 주의 깊게 실험하고 연구하는 것이 중요하다는 것을 자연히 느낄 수 있는 흐름으로 되어 있다.

마쓰다 교수님 같은 사람을 학부생 때 만날 수 있었다면, 나도 분명 좀 더 일찍 연구에 뜻을 두게 되었을 것이다. 그런 생각을 하니까 모토무라는 T대 학부생이 더 부러웠다. 그러면서 마쓰다 교수님의 좋은 점이 잘 전달되기를 마음 졸여가며 기도하게 되었다.

저승사자 같은 인상이지만, 사실은 학생들을 굉장히 아끼는 교수님이에요! 그러니까 부탁이에요, 마쓰다 연구실에 와줘요. 소프트볼 대회를 위해서도, 우리 모두 여러분이 오시는 것을 목이 빠지게 기다리겠습니다!

역시나라고 할까, 학생 실습이 끝나고 나서 마쓰다 연구실을 찾아오는 3학년은 없었다.

"졸업 연구를 마쓰다 연구실에서 하고 싶다"라고 신청하는 사람이 있지 않을까. 그렇게 기대했던 연구실 식구들은 실망하여 학생의 방문에 대비해서 준비해뒀던 쿠키를 자신들의 배 속으로 쑤셔 넣고 있었다.

"무엇이 잘못됐던 걸까요?"

가토는 초콜릿 쿠키만을 선별하여 집는다.

"역시 첫날의 알로하셔츠가 아닐까?"

가와이는 연구실의 큰 책상에 둘러앉은 사람들에게 뜨거운 커피를 따라주었다.

"아니, 알로하셔츠는 예뻤어요." 모토무라는 말했다. "오히려 둘째 날 검은 양복으로 갈아입고 나온 게 격차가······."

"어느 쪽이든 쓸데없는 말을 한 내가 잘못이야. 미안."

머리를 숙인 이와마에게 "아니, 아니" 하고 연구실 사람들은 고개를 저었다.

"이와마 선배 탓이 아니에요."

"양복이나 알로하셔츠가 나쁜 것도 아니야."

"마쓰다 교수님의 분위기가······."

책임의 소재자로 몰린 바로 그 마쓰다는 강의하러 나가서 방에 없다.

"확실히 그래." 이와마는 한숨을 쉬었다. "복장 문제가 아니었을지도. 화학과 교수님들은 양복을 입는 비율이 높지만, 그게 원인이 돼서 학생 모집이 안 된다는 말은 들은 적이 없어."

"과에 따라서 교수님들의 복장이 다른가요?"

모토무라가 묻는다. 자연과학부 B호관에는 생물과학계 연구실밖에 들어와 있지 않다. 그래서 다른 대학교에서 학부를 다니고 대학원부터 T대에 온 모토무라는 다른 과 교수진에 대해서는 아는 게 없었다.

"오케스트라 연주자도 담당하는 악기가 뭐냐에 따라서 성격이 많이 달라진다고 하는데"라고 가와이가 말하며 책장에서 팸플릿을 가져왔다. "자연과학부도 연구 분야가 뭐냐에 따라 교수님들의 옷차림이 달라지는 것 같아."

가와이가 큰 책상에 팸플릿을 펼쳐놓자 다 같이 들여다본다. 그것은 자연과학부의 1, 2학년을 대상으로 한 학과 안내 팸플릿이었다. 각 학과마다 교수진의 단체 사진이 실려 있다.

생물학과의 교수들은 B호관 층계참에 모여서 사진을 찍었다.

"왜 이런 어두컴컴한 장소를 선택한 걸까요."

모토무라가 고개를 갸우뚱했다.

"연구실에서 바로 갈 수 있어서 편하니까 그랬겠지."

가와이가 확신에 찬 말투로 말한다.

교수들의 복장은 스웨터에 청바지 등 편안한 것뿐이다. 모로오카는 아예 평소의 작업복에 갈색 샌들을 신고 찍었다.

"팸플릿용 사진을 찍는 날은 미리 정해져 있었을 테니까, 조금 더 멋을 내고 찍었으면 좋았을걸" 하고 이와마는 개탄했고, "이거, 화장실 샌들 아닙니까?" 하고 가토가 놀라서 소리를 질렀다. "봐요, 매직으로 '3F'라고 쓰어 있어요. 3층 화장실 샌들이야."

모로오카의 옆에 선 마쓰다만 검은 양복을 입고 있다. 하지만 혼자 정장을 입었다고 해봤자 노타이인 데다가 마쓰다의 주위에만 암운이 낮게 드리운 듯이 음침해 보이니, 남들보다 더 말쑥해 보일 일은 없었다.

"어쨌든 복장 같은 데 개의치 않는 교수님이 많다는 걸 알 수 있는 사진이야"라고 가와이가 정리했다. "그리고 이쪽이 화학과."

팸플릿의 페이지를 넘긴다.

"오오!"

화학과 교수들의 단체 사진은 빛이 내리쬐는 야외에서 찍은 것이었다. 모두가 감색이나 검은색 양복을 딱 맞춰 입었고, 넥타이 착용률도 50퍼센트를 넘는다.

"여기는 제대로 된 어른들 같아!"

"물리학과도 양복을 입은 비율이 높고 또 교수의 숫자도 굉장히 많네요."

일동은 팸플릿을 응시했다.

"앗. 여기는 어쩐지 생물학과와 비슷한 냄새가 나요."

가토가 가리킨 것은 천문학과 교수들의 단체 사진이었다.

"정말이야. 하지만 재킷을 걸친 교수님도 있어서 생물학과보다는 단정해 보여."

"머리가 부스스한 사람이 많아!"

"역시 하늘 높은 곳에 정신을 빼앗긴 나머지 바로 머리 위 머리털에 대해서는 소홀해지는 걸까요?"

일동은 각 학과의 사진을 살펴보면서 제멋대로 논평을 한다.

"확실히, 과에 따라 분위기가 다르군요."

모토무라가 끄덕인다.

"연구가 특허로 직결되기 쉬운 화학과나, 대규모의 실험 설비가 필요해지기도 하는 물리학과는 외부와의 접촉이나 교섭이 많아서일까, 옷을 제대로 갖춰 입고 있네요."

이와마가 부럽다는 투로 말했다.

"생물학과의 교수님들은 차림새가 너무 허접해요." 가토는 어깨를 떨어뜨렸다. "뭐, 벌거벗고도 연구는 할 수 있는 거니까, 별문제는 아니지만."

"알몸은 위험해요." 모토무라가 조심스럽게 이론을 제기한다. "약품이 튀거나 하면 안 되잖아요. 적어도 흰 가운은 입는 게 좋다고 생각해요."

"알몸에 흰 가운이라니, 최악의 변태 같잖아"라고 이와마가 말하면서, 연달아서 초콜릿 쿠키를 집으려 하는 가토의 손을 쳐냈다. "가토, 플레인 쿠키도 좀 먹어."

"나는 그렇게 생각하지 않아." 가와이가 관자놀이를 문질렀다. "생물학 전공 교수님들이 복장이 자유분방한 건 맞아. 그래도 열정이 있고 수준 높은 연구를 하고 있어. 그 점을 알아주는 학생을 느긋하게 기다릴 수밖에 없지 않을까."

"식물 연구는 해봤자 돈이 되지 않는걸." 가토는 중얼거렸다. "그러니 학생들에게 연구실로 오라고 애써 권유했다 쳐도, 그 장래를 책임질 수 없다는 게……."

"박사학위를 따도 대학이나 연구소의 자리는 좀처럼 찾을 수가 없고."

이와마도 먼 곳을 바라보는 눈이 된다.

"경기가 조금 좋아지면 대학원에 가지 않고 기업에 취직하는 게 좋다고 판단하는 사람도 늘어날 거예요."

모토무라는 친구들의 얼굴을 떠올렸다.

"응. 그래도 연구하고 싶다는 학생은 반드시 있어." 가와이가 말했다. "몇 년쯤 직장에서 일하다가도 나중에 대학원 진학을 선택하는 사람도 있어. 그런 열정을 가진 사람들을 위해서라도 우리는 조용히 연구를 계속해야 하는 거야. 마쓰다 교수님도 아마 같은 생각이 아닐까. 학생들에게 인기가 있나 없나 하고 매달려봤자 소용없는 일이야. 결국은 연구에 대한 열정이 있나 없나가 중요한 세계니까."

확실히 그렇다, 하고 모토무라는 마음속에서 동의했다. 우리가 열정을 갖고 연구하고 논문을 써내고 학회에서 발표하는 일을 계속하다 보면, 그것을 본 학부생이나 대학원생이 언젠가 마쓰다 연구실로 와줄 것이다.

그런고로 결국 '마쓰다 교수 개조 계획'은 중단하게 되었다.

하지만 모토무라는 그 계획을 완전히 단념하지는 않았다. 마쓰다에게는 아직 다가가기 힘든 면이 있는 것도 분명한 사실이다. 그건 고쳐져야 한다. 실은 모토무라가 사는 연립주택의 벽장에는 아직 입지 않은 기공 티셔츠가 한 벌 들어 있다. 지금 입는 것이 낡았을 때를 대비해 예비로 놔둔 것인데, 그것을 마쓰다 교수님에게 드리면 어떨까 하고 모토무라는 생각했다.

마쓰다가 기공 티셔츠를 입고 있으면 식물 연구를 지향하는 학생들이 분명 친근감을 느껴서 더 쉽게 다가갈 수 있을 것이다. 좋은 계획이다. 모토무라는 혼자 끄덕인다.

연말이 가까이 다가왔고, 그 후로도 분주한 나날이 계속됐다.

상쾌한 기분으로 새로운 해를 맞이하기 위해서는 대청소를 할 필요가 있다. 그렇게 마음을 모은 마쓰다 연구실 사람들은 드디어 현실과 마주할 각오를 다지고, 먼지떨이와 걸레를 손에 쥐었다.

"작년에도 대청소를 했지요."

"했지."

이와마와 가와이가 책꽂이를 정리하면서 대화를 나눈다. 가와이가 의자 위로 올라가 책꽂이 위쪽을 먼지떨이로 털고, 마스크를 쓴 이와마가 사람들의 책상 위에 떨어진 먼지를 식탁용 행주로 닦는다.

"그런데 왜 이렇게 먼지가 쌓이는 걸까요?"

"1년에 한 번밖에 대청소를 하지 않기 때문이겠지."

무익한 말을 주고받는 두 사람을 아랑곳하지 않고 모토무라는 마쓰다가 자신의 **보금자리**를 치우는 일을 돕고 있었다. 칸막이가 있는 것을 좋은 구실로 삼아서 평소 마쓰다의 책상 주위에 대해서는 봐도 못 본 척하고 있었지만, 새삼 책상 주변의 현실을 살펴보니 충격적이었다.

도대체 어디에 책상이 있는지부터가 정확히 파악되지 않았다. 책상이 그 위에 쌓아 올려진 논문 잡지와 서적과 서류에 파묻혀 있었기 때문이다. 종이로 만들어진 이글루 같은 상태라고나 할까. 책상 아래만큼은 겨우 물건이 없는 영역이 확보되어 있었다. 의자에 앉았을 때 무릎을 집어넣을 공간이 필요했기 때문일 것이다.

"교수님."

모토무라는 조심스럽게 말을 건넸다. 마쓰다는 조금 전부터 청소하던 손을 완전히 멈추고 있다. 사무용 의자에 앉아서 종이 이글루에서 발굴된 논문 잡지를 뒤적이느라 정신이 없다.

"일단 바닥에 있는 잡지는 이름별로 분류했습니다. 책상 위 정리에 착수해도 될까요?"

"고마워요. 하지만 책상은 이대로 놔둬도 괜찮겠어요."

괜찮은 상태라고는 도저히 말할 수 없을 것 같은데. 모토무라는 그렇게 말하고 싶었지만 참기로 했다. 그러나 얌전히 물러나기에는 아무래도 마음이 편치 않다.

마쓰다는 자신의 곁에 서서 책에 파묻혀 있는 책상에 미련을 못 버리는 모토무라의 모습을 보고는, 읽고 있던 잡지에서 얼굴을 들고 "가서 가토 군을 도와주는 건 어떨까요?"라고 말했다.

"네. 그래도 교수님, 책상이 꽉 차 있어서 좀 불편하지 않으세요?"

"뭐 별로. 컴퓨터는 이렇게 하면 칠 수 있고."

마쓰다는 일어서서 종이 산의 꼭대기에 있는 노트북에 양손을 올려 보였다. 건반이 몹시 높이 달린 피아노를 일어서서 치는 사람 같다.

"제출해야 할 서류라든가, 찾기 힘드시지 않을까 싶은데요."

"어디에 뭐가 있는지, 대충 다 기억하고 있어요."

마쓰다는 다시 사무용 의자에 앉아 겨드랑이에 끼고 있던 잡지를 무릎 위에서 펼쳤다. "예를 들어, 책상 맨 위 서랍을 열어보세요."

모토무라는 시키는 대로 해봤다. 서랍 안에는 펜이나 자 같은 문구류가 잡다하게 들어 있었다. 인감도 아무렇게나 굴러다니고 있다. 잠글 수 없는 서랍인데 저렇게 인감을 넣어두어도 괜찮은 걸까.

"거기에 에펜 튜브가 들어 있지요."

마쓰다가 팔을 뻗어 서랍을 휘저었다. 인감이 잡다한 펜과 문구들 아래로 섞여 들어가는 것을, 모토무라는 "아아아……" 하며 지켜봤다.

"봐요, 있지요? 이건 모토무라 씨에게 줄게요."

마쓰다는 손끝으로 뒤져 찾은 에펜 튜브를 모토무라의 손바닥에 올려놨다. 모토무라는 에펜 튜브를 바라봤다. 안은 뭔가 갈색 나는 것들로 채워져 있다. 납작하고 둥근, 작은 씨앗 같다.

"이게 뭐죠?"

"아바네로(고추의 한 종류로, 세계에서 네 번째로 매운 고추이다) 씨앗입니다."

마쓰다는 재빨리 서랍을 닫고, 다시 보고 있던 잡지 위로 시선을 떨어뜨린다. 누가 뭐라고 하든 책상 주변을 청소하고 싶지 않다고 시위하는 자세. 방이 어질러져 있을 때 더 안정된다는 사람도 있다고 하니, 하고 모토무라는 억지로 자신을 납득시켰다. 아바네로에 대한 감사 인사를 하고 마쓰다 곁에서 물러났다.

가와이는 연구실 싱크대를 수세미로 닦고 있고 이와마는 마루에 청소기를 돌리고 있다.

"어땠어?"

이와마가 묻자 모토무라는 고개를 젓는다.

"죄송해요, 못 했어요. 마쓰다 교수님의 보금자리는 올해도 철벽 방어를 쌓고 있어요."

"창가 화분만 보면 멋진 공간인데 말이지"라고 이와마는 한숨을 쉬었고, 가와이는 "어쩔 수 없어" 하고 등을 둥글게 말며 수세미를 문지르는 속도를 높였다. "벌레가 들끓는 것도 아니니까 그냥 두자고."

"저는 가토가 뭐 하고 있나 보고 올게요."

모토무라는 연구실을 나와 자연과학부 B호관의 계단을 내려갔다. 온실은 B호관 뒤쪽이다. B호관 출입문을 열자 건조한 겨울 공기가 밀려들어 온다. 모토무라는 어깨를 움츠리고 빠른 걸음으로 걸어갔다.

온실은 이층집 정도의 높이에다가 측면 창문도 스위치 하나로 열고 닫을 수 있게 되어 있다. 모로오카의 호소를 받아들여 가토가 증식시킨 선인장 화분을 정리하기는 했지만, 양치식물과 선인장은 여전히 기세등등하여, 모로오카가 사랑하는 덩이줄기 식물들이 고전을 면치 못하고 있는 것 같았다.

밖에서 모토무라가 온실을 들여다보고 있는 모습이 보였는지, 가토가 바로 문을 열어줬다. 모토무라는 따뜻하게 덥혀진 온실 안으로 들어가서 호 하고 숨을 내쉬었다. 식물 냄새가 난다. 물과 흙이 섞인 기분 좋은 냄새다.

"뭐 도울 일 있어?"

모토무라가 가토에게 그렇게 묻고 있는데 죽 늘어선 선인장 너머로부터 사람 그림자가 나타났다. 엔푸쿠테이의 후지마루다.

"이쪽은 괜찮아요" 하고 가토가 말했다. "후지마루 씨가 도와줘서 화분 이동도 끝났어요."

"안녕하세요" 하고 후지마루가 말했다. "전에 가토 씨에게서 받은 선인장이 비실비실해서 상담하러 왔다가……."

온실 한쪽에는 화분 갈이 같은 일을 할 수 있는 작업대가 있다. 후지마루가 가지고 온 선인장은 거기에 놓여 있었다. 손바닥에 올려놓을 수 있을 정도의 사이즈인데, 실제로 손바닥에 올려놨다가는 큰일 나겠구나 하는 생각이 저절로 들 정도로 가늘고 날카로운 가시가 가득 나 있다. 귀여운 공 모양 형태지만, 후지마루의 말대로 정말 시들어버린 것처럼도 보였다.

"이 아이는 노토칵투스라는 종류의 선인장인데, 비교적 잘 자라는 품종이에요." 가토는 후지마루에게 설명했다. "꽃도 잘 달리는 편이고 말이지요."

"그런데도 초록색이 옅어지면서 왠지 전체적으로 쪼그라들고 있다는 기분이 들어요." 후지마루는 가지고 온 선인장을 걱정스럽게 바라봤다. "제가 시들게 한 걸까요?"

만져서 확인하고 싶지만 상대가 선인장이라 그럴 수 없어 답답한 모양이었다.

"아니, 아직 괜찮을 거예요."

가토는 베테랑 의사처럼 위엄을 풍기면서 선인장을 다양한 각도에서 관찰했다. "이 아이는 물을 충분히 못 먹은 것 같군요."

"추워지고 나서도 한 달에 한 번은 물을 줬는데요."

"이 화분, 어디에 두고 있었지요?"

"낮에는 식당요. 식당 창가. 제 방은 식당이 열려 있는 시간엔 비워

두니까 너무 추울까 싶어서. 밤에는 같이 방에 돌아와서 베갯머리에
두고 자요."

후지마루가 선인장을 반려견 이야기하듯이 말하는 것을 듣고 모
토무라는 속으로 웃었다. 하지만 선인장을 "이 아이"라고 부르는 가
토의 신경을 건드린 부분은 그게 아니었던 모양이다.

"베갯머리에 선인장을 두는 것은 위험해요. 돌아눕다가 가시에 찔
려서 밤중에 비명을 지르면 어쩌려고요."

"가토는 그런 경험 있어?"

모토무라가 눈을 동그랗게 뜨고 묻자, 가토는 "네, 선인장 애호가
라면 그런 일이 있지요"라고 말하며 가슴을 폈다. "그건 그렇고, 낮에
도 밤에도 난방이 된 방에 있었다는 거네요. 그러면 흙이 몹시 건조
해지니까 물을 더 자주 줘야 해요. 아무리 선인장이라 해도 식물이
니까 물이 없으면 시들어요!"

후지마루는 가토의 위엄에 눌린 듯 얌전히 고개를 끄덕였다. 가토
는 **물뿌리개**에 물을 떠 와서 후지마루에게 건넨다.

"시들어버린 선인장은 충분히 물을 주면 돼요. 화분 아래에서 물
이 넘쳐 날 정도로. 하루나 이틀이면 뽕 하고 원래 상태로 부풀어요."

"네."

후지마루는 신중하게 물뿌리개를 기울여 화분에 물을 줬다.

"생기를 되찾고 나면, 흙 표면이 말랐다 싶었을 때 물을 주세요. 시
든 것도 아닌데 넘쳐 날 정도로 물을 주면 뿌리가 썩으니까 주의하
시고요."

"네."

후지마루는 물을 다 준 선인장을 신중하게 비닐봉지에 담았다. 봉지에 담아 들고 온 모양이다.

"선인장 키우는 법을 스마트폰에서 검색해봤어요"라고 후지마루가 말했다. "겨울 물주기는 한 달에 한 번 정도라고 쓰여 있길래, 그런 건가 보다 하고 믿고 이 녀석을 제대로 안 보고 있었네요."

"그건 어디까지나 기준이에요."

가토는 수술을 성공시킨 의사처럼 득의만면한 얼굴을 하고 비닐봉지 안의 선인장에게 고개를 끄덕여줬다. "요리도 식재료의 상태에 따라 그때그때 상황에 맞게 대응하잖아요? 식물도 마찬가지예요."

"맞아요. 그래요." 후지마루는 머리를 숙였다. "고맙습니다, 가토 씨. 이젠 선인장을 시들게 하지 않겠습니다!"

"그래요, 이제 후지마루 씨에게 맡길게요. 내 귀여운 노토칵투스를 잘 부탁해요……!"

손이라도 꽉 맞잡을 것 같은 열기다. 선인장을 매개로 하여 모르는 사이에 사이가 아주 좋아졌구나, 하고 모토무라는 속으로 감탄했다.

가토는 원래 대인관계가 좋은 편은 아니어서 처음 연구실에 왔을 때에는 선인장만이 친구였다. 선인장을 좋아하는 마음을 아무한테도 이해받지 못할 거라고 체념하고 있었던 게 아니었을까 싶다.

축구나 야구, 음악이나 책을 좋아하는 사람은 쉽게 볼 수 있지만 선인장을 좋아하는 사람은 흔치 않다. 더구나 가토는 한창 크는 소년기 시절부터 선인장에 빠져 있었기 때문에, 관심사가 비슷한 또래 친구를 찾을 수 없었다. 그 나이대의 다른 아이들은 보통 자동차나

기차 같은 것에 빠져 있는데, 가도는 움직이는 것에는 눈길도 주지 않고 가시투성이의 식물을 키우는 데 적합한 흙만 찾아다녔다고 하니까. '그랬다면 친구들이 좀 이상하다고 했겠네' 하고 모토무라조차 생각한다.

그렇게 친구 없이 성장한 가토는 커서도 사람들과 말을 잘 섞지 못하게 되었다. 특별히 친한 사람이 아니라면 선인장을 사랑한다는 사실도 알려주지 않았다. 마음이 늘 선인장으로 가득 차 있다 보니 사람들과 어울려야 할 자리에서도 할 말을 찾지 못하는 악순환에 빠졌다. 그렇다 보니 중학교, 고등학교 내내 반 친구들로부터 '무슨 생각을 하고 있는지 잘 모르겠는 아이'로 통했다고 한다.

가토는 T대 자연과학부에서 그대로 대학원으로 진학했다. 학부생일 때는 식물이 아니라 동물의 발생에 대해서 주로 공부했다. 선인장을 사랑한 나머지 선인장을 정면으로 바라보며 연구하는 것이 왠지 두려웠다고 한다.

"내가 하고 싶은 일과 내가 잘할 수 있는 일이 서로 다른 경우가 적지 않아"라고 모토무라의 친구는 말한다. 그 친구는 이과 학술서를 다루는 출판사에 취직했다. 편집자가 되고 싶은 마음에 입사한 건데 영업부로 배속되어 처음에는 불만이 많았다. 하지만 1년쯤 지나자 영업 일도 재미있어진 건지 표정이 밝아졌다.

"서점 직원들과 이야기하는 것이 즐겁고, 어떻게 하면 이과 분야에 흥미가 없는 사람들에게 과학 관련 책을 손에 들게 할 수 있을까, 하고 궁리하다 보면 여러 가지 아이디어가 솟는 거야. 의외로 적성에 맞는 것 같아."

가토가 학부에서 식물이 아니라 동물을 전공했던 것도 선인장에 대한 애착 탓에 눈이 어두워지는 일 없이 냉정한 마음으로 연구할 수 있다고 생각했기 때문일 것이다. 선인장은 지금까지 해왔던 대로 취미로 키우면 된다고 생각하고.

한 가지 더, '선인장에 특화한 연구'가 식물학에서는 매우 소수파라는 것도 가토가 선인장을 연구 대상으로 삼는 걸 주저하게 만든 원인의 하나였을지도 모른다. 식물 연구는 보통 애기장대와 우산이 끼라는 모델 식물을 중심으로 진행된다. 가토는 "선인장 연구를 하고 싶다"고 하면 받아들여줄 연구실이 있을까 불안했다고 한다.

하지만 가토의 선인장 사랑은 날이 갈수록 커져만 갔다. 대학원에 진학하여 연구를 계속하고 싶다. 어차피 연구하는 거라면 내가 가장 사랑하는 것에 대해 하자. 더 이상 시선을 돌리지 말자. 동물 발생학을 공부해본 가토는 드디어 그 과정에서 자신의 본심을 깨달았다. 나는 연구를 좋아한다. 그리고 정말로 연구하고 싶은 것은 역시 선인장, 특히 선인장의 가시를 연구해보고 싶다.

사랑에 정직해지기로 마음먹은 가토는 마쓰다 연구실을 방문했다. 가토는 마쓰다 연구실의 수장이라 할 마쓰다의 논문을 읽고, 마쓰다의 연구 대상이 모델 생물에만 머물지 않고 부생식물이나 은행 등 넓은 범위에 걸쳐 있다는 것을 알았기 때문이다. 마쓰다라면 선인장 연구를 용인해줄 것 같다는 생각이 들었다.

선인장에 대해 열변을 토하는 가토에게, 마쓰다는 예상대로 "그거 재미있을 것 같네요"라는 말로 응답했다. 거기에 용기를 얻은 가토는 맹렬히 대학원 입학시험 공부를 하여, 드디어 마쓰다 연구실로 넛지게 골인했다.

가토, 훌륭해, 하고 모토무라는 생각한다. 처음 대학원생이 되었을 때에는 연구실에서도 하루 종일 입을 다물고 있는 때가 많았고, 오로지 온실에서 연구 재료가 될 선인장을 늘리는 데에만 열중했다. 그러다가 '모처럼 선인장을 사랑하며 살겠다고 결정한 거니까, 이래선 안 돼'라고 생각한 거겠지. 언제부턴가 가토는 연구실 사람들에게 적극적으로 말을 걸고, 자라난 선인장을 보여주기도 하게 되었다. 연구실 사람들은 선인장에 대해 아는 게 별로 없었던 터라 가토가 쏟아내는 용솟음치는 지식과 열정에 질려하면서도, 진지하게 이야기에 귀를 기울여주었다.

이렇게 하여 식물에 대한 사랑을 아무 거리낌 없이 이야기해도 괜찮은 환경에 놓이게 된 가토는, 선인장 이상으로 자신의 정신을 싱싱하게 키웠다. 그리하여 차차 마쓰다 연구실 이외의 대학원생하고도 마음을 터놓을 수 있게 되었고, 지금은 인터넷으로 전 세계의 선인장 애호가와 교류하면서 정보를 교환하고 있다. 연구도 착착 진행하여 가시의 투명화에도 성공했다.

"저는 겁쟁이였어요" 하고 가토가 말한 적이 있다. "지금이니까 하는 말이지만, 저는 예전에는 작은 화분에 억지로 쑤셔 넣어진 선인장처럼 저 자신의 세계를 좁히고 있었어요. 그러지 말고 내가 선인장을 사랑한다고 말했으면 나와 함께 선인장에 흥미를 가져줄 사람이 있었을 텐데, 멋대로 마음의 셔터를 내리고 있었던 거예요."

뭔가를 지나치게 사랑해서 겁쟁이가 되는 건, 많은 사람들이 경험하는 감정일 것이다. 감수성이 예민했던 시기의 가토가 "어차피 아무도 알아주지 않을 거야"라고 입을 다물어버린 건 이해할 수 있는 일이다.

하지만 이제 가토는 거기서 벗어났다. 선인장에 대한 사랑에 힘입어, 선인장을 통하여 사람과 커뮤니케이션하는 방향으로 옮겨 갔다. 모토무라가 가토를 훌륭하다고 생각하는 이유다. 가토로서는 선인장에 대한 사랑이 부정당하거나 무시당하는 것은 자기 자신이 부정당하고 무시당하는 것과 다름없는 일이었을 것이다. 선인장을 마주 보며 선인장에 대하여 누군가에게 이야기하기 위해서는, 선인장에 대한 사랑이 깊고 큰 만큼 더 많은 용기가 필요했을 것이다.

후지마루와 이야기하고 있는 가토의 표정이 밝다. 출판사에서 영업을 맡고 있는 친구의 얼굴에서 본 표정이 저랬다. 가토도, 모토무라의 친구도 자신이 하는 일을 사랑하고 있다. 그들은 우여곡절은 있었지만 결국 자신이 있을 곳을 찾아냈다. 뭔가를 소중하게 생각하는 마음이 그 사람이 걸어가는 길을 비춰주는 경우가 있구나, 하고 그들을 보면서 모토무라는 실감한다. 너무나도 천진한 생각일지 모르지만, 애기장대 연구에 몰두하면서 거기서 즐거움을 느끼고 있는 모토무라는 취미든 일이든 사람이든, 사랑을 기울일 수 있는 대상이 있는 것이야말로 인간을 지탱하는 힘이 아닐까 하고 거듭 생각한다.

그러자 신기하게 생각되는 건 역시 식물이다. 뇌도 신경도 없는 식물은 사랑도 필요로 하지 않는다. 사랑 같은 게 없어도 빛과 물만 있으면 그것을 식량으로 하여 얼마든지 성장하고 살아갈 수 있다. 먹을 것이 있다는 것만으로는 결코 만족하지 못하는 인간과는 '산다'는 것의 의미가 전혀 다른 것 같다.

아무리 연구해도 넘을 수 없는, 식물과 인간 사이에 패어 있는 깊은 틈을 느낀다. 하지만 그렇기 때문에 식물의 신비를 연구하는 것은 인간의 신비를 아는 것과 통할지도 모른다는 생각도 든다. 마치 식물이 사람의 모습과 행동과 사랑을 바라보며 "너희들은 어떤 생물이지?"라고 질문을 던지는 것 같다고나 할까.

생각에 잠긴 모토무라의 곁에서 가토는 후지마루에게 즉석 원예 강좌를 하고 있었다. 온실 작업대에 놓여 있는 다양한 형태의 **체**를 본 후지마루가 "이건 뭐에 쓰는 겁니까?"라고 물어봤기 때문이다. "요리에 사용하는 체와 비슷한 것도 있지만, 좀 더 눈이 성긴 것도 있는데요."

"흙 입자의 크기를 균일하게 맞추고 싶을 때 사용하는 도구예요. 식물을 심을 때 흙 입자의 크기를 식물에 맞춰주는 거예요. 식물마다 좋아하는 배수(排水) 상태가 다르니까요."

가토는 온실 구석에서 두 종류의 흙 봉지를 날라 왔다. "흙 배합도 중요해요. 저는 아카다마하고 가누마(아카다마와 가누마 모두 원예용 흙의 상표명이다)를 사용하고 있는데, 어떤 비율로 배합하느냐에 따라 배수 상태가 달라져요. 뭐, 저 정도의 달인이 되면 식물을 한번 탁 하고 보면 대충 어떤 비율로 흙을 섞어야 할지 직감으로 알 수 있게 되지만 말이에요."

"호, 굉장하네요."

후지마루가 진심으로 감탄하는 모습을 보이자 가토는 신이 난 모양이었다. 마침 큰 화분으로 분갈이해주어야 할 선인장이 있어서 그걸 사용하여 바로 실연해 보이기 시작했다. 가시에 닿지 않게 조심하면서 목장갑을 낀 손으로 화분을 기울이고, 전체 길이 15㎝ 정도의 선인장을 굴려서 꺼낸다.

그다음 아카다마와 가누마를 체에 올린다. 아카다마(赤玉)는 그 이름대로 붉은 흙, 가누마(鹿沼)는 황금색 흙이다. 후지마루도 도왔다. 손목에 스냅을 주며 자잘하게 체를 흔든다. 과연 요리사인지라 체질하는 게 몸에 익어 있구나, 하고 모토무라는 생각한다.

큼직한 트레이 안에 알갱이가 작은 흙이 모였다. 가토가 거기에 비료를 넣고 양손으로 가볍게 뒤섞는다.

"정말로 요리하는 것 같네요" 하고 후지마루가 즐거운 듯이 말한다.

새 화분에 선인장을 세우고 섞은 흙을 그 주위에 부드럽게 돌려가며 넣는다.

"너무 꾹꾹 누르면 안 돼요"라고 가토는 말했다. "화분을 들고 작업대에 가볍게 톡톡 쳐서 흙을 평평하게 하는 정도면 돼요."

"컵케이크를 만들 때랑 같아요!" 후지마루는 눈을 빛냈다. "반죽을 너무 많이 주무르면 안 된다, 틀에 부을 때도 살며시 해야 한다, 라고 대장이 말했어요."

"선인장도 생물이고 컵케이크의 원재료인 계란이나 밀가루도 근본을 따져보면 생물이니까. 부드럽게, 너무 세게 누르지 않는 게 공통된 요령 아닐까요."

가토는 고개를 끄덕이며 말했다.

모토무라는 흙을 다루는 가토의 흐르는 듯한 훌륭한 솜씨와, 요리를 실마리로 다른 분야에도 기죽지 않고 덤벼드는 후지마루의 호기심을 보며 감탄하고 있다가, 문득 생각이 나서 청바지 주머니를 뒤셨다.

"이거, 좀 전에 마쓰다 교수님한테서 받은 건데, 아바네로 씨앗이래"하고 에펜 튜브를 가토에게 내민다.

"호." 후지마루가 에펜 튜브에 얼굴을 가까이 갖다 댔다. "엔푸쿠테이 손님은 나이 드신 분들이 많아서 아바네로는 사용한 적이 없는데, 고추씨하고 똑 닮았네요."

"아바네로도 고추속(屬)이니까요"하고 가토는 말한다.

"언제쯤 심으면 좋을까." 모토무라는 손바닥 위에서 에펜 튜브를 굴렸다.

"저도 키워본 적이 없어서 잘 모르겠지만, 따뜻해지고 나서가 좋을 것 같아요. 조사해볼게요."

"응……. 가토가 키워볼래?"

모토무라가 왜 그렇게 말하는지 가토는 짐작한 모양이다. 가토는 작업대 위를 정리하면서 "아바네로는 그렇게 어렵지 않을 테니까 괜찮아요. 저도 도와줄게요"하고 말했다.

"응, 그럴까? 고마워."

모토무라는 에펜 튜브를 주머니에 넣었다. 무엇이든 시들어 죽게 만드는 '갈색 손'이라서 불안하지만, 씨앗을 받은 건 나니까 용기를 내보자.

"아바네로가 가득 열리면 오일을 만들게 해주세요. 엄청 매운맛의 알리오 올리오 같은 데 쓰면 맛있을 거예요"라고 후지마루도 식욕을 부르는 응원을 해줬다.

아바네로의 씨앗은 씨뿌리기에 딱 좋은 시기가 올 때까지 모토무라가 관리하기로 했다. 관리라고 해봤자 연구실 책상 서랍에 넣어두는 것뿐이다. 마쓰다의 서랍 속에 놔뒀다가는 인감과 마찬가지로 마냥 처박혀서 굴러다닐 테니까, 그나마 모토무라가 가지고 있는 편이 더 나을 것이다.

모토무라와 두 사람은 온실에서 나왔다. 가토가 온실 출입구에 자물쇠를 채운다. 유전자를 재조합한 것은 온실에 놔두지 않는다. 온실 속 무성한 선인장과 양치식물의 대부분은 가토가 거의 취미 삼아 키우고 있다고 해도 좋을 것들이다. 그러므로 온실 출입에 그렇게 신경 쓰지 않아도 된다. 하지만 그 식물들도 언젠가 실험에 사용할 일이 있을지도 모를 소중한 식물이다. 도난당하는 일이 없도록, T대를 구경하러 온 사람이 길을 잃고 들어와 안에서 헤매지 않도록 일단 잠가둔다.

참고로, 온실 열쇠는 가토가 끈을 달아 목에 걸고 한시도 몸에서 떼지 않고 있다는 걸 알려두는 바이다. 마쓰다 연구실 사람들이 온실을 이용하고 싶을 때는 가토에게 열쇠를 달라고 해야 한다. 이와마는 열쇠를 손에 받아 들 때마다 체온으로 덥혀져 있는 느낌이 "징그럽다"고 불평이다. "모로오카 연구실이 갖고 있는 열쇠를 빌리고 싶어"라고 이와마는 늘 툴툴댄다.

결국 온실 청소를 돕지 못했구나 하고 생각하면서, 모토무라는 가토와 후지마루와 함께 자연과학부 B호관 쪽으로 걸어간다. 후지마루가 선인장을 담아 늘어뜨리며 걷고 있는 비닐봉지에서 걸음을 옮길 때마다 마른 잎을 밟는 것 같은 소리가 난다. 진짜 마른 나뭇잎은 나뭇가지 위에도, 깨끗이 청소된 길 위에도, 이미 눈에 보이지 않는다. 낙엽의 계절은 벌써 지났고 본격적인 거울이 다가와 있다.

"중요한 것을 잊고 있었어요." B호관 출입구 앞에서 갑자기 후지마루가 말했다. "내일 송년회 예약을 해주셨죠. 지금 그 준비를 하고 있는데요, 대장이 '튀김은 돈가스와 가라아게, 어느 쪽이 좋을까?'라고 물어봤는데…….'"

"가라아게(재료에 옷을 입히지 않거나 밀가루, 녹말가루 등을 묻혀 기름에 튀긴 음식)가 좋은데."

"돈가스!"

모토무라와 가토가 동시에 대답했다.

"알겠습니다. 가라아게가 좋겠네요."

후지마루는 고개를 끄덕이고, "그럼 내일 저녁 7시에 기다리고 있겠습니다" 하고 아카몬 쪽으로 사라져갔다.

"선인장을 치료해줬는데……."

가토는 자신의 희망 사항이 멋지게 무시당한 것이 못내 서운한 모양이다.

후지마루가 가라아게를 선택한 것은 자신에 대한 사적인 감정이랄까 편애 때문이 아니었을까 하고 둔한 모토무라도 왠지 모르게 짐작이 갔다. 후지마루의 마음을 눈치채지 못한 가토는 "더 큰 목소리로 주장했어야 했던 걸까" 하고 고개를 갸우뚱했다.

모토무라는 나보다도 연애에 어두운 사람이 있구나 하고 생각하다가 '아니야. 후지마루 씨가 가라아게를 선택해준 걸 가지고, 나 지금 좀 예쁜 여자인 척했어' 하고 반성하고는, 마음속에서 후지마루와 가토에게 사과한다.

그러나 엔푸쿠테이에서 가라아게를 먹을 수 있게 된 건 기쁘다. 돈가스도 맛있지만 맥주에는 역시 가라아게다.

"벌써 송년회라니 믿을 수가 없네."

"연구에 빠져 있다 보면 1년도 눈 깜박할 사이에 가버려요."

모토무라와 가토는 이런저런 얘기를 주고받으며 마쓰다 연구실로 돌아갔다.

그동안 송년회는 보통 자연과학부 B호관의 마쓰다 연구실에서 했다. 음료와 과자를 가져오고, 큰 책상에 휴대용 가스버너를 놓고 불고기 파티나 오코노미야키(물에 갠 밀가루에 해물·고기·채소 등을 버무려 철판에 구워 먹는 요리) 파티를 했다. 다른 연구실 사람들도 냄새에 이끌려 얼굴을 내밀고, 밤늦게까지 요란스러운 시간을 보냈다.

그럴 때 연구실 식구들에게 각자 할 일을 빈틈없이 지정해주고, 재료 구입이나 요리의 사전 준비를 도와준 사람이 마쓰다 연구실의 비서 나카오카다. T대 근처에 사는 나카오카는 벌써 5년가량을 마쓰다의 비서로 근무하고 있다.

샐러리맨 남편과 고등학생 딸 둘이 있는 나카오카는 사무 일도 잘 처리하지만 마음씨도 따뜻하다. 연구실 사람들을 자기 아이처럼 지켜봐준다. 모토무라에게도 떨어지기 직전의 카디건 단추를 다시 달아주거나 도시락 반찬을 나눠주는 등 자잘하게 신경을 써준다.

실험에 사용하는 약품이나 실험 도구의 재고가 떨어지려고 하면, 마쓰다 연구실 사람들은 나카오카에게 부탁한다. 그러면 나카오카는 필요한 수량을 한데 모아서 출입하는 업자에게 발주한다. 나카오카가 이렇게 연구실 지갑의 끈을 쥐고 제대로 관리하는 덕에 연구실 식구들은 안심하고 연구에만 전념할 수 있다.

무엇보다도 나카오카의 굉장한 점은, 마쓰다의 고삐도 쥐고 있다는 데에 있을 것이다. 나카오카는 마쓰다가 어떤 서류를 언제까지 제출해야 하는지 모두 파악하고 있다. 제출 기한이 다가오면 나카오카는 마쓰다를 재촉하고, 귀찮아하며 뒤로 미루려고 하는 마쓰다를 어르고 달래서 결국은 서류를 작성하게 만든다. 마쓰다의 책상 주변이 그토록 어지러운데도 어떻게든 되어가는 것은, 나카오카의 일정 관리 능력과 서류 탐색 능력에 의존한 바가 크다.

"우리 딸들도 유치원생 때는 장난감을 정리한다든가 옷을 갈아입는 것을 싫어했어요. 그때의 경험이 마쓰다 교수님을 어르거나 으르는 데 도움이 되고 있지요"라며 나카오카는 웃는다. 식물학의 세계에서는 학자로서 한 수 위로 인정받는 마쓰다도 나카오카에게 걸리면 꼴이 말씀이 아니다.

연구실 사람들이 다 같이 송년회를 할 때는, 요리하는 것을 좋아하는 나카오카가 집에서 조림이나 튀김을 만들어 왔다. 특히 연구실 식구들이 기다리는 것은 나카오카의 네모나고 큼직한 유부초밥이다. 식초 밥에 표고버섯, 당근, 간 닭고기를 듬뿍 넣어 만든 유부초밥은 입에서 살살 녹는다. 불고기나 오코노미야키는 다 같이 왁자지껄 만들어서 먹기 위한 사이드 메뉴이고, 식탁의 주역은 오히려 나카오카의 유부초밥이라고 할 수 있었다.

그러나 혼자 사시는 아버지가 올해 허리 병을 앓게 되어 걱정이 된 나카오카는 연말연시를 친정에서 지내기로 결정했다. 남편의 회사가 종무식을 하면 나카오카의 가족은 바로 규슈를 향해 떠난다. 그 때문에 보통 29일 저녁에 하는 것으로 되어 있는 연구실 송년회에 나카오카가 참석할 수 없게 됐다.

"미안해요. 올해도 유부초밥을 만들려고 했는데"라고 나카오카는 말했다.

사정이 사정인 만큼, 마쓰다를 비롯하여 연구실 일동은 물론 "송년회라면 걱정하지 말고 아버님을 잘 보살펴드리고 오세요"라고 말했다. 하지만 나카오카의 유부초밥을 먹을 수 없는 송년회라면 기대할 게 없는 송년회일 것도 확실했다.

"우리끼리 송년회를 해서 과연 성공할까요?"

나카오카가 없는 곳에서 가와이가 마쓰다에게 말했다. "몬자야키(오코노미야키와 비슷하나 수분이 더 많은 반죽 형태이며, 전용 숟가락으로 반죽을 떼어 먹는다) 실패작 같은 질척질척한 오코노미야키나, 숯처럼 타서 바위같이 딱딱해진 불고기가 나오는 게 아닐까 두려워요."

가와이와 두려움을 공유한 마쓰다는 신속한 판단을 내렸다. 이번 송년회는 프로의 손에 맡긴다. 엔푸쿠테이에 전화하여 송년회를 예약해두라는 말을 들은 나카오카는 얼굴에 안개가 걷힌 것 같은 표정을 지었다. 자신이 자리를 비운 사이에 대학원생 누군가가 양배추와 함께 손가락까지 칼로 베어버리는 것은 아닐까, 불을 잘못 다뤄 가스버너의 부탄가스를 폭발시키는 것은 아닐까, 하고 마음 졸이지 않아도 되었기 때문일 것이다.

"그럼 여러분, 새해 복 많이 받으세요."

29일 점심시간을 앞두고 나카오카는 밝게 인사하고 연구실을 떠났다. 나카오카를 배웅한 연구실 사람들은 엔푸쿠테이에서 저녁 7시에 송년회가 시작될 때까지 각자의 연구를 한다.

대청소를 하여 상쾌해진 연구실에서 모토무라는 3시까지는 메일을 체크하거나 인터넷 사이트에서 찾은 논문을 읽거나 했다. 그러다가 오전 중에 만들어둔 애기장대 절편(현미경으로 관찰하기 위해 생체 조직이나 기관을 얇게 자른 것)이 투명해진 것을 확인하고 지하 현미경실로 가서 두문불출하며 관찰에 전념했다. 기록하고 사진 찍고 하다가 문득 시계를 보니 벌써 6시가 지났다. 지하라서 창문이 없는 데다가 한번 애기장대 세포를 보기 시작하면 열중해버리는 모토무라다. 그래서 현미경실에 있으면 시간 가는 것이 빠르다.

혹시라도 시간이 갑자기 빨리 가서 나도 우라시마 다로(용궁에서 며칠을 보내고 집으로 돌아와보니 300년이 흘렀다는 일본 민화의 주인공)처럼 할머니가 되어 있는 것은 아닐까. 그러면 어떡하지, 하는 생각을 하면서 모토무라는 계단을 올라가 B호관 2층 재배실로 향했다. 다행히도 그사이 세월이 흘러 주위에 온통 처음 보는 사람뿐이었다, 라는 사태는 일어나지 않았다.

"마쓰다 연구실, 올해는 송년회 안 한다고?"

"아니, 하기는 하는데 여러 사정이 있어서 엔푸쿠테이에서 하게 됐어."

모토무라는 다른 연구실 대학원생과 복도에 서서 이런저런 이야기를 한다.

재배실의 챔버에서는 애기장대가 탈 없이 잘 자라고 있었다. 모토무라는 그믐날부터 1월 3일까지는 부모님이 사는 집에 가 있을 예정이다. 가토는 이번에는 고향에 가지 않는다고 해서, 그동안 애기장대를 돌봐달라고 부탁하기로 했다.

모토무라는 애기장대 생육에 걸리는 날들을 세어 휴가 기간 동안에 꽃이 피거나 씨앗이 열리지 않도록 미리 조정하고 있었다. 물 주는 양이나 횟수에 대해서 종이에 기록하여 챔버 문에 붙여두었다. 가토는 이 종이를 보면서 연구실 사람들이 키우는 애기장대를 돌볼 것이다. 인적이 드물어진 대학에서 가토가 혼자 재배실과 온실을 오가는 모습을 상상해본다. 자신이 그러고 있다고 상상을 해보니 왠지 쓸쓸한 기분이 들었지만, 초록에 둘러싸여서 정확하게 물을 주는 가토는 모토무라의 상상 속에서도 싱글벙글 행복해 보였다.

애기장대를 다 둘러본 후 챔버 안의 온도와 습도를 확인한 모토무라는 3층 연구실로 돌아왔다. 연구실에는 이미 아무도 없었고, 모토무라의 컴퓨터 모니터에 "먼저 가 있을게"라고 이와마의 글씨로 메모가 붙어 있다.

서둘러야지, 하고 생각은 하지만 그것이 행동에는 반영되지 않는 것이 마이 웨이인 모토무라다. 늘 하던 대로 오늘 관찰하고 조치한 사실을 실험 노트에 기록한다.

세포의 절편을 어떻게 배합한 약품에 얼마 동안 담가두었는지 기록하고, 그 세포를 찍은 현미경 사진을 노트에 붙이고, 새롭게 알게 된 사실 따위를 적어둔다. 생육 중인 애기장대에 관해서도 성장하는 속도나 챔버 내의 환경을 기록해둔다. 모토무라는 청바지 뒷주머니에 작은 메모장을 넣고 다니다가 생각난 아이디어나 수치 등을 꼼꼼하게 기록한다. 그 메모를 기초로 매일매일 실험 노트를 쓴다.

실험 노트는 실험이나 연구의 징확성과 신빙성을 담보하는 도구다. 마쓰다는 대학원생에게 실험 노트 쓰는 법을 철저하게 지도한다. 메모장을 늘 휴대하고 다니는 것도, 모토무라는 마쓰다에게서 배웠다.

실험 노트에 기술한 내용이 애매모호하거나 사진이나 도표가 알아보기 어렵게 되어 있으면 마쓰다의 얼굴 미간 사이의 주름이 마리아나해구처럼 깊어진다. 그 장면을 목격한 사람은 몸속의 피가 얼어붙는 느낌을 맛보게 되므로, 마쓰다 연구실 사람들은 논문 집필이나 발표만이 아니라, 그 근본이 되는 실험 노트 작성에 대해서도 결코 소홀히 하지 않는다. '매일매일 작성하는 실험 노트 없이는 정확하고 정밀한 연구도 없다'는 것이 마쓰다 연구실의 모토다.

모토무라는 기록이 끝난 실험 노트를 가방에 넣고 컴퓨터 전원을 끈 다음 옷을 걸치고 연구실 전기를 끄고 복도로 나선다.

어딘가의 연구실에서 송년회를 하고 있는지 멀리서 사람들의 목소리가 울리고 있다. 실험실 문이 열려 있어서 무심코 들여다보니 모로오카 연구실 대학원생이 핀셋을 들고 뭔가를 하고 있다. 눈이 마주쳐, "새해 복 많이 받으세요" 하고 인사를 주고받는다.

1년의 끝자락에 다다른 이날도, T대 자연과학부 B호관에서는 평소와 다름없는 시간이 흐르고 있다. 연구와 웃음과 진지함에 가득 찬, 모토무라에게는 그 무엇과도 바꿀 수 없는 일상의 시간이.

아카몬을 빠른 걸음으로 지나쳐 가다가 문득 돌아본다. 은행나무 가지 끝에 은빛으로 반짝이는 별이 하나 걸려 있다. 코트의 옷깃까지 단추를 채운 모토무라는 하얀 숨을 내뱉으며 다시 엔푸쿠테이를 향해 발을 내딛는다.

먼저 도착한 마쓰다 일행은 맨 안쪽 탁자에 앉아 있었는데, 뜻밖에도 딸기를 먹고 있었다. 엔푸쿠테이의 문을 연 모토무라는 식당 안의 따뜻한 공기가 몸을 감싸오자 휴, 살았다, 하고 한숨을 놓다가 그 광경을 보고 고개를 갸우뚱한다. 아직 7시를 10분 정도 지났을 뿐인데 벌써 다 끝내고 후식을 먹고 있는 건가.

문의 종소리를 들은 후지마루가 "어서 오세요"라고 바로 모토무라를 맞이하고 모토무라의 코트를 받아서 옷걸이에 걸어준다.

식당 안은 단골손님으로 보이는 사람들로 만석이다. 모두 웃는 얼굴로 건배하거나 햄버그를 한입 가득 물고 있다. 창가에는 선인장이 놓여 있다. 후지마루가 가토의 지도를 잘 받아서인지, 선인장은 지난번과는 완전히 달라져서 멋진 동그란 자태를 자랑하고 있다.

후지마루는 모토무라의 시선을 따라가서 보고는 "건강해졌어요"라고 말하며 웃었다. "자, 이쪽입니다."

모토무라는 후지마루의 안내를 받아 맨 안쪽 탁자 쪽으로 갔다. 마쓰다 연구실 사람들은 접시에 담긴 딸기에 손을 뻗고 있다가 모토무라를 보고는 "늦었네" "앉아, 앉아" "맥주가 좋겠죠?" "그럼, 우선은 맥주 다섯 잔 부탁합니다" 하고 저마다 말했다.

모토무라는 이와마 옆에 앉았고, 맥주 주문을 받은 후지마루는 딸기 꼭지만 남아 있는 접시를 회수하여 주방으로 모습을 감췄다.

"죄송해요, 기다리시게 해서." 모토무라가 머리를 숙였다. "저……어떻게 딸기를 드시고 계셨던 건가요?"

"케이크 만들고 남은 거래"라고 이와마가 말하고, "배가 고팠는데 마침 후지마루 씨가 '이거 드세요' 하고 내줬어요"라고 가토가 덧붙였다.

"죄송해요, 기다리시게 해서."

모토무라는 한 번 더 머리를 숙였다. 그때 후지마루가 맥주잔을 쟁반에 올려서 가져왔다. 모토무라가 후지마루를 도와서 사람들에게 잔을 돌렸다.

마쓰다 연구실 사람들은 "1년간 수고하셨습니다" 하고 건배했다. 후지마루는 탁자 옆에서 빈 쟁반을 배에 안듯이 하고 서서 싱글벙글 바라보다가 말을 걸어왔다.

"아까 이야기가 중간에 끊겼는데, 딸기의 비밀이란 게 뭡니까?"

"아아, 그랬지." 가와이가 입가에 묻은 거품을 닦는다. "딸기 표면에 씨앗같이 다닥다닥 붙어 있는 거, 그거 뭔지 알아?"

"어, 씨앗 아닌가요?"

"그게 씨앗이라면 씨앗이 열매 속이 아니라 표면에 가득 달라붙어 있다는 건데?" 하고 가토가 끼어든다. "열매가 씨앗을 보호하고 있지 않다는 건 이상한 일 아닌가요?"

"그러고 보니 그러네요."

"그 씨앗 같은 거, 그게 실은 열매야." 고개를 갸우뚱하는 후지마루에게 가와이가 말했다. "딸기의 씨앗은 그 씨앗같이 보이는 것의 속에 들어 있어."

"그래요? 그렇다면 제가 열매라고 생각한 빨간 부분은 뭔가요?"

"열매의 토대 같은 거지요."

그때까지 잠자코 있던 마쓰다가 끼어든다. "우리가 열매라고 생각하고 있는 것이 실제로는 열매가 아닌 경우는 그 밖에도 많습니다. 예를 들어 헛개나무는 작은 열매가 달린 잔가지 전체가 뚱뚱해져요. 그걸 먹어보면 딱딱해진 건포도 같은 감촉에 멜론 같은 향이 나는데, 하지만 그 뚱뚱한 부분은 열매가 아니라 가지입니다.”

“정말요? 가지를 먹는 겁니까?” 후지마루가 눈을 동그랗게 떴다. “알고 있었어요?”

질문이 자신에게 향하자, 모토무라는 고개를 저었다.

“딸기 표면의 깨알 같은 것이 열매라는 사실은 알고 있었지만, 헛개나무는 본 적도 없어요.”

“그래?”

이미 맥주 첫 잔을 다 마시고 후지마루에게 한 잔 더 부탁하면서 이와마가 말한다. “제법 눈에 많이 띄는 나무야. 시골집 들판에도 있어서, 어렸을 적에 자주 따 먹었어.”

“이와마 씨는 집이 규슈였나?”

가와이의 질문에 “네” 하고 이와마는 끄덕인다.

“숙취에 좋다고 했어요.”

“어렸을 땐데 웬 숙취?”

가토가 혜살을 놓았다.

“할아버지가 하신 말씀이야. 지금이야말로 사는 집 근처에 헛개나무가 있으면 좋겠지만.”

“물론 과학적으로 효능을 분석해봐야겠지만, 식물에 관해 옛날부터 전해지는 말은 경청할 필요가 있지요.”

마쓰다의 잔도 벌써 비었다. “헛개나무 추출물이 원재료로 들어간

껍이 나와 있는 것을 보면, 전해져오는 대로 헛개나무에는 입안이나 위를 상쾌하게 하는 어떤 효과가 있는 거겠죠."

그때 주방에서 "어이, 후지마루!" 하고 쓰부라야가 으르렁하고 부르는 소리가 났다. "어이쿠" 하고 후지마루는 빈 잔을 쟁반에 올려서 주방으로 휙 날아간다.

새로 채운 맥주와 감자튀김과 사치스럽게도 로스트비프가 올라간 샐러드가 나오자 일동은 잠시 음식을 먹는 데에만 전념했다. 후지마루도 여기저기에서 들어오는 주문을 받아내느라 쩔쩔매는 모양이다.

"그러고 보니" 하고 가와이가 말했다. "신청한 게 통과돼서 내년에 보르네오섬에 연구 조사를 하러 가게 됐습니다."

"아, 그래요?"

마쓰다는 조금 고개를 숙이다가, 바로 "그거 잘됐네요" 하고 덧붙였다.

"좋겠다!" 가토가 감자튀김을 붕붕 흔든다. "저도 데려가주세요. 양치식물이 필요해요."

"이번에는 인원이 꽉 찼어. 양치식물은 가능하면 채취해 오도록 해볼게."

"연구팀의 구성은?"

이와마도 눈을 빛낸다.

"일본 측 파트너는 R대의 가리야 씨. 인도네시아 측 파트너는 현지 B대의 블랑 씨."

"베스트 팀이네. 언제 가요?"

"학부 봄방학을 끼어서, 3월에 3주 정도."

"좋겠다!"

가토가 또다시 감자튀김을 흔든다.

"너무 소문내지 말아줘." 가와이가 웃으며 말했다. "사방에서 '그거 가져와줘' '이 식물을 찾아줘' 하게 되면, 가토가 부탁한 양치식물을 못 가져오는 수가 있거든."

"알았어요, 비밀로 하겠습니다. 하지만 참을 수 있을까요. 글쎄, 보르네오잖아요. 나도 한 번이라도 좋으니 가보고 싶다."

보르네오섬은 중앙부에 광대한 정글이 있어서 다양한 동식물이 살고 있다. 험준한 산도 있기 때문에 본격적인 조사가 되어 있지 않은 구역도 많아서 뜻밖의 식물을 만날 수 있다. 식물을 연구하는 사람들이 실로 낙원처럼 동경하는 땅이다. 이번에 가와이가 조사하러 들어가는 지역은 섬 대부분이 인도네시아령으로 되어 있는 칼리만탄이라고 불리는 지역이다.

"나는 애기장대가 주 연구 분야라서 특별히 부탁하고 싶은 건 없지만…… 마쓰다 교수님은 역시 부생식물을 부탁할 거지요? 모토무라 씨는? 모토무라 씨도 '이거 가져와줘요' 하고 여기서 말해두는 게 좋아" 하고 이와마가 말했다.

모토무라는 조금 전부터 마쓰다의 미간에 주름이 깊어진 것 같아서 신경이 쓰였지만, 귀중한 식물을 얻을 수 있는 기회가 생겼다는 사실을 알고 나니 가슴이 두근거리는 것을 멈출 수 없었다.

"저는 모노필라이아를 부탁했으면 해요. 잎사귀가 굉장히 커지거든요. 보르네오에는 2, 30종쯤 있대요. 태국의 근연종(생물의 분류에서 가까운 관계에 있는 종)에 관한 논문은 읽었지만, 저는 늘 실물을 보고 싶었거든요. 그것의 세포를 조사하면 지금 하고 있는 애기장대의 잎 사귀를 크게 하는 실험에도 도움이 되지 않을까 해서요."

"오오."

"모토무라 씨가 단숨에 많은 말을 했어……."

일동은 술렁거렸다. 말이 없는 사람이라 하면 예전의 가토라고 생각했는데, 나 역시 평소 그렇게 짧은 문장으로밖에 말하지 않았었나. 연구실 멤버들이 자신을 어떻게 보고 있는지 엿본 것 같아서 모토무라는 조금 부끄러웠다.

"알았어, 후배들이 부탁한 것은 최대한 채집해볼게."

가와이의 말을 듣고 다들 기뻐했다. 다시 분위기가 안정되었을 때 후지마루가 왔다. 닭 가라아게를 쓰키미당고(8월 15일 밤과 9월 13일 밤의 밝은 달에 바치는 피라미드처럼 쌓아 올린 경단)같이 수북이 담은 큰 접시를 받쳐 들고 있다.

"자, 오래 기다리셨습니다."

김이 나는 가라아게를 향하여 모두 앞을 다투어 포크를 내밀었다. 술은 맥주에서 화이트와인으로 바꾸기로 했다. 바쁠 테니 병과 잔만 가져다주면 그다음은 각자 알아서 따르겠다고 후지마루에게 말했다.

"부족해지면 와인 쿨러에서 자유롭게 병을 꺼내다 드세요." 후지마루는 홀 구석을 가리켰다. "물론 나중에 정산은 하겠지만."

후지마루가 가리킨 곳에 놓여 있는 것은 아무리 봐도 와인 쿨러가 아니라 그저 소형 냉장고였다. 엔푸쿠테이에서 취급하는 와인 중에 고급 와인은 없다. 다른 음료와 함께 보통의 냉장고에다가 보관하는 모양이다.

하지만 마쓰다 연구실에 와인에 일가견이 있는 사람은 아무도 없었기 때문에 모두 만족스러워하며 잔을 기울였다. 가라아게를 쌓아 올린 산도 일찌감치 반쯤 무너져 내렸다.

"맛있어."

이와마가 눈을 가늘게 뜨고 가라아게를 맛보며 말한다. 정말, 하고 모토무라도 끄덕였다. 튀김옷은 바삭하고 고기는 제대로 맛이 들어 있어서 와인이 절로 당긴다. 가라아게에는 맥주가 맞는다고 생각했었는데 이제 알코올이라면 뭐든 좋아, 하는 기분이 되었다.

다시 탁자에 슬슬 다가와 있던 후지마루가 "그 가라아게는 내가 만든 거예요"라고 머뭇머뭇 말한다. "대장이 비전으로 삼고 있는 소스에 하룻밤 재워놓고, 중간에 한 번 일어나서 맛이 잘 배게 고기를 주물럭거려줬어요. 튀김 기름에는 참기름을 섞어서 풍미가 높아지게 했습니다."

과연, 그래서 이렇게 맛있었구나 하고 모토무라는 감탄하며 "이거 해달라고 하기를 잘했어요"라고 말하고, 또 새 가라아게를 덥석 물었다.

가와이는 역시나 하는 표정이 되었고, 이와마는 "사랑이 무거워……" 하고 중얼거렸는데, 모토무라와 후지마루는 알아차리지 못했다. 모토무라는 가라아게에 열중했기 때문이고, 후지마루는 가라아게를 먹는 모토무라를 바라보는 데 열중했기 때문이다. 참고로 마쓰다는 뭔가 생각에 잠겨 있던 탓에, 가토는 선인장에 대한 사랑 이외의 사랑에 대해서는 무감각했던 탓에, 가라아게에 얼버무려져 있는 후지마루의 애틋한 사랑을 감지하지 못했다. 그들은 그저 '생강이 적절히 맛을 내고 있네'라고밖에는 생각하지 못했다.

"후-지-마-루!"

주방 쪽에서 나는 원령과도 같은 목소리의 호출을 듣고 후지마루는 휙 뛰어갔다. 제자가 홀에 나가서는 길 잃은 사냥개처럼 돌아오지 않으니, 식당 주인인 쓰부라야가 성질이 나는 것도 당연하다.

그 후, 후지마루는 조용히 아콰 파차(흰살 생선, 토마토, 마늘 등을 넣어 푹 끓여 만드는 이탈리아 요리)를 가져와서 도미, 바지락, 홍합, 방울토마토 등을 각자의 개인 접시에 보기 좋게 담았다.

"이제 마무리로 각자 오므라이스나 나폴리탄 중 하나를 선택할 수 있어요" 하고 후지마루가 말하자, "배가 제법 부른데" 하고 가와이가 우는소리를 하고, "십대 운동부원이 아니어서 그렇게 못 먹어"라고 이와마도 비명을 지른다. 가토는 젊어선지 "나는 오므라이스" 하고 먹을 의욕을 낸다.

모토무라는 아쉽게도 배가 거의 다 찼지만, 엔푸쿠테이의 간판 요리에 대한 미련을 버릴 수 없다.

"양쪽 다 조금씩 먹어볼 수 있으면 좋겠는데요."

"알겠습니다, 그렇게 하지요."

그 자리에서 후지마루가 대답했다. 가토의 의향은 역시 기각되고, 큼직한 오므라이스와 양을 늘린 나폴리탄을 각자 접시에 조금씩 나눠 담아서 맛보는 것으로 결정됐다.

그러나 가토는 기죽지 않는다고 할까, 아니면 모토무라에 대한 후지마루의 편애를 알아차리지 못한 것이라고 할까, 탄수화물 섭취량이 준 것에 대해 굳이 마음 쓰지 않는 것 같다. 가토는 접시에 나눠 담은 오므라이스와 나폴리탄을 단숨에 해치우고, 밝은 목소리로 새로운 화제를 꺼냈다.

"그러고 보니 여러분, 연말연시에 각자 기르는 식물에 물을 얼마나 주면 좋을지 써놓으셨나요?"

챔버에 메모를 붙여놨다고 다 함께 대답한다. 그러나 마쓰다만은 "나는 그믐날까지 연구실에서 일할 예정이고 새해 첫날도 오후부터는 나오니까, 가토 군이 물 주는 걸 돕겠습니다"라고 말하는 거였다. 그 말을 들은 모토무라는 '나는 새해 사흘을 여유롭게 지내도 되는 건가' 하고 미안한 마음이 들었으나, 오랫동안 얼굴을 못 본 딸이 오기를 기다리고 있을 부모님을 생각하니 지금 와서 계획을 변경하기도 어려웠다. 다른 사람들은 어떤가 하면, '마쓰다 교수님의 사생활은 역시 수수께끼야. 아니, 사생활 자체가 있는지 어떤지 수수께끼야' 하고 의문을 더해가고 있었다.

"마쓰다 교수님도 계신다고 하니 마음이 든든합니다" 하고 가토는 말했다. "여러분, 안심하고 새해 휴가를 즐기고 오세요. 돌아올 때쯤에는 애기장대를 큼직하게 키워놓고 있을 테니까요."

"가토는 귀성 안 해도 돼?"

이와마의 질문에 가토는 "그게" 하며 뺨을 긁었다. "전 형이 셋 있는데 하나는 상사 맨, 하나는 외국계 근무, 하나는 외교부 근무예요. 게다가 지금 모두 해외 근무 중이고요."

"엘리트구나."

가와이가 말한다. 선인장 연구에 몰두하는 가토는 어쩌면 가족 사이에서도 이단아 취급을 당하고 있는 건 아닐까, 하는 우려를 가와이가 품고 있다는 사실이 모토무라의 눈에도 보일 정도였다. 솔직한 이와마는 "그런 형님들이 있는 것치곤, 가토의 영어는 미심쩍단 말이야" 하고 놀린다.

"형들의 성적이 묘하게 너무 좋은 거예요." 가토는 환하게 웃는다. "사이가 나쁜 건 아니지만, 어쨌든 서로 관심사가 맞지 않아서. 세 형들이 형수랑 조카들을 데리고 설날에 돌아와요. 집이 가득 차버려서 저는 이번에는 기간을 달리해서 귀성하기로 했습니다."

듣고 보니 가토에게는 합계 여덟 명의 조카들이 있다고 했다. 집이 굉장한 호화 주택이라고 해도 정말 가토가 있을 곳은 없겠구나, 하고 다들 고개를 끄덕였다.

어느샌가 다른 손님들은 다 가고 식당 안에는 모토무라 일행만 남아 있었다. 모토무라는 손목시계를 보고 벌써 두 시간 반 정도 먹고 마시고를 계속했다는 것을 알았다. 한숨 돌릴 만해졌는지 쓰부라야가 주방에서 나왔다.

"후지마루가 늘 신세를 지고 있는 것 같습니다만" 하고 정중하게 인사를 한다. 마쓰다 연구실 사람들은 송구스럽다는 표정을 지으며 저마다 고개와 손을 흔들면서 요리가 얼마나 맛있었는지 있는 힘껏 전했다.

후지마루가 바깥 간판의 불을 끄고 나서 딸기 롤케이크와 커피를 날라 왔다. 고급스러운 달콤함에, 촉촉한 느낌과 풍성한 느낌이 절묘하게 어우러진 롤케이크였다. 배가 불렀을 터인데도 술술 녹아서 위로 들어간다.

후식을 즐기는 이들을 옆 탁자에 앉은 쓰부라야가 만족스러운 얼굴을 하고 바라본다. 후지마루는 의자에 앉은 스승의 어깨를 주무르고 있다.

"이때가 되면 매년 눈이 핑핑 돌 정도로 바빠요." 쓰부라야는 말했다. "크리스마스에다가 송년회에다가, 더구나 병아리도 돌봐야 하고."

병아리란 후지마루 얘기인 모양이었다.

"바쁜 건 고맙지만, 나도 매해 나이를 먹으니까요. 언제까지 몸이 지탱해줄지" 하고 탄식하는 쓰부라야를, "괜찮아요!" 하고 후지마루가 격려했다. "스승님은 나이치고는 정력이 왕성하니까."

"너는 언어가 아쉬워. 그렇게 말하면 내가 밝히는 사람 같잖아."

"틀린 얘기는 아니지요."

후지마루는 쓰부라야의 어깨를 꾹꾹 주무른다. 쓰부라야는 "아야, 아파" 하고 신음하면서, 조금 겸연쩍은 모습으로 말했다.

"여러분은 연구하느라 1년 내내 바쁘시지요? 그럼 크리스마스 같은 것도 신경 안 쓰겠네요."

"크리스마스……."

연구실 사람들은 그 단어를 처음 들은 것같이 눈을 깜박거렸다.

"잊고 있었어요."

가토가 말했다.

"깨끗이."

가와이가 고개를 끄덕인다.

"저는 기억하고 있었어요."

모토무라는 커피의 쓴맛을 혀로 굴린다. "연립주택에서 키우는 포인세티아가 아무리 시간이 흘러도 붉어지지 않아서……. 크리스마스까지는 버텨보자고 생각했는데, 크리스마스 날 아침에 상자를 들어보니까 잎사귀는 여전히 초록색이었어요. 그날로 단일처리를 포기했고, 그래서 그날이 인상 깊게 남았어요."

"아니, 그거 참, 크리스마스 에피소드치고는 참 그렇네요" 하고 가토가 말했다. 긴장한 얼굴로 모토무라가 무슨 말을 할지 귀를 기울이던 후지마루는 얼굴에 웃음이 돌면서 쓰부라야의 어깨를 고속으로 주무르기 시작했다. "아야야야" 하고 쓰부라야가 신음한다.

"나는 올해 크리스마스에도 그이랑 못 만났어." 이와마가 한숨을 쉬었다. "거리가 머니까 어쩔 수 없지만."

"이와마 선배님, 남자 친구가 있었어요?" 하고 놀란 건 인류의 연애사에 어두운 가토뿐이었다. 이와마가 나라현에 위치한 S과학기술대학원의 대학원생과 사귀고 있다는 것은, 마쓰다 연구실의 다른 멤버들은 익히 알고 있는 사실이었다.

"학회 시즌이 되면 다시 만날 수 있어요." 모토무라가 위로했지만, "뭐 그렇겠지. 하지만 학회 때는 둘 다 연구 모드라서 연애하고 있을 상황이 아니야"라고 이와마의 한숨이 커진다.

일동은 입을 다문 채 아무 발언도 하지 않는 마쓰다를 살폈다. 식물에는 '크리스마스'라는 개념이 없으니까, 마쓰다의 머릿속 일정표에도 '크리스마스'라는 글씨는 애초부터 들어 있지 않은 건가. 마쓰다는 크리스마스라니, 식물이 서식하지 않는 다른 별나라의 풍습인가 하는 표정을 하고 커피를 마시고 있다.

엔푸쿠테이는 그믐날부터 1월 3일까지 휴업이라고 한다. 쓰부라 야는 하코네유모토의 온천 호텔에 가서 휴가를 보내고, 후지마루는 가족이 사는 집에 돌아가서 뒹굴뒹굴할 예정이라고 했다.

"물론, 선인장도 데려갑니다."

"부탁해요, 후지마루 씨!"

후지마루와 가토는 굳게 악수 같은 걸 하고 있다.

즐거운 연회가 끝나고 연구실 식구들은 "새해 복 많이 받으세요" 를 주고받으며 엔푸쿠테이를 나왔다.

혼고 대로로 나와서, 모토무라 일행은 지하철역으로 향한다. 마쓰 다만은 "연구실로 돌아가겠습니다"라고 했다.

"이 시간에요?" 하고 사람들이 놀랐지만, 마쓰다는 메일 답장이 밀 렸다 어쨌다 하면서 대로를 건너 아카몬 너머 캠퍼스의 어둠 속으로 사라져갔다.

"내일도 B호관에서 얼굴을 마주할지 모르지만, 일단 여러분, 내 년에 또 봐요. 떡 너무 많이 먹어서 배탈 나지 않도록"이라는 말을 남기고.

그런데 오늘 밤의 마쓰다 교수님은 유난히 말수가 적었던 것 같 다. 모토무라는 그렇게 생각했지만, 사실 마쓰다는 언제나 말이 없는 편이다. 평소와 많이 달랐는지 어땠는지 헷갈려서 모토무라는 괜한 생각을 한 건가 했다. 다른 사람들도 마쓰다에 대해 별다른 이상함 을 느끼지 않았는지 "아, 많이도 먹었네" 하고 넘어가는 모습이다.

한 해의 마지막과 시작이 다가오는 혼고의 거리에, 모토무라가 내뱉는 하얀 입김이 녹아들어간다. 공기는 차고 맑다. 내년에야말로 애기장대의 잎이 쑥쑥 커주면 좋겠다고 바라면서, 모토무라는 연구실 사람들과 함께 지하로 이어지는 계단을 내려갔다.

모토무라는 부모님 곁에서 무탈하게 연말연시를 보냈다.

오래간만에 만난 부모님을 보고, '왠지 줄어든 것 같아⋯⋯'라고 모토무라는 생각했다. 부모님은 아직 오십대 중반이어서 늙기에는 이른 나이다. 본래의 나이에 비해 특별히 더 나이 들어 보이는 것도 아닌데, 아마도 떨어져서 살고 있는 탓에 상대의 사소한 변화를 민감하게 알아차려서 그렇게 느끼는 것인지도 모른다. 긴 겨울을 지낸 눈(目)에는 신록이 더욱 눈부시게 파고든다. 그것과 마찬가지로, 거의 1년 만에 얼굴을 마주한 부모님이 기억 속에 있던 모습보다 작고 힘없는 존재로 느껴져서, 모토무라는 가벼운 놀라움을 느꼈던 것이다.

그렇지, 어머니도 아버지도 점점 나이를 드시는 거야. 어떻게든 연구자로서 먹고살아갈 수 있다는 것을 보여드려서 안심하실 수 있게 하고 싶은데, 도대체 언제쯤 그럴 수 있을까.

애초에 '애기장대에 몰두하는 딸'이라는 존재가 전 인류 중에서도 지극히 소수파일 터이다. 그런 딸을 가진 부모님이니 주위에 물어볼 수도 없고 공감도 얻을 수 없고 하여, 그저 답답해하고만 계시는 건 아닐까. 모토무라는 걱정이 됐다.

생각해보면 모든 부모는 자식이 있기 때문에 부모인 것이다. 그런 만큼 자신들이 낳아서 키운 자식이 "자식을 갖는 것에 전혀 흥미가 없다"라고 말하는 걸 이해할 수 있을까. 더구나 모토무라는 아예 남녀 교제에도 결혼에도 흥미가 없고, 오직 애기장대를 생각할 때만 가슴이 뛴다. 그런 만큼 부모님이 자신을 보며 얼마나 혼란스럽고 낙담스러워할까 생각하지 않을 수 없다.

그러나 역시 모토무라의 부모님이었다. 모토무라가 박사과정에 진학한 시점에서 포기하자고 결단을 내린 것일까, 외동딸이 돌아온 것을 순수하게 기뻐하며 손 하나 까딱 안 하고 지낼 수 있도록 배려해주는 것이다. 어머니는 떡과 오세치(일본의 정월 음식)를 더 먹으라고 하고, 아버지는 딸을 보니 좋다며 "같이 마시자" 하고 선물로 들어온 고급 일본 술을 딴다. 모토무라는 그런 부모님을 보고 오히려 더 죄송스러운 기분이 된다.

'사랑이 무겁다……'라고 모토무라는 생각했다. 후지마루가 가라아게에 담은 사랑은 깨닫지 못했지만, 즐거워하는 부모님의 모습에서 자신이 얼마나 사랑받고 있는지는 느낄 수 있었다. 무겁지만 행복하다, 하고 권하는 대로 음식을 먹어댔더니, 사흘 사이에 살이 2킬로나 쪘다.

이렇게 물리적으로 무거워지면 어떡해. 목욕을 하려던 모토무라는 욕실 앞의 체중계를 내려다보고 잠시 굳어진다. 서둘러서 알몸이 되어 크게 심호흡을 하고 나서 한 번 더 체중계 위에 올라가봤지만 역시 2킬로가 쪄 있었다.

입고 온 청바지가 들어갈까 걱정하면서 모토무라는 정월 휴가의 마지막 밤, 부모님 집에서 잠자리에 들었다. 대학을 졸업할 때까지 기거하던 모토무라의 방은, 침대도 책상도 언제든 사용할 수 있게 그대로 유지되고 있었다. 사랑이 무겁다, 라고 모토무라는 또 한 번 생각했지만, 애기장대를 사랑하는 딸이라도 부모는 받아들여주는구나 하고 눈물이 날 것 같은 행복감도 느꼈다.

그렇기는 하나 휴가 기간 동안 긴장 국면이 전혀 없었던 건 아니다. 어머니는 이제 결혼이라는 단어는 입에 올리지 않게 됐지만, 주위에서 벌어지는 결혼이나 출산까지 없었던 것으로 할 수는 없다.

1월 2일 아침, 세 식구가 함께 조니(일본의 떡국)와 오세치를 먹고 있었을 때, "그러고 보니 가와고에에 사는 다마키 말이야" 하고 어머니가 말했다.

다마키는 모토무라보다 나이가 세 살쯤 더 많은 사촌 언니. 어렸을 때 여름방학이면 함께 놀곤 했던 그리운 얼굴이다. 모토무라가 추억을 떠올리며 이야기에 귀를 기울이고 있는데, "연말에…… 아무것도 아니다"라고 어머니가 갑자기 하던 말을 중단해버려서 조니의 떡이 목에 걸릴 뻔했다.

"'연말에 아무것도 아니다'라니, 뭐야? 문장이 안 되잖아."

어머니는 누가 봐도 '실수했네' 하는 표정을 지은 채 말린 청어알(자손이 번영하라는 의미로 신년 설이나 혼례 때 먹음)을 깨물고 있다가, "그거 말이야, 그거. 경사스러운 느낌의" 하고 횡설수설했다.

"어, 다마키 언니 결혼했어?"

"그건 2년 전의 일이고."

"뭐? 난 못 들었는데!"

"어머, 말 안 했나."

어머니는 이번에는 검정콩으로 젓가락을 뻗었다. "그래, 맞다. 식을 올리지 않는다고 해서 너한테 연락할 기회를 놓쳤구나."

"그런 문제가 아니잖아. 축하 인사 정도는 전할 수 있었는데."

"글쎄, 사에야, 넌 연구하느라 바빠 보였고……. 괜찮아. 엄마가 축의금 보냈으니까."

납득이 가지 않았지만, 밤과자를 다음 목표로 정하고 움직이고 있는 어머니를 향해 격렬한 항의를 하기가 뭐하여 "너무 단것만 드시네요"라고 주의를 주고 나서, "그럼, 경사스러운 일이라니, 다마키 언니가 임신이라도 했대?" 하고 물었다.

"아니, 출산했어. 지난 연말에."

"전개가 너무 빠르네, 난 아무것도 모르고 있었는데!"

모토무라는 저도 모르게 언성을 높이고는 먹은 그릇을 싱크대로 가져가서 난폭하게 씻었다. 어머니가 사촌의 결혼이나 임신과 출산을 알려주지 않았던 건 모토무라를 배려해서일 것이다. 그 점은 이해가 간다. 하지만 '내가 그렇게까지 배려를 받아야 할 존재인가' 하고 생각하니 한심하고 억울해서 화가 치밀어 오른다.

모토무라가 민감한 반응을 보이는 이유를 알고 있을 텐데도, "그렇게 우당탕거리지 마라" 하고 어머니는 식탁에 앉아서 주의를 준다. "그러고 보니, 너 살림은 제대로 하는 거니? 집의 그릇이랑 접시, 전부 이가 다 빠져 있는 거 아니야?"

자신은 아무 잘못도, 어떤 실언도 하지 않았다, 라고 말하려는 것 같지 않은가. 모토무라는 점점 더 화가 나서 그릇 씻는 스펀지를 맹렬하게 주물러 소프트볼만 한 거품을 제조해냈다.

아버지는 '군자는 위험을 가까이하지 않는다' 전법을 구사하기로 마음먹었는지, 새삼 날짜 지난 연하장을 뒤적거리고 있다가 시간이 지나서야 모토무라에게 신사에 새해 첫 참배를 하러 가자고 했다.

둘이서 집 근처의 작은 신사로 걸어가는 도중에 아버지는 불쑥 말했다.

"네 어머니는 악의 같은 거 없어."

신사의 배전(신사의 본전 앞에 지어진 건물로, 밧줄을 흔들고 돈을 던진 후 기도를 올리는 곳)을 향해 열심히 합장하는 아버지를 곁눈으로 째려보며, '사에도 빨리 결혼할 수 있게 해주세요, 같은 소원이나 빌고 계시겠군' 하고 속으로 빈정거린다. 모토무라의 꼬인 마음은 좀처럼 풀어지지 않는다.

그런데 뜻밖에도 아버지는 배전에서 걸어 나오면서 "네가 하는 연구가 잘되게 해달라고 기도했다"라고 다정한 목소리로 말했다. "큰 개불알풀이라고 했었나?"

"애기장대요."

그렇게 대답한 모토무라는 마음속에서 아버지를 놓고 빈정댔던 자신이 부끄러워서 거의 울음이 나올 뻔했다.

아버지는 짧은 참배 길을 따라 내려오다가 드문드문 늘어선 노점에서 시럽을 입힌 사과를 하나 사서 모토무라에게 줬다. 어렸을 때 모토무라가 좋아했던 거다. 지금 와서 보니 맛도 너무 단 데다가 색깔도 너무 빨갛고, 안의 사과도 어쩐지 쭈글쭈글해진 것 같다는 생각이 들었지만, 모토무라는 전부 다 먹었다.

집에 오니, 텔레비전으로 하코네 역전 마라톤을 보며 기다리고 있던 어머니가 "신사에서 줄 서서 기다리진 않았니?" 하고 웃는 얼굴로 물었다. "벌써 5구간이야."

모토무라는 소파에 앉아 있는 어머니 옆에 앉았다. 조금 어리광을 피우고 싶은 기분이 들어 바싹바싹 거리를 좁히자, "뭐야" 하고 어머니가 허리로 반격해온다. 소파 위에서 그렇게 잠깐 공격과 방어를 주고받았다.

모토무라는 어머니 어깨에 반쯤 체중을 맡기며 사촌에게 휴대전화로 문자를 보냈다. 바로 답장이 왔고, 거기에는 태어난 지 얼마 안 되는 아기의 사진이 첨부되어 있었다. 아버지가 사준 사과 사탕같이 둥글고 빨갛다.

"귀여워"라고 말하며, 어머니와 함께 사진을 봤다.

모토무라는 청바지에 허리가 꽉 끼는 상태로 새해의 활동을 시작했다. 새해가 되었다고는 하나, 지난해까지 해오던 것과 크게 달라질 것은 없다. 계속해서 담담하게 결과를 축적해가는 것 외에 다른 길이 없기 때문에, 변함없이 매일 자연과학부 B호관에 틀어박혀서 하루를 보낸다.

굳이 말하자면 약간의 변화가 몇 가지쯤은 있다.

모토무라가 신년 휴가를 끝내고 연립주택으로 돌아오자, 창가의 포인세티아가 건강을 잃어가고 있었다. 인기척이 없는 방에서 밤 동안의 추위를 견디지 못했는지, 잎이 몇 장이나 떨어져 있었다. 가지고 다니기에는 조금 큰 화분이긴 하나, 후지마루처럼 귀성할 때 가지고 갔으면 좋았을걸 하고 모토무라는 후회했다. 지금은 실내 온도에 주의하면서 경과를 관찰 중이다.

한편 재배실 챔버 안에서는 애기장대가 너무 잘 자랐다 싶을 만큼 순조롭게 자라고 있었다. 과연 '초록 손가락'의 가토다. 가토가 돌봐 준 덕이다.

"다른 사람의 애기장대를 시들어 죽게 하면 큰일이니까요" 하고 가토는 환한 얼굴로 말했다. "아무 사고 없이 새해 연휴가 지나가서 다행이에요."

"고맙긴 한데, 기분 나쁠 정도로 건강하게 잘 키웠어" 하고 이와마가 투덜거리듯이 말했다. 예상 이상으로 잘 자란 탓에 기공을 관찰할 시기를 놓치지 않으려면 잎을 따서 투명화하는 작업을 쫓기듯이 서둘러야 하게 됐기 때문이다.

모토무라는 사중변이체 애기장대를 얻기 위해 1200알이나 되는 씨앗을 하나하나 뿌리는 작업을 하고 있었다. 이게 보통 일이 아니라서, "씨앗 채취 쪽이 백만 배 쉬웠어" 하고 한숨을 쉬고 싶어질 정도였다.

정육면체의 스펀지 같은 록울에 물을 뿌리고 거기에 애기장대 씨앗을 하나씩 올려놓는다. 씨앗은 너무 작아서 손가락이나 핀셋으로는 작업할 수 없다. 그래서 물에 적신 이쑤시개 끝에 씨앗을 하나씩 붙여서는 묵묵히 록울에 옮기는 것이다.

트레이의 절반쯤 씨앗을 올렸을 때 이미 어깨결림의 징조가 나타났다. 이 작업을 1200번이나……! 모토무라는 2층 재배실에서 혼자서 작은 소리로 "으악" 하고 비명을 질렀다.

하필이면 그때 재배실 문이 열리고 가와이가 얼굴을 내밀었다. 어깨를 빙빙 돌리면서 "으악" 하는 모토무라를 보고 "……지금 괜찮을까?"하고 가와이가 물었다.

"괜찮아요. 네, 전혀."

모토무라는 서둘러 팔을 내리고 가와이에게로 돌아선다.

"모노필라이아에 대해서 조사해봤는데"라고 말하면서 재배실로 들어온 가와이는 모토무라가 파종 중인 것을 보고 도와주겠다고 나섰다. 남은 록울의 절반에 씨앗을 뿌려간다. 가와이의 이쑤시개 다루는 솜씨는 재빠르고 정확했다.

"가와이 선배님은 애기장대를 별로 사용하지 않는데도 익숙하게 잘하시네요."

"뭐, 연륜의 차이야"하고 가와이가 웃었다. "나는 지금은 이끼 연구가 메인이지만, 누구나 다 그렇듯이 학부 때부터 애기장대를 했었으니까."

역시 나는 서툰 걸까 하고 침울해지려던 모토무라는 학부 때부터라는 가와이의 말에 기분이 조금 나아졌다. 나는 학부 때 대장균을 했었으니까 애기장대를 다루는 데 다소 익숙하지 않은 게 이상한 일이 아니다, 라고 스스로를 위로했다.

그럼 대장균을 다루는 일에는 뛰어났었나 하면 그렇지도 않다. 샬레 안의 균을 다 죽여버린 일도 있었다. 어쨌든 대학원 생활도 벌써 3년이 되었는데 아직도 애기장대 파종하는 일을 놓고 우는소리를 하고 있다는 건 자랑할 일이 아니다. 하지만 그 점에 대해서는 과학자답지 않게, 일단 더 주의 깊은 관찰을 하지 않고 넘어가기로 한다.

"그래, 그래서 그 모노필라이아 말인데"하고 가와이가 말했다. "이번에 내가 가는 곳은 보르네오섬 중에서도 인도네시아령 지역이야. 인도네시아 국립 B대의 블랑 씨가 거기에 희귀한 이끼가 많다면서 제안한 거거든. 그런데 모토무라 씨가 원하는 모노필라이아는 보르네오섬 북부, 말레이시아령에서 자라는 모양이야."

"그럼 채집은 힘들겠네요."

모토무라는 실망했지만, 되도록 실망했다는 표정을 얼굴에 나타내지 않으려고 애썼다. 해외에서 식물채집을 하려면, 연구가 목적이라 하더라도 희귀종 보호와 역학(疫學)적 문제가 있기 때문에 번잡한 절차를 밟아야 한다. 연구의 목적과 방침을 사전에 해당 국가에 신고하고 허가를 받아야 한다. 난초과 등 워싱턴조약에 저촉되는 품종은 당연히 채집 허가가 나오지 않으며, 그 이외의 식물이라고 해도 임의로 채집하거나 반출할 수 없게 되어 있다. 가와이는 연구실 식구들의 요청 사항과 관련하여 해당 식물에 대해 상세한 리스트를 작성하고 있는 것 같았다.

"응. 그래도 혹시나 해서 메일로 물어봤더니 블랑 씨가 모노필라이아를 키우고 있는 모양이야. 잘 풀리면 모노필라이아를 나눠 받을 수 있을지도 몰라."

"정말이에요?"

모토무라는 그만 자신도 모르게 들뜬 목소리를 내고 말았다.

"아니, 허가가 나와야 가지고 올 수 있다니까." 가와이가 달랬다. "너무 기대하지 말고 기다려줘."

"네."

파종을 끝낸 트레이를 챔버에 넣고 온도와 습도를 조정한다. 모토무라는 챔버를 향해 '사중변이체, 사중변이체'라고 속으로 큰 소리로 주문을 외웠다. 이것 또한 과학자답지 않은 행동이지만, 이 중에서 사중변이체가 나올 가능성이 있는 것은 확률적으로 보아 1200알 중 네 알뿐이다. 그러니 신의 가호를 빌 수밖에 없다.

"음" 하고 챔버를 노려보는 모토무라를 보고, "이 안에 사중변이체가 꼭 있으면 좋겠군" 하고 가와이는 진심이 느껴지는 말투로 말했다. "그런데 마쓰다 교수님이 최근 좀 이상하지 않나?"

최근이라니요, 늘 이상했지요, 라는 취지의 말을 에둘러 하려다가 모토무라는 잠깐, 하고 생각했다. 확실히 좀 이상하게 생각되는 점이 있다. 최근에 모토무라의 신경을 긁었던 게 있었다면, 하나는 잎이 떨어진 포인세티아, 또 하나는 덥수룩이 성장한 애기장대, 세 번째가 다름 아닌 마쓰다의 변화였다.

엔푸쿠테이에서 열렸던 송년회 날 밤부터, 마쓰다는 어딘지 모르게 가라앉은 모습이었다. 새해에는 원래 상태로 돌아와 있을까 하고 생각했건만, 연구실 칸막이 너머에서 종종 "으음"이라든가 "우우" 하는 신음 소리가 들려오는 게 아닌가. 창가 식물에게 물을 주다가 멍하니 먼 곳을 바라보고 있을 때도 있었다. 결국 며칠 전에는 화분 밖으로 물을 성대하게 넘치게 해서 비서인 나카오카에게 구박을 당하며 바닥을 닦아야 했다.

무슨 일일까 하여 걱정이 되기는 했지만, 연구나 강의는 평상시와 다름없이 하고 있는 것 같았고, 모토무라는 모토무라 나름으로 생각해야 할 일이 많았기 때문에 마쓰다에 대해 걱정하는 일은 뒤로 미뤄두고 있었다. '모토무라 나름으로 생각해야 할 일'이란 것은 물론 애기장대의 파종을 어떻게 할 것인가와 신년 연휴에 찐 살을 어떻게 다시 뺄까 하는 일이었다.

그런데 가와이도 마쓰다의 상태가 평소와 다르다고 느끼고 있었다니. 모토무라는 괜히 마음이 든든하게 느껴져서, "네, 저도 그런 생각이 들었어요"라고 힘내서 대답했다. "마쓰다 교수님, 왠지 모르게 기운이 없어요."

그런데 가와이는 "어? 그런가?"라고 한다. "오히려 말이 굉장히 많아졌는데."

가와이의 입에서 나온 예상 밖의 증언을 듣고 모토무라는 멈칫했다.

마쓰다는 지도를 할 때에는 꼼꼼하게 살펴주는 교수지만, 동시에 학부생이나 대학원생의 자주성을 존중하는 타입이기도 하다. 대학원생이 지나치게 엉터리 같은 방향의 실험을 하려고 하면 바로 문제를 지적해주지만, 그렇지 않은 한 기본적으로 참견하지 않는다.

실패로부터 진실이 도출되는 경우도 많이 있고, 애초에 정답을 미리 알고 있는 연구도 없다. 마쓰다는 신중함과 정확성이 결여된 실험이나 연구에 대해서는 가차 없이 지적하지만, 대학원생의 자유로운 발상을 막는 식의 행동은 절대로 하지 않았다. 그러니 원래도 말수가 적은 마쓰다가 연구자들에게 빈번하게 말을 걸어오는 일은 별로 없다는 얘기다.

게다가 가와이는 대학원생이 아니라 연구원이다. 마쓰다 연구실에 소속되어 있다고는 하나 버젓한 독립 연구자다. 그런데 부탁도 안 했는데 마쓰다가 가와이의 연구에 참견을 해오다니, 그런 일은 있을 수 없다.

"이끼에 대해서 뭔가 이야기를 하시나요? 마쓰다 교수님이?"

모토무라가 머뭇머뭇 묻자, 가와이는 고개를 저었다.

"설마. 알다시피 마쓰다 교수님은 하고 싶은 대로 하게 놔두는 스타일이잖아. 그게 아니라, '인터넷에서 괜찮아 보이는 침낭을 하나 발견했는데' 하기도 하고, '정글에 가게 되면 체력 단련이 필요하겠지요' 하기도 하면서 틈만 나면 그런 실없는 얘기를 하는 거야."

"왜일까요?"

"나도 왜냐고 묻고 싶어. 하지만 왠지 오싹한 거야. 왜냐고 묻기가 말이야. 그래서 '침낭은 이미 갖고 있어서'라고 하고, '고등학교 때는 산악부였고, 지금도 주말에는 이따금 친구들과 산에 가기도 합니다'라고 대답했지."

세상에 오싹할 정도로 무서운 실없는 이야기가 있다니, 하고 모토무라는 몸을 떨었다.

"모토무라 씨한테는 그런 식으로 말을 걸어오지 않나?"

"네. 대화 빈도도 내용도 평소랑 같아요."

도대체 뭘까, 하고 모토무라와 가와이는 고개를 갸웃했다. 기회가 되면 마쓰다의 속을 떠보자. 모토무라는 마음의 노트에 메모했다.

마쓰다는 왜, 가와이를 향해서만 평소의 과묵하던 태도를 바꿔 수다쟁이가 된 것일까. 그 수수께끼를 풀 힌트를, 모토무라는 뜻밖에 빨리 찾아낼 수 있었다.

신년 연휴에 욕망이 이끄는 대로 떡을 먹어댄 탓에, 모토무라의 허리둘레는 실로 떡같이 되어 있었다. "살이 잡혀……!" 하고 충격을 받은 모토무라는 연구 틈틈이 전보다 더 맹렬한 기세로 산책을 다녔다.

그날도 빠른 걸음으로 T대 캠퍼스 안을 돌아다니다가 연못가에서 Y다 강당 앞으로 나왔다. 한숨 돌릴까 하며 벤치 쪽을 바라보니, 광장을 둘러싼 풀숲 한구석에서 모로오카가 뭔가 작업을 하고 있다. 모토무라네 식구들이 고구마 수확을 도왔던 장소다.

하지만 지금은 아직 1월 중순이라서 고구마를 심기에는 이르다. 모토무라는 뭘까, 하는 생각이 들어 모로오카 쪽으로 다가갔다. 모로오카는 작업복 위에 점퍼를 걸치고 고구마밭으로 활용하고 있는 구획에서 괭이를 휘두르고 있었다.

"안녕하세요"라고 말을 걸자, 모로오카는 손을 멈추고 "아아, 모토무라 씨" 하고 웃는 얼굴이 되었다. 추운 날이었는데도 모로오카의 이마에는 엷게 땀이 배어 나와 있었다.

"벌써 심으시는 거예요? 뭐 좀 도와드릴까요?"

"아니, 아니."

모로오카는 끼고 있던 목장갑 손등으로 땀을 닦았다. "고구마 모종을 심는 건 5월쯤이에요. 척박한 땅에서도 잘 자라기 때문에 미리 손볼 것도 별로 없지만, 여기는 흙이 좀 딱딱해서요. 땅을 살짝 일궈 두려고 생각하던 참에."

모로오카의 발밑에서 달고 습한 흙냄새가 피어오른다. 모로오카는 장화를 신은 발끝으로 파헤쳐져 올라온 작은 돌을 능숙하게 풀숲 구석으로 굴렸다.

"그러고 보니" 하고 모로오카가 몸을 앞으로 내밀었다. 지팡이처럼 괭이에 체중을 맡기고 있다.

"그쪽 가와이 선생이 보르네오로 뭘 조사하러 간다지요. 시장에 어떤 덩이줄기 식물이 나와 있는지 사진을 찍어 와주면 좋겠구먼. 고구마밭이나 감자밭이 있으면 그것도 꼭 찍어주면 좋겠는데."

과연 모로오카 교수님이다. 덩이줄기 식물 정보를 입수할 기회는 어떤 것이라도 놓치지 않는다. 모토무라는 감복하고 "전달해두겠습니다"라고 약속했다. "그런데 모로오카 교수님. 요즘 마쓰다 교수님의 상태가 왠지 이상한데요, 혹시 알고 계신지요."

모로오카의 입장에서 마쓰다는 열다섯 살 정도 아래지만 둘 다 T대 출신이다. 게다가 모로오카는 T대 교수로 오랫동안 근무했기 때문에 마쓰다가 대학원생이었을 때부터 알고 지냈다고 들었다. 지금도 함께 도시락을 먹을 정도의 사이니까 최근의 마쓰다의 미심쩍은 언동을 감지할 수 있지 않았을까. 모토무라는 그렇게 생각하고 슬쩍 물어본 거였다.

"글쎄, 이상하다니 어떤 식으로?"

기대에 어긋나게도 모로오카는 아무것도 알아차리지 못한 것 같았다. 마쓰다의 언동이 평소부터 기본적으로 이상했기 때문일까, 아니면 모로오카도 마쓰다도 식물에만 몰두해 있어서 서로의 언동에 대해서는 그다지 관심을 기울이지 않기 때문일까, 어느 쪽인지는 알 수 없었다.

"저는 마쓰다 교수님이 평소보다 훨씬 그…… 어둡게 느껴지는데요, 그런데 가와이 선배한테는 평소보다 더 분주하게 열심히 말을 건다고 해서요. 오늘도 가와이 선배한테 '보르네오에 가져가면 어떨까요?' 하고 고성능 손전등 카탈로그를 건넸대요."

"손전등?" 모로오카는 태연하게 고개를 갸우뚱했다. "마쓰다 교수가 아웃도어파로 전향한 건가?"

"그럴 리가요. 10만 엔 정도나 하는 손전등이라면서 가와이 선배가 어이없어했어요. '교수님은 나한테 정글의 경비를 서게 하고 싶은 걸까. 밤에는 텐트에서 잠만 잘 건데, 이런 강력한 손전등을 가져가면 벌레가 멀리서부터 반갑다고 가득 꼬여들 거야'라고 하면서요."

"그렇게 비싼 손전등이 있는 줄은 몰랐네요" 하고 모로오카는 요점을 벗어난 감탄을 하고 있다가, "어쩌면" 하고 표정을 바꿨다.

"마쓰다 연구실에서는 조사 여행은 거의 안 하지요?"

"네. 교수님이 워낙 인도어파인 점도 있어선지, 제가 아는 한 이번 가와이 선배가 처음이에요."

"역시" 하고 모로오카는 중얼거린다.

"교수님, 뭔가 아시는 게 있으면 말씀해주세요. 가와이 선배는 늘 하던 연구에 더해서 보르네오행 준비도 해야 하는데, 매일같이 마쓰다 교수님이 아웃도어 용품을 사라고 치근거려서 피곤해하는 기색이에요. 저도 교수님이 왜 그렇게 가와이 선배에게 신경을 쓰고 계신지 걱정돼서……."

모로오카는 갈아엎은 지면을 괭이로 평평하게 골랐다. 작업하면서 뭔가 생각하고 있는 것 같았다. 모토무라는 광장 끝에 서서 참을성 있게 기다렸다.

잠시 후, 모로오카가 입을 열었다.

"마쓰다 교수에게는 대학원생 시절, 동기가 있었어요. 학부는 다른 곳에서 다니고 대학원부터 T대로 온 오쿠노 군이라고, 마쓰다 교수와 막상막하인 무척 우수한 학생이었어요. 게다가 성격이 쾌활했는데, 그 점에서는 마쓰다 군과 정반대였어요. 그게 도리어 좋았던 거겠지요. 마쓰다 군과 오쿠노 군은 마음이 아주 잘 맞는, 사이좋은 라이벌이 되었어요."

모로오카가 마쓰다를 '군'을 붙여 부르고 있다는 사실을 모토무라는 깨달았다. 모든 것을 과거형으로 말하고 있다는 것도.

모로오카는 어느새 괭이 일을 그만두고 지면으로 시선을 떨어뜨리고 있었다. 괭이질하던 땅 위에 과거의 풍경이 비춰지고 있기라도 한 것처럼.

"사이좋은 라이벌이란 말이 모순된 표현이라고 생각하는 사람도 있을지 모르지만, 모토무라 씨라면 알 수 있을 거예요. 우리 연구자들은 모두가 서로의 라이벌입니다. 하지만 식물의 신비를 조금이라도 더 알아내기 위해 때로는 서로 돕고, 때로는 토론하면서, 함께 길을 가는 동지이기도 합니다. 게다가 마음이 맞기라도 하면 라이벌이면서도 누구보다 친한 친구가 되는 게 이상한 일은 아니겠지요."

모로오카의 말에 모토무라는 고개를 끄덕였다. 잘 알아요, 하고 생각했다.

마쓰다 연구실의 사람들은 서로 사이가 좋지만, 그래도 자기 이외의 누군가가 실험에서 성과를 올리거나 좋은 논문을 발표하면 아무래도 마음이 초조해지는 것은 어쩔 수 없다. '좋겠다. 왜 내 실험은 잘 안 풀리는 걸까' 하고 저도 모르게 질투를 하게 되는 때도 있다. 대학이나 연구소에 취직하고 연구를 계속하기 위해서는, 착실히 실적을 쌓아 올려서 줍디줍은 문을 통과해야 하기 때문이다.

특히 이와마는 모토무라가 가장 신경을 많이 쓰는 대상이다. 한쪽은 '기공', 한쪽은 '잎의 크기'로 연구하는 분야가 다르지만, 둘 다 애기장대를 연구 대상으로 하고 있고, 같은 여성인 데다가 나이가 비슷하기도 하여 의식하지 않고는 배길 수 없다. 모토무라는 어려운 문제가 있을 때면 종종 이와마와 의논하며 이와마와는 마음이 맞는다고 생각하고 있다. 아마 이와마도 그렇게 생각하고 있을 거다. 그래도 역시 둘은 라이벌이기도 했다.

마쓰다 교수님도 대학원 시절에 비슷한 마음을 품고 있었던 걸까. 모토무라는 생각한다. 마음을 허락할 수 있는 동료와 서로 의지하고 동시에 서로 맹렬히 경쟁하며 함께 연구자의 나날을 보냈던 걸까.

"오쿠노 씨라는 분은 지금 어떻게 지내고 계세요?"

모토무라가 물었다. 목소리가 조금 갈라졌다. 모로오카의 대답은, 모토무라가 반쯤은 예상했던 대로였다.

"죽었어요"라고 모로오카는 말했다. "연구를 위해 채집 조사하러 산에 갔다가. 자세한 것은 내가 뭐라 말하기가……. 다만 하나 말할 수 있는 것은, 오쿠노 군이 그렇게 죽은 이후 마쓰다 교수는 더욱 연구에만 몰두하게 되고, 더욱 침울해지기도 했다는 겁니다."

모로오카가 다시 괭이를 든 손을 움직이기 시작했다. 모토무라는 얘기를 들려줘서 고맙다는 인사를 하고 자연과학부 B호관으로 돌아갔다.

연구실 칸막이 그늘에서 마쓰다가 부스럭부스럭 뭔가를 찾는 기척이 난다. 가와이는 컴퓨터를 앞에 두고 앉아 메일을 보내고 있다.

문 옆에 걸린 '현재 있는 곳 알림판'을 봤더니, 이와마는 지하 현미경실, 가토는 온실에 가 있는 모양이다.

모로오카가 해준 이야기가 모토무라의 몸 안에서 부풀어 심장이 두근거리기 시작했다. 마쓰다가 가와이에게 아웃도어 용품을 이것저것 권하는 것은 십중팔구 산에서 죽었다는 친구가 머리에 떠올랐기 때문일 것이다. 하지만 그것에 대해 마쓰다에게 물어봐야 할지, 아니면 가와이에게 그냥 이야기해줘도 좋을지 모토무라는 망설였다.

정신을 차리고 보니 모토무라는 자기 자리에 앉아서 컴퓨터를 노려보며 "오우" 하고 괴성인지 신음 소리인지를 연발하고 있었다. 가와이가 겁을 먹었는지 슬쩍 연구실을 나가는 것과 동시에 칸막이 너머에서 마쓰다가 모습을 드러냈다.

겨우 찾아냈는지 서류를 손에 들고 마쓰다는 말했다.

"모토무라 씨, 좀 조용히."

조금 전까지 성대하게 책의 산을 무너뜨리며 분위기를 어수선하게 만들고 있던 건 마쓰다였지만, 물론 모토무라는 순순히 "죄송합니다" 하고 사과했다. 그러나 그날은 아무리 해도, 별것 아닌 일에도 자꾸만 "오우"가 입에서 새어 나왔다.

애기장대의 파종은 별다른 진척이 보이지 않았다.

밤이 되어 연립주택으로 돌아온 모토무라는 창가의 포인세티아의 잎이 더 떨어진 것을 보고 그날 최후의 "오우"를 외쳤다. 신년 휴가 때 추위에 떨고 난 이후, 포인세티아의 잎은 차례차례 노랗게 시들어갔다.

잎의 색깔이 바뀌기를 바라기는 했지만, 노랗게 되는 것을 원했던 건 아닌데. 모토무라는 한숨을 쉬면서 가까스로 가지에 매달려 있던 잎을 모두 잡아뗐다. 나무에 걸리는 부담을 조금이라도 줄여주면 되살아나줄지도 모른다고 기대하면서.

손가락으로 집어 든 잎은 완전히 생기를 잃어, 노란색 깃털이 난 작은 새가 죽어 있는 것처럼 애처롭게 느껴진다. 모토무라는 포인세티아의 뿌리 주변에 고형비료를 조금 뿌려주고, 손을 씻고 양치질하고 나서 두부를 먹었다. 두부는 싸고 맛있고 영양가도 높은 음식이긴 하지만, 저녁이 두부만이라는 건 좀 쓸쓸하다. 모토무라는 자신의 뱃살을 주무르며, 하지만 늦은 밤에 귀가하여 이것저것 먹으면 다이어트가 되지 않는다고 스스로를 다잡는다. 물론 유혹에 살짝 넘어가서, 도시락용으로 만들어둔 다진 돼지고기 볶음을 두부에 뿌려서 먹긴 했다.

이를 닦고 샤워를 한 모토무라는 이부자리를 깔고 누웠다. 가지에서 따낸 포인세티아 잎은 차마 버리지 못해, 딸 때마다 창가 아래에 나란히 놔뒀다. 잎이 마르면 동그랗게 되어 애벌레 같은 형상이 된다는 것을 그때 알았다. 모토무라는 대량의 애벌레가 정렬해 있는 모습을 지켜보다가 눈을 감았다.

배에서 벌써 꼬르륵 소리가 난다. 내일은 엔푸쿠테이에 점심을 배달시켜 먹는 날이다. 무엇을 먹을까 생각하면서 모토무라는 잠의 세계에 한 발 한 발 빨려 들어가는 중이다. 아웃도어 용품 영업 맨이 되어버린 마쓰다에 대해서도 생각하고 싶었지만, 허기와 졸음에 정신을 빼앗겨 도저히 머리가 돌지 않는다. 원래 모토무라는 식물 이외의 것에 대해 생각하는 데 서툴다. 자칫 마쓰다의 미묘한 감정을 더 헤집어놓을 수도 있다는 생각이 들자, 점점 더 물어볼 자신이 없어진다.

결국 '엔푸쿠테이의 메뉴 중에서 칼로리가 낮아 보이는 건, 채소 샌드위치네'라고 생각하는 부분에서 의식이 끊겼다.

다음 날 오전, 모토무라는 연구실에서 컴퓨터를 앞에 두고 앉아 있었다.

마쓰다 연구실에서는 새해가 되어서도 일주일에 한 번 엄숙하게 세미나를 진행한다. 매번 한 사람이 논문 소개, 다른 한 사람이 연구 발표를 하고 연구실 사람들이 그것을 놓고 토론한다. 교수인 마쓰다도 포함하여 대충 한 달에 한 번의 빈도로 논문 소개나 연구 발표 순서가 돌아온다. 다음 주는 모토무라가 연구 발표를 할 순서라서 요약 발제문에 사용할 사진을 고르고 있다.

그러나 모토무라의 연구에 큰 변화는 없다. 교배 작업을 통해서 얻은 1200알의 씨앗을 차례로 뿌리고 거기서 발아한 애기장대의 잎사귀의 크기나 형상을 주의 깊게 관찰하고 있지만, 그 안에 사중변이체의 애기장대가 섞여 있을지 없을지, 지금 단계에서는 아무것도 말할 수 없었다. 모토무라는 미간을 손으로 비비고 나서 안경을 고쳐 쓰고 컴퓨터 스크린에 늘어선 사진을 비교해본다. 챔버 안에서 자라는 애기장대를 찍은 사진들이다.

원래 변이가 일어난 애기장대끼리 교배시켜 생긴 씨앗이라서, 그 씨앗에서 싹튼 떡잎도 보통의 애기장대와는 다른 모양을 하고 있는 것이 많다. 좀 둥그스름하다 싶거나 다른 것보다 잎이 좀 유난히 커

보이는 개성적인 모양의 잎을 가진 애기장대가 여기저기에 보인다. 그렇긴 하나, 통상의 애기장대와 비교했을 때 어느 것이나 다 미세한 차이일 뿐이다. 모토무라는 애기장대를 사랑하여 매일매일 애기장대만 바라보고 있으니까 '이 아이의 잎사귀는 다른 것과 좀 다르구나' 하고 알아차리는 거다. 하지만 예를 들어 가토에게 사진을 보여주면 "음, 전부 애기장대군요!"라고 웃으며 말할 것이다.

현 단계에서는 눈이 동그래질 만큼 큰 변이를 보여주는 애기장대는 없다. 그리고 겉에서 보는 것만으로는 '이것이 사중변이체 애기장대다'라고 단정할 수도 없다. 물론 과학적이면서도 효과적으로 사중변이체의 애기장대를 분별해낼 수 있는 장치나 방법을 모토무라도 여러 가지로 생각하여 준비하고는 있다. 그러나 '1200알의 씨앗 안에 사중변이체의 씨앗이 있을 것이다'라는 모토무라의 예상 자체가 '확률로 봐서 그럴 것'이라는 것이지 반드시 그럴 것이라는 이야기는 아니다. 실제로는 사중변이체의 씨앗이 그중에 한 알도 들어있지 않을 수도 있다.

모토무라는 부르르 고개를 저으며 '사중변이체가 하나도 없을지 모른다'라는 가능성을 뇌리에서 떨쳐냈다. 만약 그런 일이 일어나면, 교배와 씨앗 채취와 파종을 하면서 들인 모든 고생이 물거품이 된다. 사중변이체를 구분하기 위해 준비하고 있는 다양한 방법들도 전부 허사가 되어버린다. 예를 든다면, 야구방망이를 1200번 휘두르면 그중 몇 번쯤은 공을 맞힐 수 있을 거라고 생각하여 열심히 휘둘렀는데, 실은 공이 하나도 날아오지 않았다, 같은 거다. 즉, 공도 날아오지 않는데 혼자서 1200번이나 붕붕 헛스윙을 한 셈이 되는 것이다. 두

렵다.

그러나 당면한 문제는 다음 주의 연구 발표다. 지금 챔버 안에서 자라고 있는 애기장대의 사진을 보여줘봤자, 단지 '우리 귀여운 아이들 자랑'으로밖에 받아들여지지 않을 게 분명하다. 모토무라는 다시 안경을 벗고 미간을 문질렀다. 손가락에 힘이 들어간다. 마쓰다처럼 미간 사이에 주름이 파인 다음 그대로 굳어져버릴 것 같다.

뭐, 어쩔 수 없다. "연구는 순조로이 진행되고 있습니다" 같은 거짓말을 해도 의미가 없으니 현상에 대해 솔직하게 보고하고 앞으로 어떤 방식을 사용하여 사중변이체를 분리해낼 계획인지 설명하자. 마쓰다나 연구실 사람들이 방법과 관련하여 모토무라가 생각해내지 못한 좋은 아이디어를 내줄 수 있을지도 모른다.

챔버 안의 공간 문제도 있어서, 1200알의 애기장대 씨앗을 단번에 뿌릴 수는 없다. 몇 번에 나눠서 키우고 관찰하여, 신중하게 사중변이체 애기장대를 찾아내 가는 것 말고는 다른 길은 없다. 빨리 결과를 내고 싶은 마음에 조급하게 굴면 희망과 욕망에 눈이 멀어서 연구의 과학적인 정확성과 신뢰성을 잃어버릴 수 있다. 아니, 그런 것은 '연구'라고 부를 수도 없을 것이다. 살아 있는 애기장대를 실험에 사용하고 있는 만큼 적당히 할 수는 없다. 진지하게, 착실하게, 조금씩 발걸음을 내딛는다는 것을 첫째 원칙으로 삼자.

안경을 다시 쓴 모토무라는 컴퓨터의 사진 폴더를 닫고 이번에는 메일을 확인하기 시작했다. 모토무라는 현재 합동 세미나의 사무 연락을 담당하고 있기 때문에 다른 대학의 연구실과 메일을 주고받아야 할 일이 많다.

연구는 개인 단위로 진행하는 것만 있는 것이 아니라, 여러 대학의 연구실이 서로 협력하여 하는 것도 있다. 협력하여 연구할 때는 각 연구실이 한데 모여 합동 세미나를 연다. 합동 세미나는 대개 여름방학에 연다. 학생이 없는 시기라서 빈 교실을 세미나 장소로 쓸 수 있다.

마쓰다 연구실의 사무 연락 담당이 된 모토무라에게는 합동 세미나를 위해 결정해야 할 일들이 많다. 개최 일시나 장소, 참석 인원 파악, 도시락 준비 등등. 파종만으로도 한가득인 머릿속이 그것 때문에 더 혼잡해진 상태지만, 타 대학 대학원생과 메일로 교류하는 것은 즐거운 일이기도 했다. 어쨌든 상대방도 모두 식물에 매달려 있는 사람들이다. 추신에 '최근에 재미있었던 논문 정보'가 쓰여 있거나 하면 모두가 거기에 달려든다. 그래서 본래의 사무 용건보다도 추신에 대해 주고받는 메일이 더 활발히 오갔다.

그러나 모토무라가 연구실 자기 자리에 진을 치고 있었던 것은 컴퓨터를 사용할 일이 겹쳐 있었기 때문만은 아니다. 첫 번째 목적은 마쓰다의 상태를 살피는 것이었다. 모로오카에게서 지나가듯이 들은 마쓰다의 과거. 그것이 아무래도 신경 쓰였다. 그래서 연구실에 단둘이 남아 그것에 대해 이야기할 기회를 찾고 있었던 것이다.

점심때가 가까워졌다. 연구실은 사람의 출입이 많아서 좀처럼 모토무라와 마쓰다 두 사람만 있게 되지 않는다. 더구나 조금 전부터 칸막이 너머는 고요하기 그지없다. 메일 체크가 일단락된 모토무라는 슬슬 자리에서 일어나 칸막이 뒤에서 마쓰다의 책상을 슬쩍 훔쳐봤다.

칸막이 너머에는 아무도 없었다. 모토무라가 메일을 보내는 데에 집중한 사이에 마쓰다가 연구실을 나간 모양이었다.

거기 교수님이 있다고 생각해서 긴장하고 있었던 자신이 왠지 창피해졌다. 옆에 있는 사람에게 말을 건다고 생각한 건데 알고 보니 전봇대를 향해 떠들고 있었던 것 같은 머쓱함이었다. 자신의 수상한 언동을 누군가가 목격한 건 아닐까 하고 실내를 둘러본다. 마쓰다만이 아니라 다른 사람들도 어느샌가 다 사라지고 없었다.

'연구실에서 혼자 앉아 허둥거리는 사람'이 되어버렸다. 모토무라가 얼굴을 붉힌 순간, 문이 열리고 "안녕하세요, 엔푸쿠테이입니다"라며 후지마루가 들어왔다. 허를 찔린 모토무라는 펄쩍 뛰었다. 후지마루는 배달용 은색 상자를 마루에 내려놓고 얼굴을 들었다. 때맞춰 하늘로 뛰어올랐던 모토무라가 착지했다. 덕분에 얼굴이 붉어진 데 이어서 감행한 점프를 후지마루에게는 들키지 않은 것 같았다.

모토무라는 아무 일 없었다는 얼굴을 하고 은색 상자 옆에 웅크리고 있는 후지마루에게 다가갔다.

"다들 안 계신 것 같으면, 요리는 상자에 넣어둔 채로 두고 갈게요."

"아니에요. 이제 곧 돌아올 거예요."

"그래요? 아, 그래도 채소 샌드위치는 따뜻해질 테니까 꺼내놓는 편이 좋으려나."

후지마루가 배달 상자에서 먼저 채소 샌드위치 접시를 꺼내자, "그건 제 거예요" 하고 모토무라가 받아 든다. "오, 의외의 주문이었어요. 대체로 다들 오므라이스나 나폴리탄을 주문하시잖아요. '누가 채소 샌드위치를 주문했을까?' 하고 대장도 나도 궁금했었어요."

모토무라는 간신히 붉은 기가 가셨던 뺨에 다시 혈류가 집중되어 오는 것을 느꼈다.

"신년 연휴에 살이 쪄버려서……."

고지식하게 보고하고 나서 '앗, 잠자코 있을걸' 하고 후회한다. 이런 말을 들으면 후지마루 씨도 좀 황당하겠지, 라고.

후지마루는 남은 접시도 차례차례 상자에서 꺼내면서, 아무렇지도 않은 듯이 모토무라의 얼굴을 마주 보고 "그런가요?"라고 말했다.

"정말이다"도 "그럴 리가요"도 아니고 매우 중립적인 "그런가요?"였기 때문에, 모토무라는 왠지 모르게 구원받은 기분을 느끼려다가 '아니야, 팽창이 현저한 것은 얼굴이 아니라 배 둘레니까 후지마루 씨가 알지 못하는 게 당연하지' 하고 생각한다. 좋다 말았다.

후지마루를 도와서 연구실 사람들이 주문한 요리를 큰 책상 위에 늘어놓았다. 포크와 숟가락을 배치하고 있는 모토무라의 옆에서, 후지마루가 채소 수프가 들어 있는 보온병을 들어서 큰 책상에 올려놓는다.

"좀 전에 뭔가 이상한 동작을 했었지요?"

"좀 전에?"

"제가 문을 열었을 때."

봤구나. 모토무라는 이번에는 심장이 펄쩍 뛸 것같이 되어 후지마루 쪽을 무안한 얼굴로 바라본다. 후지마루는 진지한 표정이었다. 혼자서 허둥대던 모토무라를 놀리려는 것이 아니라 그저 걱정해주고 있는 거라는 느낌이 전해져오자, 모토무라는 가슴이 메는 기분이 들었다.

나는 후지마루 씨에게 아무것도 돌려줄 게 없는데. 아니, 이 생각 자체가 오만하다. 후지마루 씨는 그런 걸 잘 알고 있다. 알고 있으면서도 "무슨 일이 있었나" 하고 순수하게 걱정해주고 있는 거다. 보답 같은 건 기대하지 않고.

식물 연구를 할 때와 같다고 모토무라는 생각했다. 큰 발견을 하면 칭찬받거나 지위나 명예를 얻을 거라는 기대를 하고 식물을 연구하는 사람은 없을 것이다. 그런 마음으로는 화려함하고는 거리가 먼 실험의 나날을 오랜 기간 계속할 수 없다. 그저 식물을 좋아해서, 식물을 좀 더 알고 싶기 때문에 연구한다.

사랑, 이라는 말이 떠올랐다.

모토무라는 몸 밑바닥에서부터 힘이 솟아오르는 것 같아서, 등을 펴고 후지마루에게 물었다.

"만약 수수께끼를 풀 열쇠를 손에 넣는다면 후지마루 씨는 어떻게 할 건가요?"

모토무라의 발언이 예상 밖의 것이었는지 후지마루는 두세 번 눈을 깜박이다가 대답했다.

"사용해보지요."

너무나도 시원시원한 대답이었기 때문에, 모토무라는 "어" 하고 놀랐다. 그런 모토무라를 보고 "어, 뭔가 이상했나요?" 하고 후지마루가 거꾸로 놀란 얼굴을 했다.

"게임 이야기지요? 전 최근에 게임을 너무 안 한다니까요. 일 끝나면 바로 잠들어버려요. 그래서 스마트폰도 사흘 정도는 충전 없이도 여유롭게 유지될 정도예요."

잘 이해할 수 없는 변명을 시작한 후지마루에게 "아니, 게임 이야기가 아니에요"라고 모토무라는 말했다. "어떤 사람의 수수께끼를 푸는 열쇠예요."

후지마루는 이번에는 천천히 한 번 눈을 깜박였다.

"수수께끼를 풀면 그 사람의 발목을 잡게 되는 건가요?"

모토무라는 잠깐 생각하고 "아마 그렇지는 않을 거예요"라고 대답한다.

"그럼 사용해보겠습니다."

역시 시원시원하다. 모토무라가 주춤거리고 있자, 후지마루는 웃었다.

"글쎄, 모토무라 씨. 식물 연구에서 수수께끼를 풀 열쇠를 손에 넣으면 어떡할 겁니까? 사용해보겠지요?"

"네. 하지만 그것과 이것은……."

"같아요." 후지마루의 대답은 어디까지나 명쾌했다. "알고 싶은 생각이 들었다면, 누가 말려도 사용해보는 게 당연하지 않겠어요?"

모토무라는 잠시 생각해보고 그 말이 맞는다고 끄덕였다. 호기심이란 때로는 브레이크가 듣지 않기 때문에 무서운 면이 있다. 인간관계에서 '괜히 알았네. 몰랐으면 좋았을걸' 하는 사태가 여기저기에서 일어나고 있지 않는가.

하지만 호기심에는 좋은 면도 있다. 과학의 세계는 그게 없으면 시작될 수 없다. 모토무라도 '알고 싶다'는 호기심에 자극받아 연구를 하고 있다. 하지만 늘 자신에게 윤리나 양심을 묻고 있기도 하다.

"어쩌다 보니 지구를 파괴하는 연구를 진행하고 있었다"와 같은 일이 있어서는 안 되기 때문이다. 호기심의 공과 죄에 대해 누구보다도 민감한 건 연구자일지도 모른다.

마침 연구실 사람들이 방으로 돌아와서 후지마루와 나누던 대화는 거기에서 끝났다. 후지마루는 마쓰다에게서 돈을 받고는 한 손에 은색 상자를 들고 돌아갔다. 오므라이스를 먹는 마쓰다와 가와이를 쳐다보면서, 모토무라도 샌드위치를 덥석 문다. 폭신폭신한 빵에 신선한 양상추와 오이와 토마토가 끼워져 있었다. 살짝 들어간 머스터드의 풍미가 맛을 더했다.

마쓰다에게 과거를 묻는다 한들 지구가 파괴되는 일은 없을 것이다. 모토무라는 모로오카로부터 받은 '열쇠'를 마음속에서 꽉 쥐었다.

하지만 지금 무엇보다도 우선해야 할 것은 자신의 연구다.

점심을 다 먹은 연구실 사람들은 휴식을 겸해 컴퓨터를 하거나 커피를 마시고 있다. 이 타이밍에 마쓰다가 연구실에 혼자 남아 있게 되는 일은 없을 것이다. 모토무라는 마쓰다와 접촉하는 것을 일단 미루고 2층 재배실로 향했다. 늦은 감이 있는 파종을 해야 한다.

작업에 몰두하여 트레이 한 개 분량의 록울에 애기장대 씨앗을 뿌렸다. 다 뿌린 트레이는 알루미늄 포일로 싸서 냉장고에서 사흘 정도 재운다. 이렇게 하면 발아의 타이밍을 맞출 수 있고 발아율도 높일 수 있기 때문이다. 역시 실험이란 요리와 비슷한 데가 있구나 하고 모토무라는 혼자서 빙긋 웃는다. 후지마루 씨도 이런 식으로 가라아게용 고기에 맛을 들인 걸까 생각한다.

챔버 앞으로 돌아온 모토무라는 이미 발아한 애기장대를 관찰하며, 뭔가 평상시와 다른 데는 없나 살핀다.

조금 떡잎이 큰 느낌이 드는 애기장대가 있었지만, 그랬으면 하는 희망이 눈의 착각을 불러일으키는 것일지도 모른다. 평소대로 사진을 찍고, 뭔가 좀 큰 느낌이 드는 잎을 단 애기장대의 록울에는 표시로 이쑤시개를 꽂았다. 앞으로 조금 더 잎이 성장해야 사중변이체의 후보인지 아닌지 판단할 수 있다.

어찌 됐건, 지금으로서는 실험은 조금씩이지만 앞으로 나아가고 있다. 아마도. 적어도 뭔가 변이가 나타난 것 같은 잎을 가진 애기장대가 자라고 있는 것을 보니 자신의 의도대로 교배가 되었을 거라고 모토무라는 생각한다. 이제는 후보군을 잘 좁혀서, 1200포기의 애기장대 속에서 사중변이체를 찾아내기만 하면 된다.

그 일은 지난한 작업을 요구하겠지만, 설령 사중변이체의 애기장대가 아니라 하더라도 애기장대의 성장을 지켜보는 것은 즐거운 일이다. 록울에 늘어선 초록 잎을 바라보며, 모토무라는 자기도 모르게 콧노래를 부르기 시작했다.

하지만 멜로디는 어정쩡하게 끊겼다. 재배실 문이 열리고 가와이와 마쓰다가 들어왔기 때문이다.

"교수님, 오늘만큼은 확실히 얘기를 해주세요." 평소와 다르게 강한 어조로 가와이가 말했다. "왜 저에게 그렇게 아웃도어 용품을 사라고 하시는 겁니까?"

"아주 가벼우면서도 튼튼한 텐트가 있는 것을 보고……."

"텐트도 이미 준비해놨습니다."

"그랬군요."

마쓰다는 텐트 카탈로그를 손에 들고 조금 실망한 표정을 지었다.

그러던 가와이와 마쓰다는 재배실에 먼저 와 있던 모토무라의 모습을 보고 말았다. "어, 여기 있었군요"라고 마쓰다는 말하고, 손에 들고 있던 카탈로그를 챔버의 누수를 받는 양동이 아래에 깔았다. 적극적인 영업 활동을 했다는 사실을 어물쩍 넘어가기 위해, '누수 문제에 대한 대책을 세우러 온 것뿐이다' 전법을 취하기로 한 모양이다. 최근 마쓰다가 보여주는 이러한 일련의 행동의 진의가 뭔지 몰라서, 가와이는 더욱 곤혹스러워하는 것 같았다.

기회다, 하고 모토무라는 생각했다. 마쓰다의 마음속을 너무 깊이 건드리는 것일지도 모르지만, 이런 기회에 묻지 않고 그냥 넘어가면 마쓰다와 가와이는 둘 다 '최신 아웃도어 용품에 대해 나름의 식견이 있는 사람'이 되는 것으로 끝나버린다. 게다가 마쓰다의 분위기가 평소보다 두 배는 침울해 보이는 탓에 모토무라도 걱정이 되어서 연구에 전념할 수 없다.

"교수님" 하고 모토무라는 마쓰다를 향해 몸을 돌렸다. "교수님이 가와이 선배를 걱정하고 계신다는 건 잘 알아요. 하지만 보르네오에 무엇을 가져가는 것이 좋을지는 가와이 선배 자신이 잘 조사했을 거라고 생각해요."

"그래요." 이 지점이 중요하다는 듯이, 가와이가 고개를 힘차게 끄덕였다. "B대의 블랑 씨하고도 연락을 주고받으면서 장비를 갖추고 있고, 현지의 숲을 잘 아는 지역 사람에게도 가이드를 부탁해놨습니다."

"말은 그렇게 해도 정글에 가는 거니까 무슨 일이 일어날지 몰라요." 마쓰다의 불안한 마음은 가시지가 않는 모양이다. "보르네오에는 코끼리가 있다고 알고 있어요. 밟힐지도 모릅니다."

"그런 거라면, 도시에서도 길을 가다가 차에 치이기도 하잖아요."

마쓰다가 쓸데없는 걱정이라고밖에 표현할 길 없는 말을 계속하자, 가와이는 '이것저것 앞일을 걱정하는 할머니를 달래는 손자' 같은 말투로 말했다. "하지만 코끼리의 영역을 침범할 수도 있다는 걸 가슴에 새기고 주의하며 행동할게요."

"모로오카 교수님한테서 들었어요."

모토무라는 드디어 '열쇠'를 흔들며 수수께끼의 본거지를 향해 돌진했다. "마쓰다 교수님은 전에 산에서 친구분을 잃은 적이 있다면서요. 혹시 교수님은 그 일이 생각나서 이렇게 걱정하시는 건가요?"

마쓰다는 표정을 바꾸지는 않았지만 미간의 주름이 깊어졌다. 모토무라의 말을 계기로 자신의 내면에 숨겨져 있던 뭔가가 잔잔해진 눈빛 아래에서 비쳐 올라오는 것 같았다. 가와이는 무슨 이야기인가 하는 눈으로 모토무라와 마쓰다를 번갈아가며 살폈다. 모토무라는 두근두근하면서 마쓰다의 반응을 기다렸다.

자신의 마음에 대한 점검을 끝냈는지, 마쓰다는 잠시 후 "모토무라 씨가 말하는 대로일지도 몰라요" 하고 말했다. "가와이 선생을 걱정한다고 한 것이 도리어 여러분에게 걱정이 되어버린 것 같군요."

미안합니다, 하고 마쓰다가 머리를 숙이자 모토무라와 가와이는 당황해서 고개를 저었다.

이야기는 거기서 끝나나 싶었지만, 마쓰다는 모토무라가 생각한 것보다 더 진지하고 단호한 성격이었다. 자신이 연구실 사람들에게 걱정을 끼쳤는데 문제를 유야무야하고 넘어갈 수는 없다고 생각한 모양이다. 마쓰다는 모토무라가 알고 싶었던 과거의 일에 대해서 자발적으로, 그러나 조용히 이야기하기 시작했다.

"모토무라 씨는 모로오카 교수님한테서 이미 들었을지 모르지만, 나에게는 대학원생 시절 오쿠노라는 친한 친구가 있었습니다. 서로 도와가며 실험도 하고, 연구에 대해 토론도 하고, 각자의 하숙집을 번갈아 찾아가서 술도 마시고 했지요."

마쓰다에 의하면 "네 논문은 늘 영어 표현이 이상해" "네 논문이야말로 표현이 답답하고 논지가 명쾌하지 않아" 하며 싸우는 일도 있었지만, 대체로 함께 어울리며 즐겁게 연구 생활을 했다고 한다.

"D2(박사과정 2학년) 여름의 일입니다. 오쿠노가 오키나와의 이리오모테섬으로 연구 여행을 간다고 했습니다. 2주일 정도 가는 거니까 그사이에 챔버 안의 식물을 돌봐달라고 했어요."

오쿠노는 전부터 등산이 취미여서, 등산 가서 식물을 관찰하거나 사진을 찍는 걸 좋아했다. 특이한 식물을 발견하면 허가를 받아 채집해 오는 때도 있었다. 등산만이 아니라 길이 없는 계곡을 오르는 것도 해보고 싶다고 말하곤 했다. 그러니 이리오모테 연구 여행은 취미와 연구를 결합할 수 있는 최적의 기회였을 것이다. 그래서 마쓰다도 "알았어, 챔버 쪽은 나한테 맡겨둬"라고 평소처럼 대답했다. "그러나 그때 오쿠노가 '이리오모테에 간 김에 뭐 해줬으면 하는 게 있어?' 하고 평소라면 안 했을 질문을 했습니다. 보통은 내가 부탁하지 않아도 산에서 돌아오면 나를 위해 찍어 온 사진을 들이밀며 생색을 내곤 했거든요. 가난한 대학원생이었던 우리한테는 이리오모대는 물리적으로도 금전적으로도 그렇게 쉽게 갈 수 있는 곳은 아니었어요. 그래서 나도 오쿠노가 보인 호의를 고맙게 받아들이자고 생각하여, '그럼, 부생식물이 있으면 사진을 찍어 와줘'라고 선선히 대답했습니다."

마침 마쓰다는, 스스로는 광합성을 하지 않는 부생식물에 대해서도 흥미가 생겼던 참이었다.

"그래, 나한테 맡겨, 하고 오쿠노는 말했어요."

오쿠노는 큰 륙색을 메고 여행을 떠났다. 그리고 귀경할 예정이었던 날로부터 사흘 후에 이리오모테 원생림의 절벽 밑에서 추락사한 상태로 발견되었다.

"그 소식을 들었을 때 이후의 기억은 그리 정확하지 않습니다"라고 마쓰다는 말했다. "그저 충격이 너무 커서 슬픔도 놀람도 없이 멍하니 있었던 것 같아요."

오쿠노의 집은 효고현의 산 쪽에 있어서, 마쓰다는 당시 연구실 교수와 함께 급히 장례식에 달려갔다. 타고 가던 신칸센 안에서 마쓰다와 교수는 둘 다 입을 굳게 다물고 있었다. 마쓰다는 나쁜 꿈을 꾸고 있는 기분이었고, 정년이 가까웠던 교수는 아끼던 대학원생의 갑작스러운 죽음에 놀라 단숨에 늙어버린 얼굴을 하고 있었다.

오쿠노의 부모님과 누나는 씩씩한 모습으로 스님의 독경을 듣고 있었지만, 울어서 통통 부은 눈은 숨길 도리가 없었다. 제단에는 볕에 타서 쾌활하게 웃는 오쿠노의 영정 사진이 걸려 있었다. 그 사진을 가리키며 사태를 이해하지 못하는 오쿠노의 어린 조카가 "삼촌?" 하고 천진하게 묻자, 오쿠노의 누나가 "그래. 조용히 하자" 하고 부드럽게 나무랐다. 마쓰다는 덩어리 같은 것이 가슴속에서 치밀어 오르는 것 같아 서둘러 고개를 숙였다.

향을 피우고 합장을 해도 오쿠노가 죽었다는 사실이 실감나지 않았다. 나와 교수님이 이러고 있는 사이에 오쿠노가 T대의 연구실로 돌아와 있는 건 아닐까. "어라? 아무도 없네" 하면서 선물로 사 온 과자를 책상에 놓고 곧장 챔버의 식물을 보러 가는 게 아닐까. 마쓰다는 아무래도 그럴 거라는 생각이 들어 견딜 수 없었다.

관 뚜껑에 있는 작은 창은 닫힌 채였다. 한여름이기도 하고, 오쿠노가 발견되기까지 시간이 많이 지났기도 하고, 부검도 했기 때문일 것이다. 마지막으로 보내는 오쿠노의 얼굴을 볼 수 없었기 때문일까, 마쓰다는 더욱더 친구의 죽음을 실감할 수 없었다.

출관하기 전 오쿠노의 부모님은 교수와 마쓰다에게 인사를 하러 왔다. "지금까지 아들이 신세를 많이 졌습니다"라든가 "먼 곳까지 일부러 와주시고"라며 공손하게 감사 인사를 했다. 손수건을 얼굴에 갖다 대고 있는 노교수는 문상의 말도 잘 나오지 않는 모양이었다. 친구 부모님의 초췌함을 눈앞에서 마주한 마쓰다도, 얼마나 상심이 크십니까 따위의 판에 박힌 표현을 하기가 싫어서, 싫다기보다 '오쿠노가 죽었다니 거짓말이야' 하는 분노 비슷한 감정이 솟아올라서, 그래서 입을 열면 영문을 알 수 없는 소리를 외치며 날뛰게 될 것 같아서, 그냥 머리를 숙이기만 했다.

"오쿠노는 절벽 밑으로 떨어진 후에도 한동안은 숨이 붙어 있었던 모양입니다."

마쓰다는 눈을 내리뜨고 말했다. "당시는 지금처럼 어디에서나 휴대전화가 통하는 때가 아니기도 했고, 애당초 오쿠노는 휴대전화를 갖고 있지도 않았지요. '매이는 거 같아서 싫다'면서요."

오쿠노와 오쿠노의 주변 사람들이 느꼈을 고통이 가슴에 밀려와, 모토무라는 몸을 움직일 수가 없었다. 머리 한쪽 구석에서 멍하니 생각한다. 어떻게 한동안 숨이 붙어 있었다는 걸 알았을까. 부검을 통해 알게 된 걸까?

모토무라의 의문이 전달되었는지, 마쓰다는 얼굴에 희미하게 웃음을 떠올렸다. 얼굴근육이 떨린 게 그렇게 보인 건지도 모른다.

"오쿠노의 부모님이, '무척 온화한 얼굴을 하고 있었습니다'라면서 사진을 내밀었습니다."

그것은 오쿠노의 시신 옆에 구르고 있던 카메라의 필름을 현상한 것이었다. 마쓰다는 스무 장쯤 되는 사진을 받아 들고 한 장 한 장 넘겨가며 봤다. 하구에 뿌리를 내린 맹그로브 나무. 파랗게 맑은 바다. 습지에서 피는 가련한 아룬다. 인가의 처마 끝에서 낮잠 자는 고양이 사진도 있었다. '녀석, 이걸 보여주면서 분명히 '이리오모테삵이야'라고 주장할 작정이었구나' 하고 생각하면서 속으로 조금 웃기도 했다.

하지만 마지막 사진을 본 순간 마쓰다는 얼어붙고 말았다.

"그건 절벽 아래 땅바닥을 가까운 거리에서 찍은 사진이었습니다." 마쓰다는 조용한 어조로 말했다. "초점은 안 맞았지만, 낙하 충격으로 찍힌 것이 아니라 떨어진 상태에서 뭔가를 찍으려고 했을 거라고 경찰분이 말씀하셨어요, 라고 오쿠노의 부모님은 말했지요."

마쓰다는 알 수 있었다. 거기에 무엇이 찍혀 있는지를.

오쿠노는 최후의 순간에, 마쓰다가 부탁한 부생식물의 사진을 찍은 것이었다.

"나는 모든 것을 알았어요. 오쿠노가 절벽에서 떨어진 건, 절벽 아래에 부생식물이 있는 걸 발견했거나 부생식물이 있을 것 같다고 생각해서 몸을 내밀었기 때문이었어요. 내가 부생식물을 부탁한다는 그런 말을 했기 때문에……."

"교수님, 그건" 하고 가와이가 끼어들려 했지만, 마쓰다는 못 들었다는 듯이 계속해서 말했다.

"그때만큼 온갖 감정과 생각이 와락 하고 밀려든 적은 없었어요. 나는 무서워졌습니다. 이 사실을 당장이라도 오쿠노의 부모님께 고백하고 용서를 구하고 싶었지만, 그런 말을 들으면 부모님의 마음이 더 아프겠지, '자네 탓이 아니야' 같은 마음에도 없는 말까지 해야 하니 더욱더 비통해지겠지, 하고 망설이다가 결국 아무 말도 할 수 없었어요. 그러나 잘 생각해보면 나는 그때 비겁한 선택을 했던 겁니다. 나는 오쿠노의 부모님이 울면서 나를 원망할까 봐 무서웠습니다. 내가 오쿠노의 죽음의 원인이 되었다는 것을 미처 받아들일 수가 없었어요."

하지만 어떤 마음의 작용이었을까. 초점이 맞지 않는 마지막 사진만은 어떻게든 갖고 싶어서, 오쿠노의 부모님께 달라고 부탁했다. 아무것도 모르는 부모님은 "사진은 더 뽑을 수 있으니까"라며 흔쾌히 사진을 가져가도 좋다고 했다.

마쓰다는 침묵한 채 교수와 함께 도쿄로 돌아왔다. 돌아오는 신칸센 안에서 마쓰다는 몇 번이나 와이셔츠 가슴 주머니에서 사진을 꺼내 바라봤다. 교수도 분명 오쿠노가 마지막에 찍은 사진이 무엇인지, 왜 그것을 찍으려 했는지 알아차렸을 것이다. 그러나 교수는 아무 말도 하지 않았다.

마쓰다가 자리에서 사진을 바라볼 때마다, 옆에 앉은 교수는 마쓰다의 팔을 가볍게 잡았다. 격려와 위로의 마음으로 그러는 것 같기도 했고, 남겨진 제자를 이 세상에 붙잡아두기 위한 것 같기도 했다.

"오쿠노는 왜 이 사진을 찍은 걸까, 하는 생각에 나는 사로잡혔습니다" 하고 마쓰다는 말했다. "아무도 모르게 절벽에서 떨어져서 구조가 올 가능성은 거의 없는, 절망적인 상황입니다. 큰 부상을 입고 죽음을 목전에 둔 오쿠노가 겪어야 했던 고통과 공포는, 입을 꾹 다문 채 오쿠노의 부모님 앞에서 도망친 내가 느낀 두려움 따위와는 비교도 할 수 없는 것이었겠지요. 그런데도 오쿠노는 최후의 힘을 짜내서 부생식물 사진을 찍었어요. 이것은 어쩌면 고발의 한 장이 아닐까, 하고 나는 생각했습니다. 소위 다잉 메시지입니다. 자신의 죽음은 '부생식물이 있으면 사진을 찍어 와줘'라는 나의 부탁 때문인 거라고……."

"아닙니다!" 모토무라는 저도 모르게 외쳤다. "아니라고 생각합니다."

"네."

마쓰다는 조금 웃었다. 벌써 수도 없이 그 사실에 대해 생각해왔다는 걸 알 수 있는 표정이었다. 결코 대답이 돌아오지 않는 질문을 반복하고, 그러는 자신에게 반쯤은 질리고 반쯤은 포기한 듯한 표정.

"오쿠노는 그런 사람이 아니라고, 나는 떠오른 생각을 바로 떨쳐냈어요. 절벽에서 떨어지는 불행한 사고를 당하여 죽음의 공포와 고독에 짓눌릴 것 같은 때에도, 그것을 누군가의 탓이라고 원망하거나 하물며 고발하자는 생각 따위는 눈곱만큼도 하지 않을 녀석이라고. 실제로 그는 매우 합리적이고 본성이 착한 친구였으니까요. 나는 필사적으로 '오쿠노는 나와 한 약속을 지키려고, 최후의 순간에 부생식물 사진을 찍어준 거야. 이 한 장은 오쿠노의 우정의 증거야'라고 생각하려고 노력했어요."

하지만 떨쳐내고 떨쳐내도 사진은 오쿠노의 고발이며 지탄이 아닐까, 하는 생각이 마쓰다의 뇌리에 갈수록 더 깊이 달라붙었다. 마쓰다는 자면서 악몽을 꾸게 되었다.

"꿈속에 오쿠노가 나와주면 좋겠는데, 그건 나의 바람이었을 뿐, 깨고 나면 기분 나쁜 감촉만 여운으로 남아 있는 영문을 알 수 없는 꿈이 계속됐어요. 오쿠노가 나타나서 나를 탓하거나 용서해준다면 조금은 편해질 수 있을지도 모르는데 왜 안 나타나는 거야, 하고 엉뚱하게도 원망을 할 정도였습니다."

오쿠노가 죽은 지 한 달이 지나서는 마쓰다는 완벽한 불면증이 되어 있었다. 원래 저혈압이고 얼굴색도 나쁜 편이었기 때문에 처음에는 교수를 비롯한 연구실 멤버들이 마쓰다의 그런 변화를 눈치채지 못했다. 하지만 다크서클이 진해지고 체중도 줄더니, 결국에는 유령같이 변해가자 주위에서도 마쓰다의 변화를 알아차리고 몹시 걱정하게 되었다.

"알고 있겠지만, 자네 탓이 아니야"라고 노교수는 말했다. 대학원 동료들도 "좀 쉬면 어떨까?" 하고, 자신들이 실험이나 연구를 도와주겠다고 가속처럼 나섰다.

"그러나 나는 B호관에 계속 나갔어요. 아니, 하숙집에는 거의 돌아가지 않고 연구실에 틀어박혔다고 하는 편이 좋겠지요. 머리에서는 '오쿠노는 나를 탓하지 않아'라고 알고 있어도 감정이 따라오지 못해서, 뭔가 하고 있지 않으면 마음이 안정되지 않았거든요. 잠을 잔다고 해도 어차피 악몽을 꿀 뿐이었고요."

실제로 마쓰다에게는 해야 할 일이 많이 있었다. 오쿠노는 논문 초고를 몇 개 남겼고, 그것을 완성시키자고 하여 연구실 멤버들이 하나가 되어 움직이기 시작했기 때문이다. 논문에 필요한 정확한 데이터를 얻기 위해 오쿠노가 남긴 실험을 진행했고 마쓰다가 그 중심적인 역할을 담당했다.

자신의 연구도 함께 추진해야 해서, 마쓰다는 밤낮으로 현미경을 들여다보고 실험실에서 시약을 조합하는 등 작업에 몰두했다. 물론 오쿠노가 키우던 챔버 안의 식물을 돌보는 일도 게을리하지 않았다. 오쿠노는 마쓰다와의 약속을 지켰다. 그러니까 마쓰다도 오쿠노가 부탁한 식물을 지키고 실험을 잘해서 남겨진 초고를 완성시켜야 한다는 생각뿐이었다.

하지만 잠 못 드는 나날이 계속되면 체력에 한계가 온다. 그날, 마쓰다는 자연과학부 B호관의 지하 현미경실에서 오쿠노의 챔버에서 채취한 식물의 세포를 조사하고 있었다.

슬슬 날짜가 바뀌려고 하는 가을의 깊은 밤이었다. 지하공간에 인기척은 없다. 현미경 렌즈 너머로 어렴풋이 발광하는 엽록체 입자가 보였다. 졸음은 전혀 찾아오지 않았지만, 미열이 있어서인지 몸이 나른했다. 마쓰다는 현미경에서 얼굴을 들고 의자에 앉은 채로 크게 기지개를 켰다.

"그때였습니다"라고 마쓰다는 말했다. "양팔을 내리고 다시 현미경을 들여다보려는 내 왼쪽 어깨에 누군가가 손을 올렸어요."

이야기가 갑자기 괴담 같아졌다. 모토무라와 가와이는 저도 모르게 침을 삼키고 귀를 세웠다.

"발소리도, 문이 열리고 닫히는 소리도 없었는데 누가 어떻게 현미경실에 들어온 걸까. 돌아보려고 하자 왼쪽 어깨에 놓인 손이 눈에 들어왔습니다."

"오쿠노 씨였군요?"하고 가와이가 갈라진 목소리로 물었다.

"네, 오쿠노였습니다. 내가 결코 잘못 볼 리 없는, 오쿠노의 손이었어요."

마쓰다는 그때의 일이 그리운 듯이 눈을 가늘게 떴다. "놀라서 움직임을 멈춘 내 어깨를, 오쿠노는 톡톡톡 하고 세 번 두드렸어요. 정신이 돌아온 나는 이번에야말로 기세 좋게 뒤를 돌아봤지만, 물론 거기에는 아무도 없었습니다. 나중에 깨달았는데, 그날 밤은 날짜가 바뀌면 오쿠노가 세상을 떠난 지 49일이 되는 날이었지요."

모토무라는 눈물이 날 것 같았다. 오쿠노 씨는 괴로워하는 마쓰다 교수님의 마음을 가볍게 해주고 싶어서 유령이 되어 나타났던 거다.

그런데 마쓰다가 갑자기 "두 사람, 지금 비과학적인 상상을 한 건 아니지요?"라고 말한다. "물론, 유령을 보는 사람이 있다는 사실을 부정하지는 않습니다. 그런 경험을 하는 경우도 있을 수 있다고 생각합니다. 실제로 나도 오쿠노의 손을 봤습니다. 그 손이 내 어깨를 두드리는 감촉도 분명하게 기억하고 있습니다. 그러나 지금 이야기한 내 경험에 한해서 말하자면, 그것들은 모두 나의 주관에 기초한 것일 뿐, 과학적으로 유령의 존재를 실증할 수 있는 방법은 없다는 사실에 주의해야 합니다."

황당. 이건 지금 막 마쓰다와 오쿠노의 돈독한 우정을 생각하며 감격에 겨워하는 모토무라와 가와이를 한 방 먹이는 게 아닌가. 모토무라와 가와이는 "네" 하고 김빠지는 소리를 냈다.

"내 뇌는 분명히 오쿠노의 손을 인식했고 그 손의 무게를 느꼈지만, 내 이성은 그건 꿈이거나 잠이 극단적으로 부족했던 심신이 본 환상일 거라고 판단하고 있습니다"라고 마쓰다는 계속했다. "그러나 신기하지요. 그 일이 있은 이후로, 나는 다시 잠을 잘 수 있게 되었어요. 뇌가, 즉 마음이 지어낸 이야기가 마음을 구한 거라고 할 수 있겠지요. 그런 의미에서, 역시 나는 오쿠노에게 구원받았다고 생각하고 있습니다. 내 기억 속에 있는 오쿠노가, 생전의 그의 언동과 인품이, 나를 구해준 겁니다."

모토무라와 가와이는 끄덕였다. 역시 교수님과 오쿠노 씨 사이의 우정은 견고한 거였어, 라고 생각했다.

잠을 잘 수 있게 된 마쓰다는 소중한 친구를 잃은 슬픔으로부터 조금씩 회복되어갔다. 연구에도 점점 더 빠져들어, 1년 뒤의 여름에는 자신의 박사논문만이 아니라 오쿠노가 초고를 남긴 여러 편의 논문도 모두 전문 잡지에 투고할 수 있겠다는 전망이 섰다.

"연구실의 멤버들과 함께 오쿠노를 추모하는 책자도 만들었어요. 오쿠노가 생전에 발표한 논문이나 찍은 사진 등을 모아서 말이지요.

오쿠노의 대학 시절 친구들도 도와줘서 대학 생활, 대학원 생활을 어떻게 보냈는지 알 수 있는 책 한 권이 만들어졌습니다."

일주기에 맞추지는 못했지만 마쓰다는 완성된 책자 다발을 들고 오쿠노의 부모님을 찾아갔다. 책자를 건네고, 오쿠노의 초고를 바탕으로 한 논문도 머지않아 잡지에 실릴 거라고 알려주자, 오쿠노의 부모님은 무척 기뻐했다. 마쓰다는 불단에 책자를 바치고 합장했다.

그 책자에는 오쿠노가 마지막으로 찍은 사진도 실었다. 마쓰다는 오쿠노의 부모님께 거기에 찍힌 것이 부생식물이라는 것과, 자신이 그것을 찍어 와달라고 오쿠노에게 부탁했었다는 사실을 고했다. 정말은 그 자리에 엎드려 오쿠노와 오쿠노의 부모님께 용서를 빌고 싶었지만, 그런 행동은 자신이 편해지자는 것일 뿐, 결과적으로는 오쿠노의 부모님을 괴롭히고 죽은 오쿠노를 곤혹스럽게 하는 것이라고 생각했다. 그래서 당장이라도 바닥에 댈 것 같은 손을 꾹 잡고 참으면서 "더 빨리 말하지 못해 죄송합니다"라고만 말했다.

오쿠노의 어머니는 마쓰다의 이야기를 조용히 듣고 나서 "다행이야"라고 중얼거렸다. "그럼, 그 애는 마지막에 마쓰다 씨와의 약속을 지킬 수 있었던 거네요."

마쓰다는 잠자코 고개를 숙였다. 아무리 해도 떨리는 어깨를 오쿠노의 아버지가 두 손으로 잡아주었다.

"고맙네, 마쓰다 군" 하고 오쿠노의 아버지는 말했다. 마쓰다는 현미경실에서 자신의 어깨를 두드린 오쿠노의 손을 떠올리고 있었다. 역시 부자지간이구나 하고 생각했다.

꽃과 과일이 풍성하게 바쳐진 불단에서 영정 사진 속의 오쿠노는 쾌활하게 웃고 있었다.

돌아오는 신칸센 안에서 선잠을 자던 마쓰다는 꿈을 꿨다. 오쿠노가 나오는 꿈을 꾼 건 그것이 처음이자 지금으로서는 마지막이었다. 잠을 못 자던 한때를 빼고, 원래 마쓰다는 꿈을 꾸는 일이 별로 없었다.

꿈속에서 오쿠노는 마쓰다를 탓하지도 용서하지도 않았다. 연구실에서 둘이서 떠들고 있는, 이거다 하고 내세울 것 없는 일상의 꿈이었다. 오쿠노도 마쓰다도 웃고 있었다.

눈을 뜸과 동시에 무슨 말을 했었는지는 잊어버렸다. 아주 짧은 시간 선잠을 잔 모양이었다. 차창 밖 경치를 보니, 세키가하라 부근을 달리고 있는 것 같았다. 마쓰다는 해 질 녘 어둠이 다가오는 하늘을 바라봤다.

와이셔츠 가슴 주머니에 넣어 갖고 온 사진을 꺼냈다. 오쿠노가 찍은, 초점이 맞지 않는 부생식물 사진이다.

오쿠노의 죽음, 그리고 그 죽음의 원인이 자신에게 있다는 사실을 결코 잊을 수는 없을 것이다. 그래도 마쓰다는 살아서 연구를 계속한다. 그렇게 할 수밖에 없었고, 그렇게 하고 싶었다.

마쓰다는 그 사진이 오쿠노의 우정의 증거라고 믿기로 했다. 오쿠노도 분명 "그 외에 무슨 다른 의미가 있다고 생각한 거니. 바보구나"라고 말할 것이다. 마쓰다는 그렇게 생각하는 것을 자신에게 허락했다.

정리 정돈이 서툰 마쓰다를 봤을 때는 도저히 믿을 수 없는 일이지만, 사진은 지금도 연구실 책상 서랍에 들어 있다. 마쓰다는 가끔 그 사진을 꺼내서 바라본다. 연구가 막혀서 뭔가 방법을 찾고 싶을 때나, 산처럼 쌓인 서류 업무를 해치우고 한숨 쉬거나 할 때에.

몇 번이나 바라보는 사이에 사진의 초점은 머릿속에서 보정이 되어갔고, 거기에 찍힌 것이 버어먼초라는 부생식물이라고 마쓰다는 지금 거의 확신하고 있다. 전체 길이가 3㎝ 정도밖에 안 되는 작은 식물로, 클리오네를 조금 홀쭉하게 한 것 같은 형태를 하고 있다. 새하얀 날개를 펼친 사랑스러운 요정처럼 보이기도 한다. 요정의 머리 위치에서는 청아한 레몬옐로의 색깔이 반짝인다.

오쿠노는 최후의 순간에 아름다운 것을 그 눈에 담았구나 하고 마쓰다는 생각한다. 그것을 나에게 전하려고 한 거구나, 하고.

재배실에 잠시 침묵이 내려왔다. 꽤 오랜 시간 동안 마쓰다의 이야기를 듣고 있었던 것 같은데, 모토무라가 힐끗 손목시계를 확인하니 30분도 채 지나지 않았다.

"이런 일이 있었기 때문에, 가와이 선생의 보르네오행 이야기를 듣고 마음이 쓰이게 된 것 같습니다"라고 마쓰다는 회상을 마무리 지었다.

미안합니다, 하고 다시 마쓰다가 사과하자 모토무라와 가와이도 다시 "아뇨, 아뇨" 하고 당황하여 고개를 젓는다.

"걱정해주셔서 감사합니다." 가와이는 진심이 담긴 목소리로 말했다. "물론 어디에서 무엇을 하더라도 '절대로 안전'이란 건 없겠지만, 잘 주의할 것이고 무리하는 일 없게 하겠다고 약속드립니다."

"그렇게 해주세요." 마쓰다는 끄덕이고, "그럼" 하고 그 자리를 물러나려 했다. 그런 마쓰다를 "교수님" 하고 가와이가 불러 세운다.

"교수님은 전에 '농담이야'라고 말씀하셨지만, 그 양복은 정말로 상복이 아닌가요?"

한순간 멈춰 선 마쓰다는 "아니요, 전에도 말했지만 옷을 고르는 게 귀찮아서 그런 것뿐이에요" 하고 웃음을 머금은 목소리로 대답하고 재빨리 재배실에서 나갔다.

멍청히 서 있던 모토무라와 가와이가 잠시 후 얼굴을 마주 봤다.

"저……"라고 모토무라가 말을 짜냈다. "제가 무례한 짓을 해버렸어요. 교수님이 억지로 말하게 하신 거……."

"괜찮아." 가와이는 모토무라를 위로하며 말했다. "만약 싫었다면, 교수님은 절대로 이야기하지 않았을 거야. 교수님은 우리가 물어보기 훨씬 전에 이미 오쿠노 씨의 죽음을 받아들였기 때문에 오늘 이야기를 해준 거야."

아픔은 없어지지 않았지만 세월이 흘러가면서 오쿠노와 오쿠노의 죽음은 마쓰다와 떼어놓을 수 없는 한 몸이 되어 마음 깊은 곳에 자리를 잡았던 거다.

모토무라는 고개를 끄덕이고, "그렇긴 해도 양복에 대해 물어보다니, 가와이 선배님 용기 있네요" 하고 일부러 밝은 말투로 말한다.

"결국 얼버무렸지만" 하고 가와이는 쓴웃음을 지었다. "유령에 대해 말할 때 정말 마쓰다 교수님답구나 하고 생각했어."

"정말로 과학의 마쓰다라는 말이 실감 났어요."

모토무라와 가와이는 마쓰다가 들려준 이야기를 가슴속에 소중히 담고 재배실에서 각자의 작업을 하기 시작했다.

마쓰다가 이야기하지 않아서, 모토무라와 가와이는 마쓰다가 과학의 마쓰다답지 않게 눈물을 흘리며 울었다는 사실은 몰랐다.

지하 현미경실에서 친구의 모습을 찾아 돌아봤을 때. 마쓰다는 자신 이외에 아무도 없는 공간을 향해 "오쿠노"하고 작게 불렀다. 대답은 돌아오지 않았다. 그래서 드디어, 두 번 다시 오쿠노를 만날 수 없게 되었다는 사실을 실감하고 마쓰다는 소리 내서 울었다. 오쿠노가 죽고 나서 처음으로 흘린 눈물이었다. 이후 하품을 한다든가 옷장 모서리에 새끼발가락을 부딪쳤다든가 할 때의 반사적인 눈물은 있었어도, 슬퍼서 흘린 눈물은 지금까지 없다.

억누르려 해도 기어코 새어 나오는 마쓰다의 울음소리를, 자연과학부 B호관 건물만이 조용히 듣고 있었다.

4

2월에 들어선 어느 날 모토무라는 점심시간을 앞두고 평상시처럼 T대 자연과학부 B호관 2층에 있는 재배실로 향했다.

오전 중에는 메일을 주고받고 관심 가던 논문을 죽 훑어보는 것만으로도 시간이 순식간에 지나갔다. 여름 합동 세미나를 놓고 다른 여러 대학원의 연구실과 조정해야 할 일도 많은 데다가, 잡지에 발표되는 최신 연구 성과도 놓치지 않고 따라가야 하니 모토무라는 정신없이 바쁘다.

마음 같아서는 애기장대가 나날이 성장하는 모습을 지켜보고, 잎사귀를 투명하게 하여 현미경으로 그 세포를 들여다보고, '어떤 변이 애기장대가 생기려나' 기대하며 교배하고…… 그런 작업만 하고 싶지만, 물론 그렇게 되지 않는 것이 세상사다. 다만 연구에 푹 빠져 있다 보면 눈과 머리가 피곤해지는 것도 사실이라서, 틈틈이 메일을 주고받거나 논문을 읽으면서 바깥 세계와 접촉하는 것은 좋은 휴식이자 즐거운 일이 되기도 했다.

이럭저럭 오전 중에 하기로 예정되어 있던 일을 다 해치운 모토무라는 일종의 충족감과 함께 최고의 타이밍에 재배실로 발길을 옮긴 차였다. 오늘의 점심은 엔푸쿠테이에 주문해서 먹기로 되어 있다. 연구실에 있던 가토에게 자신의 몫으로 오므라이스를 주문해달라고 부탁하고 왔다. 앞으로 한 시간만 있으면 맛있는 점심밥을 먹을 수 있다. 그때까지 애기장대를 관찰해두자고, 발걸음만이 아니라 기분도 상쾌하게 재배실에 도착한 모토무라였다. 그런데 재배실 문을 연 순간, "이 무슨⋯⋯" 하고 저도 모르게 목소리가 나왔다. 재배실 바닥이 물 천지가 되어 있었기 때문이다. 물이 나온 곳은 물론 마쓰다 겐자부로 교수의 챔버였다. 배수 호스를 양동이에 넣는 걸 또 잊은 모양이다.

모토무라는 한껏 뿌듯해 있던 기분이 꺾이는 느낌이 들었지만, 바로 마음을 다잡고 재배실에 있던 걸레로 바닥을 닦았다. 걸레만으로는 다 흡수하지 못할 정도로 많은 물이 새어 나와 있었다. 모토무라는 긴 책상에 아무렇게나 내던져져 있던 낡은 타월도 집어다 썼다. 가토가 온실에서 작업할 때 목에 두르곤 하던 타월 같긴 한데, 뭐 괜찮겠지. 마쓰다는 재배실에서 인체에 유해한 약품 같은 건 사용하지 않을 거다. 챔버에서 흘러넘친 것은 그러니까 영양분이 듬뿍 들어 있는 물이란 얘기다.

마쓰다가 이야기한 과거사는 슬프다거나 괴롭다는 말로는 다 표현할 수 없는 것이라고 모토무라는 생각했다. 그 일은 누군가가 아무리 "당신 탓이 아니야"라고 말한다 해도, 마쓰다가 평생 안고 갈 아픔으로 남아 있을 거라고.

마쓰다가 오직 연구만 하는 생활로 일관하는 것은 물론 무엇보다도 식물을 좋아하기 때문이겠지만, 젊은 나이에 세상을 떠난 친구에 대한 마음도 거기에 어떤 형태로든 영향을 미치고 있지 않을까 하고 모토무라는 추측한다. 그러나 추측만 할 뿐 실제로 어떤지에 대해 마쓰다에게 물어볼 수는 없다. 마쓰다와 모토무라는 어디까지나 교수와 대학원생이라는 관계다. 그런 일에 대해 가볍게 묻고 답하고 할 사이가 아니다. 그래서 모토무라는 그저 마쓰다가 열심히 지도해 주는 데에 감사하며, 예전과 마찬가지의 거리를 유지하면서 지내는 중이다.

가와이도 같은 마음인 듯, 마쓰다의 과거에 대해서는 굳게 입을 다물고 아무 일 없었다는 듯이 지내고 있다. 당사자인 마쓰다도 자신이 했던 말에 대해 개의치 않고, 모토무라를 비롯한 연구실 사람들을 평소처럼 대하고 있다.

지난주 모토무라는 연구실에서 매주 진행하는 세미나에서 연구 발표를 했다. 연구 발표에서, 차례차례 파종을 하면서 사중변이체 애기장대를 찾아내야 하는 단계라고 모토무라가 현재의 상황을 있는 그대로 발표하자, 마쓰다는 어떤 방법으로 찾아낼 생각인지에 대해 자세히 묻고는 "조금 속도를 내는 편이 좋겠군요. 물론 정확성을 기하는 것이 가장 중요하긴 하지만" 하고 냉정한 평가를 내렸다. 주고받는 말은 모두 영어로 하기 때문에, 모토무라는 뇌 안의 영단어장을 필사적으로 넘기느라 대량의 땀을 흘려야 했다.

당연한 일이지만, 연구에 있어서 마쓰다 교수님에게는 '적당히 봐주는 일' 같은 건 없다는 사실을 다시 한번 확인한다. 모토무라는 한편으로는 맥이 풀리고 다른 한편으로는 믿음직스러움이 느껴지는 복잡한 기분을 경험해야 했다. 너무 파고들어서 마쓰다로 하여금 이야기하기 어려운 과거사를 이야기하게 해버렸다는 사실 때문에 뒤가 켕겨 주눅이 들어 있었는데, 그 점에서는 역시 마쓰다. '필요하니까 이야기한다'라는 합리적 판단을 하여 이야기한 것에 불과하다는 것을 보여주기라도 하듯 아무런 거리낌도 없이, 즉 괜히 신경 쓰거나 적당히 봐주거나 하는 일 없이, 여느 때와 전혀 다르지 않게 '조용한 열혈 지도'를 한다. 마음은 든든하긴 하지만 연구의 부족한 부분도 사정없이 후벼 파버리니, 모토무라는 위 속이 아프기도 하다.

마쓰다가 지적한 대로 속도를 내야 할 시점이다. 4월이면 모토무라는 박사과정 2년 차가 된다. 박사학위를 3년 안에 얻기 위해서는 이제 슬슬 연구에 진전이 있어야 한다. 늦어도 박사과정 3년 차의 7월까지는 잡지에 논문을 투고할 전망이 서 있어야 하기 때문이다.

논문 초고가 완성되어도 영어가 제대로 되었는지 체크를 해야 한다. 그래서 드디어 잡지에 투고를 한다고 해도 전문 연구자가 논문 내용을 심사하는 동료평가를 밟아야 한다. 또한 동료평가 절차에 들어갔다고 하여 안심할 수 있는 건 아니다. "이 점이 모호하다" 등등 반드시 어딘가 지적을 당할 것이기 때문이다. 지적당한 곳을 고치고 잡지 게재 허가가 내려오기까지 4, 5개월이 걸리는 일은 흔하다.

T대 대학원에서는 박사논문을 심사받기 위해서는 먼저 국제적으로 통용되는 잡지에 논문이 게재되어야 한다. 잡지 게재 허가가 나올 것으로 예상되면 동시에 병행하여 박사논문을 쓰기 시작하는 것이다.

박사논문은 잡지에 게재되는 논문 두 편 분량 정도는 되어야 하기 때문에, 잡지에 게재한 글에는 다 담을 수 없었던 실험 데이터를 추가하는 등 내용을 더 충실하게 발전시켜서 작성해야 한다.

박사논문 심사는 2단계로 이루어진다. 박사과정 3년 차 11월에는 구두로 연구를 발표하는 '예비 심사'가, 새해가 되어 2월 중순에는 실제 제출한 논문을 놓고 진행하는 '본심사'가 있다. 심사에 통과하면 드디어 3월 말에 있는 박사학위 수여식에서 학위를 받게 된다.

그런즉, 박사과정 3년 차 7월 이후에는 잡지에 실을 논문과 대학에 제출할 박사논문을 집필하느라 쩔쩔매고 있을 것임을 쉽게 예상할 수 있다. 그러니 그전에 "연구 결과, 지금 시점에서 새로 알게 된 사실은 이것입니다. 그리고 그 사실에 입각하여 앞으로 이런 식으로 연구를 전개해가고 싶습니다"라고 말할 수 있도록 준비가 되어 있어야 하는 것이다.

내년 7월까지는 이제 1년 5개월 정도밖에 남아 있지 않다. 모토무라는 초조했지만 그렇다고 애기장대에게 "더 빨리 커줘"라고 재촉할 수는 없다. 사중변이체를 만드는 데에는 '첫째도 끈기, 둘째도 끈기, 셋째, 넷째는 없고 다섯째도 끈기'다. 애기장대가 자라는 것을 나날이 초조하게 기다리고, 잘못되는 일이 없도록 주의 깊게 관찰하고 실험하는 일을 거듭하는 수밖에 없다.

겨우 재배실 바닥을 다 닦은 모토무라는 가슴을 두근거리며 자신의 챔버를 들여다봤다.

매일 '특대형 잎이 나 있지 않으려나' 하고 눈을 부릅뜨지만 이내 실망하고 마는 일의 반복이라서, '오늘은 기대 안 할 거야'라고 자신을 타이르지만, 그래도 역시 이 순간만큼은 마음이 들뜨고 만다. 설령 사중변이체가 만들어지지 않았다고 해도 애기장대를 좋아하는 모토무라로서는 씩씩하게 잎사귀를 내민 애기장대의 귀여운 모습을 바라볼 수 있다고 생각하면 그것만으로 마음이 들뜬다. 애묘가가 아무리 지쳐서 집에 돌아와도 자신을 반기는 고양이의 모습을 보면 그 순간 기운을 회복하고, 자신도 모르게 고양이 낚싯대를 손에 들고 고양이 이상으로 기운이 넘쳐서 함께 노는 것과 같은 거다.

자, 오늘의 애기장대는 어떤 모습일까. 모토무라는 챔버 앞에서 몸을 구부리고 록울이 나란히 늘어선 트레이를 유리문 너머로 살펴본다. 현재 챔버에는 트레이가 세 개 들어 있다. 파종 시기가 조금씩 다르기 때문에 성장 정도도 트레이마다 다르다.

공간을 절약하기 위해, 모토무라는 한 개의 록울에 네 알의 씨앗을 뿌렸다. 트레이 하나에 록울은 40개 들어가므로 트레이당 160알, 그리고 트레이가 세 개니까 지금까지 총 480알의 씨앗을 뿌린 셈이다. 사중변이체는 확률적으로 보았을 때 1200알 중 네 알이나 다섯 알은 있을 것이다. 그렇다면 이 세 개의 트레이 안에 사중변이체 애기장대가 하나는 자라고 있을 거라고 생각해도 이상하지 않다는 계산이 선다.

애기장대는 챔버 안에서 순조로이 자라고 있었다. 본잎의 수를 늘리고 있는 것도 있다. '잎사귀들이 서로 부딪치게 되면 자라나기 힘드니까 여유가 생기도록 한 포기씩 새 록울에 옮겨 심어줘야지' 하고 모토무라는 궁리한다.

트레이 중 하나는 바로 닷새 전에 파종을 했기 때문에 작디작은 떡잎을 겨우 펼친 잠이다. 새끼손가락 끝 정도밖에 안 되는 잎을 바라보며 '귀엽구나'라고 생각하던 모토무라는 눈을 가늘게 떴다. 그러다가 다음 순간 '응?' 하는 소리를 냄과 동시에 모토무라의 눈이 동그랗게 됐다.

트레이 한가운데쯤에 놓여 있는 록울. 그중 한 포기의 애기장대가 지금까지 봐온 떡잎하고는 어쩐지 분위기가 다른 떡잎을 내놓고 있는 것 같았기 때문이다. 모토무라는 더 자세히 보려고 얼굴을 갖다 대려다가 그만 챔버 문에 이마를 부딪쳤다.

"아야……."

부딪치는 충격으로 비뚤어진 안경을 고쳐 쓰고, 코가 낮은 바람에 먼저 이마를 부딪쳤다는 사실에 대해 한탄하면서 서둘러 챔버를 열었다. 살며시 트레이를 꺼내서 긴 책상 위에 놓았다. 몸을 구부리고 가까이서 문제의 떡잎을 찬찬히 살펴본다.

역시. 분명 얘는 다른 애기장대하고 모양이 다르다. 아직 떡잎이 막 나오기 시작한 단계일 뿐이지만, 다른 애기장대와 비교해서 이파리가 크다. 게다가 배축(떡잎과 뿌리 사이에 있는 줄기)에 무슨 이유에선지 털이 촘촘히 나 있는 것 같다.

이파리는 크고, 배축은 털북숭이라. 혹시 이게 내가 찾던 사중변이체가 아닐까. 교배는 성공했고, 드디어 사중변이체를 얻게 된 게 아닐까.

모토무라는 전력 질주를 하고 났을 때처럼 심장이 벌렁벌렁 뛰고 호흡이 훅훅 빨라지는 것을 느꼈다. 아니, 기다려. 잘못 본 걸지도 몰라. 너무 간절히 바라는 바람에 환상을 보게 된 건지도 몰라. 어쨌든 냉정해져야 해. '침착해, 침착해' 하고 염불하듯이 머릿속에서 왼다.

우선 나머지 두 개의 트레이도 챔버에서 꺼내서 매일 해야 하는 일을 하기로 했다. 물을 주고 디지털카메라로 사진을 찍어 성장한 상태를 기록한다. 하지만 그러는 사이에도 그만 이파리가 크고 배축이 털북숭이인 떡잎으로 자꾸 시선이 간다. 사진도 매일 같은 거리에서 같은 배율로 찍는 것을 원칙으로 하고 있건만, 정신 차리고 보면 자신도 모르게 이파리가 크고 배축이 털북숭이인 떡잎만을 찍고 있다. 그것도 여러 각도에서 고배율로.

무심코 들어간 카페에 아이돌이 있는 것을 보고 저도 모르게 멍하니 바라보거나, 화장실에 가는 시늉을 하면서 옆얼굴과 뒷모습을 눈에 담으며 가슴 두근거리는 열성 팬 같다. 아니, 아이돌 팬이 모토무라보다는 더 예의 바르고 차분할 것이다. 상대가 인간이 아니라 애기장대인 것을 구실로 삼아 모토무라는 콧숨도 거칠게, 실로 핥기라도 할 것 같은 기세로 문제의 떡잎을 노골적으로 바라보고 있지 않는가. 뜨거운 시선의 열기로 인해 떡잎이 시들어버리면 어떡하지, 하고 모토무라 스스로 걱정이 될 정도로.

그러나 어찌하랴. 떡잎은 이제 막 나오기 시작했을 뿐이다. 육안으로는 확인하는 데 한계가 있다. 모토무라는 크게 심호흡하고 나서 떡잎 사진을 디지털카메라의 모니터로 최대한 확대한다.

보인다, 보여. 떡잎을 지탱하는 가는 줄기에 털이 빽빽이 나 있다. 게다가 같은 배율로 표시한 다른 떡잎과 비교하여 잎의 크기가 분명히 더 크다. 지금까지 본 적 없는 떡잎이다.

성공이다, 해냈다, 유레카다―!

모토무라는 디지털카메라를 손에 든 채, 양팔을 번쩍 치켜올리는 포즈를 시연했다.

사중변이체가 생겼다! 물론 자세히 조사해보기 전에는 확실하다고 말할 수 없지만, 내 감이, 그리고 매일매일 애기장대를 바라봐온 경험이, 이것은 사중변이체라고 증언하고 있다!

팔을 내린 모토무라는 세 개의 트레이를 챔버 속으로 되돌려놓고, 디지털카메라를 들고 재배실에서 뛰어나왔다. 마음 같아서는 해당 트레이를 안고 T대 안을 온통 뛰어다니고 싶었지만, 상대는 '금지옥엽'. 재배실 안에서 남의 손 타지 않게 곱게 키워야 하는 애기장대다. 재배실에서 꺼내어 외부로 들고 다니는 일은 있을 수 없다. 그 대신에 디지털카메라로 찍은 사진을 연구실 사람들에게 보여주자. 모토무라는 그렇게 생각하며 달렸다.

자연과학부 B호관의 계단을 달려 올라가 3층에 있는 마쓰다 연구실을 향해 진격한다. 마음이 앞서서 문이 잘 열리지 않는다는 사실을 잊어버린 바람에 이마를 문에 강타했다. "아야……" 하고 또 한 번 중얼거리면서 문을 조금 들어 올리듯이 연다.

그사이 연구실 안에서는 가토와 후지마루가 엔푸쿠테이의 요리를 큰 책상 위에 늘어놓고 있었다. 모토무라가 연구실을 겨냥하여 쉬지 않고 달려오고 있다는 사실 따위를 알 리 없는 둘은 손을 움직이면서 "선인장 가시의 밑동에서는 반드시 싹이 나오는 눈이 있어요" "진짜요? 선인장 굉장하다"라고 느긋하게 잡담을 하고 있는 참이었다.

"선인장만이 아니에요. 은행나무의 굵은 줄기에도 실제로 파묻힌 눈이 많이 있어요. 식물의 단위는 '잎, 눈, 줄기'로, 그것을 반복하면서 크는 거니까요. 어떤 식물에도 지금까지 낸 잎사귀 수만큼 눈이 있다는 거지요."

"그래요? 그렇게 생각하니 식물이란 왠지 좀 기분 나쁜 면도 있네요. 온몸이 눈으로 덮여 있는 요괴 같잖아요."

"아니, 음…… 그 눈은 사람 얼굴에 있는 '눈'이 아니라, 싹이 나오는 자리를 말하는 '눈'이라는 건 확실히 해두는 게……."

가토와 후지마루의 대화가 거기까지 도달했을 때, 돌연 연구실 문이 충격음과 함께 바깥쪽에서부터 안으로 휘는가 싶더니 이어서 우당탕하고 열렸다. 둘이 화들짝 놀라서 돌아보니, 모토무라가 안경을 삐뚜름하게 걸친 채 숨을 헐떡이며 문 입구에 서 있다.

가토와 후지마루에게서 날아오는 시선을 보고 모토무라는 문에 부딪쳐 빨갛게 되어 있을 이마가 좀 창피하게도 생각됐지만, 그래도 남아 있는 기세를 몰아 두 사람 앞으로 돌진하여 손에 들고 있던 디지털카메라를 내밀었다.

"보세요!"

가토와 후지마루가 순순히 카메라의 화면을 들여다보고, "애기장대 떡잎이군요" "와, 귀엽습니다" 하고 저마다 본 대로의 감상을 말한다.

그게 아니라, 하고 모토무라는 답답해서 "드디어 사중변이체가 생긴 것 같아!"라고 역설했지만, 가토는 선인장이 전공이고, 후지마루는 식물에 관해서는 완벽한 문외한이라서 떡잎의 세세한 차이 같은 걸 알 리가 없다.

"오오"하고 소리를 내며 입을 벙글벙글한다. 모토무라가 좋아서 흥분해 있다는 것을 알고, '잘됐군, 잘됐어' 하고 덩달아 웃는 얼굴을 만들고 있는 것에 불과하다는 것을 모토무라는 간파했다. 몹시 보람 없는 반응이라서 모토무라가 "뭐야" 하고 말하고 싶어진 순간, 이와마가 등장했다.

모토무라는 시간차도 없이 이번엔 이와마 앞에 카메라를 내밀며 "사중변이체!"라고 외쳤다. 요리 냄새에 코를 꿈틀거리려던 이와마는 깜짝 놀라 사레가 들렸는지 컥컥거리면서 화면을 본다.

"으응?"하고 이와마는 낮고 둔한 소리를 냈다. "이제 막 나온 떡잎이라, 확실히……."

"잘 보세요. 배축에 털이 가득 나 있고, 크기도 다른 떡잎과 비교했을 때 더 커요. 이건, 절대, 사중변이체예요."

"자자, 좀 침착해." 이와마가 다시 화면의 사진을 뚫어져라 살펴본다. "그러네. 듣고 보니 어쩐지 모양이 다른 것 같기도 한데."

"저는 잎사귀라는 것밖에 모르겠지만, 해냈군요, 모토무라 씨"라고 후지마루가 무책임하게 축하하고, "선인장이었다면 얼마든지 알아볼 수 있었을 텐데요"라고 가토가 면목 없다는 투로 말한다.

다 같이 카메라를 둘러싸고 떠들썩하고 있는데 마쓰다와 가와이가 연구실로 들어왔다. 마쓰다는 카메라의 화면에 올라온 이미지를 보고 "과연"하고 끄덕였다.

"확실히 애기장대 변이체 같아 보이긴 하지만 예단은 금물입니다. 목표했던 사중변이체가 아니라 그와 무관한 변이가 어쩌다 발생한 것일지도 모릅니다. 또 사중변이체이긴 하되 모양이 이래서 사중변이체인 게 아니라 사중변이체 중 한 포기가 어쩌다 큰 잎을 달고 나온 것일 뿐이라고도 생각할 수 있습니다."

모토무라는 기쁨에 찬물이 끼얹어진 기분이 들었지만, 마쓰다가 하는 말은 맞다. 전자라면 사중변이체가 아닌 애기장대를 사중변이체라고 오인하는 셈이 되고, 후자라면 다른 사중변이체 애기장대도 있는데 놓쳐버리는 게 된다. 어느 쪽이든 겉으로 나타난 모양만으로는 사중변이체라고 판단할 수 없다는 얘기다.

모토무라는 조금 냉정해져서 "네"라고 대답한다. 그제야 안경이 비뚤어진 것을 알아차리고 손가락으로 밀어 올린다. "교배가 잘된 건지, 이것이 정말 사중변이체인지, 정확히 절차를 밟아서 PCR(DNA의 특정 단면을 증폭시키는 방법)를 실행해보도록 하겠습니다."

"그래요. 과거 논문도 조사해보고, 실험 방침에 잘못은 없었나, 빼놓은 건 없었나 등을 현시점에서 재확인해두면 좋겠지요."

모토무라는 마쓰다의 조언을 경청한 후 청바지 주머니에 넣어둔 메모장에 '논문 확인'이라고 기록했다. 그런 모토무라와 마쓰다를 가와이가 웃으며 지켜보고 있다가, "자아, 점심 먹읍시다. 후지마루, 수프는 내가 뜰게"라고 했다.

연구실 사람들에게서 '사중변이체다'라는 보증은 얻을 수 없었다. 지금의 단계에서는 떡잎의 겉모습과 모토무라의 느낌밖에는 근거가 없으므로 어쩔 수 없는 일이다. 참고로 후지마루가 축하하면서 해준 말은 그야말로 근거가 없는 것이라서, 모토무라의 안에서 '보증'한 것으로는 집계되지 않았다.

후지마루는 또 "이파리가 크고 배축이 털북숭이…… 그럼 '큰잎털'이군요!"라고도 말했지만, 물론 모토무라는 그 별명도 묵살했다.

하지만 모토무라는 자신의 직감이 맞는다는 생각에 조금도 흔들림이 없다. 물론 주관적 확신을 배제하고 교배가 성공하여 생긴 사중변이체라는 것을 지금부터 실험을 통해 증명해야 한다. 그래도 자신의 직감이 맞는다는 주관적 확신이 자꾸 넘쳐흐른다.

꼬물꼬물 손을 움직여 교배하고 씨앗을 채취하고 채취한 씨앗을 뿌린 건 헛수고가 아니었다. 애기장대를 관찰해왔던 나날은 결코 불임의 나날이 아니었다.

모토무라는 기뻐서 얼굴 전체가 풀리는 걸 어쩔 수 없었다. 실험 방침을 확인하려고 논문 잡지를 펼쳐도 자꾸 눈이 미끄러져서 내용이 머리에 들어오지 않는다. 그날 오후는 결국 거의 아무것도 손에 잡지 못한 채로 끝났다.

집에 가는 길에도, 집에 도착하여 혼자가 된 뒤에도, 정신을 차리고 보면 모토무라는 생글생글 웃는 얼굴을 하고 있었다. 집에 오기 전에 한 번 더 재배실 챔버를 들여다봤는데, 역시 문제의 그 떡잎은 사중변이체인 것 같다고밖에 달리 생각할 수 없었다.

어떡하지, 너무 잘 풀리는 것 같아서 무서울 정도야. 계속 자신이 없었는데, 어쩌면 나는 교배를 정확히 실행할 수 있는 능숙한 손재주를 가지고 있는 건 아닐까? 그리고 혹시, 혹시, 연구자로서의 재능이 충만한 것은? 꺅!

그런 생각을 하면서 실실 웃는 것을 제어하기 위해 뺨 안쪽 점막을 깨문다. 그러나 나름 노력을 하고는 있지만 그건 거의 열매를 맺지 못하는 노력일 뿐, 연립주택의 방에서 잠이 든 뒤에도 모토무라의 얼굴은 여전히 생글거리고 있었다. 그 곁에서 잎을 다 떨어뜨려 '그냥 막대기'로 변해버린 포인세티아가 방바닥에 쓸쓸하게 그림자를 떨어뜨리고 있었다.

다음 날 아침, 모토무라는 안면의 근육을 긴장시키고 그런 김에 정신도 다시 긴장시킨 다음 T대로 향했다. 자연과학부 B호관에 도착한 그길로 2층 재배실로 가서 챔버의 애기장대를 관찰한다.

꿈은 아니었다. 늘어선 트레이 안에서 오직 한 포기의 애기장대만이 배축이 털북숭이고 큰 떡잎을 달고 있다. 물론 전날과 비교하여 눈에 보일 정도로 성장한 건 아니었지만, 그래도 모토무라의 가슴에는 기쁨이 넘실거렸다. 기록을 위한 사진은 되도록 같은 시간에 찍는 편이 좋다고 생각하여, 점심때 다시 재배실로 오기로 한다.

3층 연구실에는 아직 아무도 와 있지 않았다. 모토무라는 물을 끓여 커피를 탄 다음 앞으로의 실험방법을 확인하려고 과거의 논문을 다시 읽기 시작했다.

모토무라의 연구 목표는 '잎사귀의 제어 시스템'을 밝히는 것이다. 애기장대는 잎의 크기나 잎 한 장당의 세포 수가 일정한 값으로 유지된다. 여러 유전자가 정교하게 작용해서 잎사귀의 크기나 세포 수를 조절하고 있기 때문이다.

그런데 식물 중에는 특별히 큰 잎사귀가 생기거나 잎사귀의 세포를 제한 없이 늘려갈 수 있는 종이 존재한다. 이러한 식물들은 '잎사귀의 제어 시스템'에 큰 변화가 생겨서 그런 것은 아닐까. 그렇게 추리한 모토무라는 애기장대를 가지고 관련된 실험을 해보기로 했다.

즉 '잎사귀의 제어 시스템'에 관계하는 유전자 'A' 'B' 'C' 'D'를 선택하여, 각각의 변이주 'a' 'b' 'c' 'd'를 교배해서, 사중변이체 'abcd'를 만들기로 한 것이다.

만약 이 사중변이체의 애기장대가 보통의 애기장대보다 아주 큰 잎을 내거나 잎사귀의 세포 수가 많으면, 그 유전자를 조사해봄으로써 어느 유전자가 망가지면 '잎사귀의 제어 시스템'이 영향을 받는지, 그리고 그 결과 어떤 형태의 잎사귀가 생기는지 해명할 수 있는 실마리를 찾을 수 있게 된다.

지금 사중변이체로 추정되는 애기장대의 떡잎 하나가 챔버에서 자라고 있다. 하지만 어디까지나 '다른 애기장대와 겉보기가 다르다'는 것뿐이라서, 그것이 정말로 사중변이체인지 어떤지는 실험을 거듭해보지 않으면 알 수 없다.

그럼, 사중변이체로 추정되는 그 한 포기의 떡잎은 논외로 하고, 변이 애기장대끼리 교배해서 생긴 1200포기나 되는 애기장대 속에서 어떻게 하면 가장 효과적으로 범위를 좁혀가며 사중변이체의 애기장대를 찾아갈 수 있을까. 모토무라는 과거의 논문을 거듭해서 읽으면서 머릿속을 정리했다. 그러고 있는 사이에 연구실 사람들이 속속 방으로 들어왔다. 모토무라는 논문에 몰두한 나머지 사람들이 "안녕"이라고 말을 걸어와도 "아용" 하고 건성으로 대답한다.

사중변이체 'abcd'는, 유전형을 정확히 적으면 'aabbccdd'다. 모토무라가 원하는 것은 유전자 'A' 'B' 'C' 'D' 각각이 'aa' 'bb' 'cc' 'dd'로, 모두 호모(같은 유전자형을 갖는 세포 또는 개체)가 되어 있는 사중변이체 'abcd'인 것이다. 예를 들어 유전자 'A'가 헤테로(서로 다른

314

유전자형을 갖는 세포 또는 개체)인 'Aa'로 되어 있거나, 호모는 호모이되 변이가 일어나지 않은 'AA'로 되어 있는 애기장대는 제외시켜가야 한다.

모토무라가 교배한 변이 애기장대 'a' 'b' 'c'에는 제각각 특징이 있다. 일부러 그런 애기장대를 골랐다. 사중변이체가 될 후보군을 좁혀갈 때, 이들이 갖고 있는 특징은 편리한 표지가 될 것이기 때문이었다.

우선 변이체 'a'는 'stop/go 형태'라고 해서, 잎사귀는 보통의 애기장대보다 사이즈가 크지만 본잎이 나올 때까지 조금 더 시간이 걸린다는 특징이 있다. 떡잎이 나온 상태에서 본잎이 좀처럼 나오지 않는다고 생각되는 싹이 있다면, 그 싹은 'aa'라는 유전형을 갖고 있다고 판단해도 좋다.

멘델의 '분리의 법칙'에 의해, 유전형 'AA' 'Aa' 'aa'는 1 : 2 : 1의 비율로 출현한다. 즉 1200 포기의 사중변이체 후보 중, 4분의 1은 유전형 'aa'를 갖고 있다는 이야기다.

모토무라는 본잎이 나오는 것이 늦는 애기장대 옆에 빠짐없이 이쑤시개를 꽂아서 '필수 체크 애기장대'라는 것을 한눈에 알아볼 수 있게 해놓았다.

변이체 'b', 즉 유전형이 'bb'인 애기장대를 구별해내려면 단계를 조금 더 거쳐야 한다.

바스타라는 제초제가 있다. 이 제초제에 견딜 수 있는 유전자를 애기장대 DNA 여기저기에 닥치는 대로 인공적으로 끼워 넣으면, 바스타를 뿌려도 시들지 않는 애기장대가 생긴다.

변이체 'b'는 유전자 'B'에 바스타 내성 유전자가 끼어들어 유전자 'B'가 망가져서 생긴 것이다. 이 변이체 'b'인 애기장대는 유전형이 'Bb'이든 'bb'이든, 제초제 바스타에 강하다는 특징을 갖고 있다.

모토무라는 교배한 1200알의 씨앗을 차례로 록울에 뿌리고 있는데, 이때 트레이의 물에 제초제 바스타를 녹여두는 것을 잊지 않았다.

그러면 어떻게 될까. 유전형이 'Bb'인 애기장대와 'bb'인 애기장대는 바스타 내성을 갖추고 있으므로 바스타가 섞인 물을 빨아올려도 시들지 않는다. 하지만 유전형이 'BB'인 애기장대는 제초제에 대항할 방법을 갖지 못하고 시들어버린다.

유전형 'BB'인 애기장대는 역시 멘델의 '분리의 법칙'에 의해 4분의 1 확률로 나타난다. 즉, 바스타에 의해 1200포기 중 4분의 1은 시들어버린다는 이야기다. 그러므로 남겨진 4분의 3이 사중변이체 후보다.

실제로 챔버 안에서 자라고 있는 애기장대를 관찰한 바, 4분의 1 정도는 떡잎이 나오기 시작한 단계에서 하얗게 시들어버렸다. 시들지 않고 남은 4분의 3 중에는 유전형이 'Bb'인 애기장대도 있고 'bb'인 애기장대도 있으므로, 어느 것이 'bb'의 유전형을 갖는 변이 애기장대 'b'인가를 구분하기 위해서는 최종적으로는 PCR를 실행해서 판정해야 한다.

여기까지의 순서를 머릿속에서 정리하고 나서 모토무라는 한숨 돌리며 커피를 마셨다. 커피를 식혀야지 하고 후후 숨을 불고 나서 머그 컵을 기울이는데, 커피는 벌써 식어 있었다. 자신의 멍청한 행동을 누군가가 보지 않았을까 살짝 주변을 살펴본다.

연구실 사람들은 각자 진지한 얼굴을 하고 컴퓨터를 향해 앉아 있었다. 모토무라는 큼큼, 하고 기침을 하여 기분을 새롭게 한 다음, 다시 논문 잡지를 들여다본다.

변이체 'c', 즉 유전형이 'cc'인 애기장대는 잎의 밑동이 어렴풋이 붉다. 멘델의 '분리의 법칙'에 의해, 전체의 애기장대의 4분의 1에서 이 특징이 나타날 것이다. 모토무라는 물론 잎의 밑동이 붉은 애기장대 곁에도 '필수 체크' 표시의 이쑤시개를 꽂아놓는다.

자, 이것으로 꽤 좁혀졌다.

마지막으로 어느 애기장대가 유전형 'dd'를 갖는가 하는 것은 아쉽게도 바스타 내성이나 겉보기로는 판단할 수 없다. 하지만 그 점은 이미 문제가 되지 않는다.

총 1200포기의 애기장대의 4분의 3, 즉 900포기가 바스타 내성을 가진 애기장대로서 살아남는다. 그 900포기 중, '본잎이 나오는 것이 늦는다'고 하는 특징과 '잎의 밑동이 어렴풋이 붉다'고 하는 특징을 둘 다 가지고 있는 애기장대를 겉보기로 고른다. 그 두 가지 특징을 함께 갖고 있는 애기장대의 유전형은 'aacc'이다.

'aacc'가 이렇게 확정된다고 했을 때, 그중에서 'B'의 유전형을 가진 애기장대는 'Bb' 'bB' 'bb'의 세 가지 종류가 있고, 'D'의 유전형을 가진 애기장대는 'DD' 'Dd' 'dD' 'dd'의 네 가지 종류가 있다. '분리의 법칙'으로 볼 때, 'bb'는 3분의 1, 'dd'는 4분의 1의 비율로 존재한다.

그러면…… . 모토무라는 흥분했다. 유전형 'aa'와 유전형 'cc'의 특징을 둘 다 가지고 있는 애기장대 중, 12분의 1은 'aabbccdd'의 사중변이체라는 결론이 난다!

즉, '제초제 바스타를 흡수해도 살아남은' 애기장대 중에서 '본잎이 나오는 것이 늦고, 또한 잎의 밑동이 어렴풋이 붉은' 애기장대를 예를 들어 24포기 고르면, 확률로 봐서 그중 12분의 1, 즉 두 포기의 애기장대는 사중변이체라는 계산이다. 그 24포기를 PCR기에 넣고 돌리면, 어느 애기장대가 사중변이체인지 정확히 판정할 수 있다. 그 판정 결과와 '떡잎의 사이즈가 크고, 배축이 털북숭이인' 애기장대가 일치하면, 가설은 증명된 것이다!

모토무라는 방금 쪄낸 고구마같이 따끈따끈한 표정을 지으며 읽고 있던 논문 잡지에서 얼굴을 들었다. 좋아, 내가 상정했던 실험방법과 순서에는 오류는 없었다.

나는 바스타 내성을 갖춘 변이 애기장대 'b'를 교배에 사용했다. 그 심모원려(深謀遠慮)의 결단 덕에 록울에서 피어난 떡잎의 4분의 1은 시들었다. 본잎이 나오는 것이 늦은 애기장대, 그리고 잎의 밑동이 어렴풋이 붉은 애기장대도 확인하여 이쑤시개로 그 존재를 표시해놨다. 모두 다 교배가 잘됐다는 증거다. 제초제에 대한 내성과 겉보기만 가지고 변이체 후보를 이 정도까지 좁히는 데에 성공했다. 흐흐.

그런데 마침 떡잎의 사이즈가 크고 배축이 털북숭이인, 겉보기에도 분명 사중변이체 같은 애기장대까지 출현하다니.

하늘은 내 편이리니……!

모토무라는 기쁨을 못 참고 또다시 생글거렸다. 다행히도 그때 연구실 사람들은 다들 자신의 작업을 해야 해서 나가 있었기 때문에,

모토무라의 헤벌어질 대로 헤벌어진 얼굴은 목격자를 만나지 않은 채 끝나고 말았다.

다음은 어쨌든 남은 씨앗도 빨리 뿌려서 애기장대를 마구 키워 예의 그 24개의 후보 애기장대를 빨리 찾아낸 다음 거기서 잎사귀를 채취하면 된다. 그 잎사귀를 PCR 기기에 넣고 돌리면, 드디어 사중변이체인지 어떤지 확정할 수 있게 된다.

PCR을 실행할 기계는, PCR 튜브 한 줄당 열두 개의 소형 튜브를 달게 되어 있다. 즉 PCR 튜브는 에펜 튜브를 작게 만든 것 같은 튜브 열두 개가 죽 늘어선 모양을 하고 있다. 그 소형 튜브 하나하나에 잎사귀 으깬 것을 끓인 다음 가라앉혀서 그 맑은 웃물을 넣어야 한다.

열두 개니까, 하고 모토무라는 생각한다. 이왕에 할 거 24포기만 조사할 게 아니라 PCR 튜브 세 줄을 써서 36포기의 잎사귀를 조사하자. 조사 대상은 물론 후보 자격을 갖춘 '본잎이 나오는 것이 늦고, 또한 잎의 밑동이 어렴풋이 붉은' 애기장대다. 그 안에 당연히, 모토무라가 사중변이체라고 생각하여 주목하고 있는 '떡잎의 사이즈가 크고, 배축이 털북숭이인' 애기장대도 포함해둔다. 이들 36포기의 애기장대 중, 사중변이체는 확률적으로 세 개 정도는 반드시 있을 것이다.

단, 선입견은 금물. 실험의 공정성과 정확성이 무엇보다도 중요하다. '떡잎의 사이즈가 크고, 배축이 털북숭이인' 애기장대에 대한 기대 때문에 처음부터 눈이 어두워져서는 안 된다. 논리와 사고의 이치는 어디까지나 다음과 같은 것이라고, 모토무라는 마음속에서 자신에게 일깨운다. "본잎이 나오는 것이 늦고, 또한 잎의 밑동이 어렴풋이 붉은' 36포기의 애기장대를 조사하여 사중변이체라고 판정된 애기장대가 모두 '떡잎의 사이즈가 크고, 배축이 털북숭이인' 애기장대라면 실험은 성공이고, 내 가설은 옳았다는 것이 된다."

이 실험 순서를 밟아가면 떡잎이 다른 것보다 크고 배축이 털북숭이인 애기장대가 교배의 결과 얻어진 사중변이체라고 정확히 증명할 수 있다. 이렇게 복습을 끝낸 모토무라는 연구가 순조롭게 진행된다는 확신이 들어, "좋아!" 하고 혼자 중얼거렸다. 앞으로 어떤 순서로 어떤 실험을 반복해가는 게 좋을지 드디어 분명히 알게 되었다. 시야가 확 하고 열린 것 같은 기분이다. 청량한 공기 속, 산 정상의 전망대에 서서 멀리 펼쳐진 아름다운 풍경을 바라보는 것 같은 기분. 그 풍경 속에는 바다가 있고 그 바닷물이 금빛으로 반짝이고 있는 것조차 눈에 보이는 것 같다.

마음이 들뜬 모토무라는 자리에서 일어나 커피가 들어 있던 머그컵을 씻고 연구실을 나왔다. 흥흥 하고 콧노래를 부르며 재배실로 가서 하루의 일과인 애기장대 사진 촬영을 한다.

트레이에 줄지어 있는 록울 여기저기에 표지를 대신하는 이쑤시개가 꽂혀 있다. 잎의 밑동이 붉거나 본잎이 나오는 것이 늦은 애기장대다. 그리고 물론 사중변이체의 가장 유력한 후보, 떡잎이 크고 배축이 털북숭이인 애기장대도 아침에 봤을 때와 마찬가지로 건강하게 자라고 있는 중이었다.

이건 뭐, 박사논문은 다 쓴 거나 다름없는 것 아닐까? 그뿐인가, 이 성과를 학회에서 발표하면 제법 "오오" 하는 탄성을 듣게 될지도.

으흐흐. 좋게 말하면 겸손하고 나쁘게 말하면 늘 자신감이 없는 모토무라로서는 보기 드물게 목구멍과 콧구멍에서 드라마 속 악질 사또나 낼 것 같은 웃음소리가 새어 나왔다. '어서 크거라'라고 마음속으로 주문을 외면서 물을 주고, 하나하나의 애기장대를 자세히 관찰한 뒤 다시 흥흥 하고 콧노래를 부르면서 연구실로 돌아온다.

내 세상에 봄이 온 것이다. 몸도 마음도 활짝 개서 평소보다 폐 속으로 산소가 더 많이 들어오는 느낌이다. 머리가 맑고 개운하다. 우연히 눈을 들어봤더니 천장 구석에 쳐져 있는 거미줄이 빛을 받아 빛나고 있다. 모토무라는 그 거미줄이 반짝이는 모습을 보고도 왠지 감격해버린다. 두려울 거 없다. 뭐든 와라. 다 해내고 만다.

모토무라는 컴퓨터 앞에 앉아 들어온 메일을 체크하면서 크게 심호흡을 했다. 그렇게라도 하지 않으면 콧노래의 '흥흥흥'과 표정의 '생글생글'을 누를 수 없을 것 같았기 때문이다.

옛날의 권력자들이 맛본 기분이 이런 거겠구나 하고, 두서없이 생각한다.

이과나 수학 계통의 과목을 잘했던 모토무라는 고등학교 시절에 일본사를 선택해놓고는 날이면 날마다 수업 중에 졸음과 싸우느라 시간을 다 보냈다. 하지만 지금 일본사에서 배운 어렴풋한 지식을 억지로 끄집어내놓고 보니, 교토의 절인지 어딘가에서 벚꽃놀이를 할 때의 도요토미 히데요시라든가, '나는 만월' 같은 와카(일본 고유 형식의 시가의 총칭)를 읊었을 때의 후지와라노 미치나가도, 분명 흥흥흥, 생글생글을 누를 수 없었을 거라는 생각을 하게 된다. 그들이 '권력의 절정'에 올랐던 것이라면 모토무라는 '실험의 성공'에 오른 것이다. 그들과 모토무라가 공히 신이 나서 들떠 있는 건, 그들과 모토

무라 사이에 정점에 올랐다는 공통점이 있기 때문이라고 모토무라
는 결론짓는다.

메일에 답장 보내는 일을 재빨리 끝낸 모토무라는 다음 실험을 위
한 준비를 시작하기로 했다. 타이밍을 가늠해서 나머지 파종을 차례
차례 해나가는 건 당연한 일이고, 이제는 그다음 단계로서 PCR를 실
행할 준비를 해야 한다.

애기장대가 어느 정도 자라면 선정해둔 애기장대의 잎사귀를 따
서 PCR를 실행한다. 기계를 사용하여 특정 DNA의 단편만 증식시
키는 것이다. 이렇게 하여 그 잎사귀의 유전자가 모토무라가 찾는
사중변이체 'abcd'인지 아닌지를 최종적으로 판정한다.

PCR를 실행하기 위해서는 잎사귀를 끓이거나 으깨는 사전 준비
도 필요하지만 무엇보다도 중요한 것은 '프라이머'를 준비하는 것이
다. 프라이머란 'DNA 중, 여기서부터 여기까지의 범위를 증폭한다'
하고 지시해주는 표식 같은 것이다.

어떤 프라이머를 준비하면 좋을지 정확히 확인해둬야 한다. 그러
기 위해서는 실험을 위해 선택한 유전자에 대해서 다시 한번 잘 확
인해야 한다. 모토무라는 자신의 책상에 쌓아놓은 채로 뒀던 논문
잡지의 산 쪽으로 손을 뻗었다.

그때, 모토무라의 머리끝에서 발바닥까지 전기 충격 같은 것이 찌
르르하고 지나갔다.

잠깐. 유전자. 내가 어떤 이름의 유전자를 선택했더라?

눈앞이 갑자기 흔들리고 이마에서 식은땀이 배어 나온다.

큰일을 저질렀다는 것을 깨달았다. 어쩌면 실험에 쓸 유전자를 잘

못 선택했을지도……!

지금까지는 '잘못 선택했을지도' 같은 생각은 꿈에도 떠올린 적이 없었다. 이건 그야말로 머리가 맑고 개운해졌기 때문에 생긴, 공포스러운 의심이며 예감이었다.

만약 유전자를 잘못 고른 것이라면, 교배를 거듭한 것도, 1200알의 씨앗을 채취한 것도, 그 씨앗을 뿌려 애기장대를 키우고 있는 것도, 한마디로 지금 하고 있는 실험 모두가 다 와장창 무너지는 것이다. 애당초 전제에 잘못이 있었던 거니까.

아니, 설마. 모토무라는 허겁지겁 의심과 예감을 떨쳐냈다. 어느 유전자를 선택할지는 실험의 근간을 이루는 부분이다. 신중하게 검토에 검토를 한 끝에 'A' 'B' 'C' 'D'라는 네 개의 유전자로 목표를 정하고, 애기장대를 교배했다. 설마, 그 유전자 자체를 잘못 선정하는 초보적인 잘못을 저질렀을 리가 없다.

그러나 실은 'A' 'B' 'C' 'D'란 건 모토무라가 붙인 이름일 뿐이었다.

많이 존재하는 유전자에는 'UBA1' 'STH3' 등과 같이 각각 약식 명칭이 붙어 있다. 미국의 CIA가 'Central Intelligence Agency'의 약자인 것과 마찬가지로, 유전자의 약식 명칭도 줄줄이 이어지는 긴 정식 명칭의 머리 문자를 취해서 만든 것이다. 하지만, 그렇게 약식 명칭을 만들었다고 해도 그 또한 매우 기억하기 어렵고 일일이 발음하는 것도 귀찮다.

그래서 모토무라는 '이것이 잎사귀의 제어 시스템에 영향을 미치고 있지 않을까' 하고 목표를 정한 네 개의 유전자를 편의적으로 'A' 'B' 'C' 'D'라고 부르고 있었다. 예를 들어 모토무라가 평소에 'D'라고 부르고 있는 유선사는 정말은 'AHO'라는 약식 명칭을 가진 유전자인 것이다.

그런데 바로 이 유전자 'D', 즉 'AHO'가 문제다.

모토무라가 지금 사로잡혀 있는 '공포스러운 의심과 예감'이란, '실험을 시작할 때, 나는 검토를 거듭한 결과 'AHO'를 조사하자고 결정했다. 그렇지만 실은, 잎사귀의 제어 시스템에 관계하는 유전자는 'AHO'하고는 전혀 다른, 'AHHO'라는 약식 명칭을 가진 유전자가 아니었던가?'라는 것이었다.

아니, 아니, 아무리 내가, 아, 물론 멍한 데가 있는 편이라는 건 인정하지만, 그래도 유전자를 잘못 선택했을 리는 없다.

모토무라는 떨리는 손으로 실험 노트를 펼쳤다. 이 실험을 위해 선택한 네 개의 유전자에 대해 정리해놓은 페이지를 찾는다. 과거의 날짜를 더듬어가니, 역시 모토무라는 처음부터 일관되게 유전자 'AHO'를 실험 대상의 하나로 선택해서 그것을 편의적으로 'D'라고 부르고 변이가 생긴 애기장대끼리 교배시키거나 씨앗을 채취했다.

뒤이어, 논문 잡지의 산으로부터 진실을 가늠할 논문 한 권을 끄집어낸다. 손이 점점 더 심하게 떨리기 시작하여 좀처럼 페이지를 넘길 수 없었다. 겨우겨우 펼칠 수 있었던 논문을 훑어보고, 모토무라는 고개를 뒤로 꺾어 하늘을 우러러보는 자세로 넘어갔다.

그 논문에는 "잎사귀의 크기를 결정하는 데 영향을 미칠 가능성이 있다고 의심되는 것에는 'AHHO' 유전자가 있다"라고 기록되어 있지 않은가.

망했다……! 역시 조사해야 할 것은 'AHO'가 아니라 'AHHO'였어……!

어찌하여 이런 중요한, 하지만 단순한 일을 놓고 실수를 했단 말인가. 유전자의 약식 명칭이 비슷하기 때문에, 어느 틈엔가 자신의 뇌 속에서 뒤죽박죽이 되어 착각을 한 것임에 틀림없다.

하지만 'AHO'와 'AHHO'는 전혀 다른 유전자다. 모토무라가 이 둘을 놓고 착각을 한 것은, 흔히 말하는 '된장과 똥'을 가리지 못한 것과 같은, 어리석으면서도 또한 치명적인 실수였다.

지난 몇 개월 동안 비가 오나 눈이 오나 끓였던 게 된장국이 아니라 똥국이었다니…….

모토무라는 양팔을 몸 옆에 힘없이 내려뜨리고 책상에 엎드렸다. 몸을 지탱할 기력이 사라지고 없었다. '제타바나의 종소리, 제행무상의 울림'이라는 말이 머릿속에서 후렴처럼 반복됐다. 다이라노 기요모리(헤이안시대 말기의 무장)도 열병에 걸려 죽을 때 이런 기분이었을까. 짧은 영화(榮華)였다. 영화를 맛보고 싶었기에, 그것이 와르르 무너지는 모습을 보는 것이 괴롭다. 더 이상 아무것도 생각할 수 없다. 새하얗다.

끝났다. 내 실험은 실패로 끝났다. 말도 안 되는 바보 같은 잘못을 저질러버린 탓에.

모토무라는 실험 노트에 얼굴을 묻은 채 미동도 하지 않고 있었다. 낙담이 너무 크고 자신에 대한 분노가 너무 격렬하여 눈물도 나오지 않았다.

기분이 좋아서 '흥흥흥, 생글생글' 했었던 15분 전까지의 자신이 창피했다. 뭐가 박사논문이냐. 뭐가 학회에서의 탄성이냐. 이런 어처구니없는 실수를 저지르다니, 나는 연구자로서 실격이다. 아버지, 어머니, 죄송해요. 어려운 여건에서도 박사과정까지 진학할 수 있게 해주셨는데, 당신들의 딸은 의기양양 똥국을 끓여버렸어요⋯⋯!

연구실에 들어온 이와마가 "이봐, 자는 거야?" 하고 어깨를 흔들었지만, 모토무라는 움직이지 않았다. 이와마가 걱정스러운 목소리로 "무슨 일이야, 몸이 안 좋아?" 하고 몸을 구부리고 들여다봤지만, 모토무라는 눈을 꼭 감고 "아무것도 아니에요"라고 작은 소리로 대답했다. "빈혈이 좀 있는 것 같아서. 이러고 있으면 좋아질 거예요."

고집스럽게 얼굴을 들지 않았다. 한심한 표정을 보이고 싶지 않다. 실제로는 빈혈도 무엇도 아닌데, 이렇게 몸에 힘을 줄 수 없고 아무 생각도 할 수 없게 될 수가 있다니, 하고 모토무라는 놀라고 있었다.

달이 순식간에 이지러져서 앞으로 영원히 어둠이 계속되는 것은 아닐까 하는 생각이 들 정도로, 모토무라의 심정은 망연자실 그 자체였다.

모토무라는 그동안 자신이 엉뚱한 유전자를 가지고 실험을 해왔다는 사실을 아무에게도 말하지 못한 채 혼자서 속을 끓이며 지냈다.

본래 조사할 작정이었던 'AHHO' 유전자로 되돌아가려면 지금 바로 결단을 내려야 한다. 키우고 있는 'AHO'가 들어간 애기장대는 모두 폐기하고 'AHHO'도 포함한 네 개의 유전자의 변이체를 다시 교배해서 만들어야 한다. 그런 다음 그 변이체끼리 교배하는 일을 다시 시작해야 한다. 새로이 교배를 거듭하여 1200알의 씨앗을 채취하고, 그다음 그 씨앗을 뿌려 키워야 한다.

박사논문 제출의 전제가 되는 국제 학술지 논문 게재의 마감일을 생각하면 시간적으로 빠듯하다. 지금 바로 결단하지 않으면 시간에 맞출 수 없다.

그러나 모토무라는 망설였다. 'AHO' 유전자를 선택하여 실험한 것이긴 하지만, 잎사귀의 제어 시스템에 어떤 변이가 생긴 것은 아닐까, 라고 볼 수 있는 사중변이체의 후보가 자라고 있다. 어쩌면 '조롱박을 깼더니 망아지가 나왔다(뜻하지 않은 데서 엉뚱한 것이 나온다는 의미의 일본의 속담)' 식으로, 이것이 큰 발견이 될지도 모른다. 지금까지는 잎사귀의 제어 시스템과 관련하여 연구된 바 없었던 'AHO' 유전자가, 실은 잎사귀의 크기를 결정하는 데 큰 역할을 하고 있다는 것을 증명할 수 있을지도 모른다.

물론 리스크는 크다. 이대로 실험을 계속하면, 아무런 성과도 올리지 못하고 'AHO' 유전자는 잎사귀의 제어 시스템과는 역시 아무 관계가 없었다라는 결론에 이를 확률이 대발견의 확률보다 더 높다고 할 수밖에 없다.

이대로 실험을 계속 진행해도 실험이 실패로 끝날 확률이 높다. 그래서 'AHHO' 유전자로 다시 시작해? 그러다가 실험이 아직 어정쩡한 단계에서 논문 제출 마감 기간이 끝나버리면 어떡하지?

계속 가도 지옥, 돌아가도 지옥. 모토무라는 사방팔방이 막힌 사방 지옥에 빠져 있었다.

그 스트레스 탓인지 집에 돌아와서 잠을 자도 잠이 깊이 들지 않고, 어쩌다 숨이 막혀 잠이 깨서는 "컥컥" 하고 눈물이 그득해서 연달아 기침을 하며 어떻게 해야 하나 하고 괴로워해야 했다.

실험을 다시 하자고 쉽게 결정할 수 없는 이유는 하나 더 있었다.

모토무라는 수많은 변이체 애기장대를 교배시켜서 1200알이나 되는 애기장대의 씨앗을 얻었다. 이것들은 모두 생명이 있는 것들이다. 멍청한 실수를 한 건 자신인데, 아무것도 모른 채 챔버 안에서 무럭무럭 자라고 있는 애기장대를, 그리고 씨 뿌릴 때를 기다리고 있는 나머지 씨앗들을, 어떻게 폐기 처분할 수 있단 말인가.

실패로 끝날 확률이 높다는 것을 알고 있지만, 적어도 마지막까지 키워서 소중하게 실험에 사용하고 싶다. 모토무라는 사중변이체를 만들어내기 위해 매일 관찰하고 정성을 다하여 돌봐온, 이미 파종되어 자라고 있는 애기장대와 파종을 기다리고 있는 씨앗, 그 1200개의 애기장대에 깊은 애착과 책임을 느끼고 있었다. 모두 다 폐기하고, 다시 말하여 죽이고, 바로 실험을 다시 시작한다는 게 마음속에서 도저히 용납되지 않았다. 윤리적으로 망설여졌다. 지나치게 감상적인 마음인지 모르겠지만, 애기장대를 사랑하는 모토무라로서는 1200포기의 애기장대를 '그냥 실험 재료'라고 명쾌하게 결론지을 수가 없었다.

사태가 이렇게 된 이상, 우선은 지도교수인 마쓰다에게 사실을 보고하고 의논을 해야 했다. 모토무라는 몇 번이나 "실험에 사용할 유전자를 잘못 선택했습니다"라고 마쓰다에게 말을 꺼내려고 했다.

그러나 마쓰다는 모토무라의 실패를 어떻게 생각할까. 너무나 기본적인 것을 깜빡한 것을 놓고 야단을 치는 건 당연한 일이라고 해도, 자신에 대해 실망했다, 연구자로서 실격이니 연구자가 되는 건 단념하라고 할까 봐 두려웠다. 마쓰다는 제자를 결코 포기하지 않으며, 어떤 연구라도 재미있어하며 뒤에서 열심히 밀어주는 사람이라는 걸 알고 있었지만, 그래도 고백할 용기가 나지 않았다.

모토무라에게 마쓰다 연구실은 더없이 행복한 공간이었고, 애기장대 연구는 모토무라의 모든 것이었다. 자신의 모든 것을 걸고 연구에 전념해왔는데, 이런 어처구니없는 실수를 하다니. 자괴감에 빠진 모토무라는 그러잖아도 있을까 말까 한 자신감을 완전히 상실했다. 그런 자신에게, 마쓰다가 "연구의 길을 가는 것은 이제 그만 포기하는 편이 좋지 않겠어요?"라고 말하기라도 한다면. 그런 생각이 모토무라를 더욱 위축되게 하여, 마쓰다의 눈을 똑바로 볼 수 없게 만들었다.

마쓰다가 연구실 칸막이 그늘에서 나오면, 모토무라는 지우개를 떨어뜨린 시늉을 하며 자신의 책상 밑으로 기어 들어갔다.

"모토무라 씨. 여름 합동 세미나 건 말인데요."라고 마쓰다가 자신을 부르면, 어색하게 다가가서 사형선고를 기다리는 죄인이라도 된 것처럼 쭈뼛거리며 고개는 살짝 숙인 채 용건을 듣는다.

그런 일이 몇 번쯤 계속되자 마쓰다도 뭔가 이상하다는 생각이 든 모양이다.

"무슨 일이 있나요?" 하고 미심쩍다는 듯이 물어왔지만, 모토무라는 물에 빠져 흠뻑 젖은 개처럼 기세 좋게 부르르 고개를 흔들 뿐이었다.

실험을 이대로 진행할지 다시 시작할지, 결단을 내리지 못한 채 일주일이 지났다.

그동안에도 모토무라는 챔버 안에서 자라고 있는 애기장대를 계속 관찰했다. 떡잎이 크고 배축이 털북숭이인 사중변이체의 유력 후보 애기장대는, 모토무라의 가라앉은 마음을 아는지 모르는지 계속 자라서 최초의 본잎을 내밀었다. 다른 애기장대와 비교해서 본잎의 사이즈가 큰지 어떤지는, 이제 막 얼굴을 내민 단계이기 때문에 쉽게 판단할 수 없었다.

떡잎일 때는 바로 "뭔가가 달라" 하고 알 수 있었는데. 그때 '다르다'고 느낀 것도 내 착각일 뿐, 기대에 눈이 멀어서 그렇게 보았던 것뿐이었을까. 잘못 선택한 유전자 'D', 즉 'AHO'는 잎사귀의 제어 시스템하고는 역시 아무런 관계가 없는 걸까.

모토무라는 숨을 들이쉬고 내쉬면서 이제 막 본잎을 내민 애기장대를 그래도 계속 바라보고 있었다. 전에는 희망의 상징인 듯 빛나 보였던 한 포기의 애기장대. 지금은 아무런 의미도 없는 존재가 되어버렸을지도 모르는 한 포기의 애기장대.

그래도 모토무라의 눈에는 아무리 해도 그 한 포기의 애기장대가 특별하게 보였다. 지금 단계에서는 다른 애기장대와 본잎의 크기가 비슷해 보이지만, 아무리 생각으로는 부정하고 부정해봐도, 모토무라의 직감은 '이 아이는 다른 애기장대하고는 어딘가 모양이 달라'라고 호소한다.

하지만 실제로는 '이대로 실험을 계속해도 좋은 게 아닐까' 하고 생각하고 싶기 때문에, '모양이 달라' 보이는 것뿐일 수도 있다.

모토무라는 자기 자신도, 자신의 관찰도 믿을 수 없게 되었다. 어느 길을 선택하는 게 최선일지 판단할 기력도 여유도 사라져서 초췌함을 더해갔다. 그러나 습관이란 무서운 것이라서 자동적으로 손이 움직여 애기장대의 사진을 찍거나 기록하거나 물을 주거나 하는 일과는 착착 해낸다.

눈앞에서 계속해서 성장하는 애기장대를 내버려둘 수 없다. 그 마음이 모토무라를 평상시처럼 행동하게 만들었다. 실험을 다시 하기로 결단하면 폐기해야 할 애기장대다. 그렇게 생각하면 부지런히 잎을 늘려가려고 노력하는 애기장대가 더 불쌍하다. 어처구니없는 실수를 해버린 자신이 더 미안하다. 그래서 울고 있을 때가 아닌데도 눈물이 배어 나온다.

물론 애기장대는 모토무라의 감정이나 갈등 같은 것에 대해 아랑곳하지 않는다. 언제 제거될 운명일지도 모르면서 인공 태양 아래 묵묵히 광합성을 하여 세포를 증식시키고 있다.

그것도 또한 기특하다고 생각하다가, 하지만 약간 으스스하기도 하다는 생각이 들어 한숨을 쉬었을 때, "역시 여기 있었어" 하고 가와이가 재배실로 들어왔다. 모토무라는 서둘러 눈가를 닦고, "네" 하고 문으로 돌아섰다.

가와이는 자신의 챔버 앞에 서서, 안에서 이끼와 양치식물의 화분을 꺼냈다.

"다음 달 보르네오섬에 가야 하니까 그사이에 챔버를 비워놓을게. 지금 비우면 내가 돌아올 때까지 한 달 반 정도는 이 챔버를 모토무라 씨가 쓸 수 있잖아? 그동안 애기장대를 키우면 돼."

"하지만……."

가와이가 챔버에서 꺼내어 긴 책상에 늘어놓은 화분을 보고 모토무라는 망설였다.

"아아, 괜찮아"라고 가와이는 보증한다. "이 이끼랑 양치식물은 내가 반쯤 취미로 키웠던 거야. 가토가 이끼는 자기 챔버에서, 양치식물은 온실에서 키워주겠다고 했어. 실험에 사용할 이끼는 내 챔버 아래 칸에 넣어둔 채로 갈 건데, 그거 돌보는 것도 가토에게 부탁해 뒀어. 모토무라 씨의 애기장대에 영향을 미칠 일은 없을 거야."

"네, 고맙습니다."

"그럼 지금 바로 애기장대 씨앗을 뿌려서 빈 공간에 넣자. 나도 도울게."

가와이는 그렇잖아도 늦은 감이 있던 모토무라의 실험이 걱정되었던 모양이다. 트레이를 들고 와서 새 록울을 늘어놨다.

유전자를 잘못 선택해서 실험 그 자체를 다시 해야 할지도 모르는 상황이라는 말을 차마 꺼낼 수 없어서, 모토무라는 재배실 냉장고에 보관했던 씨앗을 꺼냈다. 변이 애기장대끼리 교배시켜서 채취한 1200알의 씨앗 중 아직 뿌리지 않은 것들이다.

가와이가 도와줘서 트레이 두 개 분량의 록울에 파종을 했다.

"사중변이체처럼 보이는 애기장대는 순조로이 크고 있어?"라든가 "프라이머는 수배해놨어?" 등등 가와이가 옆에서 파종을 도와주면서 말을 걸어왔지만, 모토무라는 "네"라든가 "아뇨, 아직이에요"라고 최소한의 단어로 대답하는 데 그쳤고, 그다음은 잠자코 적신 이쑤시개에 씨앗을 붙여 록울에 올려갔다.

이렇게 친절하게 배려해주지만, 이 실험 자체가 헛수고일지도 모른다. 지금 자신이 가와이의 호의도 시간도 짓밟고 있는 거라고 생각하니 모토무라는 마음이 괴로워져 머리가 돌아버릴 것 같았다. 그렇다고 해서, 위기에 직면해 있다고 고백하고 도움을 청할 용기도 나지 않았다. 모토무라는 비겁하고 겁쟁이인 자기 자신이 싫어서 견딜 수 없었다.

가와이가 걱정스러운 시선을 보내오는 걸 눈치채고 있었지만, 모토무라는 계속 굳게 입술을 다물고 파종에만 몰두하는 척했다.

하지만 비밀을 혼자서 계속 안고 가는 데에는 한계가 있다. 아무튼 연구실 사람들은 일주일에 닷새나 엿새는 거의 하루 종일 서로 얼굴을 마주하고 시간을 보낸다. 모토무라에게서 기운이 증발해버렸다는 것 정도는 바로 알아차릴 수 있는 일이었다.

가와이와 함께 애기장대 파종을 한 것은 금요일이었는데, 그날 밤 귀가하려던 모토무라는 연구실 앞 복도에서 역시 집에 갈 준비를 마친 가와이, 이와마, 가토에 의해 포획됐다. 세 명은 나란히 서 있다가, "잠깐 마시러 가자" 하고 다짜고짜 모토무라의 팔을 잡은 것이다.

마쓰다는 벌써 집에 간 뒤였다. 연구가 첫째인 마쓰다는 매우 규칙적인 생활을 하고 있어서, 아침에는 대개 7시 반이면 출근하고 밤에는 늦어도 8시에는 연기처럼 자취를 감춘다. 집이 어딘지, 사생활이 어떤지는 여전히 수수께끼에 싸여 있는 채다. 사람들이 알고 있는 것은 그저 옷장의 내용물이 얼룩말 같은 색조일 거라는 정도뿐이다.

마쓰다가 귀가하면 연구실 사람들은 '과학의 귀신'이 없는 사이에 어떻게든 가끔 술자리를 연다. T대 근처 식당에서 맥주나 안줏거리를 사가지고 와서 막차가 끊기기 전까지의 몇 시간 동안 연구실에서 작은 연회를 여는 것이다. 앞뒤 없는 이야기로 시작하여 쓸데없는 농담을 하면서 낄낄거리다가도, 마지막에는 결국 각자의 연구에 대해 진지한 토론을 시작한다. 뭐니 뭐니 해도 연구실은 결국 '과학의 귀신'들이 모인 곳이다.

그런데 그날 밤 가와이 일행은 평소의 연구실 연회를 여는 대신 모토무라를 포획하여 엔푸쿠테이로 끌고 갔다.

모토무라의 상태가 예사롭지 않다는 것은 선인장에만 정신을 빼앗긴 가토조차 눈치를 챌 정도였다. 그래서 연구실에서 연회를 여는 것 정도로는 모토무라의 기분을 바꿀 수 없을 것 같다고 생각한 가와이와 이와마와 가토는 의견을 모아 T대 밖의 엔푸쿠테이에 가서 마시기로 한 것이다.

모토무라는 술자리에 앉아 있을 기분은 아니었지만, 가와이를 비롯한 연구실 식구들이 걱정해주는 마음이 왠지 모르게 가슴에 와닿았다. 그리고 무엇보다도 엔푸쿠테이의 후지마루가 "어서 오세요!" 하고 만면에 웃음을 지으며 환영해주었는데, 그 앞에서 이제 집에 간다고도 말할 수 없었다. 할 수 없이 앉으라고 권하는 대로 자리에 앉았다.

시간이 슬슬 9시에 가까워지고 있었던 터여서, 대부분의 손님들은 후식을 먹거나 집에 갈 준비를 시작하는 중이었다. 엔푸쿠테이의 주인 쓰부라야도 노도와 같은 주방 전투가 일단락된 듯, 계산대에 서서 돈을 받거나 단골손님과 이야기를 나누고 있었다.

빈 탁자에서 식기를 치우고 있던 후지마루가 메뉴를 바라보는 모토무라 일행 곁으로 다가왔다.

"주문할 건 정하셨나요?"

이와마가 대표로 애매모호하게 끄덕인다.

"음…… 늦게 와서 미안. 문 닫는 거, 10시쯤이었죠?"

늦은 시간에 와서 튀김 같은 걸 주문하는 건 미안한 일이다. 그래서 어떤 요리가 그다지 손이 가지 않을 요리일지를 놓고, 마쓰다 연구실 멤버들은 고민하고 있는 중이었다.

후지마루는 그런 마음을 알아차린 듯, "그런 건 걱정 안 하셔도 돼요"라고 말했다. 동시에 계산대에서 쓰부라야도 "무엇이든 마구 주문해주세요"라고 거들었다. "난 오늘 밤 쪼금 일찍 갈 거라서, 추가 주문부터는 맛이 떨어질지 모르지만. 그렇게 되면 할인 가격으로 받기로 하고, 그만큼은 후지마루 월급에서 뺄 거니까 전혀 사양할 필요가 없어요."

"잠깐 대장, 너무하네요." 후지마루는 쓰부라야에게 항의하고, 다시 모토무라 일행에게 돌아섰다. "대장은 주말에 애인이랑 이토에 가요. 마음이 들떠서 일을 빨리 끝내는 거예요."

"여기 사장님께서 사귀는 사람이 있구나……!"

가토는 충격을 받은 것 같았다. 선인장 일변도로 매진하는 자신과 마찬가지로, 쓰부라야도 요리 일변도일 거라고 생각하여 멋대로 동료 의식을 품고 있었던 모양이다.

"있습니다."

기본적으로 연애에 적극적인 태도를 견지하고 있는 후지마루는 당연하지요, 하고 강조라도 하듯이 고개까지 크게 끄덕이며 답한다. "최근에 대장은 저한테 조리를 전적으로 맡겨줄 때도 있어요. 내일 하루는 대장이 없는 자리를 맡아서 제가 식당을 운영할 거고요, 오늘 밤도 대장이 집에 간 다음에는 제가 맡아서 할 거니까 여러분이라면 몇 시까지 계셔도 괜찮습니다. 좋아하는 음식 많이 드시고 가세요."

후지마루의 말에 용기를 얻은 가와이와 이와마는 데미글라스 햄버그 세트를, 가토는 돈가스 정식을 주문했다. 모토무라는 식욕이 없었지만 후지마루가 주문서를 손에 들고 싱글벙글 기다리고 있는 바람에 나폴리탄을 주문했다. 가토가 잊지 않고 맥주를 추가한다.

주문을 받자 귀가 전에 일 좀 해야지 하듯, 쓰부라야가 힘을 내어 주방으로 들어갔다. 후지마루는 맥주를 나른 후, 다른 손님의 돈을 받거나 식기를 정리하거나 세탁이 끝난 식탁보를 널거나 하면서 하루의 영업을 마무리하고 다음 날 영업을 준비하느라 바빴다.

마쓰다 연구실의 멤버들은 무엇에 대해 건배하는 건지 알 수 없지만 우선 "건배—" 하고 잔을 가볍게 부딪쳤다. 모토무라는 맥주가 위에 들어와서도 계속해서 보글보글 거품을 일으키고 있는 것 같다고 느낀다. 요즘 필요한 최소한의 양밖에 먹거나 마실 기분이 들지 않는 상태여서 몸속으로 갑자기 알코올이 들어오자 몸이 놀라고 있는 건지도 모른다. 결국 한 모금만 마시고 잔을 탁자에 내려놓는다.

그런 모토무라의 모습을 다른 멤버들이 염려스러운 표정으로 살펴보고 있다. 모토무라는 견딜 수 없는 마음이 들어서 고개를 숙였다. 잠시 탁자에 어색한 침묵이 내렸다. "잘 먹었습니다" 하고 또 한 손님이 돌아가고, "감사합니다!" 하고 출입구에서 후지마루가 큰 목소리로 배웅한다. 그것을 메아리처럼 뒤쫓는 쓰부라야의 "감사합니다" 하는 소리가 주방에서 들렸다.

이제 식당 안에는 모토무라 일행만 남았다.

"있잖아" 하고 모토무라 옆에 앉은 이와마가 말을 꺼냈다. "왜 그렇게 기운이 없어?"

그 직후 이와마는 맞은편 가와이에게 가볍게 발등을 밟힌 모양이다. 탁자 아래에서 두 사람이 탭댄스라도 하듯 타다닥 번갈아가며 발을 밟는 기척이 났다.

이래서는 결말이 나지 않는다고 생각했는지, "그러면, 그 떡잎 사이즈가 크고 배축이 털북숭이인 애기장대는 지금 어떤 상태입니까?" 하고 가토가 물었다. 가와이와 이와마는 너무 단도직입적인 질문이라고 판단한 모양이다. 가토는 옆의 가와이에게서는 팔꿈치로 팔을 찔리고, 비스듬히 맞은편에 앉은 이와마에게서는 정강이를 차여, "아야, 아야" 하고 신음 소리를 낸다.

이런 식으로 연구실 멤버들을 걱정시킬 정도로 나는 어른스럽지 못한 모습을 보여주고 있었구나. 모토무라는 반성했다. 자신의 고민에 사로잡힌 나머지 주위 사람들을 살피거나 배려할 여유가 없었다.

만약 실패나 고민에 대해 아무하고도 의논하거나 고백하고 싶지 않았다면, 아무 일 없다는 듯이 행동했어야 했다. 아무리 해도 그렇게 할 기력이 나지 않았다면, 마음에 품고 있는 고민을 누군가에게 탁 하고 털어놓거나 의논하여 나눠 가졌어야 했다.

기운 잃은 모습을 다 보게 해놓고는 아무 말 없이 입을 꾹 다물고 있으니 주위 사람들이 걱정하는 것은 당연하다. 이렇게 사람들을 계속 걱정하게 만든다면 어른이라고 할 수 없을 것이다. 모토무라는 자신을 그렇게 설득한다.

어린 아기라도 괴로운 일이나 불편한 일이 있으면 있는 힘껏 울어서 호소한다. "도와줘, 어떻게 좀 해줘" 하고. 그래서 기저귀를 갈아주거나 젖을 주거나 하면 울던 아기는 웃어 보인다. "아, 상쾌해. 고마워요!"라고 말하듯이. 그것을 보고 아기의 불쾌함을 없애준 주위 사람들은 "잘됐군, 잘됐어" 하고 한숨을 돌리는 것이다.

누군가에게 도움을 청하는 건 결코 꼴불견이 아니다. 자신의 무력함을 드러내는 것도 아니다. 정직한 커뮤니케이션이다. 오히려 '이런 약한 소리나 진심을 말하면 상대가 어떻게 생각할까?' 하고 위축되어 주위의 걱정해주는 마음을 차단하고 혼자 숨어버린다면 그것이야말로 꼴불견이고 약한 모습일 것이다.

물론 고통과 절망이 너무 깊어서 아무 말도 못 하고 꼼짝도 할 수 없게 되어버리는 경우도 있을 것이다. 하지만 내 경우는 다르다고 모토무라는 생각한다. 유전자를 잘못 선택했다는 것을 안 때로부터, 분명히 나는 고민해왔다. 하지만 그 고민을 새삼 분석해보니, 진정한 고통과 절망이라기보다는 '보신'의 성분이 농후한 것 같다.

실수 그 자체가 고통스러웠기보다는 마쓰다 교수님이나 연구실 사람들에게 '연구자 실격이야'라는 말을 듣는 게 싫었다. 실험을 다시 한다 하더라도 시간에 맞출 수 없을지 모른다는 현실을 직시하고 싶지 않았다. 그래서 '어떻게 좀 되지 않을까' 하고 고민했던 거다. 슬픔에 빠져서 입을 다물고 있었던 점도 있었겠지. 하지만 실패를 인정하는 게 자존심 상해서 그랬던 점도 있었다.

어리석은 자존심이었다고 모토무라는 결론을 내렸다. 그러자 막혔던 기운이 좀 풀리면서, '그렇다면 용기를 내서 동료들과 이야기를 해볼까' 하는 생각도 드는 것이었다.

유전자를 잘못 선택하여 실험한 걸 안 이상은, 이미 냉가슴 앓으면서 쓸데없이 주위 사람들을 걱정하게 만들고나 있을 때가 아니다. 한시라도 빨리 주위의 지혜를 빌려서 어떻게 하는 것이 최선인지 대응책을 세울 필요가 있다. 입을 다문 채 고뇌만 해서 문제가 해결된다면 백만 년이라도 잠자코 고뇌를 계속할 각오가 되어 있지만, 현실은 그렇지 않다. 애초에 만 년 단위의 인내를 각오할 담력이 아직 남아 있다면, 그것을 약한 소리나 본심을 털어놓을 용기로 바꿔서 주위의 도움을 구하는 편이 사태를 빨리 수습할 수 있는 방법일 것이다.

모토무라는 결심하고 얼굴을 들었다.

"실은……" 하고 드디어 입을 열기 시작한 순간, "오래 기다리셨습니다" 하고 후지마루가 왔다. 따끈따끈한 데미글라스 햄버그가 놓인 철판 접시와 밥그릇을 손바닥에서 손목까지 가득 올려놓고 있었다.

타이밍이 안 좋아…… 하고 후지마루를 뺀 모두가 생각했다.

가와이, 이와마, 가토는 갑자기 맥이 빠져서 맥주를 특대 피처로 하나 더 부탁했다. 어쨌든 안 마시고는 이 긴장과 이완의 잇단 파상 공격을 견뎌낼 수 없다는 결론에 이른 얼굴들이다. 후지마루는 바로 특대 피처를 가져왔다.

후지마루가 주방으로 사라진 것을 보고, 가와이가 피처를 들어 올려 비어 있던 이와마와 가토와 자신의 잔에 맥주를 따른다. 모토무라는 거품이 완전히 사라져 미지근해져버린 맥주를 또 한 모금만 마셨다.

모토무라가 목을 적시고 "저……" 하고 다시 시작하려던 참에, 역시니 후지마루가 "주문하신 음식 나왔습니다" 하고 돈가스 정식 쟁반과 나폴리탄 스파게티 접시를 양손에 들고 왔다.

마쓰다 연구실 사람들은 그만 포기하고 묵묵히 각자가 주문한 것을 먹었다. 모토무라만은 좀처럼 접시의 내용물이 줄지 않았다. 늘 천상의 음식인가 하고 생각할 정도로 맛있게 느꼈던 나폴리탄 스파게티가 오늘 밤은 그냥 스파게티일 뿐이었다. 고백할 타이밍을 연속해서 놓치면서, '의논 같은 거 해봤자 연구실 사람들도 어쩔 도리 없을 것이고, 민폐만 될지도 몰라' 하고 다시 망설여지기 시작한 것이, 그런 심리적 갈등이, 혓바닥의 미뢰를 둔화시켰기 때문이다.

쓰부라야가 조리용 흰 가운을 벗고 주방에서 나왔다.

"먼저 실례하겠습니다. 이제부터는 후지마루에게 뭐든 지시해주세요"라고 쓰부라야는 붙임성 있게 말했다. "그럼, 맛있게 드세요."

일동은 조용히 고개만 까딱하는 방식으로 발걸음도 가볍게 밤길로 사라지는 쓰부라야를 배웅했다. 여기 사장님이 사복 입은 모습을 처음 본 것 같아, 라고 모토무라는 멍하니 생각했다. 청바지와 새빨간 스웨터, 카키색 점퍼를 걸친 옷차림이 왠지 모르게 쇼와(1926-1989년까지의 일본 연호)의 느낌을 주는 건 부정할 수 없었지만, 쓰부라야에게는 잘 어울렸다.

이제부터 애인을 만날지도 모르겠네, 라는 생각을 하면서, '연애라……' 하고 먼 곳을 바라보는 눈이 됐다. 연애엔 흥미가 없다, 연구를 할 수 있으면 그걸로 좋다고 계속 생각해왔지만, 실험이 이대로 실패로 끝나버린다면 결국 나한테는 아무것도 안 남게 되는 게 아닐까.

두려운 기분도 들었지만, 그럼에도 연애 같은 건 아무래도 상관없다는 마음 역시 지우기 어렵게 남아 있었다. 애기장대를 상대하는 사이에, 드디어 식물과 동화하여 감정이라는 개념이 사라져가고 있는지도 모른다.

나폴리탄을 먹고자 하는 생각을 포기하고, 모토무라는 포크를 접시에 내려놓는다.

아니, 그렇지 않아. 나도 감정은 있어. 다만 나에게는 일생에 한 번 있는 연애 상대가 인간이 아니라 '식물 연구'일뿐이야. 설령 실패로 끝났다 해도, 전력을 다해 사랑한 기억과 마음이 사라지는 건 아닐 거야. 나는 내 속의 정열과 사랑 모두를 걸고 식물 연구를 상대로 연애를 하고 있었어. 그것이 지금 파탄날 수도 있게 되었다는 사실이 나를 이렇게나 괴롭고 쓰라리게, 견딜 수 없게 하고 있는 거야.

가와이와 이와마와 가토는 벌써 햄버그 세트와 돈가스 정식을 다 먹어치웠다. 완전히 식욕을 잃은 모토무라를 보고, 그들은 맥주를 마시면서 시선을 주고받았다.

"실험이 잘 안 풀리는 거지?"

이와마가 드디어 핵심을 찌르는 질문을 던졌다. 아니, 그건 질문이라기보다 단정이었다. 다만 그 질문의 어미에 걱정과 동정이 부드럽게 담겨 있다는 느낌이 들어, 모토무라는 왠지 구원받는 기분이 되어 끄덕였다. 그리고 겨우, "저, 어떡하면 좋을까요?"라는 한마디를 할 수 있었다. "더 이상 어떻게 해야 할지 알 수 없어서……."

모토무라가 갈라진 목소리로 SOS를 던지자, 가와이와 이와마와 가토는 '좋아, 같이 고민해줄 테니까 구체적으로 얘기해봐'라는 마음으로 몸을 내밀었다.

그런데 거기에 식당 앞 간판을 치운 후지마루가 왔다.

"여러분, 후식은 어떠세요? 오늘 후식은 제가 만든 레어치즈케이크입니다. 마침 네 개가 남아 있어요."

거기까지 말하던 후지마루는 모토무라가 나폴리탄에 거의 손대지 않은 것을 알아차렸다. "무슨 일이에요, 모토무라 씨? 그거, 제가 아니라 대장이 만들어서 맛이 괜찮을 텐데. 배가 아프기라도 한 건가요?"

모토무라를 걱정하는 후지마루에게 가와이가 침울한 목소리로 말했다.

"레어치즈케이크 네 개 부탁해요. 그리고 후지마루, 식당 닫는 작업이 끝나면 여기 와서 같이 앉아줬으면 해. 아까부터 왔다 갔다 하면서 얘기를 끊고 있거든."

주방에서 뭔가를 달그락달그락하던 후지마루가 레어치즈케이크 네 개와 커피 다섯 잔을 두 번에 나눠서 쟁반에 올려 탁자로 가져왔다. 마지막으로 필래프가 수북이 담긴 접시도 가져왔다. 커피는 후지마루가 주는 서비스라고 했다. 커피 하나와 필래프는 후지마루 자신의 늦은 저녁인 모양이었다.

후지마루는 옆 탁자에 앉았다. 그렇긴 하나, 탁자와 탁자 사이의 간격이 좁아서 실질적으로는 가토 옆 의자에 앉았다고 해도 좋았다. 맞은편에 앉은 모토무라와 비스듬히 마주 보는 위치다.

기세 좋게 필래프를 먹기 시작한 후지마루를 보고, 모토무라는 왠지 부러운 기분이 됐다. 모토무라의 앞에는 아직 나폴리탄이 있다. 차갑게 식었지만 남기는 것도 미안한 마음이 들어서 치우지 말고 기다려달라고 했다.

가와이, 이와마, 가토는 이제 후지마루가 더 이상 방해하지 않겠구나 하고 안도한 모습이다. 피처의 맥주도 다 마시고, 세 사람 앞에는 레어치즈케이크와 커피만이 남아 있다.

"자, 무엇을 고민 중인지 이번에야말로 들려줄 거지?" 가와이가 케이크를 먹으면서 말했다.

모토무라가 이야기를 시작했다. 실험에 사용할 유전자를 잘못 선택해버렸다는 것. 실험을 다시 시작해야 할지, 그냥 이대로 계속 가야 할지, 결정을 못 하고 있다는 것.

이야기를 시작하자, 고뇌의 덩어리가 녹기 시작한 것처럼 자꾸자꾸 말이 흘러나왔다. 모토무라는 거의 막힘없이 현재의 어려운 상황을 주르륵 털어놓았다. 머릿속에서 몇 번이나 상황을 정리하고 고민해온 덕분일 것이다.

"그건……."

가와이 일행은 서로 얼굴을 마주 보고 잠시 어떻게 반응해야 좋을지 모르겠다는 듯이 침묵했다.

"초보적이지만 엄청 중요한 부분에서 잘못을 해버렸군요" 하고 가토는 자못 동정하는 어조로 말했다.

"유전자의 약호는 비슷한 게 있으니까. 누구라도 깜빡하고 일으킬 수 있는 실수야" 하고 이와마는 팔짱을 꼈다.

탁자 주변의 분위기가 심각해졌다. 하지만 여기에 한 사람, 사태의 심각성을 전혀 모르는 인물이 있다. 말할 것도 없이 후지마루다.

빠른 속도로 필래프를 깨끗이 먹어치운 후지마루는, 모토무라의 설명을 들으면서 'AHO' 'AHHO'라고 숟가락으로 공중에 알파벳을 쓰고 있었는데, 잠시 후 뇌에 철자가 침투했는지 "풉" 하고 웃었다.

"'앗호(AHHO)'를 조사해야 하는데, '아호(AHO)'('아호'는 일본어로 멍청이를 뜻함)'를 조사해버린 거군요. 확실히, 왠지 충격이네요."

모토무라는 '그건 단지 약호일뿐이고, 아호라고는 읽지 않아요!'라고 속으로 반론했지만, 자신도 어렴풋이 '하필이면 약호가 아호랑 앗호라니'라고 생각하고는 있었기 때문에, 슬프고 부끄러워져서 고개를 숙였다.

모토무라가 다시 의기소침해진 것을 본 후지마루는 가와이 일행이 노려보는 것도 있어서, "죄송합니다. 죄송합니다. 입 다물게요"라고 허둥거리면서 사과했다.

"잘못 선택한 것이 계기라고 해도, AHO가 잎사귀의 제어 시스템에 영향을 미치고 있다는 것을 증명할 수 있으면 큰 발견이야. 다만, 지금까지 그다지 연구되어오지 않은 유전자라서 어떤 작용을 하고 있는지, 현 단계에서는 거의 짐작이 안 가. 이대로 실험을 계속했을 때, 헛수고로 끝날 가능성이 높다는 건데……."

가와이가 생각하는 표정을 지으며 말한다.

"그래요." 모토무라는 끄덕였다. "여러분이라면 어떻게 하시겠어요?"

"어려운 문제네." 가와이가 한숨을 쉬었다. "박사논문이 걸려 있지 않으면, 나는 계속 '고' 할 거야. 하지만 정해진 날짜까지 박사논문을 완성하는 것을 최우선으로 생각한다면, 실험을 다시 하는 편이 좋을 것 같아."

"다시 한다고 해도, 실험이 성공한다고 볼 수만은 없어요."

이와마가 반론한다.

"물론, 절대적인 건 없지만."

모토무라의 어려운 처지를 헤아려서인지, 가와이는 자신이 유전자를 잘못 선택한 것처럼 괴로워하는 모습이다. "정체불명의 느낌이 강한 AHO의 변이체를 계속 사용하기보다, 잎사귀의 제어 시스템에 영향을 주고 있는 것으로 보이는 AHHO로 실험을 다시 해서, 착실하게 사중변이체를 만드는 편이 더 좋겠어. 그쪽이 실험 성공률은 높을 것이고, AHHO가 잎사귀의 크기를 결정하는 데 관계가 있다고 증명할 수 있으면, 그것도 역시 발견이야."

"실험을 다시 한다면, 지금이 시기적으로 최후의 찬스인 건 분명하지요." 이와마도 고개를 끄덕였다. 이와마는 모토무라 쪽으로 얼굴을 향하고, "유전자를 잘못 선택한 거, 마쓰다 교수님한테 보고는 했어?" 하고 물었다.

"아직이에요. 말을 꺼내기가 어려워서……."

모토무라는 고개 숙인 채 몸을 작게 움츠린다.

"우리들한테도 말을 못 하고 혼자 고민했으니까, 당연하겠지." 이와마는 한숨을 쉰다. "마음은 알겠지만, 계속 숨기는 건 안 될 것 같아. 빨리 털어놓고 조언을 구해야지."

"그야, 마쓰다 교수님께는 보고해야겠지만" 하고 가토가 끼어들었다. "일단 보고를 한 다음엔, 나라면 이대로 실험을 계속하겠어요. 글쎄, 현시점에서 이미 사중변이체 같은 애기장대가 만들어져 있으니까요. 버리는 건 아깝잖아요."

"그건 그래"라고 가와이는 말한다. "AHO를 사용한 애기장대를 이대로 활용하는 것도 방법이야. 정말로 사중변이체라고 판정할 수 있으면, 그 애기장대에 AHHO의 변이주를 다시 교배하면 돼. 그렇게 해서 생긴 자녀 세대에는 'AHO 유전자는 정상이지만, AHHO 유전자는 파괴돼 있는' 사중변이체를 갖는 애기장대가 있게 돼. 이 방법이라면 처음부터 교배를 다시 하는 것보다 AHHO가 들어간 사중변이체를 훨씬 수월하게 만들 수 있어."

가토와 가와이의 의견에, 그것도 맞는 말이라고 일동은 서로 고개를 끄덕였다. 왠지 후지마루까지도 고개를 끄덕이면서 "'멍청이(아호)'도 소중히 해야지요"라고 말한다. "나도 아까부터 걱정이 됐어요. 실험을 다시 하게 되면, 모처럼 난 '큰잎털'은 어떻게 되나 하고."

모토무라는 '후지마루 씨가 유전자에다가 별난 별명을 붙여버렸어' 하고 조금 불만스럽게 생각했지만, 의기소침해진 상태에 있는데다가 태생적으로 얌전한 성격 탓도 있어서, 항의는 안 하기로 했다. 일동이 모토무라를 대신하여 노려봐주자, 후지마루는 "죄송합니다, 이번에야말로 입을 다물게요" 하고 커피를 홀짝 마셨다.

"큰잎털, 아, 아니." 가토가 헛기침을 하고 대화를 재개시킨다. "떡잎 사이즈가 크고 배축이 털북숭이인 애기장대 말인데요, 그 후의 상태는 어떤가요?"

"본잎이 이제 막 나와서, 아직 잘 몰라." 모토무라는 공벌레처럼 등을 둥글게 말고 작은 소리로 대답했다. "지금으로선 본잎의 크기는 다른 애기장대랑 다르지 않아 보여.”

“사중변이체가 아니었던 걸까?”

“사중변이체라 해도, AHO를 사용한 탓에 잎사귀의 제어 시스템에 기대한 것 같은 변화가 생기지 않았을 가능성도 있어요.”

이와마와 가토가 대화하는 것을 들으면서, 가와이는 잠자코 뭔가 생각에 잠긴 표정을 하고 있었다.

“역시, 실험을 처음부터 다시 하는 쪽이 안전한 패가 아닐까?”라고 이와마가 격려하듯이 말했다. “그렇게 해야 박사논문도 기일까지 확실하게 제출할 수 있어. 모토무라 씨의 교배 기술이라면, 이번에야말로 목표한 대로의 사중변이체를 만들 수 있을 것이고.”

챔버 안에서 빛나 보였던 애기장대 한 포기. ‘사중변이체가 아닐까’ 하고 직감했을 때의 기쁨을 떠올리자, 모토무라는 쉽게 대답하기 어려웠다. 그래도 ‘실험을 처음부터 다시 한다’는 쪽으로 마음이 기울었던 그때,

“후지마루라면, 어떻게 할 거야?” 하고 가와이가 물었다.

연구나 실험에는 전혀 문외한인 후지마루 씨에게, 왜? 모토무라는 놀랐다. 왜 가와이 선배는 갑자기 후지마루 씨에게 의견을 구하고 싶어진 걸까. 이와마와 가토도 모토무라와 같은 생각이었던 듯, 다들 시선을 황급하게 가와이와 후지마루에게 집중한다.

하지만 후지마루는 딱히 놀란 얼굴을 하지 않았다. 발언을 허락받아서 기쁘다는 듯이, 그러나 천연스럽게 “계속하지요”라고 대답한다.

모토무라는 문외한인 후지마루가 그렇게 확신에 차서 말하는 것이 아무래도 이해되지 않아서, 조금 전 이상으로 놀란 얼굴을 하고

"무슨 근거로 그렇게 확신을 갖고 말하는 거지?" 하고 저도 모르게 존댓말도 쓰지 않고 물었다.

"큰잎털이 생겼을 때, 모토무라 씨는 굉장히 기뻐 보였어요." 후지마루는 뺨을 긁었다. "그런 기분은 소중히 하는 게 좋다고 생각합니다."

"그래도 유전자를 잘못 선택해버렸으니, 그것이 목표했던 사중변이체일지 어떨지는……."

"전 꼬맹이 때부터 요리하는 것이 좋았어요." 후지마루는 진지한 표정으로 말했다. "처음에는 어머니한테서 배우거나 요리책을 보면서 만들었는데, 그러는 사이에 점차 저 스스로 재료 넣는 걸 조절하게 됐어요. 그냥 감으로 조미료를 넣거나, '이 재료는 안 맞을 수도 있지만 한번 넣어보자' 하고 마구 넣기도 하고요. 그랬더니 점점 요리가 즐거워지는 거예요. 심하게 맛없는 요리가 만들어질 때도 있었지만, 뜻밖일 정도로 맛있는 게 만들어져 나올 때도 제법 있었어요. 그땐 정말 신났지요. 스릴이 있었어요."

후지마루는 자신의 경험과 그때 느꼈던 느낌을 열심히 말했다. 모토무라만이 아니라 가와이나 다른 사람들도 후지마루의 이야기에 빠져들었다.

"요리책에 쓰여 있는 대로 만들어서 예상한 대로의 맛이 나왔을 때보다, '이런 요리가 됐어!'라고 의외의 결과를 만났을 때가, 설사 맛없는 게 만들어졌다 해도 더 즐거웠습니다. 그러니 저는 모토무라 씨도 이대로 실험을 계속해보는 게 어떨까 하고 생각합니다. 기쁘다든가 신난다고 느꼈다면, 결과가 실패라고 해도 후회는 없을 겁니다.

저는 '다음에 더 맛있는 요리를 만들자'라고 생각하면서, 심하게 맛없는 실패작을 우걱우걱 먹어버리는 쪽이에요."

뭐, 내가 요리를 하는 것과 모토무라 씨가 하고 있는 실험은 어려움의 차원이 다르다고 생각하지만요. 후지마루는 멋쩍어하며 덧붙였다.

"아니" 하고 모토무라는 고개를 흔든다. 아니, 전혀 다르지 않아. 요리나 실험이나 같아. 예정대로 실험을 진행해서 예정대로의 성공을 얻을 수 있을까. 기일까지 박사논문을 제출할 수 있을까. 그런 것에만 정신이 팔려 있었는데, 내가 틀렸어.

실험에 짜인 줄거리는 없어. 연구에 기일 같은 건 없어.

깜빡 실수한 사실을 인정하면서도 눈앞에서 일어나고 있는 일들을 선입견 없이 잘 관찰하고 성실하고도 공정하게 계속 사실을 기록한다. 실패로 끝났다고 해도 생각을 거듭해서, 이 세계의 이치에 조금씩 다가가기를 계속한다. 자신의 수명이 다하는 날까지 "왜"라고 질문을 던지며 수수께끼의 근본을 향하여 계속해서 연구한다. 그것이 실험이며 연구다.

모토무라는 오래간만에 급격한 공복을 느끼고 거의 손대지 않고 두었던 나폴리탄을 맹렬하게 먹기 시작했다. 후지마루가 당황한 얼굴을 하고 "다시 만들게요"라고 말했지만, 모토무라는 다시 한번 "아니" 하고 고개를 흔든다.

식은 나폴리탄은 덩어리가 되어버렸지만, 모토무라는 포크로 통째로 들어 올려 덥석 물어가며 전부 먹어치웠다. 천상의 음식인가 싶을 정도로 맛있었다. 미지근한 맥주도 다 마시고 나서 한숨 돌린다.

그 모습을 보고 있던 가와이가 "후지마루, 고마워"라고 했다. "나는 전문가 비보가 되어버린 것 같아. 지금 중요한 건 어떻게 하면 실험의 성공률이 오르나, 어떻게 하면 박사논문을 제때에 제출할 수 있느냐가 아니었어."

이와마도 후지마루가 하는 말을 듣고 느끼는 바가 있었는지, 다 먹은 케이크 접시 위로 시선을 떨어뜨리고 있다.

"아니, 아니, 그것도 중요하다고 생각하는데요." 가토가 얼렁뚱땅 농을 한다. "그래도 실수를 알아차렸을 때, 오히려 그것을 즐겨보자는 마음가짐으로 대응책을 짜면 참신한 연구로 이어질 수도 있겠다는 생각이 듭니다."

에너지 보급이 돼서 힘을 되찾은 모토무라도 끄덕였다.

"후지마루 씨, 그리고 연구실 여러분들, 모두 다각도에서 검토와 조언을 해주셔서 정말로 고맙습니다."

"다행이야, 마음이 정해진 것 같군" 하고 가와이가 웃었다. "그럼, 마쓰다 교수님께 꼭 보고하도록 해. 내일은 토요일이지만 연구실에 올 거라고 하셨어."

연구실 식구들은 11시를 넘겨서야 엔푸쿠테이에서 물러 나왔다. 시간이 다 돼서 미처 먹지 못한 모토무라 몫의 레어치즈케이크는, 후지마루가 얼음 팩과 함께 플라스틱 용기에 넣어 들려줬다.

후지마루는 식당 출입구에서 사람들을 배웅하며, "힘내세요"라고 모토무라에게 말했다.

깊게 절을 한 모토무라는 활짝 갠 마음으로 연구실 식구들과 함께 골목을 지나 밤의 혼고 대로로 나섰다.

다음 날 아침, 모토무라는 자신의 집 냉장고 문을 열고 엄숙한 마음으로 레어치즈케이크가 든 플라스틱 용기를 꺼냈다. 커피를 타고 케이크를 접시에 올려놓은 다음 작은 앉은뱅이 탁자를 향해 가서 다다미에 앉는다. 파키라와 창가에 늘어선 선인장 화분들이 잎사귀에 빛을 받고 행복해하는 것처럼 느껴졌다.

"잘 먹겠습니다."

실내에서 그 말을 이해하는 것은 모토무라밖에 없었지만, 그래도 제대로 인사하고 나서 케이크를 먹었다. 혀에 닿는 매끄러운 감촉과 과하지 않은 달콤함. 더없이 부드러운 느낌의 레어치즈케이크였다.

후지마루 씨의 맛이다, 라고 모토무라는 생각했다. 스위트포테이토도 레어치즈케이크도 각각의 식재료가 다 저마다의 맛을 내게 만들어졌는데, 그 각각의 맛 속에서도 후지마루의 손길은 공통되게 느껴졌다. 먹는 사람에 대해 상상하고 생각하며 만들었다는 것이 전달되어온다.

본격적으로 다가오고 있는 봄을 알았는지, 화분의 초록은 색깔이 더 깊어진 게 건강함이 느껴진다. 케이크를 다 먹고 사용한 식기와 플라스틱 용기를 꼼꼼히 씻은 모토무라는, 물을 주는 김에 창가의 식물을 자세히 관찰했다.

다육식물에서는 이렇다 할 변화가 보이지 않았지만, 추위로 잎이 갈색처럼 변했던 여러 가지 허브를 모아 심어놓은 화분은 어느샌가 부드러운 줄기를 뻗기 시작하고 있었다. 선인장도 새로이 혹 같은 것이 볼록 나왔는데, 그 볼록 나온 부분의 가시는 싱싱한 순백이다.

걱정되는 건 포인세티아다. 아직도 '그냥 막대기' 상태라는 건, 역시 완전히 시들어 죽어버렸다는 의미일까. 다다미에 놓인 화분에 시선을 옮긴 모토무라는, "앗" 하고 소리 질렀다. 여전히 갈색 막대기인 줄 알았던 포인세티아의 가지에 초록색 스펀지를 잘게 뜯어 붙인 것 같은 무언가가 드문드문 달라붙어 있지 않는가. 먼지라고 생각했던 그것들은 자세히 보니 모두 새로 움트기 시작한 싹이었다. 모토무라가 모르는 사이에 포인세티아는 조용히 되살아나 다시 잎을 우거지게 하기 위해 꿈틀대고 있었다.

포기하지 않고 물을 계속 주길 잘했다. 내가 부질없이 기뻐하다가 의기소침해하는 동안에도 포인세티아는 담담히, 그러나 열심히 살고 있었다. 모토무라는 말 없는 포인세티아에게서 용기를 얻고 고마운 마음에 초록 새싹에 살짝 손끝을 댔다.

신기하다고 생각한다. 언어도 없고, 기온이나 계절이라는 개념조차 없는데도, 식물은 정확히 봄을 알고 있다. 온도계나 일기장을 사용하지 않고도, '이건 초겨울의 따뜻한 날씨가 아니라 진짜 봄이다. 슬슬 여느 해와 같이 활발하게 생명 활동을 할 시기가 왔다'라고 판단하고 기억한다.

반대로 인간은 뇌와 언어에 지나치게 사로잡혀 있는 건지도 모른다. 고뇌도 기쁨도 모두 뇌가 내놓는 것이고, 그것에 휘둘리는 것은 물론 인간이기에 맛볼 수 있는 묘미겠지만, 관점을 바꿔놓고 보면 인간은 뇌의 포로라고 할 수도 있다. 실은 화분의 식물보다도 더 좁은 범위에서밖에 세계를 인식할 수 없는, 자유롭지 못한 존재.

하지만 그렇다고 해서 식물을 부러워하고만 있을 수는 없다. 외출 준비를 마친 모토무라는 방 한가운데에서 크게 기지개를 켰다. 나도 식물을 본받아서 느낀 것을 있는 그대로 받아들이고, 최선이라고 생각되는 판단과 행동을 하자. 이왕 달고 나온 뇌가 있으니까, 한계까지 생각하고 상상하기 위해 노력하자. 연구에 대해서만이 아니라 주위 사람들에 대해서도.

가족처럼 나를 걱정해주고 고민을 함께 해주는 사람들이 있다는 것을 잊어서는 안 된다. 세상에 나 혼자만 있는 것 같은 기분이 되어 어찌할 바를 모르고 옴짝달싹 못 하는 건 이제 그만이다.

모토무라는 "다녀오겠습니다"라고 실내의 모든 것들에게 인사를 하고 연립주택의 방을 나왔다. 물론 대답은 돌아오지 않았지만, 파키라가 흔들, 하고 가지를 흔든 것 같다는 느낌은 들었다.

토요일의 자연과학부 B호관은 역시 평일보다는 출입하는 사람이 적다.

모토무라가 연구실에 도착한 것과 거의 시간을 맞추어 "안녕하세요" 하고 마쓰다가 들어왔다. 가지고 온 노트북의 전원을 막 켠 참이었던 모토무라는 얼른 일어나 연구실 문에서 칸막이에 이르는 동선을 막는 형세로 마쓰다 앞에 섰다.

"교수님, 지금 잠깐 말씀 좀 드려도 될까요?"

"네, 말하세요."

마쓰다는 가방을 한쪽 손에 늘어뜨린 채, 모토무라를 내려다본다.

모토무라보다 조금 일찍 와서 책상 앞에 앉아 있던 가와이는 '그래도 한숨 돌린 뒤에 어디 좀 앉아서 얘기하면 좋을 것을' 하고 마음 졸였지만, 물론 모토무라는 그런 가와이의 내심을 알 리 없다. 오로지 '어서 교수님께 진실을 털어놓아야지' 하는 생각에 사로잡혀 손에 배어 나온 땀을 청바지에 문지른다.

"안녕하세요" 하고 가토가 연구실 문을 열었다. 가와이는 "아, 그게" 하며 자리에서 일어섰다. "그러고 보니, 온실에 맡긴 양치식물을 보고 싶었어. 가토, 잠깐 같이 가줘."

가토는 실내에 채 한 걸음을 들이밀지도 못한 채, 가와이에게 끌려가듯이 문 너머로 사라졌다.

연구실에는 모토무라와 마쓰다 둘만 남았다. 모토무라는 가와이의 배려에 내심 감사하면서 "실은" 하며 결심하고 말을 꺼냈다. "유전자를 잘못 선택한 상태에서 실험을 해버렸어요."

마쓰다는 잠자코 모토무라를 바라보고 있다. 어이가 없으신 걸까 하고 조바심 나고 슬퍼져서, 모토무라는 필사적으로 말을 계속했다.

"AHHO의 변이 애기장대를 사용해서 사중변이체를 만들 생각이었는데, 잘못해서 AHO의 변이 애기장대를 선택해서 실험을 했어요. 이름이 비슷해서, 깜빡……."

목소리를 내서 설명하는 것은 두 번째지만, 변명으로도 되지 않는, 실로 멍청한 실수를 했다는 생각이 들면서 모토무라는 다시금 스스로가 한심스러워졌다. 고개를 떨어뜨리는 모토무라에게 마쓰다가 물었다.

"언제 그걸 알았나요?"

"일주일 조금 전입니다."

마쓰다는 크게 숨을 내뱉었다. 역시 어이가 없으신 거다. 깜빡 실수를 한 데다가, 그것을 지도교수에게 보고도 하지 않고 있었다니, 확실히 있을 수 없는 일이다. 어떤 각도에서 바라보더라도 진지함과 성의가 부족한 자세다, 라고 생각하는 게 마땅하다. 모토무라는 점점 더 고개를 들 자신이 없어져서, 고개를 숙인 채 "죄송합니다"라고 말했다. 연구자로서 실격이라는 판정을 받는 것을 각오했다.

그런데 마쓰다는 "사과할 필요 없습니다"라고 말했다. 온화한 목소리였다.

"실수는 누구에게나 있는 일입니다. 그보다도 놀라운 것은……" 하고 말을 시작하다가 가방이 무겁다는 사실을 그제야 깨달았는지, 옆의 큰 책상에 가방을 내려놓았다.

"놀라운 것은, 모토무라 씨가 일주일 이상이나 말없이 고민하고 있었다는 사실입니다."

예상 밖의 반응에 모토무라는 조심조심 얼굴을 들었다. 마쓰다는 평소와 같이 미간에 주름을 잡고 뭔가 근심 어린 눈으로 모토무라를 바라보고 있었다.

"혹시 내가 함께 의논하기 힘든 분위기를 풍기고 있나요?"라고 마쓰다는 말했다. 가까이하기 쉬운 분위기라고 말하기는 힘듭니다, 라고는 말 못 하고, "네, 아니, 그……" 하고 입속에서 우물우물한다. "어제 연구실의 동료들이 제 이야기를 들어줬어요."

물음에 대한 답이 아니라 엉뚱한 대답을 한 셈인데, 그것이 실은 마쓰다가 생각하고 있는 그대로라고 답한 것과 다름없는 발언이 되어버렸다. 어떡하지, 하고 어쩔 줄 몰라 하는 모토무라를 아랑곳 않고 "그건 잘됐네요."라고 마쓰다는 고개를 끄덕인다.

"모토무라 씨에게는 미안하게 됐네요. 나 자신도, 내가 어둡고 재미없는 인간이라는 인상을 사람들에게 주고 있는 것 같다고 눈치는 채고 있었어요. 앞으로는 색깔 있는 셔츠를 입거나 해서 분위기를 개선해보도록 하겠습니다."

마쓰다가 머리를 숙이려 하는 것을 보고 모토무라는 당황해서, "아니요, 그렇지 않습니다, 교수님" 하고 말렸다. "교수님만이 아니라 그 누구에게도 제가 실패한 사실에 대해 말하지 못하고 있었고요……."

마쓰다 교수님의 자기 인식은 미묘하게 잘못되어 있다고 모토무라는 생각했다. 마쓰다를 '재미없는 인간'이라고 느끼는 사람은, 적어도 자연과학부 B호관에는 한 명도 없을 것이다. 오로지 연구에 매진하고, 흰색과 검은색 옷밖에 입지 않고, 기계처럼 규칙적으로 생활을 하는 마쓰다는 실은 숨은 인기인이다. 학부 여학생 중에는 남몰래 '마쓰다 교수님 관찰 일기'를 쓰는 사람이 있을 정도라고 한다. 그렇게 말하면 마쓰다가 판다 같다는 이야기인가 하겠지만, 마쓰다를 가까이 접하고 인품을 잘 알고 있는 연구실 사람들은 마쓰다가 의외로 팔불출인 데가 있고, 그러나 열심히 지도해주는 존경할 만한 사람이라고 생각하고 있다.

"그래요" 하고 마쓰다는 말했다. "말을 꺼내기 어려운 마음은 압니다만, 연구에 대해서만이 아니라 뭐든 어려운 일이 있으면 바로 사람들과 상의하도록 해야 해요. 우리 연구자는 라이벌이기도 하지만 그 이상으로 서로 협력하고 지지해주면서 같은 길을 가는 동료입니다. 혼자서 고민하지 않아도 됩니다."

"네."

모토무라는 겨우 마쓰다를 마주 볼 수 있었다. 마쓰다의 눈에는 모토무라를 탓하는 기색 같은 건 조금도 없었다. 오직 모토무라를 걱정해주고 있다는 마음이 전달되어서 가슴이 메는 기분이 들었다.

"그래서?" 하고 마쓰다는 조금 고개를 갸웃한다. "잘못해서 실험에 AHO를 선택해버린 건 알겠습니다. 앞으로 어떻게 할 생각입니까?"

"사중변이체처럼 보였던 애기장대의 본잎은 지금으로선 다른 애기장대와 다르지 않은 크기로 보입니다. 하지만 떡잎일 때 '이거다' 했던 직감을 아무래도 버리기 어렵습니다."

"흠."

"사중변이체는 만들어졌다. 그리고 AHO도 잎사귀의 크기를 결정하는 데 영향을 미친다. 그런 가정 아래 이대로 신중하게 관찰과 실험을 계속하고 싶습니다."

"좋아요. 나도 그것이 최선이라고 생각합니다."

마쓰다가 선선히 동의를 해주는 바람에, 어떻게든 설득해내고야 말겠다고 전의를 불태우던 모토무라는 멍해져서 열었던 입을 닫지 못했다.

"왜 그래요?"

"아니, 저……. 교수님은 '만들어진 사중변이체에 새로 AHHO의 변이체를 교배해서, 원래 예정했었던 실험을 완성하라'고 말씀하시지 않을까 하고 생각하고 있었어요. 다른 동료들 사이에서도 그러는 편이 더 좋을지 모른다는 의견이 있었고요."

"예정대로 실험을 진행해서, 예정대로의 결과를 얻는다. 그런 실험이 뭐가 재미있나요?"라고 마쓰다는 웃었다. "조리 실습도 그보다는 더 스릴이 있잖아요. 화이트소스가 카레 같은 색깔이 되거나, 삶은 감자가 액체 상태가 되거나 한 적이 없었나요?"

"요리하다가 그렇게까지 엉망이 된 경우는 아직 없었습니다."

"그래요? 뭐, 나는 요리 센스가 현저하게 떨어져서." 마쓰다는 안경을 손가락으로 밀어 올렸다. "컴퓨터는 켜져 있나요? 잠깐 가져오세요."

모토무라는 책상에서 노트북을 가져와 큰 책상에 내려놓고 마쓰다와 나란히 의자에 앉는다.

마쓰다는 인터넷 사이트에 접속하여 뭔가를 입력하면서 말했다.

"물론, 연구실 사람들의 의견도 맞습니다. 지금 만들어진 애기장대가 사중변이체라고 확정되면, 그것과 AHHO의 변이주를 교배시켜서 당초 계획한 대로 유전자 AHHO의 작용에 대해서도 조사해야겠지요."

"네, 그렇습니다."

실험의 방향성과 순서를 놓고 마쓰다와 자신의 인식에 어긋남이 없다는 사실을 확인할 수 있었다. 모토무라는 기분이 가벼워졌지만, 그래도 아직 마음에 걸리는 것은 있다.

"그래도 역시 망설여지는 점이 있어서." 모토무라는 솔직하게 마쓰다의 조언을 구했다. "AHHO를 조사하는 방향으로, 바로 실험을 전환하지 않아도 되는 걸까요? 이대로 AHO 조사를 계속하다가 생각한 결과를 못 얻으면, 결과적으로 어느 쪽 실험도 어정쩡하게 끝나버려서 박사논문 제출 기한에 맞추지 못하는 건 아닐까 하는 불안을 지울 수가 없어요."

"조금 전에도 말했지만."

모토무라의 두려워하는 마음을 진정시키기라도 하듯이 마쓰다는 느릿느릿 고개를 저었다.

"예상대로의 결과를 얻기 위해서만 하는 실험은 지루합니다. 지금 은 중학교의 과학 시간에도 교과서대로가 아닌, 학생들에게도 생각 할 여지를 주는 즐거운 실험을 계획하는 선생님이 많이 있지 않습니 까. 실험에서 중요한 건 독창성과 실패를 두려워하지 않는 마음입니 다. 실패 끝에 뜻밖의 결과가 기다리고 있을지도 모르니까요."

모토무라는 반성했다. 꾸준하게 한 발 한 발 살피며 나아가는 것 을 장점으로 삼은 나머지, 지나치게 방어 자세가 되어 있었다. 실점 이 없게 신중하게만 하려고 한 나머지, 무엇이든 자신이 직접 파악 하고 통제할 수 있는 범위 내에서 빈틈없이 하려고만 하다 보니 너 무 작아졌다.

"끈기 있는 건 모토무라 씨의 좋은 점이에요."

모토무라의 생각을 감지한 것처럼 마쓰다는 말했다.

"끈기 있게, 주관적 편향 없이 관찰하고 실험하여 얻은 데이터를 분석하는 것은 과학자의 기본이며 가장 중요한 자세입니다. 그러나 모토무라 씨의 경우, 실험을 시작할 때, 즉 무엇을 실험할 것인가를 정할 때에는 더 튀어보는 것도 좋겠어요."

"튄다고요?"

스스로를 어느 쪽인가 하면 고지식한 성격이라고 생각하고 있는 모토무라는, 튄다는 게 나한테 가당키나 한 일일까, 하고 조금 기가 죽었다.

"네. 튀는 발상으로 실험을 시작하고, 설령 도중에 실패하더라도 그것을 즐길 각오를 하고 돌진하면 되는 겁니다."

모토무라가 아직 불안한 얼굴을 하고 있는 것을 간파한 듯하다. 어쩔 수 없군, 하듯이 마쓰다는 쓴웃음을 짓고 "봐요" 하고 노트북 화면을 가리켰다.

"우선은 이대로 AHO의 실험을 진행해보자고 하는 근거를 알려드리지요."

모토무라는 컴퓨터 화면을 들여다본다. 마쓰다가 보고 있던 것은 'ATTED-II'라는 사이트였다. 일본인이 개발한, 애기장대 유전자의 데이터베이스 중 하나다. 각각의 유전자가 어떤 기능을 갖고 있는지, 유전자가 서로 간에 어떻게 영향을 주고받아 기능을 발휘하는지 등에 대해 유전자명으로 검색하면 수치나 도식으로 그 결과를 제시해준다.

마쓰다는 모토무라와 이야기를 나누는 사이사이에 'ATTED-II'에서 AHO를 조사하고 있었다. 화면상에는 애기장대의 여러 유전자들의 이름을 계도(系圖)나 분열하는 아메바 같은 형상으로 연결한 그림이 표시되어 있었다.

물론 여기에 애기장대의 모든 유전자의 기능이 해명되어 있는 것은 아니다. 어떤 작용을 하고 있는지 전혀 알려지지 않은 유전자나, 작용의 일부는 밝혀졌지만 다른 유전자와 어떤 관계가 있는지 완전히 알 수 없는 유전자가 많이 있다.

AHO도 그런 유전자다. 지금까지 AHO에 주안점을 둔 연구는 거의라고 해도 좋을 정도로 없었다. 하지만 다른 유전자에 대해 조사한 실험에서, 뜻밖에도 AHO가 얼굴을 내미는 경우는 있었다. 왠지는 잘 모르겠지만, 다른 유전자가 기능할 때 AHO도 작용하고 있는 것 같다는 정도로.

'ATTED-II'는 많은 실험 데이터를 축적하고 있기 때문에, 어떤 유전자가 기능할 때 AHO가 연동하기 쉬운지에 대해 도식화해서 보여준다.

"이 그림을 보면 잎의 크기를 결정하는 데 관계가 있다고 이미 판명되어 있는 유전자가 발현할 때, AHO도 무슨 이유에선지 연동하고 있는 것 같다는 사실을 알 수 있습니다" 하고 마쓰다는 말했다.

"확실히······."

모토무라는 저도 모르게 화면에 얼굴을 가까이 가져갔다. 육촌이나 고손자 정도로 먼 관계지만, 더듬어가면 연결되어 있는 것은 틀림없는 것 같았다.

"그럼 AHO는 완전히 잘못 짚은 유전자가 아니라, 잎사귀의 크기를 결정하는 데 어떤 영향을 미치고 있을지도 모른다는 얘기군요."

"글쎄, 어떨까요."

흥분으로 콧숨이 거칠어진 모토무라를 가볍게 받아넘기듯이 마쓰다는 웃는다. "그 점에 대해서 모토무라 씨가 실험을 통해 규명해보는 겁니다. 아직 모르는 것투성이기 때문에 오히려 더 즐겁지 않겠어요?"

정말로 그 말대로다. 모토무라는 용기가 솟아오르는 것을 느꼈다. 어차피 사중변이체로 추정되는 애기장대도 만들어져 있으니까, 이대로 AHO를 조사해보자. 설령 '빗나갔다' 하더라도 AHO에 대해서 뭔가 조금은 알 수 있을지도 모른다.

깜빡 저지른 실수로부터 의도했던 것과는 다른 사중변이체로 추정되는 애기장대를 만들어버렸지만, 그 떡잎을 보았을 때의 기쁨을, '이거다' 하는 확신을, 억지로 묻어버리는 식으로 일하고 싶지는 않다. 박사논문 제출 기한도, 연구 성과도, 지금은 아무래도 좋다. 우연히 생긴 그 '큰잎털'을 끝까지 조사해 보이겠다.

각오를 하고 결정한 일이라면 실험이 완전한 실패로 끝났다 하더라도 후회가 되지는 않을 것이다.

"직감을 너무 우습게 봐서는 안 됩니다." 마쓰다는 의자에서 일어나 가방을 손에 들었다. "내가 말하는 직감은 신으로부터 들은 갑작스러운 계시 같은 걸 말하는 것이 아닙니다. 나날이 우직하게 관찰을 계속하고 있었기 때문에 얻을 수 있는 직감을 말하는 겁니다. 모토무라 씨는 좀 더 자신감을 가져도 좋다고 생각합니다."

칸막이 너머로 사라진 마쓰다에게 "감사합니다"라고 모토무라도 일어서서 머리를 숙였다.

자기 자리에 앉은 마쓰다는 곧장 늘 하던 대로 물건 찾기를 하고 있는 모양이다. 칸막이 그늘에서 성대하게 잡지의 산이 무너지는 소리가 났다. 그 소리에 섞여서, "당첨을 뽑았다는 느낌이 드네요"라고 마쓰다가 중얼거리는 소리가 들렸다. 혼잣말 같았기 때문에 모토무라는 대답을 삼갔다. 그래도 기쁨이 끓어올라 표정이 풀어지는 것을 누를 수 없었다.

마쓰다의 과학자로서의 직감이 "AHO는 당첨이다"라고 말하고 있는 거다. 유전자 AHO는 잎사귀의 크기를 결정하는 데 뭔가 영향을 미치고 있을 가능성이 높다고.

지금까지 아무도 주의를 기울이지 않았던 유전자에 대해서 조사한다. 미지의 영역으로 통하는 문이 생각지도 않은 형태로 모토무라의 앞에 열린 거다. 모토무라는 떨리는 기쁨과 흥분을 느꼈다. 큰 책상에 놓인 노트북도 모토무라와 연동하듯이 뜨겁게 열을 내뿜고 있었다.

나아갈 방향을 확정할 수 있어서 기분이 후련해진 모토무라는, 재배실에서는 평상시처럼 애기장대를 관찰하고, 실험실에서는 다음 단계를 위한 사전 준비를 하면서 열정적으로 토요일을 보냈다.

점심시간에는 연구실의 큰 책상에서 가지고 온 도시락을 먹었다. 가와이와 가토도 온실에서 돌아와 있었던 터라, 모토무라가 마쓰다에게 사태를 보고하여 앞으로의 실험 방침이 확실해졌다는 이야기를 듣고 함께 기뻐해줬다. 이와마는 이번 주말은 쉴 작정인지 연구실에는 모습을 보이지 않았다.

마쓰다는 어떤가 하면, 대화에는 별로 끼지 않고 큰 책상에 논문 잡지를 펼쳐놓고 읽으면서 컵 우동을 후루룩거리며 먹고 있다. 모토무라에게 적확한 조언을 해준 사실을 안 가와이와 가토가 '역시 교수님' 하는 시선을 쏟았기 때문에 쑥스러워졌는지도 모른다. 예의범절에 벗어난 행동을 해도 묘하게 자세가 좋고, 젓가락질도 단정하게 하는 것이 이상하다. "교수님은 살인 청부업자 같아요" 하고 후지마루 씨가 겁먹은 눈을 했던 건 이런 데에서 오는 인상일 것이다. 모토무라는 혼자서 조금 웃었다.

걱정했던 일이 해결되고, 부풀어 오른 흥분의 첫 번째 파도가 지나간 오후 3시쯤, 맹렬한 수마가 모토무라를 엄습했다. 얕은 잠을 자는 날이 오래 계속되었기 때문에, 의욕은 있지만 체력은 한계에 온 것 같았다. 오늘은 그만 집에 가자. 밀린 빨래를 어떻게든 하고 반찬 도 만들어두자. 또 한 주가 시작될 테니 힘내자.

그렇게 결정한 모토무라는 졸려서 비틀거리는 걸음으로 자연과 학부 B호관을 나왔다. 그러나 잊으면 안 되는 것, 케이크가 들어 있 던 플라스틱 용기를 돌려주어야 한다. 모토무라는 고지식한 걸음걸 이로 엔푸쿠테이를 향해 걸어갔다.

엔푸쿠테이는 마침 점심과 저녁 사이의 휴식 시간이었다. 문손잡 이에 '준비 중' 팻말이 걸려 있는 것을 보고, 모토무라는 골목을 향해 난 창으로 식당 안을 들여다봤다. 창가에 놓인 선인장 너머로 드러 누워 있는 후지마루가 보였다. 쓰러져 있나 하고 깜짝 놀랐지만 자 세히 보니 나란히 놓은 의자 위에 누워 잠을 자고 있는 모양이었다. 오늘은 주인장의 부재중에 혼자서 점심시간을 꾸려나가느라 힘들 었을 것이다.

용기는 문손잡이에 걸어둘까. 이럴 줄 알았으면 제대로 된 봉지에 넣어 오면 좋았을 것을. 그냥 슈퍼 비닐봉지다. 모토무라는 최소한 메모는 남겨놓고 가자고 가방 안을 뒤졌다. 그러자 기척을 느꼈는지 식당 안에서 후지마루가 벌떡 몸을 일으켰다. 크게 기지개를 켜면서 주변을 둘러보던 후지마루는 창밖에서 바스락거리고 있는 모토무 라를 발견하고 얼굴에 환한 웃음이 번졌다.

"모토무라 씨!" 하고 바로 달려와서 식당 문을 열어준다. "이제부 터 연구실로 가는 건가요? 아니면 벌써 집에 가는 길인가요?"

"집에 가는 길이에요. 어제는 밤늦게까지 고마웠습니다. 저기 이

거……."

모토무라는 주름진 비닐봉지에 든 플라스틱 용기를 내밀었다. 아마 이럴 때 멋진 쇼핑백 같은 걸 사용하는 것이 여자다운 모습일 테지 하고 생각했지만, 모토무라는 '멋진 쇼핑백'이 어떤 것인지 구체적으로 떠오르지 않았고, 특별히 여자다움을 발휘하고 싶지도 않았다. 단지 용기를 무사히 반납할 수 있었던 사실에 오로지 만족했다.

후지마루도 세세한 데에는 신경 쓰지 않는 성품이라서, "일부러 가져오시게 해서 죄송해요. 모토무라 씨 집에서 그냥 쓰셔도 되는데" 하고 용기를 받아 들었다. "이상하게도 어느 날 보면 플라스틱 용기가 늘어나 있지요. 밤중에 번식이라도 하나?"

무기물은 번식 안 해요, 하고 모토무라는 생각했지만 물론 정정은 하지 않고 "케이크 맛있었어요"라고 했다.

"아, 그래요? 다행이다."

에헤헤, 아하하, 하고 마주 웃는다.

"모토무라 씨, 어쩐지 얼굴이 활짝 펴진 것 같네요."

"그런가요? 졸려 죽겠는데요."

모토무라는 손바닥으로 뺨을 문질러 자신에게 자극을 줬다. 화장을 하지 않기 때문에 할 수 있는 행동이다.

"교수님께 실패한 사실을 털어놓았고 어떻게 할지 실험 방침도 정했어요. 그래서 마음이 가벼워졌어요. 후지마루 씨가 제 사정을 듣고 의견을 말해준 덕분이에요."

"아니, 저는 아무것도 한 게 없어요. 물론 이야기를 방해하는 일은 했지만."

후지마루는 용기가 들어 있는 비닐봉지를 손안에서 계속해서 심하게 문질러서 구겨진 비닐봉지로 만들고 있었다.

"그럴 리가요. 마쓰다 교수님은 후지마루 씨랑 같은 말씀을 해주셨어요. 예상대로의 결과를 얻는 건 재미없는 일이라고." 모토무라는 존경의 눈길로 후지마루를 올려다본다. "뭔가를 추구하고 있는 사람은 분야는 달라도 보는 데서 통하는 것이 있구나 하고 새삼 생각했어요."

"아니, 아니, 아니."

바스락바스락하는 소리가 더 격해져서, 모토무라가 소리가 나는 곳으로 시선을 보냈다. 비닐봉지 안의 용기가 후지마루의 손에 반죽이 되어 엿으로 변할 것 같은 기세였다.

"뭐, 요리와 실험은 의외로 비슷할지도 모르지요. 네."

후지마루는 멋쩍음과, 모토무라에게 도움이 된 것 같다는 자랑스러움으로 얼굴을 붉게 물들였다. 하지만 모토무라는 순정적인 동시에 천진한 남자의 마음을 알 리가 없다. 후지마루의 얼굴을 보며 왠지 멍하게 풀린 얼굴을 하고 있네, 후지마루 씨 졸리나? 같은 요점이 안 맞는 생각만 한다. 그러고 보니 누워서 쉬고 있는데 들이닥친 게 아닌가. 모토무라는 당황해서 "그럼" 하고 허리를 숙여 인사했다. "저는 이만 실례하겠습니다."

"네. 안녕히 주무세요."

모토무라의 눈에 후지마루가 조금 쓸쓸한 듯이 비쳤지만, 그건 자신이 그렇게 생각한 탓일지도 모른다고 생각을 고쳐먹는다. 한 번 더 인사를 하고 골목을 걷기 시작했다. 날이 조금씩 길어져서, 주위에는 아직 오후의 빛이 남아 있다. 이렇게 아직 환한 시간인데도 "안녕히 주무세요"라고 말하는 후지마루가 어쩐지 좋다고 모토무라는 생각했다.

3월이 되고, 가와이는 보르네오섬으로 떠났다.

마쓰다는 가와이가 출발하기 직전까지 "생수는 마시지 말도록" "부디 코끼리를 조심하고" 등의 자잘한 주의를 줬다. 가와이는 "네" "네" 하고 얌전히 듣는다. 그러면서 모토무라에게는 "실험하다 어려운 일이 있으면 언제라도 메일을 보내. 귀국하면 나도 바로 도울 테니까, 무리하면 안 돼"라거나 "부족한 시약은 아는 범위에서 나카오카 씨에게 발주를 부탁해뒀지만, 혹시 모르니까 조금 더 주문해둘까?" 등등 세세하게 배려해줬다.

어머니가 한가득이네, 하고 모토무라는 좋아서 어쩔 줄 모른다. 지켜보던 이와마가 어이없다는 듯이 "괜찮으니까, 이제 얼른 보르네오나 다녀오세요"라고 했다. 가토는 삐진 얼굴을 하고 "자리를 비우는 상황에서, 제 선인장에 대해서는 뭔가 조언해줄 말이 없나요?"라고 한다.

"가토는 내버려둬도 선인장을 너무 잘 키워서 계속 늘리니까."

보르네오섬에 대한 기대와 연구실 사람들에 대한 걱정으로, 가와이의 마음은 천 갈래 만 갈래 흩어지는 모양이다.

"온실이 다시 화분으로 뒤죽박죽이 되고 있는데, 내가 돌아올 때까지 정리해두면 좋겠어. 모로오카 교수님이 고구마가 쪄질 정도로 열이 올라서 화내기 전에, 잘 부탁해."

"그건 선혀 소언이 아니잖아요!"

가토는 점점 더 부루퉁한 얼굴이다.

사소한 문제들은 있었지만 보르네오섬에 무사히 도착한 가와이는 마쓰다에게 가끔 보고 메일을 보내왔다. 연구 활동은 정글에서 진행되기 때문에 인터넷은 좀처럼 사용하기 힘든 모양이다. 보내오는 보고 메일은 글 위주이고 첨부한 사진이 있어도 해상도가 낮은 것이었지만, 마쓰다는 기쁜 얼굴로 메일을 본다.

"현지 사람들과도 팀워크가 좋고, 보르네오를 만끽하고 있는 것 같아요. 진기한 식물도 많이 관찰할 수 있다고 하니, 귀국해서 보여줄 실물이나 사진이 기대되네요"라고 마쓰다는 말했다.

가와이가 자신이 없는 동안 사용하라고 챔버를 비워준 덕분에, 모토무라의 실험은 순조로이 진행되었다.

후지마루가 이름을 붙여준 '큰잎털'은 착착 본잎을 늘려갔는데, 다른 애기장대와 비교해서 확실히 본잎의 크기가 컸다. 모토무라는 재배실에서 그 사실을 처음 확인하고 저도 모르게 "좋아!" 하고 외쳤다. 그러면서 꼭 쥔 주먹을 옆구리에 꾹 갖다 대는, '드러머에게 끝내기 신호를 보내는 흥이 최고조에 달한 록 스타' 같은 포즈를 자신도 모르게 취했다. 그런 동작을 지금까지 한 번도 해본 적이 없던 터라 모토무라는 스스로도 놀라 혼자 허둥댔다. 애기장대는 모든 것을 보고 있었다.

모토무라는 챔버 안을 계속해서 관찰하면서, '큰잎털'을 포함한 사중변이체 후보에 대해 PCR를 실행할 준비도 함께 진행했다.

우선, 후보 애기장대에서 잎사귀를 따서 살짝 삶은 후 가라앉힌 웃물을 소형 에펜 튜브에 넣는다. 웃물은 소량이면 된다. 이렇게 하면 후보 애기장대의 DNA를 채취한 게 된다.

잎사귀의 조각과 물을 에펜 튜브에 넣고 펫슬이라는 막대로 콕콕 부숴서 DNA를 채취하는 방법도 사용했다. 펫슬은 플라스틱제로, 사이즈는 파라솔초코(일본의 우산 모양 초콜릿 과자로, 플라스틱 막대가 꽂혀 있다)의 손잡이 정도 크기다. 펫슬로 잎사귀를 부수고 있자면, 실험과 요리가 참 많이 닮았다는 것을 새삼 느끼게 된다.

참고로 모토무라는 펫슬 대신에 이쑤시개 뒷부분 쪽으로 잎을 부수기도 한다. 연구실의 이쑤시개는 록울에 꽂는 표지로도 사용되고 이렇게 실험 기구로 사용되는 등 대활약을 한다. 대량의 이쑤시개를 소비하는 것도 요리의 현장과 생물과학계 연구실의 공통점일지 모른다. 마쓰다 연구실의 비서인 나카오카에 의하면, 전에 대학의 경리 담당자로부터 문의가 있었다고 한다. 이쑤시개를 대량으로 구입하는 것을 수상하게 생각했다는 것이다. 나카오카는 그 이쑤시개는 다코야키 파티에 사용하는 게 아니라 실험에 사용하는 거라고 필사적으로 설명해야 했다. "잘 안 믿더라고" 하고 나카오카는 웃었다.

잎사귀를 끓인 웃물은 소형 에펜 튜브에 넣어서 마이너스 20도로 맞춰져 있는 실험용 냉동고에 보관해둔다. 순차적으로 파종하여 시기를 달리하며 차례로 성장해가는 애기장대를 관찰해서, '본잎이 나오는 것이 늦고, 또한 잎의 밑동이 어렴풋이 붉은' 애기장대 36포기를 골라내려면 조금 시간이 걸리기 때문이다. 처음 목표한 대로 36포기에서 잎사귀를 따서, 웃물이 모두 갖춰지면 PCR를 실행한다. 먼저 채취할 수 있었던 잎사귀의 웃물은 그때까지 냉동고 안에서 주무시고 있는 거다.

PCR는 회색의 구형 탁상 프린터 같은 모양을 한 기계 장치다. 모토무라는 실험 기재 카탈로그에서 빨간색을 한 귀여운 PCR 사진을 본 적이 있는데, 자연과학부 B호관에서 사용되고 있는 것은 질실강건(質實剛健)의 모범을 보이는 것 같은 물건이다. 어느 연구실이나 윤택하다고는 할 수 없는 예산을 꾸려서 실험을 하고 있기 때문에, 지금 있는 PCR가 본격적으로 망가지지 않는 한 새 물건을 구입하는 건 꿈도 못 꿀 일이다.

PCR 상부에는 회색 뚜껑이 달려 있다. 뚜껑을 열면 열두 개가 연달아 붙어 있는 PCR 튜브가 몇 줄이나 들어가는 구멍이 죽 늘어서 있다. PCR를 실행할 때에는 잎사귀의 웃물을 소형 에펜 튜브에서 PCR 튜브로 옮겨, PCR의 구멍에 넣고 기계를 작동시킨다.

그러나 단지 잎사귀의 웃물만 가지고 PCR를 실행하는 게 아니다. 그 직전에 효소와 프라이머를 소량씩 섞은 것을 잎사귀의 웃물에 투입해야 한다. 처음부터 모두 섞어서 보관해두면 좋을 것 같지만, 효소는 얼리면 활성을 잃어버린다. 그래서 잎사귀의 웃물은 만들어진 순서대로 얼려서 보관하고, 효소와 프라이머의 용액은 PCR를 실행하기 직전에 한꺼번에 만들어서 둘을 별개로 관리한다.

프라이머는 저녁 7시 전에 업자에게 부탁하면 다음 날 오전 중에는 일찌감치 연구실에 도착한다. 분말 상태로 오기도 하고 투명 액체 상태로 오기도 하는데, 양쪽 다 플라스틱제 소형 튜브에 들어 있다. 두 개 한 세트에 2000엔 정도다. 사용량이 적기 때문에 이것만 가지고도 에펜 튜브 몇십 개 분량을 처리할 수 있다. 그렇게 생각하면

싸게 잘 산 거다. 효소는 프라이머보다 더 고가라서 피펫맨을 사용하여 낭비가 생기지 않도록 조심하며 프라이머와 섞어야 한다.

프라이머란, 'DNA를 여기서부터 여기까지를 증폭할 것'이라고 지시하는 표식 같은 것이다. 조사하고 싶은 유전자에 맞춰 실험자가 적절한 프라이머를 선택해서 업자에게 발주한다.

예를 들어, 모토무라가 조사하려고 하는 유전자 'D', 약호로 AHO의 변이체 'd'는 방사선을 쏘였더니 우연히도 유전자 'D'의 DNA 배열의 일부가 몽땅 누락돼버려서 생긴 거다. 이렇게 우연의 산물로 생긴 변이체의 집합이 많이 있는데, 그중에서 모토무라는 이번 실험에 적합할 것 같다고 생각해 변이체 'd'를 골라냈던 것이다.

프라이머는 배열에 누락이 생기는 부분의 앞뒤를 표시하여 '이 범위를 증폭시키겠다'고 PCR 기기에 지시하는 것이다. 잎사귀의 DNA가 들어간 웃물에 프라이머와 효소를 섞어서 PCR를 실행하면, 유전자 'D'의 배열을 포함한 부분의 DNA만 많이 늘어난다.

만약 유전자가 변이를 일으키고 있지 않아서 유전형이 'DD'로 남아 있는 경우에는, 배열에 누락이 생기지 않았기 때문에 그것을 증폭한 DNA 단편이 변이가 일어난 것의 단편보다 더 길어진다. 한편 유전형이 'dd'인 변이체였을 경우, 배열에 누락이 생기는 분량만큼 증폭한 DNA 단편이 더 짧아지게 된다.

길이가 길고 짧음은 '전기영동(용액에 전압을 가하면 전하를 가진 입자들이 크기나 형태 등에 따라 음극 또는 양극으로 이동하는 현상)'이라는 방식을 사용하여 확인한다. PCR를 실행한 용액을 전기영동하여 그 속에 들어 있는 DNA를 길이에 따라 나누어 염색해서 눈으로 확인할 수 있게 하는 것이다.

전기영동을 위해 사용하는 기계는 언뜻 보기에 플라스틱 도시락통 같다. 영동상자라고 해서, 안에는 투명한 완충액이 들어 있다. 여기에 한천을 깨끗이 정제하여 만든 겔을 담근다. 겔은 곤약 같은 형상이다. 겔에는 PCR를 실행한 DNA를 물들이는 색소가 들어 있다.

이렇게 DNA를 염색한 다음 자외선 같은 특정 광선을 쏘이면 빛이 나게 된다. 영동상자 옆에는 크기가 휴대용 냉장고 정도 되고 모양도 비슷하게 생긴 상자가 있다. 내부에서 자외선을 조사(照射)하는 기계다. 영동상자 안에서 DNA가 어떤 움직임을 하고 있는지 알고 싶다면, 겔을 꺼내서 냉장고 모양의 기계에 넣어 문에 달린 작은 창을 열어서 안을 들여다보면 된다. 그러면 겔에 주입한 DNA가 빛을 내는 것을 확인할 수 있다. 냉장고 모양의 기계에는 필요할 경우 사진을 찍는 기능도 있다.

영동상자에 겔을 세팅하고 나서 전기를 흘려보낸다. 잠시 후 겔을 꺼내서 자외선을 비춰보면, 빛이 나는 줄이 떠오른다. 유전형 'Dd'의 경우, 가로줄이 흐릿하게 두 줄 나타난다. 누락이 생기지 않은 배열 'D'와 누락이 생긴 배열 'd'를 둘 다 갖고 있다는 표시인 거다. 유전형 'DD'인 애기장대의 경우, 떠오르는 가로줄은 한 줄이다. 이것은 누락이 생기지 않은 배열뿐이라고 표시하는 거다. 유전형 'dd'의 경우도 가로줄은 한 줄만 보이는데, 'DD'와는 떠오르는 위치가 다르다. 이것은 누락이 생긴 배열뿐이라는 표시이다.

가로줄은 시간이 흐름에 따라 계속 이동해간다. DNA 배열이 긴 것일수록, 다시 말하여 유전자 누락이 전혀 없는 DD 유전형은 이동하는 속도가 늦다. 그 때문에 어느 정도의 시간이 지나고 나서 빛나는 가로줄의 위치를 관찰하면 '이것은 DD구나' '이쪽은 dd야' 하고 더 명확하게 판단할 수 있게 된다.

물론 유전자 'D'만이 아니라 유전자 'A' 'B' 'C'에 대해서도 유전형이 'aa' 'bb' 'cc'로 되어 있는지 확인해야만 그 애기장대가 사중변이체인지 아닌지 확정할 수 있다.

그래서 조사하고 싶은 유전자마다 다른 프라이머를 구분해서 쓴다. 모토무라는 '본잎이 나오는 것이 늦고, 또한 잎의 밑동이 어렴풋이 붉은' 애기장대를 겉모습으로 판단하여 유전형이 'aacc'로 된 이중 호모라고 추정했다. 그중에서도 특히 '큰잎털'이 수상쩍다. 사중변이체가 아닐까, 하고 노리고 있다. 그래서 '큰잎털'을 포함하여 36포기를 골라, 각각의 포기에서 잎사귀를 채취하여 PCR를 실행할 계획이다.

그렇게 하면, 예를 들어 '큰잎털' 한 포기에 대해 '유전자 A용의 프라이머와 효소를 섞은 것', 마찬가지로 '유전자 B용' '유전자 C용' '유전자 D용'도 동일한 방식으로 총 네 가지 용액을 만들어, 잎사귀의 웃물에 투입해서 PCR를 실행한 뒤 전기영동하게 된다. 그 작업을 36포기를 대상으로 해야 하니까, 한 포기당 네 개씩 해서 144개의 '웃물&프라이머&효소' 용액을 만들어 실험하는 거다.

예전의 모토무라였다면 눈을 부릅뜨고 정신이 아득해져 있을 참이지만, 유전자를 잘못 고르는 궁지에서 되살아난 지금의 모토무라는 조금 다르다. 햐쿠닌쿠미테(가라테의 고행 중 하나로, 한 명이 백 명을 연속해서 상대하는 것)에 도전하는 용맹한 가라테 선수같이 기백이 넘친다. "어느 쪽에서든 넘벼라!" 하듯이, 눈을 형형하게 빛내며 후보 애기장대를 선별하고, 그다음에는 잎을 따고, 그다음에는 웃물을 우려내서 착착 냉동고에 넣는 것이다.

모토무라는 잎사귀를 잘못 선택하지 않도록 전보다 더 신중하게 확인하고, 소형 에펜 튜브에도 꼼꼼히 라벨을 붙였다. 아무리 '결과를 예측할 수 없는 실험이라서 즐겁다'라고는 하나, 만약 이번에도 깜빡 실수를 저지른다면 그야말로 내가 실험용 냉동고에 들어가서 마이너스 20도에서 꽁꽁 어는 편이 낫다.

그런 각오라고 말했더니, "그러지 마" 하고 이와마에게 의견을 기각당했다. "모토무라 씨가 몸집이 작은 건 맞지만 그래도 냉동고에 들어가면 역시 꽉 차버리겠지? 그러면 나는 어디에다가 시료를 보관하냐고."

"그때는 꽝꽝 언 나를 꺼내서 바닥에 내동댕이쳐 가루로 만들어주세요."

"싫어! 흩어진 살점이 해동된 다음엔 그걸 어떡하라고."

"가토한테 청소하라고 하세요."

"싫습니다!"라고 가토도 외쳤다. "무슨 그런 무서운 얘기를 하는 겁니까?"

이와마와 가토는 실험 책상을 향해 나란히 서서 펫슬로 콩콩 애기장대 잎을 찧어 부수고 있다. 모토무라의 실험을 도와주는 중이다. 프라이머와 효소를 섞거나 그 용액을 잎사귀의 웃물에 넣는 작업은 조금이라도 실수가 있으면 실험의 정확성에 바로 문제가 생기므로, PCR를 실행하기 직전에 모토무라가 직접 할 생각이다. 그 이전의 단순 작업 단계를 이와마와 가토가 손이 비었을 때 나눠서 해주고 있다. 가와이가 보르네오섬에 가기 전에 "모토무라 씨 실험을 부탁해"라는 말을 두 사람에게 남겼던 모양이다.

"'부디 내 아이를 부탁한다' 하는, 전국시대 무장의 유언 같았어"라고 이와마가 말했다.

모토무라는 마쓰다와 오쿠노의 일을 알고 있었기 때문에 '유언'이라는 농담에는 장단을 맞출 기분이 아니었지만, 가와이의 배려도, 가와이가 부탁한 대로 자신을 도와주고 있는 이와마와 가토의 착한 마음도 고마웠다. 사양 않고 도움을 받기로 했다.

사중변이체가 정말로 만들어졌다고 확인할 수 있다면, 그 애기장대를 번식시켜서 다음 실험을 해야 한다. 즉 유전자 'A' 'B' 'C' 'D' 각각이 잎사귀의 제어 시스템에 구체적으로 어떤 영향을 주고 있는가를 확인하는 것이다. 또 본래 조사할 작정이었던 AHHO를 포함한 사중변이체도 만들어볼 필요가 있을 것이다.

그러기 위해서도, 우선은 AHO 사중변이체의 애기장대에서 채취한 씨앗이 필요하다. 씨앗을 뿌려 사중변이체의 포기를 늘린 다음, 교배하거나 실험에 사용해야 하기 때문이다.

지금 사중변이체의 후보 애기장대가 자라고 있지만, 이 중에 정말로 사중변이체가 만들어져 있는지, 그리고 그중 어느 것이 사중변이체인지는 아직 확인되지 않은 상태다. 만약을 위해서 PCR를 실행할 예정인 36포기 모두로부터 씨앗을 채취하여 보존해두기로 했다.

가장 빨리 파종한 애기장대가 순조로이 성장해서 마침 씨앗을 달기 시작했다. 처음 발견한 '큰잎털'도 무사히 씨앗을 맺고 있다. '큰잎털'은 챔버를 부수고 나올 정도까지는 아니지만 실제로 큰 잎사귀를 무성하게 달고 있는 데다가 아주 건강하다.

모토무라는 '큰잎털' 1호와 '본잎이 나오는 것이 늦고, 또한 잎의 밑동이 어렴풋이 붉은' 애기장대로부터 씨앗을 채취했다. 이 애기장대에서는 이미 잎사귀를 따서 그 웃물을 실험용 냉동고에 넣어뒀다.

부디 이 안에 사중변이체가 있기를. 그렇게 기도하면서, 채취한 씨앗을 에펜 튜브에 넣고 몇 번이나 확인하고 나서 라벨을 붙인다. 애기장대는 하나의 열매에 서른 알 정도 씨앗이 들어 있다. 씨앗이 많아봤자 다 사용할 수도 없는데, 모토무라는 '이 열매도 토실토실한 게 괜찮아 보여' 등등 이것저것 눈길이 쏠려서 결국 수백 알의 씨앗을 채취하고 말았다. 기대가 크다는 이야기일 것이다.

가와이의 챔버에 넣은 애기장대도 쑥쑥 자라고 있다. 그중에서 '큰잎털' 2호를 발견했다. '본잎이 나오는 것이 늦고, 또한 잎의 밑동이 어렴풋이 붉은' 애기장대도 대충 예상한 비율대로 출현하고 있다. 모토무라는 유력한 사중변이체 후보가 될 그것들로부터도 잎사귀를 잘라내서 웃물을 만들어갔다.

씨앗을 뿌리고 나서 열흘 정도 지나면 잎사귀를 채취할 수 있다. 하지만 씨앗을 채취할 수 있게 되기까지 애기장대가 자라려면 파종으로부터 2개월쯤 시간이 걸린다. 모토무라는 지금 자신의 챔버에서 480포기를 키워 사중변이체 후보 애기장대에서 씨앗 채취를 할 수 있는 단계에 이르렀다. 가와이의 챔버에서는 240포기가 자라고 있다. 이쪽은 가와이가 보르네오섬에서 돌아올 때 즈음해서 씨앗 채취에 착수할 수 있을 것이다.

준비한 1200알의 씨앗 중, 아직 뿌리지 않은 씨앗은 480알. 모토무라의 챔버는 제1진의 씨앗 채취를 끝냈기 때문에 빈 공간이 생겼다. 여기에 나머지 480포기 분량의 씨앗을 뿌리고 다시 관찰하면서 키워야 한다. 씨앗을 채취할 수 있게 되는 것은, 아무리 일러도 5월쯤은 되어야 할 것이다.

앞날은 길다. 모토무라는 재배실에서 카디건 소매를 걷어 올리고 마지막 파종에 매달렸다. 촉촉하게 적신 이쑤시개에 씨앗을 붙이고 늘어놓은 록울에 부지런히 올린다.

그때 누군가가 재배실 문을 조심스럽게 노크했다. 모토무라는 "네"라고 대답하면서도 록울에서는 시선을 떼지 않았다. 애기장대의 씨앗은 모래알같이 아주 작다. 함부로 눈을 떼면 어느 록울까지 뿌렸는지 알 수 없게 된다.

그런데 문이 좀처럼 열리지 않는다. 재배실에 출입하는 대학원생이라면 애초에 노크 따위 하지 않고 쑥 하고 들어올 텐데, 잘못 들은 걸까. 모토무라는 씨앗을 뿌리던 손을 멈추고 '여기까지 뿌렸다'는 표시로 이쑤시개를 묘표처럼 록울에 꽂았다.

"네, 들어오세요."

조금 전보다 목소리를 크게 해서 말하자, 겨우 문이 열리고 후지마루가 얼굴을 내밀었다.

"작업 중에 죄송합니다"라고 후지마루는 머뭇거리며 말했다. "점심을 배달하고 돌아가는 길인데요, 이와마 씨가 점심 먹자고 전해달라고 해서 왔어요. 다른 분들은 벌써 먹기 시작했습니다."

그랬다, 오늘은 엔푸쿠테이에서 점심이 배달되는 날이었다. 모토무라는 손목시계를 보고 벌써 점심시간이 되었다는 것을 알았다.

"고맙습니다. 곧 갈게요."

이어서 작업하기 좋게 트레이 한 장 분량은 끝내놓고 가자. 모토무라는 꽃아둔 이쑤시개를 잡고 기계처럼 정확하게 록울에 파종하는 작업을 재개했다.

"또 씨를 뿌리고 있나요?"

후지마루는 감탄과 어이없음이 반반씩 섞인 말투다. 후지마루는 재배실로 들어와 모토무라의 손을 들여다봤다. 그러면서 혹시라도 콧숨으로 씨앗을 날리면 안 된다고 생각했는지, 호흡을 일시정지 한 얼굴을 하고 있다.

"아직 전체의 반 조금 넘게밖에 뿌리지 않아서요."

"오오."

후지마루는 숨을 멈춘 상태로 놀람을 표시하는 재치 있는 재주를 보였다.

"저, 보통 때처럼 숨 쉬어도 괜찮아요." 모토무라는 이쑤시개를 움직이면서 말했다. "그러고 보니, 후지마루 씨한테 부탁이 있어요."

"네, 뭔가요?"

"여름에 합동 세미나를 하기로 되어 있는데, 제가 그 간사 중 한 사람이에요."

"세미나라면?"

후지마루는 수상쩍다는 표정을 하고 손바닥으로 공중에 커브를 그렸다. 곁눈으로 후지마루의 움직임을 살피던 모토무라는 '뭘 그리는 거지?' 하고 고개를 갸우뚱한다.

"참가자들에게서 잠재된 힘을 불러일으키고, 그런 김에 운세를 열어준다며 항아리를 팔거나 하는 거 말인가요?"

그제야 모토무라는 후지마루가 공중에 항아리를 그린 거구나, 하고 알았다.

세미나나 학회 때는 규모에 따라 연구자나 대학원생이 전국 각지에서, 때로는 전 세계에서 모이기 때문에 많은 인원이 한꺼번에 들어갈 수 있는 회의장이나 호텔 등 숙박 시설을 미리 예약해두어야 하는 경우도 있다. 그럴 때 업소로부터 혹시 수상쩍은 자기 계발 모임이나 종교 관계 행사를 여는 게 아니냐고 의심하는 말을 들는 때가 있다. '연구자라면 그런 경험 있다'이다. 그래서 모토무라는 "아니에요" 하고 냉정하게 부정했다.

"각자 연구를 발표하고 참가자에게 설명하는 모임이에요. 마쓰다 연구실에서도 일주일에 한 번 세미나를 열고 있어요."

"아아, 전에 내가 덩이줄기 교수님한테 발로 차였을 때 말이지요?" 후지마루는 끄덕였다. "그때 다들 영어로 뭔가 말하고 있었지요."

"그래요. 그것보다 규모가 커진 것이 합동 세미나예요. 여름이면 늘 하는 행사예요. 몇몇 대학과 연구소의 연구자와 대학원생이 모여서 발표를 하는데, 올해는 이곳 T대 자연과학부 B호관에서 하기로 했어요."

"B호관의 어디서 하나요? 연구실이나 재배실은 사람이 다 못 들어갈 텐데요."

후지마루가 궁금하다는 얼굴을 한다.

"네. 그래서 4층 강당을 쓰기로 했어요."

"오, 강당이 있군요."

그러고 보니 4층에는 올라가본 적이 없었네. 후지마루는 혼잣말로 중얼거렸다.

"합동 세미나는 이틀간 열릴 건데요, 이틀분의 점심 도시락과 이틀째 저녁에 B호관에서 하는 뒤풀이 요리를 부탁할 수 있을까요?"

"주문은 감사합니다만, 그건 저 혼자서 결정할 수 있는 일이 아니라서요." 후지마루는 이번에는 기쁨과 곤혹스러움이 반반 섞인 표정이 되었다. "대답은 대장하고 의논하고 나서 해도 될까요?"

"물론이에요."

모토무라는 7월 하순의 개최 날짜와 식사에 쓸 수 있는 예산, 지금 현재 50명 정도가 참석 예정이라는 것 등을 후지마루에게 알려줬다. 후지마루는 입속에서 중얼중얼 복창하고 필요 사항을 머리에 쟁여 넣는다.

"이틀 다 오전부터 저녁때까지 발표 일정이 빽빽이 짜여 있어요. 발표가 밀릴지도 모르고 해서, 점심 휴식 시간을 충분히 가질 수는 없어요. 밖에 나가서 먹고 오기에는 마음이 바쁘거든요."

"그럼 도시락은 짧은 시간 내에 팍팍 먹을 수 있는 메뉴로 만들되, 또한 기분 전환이 될 수 있게 맛있는 것으로, 그리고 칼로리도 적당히 섭취할 수 있는 게 좋겠군요."

엔푸쿠테이의 주인장과 의논해보겠다고 말하면서도, 후지마루는 벌써부터 그날 요리를 만들 생각에 팔이 근질거리는 모양이다. "하루 종일 공부하면 상당히 배가 고프겠지요? 뭐, 저는 배가 고플 정도로 공부해본 적이 없어서 그냥 추측으로 말하는 거예요."

"배가 고파요. 몹시 고파요." 모토무라는 감정을 담아 말했다. "이 틀째 세미나가 끝날 무렵에는 발표하는 사람도 듣는 사람도 휘청휘청해요. 먹는 것만이 희망이라서, 꼭 엔푸쿠테이에서 만들어줬으면 좋겠어요."

"알겠습니다." 후지마루는 자랑스럽게 끄덕였다. "그런 거라면 대장이 '오케이'라고 말하도록 잘 이야기하겠습니다. 우선 모토무라 씨는 빨리 점심을 드세요. 오므라이스가 식겠어요."

모토무라는 씨앗을 다 뿌린 트레이를 챔버에 넣고 후지마루와 함께 재배실을 나왔다.

"대장하고 이야기가 되면 전화로 보고하겠습니다."

후지마루는 그렇게 말하고, 패기 넘치는 모습으로 B호관 계단을 내려간다. 맛있는 도시락을 준비할 수 있으면 합동 세미나의 간사로서 모토무라가 할 일의 상당 부분을 해낸 것이 된다. 엔푸쿠테이의 요리라면 참가자들이 분명 만족해할 것이다.

식당 주인의 승낙을 얻을 수 있기를. 후지마루의 등에 무언의 응원을 보낸 뒤 모토무라는 오므라이스가 기다리는 연구실로 돌아갔다.

벚꽃의 꽃잎이 날리고 있다.

평소 무서운 느낌을 주는 T대 자연과학부 B호관 건물도 4월에 들어서자 어딘지 모르게 활기가 느껴진다. T대 대학원에 올해도 또 새로운 대학원생이 들어왔기 때문일 것이다. 각 연구실에서는 작은 환영 파티가 밤이면 밤마다 개최된다.

대학원생을 새로 확보하지 못한 마쓰다 연구실에서는 평소대로의 일상이 계속되고 있었다. 약간의 변화가 있다고 한다면, 마쓰다가 아주 가끔 색깔이 있는 셔츠를 입고 온다는 점이다. 자신에게서 풍겨 나오는, 뭔가 음울해 보이는 분위기를 어떻게든 해결해보자고 생각한 모양인데, 색깔 있는 옷이라고 해봤자 그 문제의 알로하셔츠다. 뭔가 건실한 느낌을 주지 못한다. 그래서 마쓰다의 이미지 개선 전략은 별 성과가 없었다.

기쁜 일도 있었다. 가와이가 보르네오섬에서 무사히 돌아온 것이다. 계속 마음 졸이고 있던 마쓰다는 가와이가 귀환한 날만큼은 몸에서 발산하는 분위기가 조금이지만 밝아졌을 정도였다. 흰 셔츠와 검은 바지를 입고 있었는데도 말이다.

연구실의 형님 격인 가와이가 돌아와준 것은 연구실 식구들에게도 물론 기쁜 일이었다. 연구실 멤버들은 꽃 주변을 뱅뱅 도는 벌처럼 가와이에게 달라붙어서 보르네오의 선물을 내놓으라고 졸랐다. 가와이는 정글에서 찍은 진기한 식물 사진을 많이 보여줬다. 일본에서는 볼 수 없을 만큼 큰 나무. 그런가 하면 손바닥에 올라갈 만한 크기의 갖가지 부생식물들. 울창한 숲 안은 다양한 생명으로 넘치고 있었다.

"현지 가이드 청년이 굉장해서 말이야" 하고 가와이가 말했다. "이름이 조나 상이라고 하는데."

"갈매기 조나단요?"라고 가토가 묻는다.

"아니, '조나단'이 아니라 '조나 상'. '상'은 존칭. 조나 씨는 지도도 나침반도 없이 정글 안을 쫙 안내해줬어. 식물에도 일가견이 있어서 먹을 수 있는 버섯이 뭔지도 가르쳐줬어. 예를 들어 버섯 하나를 가리키면서, 연지버섯 종류 같았는데, 그 버섯은 유균 단계에서는 생으로 먹는다는 거야."

"먹었단 말이에요?"라고 이와마는 놀란 얼굴을 했다. 버섯을 잘 아는 사람이라 하더라도 먹을 수 있는 버섯과 독이 있는 버섯을 구분하는 것은 어렵다. 더구나 독성이 매우 강한 것도 있기 때문에, 정글 안에서 버섯을 먹었다가 탈이 나면 살아남기 어려울 것이다.

그러나 가와이는 "응. 먹어보라고 해서"라고 태연히 고개를 끄덕인다.

"카망베르 치즈 껍데기를 먹을 때의 느낌이었어."

조나 씨는 대학에 다니면서 체계적으로 식물학을 배운 건 아니지만, 어려서부터 정글과 친숙하게 살아왔기 때문에 생활과 밀접한 식물에 대한 지식과 관찰안이 장난이 아니라고 했다.

"그 친구는 우리가 관찰하거나 채집하는 모습을 보면 우리가 어떤 식물을 조사하고 싶어 하는지 금방 알아차렸어. 한번은 '이런 건 보기 드문 모양 아니냐' 하고 그가 가리킨 부생식물을 보니까 정말로 신종(新種) 같았어."

"네에?"

연구실 식구들은 놀랐다. 부생식물은 꽃이 피는 시기 이외에는 눈에 띄지 않기 때문에 못 보고 넘어가는 것도 많다. 그 때문에 부생식물의 모든 것이 다 조사되어 있다고 할 수는 없다 해도 틀린 말은 아니다. 그렇긴 하지만 무턱대고 "이거"라고 가리킨다고 하여 그게 신종에 해당될 수는 없는 것이다.

"감각이 뛰어난 사람이구나 하고, 깊이 감탄했어. 그 부생식물은 허가를 받아서 표본을 가시고 왔어. 앞으로 상세하게 조사해봐야겠지만, 신종이라는 게 확인되면 어떤 이름을 붙이고 싶은지 조나 씨한테도 의견을 들어볼 생각이야."

곤충이나 식물의 신종에 이름을 붙일 경우, 명명권은 그것을 신종이라고 증명하고 보고하는 사람에게 있다. 곤충의 세계에서는 신종에 명명자의 이름을 붙이는 일도 많지만, 식물의 세계에서는 그렇게는 하지 않는다. 다만 신종의 발견자와 명명자가 다를 때에 신종의 이름을 발견자의 이름과 연관시켜 정하는 일은 있다.

"우리는 명예에 눈이 어둡지 않으니까" "무슨 소리" 등등, 식물 전공 대학원생과 곤충 전공 대학원생이 가끔 이런 문제를 놓고 말싸움을 하는 것을 모토무라도 봤지만, 이건 단지 관례의 차이일 뿐이다.

이번 경우, 그 부생식물이 신종인 게 확인되면 발견자와 명명자가 다르기 때문에 식물의 이름에 조나 씨의 이름이 붙을 수도 있다. 그러면 그의 이름이 지구에 사는 생명의 역사에 기록되는 것이다.

후지마루 씨 같은 사람이 세계 여기저기에 있구나, 하고 모토무라는 생각했다. 전문가로서 학식을 쌓지 않아도 식물과 식물학에 흥미를 갖고 있는 사람은 많다. 식물이나 곤충은 인간에게 친숙한 존재니까 사랑하는 사람도 많다. 그런 애호가들에 의해 뜻밖의 발견이 이루어지는 일도 있다.

연구는 연구자를 위해서만 있는 것은 아니다. 식물을 사랑하는 사람들에게 최신의 지식을 알기 쉽게 전달해주는 일, 연구자와 애호가가 손을 마주 잡고 식물을 사랑하는 사람을 늘리고 식물의 다양성을 유지하는 것이 얼마나 소중한지 세상에 알리는 일 등도 연구자가 해야 할 중요한 역할이다. 조나 씨가 먹어보라고 하면 후지마루 씨도 분명 기쁘게 버섯을 먹었을 거야, 라고 모토무라는 생각했다. 그리고 새로운 요리법을 고안했을 거야.

식물을 매개로 하여 열린 마음을 가진 사람의 존재가 드러난다. 보르네오섬과 일본은 멀리 떨어져 있지만, 그들은 각각의 방식으로 식물을 좋아하고 식물을 사랑하고 있다. 아니, 설령 식물이 적은 척박한 토지에 사는 사람들이라 해도 그들 또한 물가에 나는 초록 곁에서 휴식하고, 혹은 짧은 봄에 일제히 싹트는 초록을 보며 환호할 것이다.

그런 사람들의 마음이 내뿜는 아스라한 빛이 지구 위를 푸르게 덮어가는 모습을, 모토무라는 몽상하지 않을 수 없었다.

가와이는 보르네오섬에서 부생식물의 표본 외에 모노필라이아도 반출 허가를 받았다. B대의 블랑 씨가 키우고 있는 모노필라이아를 나눠 받은 것이다. 흙이 붙어 있으면 검역을 통과하지 못하기 때문에 뿌리는 필요한 만큼 최대한 잘라서 줄였고 잎사귀도 상한 끝부분을 잘라낸 상태였지만, 다행히도 살아서 도착했다.

지금은 '초록 손가락'을 가진 가토가 온실에서 키워주고 있다. 어렵게 구한 모노필라이아를 시들어 죽게 하면 어쩌나 하고 모토무라가 불안해하는 것을 눈치채고, "화분에 잘 뿌리 내릴 때까지는 제가 책임지고 돌보겠습니다"라고 가토가 도움의 손을 내밀어주었다.

한 포기에 하나밖에 달리지 않는 모노필라이아의 잎은 모토무라의 얼굴보다도 크다. 애기장대의 사중변이체가 무사히 만들어져 있는 것이 확인되면, 언젠가는 모노필라이아의 유전자에 대해서도 조사해보자고 모토무라는 생각하고 있다. 어느 유전자에 변이가 생겼을 때 잎사귀의 크기를 제어하는 기능이 작동하지 않게 되는지, 애기장대와 모노필라이아를 비교해보면 더 명확하게 알 수 있을지도 모른다.

모토무라는 가토의 협력을 얻어 아바네로 재배에도 착수했다. 이쪽은 연구와는 관계없는 완전한 취미다. 온실에 화분을 옮겨놓고 마쓰다에게서 받은 씨앗을 뿌렸다. 순조로이 자라면 여름에는 열매를 수확할 수 있을 것이다.

이런 느낌으로 마쓰다 연구실은 눈에 띄지 않는 가운데에서도 조금씩 움직이며 평온하게 새로운 학기의 시작을 맞이했다.

모토무라를 비롯한 연구실 식구들은 B호관의 이쪽저쪽 연구실에서 열리는 환영회에 잠입하여 신참 대학원생과 친목을 다지고 있는 중이다. 옆 모로오카 연구실에는 세 명의 석사과정 1학년생이 들어왔다. "애기장대랑 달리 고구마 같은 덩이줄기류는 먹을 수 있어서 인기인가 봐요" 하고, 마쓰다는 부럽다는 듯이 말한다. 모로오카 연구실 환영회는 고구마 소주를 서로 떠주면서 모로오카가 손수 말린 고구마를 먹으며 품종명을 맞히는, 고구마로 점철된 환영회다. 섬세한 혀를 갖추지 못한 모토무라는 취한 탓도 있어서 정답을 하나도 맞히지 못했다.

가와이가 보르네오섬의 덩이줄기류 사진을 가져다줘서 모로오카는 좋아했다. 모토무라가 가와이에게 모로오카의 희망 사항을 전했고, 가와이는 모로오카가 원한 대로 보르네오섬의 시장에 나와 있는 덩이줄기류나 정글로 가는 길 주변 마을의 덩이줄기류 밭을 사진에 많이 담아 왔다. 모로오카는 컴퓨터 화면에 차례차례 표시되는 덩이줄기류의 사진을 보고 기분이 좋아져서인지 아니면 고구마 소주 때문인지 뺨이 달아올라 있었다.

왁자지껄한 연구실 창문을 열고 봄의 밤바람을 맞는다. 어둠 속에서도 벚꽃은 묵묵히 지고 있다. 그러고 보니 벚꽃에 관해서는 '꽃이 시든다'라는 말을 쓰지 않는구나, 하고 모토무라는 생각한다. 엷고 싱그럽게 활짝 피어나 시들기 전에 바람에 떨어지는 꽃잎들이, 무수한 반딧불이같이 어둠 속에 궤적을 그리고 있었다.

환영회 러시가 일단락되고, 모토무라는 드디어 PCR와 전기영동에 착수하게 됐다. 후보가 되는 36포기가 모두 선별되었고, 그 모든 포기에서 딴 잎사귀들로 웃물을 만드는 일도 다 끝나 있었다.

모토무라는 PCR를 실행할 때 필요한 프라이머를 신중하게 선정했다. 잘못된 프라이머를 써서 DNA의 엉뚱한 지점을 늘려버리면 비극이기 때문이다.

유전자를 잘못 선택한 충격 이후로 자신의 주의력과 집중력에 완전히 회의적이 된 모토무라는 확인을 마구마구 거듭하는 버릇이 붙었다. 애기장대의 씨앗을 에펜 튜브에 보관할 때도, 집요하게 확인하고 또 확인한 뒤에야 라벨을 붙였다. 라벨에 원래 칠해져 있는 접착제만으로는 안심이 안 된다며 셀로판테이프로 보강하기도 했다. 바라보고 또 바라봄으로써 씨앗으로 하여금 항복, 이제 그만 싹을 내줄 테니 그만 바라봐, 하게 하는 건 아닌가 싶을 정도였다. 그 모토무라가 이제는 그 어떤 실수도 자신을 넘보지 못하게 하겠다는 기세로 신중에 신중을 기하여 프라이머 후보들을 노려보고 있다.

연구실에서 모토무라가 컴퓨터 화면을 노려보며 프라이머 선정에 온 정신을 쏟고 있는 옆에서, 마쓰다가 바닥에 쌓인 자료의 산을 발로 차서 무너뜨렸다. 서류 파일과 논문 잡지가 무너져 내렸고, 마쓰다는 "교수님! 정리 정돈 좀 해주세요" 하고 이와마에게 야단을 맞았다. "칸막이에서 이쪽으로 자꾸만 책이나 서류가 침식해 들어오고 있어요."

마쓰다는 "미안합니다" 하고 순순히 사과는 하는데 마음이 거기에 있지 않은지 무너져 내린 자료를 다시 대충대충 쌓고 있다. 각을 가지런히 해서 쌓아야 하는데 그러지 않아서 붕괴 직전의 젠가(같은 크기의 나무 조각을 쌓아 만든 타워에서 무너지지 않게 나무 조각을 빼내어 맨 위에 쌓는 보드게임)같이 되어간다. 분명 또 새로운 연구에 대한 생각으로 머리가 가득 차 있는 것일 테다.

모토무라는 이와마와 함께 마쓰다가 자료 쌓는 걸 도와주면서 뭐든 꼼꼼하고 착실하게 잘한다고 다가 아니었구나, 하고 다시금 생각한다. 마쓰다 교수님은 양동이가 있으면 물을 넘치게 하고, 자료가 있으면 산을 쌓는 사람이지만, 실험을 할 때에는 늘 정확하고 연구를 할 때에는 번득임과 반짝임으로 넘치지 않는가.

이제 충분히 확인했다고 자신을 타이르면서, 모토무라는 "에잇" 하고 프라이머 주문 버튼을 클릭했다. 드디어 실험이 최종 단계에 들어가는 거다. 모토무라는 교배한 애기장대가 사중변이체가 되었는지 어떤지 이제 곧 판명될 거라고 생각하니, 아무래도 몸이 떨리는 걸 막을 수 없었다.

프라이머는 다음 날 바로 연구실에 도착했다. 모토무라는 그것을 사용하여 우선 잎사귀의 웃물에 섞을 용액을 만드는 작업에 착수했다.

잎사귀의 웃물을 가지고 PCR를 실행하는 것은 애기장대의 DNA를 증폭시키기 위해서다. 무에서 유는 생기지 않는다. 과학이 그런 일을 할 수 있다면 과학에서 마법학으로 간판을 바꿔 달아야 할 것이다. DNA를 증폭시키려면 당연히 거기에 필요한 원료가 있어야 한다. 그것이 잎사귀의 웃물에 섞을 용액이다.

용액의 내용물은 DNA를 합성할 때 재료가 되는 화합물과 프라이머와 효소, 그리고 반응을 돕는 완충액이다. 각각 필요한 분량을 피펫맨 등을 사용하여 에펜 튜브에 넣고 뒤섞는다. 그냥 흔드는 것만으로는 잘 섞이지 않기 때문에, '볼텍스'라는 기계를 사용한다.

볼텍스는 실험 책상 구석에 놓여 있는 작은 기계다. 전동 연필깎이 정도의 크기이고, 플라스틱 받침대 위에 고무로 만든 검은 프로펠러 같은 것이 붙어 있다. 그러나 이 프로펠러는 돌지 않는다. 에펜 튜브를 갖다 대면 부부부부 하고 격렬하게 떨 뿐이다. 그 진동으로 에펜 튜브의 내용물을 휘젓는다. 놀랍게도, 볼텍스는 그 용도를 위해서만 존재하는 기계다.

틈새 실험 기재를 개발하는구나, 하고 모토무라는 볼텍스를 사용할 때마다 감탄한다. 가끔 에펜 튜브가 아니라 손가락을 갖다 대고 부부부부 하고 볼텍스의 진동을 맛보며 마음을 달랠 때가 있다. 누르면 성실하게 떤다. 볼텍스의 그 단순 명쾌함에서는 왠지 기특함이 느껴진다.

그러나 볼텍스는 무턱대고 격렬하게 떨기 때문에 용액 일부가 물 방울이 되어 튀어 날아가서 에펜 튜브 안쪽 벽에 붙어버린다. 효소 나 프라이머 등, 고가의 약품을 섞어서 만든 용액인 만큼 한 방울도 낭비하고 싶지 않다. 옆벽에 붙은 물방울도 가능하다면 에펜 튜브 바닥에 모두 떨어뜨리고 싶다.

놀랍다고 해야 할까, 업자가 실험 기재 개발에 들이는 열정을 생 각하면 당연한 일이겠지만, 그렇게 튀어나간 물방울을 떨어뜨릴 때 사용하는 기계도 준비되어 있다. 탁상 소형 원심분리기 '치비탄('치 비'는 일본어로 꼬맹이란 뜻)'이다.

치비탄은 액체식 모기향 용기 같은 형태를 하고 있다. 가토는 늘 "〈스타워즈〉의 R2-D2를 닮았네요"라고 말한다. 돔 모양으로 생긴 뚜껑을 열면 구멍이 몇 개쯤 나 있는 판이 있다. 그 구멍에 에펜 튜브 를 넣고 뚜껑을 닫고 스위치를 누르면 붕붕하고 판이 고속 회전하여 옆벽에 붙은 물방울을 흔들어 에펜 튜브 바닥으로 떨어뜨려준다.

실험 기자재란 정말 틈새 상품이다. 무심하게 회전하는 치비탄을 바라보며 모토무라는 생각한다. 편리한 장치다. 모토무라는 치비탄 이란 이름은 대학원생들에게 사랑받고 있어서 붙여진 애칭인가 하 고 생각했었다. 그런데 어느 날 자세히 보니 몸체에 'CHIBITAN'이 라고 쓰여 있었다. 치비탄은 어엿한 상품명이었다. 귀엽다고 생각한 모토무라는 그 이후로 점점 더 치비탄을 좋아하게 됐다.

볼텍스와 치비탄의 활약에 의해 용액이 무사히 완성되었다. 에펜 튜브에서 피펫맨으로 용액을 빨아들여 PCR 튜브에 아주 조금씩 나 누어 담는다. 조사해야 할 유전자는 'A' 'B' 'C' 'D' 네 가지가 있으므로 각각 다른 프라이머를 사용한다. 당연히 용액도 네 종류를 만들었기 때문에, 뒤섞이지 않도록 PCR 튜브에 정확히 라벨을 붙여둔다.

자, 다음은 PCR 튜브에 나누어 담은 용액에 잎사귀의 웃물을 섞을 차례다. 모토무라는 냉동고에 보관했던, 웃물을 넣어둔 소형 에펜 튜브를 꺼냈다. 소량의 액체라서 얼어 있어도 바로 녹는다. 다만 에펜 튜브 안쪽 벽에 이 또한 아주 미량의 물방울이 남기 때문에, 치비탄에게 해결을 요청한다.

치비탄을 통과하여 소형 에펜 튜브 바닥에 집결한 잎사귀의 웃물을 피펫맨을 사용하여 PCR 튜브 용액에 투입한다.

이것으로 PCR 준비는 완벽하다. 36포기의 분량을 각각 넷으로 나눠 담아 합계 144개의 잎사귀 용액이 갖춰졌다. 하지만 B호관에 있는 PCR에는 튜브가 들어갈 구멍이 96개밖에 없다. 그래서 두 번에 나눠서 PCR를 실행해야 한다.

우선은 제1진으로서 열두 개짜리 튜브를 여덟 줄, 구식 탁상 프린터 같은 기계에 넣는다. "부우웅" 하고 상당히 커다란 소리를 내면서 PCR 기계가 작동하기 시작한다. 그 소리를 들으면 뭔가 불안하여 "힘내" 하고 저절로 응원을 하고 싶어진다. 실제로 모토무라는 PCR 기기를 사용할 때면 늘 "이대로 폭삭하고 망가져버리는 건 아닐까" 하여 조마조마하다.

DNA 증폭이 완료될 때까지 두세 시간은 걸린다. 그동안 "부우웅"은 계속되는데, 멍하니 완성을 기다리고 있으면 안 된다.

그사이에 다음 단계인 전기영동에 사용할 겔을 만들어둬야 한다. 모토무라는 겔의 원재료로 사용되는 아가로스와 완충액을 삼각플라스크에 넣고 전자레인지에 돌렸다. 아가로스란, 간단히 말하면 한천 가루인데, 굉장히 정제된 한천 가루다. 그 때문에 "무게로 따지자면 다이아몬드보다도 가격이 비싸다"고 할 정도다. 아가로스를 다룰 때면 '갑자기 재채기가 나서 가루를 몽땅 날려버리면 어떡하지?' 하고 불안해진다.

다행히도 재채기는 안 하고 넘어갔고, 전자레인지에 넣고 가열한 아가로스는 질퍽질퍽한 액체가 되었다. 실험실에는 냉동고도 있고 냉장고도 있고 전자레인지도 있지만, 먹을 걸 만드는 것은 물론 음식물을 가지고 들어오는 것 자체가 애초에 엄격하게 금지되어 있다. 이물질이 혼입되어 실험이 엉망이 되면 안 되기 때문에, 그리고 무엇보다도 실험실에 있는 인체에 유해한 물질을 실수로 먹어버리면 큰일이기 때문이다.

후지마루 씨라면 이 실험실의 장비를 사용해서 맛있는 젤리를 만들 수도 있을 텐데. 내 요리 솜씨가 별로 향상되지 않는 건 오로지 애기장대를 자르거나 부수기만 할 뿐, 식재료를 다루는 경험이 부족하기 때문이 아닐까.

그런 생각을 하면서 전자레인지에서 삼각플라스크를 꺼냈다. 모토무라는 '고양이 혀(일본에서 뜨거운 것을 못 먹는 사람에게 하는 말)'가 아닌 '고양이 손'이라서 행주를 써서 플라스크의 목 부분을 잡는다.

아가로스가 식어서 굳기 전에 전용 형틀에 흘려 넣고 DNA 염색액을 소량 떨어뜨린 후 피펫맨 끄트머리 부분으로 잽싸게 섞는다. 식어서 굳으면 겔이 완성되는 건데, 그 전에 할 일이 있다.

형틀에 빗 같은 울타리를 끼워 넣는 거다. 빗 모양 울타리의 빗살 같은 돌기를 이용하여 겔 가장자리에 작은 구멍을 여럿 만들기 위해서다. 나중에 그 구멍에 PCR를 실행한 잎사귀의 웃물을 주입하게 된다.

겔이 굳으면 울타리를 뺀다. 울타리를 빼기 전에 완충액을 부어두는 것이 포인트다. 이렇게 하면 완충액으로 인하여 겔이 딱 달라붙어서 애써 만들어놓은 구멍을 막아버리는 사태가 일어나지 않게 된다.

오후가 되어 PCR 기계가 "부우…… 우……" 하고 작동을 멈췄다. PCR 튜브를 꺼낸다. 겉으로 봐서는 특별히 달라진 게 없는 것 같지만, 이 안에 애기장대의 DNA가 증폭되어 있을 것이다.

만들어둔 겔을 형틀째 완충액으로 채워진 영동상자에 넣는다. 다음 순서로, 액체에 가라앉은 겔의 구멍 속에 DNA가 증폭된 용액을 주입해야 한다. 하지만, 예를 들어 수영장 물속에 나란히 난 작은 구멍에, 수영장 사이드에서 육수를 부으면 잘 안 되는 게 당연한 일이다.

이런 경우의 해결책으로서, 육수……가 아니라 용액의 비중을 아주 무겁게 하여 완충액에 가라앉힌 겔의 구멍에 주입하기 쉽게 하는 방법을 생각할 수 있다.

모토무라는 PCR 튜브에서 피펫팬으로 용액을 빨아올려 파라필름 위에 직경 2㎜ 정도의 작은 물방울을 늘어놓았다.

파라필름이란 파라핀으로 된 반투명의 얇은 붕대 같은 것이다. 엿처럼 늘어나기 때문에 용기 뚜껑에 둘둘 말아 밀폐성을 높이거나 나무를 접목할 때 가지에 둘러서 고정하는 용도로 많이 사용된다. 수분을 잘 튕겨내기 때문에 모토무라는 실험을 할 때 일회용 종이 깔개 대신으로 활용하고 있다.

파라필름 위에 늘어선 동글동글한 물방울에, 피펫맨을 이용하여 파란 색소와 비중을 무겁게 하는 용도로 사용되는 로딩버퍼라는 액체를 떨어뜨린다. 새끼손가락 끝 정도도 안 되는 물방울을 놓고 하는 작업이어서 세밀한 처리가 필요하다. 피펫맨으로 쏙쏙 물방울을 빨아들이고 내놓고 하면서 PCR를 실행한 잎사귀의 웃물 용액과 로딩버퍼를 능숙하게 뒤섞는다. 둘이 섞이면 피펫맨으로 영동상자 안의 겔 구멍에 주입한다. 극히 소량의 물방울이라 해도 조급하게 주입하면 구멍에서 넘쳐버리므로 집중력과 부동심이 필요하다.

실험은 어느 단계든 정신 수행을 하는 것과 닮은 데가 있다. 전에 이와마가 실험실에서 겔에 용액을 주입하고 있는 와중에 화재경보기가 울린 적이 있었다. 마침 실험 책상에서 애기장대 잎사귀의 조각을 만들고 있던 모토무라는 큰 소리에 놀라 무슨 일인가 하여 복도로 나가보았다. 가토와 가와이도 "뭐야, 뭐야" 하며 연구실에서 나왔다.

알아보니 경보기가 오작동한 것이었다. 모토무라가 안도하며 실험실에 돌아왔을 때, 이와마는 그때까지도 미동도 하지 않고 진중한 표정으로 겔에 용액을 주입하고 있었다.

"어, 경보기가 울렸어?" 하고 이와마는 말했다. 무서운 집중력이다. 정말로 불이 났다면, 이 사람은 겔과 함께 불꽃에 휩싸여버리지 않았을까 하고 생각하니 모토무라는 겁이 날 지경이었다.

이와마만이 아니었다. 경보기가 울렸는데도 미동도 하지 않고 실험과 관찰을 계속한 대학원생은 B호관에 상당수 있었던 모양이었다. 우려한 대학 측으로부터 공지가 있었던 듯, 뒷날 마쓰다가 "화재

경보기가 울리면 우선은 불이 난 곳을 확인하고 소방서에 연락하고, 큰 소리로 주위에 도움을 청하면서 초기에 화재를 진압할 수 있도록 노력해주세요"라고 연구실 사람들에게 엄중하게 통고했다.

"우리가 감당할 수 없을 만큼 큰 불길이 오르면 어쩔 수 없습니다. 키우던 화분 등을 나르는 건 깨끗이 포기하고, 사람들에게 피난하라고 외치면서 건물 밖으로 피신할 것."

교수님은 막상 그런 일이 생기면 인명보다 식물을 우선할걸, 하고 의심하게 하는 말투였다.

"글쎄, 마쓰다 교수님도 자기 책상에서 한 발도 움직이지 않고 끙끙 신음하면서 논문을 쓰고 있었잖아" 하고 나중에 가와이는 어이없다는 듯이 말했다. 아마 마쓰다도 그 큰 소리를 전혀 듣지 못했을 것이다.

그런데 영동상자에 넣은 겔을 전기영동하는 데 걸리는 시간은 3, 40분 정도다. 겔의 폭에는 한계가 있기 때문에 모든 PCR 튜브의 내용물을 한 번에 다 조사할 수는 없다. 모토무라는 우선 '큰잎털' 1호 용액과 '본잎이 나오는 것이 늦고, 또한 잎의 밑동이 어렴풋이 붉은' 애기장대 1호 용액을 골랐다. 유전자 'A' 'B' 'C' 'D'용으로 별개의 프라이머를 구분해서 사용했기 때문에 각각 네 가지, 합계 여덟 종류의 용액이 있다.

그 여덟 종류를 비중을 무겁게 한 뒤 피펫맨으로 신중하게 겔에 주입했다. 사중변이체가 생겼는지 어떤지, 이것으로 판명이 난다. 영동이 끝나는 것을 기다리는 동안의 40분이 한없이 길게 느껴졌다. 이제 곧 진실이 드러날 거라고 생각하니 왠지 무서운 생각이 들어

심박수가 올라간다.

다음 겔을 만들거나 하면서 시간을 가늠하고 있던 모토무라는 "이제 슬슬 됐을까" 하고 영동상자 안을 들여다봤다. 주입한 용액을 파란 색소로 물들여놓은 덕분에 겔 안의 어디까지 이동했는지를 눈으로 보고 알 수 있다. "괜찮은 것 같아"라고 판단하고, 모토무라는 얇은 장갑을 꼈다. 세제에 쉽게 손이 거칠어지는 사람들이 부엌에서 설거지를 할 때 사용하는 것 같은 반투명 일회용 장갑이다. 겔을 만질 때에는 이 장갑을 착용해야 한다.

영동상자에서 살그머니 겔을 들어 올리고 형틀을 벗긴다. 곤약 같은 형상과 감촉. 기분이 좀 들떠서 흔들흔들하고 가볍게 흔들어본다.

"오늘 저녁은 어묵탕인가요?"라고 누군가 말을 걸어와서, 모토무라는 그 소중한 겔을 손에서 떨어뜨릴 뻔했다. 깜짝 놀라 돌아보니 실험실 출입구에 후지마루가 서 있다.

"합동 세미나 도시락의 메뉴가 생각났거든요. 들어가도 되나요?"

"네, 들어오세요."

모토무라는 대답했다. 솔직히 말하면 도시락 메뉴를 놓고 이야기를 나눌 상황은 아니었지만, 어쩔 수 없다. 모토무라에게서 합동 세미나 음식 의뢰를 받은 후지마루는 바로 엔푸쿠테이 주인의 승낙을 받았고, 그 후로 도시락과 뒤풀이 요리에 대해서 이것저것 의견을 냈다. 합동 세미나는 아직 3개월 이상 남아 있는데도, "알레르기나 종교상의 이유로 못 먹는 음식이 있으면 거기에 맞출 테니까 가르쳐달라고 대장이 말했어요"라거나, "도시락은 첫날은 일식, 둘째 날은 양식으로 하려 하는데요"라면서 성의를 다하고 있다.

품이 드는 것치고는 수입이 좋다고 할 수 없는 일을, 후지마루와 쓰부라야는 흔쾌히 맡아줬다. 그 친절한 마음을 생각하면 후지마루를 소홀히 대할 수 없다.

실험실에 들어온 후지마루는 모토무라의 옆에 서서 흥미로운 눈으로 겔을 들여다본다.

"이건 곤약이 아니에요."

모토무라는 농담인 척 말할 작정이었는데, "그렇군요" 하고 후지마루는 진지하게 끄덕였다. "벌써 벚꽃도 졌는데, 어묵탕은 좀 그러네 했거든요."

날씨 문제가 아니잖아요, 실험실에서 곤약을 만들 리가 없다는 생각은 안 해요? 하고 속으로 생각하면서 모토무라는 후지마루를 곁눈으로 흘겨본다. 후지마루는 줄곧 고개를 갸우뚱하고 있었다.

"이거, 한천이잖아요. 왜 장갑을 끼고 있는 거지요?"

모토무라는 한천이 아니라 아가로스라고 말해야 하나 어쩌나 하고 생각하다가, 말하지 않기로 했다. 세세한 설명을 하고 있을 여유가 없다. 빨리 겔에 자외선을 쏘여서 DNA의 이동속도를 확인해야 하기 때문이다.

"DNA를 염색하는 데 쓰는 액을 이 곤약 같은 것에 섞었는데요, 그것이 몸에 나쁘대서요."

바로 지금 겔을 손가락으로 찔러보려던 후지마루는 뜨끔해서 잽싸게 뒤로 물러섰다. 대형견같이 늘 느긋한 모습을 보이던 후지마루가 고양이처럼 재빠른 동작을 하는 것을 보고, "겁줘서 미안해요"라고 모토무라는 웃으면서 말했다. "직접 닿지 않으면 괜찮아요."

후지마루는 한 발 한 발 원래 위치로 돌아왔지만, 자칫 겔에 닿거나 하지 않도록 손을 뒤로 보내 뒷짐을 지고 있다. 역시 경계심이 강한 길고양이 같다.

유해성이 높은 약품도 있지만, 모토무라에게는 그런 약품들도 어디까지나 일상적으로 접하는 것들일 뿐이다. 물론 취급할 때에는 세심한 주의를 하고 폐기할 때도 엄중하게 하지만, 무섭다는 생각은 별로 들지 않는다. 그래서 후지마루가 '정체를 알 수 없는 것'을 대하는 고양이처럼 반응하는 것을 보자 신선한 느낌이 들었다. 늘 사용하고 있다고 하여 정신이 해이해져서는 안 된다. 모토무라는 새삼 자신에게 그렇게 일깨웠다.

후지마루가 지켜보는 앞에서, 모토무라는 겔을 휴대용 냉장고 같은 형태의 촬영기에 넣었다. 크게 숨을 내뱉고 자외선을 조사(照射)하는 스위치로 손가락을 뻗는다. 과연 DNA는 어떤 속도로 이동했을까. 자외선에 의해 그 궤적이 떠오를 때가 왔다. 긴장한 탓에 손끝이 차가워져 있다는 것을 느낄 수 있었다.

"저는 연구에 대한 것은 전혀 모르지만."

후지마루가 갑자기 말을 시작하여 리듬이 깨지는 바람에 모토무라는 스위치를 미처 켜지 못했다. 중요한 순간이었기 때문에, 모토무라로서는 평소답지 않게 신경이 날카로워져서 "조금 뒤에 해주시겠어요?"라고 말하려고 후지마루를 쳐다봤다.

그 순간 모토무라 안에서 초조함이 사라졌다. 후지마루가 진지한 표정으로 겔의 촬영기를 바라보고 있었기 때문이다. 후지마루 씨는 실험을 방해하고 싶은 게 아니라, 뭔가 알고 싶은 것이 있어서 말을 걸었던 거다. 모토무라는 그렇게 추측하고, 겔에 자외선을 조사하는 것을 일단 뒤로 미루고 경청하는 자세를 취하기로 했다. 실험의 클라이맥스를 눈앞에 두고 마음이 초조해져서, 자신도 모르게 후지마루를 방해물로 만들 뻔한 사실이 부끄러웠다.

그런 모토무라의 마음의 움직임을 알 리 없는 후지마루가 "모토무라 씨의 실험은 지금 중요한 국면을 맞이하고 있는 거지요?" 하고 물었다.

"네."

후지마루가 현재 상황을 알아차린 것을 알고 조금 놀랐지만, 놀랐다는 사실을 표현하는 것도 실례인가 싶어 모토무라는 얼굴 근육이 움직이지 않도록 힘을 주었다. "후지마루 씨, 실험에 대해 점점 더 많이 알게 된 거 같아요."

"아뇨, 아뇨."

후지마루는 뒷짐 지고 있던 팔을 드디어 풀고 얼굴 앞에서 손을 붕붕 흔들었다. "거대한 장수풍뎅이의 먹이 같은 걸 냉장고에 넣어 소중하게 보관하려고 할 정도니까, 그렇지 않을까 하고 생각한 것뿐이에요. 더구나 독이 들어 있기도 하고."

모토무라에게는 전기영동은 자주 사용하는 실험 수법일 뿐이다. 겔을 다루는 데에도 익숙해져 있다. 연구실 멤버들이 겔을 만들고 있는 모습도 늘 보다시피 한다.

그러나 타인의 눈에는, 다 큰 어른이 먹을 것도 아닌 겔을 실험실에서 흔들흔들거리고 있는 건 뭔가 예삿일이 아닌 일이 벌어질 전조라고 느껴질지도 모른다.

"이건 냉장고가 아니라 겔 촬영기라고 해서, 겔에 자외선을 쬐거나 겔 사진을 찍는 데 사용하는 기계예요"라고 모토무라는 말했다.

후지마루는 얼굴에 하나 가득 물음표를 붙인 것 같은 표정을 했다. 뭐가 뭔지, 하고 말하고 싶은 모습이다. 겔 촬영기의 정체와 목적은 도대체가 뭔지 모르겠지만, 어쨌든 중요한 국면이라는 것은 이해한 표정이었다.

후지마루는 "방해해서 죄송해요"라고 출입문 쪽으로 후퇴하기 시작했다. "아무래도 이따 다시 오는 게 좋겠어요. 도시락 반찬에 대해서는, 그때 다시."

"아뇨, 괜찮아요." 모토무라는 서둘러 불러 세운다. "스위치를 넣으면 바로 결과가 나오니까, 그때 도시락 이야기를 하기로 해요."

그래, 오래 계속된 실험의 결과가 드디어 밝혀지는 순간이다. 모토무라는 마음을 진정시키기 위해 숨을 한 번 내쉬었다. 성공하든 실패로 끝나든 그 순간을 혼자서는 도저히 받아내기 어려울 것 같다. 지금 이 순간에 후지마루가 실험실에 있는 것이 왠지 든든하게 느껴지기 시작했다.

실험의 최초 단계부터, 이런저런 일로 후지마루는 늘 곁에 있었다. 결말을 지켜보는 자리에도 부르지도 않았는데 나타났다. 실험의 수호신같이. 그렇다면 곁에 있게 하자. 모토무라는 그렇게 생각했다. 설령 실험이 실패로 끝난다 하더라도 그 직후에 도시락에 대해서 이야기를 하다 보면 우울한 기분을 잊을 수 있을 것이다.

후지마루는 환한 표정을 하고, 하지만 왠지 조심스러워하며 모토무라의 옆으로 돌아왔다. 모토무라는 다시 겔 촬영기 스위치로 손가락을 뻗었다.

붕, 하고 희미한 소리를 내며 기계가 작동한다. 잠시 틈을 두고, "그러니까"라며 후지마루가 겔 촬영기와 모토무라를 번갈아 봤다. 기계에도, 모토무라에게도, 아무런 움직임이 없었기 때문일 것이다.

"완성되면 '땡' 같은 신호가 있나요?"

"아뇨, 이건 전자레인지가 아니라서"라고 모토무라는 말했다. "내부에서 이미 자외선이 쏘여지고 있어요."

후지마루는 또다시 뭐가 뭔지 하는 표정이 됐지만 "그럼, 봐봅시다" 하고 천진하게 끄덕인다.

"그러죠."

긴장으로 목소리가 갈라졌다. 모토무라는 헛기침을 하고 겔 촬영기 문에 달린 작은 창문 뚜껑을 열었다. 후지마루와 몸을 바짝 붙이고서 함께 안을 들여다본다.

자외선이 조사된 기계 내부는 청자색의 어두운 빛으로 가득 차 있었다. 깊고 깊은 바닷속 같다. 그 안에서 희미하게 레드핑크색 선이 떠오른다. 심해의 빛나는 물고기 비늘같이. 겔에 주입된 염색액에 의해 물든, DNA가 내는 빛이다.

"우아, 아름다워요."

후지마루가 중얼거렸다. 모토무라는 시선을 모으고 선이 내보이는 정보를 살폈다.

'본잎이 나오는 것이 늦고, 또한 잎의 밑동이 어렴풋이 붉은' 애기장대 1호의 '유전자 A'와 '유전자 C'는 각각 'aa' 'cc'로, 제대로 호모가 되어 있었다.

이제, 제초제 바스타 내성이 강하게 발현한 유전자 B는 어떤가 볼 차례다. 농약에 지지 않은 애기장대로 후보를 좁혔기 때문에 후보 애기장대 중에는 'Bb'인 애기장대와 'bb'인 애기장대가 혼재해 있을 것이다. 이 애기장대는 그중 어느 쪽일지, DNA가 내는 희미한 빛을 전의 것보다 더 세심히 살펴본 모토무라는 "bb'다!" 하고 작게 외쳤 다. 후지마루가 "어, 어디에 비비탄이 있나요?" 하고 주위를 둘러봤 지만, 물론 모토무라는 그런 후지마루의 언동을 알아차리지 못했다.

네 개의 유전자 중, 세 개가 소문자의 호모가 되어 있다!

아아, 하지만……. '유전자 D'는 선이 나타난 양상이 다르다. 다른 것은 하나의 선이 사다리 형상으로 나타나고 있는데, 이것은 두 개 의 선. 'Dd'다. 헤테로가 되어 있다. '본잎이 나오는 것이 늦고, 또한 잎의 밑동이 어렴풋이 붉은' 애기장대 1호는 삼중변이까지는 성공 했지만, 사중변이체는 아니었다.

모토무라는 '사중변이체가 아니었다'라는 것에 정신이 팔려 한순 간 낙담할 뻔했다. 그러나 바로 '아니, 아니야. 이건 오히려 복음이야' 라고 다시 생각한다.

모든 것에 너무 신중하게, 겁쟁이일 정도로 세심하게 매달리는 나 머지, 눈앞에서 벌어진 일에 과도하게 휘둘리는 것이 모토무라의 나 쁜 버릇이다. '유전자 D'를 잘못 선택했을 때도 '어떡하지' 하고 허둥 거리기만 했을 뿐, 누군가와 의논을 해보는 것도, 임기응변으로 대응 책을 짜내는 것도 그 순간에는 할 수 없었다.

안 돼, 안 돼. 사중변이체가 만들어져 있는지 아닌지에 너무 집착 한 나머지 실험의 근간을 놓칠 참이었다. 침착하게 생각해보자, 하고 모토무라는 자신을 타일렀다.

'본잎이 나오는 것이 늦고, 또한 잎의 밑동이 어렴풋이 붉은' 애기장대는 잎사귀의 크기 자체는 통상의 애기장대와 그다지 다르지 않았다. 반대로 '큰잎털'은 떡잎 단계에서부터 잎사귀의 사이즈가 컸다.

실험을 시작하면서 모토무라가 세운 가설은, '이 네 가지 유전자가 모두 소문자인 호모, 즉 사중변이체가 되어 있으면 잎사귀의 제어 시스템에 뭔가 변화가 생겨서 잎의 사이즈가 크게 될 것'이라는 가설이었다. 그 가설에 입각하면, '본잎이 나오는 것이 늦고, 또한 어렴풋이 잎의 밑이 붉은', 하지만 잎사귀의 크기는 통상의 애기장대와 그다지 다르지 않은 애기장대가 삼중변이체에 머문 것은 오히려 모토무라의 가설이 옳다는 걸 증명하는 첫 걸음이었다.

거기에 생각이 미치자, 모토무라는 좀 전의 '낙담 일보 직전'의 기분이 언제 일이었냐는 듯이, 이번에는 기대에 부풀어 가슴이 두근거리기 시작했다.

이 실험, 어쩌면 잘 풀리고 있는 건지도 몰라. 잎사귀가 큰 '큰잎털'이 제대로 사중변이체가 되어 있으면, 성공은 확실하다.

'큰잎털' 1호의 DNA는 과연 어떤 궤적을 그리고 있을까. 모토무라는 손에 난 땀을 청바지에 닦고, 겔 촬영기의 작은 창에 얼굴을 더 가까이 갖다 댔다. 모토무라의 기백에 눌렸는지, 후지마루가 한 발 물러서서 작은 창 앞의 공간을 비웠다.

청자색 공간에 떠오르는 선을, 모토무라는 몰두해서 해독한다. '큰잎털' 1호의 '유전자 A'는 'aa'가 되어 있었다. 바스타 내성을 갖춘 '유전자B'도 오오, 'bb'다!

격렬해진 고동이 안구까지 흔들고 있는지, 눈앞의 광경이 흔들린다. 모토무라는 몇 번이나 크게 심호흡하고 어떻게든 눈의 초점을 맞추려고 노력했다. '숨을 거칠게 쉬면서 엿보는 행위를 하고 있는 수상한 사람'처럼 보이겠구나 하는 생각이 잠시 들었지만, 그런 데에 신경 쓸 때가 아니다.

'유전자 C'도 'cc'. 좋아, 삼중변이체로는 성립되었다. 모토무라는 꿀꺽하고 침을 삼켰다. 그럼 가장 중요한 '유전자 D', 약호 AHO는……?

어둠 속에 빛나는 붉은 선을, 모토무라는 숨을 죽인 채 응시했다. '유전자 D'의 궤적은 길고, 사다리의 단에 해당되는 선은 하나였다. '유전자 D'도 'dd'다—!

모토무라는 겔 촬영기에 딸려 있는 모니터를 정신없이 켜고, 초점을 맞춰 셔터 버튼을 눌렀다. DNA가 내는 빛의 궤적이, 흑백사진으로 촬영기 전용 프린터에서 윙 하고 나왔다.

손에 든 사진을 바라보며 모토무라는 입술을 깨물었다. 씨앗 채취와 파종을 하느라 정신없이 보냈던 날들, 말 없는 애기장대를 앞에 놓고 저도 모르게 매일매일 말을 걸면서 물을 주고 보살폈던 나날들, 유전자를 잘못 선택해서 절망의 나락에 내팽개쳐졌던 일 등, 실험의 나날에 대한 온갖 기억이 뇌리를 스치면서 감회가 뒤엉키고 감정이 끓어올랐다. '혹시, 나 여기서 죽는 거 아니야? 이것이 죽음을 앞둔 사람을 찾아오는 주마등이라는 건가' 하는 걱정이 밀려올 정도였다.

사진을 보며 지장보살처럼 굳어져 있는 모토무라의 안색을 살피면서, 후지마루는 뭔 일인가 하여 다시 작은 창으로 기계 안을 들여 다보기도 했다. 그러고서도 잠시 기다리고 있었는데, 그래도 모토무라의 지장보살 상태가 수습되지 않자 "저……"하고 말을 건다. "결국 어떻게 된 건가요? 이 빨간 선은 뭡니까?"

모토무라는 후지마루의 존재를 기억해내고 사진으로부터 얼굴을 들었다.

"네 개의 유전자가, 모두 다 호모. 사중변이체가 되어 있어요"라고 모토무라는 흥분을 누르며 설명했다. "'큰잎털'은 정확히 사중변이체였어요. 게다가 내가 '유전자 D'를 잘못 선택해서 원래 예정하고는 다른 사중변이체가 되었지만, 그래도 확실히 '큰잎털'의 잎은 다른 애기장대의 잎보다 커요. 이건, 지금까지 거의 아무도 눈여겨보지 않았던 AHO 유전자가 잎사귀의 제어 시스템에 뭔가 영향을 미치고 있다는 얘긴데, 아아, 이런 우연한 발견이 정말로 일어나다니……!"

차차 열을 더해가더니 마지막에는 외치는 말투가 된 모토무라의 앞에서 후지마루는 세 번째로 뭐가 뭔지 하는 표정을 지었다.

"좀 어려워서…… 죄송합니다"라고 후지마루는 말했다. "그러니까?"

"그러니까, 성공이에요. 실험은 성공했어요!"

모토무라의 말이 채찍이었던가. 후지마루는 말처럼 뛰어올랐다.

"어, 진짜로?"

"네!" 모토무라는 들뜬 목소리로 말했다. "물론, 어쩌다 된 거면 안 되니까, 나머지 잎사귀의 웃물도 모두 PCR를 실행해서 정확히 확인할 필요가 있지만요."

그러나 후지마루는 세세한 설명 같은 건 듣고 있지 않다. '성공'이라는 단어에 반응해서 "해냈어!" 하고 양손을 높이 들고, 그 김에 모토무라를 와락 끌어안았다. "잘됐어, 잘됐어, 잘됐어요!"

모토무라는 놀랐지만, 후지마루가 보인 마음에서 우러나는 기쁨에 이끌리듯이, 자신 안에서 카오스처럼 소용돌이치던 마음이 '기쁘다'라는 감정으로 응축되어가는 것을 느꼈다.

"네, 해냈어요!"

모토무라는 그렇게 대답하고 후지마루의 셔츠 옆구리 부분을 살짝 잡았다. 두 사람은 한 덩어리가 된 채, 그 자리에서 깡충깡충 뛰어올랐다.

후지마루 씨와 마쓰다 교수님이 말한 대로였다. 모토무라는 생각한다. 도중에 실패하거나 예기치 못한 일이 일어나도 상관없다. '예정대로'란 건 있을 수도 없고, 있다고 해도 따분한 일이다. 예정과는 다른, 뜻대로 되지 않은 길을, 그래도 자신이 스스로 생각한 방식으로 자신의 직감을 믿고 계속 나아갔기 때문에 지금의 이 발견이 있는 거다. 기쁨과 즐거움이 있는 거다.

실험이란, 식물이란, 이 얼마나 흥분되는 일인가. 이제 그만둘 수 없을 것 같다. 그만두고 싶지 않다. 사는 것을 그만둘 수 없듯이. 학부생 때 '왜?' '알고 싶어' 하며 묻고 바랐던 것은 낭비도 잘못도 아니었다. 나는 알고 싶다. 내가 살고 있는 이 지구 위에서 나와 함께 살고 있는 신기하고 매력적인 존재, 식물을 알고 싶다. 앞으로도 계속 알아가기 위하여 연구자로서 살아갈 거다.

실패해도, 실험이 잘 풀리지 않을 때가 있어도, 후회만은 절대로 하지 않을 거다. 포기하지 않고 식물과 마주하여 실험과 연구를 계속하고 있으면, 분명 또 이런 기쁨을 맛볼 수 있을 테니까. 진짜, 진짜 좋아해…… 나는 식물과 사랑에 빠졌어.

모토무라는 뺨을 붉게 물들이고, 후지마루에게서 몸을 떼었다. 실험이 성공해서 감격한 나머지 마음의 평정을 잃었다. 자, 마음을 안정시키고 도시락 이야기를 해야지.

겔을 꺼내기 위해서 촬영기 스위치를 끄고 문을 연다. 그러고 보니, 겔에 닿은 장갑을 낀 채로 후지마루의 옷을 붙잡았다. 끝을 가볍게 잡은 정도고, 세탁하면 괜찮을 거라는 생각은 하지만.

주의를 촉구하고자 겔을 손에 들고 후지마루를 향해 돌아섰다. 후지마루는 화난 것같이 심각한 눈으로 모토무라를 보고 있었다.

"저, 역시 모토무라 씨를 사랑합니다"라고, 후지마루는 조용히 고백했다. "두 번이나 말할 생각은 없었지만……."

"죄송해요"라고 모토무라도 마찬가지로 조용히 대답했다. "방금 확신한 참이에요. 저는 후지마루 씨 마음에는 응할 수 없어요."

모토무라의 손안에서 겔이 부릉 하고 떨었다.

5

엔푸쿠테이에서 후지마루 요타의 별명은 '후라마루'에서 '후라후라마루'로 진화했다. 같은 사람에게 두 번 고백하고, 두 번 다 거절당했기 때문이다.

물론 후지마루는 엔푸쿠테이의 주인 쓰부라야 쇼이치에게도, 단골손님들에게도, 그런 사정을 알려 준 바 없다. 그러나 상대도 강적이다. 식당에서 손님을 맞을 때나 조리를 할 때 후지마루에게서 풍겨 나오는 분위기에 뭔가 미세한 변화가 생겼다는 것을 냄새 맡은 거다.

어느 날 밤, 세탁소 아줌마의 호령 아래 엔푸쿠테이에서 긴급회의가 열렸다. 골든 위크를 지나 손님이 비교적 많지 않은 하루라서 슬슬 식당 문을 닫을까 하고 있을 때였다. 식당 안에는 세탁소 아줌마 외에 전갱이 튀김 아저씨밖에 없었고, 아저씨는 호령에 응하여 즉각 세탁소 아줌마가 있는 탁자로 이동했다. 쓰부라야도 주방에서 나와 세 사람은 함께 홀짝홀짝 화이트와인을 마시기 시작했다.

후지마루는 바깥 전기를 끄고 출입문에 '준비 중'이라는 팻말을 건 다음, 쓰부라야와 단골손님들이 있는 탁자로부터 멀리 떨어져 바닥에 대걸레질을 했다. 하지만 아무래도 등에 시선이 느껴진다. 압박에 못 견뎌서 돌아보니, 아줌마가 와인을 핥으며 손가락을 구부려 손짓한다.

"······뭡니까?"

"여기 와서 같이 마시자."

"가게 문 닫을 준비를 해야 해서."

"괜찮아. 후지마루가 안 오면 회의를 시작할 수가 없어."

뭡니까, 무슨 회의? 후지마루는 쓰부라야에게 눈으로 도움을 요청했지만, 쓰부라야는 모르는 척하며 사람들의 잔에 와인을 따르기 시작했다. 보니까 네 번째 잔까지 준비되어 있다.

빠져나갈 수 있을 것 같지가 않네, 하고 체념한 후지마루는 대걸레를 세워두고 자리에 앉았다.

"자, 자, 건배―" 하고 전갱이 튀김 아저씨가 잔을 부딪쳐 온다. 그에 응해서 후지마루도 화이트와인을 마셨다.

틈을 노린 한순간의 침묵 후에, "그런데 후지마루, 무슨 일 있었지?" 하고 세탁소 아줌마가 밀고 들어왔다. "괜찮아, 괜찮아, 숨겨도 아줌마는 알고 있어. 최근 상태가 평소 때와 좀 다르잖아. 그치?"

"그래." 전갱이 튀김 아저씨가 동의했다. "언뜻 보면 평상시랑 다름없이 일을 하고 있는 것 같은데, 가끔 멍하니 먼 곳을 보고 있을 때가 있어."

"이 녀석이 멍하니 있으면 그건 뻔해."

쓰부라야가 헤살을 놓았다. "어차피 또 실연이라도 당한 거겠지."

콜록콜록하고 후지마루는 사레가 들렸다. 뭐라 말할 틈도 없이 화제가 착착 핵심으로 육박해간다. 무서운 회의다.

"저, 이 자린 뭐에 대해서 얘기하는 건가요?"라고 후지마루는 말했다.

"물론 '어떡하면 후지마루의 고민이 해소될 수 있는가'를 이야기하는 자리지." 아줌마는 가슴을 폈다. "자, 자, 우리한테 말해봐. 무슨 일이 있었어?"

"고민 같은 거 없는데요……."

그건 본심이었다. 하지만 세탁소 아줌마를 비롯한 중장년층 셋은 후지마루의 말에 아랑곳하지 않고 눈을 빛내며 후지마루의 입을 주시하고 있다. 어쩔 수 없이 모토무라에게 다시 한번 고백했다가 다시 한번 거절당했다고 털어놓았다.

"뭐!"라고 셋은 외치고, 뒤이어 폭소를 터뜨렸다. 너무해요, 하고 후지마루는 창피해하며 와인을 들이켠다.

"지난번하고 같은 사람한테 또 고백한 거라고?"

"후지마루도 꺾이지 않는달까, 의외로 집념이 있군."

"또 차였으니 별이 두 개네. 후라마루가 아니라 후라후라마루잖아."

그렇게 하여 후지마루는 후라후라마루로 격상되었다. 그 후로 세탁소 아줌마와 전갱이 튀김 아저씨한테는 '후라후라 군'이라고 불리고 있다.

물론 후지마루로서는 불만이다. 집념이 있다는 말을 들은 건 의외지만 그럴 수도 있다고 치고, 모토무라만을 외길로 사랑하다가 얻은 2연패이니만큼 '후라후라 군' 같은 바람기 있어 보이는 별명은 온당치 않다는 생각이다.

결국 긴급회의에서는 후지마루의 고민 해소법 같은 건 제시되지 않았다.

"뭐, 차인 거니까 어쩔 수 없지."

"후지마루는 좋은 사람이라고 생각하지만, 좋은 사람이 여성에게 인기가 있냐 하면 반드시 그렇다고는 할 수 없는 거니까 말이야."

"이제 그만해. 계속해서 쫓아다니다가 상대에게 민폐를 끼치면 식당에서 내쫓을 거야."

상처에 소금물을 적신 붕대를 감는 것 같은 조언들. 후지마루는 "알아요"라고 점점 더 위축되다가 그다음은 다 같이 술고래가 되는 것으로 회의는 끝났다.

후지마루는 안 된다는 걸 정말로 알고 있고 납득하고 있다. 모토무라 씨는 식물에게 빠져 있다는 사실을. 두 번째 고백을 하기 전부터 이런 결과가 되리라는 걸 잘 알고 있었다.

그래서 실연당한 사실을 가지고 고민하지는 않았다. 모토무라에게 거절당하는 것도 두 번째니까 충격도 비교적 가볍다. 다만 '처음에는 대답하는 데까지 사흘이 걸렸는데, 이번에는 그 자리에서 '죄송해요'였지. 거절 속도가 엄청 빨라졌어' 하고, 웃어야 좋을지 울어야 좋을지 모를 처량한 생각은 든다.

첫 번째 고백 때는 모토무라와 알게 되고 바로 기세를 몰아 조금은 조급하게 고백해버린 면이 있었다. 하지만 그로부터 시간을 쌓아 올려 모토무라를 더 잘 알게 되면서, 후지마루의 연심은 시들기는커 녕 점점 더 깊이 뿌리내리게 되었다.

모토무라와 만날 때마다, 늘 식물에 대해서밖에 생각하고 있지 않 다는 것을 뼈저리게 느끼면서도 그랬다. 스위트포테이토를 바쳐도, 레어치즈케이크를 바쳐도, 모토무라의 마음은 어딘가 멀리 있어서 그녀의 눈에 후지마루의 모습이 비치지 않았다. 하지만 모토무라 씨 는 광합성을 하는 식물하고는 다를 테니까 하고, 후지마루는 계속해 서 점심 식사를 날랐다. 자신이 만든 요리나 과자가 모토무라의 육 체를 만들고 유지하는 데에 도움이 되고 있다고 생각할 때마다, 어 슴푸레한 기쁨을 느꼈다.

현미경실에서 보여준, 식물의 세포가 엮어내는 은하를 떠올린다. 지금 모토무라의 세포를 현미경으로 보면 그때의 식물과 마찬가지 로 여기저기서 작은 빛을 낼 것이다. 그 빛의 몇분의 1인가는 내가 만든 요리를 에너지원으로 해서 빛나고 있는 것이리라. 어떤 별하늘 보다 아름다운, 모토무라의 내부에서 펼쳐지는 은하. 그것을 상상하 며 후지마루는 넋을 잃지 않고는 배길 수 없었다. 스스로도 변태 같 다고 생각했다.

그런 후지마루의 번민을 아랑곳하지 않고 모토무라는 오로지 실 험에만 빠져들었다. 가끔 실험에 대해서 설명해줬지만, 외계인들이 쓰는 말인가 하고 생각될 정도로 어려워서 이해할 수 없었다. 외계 어를 이야기하는 모토무라도 귀여웠고, 모토무라가 얼마나 식물과 연구를 중요하게 생각하는지도 지나치게 충분할 정도로 이해할 수 있었다.

두 번째 고백을 할 마음은 없었다. 전보다도 모토무라의 그런 모습을 더 잘 알게 되었기 때문이다. 그러나 도저히 참아낼 수 없었다. 이유는 같다. 전보다 모토무라를 더 잘 알게 되었기 때문이다. 실험에 성공하여 기쁨과 흥분으로 뺨이 온통 빨개진 모토무라를 봤을 때, 그만 마음이 말이 되어 넘쳐났던 것뿐이다.

이해는 사랑과 비례하지 않는다. 상대를 알면 알수록 사랑이 식는 경우도 있을 것이다. 모토무라에 대한 후지마루의 마음은 그것과는 반대였다. 이해가 깊어지면 깊어질수록 사랑하는 마음도 늘어가기만 했다.

그렇지만 말이야, 모토무라 씨가 식물을 이해하고 사랑하는 것도 그 이상의 속도로 깊어져버리거든. 후지마루는 한숨을 쉰다. 그렇기에 이번엔 초고속 "죄송합니다"였던 거겠지. 도저히 맞설 수 없다.

물론 고백을 거절당해서 괴롭다. 지난번보다 더 마음이 담긴 고백이었기에 더욱. 하지만 후지마루는 납득도 하고 있었다. 사랑의 라이벌이 항상 인류라고만은 할 수 없다는 것을.

모토무라의 마음은 식물의 것이다.

분하지만 지구상의 식물을 모두 태워 없앨 수는 없다. 그리고 얄궂게도 후지마루는 모토무라 덕분에 식물을 전보다 더 좋아하게 되었다. 인간과 비슷할 정도로 수수께끼에 찬 생물. 큰 소리를 치는 일은 없지만 도로변이나 아스팔트 틈새에서도 씩씩하게 세포를 분열시키는 신기한 생물.

후지마루는 모토무라와 만나고 나서 세계가 지금까지와는 달리 보였다. 요리에 사용하는 채소는 더 아름답게 빛나고, 도시의 풍경 여기저기에 있는 별것 아닌 초록에도 눈이 머문다. 외로움을 불현듯 잊을 정도로.

후지마루는 후회는 하지 않았다. 후지마루에게 새로운 세계를 보여준 사람, 식물을 사랑하는 여자와 사랑에 빠진 것을.

후라후라마루가 되어버린 후지마루는 하지만 여전히 변함없는 나날을 보내고 있고 모토무라하고도 지금까지와 다를 바 없이 지내고 있다. 모토무라의 태도도 여느 때와 다를 바 없다.

장마가 시작되고 얼마 지나지 않아, 후지마루는 T대 자연과학부 B호관으로 점심을 배달하러 갔다가 현관홀에서 모토무라의 등을 봤다. 모토무라는 홀 계단을 두 계단씩 가볍게 오르고 있었다.

"모토무라 씨"라고 소리쳐 부르자, 돌아본 모토무라가 후지마루를 알아보고 얼굴에 웃음을 지었다.

"이 빗속에 와주셔서 고맙습니다"라고 모토무라는 가볍게 인사한다. 모토무라를 따라잡은 후지마루는 함께 연구실까지 계단을 올랐다. 나란히 서서, 천천히. 모토무라는 지하 현미경실에서 '큰잎털'의 잎사귀 세포를 보고 있었다고 했다. 실험을 통해 '큰잎털'이 사중변이체라는 사실이 확정되었기 때문에, 지금은 '큰잎털'의 씨앗을 뿌려서 포기를 늘리고 있는 중이라고 했다.

후지마루는 모토무라가 이야기하는 연구가 여전히 이해하기 어렵다. 하지만 모토무라가 왜 연구에 대해서 이야기해주는지는 안다. 고지식하고 성실한 모토무라는 후지마루의 고백과 자신이 그 고백을 거절한 사실을 가볍게 흘려보내서는 안 된다고 생각하고 있을 것이다. 진지한 고백을 거절하면서까지 자신이 몰두하려고 하는 것이 무엇인지를 '후지마루 씨에게는 보고해야 해'라고 자신에게 책임 지우고 있는 듯이 보였다.

후지마루 입장에서 보자면, '자신을 차버린 상대에게 행복한 결혼 생활에 대해서 일일이 보고를 받는 것' 같은 셈이었지만, 어쨌든 모토무라가 '결혼 생활'을 영위하고 있는 것은 인류가 아니라 애기장대하고. 질투나 분노는 솟을 수 없고, '생기가 넘치는구나, 모토무라 씨' 하고 눈부시게 바라볼 뿐이다. 사랑의 패잔병은 괴롭다. 더구나 식물에게 깨진 남자.

연구자의 연인이나 가족은 정도의 차이는 있을지 모르지만 모두 '연구 대상에게는 이길 수 없다'고 느낄지도 모르겠다는 생각도 해본다. 모토무라의 연인도, 가족도 되어보지 못한 주제에 별생각을 다한다고도 할 수 있지만, 그래도 후지마루는 이 1년 남짓한 기간 동안 마쓰다 연구실에 출입해왔다. 그동안 알게 된 것은 '이 사람들은 식물과 식물 연구를 지나치게 좋아해'라는 것이다. 아마 연구자의 연인이나 가족은 '이 사람, 또다시 뭔지 영문을 알 수 없는 연구에 빠져 있어'라고 어이없어할 때가 있지 않을까.

그 정도로 가까운 사이가 되어보지 못한 후지마루로서도, '정말인가. 내가 모토무라 씨 안에서는 식물보다도 아래인 건가'라고 생각하지만, 잘 생각해보면 식물과 인간을 놓고 인간이 식물보다 당연히 위라고 말할 수 있는 것도 아니다. 게다가 식물 연구자라면, 점심 식사를 배달하는 근처 식당의 종업원과 식물 중에서 식물 쪽에 더 많은 시간과 주의를 기울이는 건 당연한 일이다. 으흐흑, 역시 사랑의 패잔병은 괴롭다.

그러나 후지마루는 모토무라가 이야기하는 애기장대에 대한 이야기를 얌전히 경청한다. 그것이 모토무라의 성의라는 걸 알고 있고, 무엇보다도 후지마루 자신이 애기장대를 비롯한 식물과 식물에 대한 연구를 점점 더 좋아하게 되었기 때문이다.

그런 연유로, 후지마루와 모토무라 사이의 거리는 예전과 변함없이 유지되고 있다. 세미나에서 제공할 도시락이나 뒤풀이 요리에 대해서도 대충 이야기가 끝났다.

모토무라의 말에 의하자면 참가자는 52명. 그중 메밀 알레르기와 땅콩 알레르기가 있는 사람이 한 명씩 있다. 하지만 메밀을 도시락에 넣으면 불어버려서 어차피 도시락에 넣을 수 없고, 또 엔푸쿠테이에서는 땅콩 오일을 사용하지 않기 때문에 문제 될 것은 없다. 하지만 혹시라도 그런 재료가 혼입되는 일이 없도록 원재료를 잘 관리해야지, 하고 후지마루는 스스로 주의를 준다.

T대 대학원에서는 마쓰다 연구실과 모로오카 연구실이 합동 세미나에 참가한다. O대학, K대학, S과학기술대학원의 연구실에 소속된 대학원생과 교수들도 온다. 이 연구실들 사이에서는 평소부터 식물 연구를 협력해서 하고 있으며, 비교적 대규모 실험은 서로 분담하기도 한다고 했다. 협력 연구의 진척 사항에 대해서는 별도의 회합을 열어서 논의할 모양이고, 이번에는 각자 현재의 연구 성과를 발표하고 질의응답하는, 집안끼리의 학회 같은 행사로 여는 것 같았다.

모토무라가 조사한 바로는, 말레이시아인 이슬람교도 대학원생 한 명과 영국인 힌두교도 대학원생 한 명이 O대와 K대의 연구실에 각각 유학생으로 와 있다. 그 밖에도 다양한 나라에서 온 유학생들이 있지만, 종교상의 이유로 특별히 먹어서는 안 될 음식이 있는 것은 이 두 사람이다.

후지마루는 두 사람의 종교계율에 각각 대응한 도시락을 별개로 만들어볼 작정이었다. 그러나 모토무라에 의하면 "둘 다 점심은 각자 준비해 온대요"라는 것이다. "그렇지 않아도 대량의 도시락을 만들어야 하는데 힘들 거라면서요."

이럴 때에 필요한 지식과 기술이 없어서, 두 유학생으로 하여금 스스로 미리 조심하게 만들었구나 하고 후지마루는 생각한다. 후지마루는 미안한 마음에 좀처럼 울리지 않는 스마트폰을 써먹을 때가 왔다는 듯이, 검색창을 켜서 종교에 따라 먹어서는 안 되는 식재료가 무엇인지를 조사해봤다. 이슬람교에도 힌두교에도 먹는 것과 관련하여 정말 많은 계율이 있다는 걸 알 수 있었다. 조리 순서나 사용할 식재료를 잘못 쓴 탓에 그 두 사람이 계율을 깨게 해서는 안 된다. 결국 후지마루는 그들의 의견을 존중하기로 했다.

"나도 그 방면은 잘 몰라서 말이야"라고 쓰부라야도 부끄러운 표정을 짓는다. "하지만 앞으로는 그래선 안 되겠지. 채식주의자용 메뉴나, 특정 신앙을 가진 손님을 위한 메뉴도 제대로 준비해둬야겠어. 조금씩 공부해가볼까, 후지마루."

"네!"

갈고닦아야 할 요리의 길은 끝없이 이어진다. 후지마루는 정신이 아득해지는 기분이 들었지만, 숙련의 경지에 도달해서도 여전히 향학심에 불타는 스승의 모습을 보고 용기가 나기도 했다.

두 명의 도시락 비용은 받지 않기로 하고 도시락도 50인분만 만들기로 했다. 뒤풀이의 메뉴와 관련해서는, 그 유학생 두 사람에게 원하는 것을 말해달라고 하자. 나도 가능한 한 연구를 하자. 채소 요리를 많게, 샐러드드레싱도 별도로 더해서……. 이슬람교도인 사람은 알코올이 엄격하게 금지되어 있는 것 같으니까 알코올은 맛을 내는 용도로도 써서는 안 되겠구나. 그래, 간장 같은 조미료도 알코올이 첨가되지 않은 것으로 해야지.

후지마루는 합동 세미나용 요리법 공책을 따로 만들어서 시간이 날 때마다 생각난 메뉴를 메모했다. 도시락 쪽은 메뉴에 특별히 제약은 없다고 하나, 50인분이나 되고 보면 식재료 구입량을 계산하기 위해서라도 시험 삼아 만들어보아야 한다. 엔푸쿠테이의 불빛은 늦은 밤까지 꺼지는 일이 없었다. 쓰부라야도 시험 요리 만드는 것을 함께 해주면서 메뉴에 조언을 하거나 어떻게 하면 더 효율적으로 준비할 수 있을지 지혜를 짜내주었다.

쓰부라야의 교제 상대인 하나 씨도 후지마루를 응원하고 있다. 쓰부라야의 귀가가 너무 늦자 엔푸쿠테이를 들여다보러 온 하나 씨가 "50인분이나 만들어?" 하고, 풍만하다고 할까 포동포동하다고 할까 하는 몸을 뒤로 젖힘으로써 놀라움을 표했다. "나도 50명분 카레를 만들어본 적은 있어. 아들이 초등학생이었을 때 야구를 해가지고, 야구팀의 여름 합숙 때 해봤어. 합숙이라고 해봤자 1박만 하는 친목회 같은 것이었지. 밤에는 다 같이 불꽃놀이도 했고."

후지마루는 1인분의 쌀 분량이 얼마나 되는지를 재면서 끈기 있게 귀를 기울였다. 하나 씨의 이야기는 자꾸자꾸 옆길로 새면서도,

"뭐 어쨌든 50인분 카레를 만드는 건 힘들었어"라는 말로 결론이 났다. 쓰부라야는 적당히 대꾸를 해주고 있다.

"그럼 말이지, 행사 날에 우리 집 밴 빌려줄게. 도시락 50인분이면, 자전거로는 몇 번씩이나 나눠서 날라야 하잖아" 하고 하나 씨가 말했다.

"고맙습니다. 하지만 전 면허가 없어요."

"그래?"

그럼 데이트하러 못 가잖아, 라고 하나 씨가 말하려던 것과, 그러다가 쓰부라야가 보낸 시선으로부터 뭔가를 알아차렸는지 꾹 하고 말을 삼키는 것이 후지마루의 눈에는 다 보였다. 아야야, 하고 후지마루는 생각했지만, 설령 운전면허가 있었어도 모토무라에게는 그것이 사랑의 자격증이 될 수 없었을 거라고 생각하자 조금은 마음에 위안이 됐다.

"그럼 말이야, 그럼 말이야" 하고 하나 씨는 새로운 제안을 했다. "내가 운전해서 T대 교내까지 날라다 줄게. 도시락을 내려놓고 돌아오는 데 걸리는 시간은 15분이면 충분할 거고. 그동안은 옆집 약국 할머니한테 말해서 우리 가게를 잠시 지켜봐달라고 하면 되니까."

행사 당일에는 엔푸쿠테이도 점심시간 동안에 정상 영업을 할 예정이다. 그러니 밴만 빌렸을 경우 면허를 가진 쓰부라야는 식당 일만으로도 힘에 부친데, 하며 난감해할 것이다. 후지마루는 어떻게 해야 할지 망설였지만 "미안하군, 하나 씨. 덕분에 살았어"라고 쓰부라야가 머리를 숙였기 때문에, 감사히 제안을 받아들이기로 했다.

이렇게 해서 운반 수단도 확보됐고, 도시락과 뒤풀이 메뉴도 착착 결정되어갔다. 식재료를 구입하는 발주를 마쳤고 작업 분담과 시뮬레이션도 완벽하게 되었다. 엔푸쿠테이에 대량으로 도착한 도시락 용기를 보고 "팔이 근질근질하구나, 어이" 하고 쓰부라야는 거칠게 콧숨을 내쉰다.

이틀에 걸쳐서 공부를 계속한다는 합동 세미나. 후지마루로서는 상상만 해도 끔찍한 이벤트다. 모토무라와 연구실 사람들이 건강하게 그 재난을 극복해낼 수 있도록 마음을 담아서 맛있는 요리를 만들자.

문제는 의욕이 앞선 나머지 도시락 용기를 너무 빨리 주문한 것이었다. 후지마루는 엔푸쿠테이 2층에서 당분간 100개 분량의 용기와 함께 생활해야 했다. 밤마다 찌는 더위가 더해가면서 장마의 계절이 지나간다.

여름은 크고 작은 학회가 열리는 시즌이라고 한다. 장마가 걷히자, 마쓰다 연구실 사람들은 평소보다 움직임이 분주해졌다. 눈앞에 다가온 합동 세미나뿐 아니라 학회 준비도 있어서 더 바쁜 모양이다.

연구실에 아무도 없는 날도 많아서, 어느 날 후지마루가 점심 배달을 갔더니 큰 책상에 음식값이 봉투에도 들어 있지 않은 채 놓여 있었다. 이러다가 돈을 잃어버리면 어쩌려고. 후지마루는 돈을 돈주머니에 넣고, 부근에 있는 못 쓰는 종이 뒷면에 "잘 받았습니다"라고 써서 남겼다. 크크. 괴도 같다. 요리를 차려놓고 아무도 안 보는 사이에 식당으로 돌아왔다. 식기 전에 먹으면 좋겠는데, 하고 생각하니 조금 서운한 기분도 들었지만.

합동 세미나 전날, 후지마루는 마지막 의논을 하기 위해 마쓰다 연구실에 얼굴을 내밀었다. 연구실에는 약속을 한 모토무라밖에 없었다. '오, 웬 횡재' 하고 생각하다가 '아니, 후라후라마루 주제에 뭐가 '웬 횡재'냐. 뻔뻔하네, 나도' 하고 서둘러 사념을 뿌리친다.

모토무라는 컴퓨터를 향해 앉아 뭔가 작업을 하고 있었다. 화면에는 사다리 같은 것이 찍힌 영상이 늘어서 있다.

"그거, 요전번에 휴대용 냉장고 같은 기계로 찍은 사진이지요?"

"네. 합동 세미나에서 현재의 연구 성과를 발표할 거라서요. 알기 쉽게 사진을 실은 레쥐메를 만들어 나눠줄 거예요."

후지마루가 '레쥐메'가 무슨 말이냐고 했더니 발표 내용을 대충 정리한 자료라는 거였다. 이번 합동 세미나는 우리끼리 하는 거라서 발표 자체는 일본어로 하지만, 레쥐메는 논문과 마찬가지로 영어로 쓴다고 했다. 일본어가 그다지 능숙하지 않은 유학생도 영어로 된 레쥐메를 읽으면 발표의 개요는 파악할 수 있을 거라고.

엔푸쿠테이에도 가끔 외국인 관광객이 오는데, 그럴 때는 후지마루도 쓰부라야와 둘이서 더듬거리는 영어와 손짓 발짓을 구사해서 어떻게든 메뉴를 설명한다. 그런 경험이 있기 때문에 후지마루는 서로에게 전하고 싶은 마음이 있으면, 언어의 벽도 대개는 극복할 수 있는 거라고 생각하고 있다.

하지만 정확한 데이터와 논리성이 무엇보다도 중요한 과학의 세계에서는 손짓 발짓으로 밀어붙이는 게 불가능할 것이다. 키보드로 술술 영문을 치는 모토무라를 보고, 후지마루는 '굉장하구나' 하고 감탄할 뿐이었다.

모토무라는 잡지에 투고할 논문을 작성하기 위해 다음 실험에 착수했다고 했다. 마쓰다와 논의한 결과, 유전자 AHO가 잎사귀의 제어 시스템에 영향을 미치고 있다는 것을 늦어도 올해 말까지는 논문 잡지에 투고하는 게 좋겠다고 의견의 일치를 봤기 때문이다. 다른 연구자가 우연히 유전자 AHO를 사용하여 같은 실험을 하고 있을지도 모른다. 그럴 경우, 하루라도 빨리 논문을 발표한 쪽이 '신(新)발견자'로 인정받는다.

심사 단계에서 이것저것 지적받지 않도록, 실험을 통해 여러 가지 데이터를 잘 확보하고 AHO가 해내고 있는 기능을 다각적으로 분석해두어야 한다. 모토무라는 논문을 쓰기 위한 준비에 더하여 합동 세미나 간사 역할까지 해야 해서 지쳐 있는 것 같았지만, 그래도 표정은 충실감으로 빛나고 있었다.

"그 논문이 박사논문이 되는 건가요?"

"아뇨, 박사논문 제출까지는 아직 1년 하고 조금 더 시간이 있어서요. 그사이에 실험을 더 진행시킬 생각이에요. 유전자 AHO가 어떻게 작용하는지 좀 더 구체적으로 알고 싶고, 원래 고르려고 했던 유전자 AHHO에 대해서도 더 조사하고 싶고요. 또 성과가 모이면 논문 잡지에 투고하고요. 박사논문은 마지막으로 그것들의 집대성이란 느낌으로 할 수 있으면 좋겠다고 생각하고 있어요."

'아호'와 '앗호'와 관련하여 아직도 조사해야 할 것이 더 남아 있는 건가. 후지마루는 늘 그렇듯 압도되는 느낌이었으나, 여기서 더 복잡한 설명을 들어봤자 이해가 가지 않을 것이기 때문에 화제를 바꾸기로 했다.

"다른 분들은 어떻게 하고 있나요? 최근에 연구실에서 잘 볼 수가 없네요."

"글쎄요."

모토무라는 고개를 갸우뚱했다. 같은 연구실에 소속돼 있다 해도 기본적으로는 각자 독립적으로 실험과 연구를 하고 있기 때문에, 서로의 세세한 스케줄까지는 파악하고 있지 않은 모양이다.

"가토는 8월에 오키나와에서 열리는 큰 학회를 위해서 포스터를 만들러 갔어요."

"포스터?" 이번에는 후지마루가 고개를 갸우뚱할 순서였다. "학회가 있다는 건, 연구자들끼리는 알고 있는 거 아니에요? 왜 포스터가 필요한가요?"

"고지용 포스터는 아니에요." 모토무라는 컴퓨터 화면에 표시되어 있던 레쥐메를 인쇄하여 잘 작성되었는지 확인하면서 말했다.

"학회에서는 사람들 앞에서 구두로 발표하는 사람도 있지만, '포스터 발표'라는 자리도 마련돼 있어요. 학회가 열리는 장소의 로비 같은 곳에 레쥐메를 확대한 것 같은 큰 포스터를 붙여놓는 거예요. 포스터를 만든 연구자가 그 옆에 서 있기 때문에, 관심 있는 사람이 포스터를 보고 궁금한 내용이 있으면 그 자리에서 질문을 하거나 이야기를 나눌 수 있어요."

"흠."

학교 축제 같구나, 하고 후지마루는 생각했다. 그러고 보니 고등학교 시절 독서 클럽 같은 데에서도 모조지에 활동 내용을 써서 발표했었다. 물론 후지마루는 간이식당에서 다코야키를 굽거나 친구가 하는 간이식당에서 군것질을 하는 데에 열중해서, 그런 성실한 발표를 제대로 지켜본 적이 없었지만.

"종이로 만들면 이동할 때 구겨지거나 찢어져서, 큰 천에 프린트하는 사람도 많아요"라고 모토무라는 설명을 계속했다. "천으로 만들면 현지에서 다리미질하거나 잘 때 요 밑에 깔고 자거나 하면 되니까요. 가토는 1층 복사실에 간다고 했어요. 거기에는 포스터 발표용으로 천에 인쇄할 수 있는 인쇄기가 있어서요."

"그래요?"

천으로 포스터를 만든다. 모토무라의 동료들에게는 당연한 일인 모양이었지만, 후지마루에게는 놀라운 습관이랄까 풍습이다.

"가토 씨는 역시 선인장에 대해서 발표하나요?"

"네. 가시를 투명화하는 방법을 자세히 설명한다고 했어요. 8월 학회는 규모가 커요. 하지만 참석자 중에 선인장을 전문으로 하는 연구자는 아마 가토 말고는 없을 거예요……."

투명해진 선인장 가시 사진을 천에 잘 인쇄할 수 있을까. 그리고 그것이 뭐냐고 덤벼들어줄 연구자는 있을까. 조금 걱정이 되었지만, 후지마루는 가토의 포스터 발표가 성공하기를 빌었다.

레쥐메 작성의 감이 잡혔는지, 모토무라가 인쇄한 것을 책상에 놓고 새삼스럽게 후지마루에게 돌아섰다.

"기다리게 해서 미안해요. 이제 내일 도시락 얘기를 해요."

후지마루는 잡념을 털어버리고 몇 시에 도시락을 들여오면 좋을지 등에 대해 모토무라와 최종 확인을 했다. 정말은 모토무라가 이야기하는 연구나 학회 이야기를 더 듣고 싶었다. 자신의 이해력이 따라잡을 수만 있다면, 아침까지라도 계속 모토무라의 목소리를 듣고 싶었다. 합동 세미나 도시락이나 뒤풀이에 대해서는 지금까지도 몇 번이나 이야기를 나눈 터라 확인 작업은 순식간에 끝나버리기 때문이다.

모토무라가 또 반팔 티셔츠를 입는 계절이 되어 있었다. 오늘 입은 티셔츠의 왼쪽 가슴에는 하트형 잎사귀를 먹는 애벌레 그림이 작게 인쇄되어 있었다. 이 벌레도 모토무라 씨 왼쪽 가슴의 심장에 구멍을 내는데, 나는 못 했구나 하는 생각이 들면서 좀 서글퍼졌다. 시선을 내리자, 고무 슬리퍼를 신은 모토무라의 발이 눈에 들어왔다. 핑크색 조개 같은 발톱이 예쁘게 늘어선 작은 발.

매끈한 뒤꿈치를 보고 싶었지만, 모토무라는 이야기하는 내내 후지마루를 마주 보는 방향에 있었다.

헤어질 때, 모토무라는 다섯 개의 아바네로 열매가 든 비닐봉지를 내밀었다.

"가토가 도와줘서 어떻게든 수확까지 해냈어요."

모토무라는 말했다. 내가 아바네로 오일을 만들고 싶어 한 걸 모토무라 씨가 기억하고 있었구나. 후지마루는 기쁘게 감사 인사를 하고 받아 들었다.

아바네로는 작은 피망처럼 생겼고 불꽃같이 빨갰다. 어쩐지 심장 같기도 하다.

연구실 출입문에 서서 "내일 잘 부탁합니다"라며 배웅하는 모토무라에게 후지마루는 꾸벅 머리를 숙였다.

합동 세미나 1일째. 후지마루와 쓰부라야는 날이 새기도 전부터 주방에 나와서 분부하고 있었다. 머리에는 머리띠를 두르고, 일회용 투명 장갑과 마스크까지 장착한 만전의 태세로.

오늘의 도시락은 일식이다. 큼직한 주먹밥을 100개 만든다. 속에 들어갈 것은 가다랑어포 매실과 순무 두 종류다. 반찬은 명란젓을 끼운 닭 가슴살 튀김과 돼지고기 구이. 그 외에도 톳 유부조림과 시금치 두부무침 등의 자잘한 반찬을 만들어서 색감을 살리면서 도시락 통에 담아야 한다.

엔푸쿠테이의 20인용 밥솥은 풀가동이다. 밥이 다 될 때마다 주먹밥 제조 기계로 변신한 후지마루는 "아뜨뜨, 아뜨뜨" 하고 작게 비명을 지르면서 주먹밥을 만든다. 쓰부라야의 방침에 따라서 주먹밥만큼은 맨손으로 만들고 있는 건데, 뭐, 장갑을 끼었다고 해도 뜨거운 건 마찬가지였을 것이다. 그 틈틈이 닭 가슴살에 명란젓을 채우거나 하룻밤 재워둔 고기를 냉장고에서 꺼내어 맹렬히 굽는 등, 머리 꼭대기에서 연기가 날 정도로 왔다 갔다 바지런히 움직이며 일한다.

튀김을 담당하는 것은 쓰부라야다. 닭 가슴살을 기름에 투입할 때 비어져 나온 명란젓이 작은 폭발을 일으킨 모양이다. 주방에서 "우아, 뜨!" 하는 비명에 이어서 으르렁거리는 외침 소리가 들렸다. "어이, 후지마루! 네가 일을 허술하게 해서 닭 가슴살이 폭탄이 됐잖아!"

후지마루는 그때 홀에서 톳 유부조림을 맹렬하게 담는 기계로 변신해 있었기 때문에, "죄송합니다"라고 기계처럼 대꾸할 수밖에 없었다.

더운 계절이라서, 음식을 너무 빨리 해놓으면 도시락이 상해버린다. 그렇다고 열기가 안 빠진 상태에서 서둘러 용기에 담으면 그것

또한 음식이 상하는 원인이 된다. 엔푸쿠테이의 홀에 에어컨을 켜고 손님용 탁자에 하나 가득 도시락 용기를 늘어놓고, 온도를 잘 보면서 음식을 담는 게 요령이다. 후지마루와 쓰부라야는 손을 나눠 도시락 제작에 착수한다.

오늘의 영업을 위해, 전날 밤에 만들어둔 스튜나 카레 냄비도 다시 끓여놓아야 한다. 엔푸쿠테이의 가스레인지는 쉴 새 없이 '이쪽을 데우고 나면 이번엔 저쪽' 하고, 복잡한 퍼즐같이 차례차례 냄비와 프라이팬을 받아들인다. 그 옆에서 후지마루는 이번에는 양배추 채 써는 기계로 변신했다. 런치 샐러드를 위한 준비다.

드디어 50개의 도시락이 완성된 것은 11시 반이 다 되어서였다. 엔푸쿠테이의 점심 영업이 시작되자 점심시간 손님이 기다렸다는 듯이 식당으로 밀려들어 온다. 꽃집의 하나 씨가 시간에 딱 맞춰 식당 앞의 좁은 골목에 밴을 세웠다. 후지마루는 부지런히 도시락을 날라서 밴 뒤에 실었다. 그러고는 후지마루 자신도 밴 뒤의 빈 공간에 올라타 도시락의 산이 무너지지 않게 받친다.

"잊은 물건 없어? 그럼 출발!"

하나 씨의 밝은 목소리와 함께 밴이 출발했다. 골목을 벗어나 혼고 대로를 건너서, 경비원에게 사정을 얘기하고 아카몬을 통과하여, 자연과학부 B호관의 파사드 앞에 정차한다. 채 5분도 걸리지 않아 "자, 도착!"이라고 말한 하나 씨는 뭔가 일이 너무 빨리 끝난 게 조금 아쉬운지 "세미나 장소까지 나르는 거 도와줄까?" 하고 말했다.

"아뇨, 괜찮습니다. 엘리베이터가 있거든요."

후지마루는 해치 도어를 열고 뒤 공간에서 휙 하고 내려섰다. 접힌 채 실려 있던 꽃집 짐차를 땅바닥에 내리고 거기에 도시락 50개를 올려놓는다.

"짐차는 엔푸쿠테이에 둬"라고 하나 씨는 말했다. "내일은 내가 시장에 안 가는 날이니까."

"고맙습니다. 그럼 내일도 11시 반경에 부탁드립니다."

"오케이."

하나 씨는 운전석에서 손을 한 번 흔들고 화려하게 밴을 유턴시켜서는 아카몬 쪽으로 달려가 시야에서 사라졌다.

하나 씨를 배웅한 후지마루는 도시락을 가득 실은 짐차를 밀며 파사드 경사를 올라간다. 여닫이가 안 좋은 출입구 문을 들어서 열고 현관홀에 있는 엘리베이터에 올라탄다.

자연과학부 B호관의 4층은 탑같이 하늘로 돌출한 부분에 해당된다. 그 때문에 다른 층보다 면적이 좁아서 '강당'이라고 불리는 계단식 교실밖에 없는 것 같았다.

양쪽으로 열리는 두꺼운 목재 문을 열고 처음으로 강당에 발을 들이민 후지마루는 "오오" 하고 작게 소리를 질렀다. 강당은 훌륭했다. 양념절구 같은 구조로, 제일 아래쪽 바닥면에는 나무로 된 교단이 있다. 교단은 세월이 만들어낸 광택을 내고 있다. 계단 모양으로 늘어선 긴 책상은 교단을 둘러싸듯이 느슨한 반원을 그리고 있다.

좌석 수는 200개 정도 될까. 합동 세미나에 참가하는 50여 명이 각자가 원하는 자리에 흩어져 앉아 있다. 모두 진지한 표정으로 교단에 선 남성을 주시하고 있다.

후지마루가 연 문은 강당의 맨 뒤, 즉 계단 가장 높은 부분에 달려 있다. 그런데도 문과 천장 사이는 아직 꽤 많이 떨어져 있었다. 파이프오르간이 설치되어 있어도 이상하지 않을 정도로 중후하고 차분한 공간이다. 좌우 벽면에 늘어선 굵은 기둥이 천장을 받치고 있는데, 기둥과 천장이 닿는 부분에는 고대 그리스풍 장식이 세공되어 있다. 기둥과 기둥 사이에는 세로로 긴 창문이 있는 것 같은데, 지금은 모두 검은 커튼으로 가려져 있는 상태다. 강한 여름 햇살을 막아서 교단 뒤에 설치된 큰 스크린 화면이 잘 보이게 하기 위해서일 것이다.

뒤쪽 책상에는 참가자들 각자가 만들어 온 레쥐메와 합동 세미나 진행표가 놓여 있었다. 배가 조금 고플 때 먹을 수 있게 과자도 놓여 있다. 아이스박스도 몇 개나 있고, 그 안의 페트병에는 녹차나 주스가 들어 있는 것 같았다.

후지마루는 진행표를 손에 들었다. 한 사람당 15분 정도의 발표 시간이 주어지는 모양이다. 진행표에 의하면 오전 중에는 아침 9시 반부터 거의 쉬는 시간도 없이 일곱 명이 계속해서 발표하는 일정이다. 그리고 무섭게도, 점심 휴식을 취한 뒤에도 또 열 명 정도가 발표할 예정으로 되어 있다.

이것을 이틀이나 하는구나. 과자를 놔둔 이유가 있었어. 뇌가 지치면 과자에 손이 갈 테니까. 정상을 벗어난 공붓벌레들이로다, 하고 후지마루는 고개를 흔들고 나서, 일단 발표를 방해하지 않도록 짐차에서 도시락을 꺼내 뒤쪽의 긴 책상으로 조용히 옮겼다. 틈틈이 곁눈질을 하며 모토무라를 찾았더니, 모토무라는 교단의 바로 앞자리에서 열심히 뭔가를 메모하고 있었다. 참가자들은 모두 노트북을 가지고 와서 발표와 관계가 있을 법한 논문을 그 자리에서 잽싸게 검색하기도 하는 것 같았다.

후지마루는 진행표를 보고, 지금 발표하고 있는 남성이 O대학의 교수라는 것을 알았다. 마쓰다와 마찬가지로 사십대 중반대의 젊은 교수다. 노트북을 이용하여 스크린에 사진을 비추며 열심히 설명하고 있다. 후지마루는 스크린에 노랗고 귀여운 꽃이 비치는 것을 보고 흥미가 생겨, 맨 뒷자리에 앉아서 도시락 그늘에 숨듯이 하고 지켜본다.

물론 발표 내용은 후지마루로서는 거의 이해 불가능이었다. 그러나 노란 꽃이 미나리아재비라는 것, 교수가 들판에서 미나리아재비를 있는 대로 모아들여 꽃잎의 수를 다 세었다는 것은 알았다.

미나리아재비 꽃잎은 다섯 장이거나 여섯 장인 모양이다. 다 큰 어른이 "좋아한다, 싫어한다"라며 꽃잎을 한 장씩 떼어내는, 꽃점 치는 일 같은 것을 했단 말인가. 그런 생각을 하니 후지마루는 조금 유쾌한 기분이 들었다. 같은 '식물학'이지만, 현미경으로 세포를 보거나 유전자를 조사하는 모토무라 씨 연구실 사람들과는 연구 방법이 많이 다르구나, 라고도 생각했다. 꽃잎 교수는 세포나 DNA를 빛나게 하는 사진은 한 장도 사용하지 않고, 곡선 그래프와 뭔가 어려워 보이는 수식만을 차례차례 스크린에 표시했다.

후지마루는 시선을 이리저리 옮겨가며 강당 안에 있는 사람들을 관찰했다. 대충 살펴보니, 반 이상은 다른 대학원에서 참가한 연구자들 같았다. 마쓰다 연구실 사람들 이외에도, 어쩐지 낯이 익은 것 같다는 생각이 드는 것은 모로오카 연구실 멤버들일 것이다.

마쓰다는 맨 앞줄 가장자리에 앉아 때때로 메모를 하면서 발표에 귀를 기울이고 있다. 다른 사람은 모두 편안한 차림새인데, 마쓰다만은 변함없이 살인 청부업자 같은 양복 차림이다. 자리를 하나 비운 옆에서는 모로오카가 흥흥 하고 줄곧 고개를 끄덕이고 있다. 고구마만 얽히지 않으면 매우 온화한 사람이구나 하고 후지마루는 생각한다.

가와이는 간사를 맡은 모토무라의 뒤의 비스듬한 위치에 앉아서 타임키퍼 역할을 돕고 있었다. 가토는 강당 중간 정도 자리에서 노트북 화면을 들여다보고 있다. 후지마루의 시력은 양 눈 모두 1.5라서 가토가 미나리아재비꽃을 검색해서 꽃잎을 세어보고 있다는 것까지 간파한다.

그 기분 이해해요, 가토 씨. 후지마루는 혼자 머리를 끄덕이며 마음으로 가토에게 공감을 보낸다. 참신하고 흥미 깊은 발표를 들으면 대학원생이라도 아마추어 같은 반응을 하게 되는 거구나 하고 조금 안심한다.

이와마는 어디에 있으려나, 하고 눈으로 찾는다. 등잔 밑이 어둡다. 이와마는 후지마루가 볼 때 바로 왼쪽 편에서 약간 앞에 있는 자리에 앉아 있었다. 대부분의 참가자가 강당 중간보다 앞쪽에 흩어져 앉아 있어서, 이와마의 주위에는 사람이 없다.

유일한 예외는 이와마 옆에 앉은 젊은 남자다. 좌석에 여유가 있기도 하고, 나란히 앉는다 하더라도 노트나 컴퓨터를 펼쳐놓기 위해서 의자를 하나 비우고 앉은 사람들뿐이다. 그런데도 이와마와 남자는 말 그대로 바로 옆에 붙어서 앉아 있었다.

딩동, 하고 후지마루의 연애 센서가 반응했다. 그러고 보니 이와마는 장거리 연애 중이라고 했었다. 분명 상대는 나라현에 있는 대학의 대학원생일 터. 과연. 후지마루는 은근슬쩍 책상에서 몸을 내밀어 남자의 옆얼굴을 확인한다. 나이가 이와마와 비슷한 것 같은데, 아마 이십대 후반일 것이다. 성실해 보이는 얼굴이다.

하긴, 성실하지 않은 사람이라면 연구 같은 건 할 수 없을 테지. 자세를 원래 상태로 되돌린 후지마루는 고개를 조금 갸우뚱한다. 그렇다 쳐도, 두 사람 사이에서 느껴지는 이 미묘한 거리감은 뭐지? 오랜만에 만나서 모처럼 옆에 앉았는데, 어쩐지 서먹서먹하다고나 할까. 조금 더 팔을 붙이고 앉거나 책상 아래에서 손을 잡거나 하는 게 자연스럽지 않나. 이런 생각을 하고 있는 건, 내가 후라후라마루인 주제에 질리지도 않고 남녀상열지사만 보면 괜히 마음이 분분해지는 멍청이이기 때문인가. 연구자는 역시 합동 세미나에 참가하면 연애보다는 발표를 듣는 것이 첫 번째인가. 그야 그렇겠지.

엔푸쿠테이의 단골손님들한테 받은 영향으로 인하여 "마음이 분분해지는 멍청이" 등 자신의 어휘가 미묘하게 예스러워졌다는 사실을 후지마루는 깨닫지 못하고 있다.

어쨌든 이와마와 그 남자 친구 사이에 대해 후지마루가 괜히 걱정을 하고 있는 사이에 꽃잎 교수의 발표가 끝났다. 활발한 질의응답이 이어지고 드디어 모토무라가 자리에서 일어나 "지금부터 90분간의 휴식 시간을 갖겠습니다"라고 교단에서 마이크를 통해 안내했다. "강당 뒤쪽에 도시락, 과자, 음료를 준비해놓았습니다. 자유롭게 가져가세요."

참가자들은 삼삼오오 자리에서 일어나 기지개를 켜거나 스마트폰을 체크하면서 강당 안의 계단을 올라왔다. 후지마루도 서둘러 일어나서 빈 짐차를 놓아둔 벽 쪽으로 물러섰다. 도시락과 페트병을 집어 든 참가자들은 기분 전환을 위해선지 강당 밖으로 나가는 사람이 많았다. B호관의 빈 교실에 들어가거나, 덥긴 해도 나무 그늘 벤치 아래로 가서 먹으려는 것일 거다.

"굉장해. 맛있어 보이지, 그치?" 하고 여자 대학원생 둘이 도시락을 좋게 평가하여 말하는 것을 듣고 후지마루는 안도했다. 마쓰다를 비롯하여 안면이 있는 사람들은 "고맙습니다" "수고했어요, 후지마루 씨" 등의 말을 건네며 도시락을 들고 강당에서 사라졌다.

"저기, 후지마루 씨"라고 가토가 말했다. "저, 돈가스 덮밥을 먹고 싶은데, 내일 메뉴는 뭐예요?"

마침 이와마와 그 상대가 도시락을 집어 든 참이었기 때문에, 후지마루는 거기 정신이 팔린 채로 대답했다.

"아쉽게도 내일은 샌드위치예요. 하지만 돈가스 샌드위치도 넣을 예정이에요."

"그래요?" 가토는 낙담과 기대가 반반 섞인 표정을 짓는다. "그래도 돈가스는 돈가스니까요."

가볍게 목례하는 이와마와, 이와마 옆에 있는 사람이 이와마의 남자 친구라는 사실을 전혀 눈치채지 못하는 가토가 잇따라 강당을 나간다. 그들을 배웅하는 후지마루에게 "와아, 반찬이 많이 들어 있네요" 하고 모토무라가 말을 걸어왔다. "정말 고맙습니다."

"아뇨, 뭘요."

후지마루는 모토무라 쪽으로 돌아선다. 조금 전부터 신경 쓰였던 것인데, 오늘의 모토무라 씨는 예의 그 기공이 떡하니 인쇄된 티셔츠를 입고 있었다. 합동 세미나니까 모토무라 씨 나름대로 격식을 갖춘다고 입고 온 옷이란 건가? 아무리 식물학 모임이라 해도 격식을 갖춘 복장이 기공 티셔츠라니, 이게 뭐지?

그러나 연심을 고백했을 때와 마찬가지로, 옷을 어떻게 고른 거냐고 물어도 모토무라로부터 만족스러운 대답을 얻을 수 없으리라는 건 후지마루도 이미 충분히 학습하고 있었다. 마지막 한 개가 된 도시락을 모토무라에게 건네면서 다른 화제를 고른다.

"아까 미나리아재비 꽃잎 이야기를 아주 조금 들었어요. 어려워서 잘 이해는 못 했지만 그래도 재미있네요."

"네. 그 교수님은 수학적 접근법을 사용해서 꽃잎의 배치 등에 대해 연구하는 분이에요"라고 모토무라는 눈을 빛내며 말했다.

"예를 들어, 미나리아재비꽃은 꽃잎이 다섯 장인 것이 대부분이에요. 하지만 간혹 가다가 오류로 여섯 번째 꽃잎이 생기는 꽃도 있어요. 그럴 때 여섯 번째 꽃잎이 꽃의 어느 위치에 생기는가 하는 문제가 있는데요. 수학적으로 그 위치를 몇 가지 범위로 계산해낼 수 있다고 해요. 실제로 꽃을 조사하면 여섯 번째 꽃잎은 그중 몇 가지 위치에 집중해서 달린다는 거예요. 그 교수님은 오류인 여섯 번째 꽃잎이 왜 그 위치에 집중해서 생기는지 그 메커니즘을 조사하고 계세요."

본 적도 없는 복잡한 수식은 미나리아재비 꽃잎의 수수께끼를 해명하기 위한 것이었던가. 후지마루는 새삼 미나리아재비를 채집하느라 날이 새고 졌다는 교수에 대해 감복하는 마음이 든다. 그런 후지마루의 표정을 간파했는지, "잘난 척하며 설명은 했지만 저는 수학을 잘 못하는 편이라, 교수님의 발표를 들어도 도저히 완벽하게 이해할 수가 없어요"라고 모토무라는 부끄러운 듯이 덧붙인다.

"어? 모토무라 씨도 모르는 것이 있나요?"

"그야 있죠. 모르는 것투성이예요."

모토무라는 진지한 얼굴로 끄덕였다. 그래서 연구는 재미있는 거예요, 라고 생각하고 있는 거겠지, 라고 후지마루는 헤아릴 수 있었다.

모토무라가 바깥 벤치에서 도시락을 먹겠다고 해서, 후지마루는 함께 강당을 나와 B호관 계단을 내려가기 시작했다. 짐차를 접어 왼쪽 겨드랑이에 안아 든다. 후지마루로서는 너무 여유 부릴 때가 아니었다. 엔푸쿠테이로 돌아가 저녁 영업을 준비하면서 내일 도시락과 뒤풀이도 준비해야 하기 때문이다.

"오전 중 발표에서는 그 밖에도 흥미로운 것이 많이 있었어요"라고 모토무라는 말했다. "K대 교수님이 발표하신 건데, 식물은 6주 정도 동안의 기온의 변동을 기억하고 있다는 거예요."

"6주? 전 그저께 저녁에 뭘 먹었는지도 애쓰지 않으면 생각이 안 나요."

"그렇지요. 저도 그래요."

모토무라는 끄덕인다. "물론, 식물에게는 뇌가 없기 때문에 그 기억이란 게 인간이 말하는 '기억'하고는 의미나 메커니즘이 다르겠지요. 그런데 기온은 계절과 계절 사이의 차이보다도 밤과 낮 사이의 차이나, 날과 날 사이의 차이 쪽이 더 크대요."

"그건 맞는 말 같아요. 초겨울에도 따뜻한 날씨가 있고, 여름인데도 갑자기 선선한 날이 있거나 하잖아요."

"네. 그런데 식물이 그런 밤낮이나 날과 날 사이의 단기적인 기온 변화에 휘둘리면, 아직 겨울인데도 봄이 됐다고 착각해서 꽃을 피우게 돼요. 그건 식물에게 안 좋아요. 예를 들어 튤립이 있다고 하면, 모든 튤립이 같은 계절에 일제히 피지 않으면 꽃가루받이에 불리하기 때문이에요. 어쩌다 겨울에 튤립이 한 송이만 피었다고 해봐요. 그러면 벌이나 나비가 꽃가루를 여기저기 다른 튤립들에게 날라줄 수가 없잖아요."

"그렇구나. 그래서 최저 6주는 기온의 변화를 기억해뒀다가, 정확히 계절이 바뀐 것을 확인할 필요가 있는 거네요."

"그런 것 같아요. 그 교수님은 분자생물학의 수법을 써서 식물의 내부 상태를 관찰하고 있어요. 하지만 맨눈을 통한 관찰도 좋아하시는지, 거의 매일 늘 가는 똑같은 공원에 산책하러 가서 화단을 살펴보는 것이 취미래요."

"가끔은 산책 루트를 바꾸고 싶을 텐데, 안 그런가 봐요."

"그런 모양이에요. '같은 장소에 가면 같은 얼굴들을 만날 수 있다. 그러니까 식물이 좋다'라고 하셨어요."

그런 이유로 식물을 좋아하는 사람이 있다니, 하고 후지마루는 놀란다. 그동안에도 식물 연구자 중에는 아무래도 괴짜가 많은 것 같다며 번번이 감탄하고 있었던 후지마루는, 이번에도 그동안 몇십 번이나 느꼈던 '띠용' 하는 현기증과 함께 한 번 더 고개를 끄덕였다. 맞아. 벌레나 동물이라면 움직이니까 같은 걸 다시 보기 힘들지.

"'저 교수님이 후카쿠사노 쇼쇼(백 일 동안 자신을 만나러 와주면 결혼해주겠다는 미녀 고마치의 말을 듣고 계속 찾아가다가 백 일째 눈 오는 날 소원을 이루지 못하고 숨을 거뒀다는 전설 속 인물)라면, 백 일 밤 거니는 것쯤은 일도 아니겠네요.'라고, 마쓰다 교수님과 모로오카 교수님이 웃으면서 말했어요."

후지마루는 후카쿠사노 쇼쇼가 누군지 몰랐기 때문에, "네" 하고 끝을 흐리며 대답한다.

가능한 한 천천히 발을 옮긴 셈이었는데 벌써 1층이다. 후지마루는 도시락과 페트병을 들고 있어서 아무것도 할 수 없는 모토무라를 위해 문을 열어주며 먼저 나가게 했다.

은행나무 가로수 벤치로 간다는 모토무라와 아카몬 방향으로 함께 걷기 시작한다. 짐차를 펴서 밀면서 가자니 덜컹덜컹 소리가 시끄럽다.

그때 앞쪽에서 이와마가 다가왔다. 빠른 발걸음에 고개는 숙인 채다. 벌써 도시락을 다 먹었을 것 같지는 않은데, 하고 후지마루는 생각했다. 더구나 아까 나갈 때는 남자 친구인 듯한 인물과 함께였는데 지금은 혼자다.

"수고하셨습니다." 모토무라가 밝게 말을 걸었다. 이와마는 스쳐 지나가면서 후지마루와 모토무라를 힐끗 봤다.

"응, 수고 많아" 하고 작은 목소리로 대답하고, 그대로 B호관으로 들어가버린다.

"무슨 일이지?"

평소에는 다른 사람을 잘 살펴주는 이와마 씨가 저런 퉁명스러운 태도를 보인다는 건…… 후지마루는 추리했다. 어쩌면, 장거리 연애 중인 남자와 싸운 게 아닐까. 상대 남자가 바람피운 걸 알아채고 그 사이에 죽여버리고는 사람들의 눈을 피하고 싶어서 고개를 숙이고 걸었다, 라는 가능성도 없지는 않지만, 백주 대낮에 당당히 대학 교내에서 살인을 저지른다는 건 좀 그렇다.

뭐, 십중팔구 싸웠구나, 하고 후지마루는 결론지었지만, 내가 이러쿵저러쿵 끼어들 입장은 아니니까, 라고 생각하며 모른 척하고 지나간다. 모토무라 씨는 남녀상열지사에 관한 한 나 이상으로 할 수 있는 일이 없을 테고, 라고도 생각한다.

"무슨 일일까요?"

후지마루는 얼굴에 웃음을 지으며 딴 소리로 대답한다. "그런데 모토무라 씨의 발표, 내일 점심 전이지요?"

"잘 아시네요."

"진행표를 훔쳐봤어요"라며 가슴을 편다. "도시락 만들기가 예정대로 잘 끝나면, 시간에 맞춰 와서 듣도록 하겠습니다."

"그 말을 들으니 왠지 긴장되지만 열심히 하겠습니다."

모토무라와는 아카몬 가까이에서 헤어졌다. 매미 소리가 쏟아져 내렸지만, 비어 있는 벤치를 향해 걷는 모토무라의 뒷모습은 서늘했다. 둥글고 작은 뒤꿈치가 고무 슬리퍼 위에서 오르락내리락한다.

후지마루는 떨쳐내듯 몸을 돌려 아카몬을 나와서 점차 소리를 높이 울리며 혼고 대로를 건넌다.

엔푸쿠테이 맞은편 집의 무궁화는 올해도 꽃을 많이 달고 있었다.

무궁화나무도 6주 치의 기온을 기억해서 여름이 됐다고 판단한 걸까. 올해는 꽃을 피우는 것을 빼먹어야지, 하고 생각하는 일은 없을까.

판단하는 일도 생각하는 일도 없겠지. 식물이니까. 인간하고는 다르니까. 그 어떤 사정으로 꽃이 피지 않는 해가 있었다 하더라도, 그건 낙담했기 때문이라든지 토라졌기 때문이라든지 하는, 인간 같은 고민이나 불편한 심기가 원인이어서 그런 건 아닐 게 분명하다.

하지만 비슷한 점도 있지. 중심에만 희미하게 붉은색이 비치는 하얗고 얇은 무궁화꽃을 올려다보며, 후지마루는 마음속에서 말을 건다. 왠지 잘 모르겠지만, 너는 복잡한 메커니즘을 동원하여 어떻게 해서든 기온을 기억해둔다. 그것은 네가 살아가기 위해서는 반드시 알고 있어야 할 소중한 것이기 때문이겠지.

나도 마찬가지다. 일부러 기억하자고 한 것도 아니고, 아니 어떤 때는 오히려 잊으면 더 편하겠다고 생각하는데도 내 뇌는 기억하고 있다. 여러 가지 요리를 만드는 순서를. 모토무라 씨를 좋아하게 돼서 심장이 어떤 식으로 고동쳤나를. 뇌의 메커니즘 같은 건 모르겠지만, 어쨌든 그런 기억들은 멋대로 내 뇌에 각인되었다. 그것이 아마 내게 소중한 것이기 때문이겠지.

후지마루는 무궁화에게 일방적으로 연대감을 느끼며 "나의 동료구나" 하고 아무에게도 들리지 않을 작은 목소리로 속삭인다. 그러고 나서 "다녀왔습니다" 하며 엔푸쿠테이의 문을 열었다.

합동 세미나 이틀째. 후지마루와 쓰부라야는 또다시 날이 채 새기도 전에 엔푸쿠테이 주방에 나와서 분투하고 있다.

여하튼 오늘은 도시락용으로 대량의 샌드위치를 만들어야 한다. 큰 냄비에서 계란과 감자를 삶는 기계가 되었다가, 돈가스를 튀기고 또 튀겨서 특제 소스를 바르는 기계가 되었다가, 다시 양배추 채썰기의 기계로 변신하면서 동분서주 좌우회전 한다.

상점가의 빵집 직원이 미리 예약해둔 얇게 썬 식빵을 싣고 왔다. 50인분인데 이불을 개어놓은 건가 싶을 정도로 부피가 있다. 때마침 안에 넣을 재료도 적당히 식었기 때문에, 이번엔 빵에 재료를 끼우는 작업에 착수하기로 한다.

홀의 탁자를 붙여서 작업대를 만들고, 후지마루와 쓰부라야는 일회용 샤워 캡과 투명 장갑과 마스크를 장착한다. 머리띠는 흘러내릴 것 같아서 이번엔 샤워 캡이다.

샌드위치 속은 네 종류. 삶은 계란 마요네즈 버무림, 감자 샐러드, 돈가스와 양배추, 햄과 오이다. 이 네 종류의 샌드위치의 사이즈를 작게 만들어, 종류마다 두 개씩 모두 여덟 개를 한 개의 도시락 통에 채운다.

후지마루가 빵에 버터와 머스터드소스를 바르고 쓰부라야가 적절하게 내용물을 끼우기로 역할 분담을 했지만 "아아, 대장 너무 빨라요!"라고 마스크 뒤에서 외치지 않을 수 없었다.

"푸하하, 손들었냐. 이게 프로의 기술이란 거다."

쓰부라야는 팔이 천 개 달린 천수관음 저리 가라 할 정도로 빠르게 샌드위치를 완성해간다. 내몰린 후지마루도 필사적으로 빵에 버터를 바르지만, 도저히 따라잡을 수 없다. 드디어 우는소리를 하며 "내용물 끼우는 쪽이 더 편한 거 아니에요?"라고 교대를 청했다. 그런데 쓰부라야는 바르는 작업도 '다다다다' 하고 번개같이 빠른 데다가 고르고 정확하다.

"어떠냐, 항복이냐."

"네, 역시 대장은 굉장합니다."

쌓여가는 버터 바른 빵의 산을 앞에 두고, 후지마루도 순순히 고개를 끄덕일 수밖에 없었다.

샌드위치를 잘라서 도시락 통에 담을 때에도 후지마루는 고전을 면치 못했다. 상자가 미묘하게 작았기 때문이다. 사전에 샌드위치를 시험으로 만들어보고 상자 크기를 정한 건데, 어째선지 잘 들어가지 않는다.

"잠깐 대장, 이거 뚜껑을 어떻게 닫나요?"

"압축해."

"빵을 망가뜨리란 겁니까!"

"힘이 넘쳐서 내용물을 너무 많이 넣은 거니까, 어쩔 수 없잖아. 이제 시간이 없어."

꽃집 하나 씨가 입구에 밴을 갖다 대고 가볍게 경적을 울렸다. 후지마루는 서둘러서 완성한 도시락과 짐차를 밴에 싣는다. 휴대용 가스버너와 몇 개의 부탄가스, 큰 냄비, 프라이팬, 핫플레이트 등 뒤풀이에 필요한 기재도 함께 나른다.

"괜찮아? 잠을 거의 못 잔 거 아니야?"라고 운전석에서 하나 씨가 말했다.

"이게 영원히 계속되면 죽겠지만, 이틀뿐이니까 괜찮아요."

밴 뒤의 공간에서 숨을 헐떡거리면서 도시락의 산이 쓰러지지 않도록 받치며 후지마루는 대답했다.

11시 반 조금 넘어 간신히 B호관에 도착할 수 있었다.

"5시 반에 또 엔푸쿠테이로 데리러 갈게"라는 말을 남기고, 하나씨는 돌아갔다. 뒤풀이 요리는 되도록 따뜻한 상태로 먹을 수 있도록 뒤풀이가 시작되기 직전에 나를 예정이다. 오므라이스와 나폴리탄 스파게티는 뒤풀이 장소에서 만들기로 했다. 거기에 쓸 도구와 점심 도시락을 짐차로 옮긴다. 핫플레이트는 실을 공간이 없었기 때문에 한쪽 손으로 안았다.

모토무라의 발표를 놓치면 큰일이다. 후지마루는 마음이 초조해져서 엘리베이터 안에서 발을 굴렀다. 냄비와 프라이팬을 달강거리면서 짐차를 밀고 4층 강당 문을 연다.

마침 모토무라가 교단에 서서 이야기를 시작한 참이었다. 후지마루는 안도의 숨을 내쉬고 맨 뒤 책상에 도시락의 산을 쌓고 나서 자리에 앉는다.

모토무라가 발표를 시작할 때 후지마루는 긴장이 됐다. 내가 초등학생 때, 우리 어머니도 수업을 참관하러 와서 이렇게나 심장이 벌렁벌렁했을까 하고 생각할 정도로. 그러나 두근거림은 곧 가라앉았다. 선생님이 지명을 했을 때 제대로 대답한 적이 없는 후지마루와는 달리, 모토무라는 침착하고 당당하게 발표를 해나갔기 때문이다.

모토무라는 어떤 유전자를 선택하여 실험했는지, 교배를 거듭한 결과 어떤 잎을 가진 애기장대가 생겼는지, 사진 자료를 이용하면서 찬찬히 이야기했다. 후지마루는 스크린과 청중의 모습을 바쁘게 확인한다. 다들 진지하게 귀 기울이고 있는 것 같다.

전문 용어가 많이 사용되고 있어서, 발표 내용 대부분은 후지마루에게는 의미불명의 것이었다. 그래도 종종 실험실이나 재배실에 들어가봤던 덕분에, 모토무라가 "사중변이체가"라고 말하면 '큰잎털 애기군', "AHO가"라고 말하면 '아호구나. 앗호도 잊으면 안 돼, 모토무라 씨'라고 이따금 의견도 내면서 듣는다. 그러자니 자신이 어엿하게 합동 세미나에 참가하고 있는 것 같아서 왠지 기분이 좋아진다.

검은 바탕에 하얀 선이 사다리 형상으로 떠오른 사진을 모토무라가 스크린에 표시했다. 청중들은 모토무라의 발표 내용에 점점 더 빨려 들어가는 것 같았다.

"최종적으로 사중변이체가 생긴 것을 확인했습니다. 동시에, 유전자 AHO가 잎의 크기를 결정하는 데 일정한 영향을 미치고 있는 것이 분명해졌습니다. 앞으로는 AHO의 작용에 대해 더 구체적으로 조사할 예정입니다."

모토무라는 꾸벅하고 머리를 숙였다. 담담한 말투 속에 미처 다 숨기지 못한 열정이 느껴지던 모토무라의 발표는 끝났다. 후지마루는 저도 모르게 박수를 치려 했지만, 합동 세미나나 학회에서는 발표할 때마다 박수를 치는 건 아닌 모양이었다. 참가자들이 모토무라의 레쥐메를 새삼 다시 들춰 보는 게 눈에 들어왔다. 질문을 하겠다면서 손을 든 사람도 몇 명이나 있었다. 결과적으로 후지마루만 혼자서 손뼉을 한 번 딱 하고 친 게 되었다.

진행자인 모토무라가 발표를 한 거라서 대신 가와이가 질의응답 시간을 진행했다. 손을 든 사람에게 무선 마이크를 가져간다. 질문 하나하나에 모토무라는 때로는 매끄럽게, 때로는 생각에 잠기면서 신중하게 응답을 해갔다. 질의 내용은 후지마루에게는 여전히 거의 이해 불가능한 것이었지만, 제법 반응이 있다는 것은 알 수 있었다. 이만큼 질문이 나오는 건 발표에 대한 관심이 높다는 증거다.

잘됐다, 잘됐군요, 모토무라 씨. 후지마루는 스스로 문외한이면서도 감개무량해져서 맨 뒷자리에서 음음 하고 고개를 끄덕인다. 마쓰다와 모로오카는 모토무라의 레쥐메를 손에 들고 뭔가 이야기를 나누고 있다. 모로오카가 싱글벙글하는 건 그것대로 좋다고 치겠는데, 마쓰다가 미소 짓는 것을 보고 후지마루는 몸을 뒤로 30도 젖혔다. 마쓰다 교수님, 웃으니까 더 무서워. 설마 그럴 마음은 없겠지만, 살려달라고 애걸하는 상대의 얼굴을 빤히 보며 미간을 냉혹하게 내리치는 살인 청부업자의 미소 같다고요.

가토는 어떤가 보니까 레쥐메에 메모를 써넣고 있었다. 이렇게 세미나장을 둘러보니, 거의 대부분의 사람들이 전날과 거의 같은 자리에 앉아 있는 게 재미있다. 세력권이나 보금자리 같은 것은 이렇게 자연스럽게 정해지는 걸까. 심리학이나 동물행동학 같은 데서 이런 것도 연구하고 있을지 모르겠네, 하고 후지마루는 생각한다.

그러나 어제와 다른 자리에 앉아 있는 사람이 한 명 있다. 이와마다. 이와마의 상대인 듯한 남성은 오늘도 강당 뒷좌석에 앉아 있는데, 이와마만 한가운데 부근으로 이동해 있다. 한 자리 비우고 옆자리에 있는 것은 유학 온 여성처럼 보였다. 이와마는 그녀를 위해 모토무라가 발표한 내용에 대해서 영어로 설명하고 있는 것 같았다. 이와마와 상대 남성 사이에서 시선이 교환되는 일은 없었다.

딩동, 하고 후지마루의 파국 센서가 반응했다. 왠지 형세가 심상치 않아. 하지만 내가 할 수 있는 일은 없지.

시간이 다 되었는지 가와이가 질문을 중단시켰다.

"죄송합니다. 나머지 질문은 휴식 시간이나 뒤풀이 때 개인적으로 해주시기 바랍니다."

교단 위의 모토무라도 뒤를 이어받아 "감사합니다. 그럼 90분간 점심시간을 갖겠습니다. 도시락은 오늘도 강당 뒤쪽에 준비되어 있습니다"라고 안내했다.

모토무라가 교단에서 내려오자 몇 사람이 질문을 해왔다. 이런 상태라면 지금은 후지마루를 상대를 할 여유가 없을 것 같다. 성공적인 발표를 축하하고 싶지만 어쩔 수 없다.

후지마루는 조리 기재가 실린 짐차를 밀며 강당을 나왔다. 도시락을 손에 든 참가자들이 옆을 지나서 계단을 내려간다.

"후지마루 씨, 돈가스 샌드위치 고마워요"라고 가토가 말을 해줘서 가볍게 한 손을 들어 답했다. 후지마루는 짐차와 함께 엘리베이터를 타고 2층으로 향한다.

강당은 계단 모양의 구조라서 뒤풀이에는 맞지 않는다. 그래서 모토무라는 후지마루와 이야기하여 자연과학부 B호관 2층에 있는 대형 강의실에서 뒤풀이를 하기로 결정했다. 이쪽은 바닥면이 평평한 보통 강의실이다.

대형 강의실의 긴 책상과 의자는 거의 대부분 치워져 있었다. 칠판 앞이나 창가에만 몇 개가 남아 있다. 이 정도면 요리를 진열해놓거나, 조금 옹색할지 모르지만 중앙 공간에 배치해놓고 서서 먹는 형식의 파티를 열 수 있다.

후지마루는 대형 강의실로 들어가서 짐차로 날라 온 조리 도구를 칠판 앞 긴 책상에 배치하기 시작했다. 이렇게 준비해놓고 이따가 시간에 맞춰 와서 파스타를 삶고, 핫플레이트로 나폴리탄 스파게티를 만드는 전법을 구사할 작정이다. 오므라이스는 방금 지은 밥을 가져와서 특대 크기로 역시 핫플레이트에서 만들면 된다. 나폴리탄이나 오므라이스에 고기가 들어가지 않기를 바라는 사람도 있을지 모르므로, 그쪽은 프라이팬으로 따로 만든다.

휴대용 버너가 제대로 불이 붙는지를 확인하고 있는데, 이와마가 복도를 지나가다가 그런 후지마루를 발견했다.

"어라, 후지마루 씨. 벌써 준비하는 중?" 하며 열어놓았던 문으로 들어온다.

"아뇨, 이제 곧 엔푸쿠테이로 돌아갔다가 저녁에 다시 올 겁니다."

"흠, 힘들겠네." 이와마는 큰 냄비를 들여다보다가, 문득 얼굴을 들고 후지마루를 쳐다봤다. "혹시 후지마루 씨, 모토무라 씨랑 사귀는 사이야?"

후지마루는 깜짝 놀라 "그렇지 않아요, 아닙니다"라고 허둥지둥 부정했다. "지난번에 차였어요."

안 해도 좋을 말까지 내뱉었다고 후회하는 것보다도 더 빨리, 더 큰 경악이 후지마루를 덮쳤다.

"지난번에? 또 차였어?"라고, 이와마가 말한 거다.

"또?"

후지마루의 목에서 후두를 마찰하는 괴성이 튀어나왔다. 이와마 씨가 어떻게 그것이 두 번째 고백이었다는 사실을 알고 있는 거지?

설마 모토무라 씨, "후지마루 녀석, 자꾸만 고백을 해서 성가셔죽겠어요."하고 연구실 사람들에게 하소연을 하고 다녔단 말인가.

창피함과 혼란스러움과 의심으로 마음속에 폭풍이 휘몰아친다. 사태를 파악했는지, 이와마가 '아차' 하는 표정이 되어 "아, 아냐, 아냐"라고 해명했다. "작년에 지하 현미경실에서 모토무라 씨한테 고백했었지? 실은 그때 마침 우연히 그 자리에 있다가 다 들었어."

"그랬군요."

적어도 모토무라에게 '치근거리는 남자' 취급은 안 당한 것 같다는 걸 알게 되어 후지마루는 조금 안정을 되찾는다.

"그래서? 또 고백하고, 또 차였어?"

"네⋯⋯."

"그래." 이와마는 화난 얼굴에 동정심이 섞인 표정을 하고 말했다. "모토무라 씨와 사귀는 사이라서 이렇게 힘든 요리 의뢰를 수락한 건가 하고 생각했어."

어쩐지 말에 가시가 있다.

"아니에요. 이건 어디까지나 장사고, 대장하고도 잘 얘기해서 정한 거예요."

"그렇겠지만, 그래도 모토무라 씨도 너무해." 이와마는 입술 끝에 조롱 섞인 웃음을 만들어 보였다. "후지마루 씨의 마음에는 응하지 않으면서 호의는 호의대로 이용해먹고 있는 거잖아."

모토무라를 험담하는 소리에 순간 욱 했지만, 요 1년 사이 이와마를 알아왔기 때문에 사람 됨됨이가 어떤지 알고 있는 후지마루다. 평소의 이와마는 깔끔하고 친절하다. 결코 이런 말을 할 사람이 아니다. 조금 걱정도 됐다.

"무슨 일 있었어요, 이와마 씨?"

"뭐, 아니야. 그냥. 사실, 본인은 연구에 대해서밖에 생각하지 않으면서 후지마루 씨가 기대를 갖게 행동하는 게 아닌가 하고."

"아니에요. 모토무라 씨는 분명하게 거절했어요. 저도 그건 잘 알고 있습니다. 모토무라 씨에게 무엇보다 중요한 건 연구고, 다른 건 아무래도 상관없거든요. 저도 열심히 연구하는 연구실 분들을 보면서, 모토무라 씨가 그렇게 생각할 수 있다고 받아들이게 됐습니다. 제가 지금 모토무라 씨를 좋아하고 있는 건 분명하지만, 그리고 사귈 수 없는 건 안타깝지만, 그래도 그건 모토무라 씨 탓이 아니라 제 문제입니다. 제가 식물보다 매력이 없는 탓입니다!"

역설하는 후지마루의 시야 한편에 모토무라의 모습이 비쳤다. 굳은 표정으로 복도에 서 있다.

"모토무라 씨!"

후지마루는 외쳤고, 이와마도 "엇" 하고 출입구로 시선을 돌렸다. 그러나 모토무라는 아무 응답도 하지 않은 채 계단이 있는 쪽으로 걸어서 사라졌다. 하얀 발뒤꿈치의 잔상만이 후지마루와 이와마의 눈에 새겨졌다.

"모토무라 씨!"

이와마는 출입구로 달려가 복도로 몸을 내밀었지만 모토무라는 이미 없었던 모양이다.

이와마는 "어떡해, 어디서부터 들은 걸까?"라고 울 것 같은 표정이 되어 후지마루에게로 돌아섰다. "미안, 미안해, 후지마루 씨. 나, 사귀는 사람이랑 잘되지 않아서 왠지 이상해졌었어. 아니, 더 전부터 계속 모토무라 씨가 부러워서 샘이 났어. 나는 모토무라 씨처럼 선택하는 걸 못 해. 연애도 결혼도 아무래도 좋다고 딱 잘라 결론짓지를 못 해!"

후지마루는 이와마에게 다가가 잠시 망설이다가 이와마의 떨리는 어깨에 달래듯이 가볍게 손을 얹었다.

"모토무라 씨의 발표를 듣다가." 이와마는 말을 계속했다. "이러니까 나는 연구도 어정쩡한 게 아닐까 등등, 여러 가지 생각이 들면서 분풀이로 싫은 소리를 했어. 정말로 미안해."

"저한테 사과할 필요 없습니다." 후지마루는 진심으로 말했다. "저도, 아마 모토무라 씨도, 이와마 씨의 기분은 잘 알고 있을 거예요."

"그렇지, 고마워." 이와마는 크게 숨을 내뱉었다. "모토무라 씨를 찾아서 사과하고 올게."

떨림이 멈춘 이와마의 어깨에서 손을 떼고 "그게 좋겠어요"라고 후지마루는 끄덕였다.

대형 강의실을 빠져나간 이와마가 복도를 달려가는 발소리가 났다. 그것을 들으며 후지마루도 큰 한숨을 쉰다.

여러 가지 일들이 있구나. 그야말로 모두 진지하게 연구에 매달리고 있기 때문에 여러 가지 일이 있는 거다.

후지마루는 어서 뒤풀이 요리를 준비하자, 하고 빈 짐차를 밀며 달려서 엔푸쿠테이로 돌아왔다.

엔푸쿠테이에서는 점심시간 영업을 끝낸 쓰부라야가 모든 준비를 하고 기다리고 있었다.

"늦었구나, 후지마루!"

"죄송합니다!"

저녁 영업을 시작하기 전에, 뒤풀이용 요리를 준비한다. 몽실몽실한 수제 간모도키(으깬 두부에 당근·연근·우엉 등을 넣어서 둥글납작하게 튀긴 음식)를 튀기고, 샐러드에 쓸 채소를 씻는다. 이번에는 쓰부라야와 함께 후지마루도 천수관음이 되어 주방이 들썩이게 일했다.

후지마루는 밑간을 해서 냉장고에 재워둔 치킨을 오븐에 넣었다. 저온에서 오랫동안 푹 구워낸다. 자, 다음은 감자튀김용 감자를 잘라야지. 부엌칼을 손에 들고 덤벼드는 찰나에 "그건 내가 해둘 테니까, 큰 접시를 가져와"라고 쓰부라야가 지시했다. "2층 벽장 안에 있어."

후지마루가 살고 있는 방에는 쓰부라야의 개인 물품이 얼마간 남아 있었다. 벽장에 골판지상자가 있다는 것은 알고 있었지만 열어본 적은 없다. 후지마루는 시키는 대로 2층으로 가서 그 상자를 안고 식당 주방으로 내려왔다.

안에는 연회 때도 쓸 수 있어 보이는 큰 접시와 그릇들이 하나씩 정성껏 신문지에 싸인 채 들어 있었다. 어느 것이나 다 따뜻한 기운이 느껴지는 흰색 바탕에, 테두리에는 풀꽃 무늬가 짙은 남색으로 그려져 있었다.

"우아, 예쁘네요."

후지마루는 접시와 그릇을 씻어서 청결한 행주로 닦았다.

"가족이 함께 식당을 했을 때 사용했던 거야"라고, 쓰부라야는 척척 고구마를 튀기며 말했다. "손님 받는 게 바빠서 우리가 먹을 것까지는 손이 안 돌아가잖아? 그래서 잔뜩 만들어서 큰 접시에 놓고 젓가락으로 다 같이 집어 먹자고 해서 사용하던 거야."

"그랬군요."

엔푸쿠테이는 쓰부라야의 아버지가 시작한 식당이다. 예전에는 쓰부라야의 부모님과 형제들, 일가족이 총출동하여 식당을 운영했다고 한다. 쓰부라야는 결혼한 다음에는 근처 연립주택에서 세 들어 살면서 거기서 엔푸쿠테이로 출퇴근했다고 들은 적이 있다. 아내와 딸들도 함께 와서 먹었을 테니 왁자지껄한 식탁이었을 것이다.

"하지만 아버지도 어머니도 이젠 없고, 형제들은 가정을 이룬 후 다른 일을 하게 됐고, 마누라하고는 헤어졌으니 말이야. 그래서 치워 뒀던 건데, 이런 기회가 왔으니 잘된 거야."

"대장……."

만감이 교차하는 마음으로 쓰부라야를 봤더니 "뭐야. '혼자가 되셔서 외롭지요' 같은 표정을 짓고!"라며 뜨거운 기름이 뚝뚝 떨어지는 뜰채로 한 대 칠 것처럼 폼을 잡는다.

"아, 위험하네. 그런 말 안 했어요!"

"그렇게 외롭지는 않아!"

"그러니까, 그런 말 안 했다니까요!"

"하나 씨도 있고, 불초자식, 아니 불초 제자도 돌봐줘야 하고 말이야. 자, 가져가라."

쓰부라야는 따끈따끈한 감자튀김이 수북이 담긴 접시를 내밀었다.

후지마루는 조림처럼 국물기가 있는 것과 방금 지은 밥은 대형 플라스틱 용기에 나눠 넣고, 그 이외의 요리는 큰 접시나 큰 그릇에 담아 랩을 씌워서, 데리러 와준 꽃집 하나 씨의 밴에 올라탔다.

"냄새가 좋네. 배가 고파졌어."

밝은 목소리로 그렇게 말한 하나 씨는 짧은 드라이브 동안 경쾌하게 핸들을 돌렸다.

후지마루는 하나 씨가 오늘 밤 내내 빌려주기로 한 짐차를 사용하여 자연과학부 B호관 2층의 대형 강의실로 요리를 날랐다. 합동 세미나는 아직 끝나지 않았는지 실내에는 아무도 없다. 가져온 음식을 그릇에 보기 좋게 담고, 요리를 긴 책상에 늘어놓는다. 3층 마쓰다 연구실로 큰 냄비를 가지고 가서 싱크대에서 물을 담아 왔다.

휴대용 버너에 큰 냄비를 올려놓고 물을 끓이기 시작하는데, 세미나 참가자가 하나둘씩 나타나기 시작한다. 후지마루는 긴 책상에 늘어놓은 큰 접시에서 랩을 벗기고 핫플레이트의 전원을 켠다.

케이터링 업자같이 풀서비스를 할 수는 없는 일이어서, 종이 접시나 나무젓가락, 플라스틱 포크와 컵은 스스로 알아서 가져다 사용하게 한다. 마실 것은 각자가 가지고 온 맥주나 와인, 우롱차 등이다. 아이스박스나 연구실 냉장고에서 차게 식혀둔 건지, 가와이 일행이 대량으로 마실 것을 날라 왔다.

실내의 인구밀도가 빠른 속도로 높아지기 시작한다. 합동 세미나를 끝내고 강당에서 대형 강의실로 인구이동이 진행되고 있는 거다. 후지마루는 핫플레이트에 살짝 기름을 뿌리고, 지퍼가 달린 보존 봉지에 넣어가지고 온 오므라이스용 재료를 볶기 시작했다. 그와 동시에 볼에 계란을 깨어 넣고 풀어서 섞는다.

"여러분, 다 모였나요?"라고 마쓰다가 강의실 구석에서 소리쳤다.

"이틀 동안 수고하셨습니다. 앞으로의 연구 과제도 더 명확하게 볼 수 있었던 의미 있는 세미나였다고 생각합니다. 그럼, 지금부터는 격식 차리지 말고 먹고 마십시다. 건배!"

아직 잔이 다 돌아가지도 않았는데, 그러거나 말거나 척척 인사를 하는구나. 후지마루는 핫플레이트에 밥을 투입하고 쓰부라야의 비전의 케첩 소스로 맛을 낸다. 참가자들은 마쓰다의 언동에 익숙해져 있는 건지 아니면 실험과 연구 이외에서는 세세한 데에 신경 쓰지 않는 성격들인 건지, 가까이에 있는 사람과 "건배" 하고 적당히 잔을 부딪치고 요리를 종이 접시에 덜기 시작한다.

대형 강의실 여기저기에서 잡담을 나누는 원이 만들어지고 웃음소리가 솟았다. 에어컨을 풀가동하고 있지만, 사람들의 열기로 조금 더울 정도다. 후지마루는 오므라이스의 밥 부분을 큰 접시에 담고, 이어서 얇게 부친 계란을 덧씌웠다. 주방이 아니라서 대충대충 오므라이스다.

특대 오므라이스를 창가의 긴 책상으로 나르자, 동향을 살피고 있었던 듯 모로오카가 바로 다가왔다.

"이야, 이거, 후지마루 군. 감자튀김도 맛있었는데, 이것도 또 맛있어 보이는구먼."

"역시 교수님, 감자를 드셨군요."

모로오카와 그렇게 대화를 주고받은 뒤, 칠판 앞의 즉석조리 공간으로 돌아왔다. 큰 냄비의 물은 조금 전부터 끓고 있다. 파스타를 투입하고, 이번에는 나폴리탄 스파게티 만들기에 착수한다. 핫플레이트에서는 늘 하던 대로. 프라이팬에서는 비엔나소시지를 빼고.

이와마가 맥주가 든 컵을 손에 들고 후지마루 앞에 와서 섰다. 마침 파스타가 다 익어서 다른 재료들과 잘 섞이도록 볶으면서 신중하게 맛을 내고 있는 참이었기 때문에, 후지마루는 얼굴을 들지 않고 물었다.

"어때요? 모토무라 씨와 얘기는 잘했나요?"

"응, 사과했어. 용서해줬다고 생각해."

이와마는 어색한 듯이 "후지마루 씨한테도 미안해"라고 말한다.

"괜찮아요, 괜찮아요." 후지마루는 완성된 나폴리탄 스파게티를 큰 접시에 담아서 이와마에게 건넸다. "괜찮으시면, 영국하고 말레이시아에서 온 유학생 분들에게 설명해주세요. 이쪽이 채소만 사용한 나폴리탄 스파게티입니다. 원하시면, 채소만 사용한 오므라이스도 만들게요. 그리고 소스에 알코올을 사용한 것과 돼지고기와 소고기가 들어간 요리 옆에는 각각 메모를 놔뒀습니다."

"그 돼지, 소, 병, 같은 걸 그린 그림이 그런 뜻이었구나." 이와마가 환하게 웃으며 말했다. "알았어, 전해줄게."

잠시 후에 두 유학생이 함께 채소만 사용한 오므라이스를 주문하러 왔다. 후지마루는 프라이팬으로 잽싸게 만들어 각각의 종이 접시에 미니 오므라이스를 올려놓는다. "고맙습니다. 요리, 맛있어요"라고 둘이 말해주는 것을 들으니 기분이 좋다.

조리가 일단락되고 한숨 돌린 후지마루는 어깨를 주물러 풀면서 사람들의 모습을 바라본다.

마쓰다와 모로오카는 구석에서 사이좋게 치쿠젠니(닭고기, 토란 같은 덩이식물, 곤약 등을 기름으로 볶아 간장과 설탕을 넣고 찐 요리)를 먹고 있다. 또 덩이류가 들어간 요리를 골랐어, 하고 후지마루는 속으로 웃었다. 가토는 다른 대학의 교수님과 열심히 이야기를 나누고 있다. 선인장에 대해서 대화를 나눌 수 있는 상대를 발견한 건지도 모른다. 가와이는 잔이 빈 대학원생들에게 맥주를 나눠주고 있다. 늘 다정하고 기댈 수 있는 사람이구나 하고 후지마루는 생각한다. 나도 보고 배워야지.

모토무라는 출입문 근처에서 이와마가 가져온 치킨 접시를 받아 든 참이었다. 표정이 부드럽다. 화해한 것 같아서 다행이다. 이와마의 연애 상대인 듯한 남성은 어떤가 하면, 이와마와는 대각선상에 위치한 강의실 모퉁이에서 모로오카 연구실의 대학원생과 이야기를 나누고 있다. 이와마의 사랑은 이대로 끝나버릴 것 같다. 괜찮아요, 또 다음의 만남이 있어요, 라고, 후지마루는 스스로 후라후라마루인 주제에 내심 위로의 성원을 보낸다.

잡담의 원은 점점 왕성하게, 교실 여기저기에서 만들어졌다가는 부서지고, 다시 만들어지고 하면서 퍼져나간다. 모두 왕성하게 먹고, 마시고, 마주 보며 웃는다. 이 사람들은 언어의 장벽과 국경을 넘어, 오로지 식물을 좋아하는 마음으로 맺어지고 연결되어 있는 거구나 하고 생각하니 후지마루는 왠지 가슴이 뜨거워졌다.

엔푸쿠테이에서 가져온 식기는 마쓰다 연구실 사람들이 설거지 해주기로 되어 있다. 후지마루는 뒤풀이가 끝날 때까지 기다리지 않고 철수 준비를 시작했다. 핫플레이트나 파스타 삶은 물이 들어 있는 큰 냄비, 조미료나 기름 용기를 넣은 쇼핑백을 짐차에 쌓는다.

조리대 대신으로 썼던 긴 책상을 젖은 행주로 닦고 있을 때 모토부라가 서둘러 다가왔다.

"이틀 동안 정말로 고마웠어요."

머리를 숙이는 모토무라에게 "아뇨, 아뇨" 하고 후지마루는 손을 흔든다. 행주를 든 채로인 것을 깨닫고 은근슬쩍 짐차에 던졌다.

"모토무라 씨야말로, 간사도 하고 발표도 하느라 수고하셨어요. 질문하고 싶은 사람들에게 둘러싸여서, 반응이 굉장했잖아요."

이번에는 모토무라가 손을 흔들고 "아뇨, 아뇨"라고 멋쩍은 듯이 고개 숙였다. "죄송해요, 제대로 인사도 못 하고. 낮에도, 저……."

"아. 들었군요, 이와마 씨와 내가 얘기하는 거."

"네."

모토무라는 점점 더 몸을 움츠린다. 오늘의 티셔츠, 멀리서 봤을 때에는 하얀 바탕에 초록 물방울무늬인가 했는데, 물방울이 아니라 작은 잎사귀 일러스트가 인쇄되어 있다.

"저" 하고 모토무라가 결심한 듯이 얼굴을 들었다. "후지마루 씨에게 매력이 없는 건 결코 아니에요. '나와 일, 어느 쪽이 중요해?'라는 질문을 받으면 난처한 것과 마찬가지로, 그냥 단지 식물과 후지마루 씨를 비교하는 일 같은 걸 할 수 없는 것뿐이랄까, 그……."

해명이 되지 않을뿐더러, 말을 하면 할수록 역효과라는 걸 깨달은 듯 모토무라의 얼굴 각도가 다시 내려간다.

"신경 쓰지 마세요"라고 후지마루는 말했다. "저만이 아니라 이와마 씨가 한 말도. 이와마 씨도, 그러니까, 여러 일들이 있어서, 마음에도 없는 말을 해버린 거라고 생각합니다."

"네, 사정은 이와마 선배한테서 들었어요. 그래도 이와마 선배가 한 말에는 일리가 있다고 생각해서……. 그래서 견딜 수가 없어서 도망친 거예요."

"일리?" 후지마루는 마음이 싸해지면서 뺨을 붉혔다. "모토무라 씨가 내 호의를 이용했다는 건가요?"

"그럴 생각은 없었어요." 모토무라의 어조는 강해졌나 싶은 다음 순간, 점차 흐려졌다. "하지만 어쩌면 그럴지도 몰라요. 적어도 연구만 할 수 있다면, 연애나 일상생활은 아무래도 좋다고 제가 말했지요. 제멋대로인 데다가 오만한 생각이라고 생각해요."

"저는 그렇게는 생각하지 않아요"라고 후지마루는 말했다. "모토무라 씨가 전에 말했지요. '식물은 사랑 없는 세계에 살고 있으니까, 나도 아무하고도 사귀지 않고 식물 연구에 모든 것을 바치겠다'라고."

"네."

"그 말에 대해서 계속 생각했어요. 1년 가까이 생각하며, 모토무라 씨와 연구실 사람들을 보며, 어쩐지 알 것 같다는 생각이 들었어요. 모토무라 씨는 사랑 없는 세계를 사는 식물을 어떻게든 알고 싶은 거다, 그러니까 이렇게 열정을 바쳐 연구하는 거다, 라고요."

잘 말할 수 없어서 답답하다. 모토무라는 잠자코 후지마루를 바라보고 있다. 후지마루는 필사적으로 생각을 말로 그려보려고 했다.

"그 열정을, 알고 싶은 마음을, '사랑'이라고 하지 않나요? 식물에 대해서 알고 싶어 하는 모토무라 씨도, 이 강의실에 있는 사람들이 알고 싶어 하는 대상인 식물도, 모두 같아요. 사랑으로 연결되어 있는 세계를 살고 있어요. 저는 그렇게 생각하는데 아닌가요?"

사랑이라는 단어를 이렇게 진지하고 명료하게 말한 건 처음이라서, 후지마루는 안면에 확 하고 피가 올라오는 것을 느꼈다. 어색하게 짐차에 손을 올리고 "그럼, 이만 실례하겠습니다"라며 걷기 시작하려 한다.

"후지마루 씨."

모토무라가 불러 세워서 후지마루는 돌아봤다. 모토무라는 더 이상 고개 숙이지 않고 조용한 목소리로 말했다.

"가끔 생각해요. 식물은 광합성을 하며 살고, 동물은 그 식물을 먹고 살고, 그 동물을 먹고 사는 동물도 있고……. 결국, 지구상의 생물은 모두 빛을 먹고 살고 있구나 하고요."

"빛을 먹고……."

"네. 후지마루 씨도, 저도, 식물도, 다 똑같이." 웃음 짓는 모토무라의 눈에는 희망을 닮은 빛이 비쳤다. "고맙습니다, 후지마루 씨."

완전히 어두워진 길을 짐차를 밀며 돌아온다. 엔푸쿠테이의 간판은 불이 꺼져 있었으나 식당 안에서 빛이 나와 골목을 비추고 있다.

문을 열자 홀의 의자에 앉은 쓰부라야가 "오, 어서 와라" 하고 신문을 접는다.

"대장, 기다려주셨네요."

"힘이 다해서 한숨 쉬고 있었어. 오랜만에 혼자서 식당을 운영했더니 허리가 아파서 견딜 수가 있어야지."

"또, 또."

후지마루는 웃음으로 받아넘기고 사용한 조리 기재를 주방 싱크대로 나른다.

"치우는 건 내일 아침에 해도 돼. 잠깐 이리 와봐라."

시키는 대로 주방에서 나왔다. 쓰부라야는 서서 후지마루의 얼굴을 정면으로 쳐다본다.

"응, 만사 문제 없었던 것 같구나. 수고했다."

쓰부라야는 툭 하고 후지마루의 어깨를 치고 출입문으로 향한다.

"고맙습니다! 아, 대장. 하나 씨한테 짐차 돌려주세요."

"사람을 이렇게 함부로 부리다니. 지금 내 상태는 짐차에 실려 가도 모자랄 판인데."

불평을 하면서도, 쓰부라야는 짐차를 밀며 식당을 나갔다. 덜컹덜컹하고 바퀴 소리가 멀어져간다.

그 소리에 귀를 기울이다가 혼고 대로의 차 소리에 바퀴의 울림이 완전히 묻히자, 후지마루는 문을 잠그고 식당 안의 전깃불을 껐다.

2층 방 창가에서 선인장 가시가 달빛을 받아 어렴풋이 빛나고 있다. 후지마루는 방의 불을 켜지 않은 채 창으로 다가간다. 낮 동안 볕이 잘 들어서인지 화분의 흙은 완전히 말라 있었다. 어둠 속에서 부엌을 오가며 컵에 떠 온 물을 부었다.

방충망 너머로 올려다본 하늘에 달이 떠 있다. 이제 곧 보름달이 되기 직전의 살찐 달이다. 선인장만이 아니라 맞은편 집 무궁화도 달빛을 받아 어둠 속에 하얗게 떠올라 있다.

우리는 모두 빛을 먹고 살고 있다. 언젠가 죽어서 흙이나 재가 되어도, 인류가 멸종되어도, 지구 위에서는 분명 앞으로도 빛을 먹고 사는 생명의 순환이 계속될 것이다.

정말로 신기하다. 각각의 생명체가 갖고 있는 정묘한 메커니즘이. 식물이나 동물은 왜 태어나는지. 태어났는데 왜 또 모두 죽음을 맞이하는지.

그리고 가는 길에 죽음이 기다리고 있는데도, 왜 모두 어둠이 아니라 빛을 식량으로 삼아 살아가는지.

조만간 모토무라 씨가 수수께끼의 일부를 풀어줄지도 모르겠구나.

생각이 그 부근에 이르렀을 즈음에 한계가 왔다. 맹렬한 수마가 덮쳐서, 후지마루는 옷도 갈아입지 않고 깔아놓은 채로 있는 이불 위로 쓰러진다. 스마트폰 알람을 설정해놔야 하는데, 아무리 해도 눈꺼풀이 열리지 않는다.

뭐, 됐어. 어차피 대장이 두드려 깨워줄 거니까.

뒤풀이는 아직도 계속되고 있을까. 모토무라 씨는 그 와중에 빠져나와서 현미경을 들여다보거나 애기장대를 돌보거나 하는 거 아닐까. 한밤중까지 창의 불빛이 꺼지는 일 없는 자연과학부 B호관을 떠올린다.

나도 또, 점심을 배달하러 간 김에 실험하는 걸 보여달라고 하자. 식물을 좋아하게 됐으니까. 식물을 사랑하는 사람들을 좋아하게 됐으니까. 그래, 아바네로 오일을 만들어서 연구실에 가져다주는 것도 좋겠다.

후지마루는 행복한 기분이 되어 잠든다.

달빛이 집집의 지붕을, 무궁화를, 선인장을, 후지마루를 은색 빛으로 덮고, 지구 반대쪽에서는 햇빛 아래에서 식물이 기운차게 세포를 분열시키고, 잠자리가 공중에서 교미하고, 펠리컨이 날갯짓하고, 사자가 울부짖고, 사람들이 바삐 움직이고 있다. 후지마루는 그런 사정을 알 길이 없이, 꿈속에서 방금 여닫이가 나쁜 마쓰다 연구실의 문을 열었다.

사랑의 미끼

'사랑 없는 세계'.

조금은 도발적으로 느껴지는 제목이다. 제목 속의 '사랑'이 특별한 사랑을 말하는 거라면 뭔가 수식어라도 하나 붙어 있어야 할 것 같은데, 그렇지 않은 걸 보면 이 사랑은 누구나 알고 있는 그 '사랑'인 듯하다.

그렇다면 작가가 말하는 '사랑 없는 세계'란 무엇일까? 살벌한 세계? 돈밖에 모르는 인간들의 비정한 세계? 하지만 책을 펼치면 소설은 정감 넘치는 작은 식당 엔푸쿠테이와 후지마루라는 미워할 수 없는 보조 요리사의 이야기로 시작된다.

의외군, 하고 슬쩍 맨 뒷장을 펼쳐보면 마지막은 그 후지마루가 행복하게 잠드는 장면이다. 제목이 불러일으키는 상상과는 달리 따뜻한 이야기라는 것을 짐작하기에 모자람이 없다.

그래, 이 삭막한 시대에 소설이라도 따뜻한 걸 읽어야지 하고 자못 안도하는 마음으로 찬찬히 페이지를 넘겨보면…….

후시마루는 장래 일류 요리사가 되는 게 꿈이다. 그 일념 하나로 휴일에도 이 식당 저 식당을 찾아다니며 요리를 맛보고 품평하고 또는 혼자서 음식 만들기에 열중한다. 이십대의 열혈 청년은 엔푸쿠테이의 단골손님들이 걱정할 정도로 이성 교제 같은 것에는 관심이 없다.

그런 후지마루에게 돌연 로맨스가 찾아온다. 상대는 T대 대학원 박사과정에 있는 식물학 전공의 대학원생.

오랜 세월의 무게가 은은하게 묻어나는 T대 자연과학부 B호관. 후지마루가 그곳을 찾아간 것은 공부를 하기 위해서가 아니라 음식을 배달하기 위해서다. 그런 후지마루에게 건물의 문을 열어주고 앞서서 걸어가는 대학원생 모토무라. 희미하게 붉은빛이 비치는 모토무라의 매끈한 발뒤꿈치를 보고 후지마루는 단번에 모토무라에게 반해버린다. 반하는 데는 별다른 이유가 있는 게 아니라는 것처럼.

그날 이후, T대 연구실에서 배달 주문이 오는 날은 후지마루에게 축제의 날이 되었다. 후지마루는 모토무라의 얼굴을 보고 모토무라의 목소리를 들을 때마다 가슴이 설렌다. 게다가 모토무라는 후지마루를 스스럼없이 대하고 자신의 연구 주제에 대해서도 기꺼이 설명해주며 실험 과정도 보여준다. 그러니 후지마루의 마음은 갈수록 더 설렐 수밖에 없다.

그러던 어느 날, 후지마루는 음식을 배달하러 갔다가 기겁을 하고 만다. 모토무라가 입고 있는 티셔츠 때문이다. 그 티셔츠에는 점잖게 돌려 말하자면 입술을 연상케 하는, 나뭇잎의 기공(氣孔)을 크게 확대한 그림이 인쇄되어 있었던 것이다. 그것이 기공이라는 걸 알 리 없는 후지마루에게 그 티셔츠를 입고 있는 모토무라의 모습은 꽤나 충격적이었다.

그런데 그게 끝이 아니었다. 어느 날의 모토무라는 송이버섯이 그려진 옷을 입고 등장한다. 또다시 마음속으로 펄쩍 뛰는 후지마루 앞에서 모토무라는 송이버섯은 송이버섯일 뿐, 상대방이 그것을 보고 당혹해할 수 있다는 데까지는 조금도 생각이 미치지 않는다.

'기공 무늬 옷에 이어 송이버섯 무늬 옷을 입는 여자. 별난 센스다. 나는 정말로 이 사람을 보고 싶었던 걸까.' 그런 생각을 한 후지마루는 어쩌면 자신이 기대하는 로맨스의 여정이 결코 순탄치 않으리라는 것을 직감한 것인지도 모른다.

그럴 수밖에. 기공과 송이버섯 무늬는 둘 다 성적 상징성이 두드러진 무늬다. 그 무늬의 티셔츠를 입고 있으면서도 사람들이 그것을 보고 어떤 느낌을 받을지 생각하지 못한다는 것은, 모토무라에게 약간의 비사회적 성향이 있음을, 다시 말하여 모토무라가 타인의 감정에 대해 얼마나 공감 능력이 떨어지는지를 보여주는 해프닝이기 때문이다.

이런 상황이라면 앞으로 후지마루와 모토무라 사이에서는 감정의 등가교환을 기대하기 어렵다. 발뒤꿈치 하나만으로도 심장이 뛰는 후지마루와, 남들은 선뜻 손을 뻗지 않을 것 같은 티셔츠를 사 입는 모토무라. 결국은 더 많은 감정을 생산하고 퍼주게 되는 후지마루 쪽이 계속해서 상처받을 수밖에 없다. 가엾은 후지마루.

그러나 이미 사랑의 미끼를 물어버린 후지마루는 낚싯바늘에 걸린 물고기나 다름없다. 상대가 놔주기 전에는 도망가지 못한다. 그리고 모토무라는 후지마루를 놔줄 수 없다. 처음부터 잡지도 않았으니까.

사실 미끼를 문 것은 후지마루만이 아니다. 후지마루가 사랑의 미끼를 물었다면, 독자들은 소설이 전개되는 이 시점에서 후지마루라는 미끼에 걸리게 될 운명이기 때문이다. 책장을 넘기면서 점점 후지마루를 좋아하게 된 독자들은 후지마루 이상으로 그의 사랑과 순정한 고백에 애타 하며 모토무라의 악의 없는 '거절'에 좌절하다가도, 언젠가는 모토무라가 후지마루의 사랑을 받아줄지도 모른다는 일말의 기대를 안고 후지마루를 응원하게 된다.

선하고 호기심 많고 열정적인 젊은 주인공과 감정적으로 동화되는 것이 독자의 기쁨 아니겠는가. 그러니 독자들은 기꺼이 후지마루의 팬이 되어, 후지마루가 좋아하는 것을 자신도 좋아하고 후지마루가 바라보는 것을 자신도 바라보게 되는 것이다.

다시 말하면 독자도 미끼를 문 것이다. 작가는 독자들이 그 미끼를 물지 않고는 못 배기게, 시종일관 유머러스하고 수려한 문체로 독자들을 그 미끼 앞까지 교묘하게 몰고 간다.

그렇게 독자들이 후지마루라는 미끼를 물면, 작가는 이제 후지마루를 앞세워 낚시꾼이 낚싯줄을 잡아당기듯 자신이 원하는 방향으로 독자들을 끌고 다니기 시작한다. 모토무라를 사랑하는 후지마루가 모토무라의 일거수일투족에 관심을 갖지 않을 수 없듯이, 후지마루와 동화된 독자들 또한 모토무라의 일거수일투족에서 눈을 뗄 수 없게 된다. 이를 아주 잘 알고 있는 작가는 후지마루를 앞세워 독자들을 식물학의 세계로 끌고 들어간다. 바로 '사랑 없는 세계'로 말이다.

모토무라는 나중에 자신의 입을 통해서 말한다. 남자와 여자가 사랑이라는 미묘한 감정을 주고받는다는 건 참으로 어려운 일이라고. 그래서 암컷과 수컷의 '사랑'은 없지만, 그럼에도 마음껏 생육하고 번성하여 온 땅을 뒤덮는 세계인 식물의 세계, 그 '사랑 없는 세계'를 사랑하기로 했다고.

독자들은 '어, 이상하다'라고 생각하면서도, 이미 미끼를 문 물고기들이 낚싯바늘을 밀어내지 못하듯이 작가가 이끄는 대로 끌려다닌다. 독자들은 작가의 줄다리기를 제어할 수 없다.

그래서 독자들은 작가의 의도대로 후지마루의 시선에서 모토무라의 행적을 좇으면서, 모토무라가 속한 연구실 사람들의 기구한 사정과 식물의 세계에 대하여—그것도 일반적인 식물의 세계가 아니라 유전공학, 유전자, 멘델의 분리 법칙, 심지어는 실험 장치와 사용 방식까지—알아가게 된다. 그리고 점차 식물학에 해박해져가는 자신을 발견하게 된다. 그럼에도 후지마루의 애타는 사랑을 생각하면 이 정도는 일도 아니라는 심정으로 그렇게 뜬금없이 식물학을 공부하게 되는 것이다.

이 지점에서 옮긴이의 고충 또한 말이 아니었음을 알린다. 생물 시간에 "유전자란……" 하며 배운 게 까마득한 옛날인데, 박사과정의 모토무라가 청산유수로 말하거나 머릿속에서 혼자 하는 생각들을 어떻게 바로 이해할 수 있겠는가. 독자들은 그 의미를 대충 넘어가도 지장이 없도록 작가가 잘 풀어냈지만, 옮긴이는 그 말을 대충만 이해하고 번역할 수는 없는 노릇이다. 덕분에 옮긴이도 나름 오래된 책을 꺼내 유전학의 개념을 과외로 공부해야 했음을 알려두는 바이다.

그 사이 후지마루는 모토무라에게 두 번 고백했다가 두 번 거절당하는 수모를 겪는다. 그러나 후지마루가 포기하지 않는 한, 독자들도 포기하지 않고 과연 세 번째 기회가 올 것인가 기대하며 후지마루와 함께 모토무라의 식물학 연구를 귀동냥하고 연구를 성원하면서 계속 읽어갈 수밖에 없다. 그리고 후지마루와 함께 행복한 미소를 지으며 책을 덮을 수밖에 없다. 결국《사랑 없는 세계》는 보통의 연애소설이 아니었으며, 작가의 교묘한 미끼 전략은 성공했고, 작품의 제목은 제구실을 했다.

2019년 4월 23일, 일본식물학회는 작가에게 식물학 공헌자에게 수여하는 특별상을 수여했다. 상장에는 "식물 연구 활동에 대한 정확한 묘사를 통해 일반 사회에 식물학을 잘 알렸다"는 치하의 말이 적혀 있었다. 이미 나오키상과 서점대상을 모두 수상해본 작가로서는 다른 무엇보다도 이 특별상을 받으며 즐거워했을 것이 분명하다. 독자로서는 엉뚱하게도 식물학의 세례를 받아 한편으로는 약이 오르는 면이 없지 않지만, 작가는 그래서 더욱 즐거웠을 것이다.

작가는 2012년에 서점대상을 수상한《배를 엮다》라는 작품에서도 사전 편찬 작업을 깊숙이 묘사함으로써 독자들에게 깊은 인상을 준 바 있다. 그러나 국어사전을 만드는 작업과 소설을 집필하는 작업은 사실 실과 바늘처럼 이어져 있는 일이라고 할 수도 있으며, 그런 점에서는 다른 누구보다도 원래 소설가가 잘 그려낼 수 있는 소재였다 해도 틀린 말은 아닐 것이다.

그에 비해 이 소설이 도전한 식물학, 그것도 아름다운 꽃이나 진기한 나무를 관찰하는 이야기가 아니라 애기장대라는 '듣도 보도 못한' 잡초에 대한 유전학 연구를 소재로 삼아 심층까지 묘사한 것은 소설가로서 과감한 도전이었으며, 그러면서도 독자로 하여금 낄낄 웃어가면서 끝까지 읽지 않을 수 없게 그려내는 데 성공한 것은 아무 소설가나 할 수 없는, 오직 이 작가이기에 가능한 일이었다 해도 역시 틀린 말이 아닐 것이다.

　　흐뭇하게 읽고 도전적으로 번역해야 했던 작품이기에, 내게 번역의 기회를 준 출판사 편집부에 더욱더 큰 고마움을 느낀다는 마음을 전하며 후기를 마친다.

미우라 시온

1976년 도쿄에서 태어나 와세다대학 문학부에서 연극을 전공했다. 자신의 구직활동을 바탕으로 3개월 만에 완성한《격투하는 자에게 동그라미를》로 문단에 데뷔하였으며, 2006년《마호로 역 다다 심부름집》으로 나오키상을, 2012년《배를 엮다》로 서점대상을 수상하면서 일본에서 문학성과 대중성을 대표하는 나오키상과 서점대상을 모두 수상한 첫 번째 작가가 되었다. 2015년에는《그 집에 사는 네 명의 여자(あの家に暮らす四人の女)》로 오다사쿠노스케상을 수상하였으며, 2018년에는《노노하나 통신(ののはな通信)》으로 시마세연애문학상과 가와이하야오이야기상을 수상했다. 2019년에는《사랑 없는 세계》로 일본식물학회 특별상을 수상하고 서점대상 최종 후보에 오르며 변함없는 작품성과 인기를 입증했다. 그 외 작품으로《검은 빛》《고구레빌라 연애소동》《바람이 강하게 불고 있다》《가무사리 숲의 느긋한 나날》등이 있다.

옮긴이 서혜영

서강대학교 국어국문학과를 졸업하고 한양대학교 일어일문학과 박사과정을 마쳤다. 현재 전문 일한 번역가 및 통역가로 활동 중이다. 옮긴 책으로는《태양은 움직이지 않는다》《굿바이, 헤이세이》《반상의 해바라기》《펭귄 하이웨이》《거울 속 외딴 성》《밤은 짧아 걸어 아가씨야》등이 있다.

사랑 없는 세계

1판 1쇄 발행 2020년 2월 7일
1판 2쇄 발행 2020년 3월 13일

지은이·미우라 시온
옮긴이·서혜영
펴낸이·주연선

총괄이사·이진희
책임편집·허유민
표지 및 본문 디자인·이다은
책임마케팅·이한솔
마케팅·장병수 김진겸 이선행 강원모
관리·김두만 유효정 박초희

(주)은행나무
04035 서울특별시 마포구 양화로11길 54
전화·02)3143-0651~3 | 팩스·02)3143-0654
신고번호·제 1997—000168호(1997. 12. 12)
www.ehbook.co.kr
ehbook@ehbook.co.kr

ISBN 979-11-90492-24-9 (03830)